图书 影视

**月下蝶影** 著

上册

图书在版编目（CIP）数据

美滋滋.上/月下蝶影著.— 广州：广东旅游出版社，2021.9

ISBN 978-7-5570-2572-4

Ⅰ.①美… Ⅱ.①月… Ⅲ.①长篇小说–中国–当代 Ⅳ.①I247.5

中国版本图书馆CIP数据核字(2021)第160715号

出 版 人：刘志松
总 策 划：刘运东
责任编辑：江丽芝
责任校对：李瑞苑
责任技编：冼志良
出版监制：王兰颖
特约编辑：草　木　夏君仪
封面设计：卷帙设计

### 美滋滋.上
### Mei Zi Zi Shang

广东旅游出版社出版发行

（广东省广州市荔湾区沙面北街71号首、二层 邮编：510130）

联系电话：020-87347732

天津鑫旭阳印刷有限公司

（地址：天津宝坻经济开发区宝中道北侧5号2-3号厂房）

联系电话：022-22458633

880毫米×1230毫米　32开　22.75印张　650千字

2021年9月第1版第1次印刷

定价：69.80元（全2册）

本书如有错页、倒装等质量问题，请直接与印刷厂联系换书。

目录
contents

| | |
|---|---|
| 第 1 章　夜　宵 | 001 |
| 第 2 章　面　馆 | 014 |
| 第 3 章　拆　迁 | 032 |
| 第 4 章　运　气 | 046 |
| 第 5 章　土　豪 | 061 |
| 第 6 章　力　邀 | 076 |
| 第 7 章　搬　家 | 091 |
| 第 8 章　进　组 | 105 |
| 第 9 章　元　旦 | 120 |
| 第 10 章　替　身 | 138 |
| 第 11 章　代　言 | 162 |
| 第 12 章　年　会 | 196 |
| 第 13 章　过　年 | 232 |
| 第 14 章　心　疼 | 251 |
| 第 15 章　打　架 | 275 |
| 第 16 章　和　好 | 293 |
| 第 17 章　送　饭 | 330 |

# 第1章 夜 宵

昏暗的街角，穿着西装的年轻人捧着干硬、冰凉的馒头，一个劲儿往嘴里塞，腮帮子被馒头撑得鼓鼓囊囊。好在他长得精致，即使是这么狼狈的样子，也没显得丑陋不堪，只会让人同情他的辛酸与落魄。

可能老天嫌他还不够狼狈，在此刻突然下起雨来，青年快步缩到一个能躲雨的屋檐下，匆匆把剩下的半个馒头塞进嘴里。水珠顺着他脸颊滑落，不知是雨水、汗水还是他没忍住委屈流下的眼泪。

"好，再补两组镜头，咱们就收工了！"导演一喊停，洒水器一关，剧组助理就快步走向浑身湿漉漉的演员。

"黎老师，把馒头吐垃圾袋里……"剧组助理话未说完，就看到黎昭嘴巴动来动去，竟然真的把剧组准备的干瘪馒头咽进肚子里了。剧组助理脚步僵了僵，他们剧组虽然穷，盒饭还是管饱的啊。

"谢谢，没事。"黎昭站在原地不动，接过剧组助理递来的温水喝了两口，等造型师过来给他固定造型，免得等会儿补镜头的时候在细节上穿帮。

"不客气。"剧组助理干笑两声，从黎昭手里接过杯子，退到导演身边。

导演坐在一个有些瘸腿儿的凳子上，手里拿着巴掌大的塑料扇子呼啦啦地扇着，"不孕不育"几个字随着他的动作在扇面上若隐若现。一个从上到下都散发着穷抠气息的剧组，连平时用的扇子都是街头广告发的免费扇子。

"黎昭刚才表现得不错，刘导，明天中午怎么也要给人家加个鸡腿吧？"副导走到刘导身边坐下，探头看刚才拍下来的镜头。

刘导摸着胖乎乎的肚子嘿嘿一笑:"鸡腿有什么好吃的?年轻人嘛,就是要有艰苦朴素的作风,才能为祖国未来做出更多的贡献。"

"您就抠死吧。"副导看了眼四周,在刘导耳边小声问,"快到宋喻的戏份了,他造型还没做好?"

刘导使劲扇了几下塑料扇:"等会儿让场务去催一催。"资方那边安排的演员,他得罪不起。

宋喻已经在圈内有一点小名气了。原本剧组定了他为男一号,连合同都签好了,谁知临开机时他突然表示不想演男一号,要挑战男二号这个角色。男二号这个角色有挑战性个鬼,不就是英俊、多金、温柔,对女主痴心一片?这种角色放在其他偶像剧里,可能确实是男一号的标准配置。可他们剧组与外面那些"水货"不同,其他剧都是王子跟灰姑娘组合,而他们是公主与灰小伙儿组合。霸道多金女主,与艰苦奋斗、百折不挠的小白花男主,也是很配的嘛。可惜刘导自己对这个角色设定再满意也没用,宋喻铁了心要演男二号这个角色,他挑了男二号这个角色还不算完,还点名要求原本演男二号的黎昭去演男一号。

刘导是多么有骨气的导演啊,当他听到宋喻让资方追加几百万投资时,当场就答应了。圈子里让资方砸钱给自己提番位的演员常有,砸钱降番位的演员却不多见。果然是在圈子里待久了什么奇葩都有。做导演的呢,最重要的就是要想得开,不管宋喻是什么打算,反正他就当宋喻给剧组做慈善了。

补拍完镜头,黎昭擦干脸上的水,走到场外发现不少工作人员的脸色都不太好看。他往四周扫视一圈,没看到宋喻的身影。女一号拿着手机靠在休息椅上玩游戏,就差没在脸上写"与我无关"四个字。黎昭抖了抖衣服上的水,用干毛巾把身体裹了起来。幸好现在是夏天拍冬戏,而不是冬天拍夏戏,不然他当场就被冻僵了。作为一个演着男一号,咖位却是主演团队内最低的新人,遇到拖戏这种事,黎昭的情绪很稳定,反正拍戏给钱就行。

"黎老师,你先坐着休息一会儿,宋老师很快就过来。"剧组助理同情地看着黎昭,下场戏是宋喻与黎昭的对手戏,让浑身湿透的黎昭在这里干坐着等宋喻过来拍戏,是有些欺负人了。他们剧组穷,用的这个演男一号的演员也穷,堂堂男一号每天把盒饭吃得干干净净,日子过得比群演还节俭,身边连个助理都没有,只有一个经纪人隔三岔五过来看他。

今晚已经拍了近六个小时的夜戏,为了拍戏效果黎昭特意没吃晚饭。从中午到现在,他就吃了几口拍戏时用的干馒头。这会儿宋喻不过来,剧组没法收工,而黎昭也就只能一直等。面对剧组助理脸上"虽然我很同情你,但我也无能为力"的表情,黎昭往椅子上一躺,毛毯一裹,开始闭目养神。刚躺下没有五分钟,就听到一阵殷勤的招呼声。

"宋老师来了,宋老师晚上好。"

"宋老师,这边刚洒了水,地上有些滑,请您小心脚下。"

听到动静,黎昭睁开眼,与宋喻的视线对上。宋喻脚下微顿,随即抬起下巴,高傲地从黎昭面前走了过去。黎昭挑了挑眉,没把宋喻的态度放在心上。从这部戏开拍以来,宋喻就很少拿正眼看他,就算用正眼看他了,眼神里也带着些许怜悯与鄙夷。黎昭怀疑自己很穷这件事整个剧组都知道了。

"黎昭去准备,十分钟后我们走下一场。"刘导打了个哈欠,招呼黎昭进场。黎昭扔下毛毯走到镜头前,一边让化妆师给他补妆,一边等宋喻的替身帮宋喻找最完美的机位。

正式开拍后,宋喻因为各种原因,好几次中断拍摄,拍完所有镜头时已经是深夜三点。

回化妆间卸妆时,黎昭听到有的化妆助理在小声骂宋喻事多,不过当宋喻的助理送来夜宵时,整个化妆间的人都笑容满面,看不出半点不耐烦。

"黎老师,宋哥听说你今晚没有吃饭,所以特意让我多给你准备一些食物。"助理把大大的食盒递给黎昭,笑容满面道,"你吃完以后,早点休息。"

"谢谢。"黎昭接过餐盒,打开盖子一看,里面有一杯奶茶、两块蛋糕,还有香喷喷的烧烤。他深吸一口夜宵的香气,端起奶茶喝了一大口。这就是他从不抱怨宋喻连累他熬夜拍戏的主要原因。虽然宋喻爱迟到、爱耍大牌、演技也普通，但是为人大方啊。只要宋喻在剧组，黎昭每天的夜宵都没有断过。四舍五入，宋喻就是他的半个衣食父母，谁会嫌自己的衣食父母不好呢？

给黎昭卸妆的化妆师看了眼餐盒里的东西，欲言又止。当她看到黎昭当真把奶茶喝进肚子里后，实在忍不住在心底叹气：小黎老师，你可长点心吧，宋喻那个心机男是想喂胖你这张精致的小脸蛋啊！

房间里，宋喻见助理回来立刻问："黎昭吃下那些东西没有？"

助理点头："吃了。"

"那就好。"宋喻脸上露出满意的微笑。按照这种速度吃下去，黎昭肯定会胖不少。等这部剧上线并引起观众关注以后，大家就会看到一个容貌不再、全身发福的男人。谁还会喜欢这样一个艺人？

"宋哥，黎昭的公司没资源、没人脉，而且背后也没人捧他，怎么都不可能威胁到你的地位，我们何必花这么多心思去对付他？"助理有些不明白，宋哥既然忌惮黎昭，为什么还要把男主这个角色让给他？

"你懂什么？！"宋喻垂下眼皮，掩饰自己的心虚。几个月前，他梦到自己接了一部小成本制作的网剧男一号，这个剧组又穷又破，自己接到剧本以后也没有用心演。谁知这部剧播出以后，竟然在网上爆红，捧红了不少演员，尤其是男二号这个角色，几乎红遍了整个网络。唯有他演的男一号，因为人设差，不仅穷还执拗，引起不少观众反感，甚至有人跑到剧组官博下骂女主喜欢男一号不喜欢男二号是瞎了眼，骂编剧瞎写剧情等等。

梦醒后，他本来没把这事儿当真，谁知没过两天，就有人把这个剧本递到他的手里，剧本内容跟他梦里一模一样。他忽然就明白过来，也许这是上天给他的一次机会。所以，他必须要趁黎昭还没有冒出头时把对方狠狠踩死，消除这个威胁。

黎昭刚捧着没吃完的夜宵回到房间，就接到了经纪人张小源的视频电话。

"黎昭，你怎么又在吃？"张小源看到盘腿坐在床上，啃着烤猪蹄的黎昭，脑门上的血管开始突突乱跳。

"今天连续拍了十几个小时，都没时间吃饭，幸好有宋哥请客。"黎昭擦干净嘴角的油，两只眼睛笑成了弯月，"你也知道我是光吃不长肉的体质，又不用担心长胖。"

"我是不用担心你长胖，但是我怕你以后养成吃夜宵的习惯，没人请客后把自己给吃穷了。"见黎昭把手伸向另一支烤串，张小源忍不住咽了咽口水，板着脸语气凝重道，"昭啊，哥跟你说一件不好的事。"

"什么事？"黎昭抬头看手机屏幕。

"咱们公司倒闭了，老板带着老板娘跑路了。换句话说就是，咱们失业了。"这句话说完，张小源见黎昭拿着烤串没反应，忍不住问，"你……就没什么感想？"

"哦嚯？"黎昭眨了眨眼，对此深表遗憾。两人就这样看着手机屏幕，彼此相顾无言。

许久之后，黎昭见张小源的表情实在太过凝重，开口安慰："小源哥，别太难过。要不你先来我们剧组混饭吃？隔三岔五有宋哥给我们加餐，还能省不少餐费。"

虽然蹭吃蹭喝有些不顾脸面，但是为了能吃饱喝好，脸面有什么要紧？好在他们这个贫穷的剧组里，还有一个大方的宋哥，真是太幸运了。

第二天上午剧组开工，宋喻照旧姗姗来迟，抬头看到黎昭冲自己笑得一脸灿烂，心情顿时变得糟糕起来。笑笑笑，有什么好笑的？跟在宋喻后面的助理被这"亮闪闪"的笑容吓了一大跳，小声问宋喻："宋哥，他是不是想向我们借钱？"又或者是因为宋哥天天给人送夜宵，把人撑傻了？

"宋哥，早上好。"黎昭热情地向宋喻打招呼，然后殷勤地为他递上一瓶剧组提供的矿泉水，还不忘帮他拧开瓶盖。

瞅着递到自己手边的矿泉水，宋喻抬了抬下巴，语气冷淡："不用了，我只喝进口的水。"

黎昭闻言，赶紧收起这瓶售价不到两元的水，说道："宋哥就是有品位。"还很有钱！

明明是想羞辱对方穷酸，结果对方不仅没有感受到半点羞辱，还对他露出了敬仰与佩服的眼神。这让宋喻有种拳打棉花的挫败感，他"呵呵"两声，差点儿没忍住朝天翻个白眼，又努力对自己说冷静，宋喻，你一定要冷静，不久之后你就会成为当红男艺人，不要跟这种穷酸的土包子一般见识。想到这儿，他转身就走，走出好几步后，又听到黎昭美滋滋的声音："宋哥，你慢走啊。"

听到黎昭语气这么欢快，宋喻的助理忍不住回头多看了他几眼。那双明显带着笑意的眼睛，让助理的良心难得地受到触动。笑得这么开心，都不知道宋哥一直在整他，傻不傻？

剧组角落里，刘导翻看着监视器，对黎昭的表现还算满意："黎昭虽然不是科班出来的，但演出来的角色倒是很有灵气。"当初选定黎昭演男二号，不仅是因为他片酬便宜，更主要的是在一堆备选演员里他长得最好看。偶像剧嘛，总是要看脸的。如果不是宋喻好好的男一号不演，偏要去演男二号，刘导觉得这部剧的选角会更合适。

"各组准备，我们拍下一场。"刘导站起身，哄着宋喻与女一号去拍太阳下的戏。这些都是大爷，他一个小导演得罪不起。

下午结束拍摄后，黎昭找机会跟组里的工作人员提了一下，说自己的经纪人见他身边没有助理，所以接下来的半个月要跟组照顾他的生活起居。工作人员没有多想，当场就答应了。毕竟谁能猜到，一个剧的男一号会带着自家经纪人蹲在剧组蹭吃蹭喝呢？

一想到接下来的一段时间里，身边会多一个蹭吃蹭喝的人，黎昭面对宋喻时的笑容就不自觉地又灿烂了几分。可惜的是，当天下午宋喻就请假离了组，晚上没人给他投食了。黎昭在酒店里翻来覆去地睡不着，掏出手机点开外卖软件，发现晚上的外卖配送费竟然是白天的两三倍。叫外卖，他嫌弃餐盒费、配送费有点儿高；不叫外卖，他又饿得心慌。黎昭纠结了半天，干脆换上衣服出门找吃的。

酒店附近有条小吃街，在夏夜里非常热闹，就算到了晚上三四点也有不少年轻人来这边喝夜啤酒。黎昭在一个坐满了人的小摊上买了一份炒粉、几根烤串，拎着盒子哼着歌往回走。

第 1 章 夜宵

　　夜风吹在脸上，带着几分凉意，他在步行街旁边找到一张长椅，坐下来打开塑料食盒准备开吃。浓郁的油香让他胃口大开。刚掰开一次性筷子还没来得及把炒粉塞进嘴里，他就看到一个浑身脏兮兮、捧着破瓷碗的老大爷站在不远处，眼睛紧盯着他手里的炒粉。

　　他叹了口气，起身把一半炒粉拨到老大爷碗里，还分了两根烤串出去。目送老大爷吃着烤串慢慢走远，黎昭开始"埋头苦吃"。半盒炒河粉并不能喂饱一个二十岁的小伙子，黎昭摸了摸没有饱胀感的胃，把烤串上的肉啃得干干净净，连上面沾着的孜然粉都舔了几下。都说"半大小子，吃穷老子"，他没有老子，就只能吃穷自己了。

　　宋哥不在的一天，想他。想他送的烤猪蹄，想他送的奶茶，想他送的各种肉。刚才如果多买两个馒头就好了，馒头配炒河粉，好吃又管饱。

　　起身把垃圾扔进垃圾桶里，黎昭长长地叹了口气，准备回酒店睡觉。最近剧组在赶进度，为了配合宋喻的时间安排，接下来的两天几乎全是黎昭的戏。走了两步，黎昭忍不住回头看了眼不远处人声鼎沸的小吃街，很想回去吃碗香喷喷的牛肉面。可惜贫穷的钱包还不能让他过上"夜宵自由"的日子。

　　街边的路灯把黎昭的影子拉得长长的，孤独的黑色影子一直蔓延到街边停着的黑色汽车上。影子晃了晃，跟随主人慢慢前行。黑色汽车的窗户缓缓摇下，等黑色影子完全消失在街角以后，车窗再次升了上去。

　　"先生，您已经十几个小时没有用餐……"

　　"嗯？"车后排的男人坐在一团阴影中，唯有一只白皙的手露在昏黄的路灯光芒下。但是很快，这只手也回到了黑暗之中。

　　车内再次恢复了安静。

　　两天后，黎昭的经纪人张小源拖着硕大的行李箱来到了剧组，过上了给黎昭当助理的日子。他手脚快，嘴巴甜，每次剧组有人分享零食，他总能帮黎昭拿到一份。

　　宋喻假期结束那一天，工作人员的情绪变得有些低落，那种明明讨厌对方却要保持微笑的生活实在是太难了。所以，当宋喻踏进剧组那一刻，第一个热情迎接他的，竟然是黎昭。

"宋哥回来了，宋哥辛苦了。"黎昭一路小跑着给宋喻端来凳子，张小源跟在他身后搬了几个塑料凳子，招呼宋喻的助理坐下。

"黎昭，这是我这两天拍广告时，厂商送的代言产品。"宋喻让助理塞给黎昭整整一箱巧克力，"你拿回去慢慢吃，不够的话，我这里还有。"想到自己已经开始代言广告，而黎昭还籍籍无名，宋喻有些自得。他就不信了，这么多高热量的巧克力，还不能把黎昭喂胖？

"谢谢宋哥，你真是个好人。"黎昭双手接过装巧克力的箱子，看向宋喻的眼睛里仿佛有星星在发光。面对这样的眼神，宋喻微微有些心虚，扭头避开黎昭的视线，意味不明地轻哼一声，闭上眼睛不再搭理黎昭。

张小源看了眼黎昭手里的巧克力，张开嘴想说些什么，可是当他看到黎昭脸上的笑容后，又沉默了。黎昭是他带出来的，所以没有谁比他更清楚，黎昭究竟有多害怕饥饿。

日子一天天过去，剧组的拍摄已经接近尾声，黎昭也迎来了他二十岁的生日。剧组里又忙又乱，没人记得他的生日。晚上结束拍摄后，张小源拖着黎昭一起出去吃砂锅米线。

"昭啊，哥对不起你，当初说好带你出来过好日子，没想到公司却倒闭了。"张小源把一个巴掌大的蛋糕盒放到桌上，然后往黎昭面前推了推，拆开包装盒，煞有介事地戳了几支蜡烛，点燃后说："祝你二十岁生日快乐。"

"谢谢小源哥。"黎昭挠头一笑，"小源哥你说什么呢，当初如果不是你带我出来，我过的日子肯定比现在还要差。"

张小源苦笑一声："来，吹蜡烛前许个愿。"

黎昭认真地想了想，双手合十，默默许起愿来——希望小源哥不要失业，希望自己以后能够吃上很多的美食。

巴掌大的蛋糕，张小源只吃了一小块，其他的全部进了黎昭的肚子。两人从砂锅米线店里出来时，看到旁边一家高级餐厅的门口摆着很多漂亮的花篮，花篮上系着很多小孩子喜欢的气球，每只气球上都写着"祝王强小朋友十岁生日快乐"。看到这一幕，张小源忍不住扭头看了眼身边的黎昭。

"小源哥，小源哥！"黎昭指着不远处，"那里有人在卖小当家的气球。"说完，他就小跑着冲了过去。张小源跟了过去，听到黎昭在跟小贩讲价。一分钟后，要价十五块的气球，被黎昭以十块钱的价格拿下。

"我觉得这是个好兆头。"黎昭一本正经地把气球系在自己手腕上，"这预示着我的未来，肯定能吃到无数美食。"小时候，整个院里只有一台电视，他跟其他小伙伴最喜欢看的动画片就是《中华小当家》。大家一边对着动画片里的美食流哈喇子，一边立下了长大后要吃到动画片里的美食的伟大梦想。所以，想要实现这个梦想，就要多赚钱。

"你说得有道理。"张小源拍了拍黎昭的肩膀，"等你红了以后就会实现的。"他抬头看了眼色彩不匀、明显是劣质产品的气球，内心对未来燃起了一丝希望。万一就实现了呢？

当天晚上，一段路边监控视频被某个官方媒体的微博号放了出来。视频中，一位年轻人把自己的食物分给了流浪老人一半，分完食物后，年轻人坐回椅子上大口地吃着东西，看起来饿极了。官媒发这段视频，原本只是为了宣扬人性的善良，没想到不少网友的转发与讨论却偏了方向。

@春天小花：视频不是高清，看不清小哥的长相，但我的直觉告诉我，这是个小帅哥。

@熊餐餐：看着小哥独自坐在椅子上吃东西的样子，莫名觉得有些心疼，他看起来还很年轻。

@今天可以不加班吗：只有我注意到小哥舔烧烤签了吗？有种想给他买食物的冲动。

@四十米大刀：看完这个视频，我起身拎起餐桌边挑食的弟弟，把他揍了一顿……

网上的视频，引起不少官方媒体以及营销号的转载，甚至还有网红为了蹭流量，找到了那个被年轻人帮助的老大爷，给他送去了吃的喝的。

当地相关部门的工作人员，在了解此事以后，也妥善安置了老大爷。唯一让吃瓜网友感到遗憾的是，没有人找到视频里的小哥哥。

而"神秘小哥哥"此刻正端着剧组的盒饭，扒拉得比谁都起劲儿。原本没什么胃口的女一号，盯着黎昭看了两分钟后，拿起筷子多吃了几片蔬菜。

"昭啊，以后你如果有机会大红大紫，一定不能让粉丝知道你能吃。"张小源眼睁睁看着黎昭把饭菜吃得干干净净，顿时觉得自己就像是个心累的老父亲。

"为什么？"吃下最后一粒饭，黎昭擦干净嘴角，规规矩矩坐好。

"因为小仙男都是喝露水长大的。"张小源一下又一下地拍着黎昭肩膀，"以后有外人在，你记得克制一点。"

"小源哥，你忘了？"黎昭把餐盒扔进垃圾袋，同情地看着张小源，"咱们公司倒闭了。"张小源沉默，生而为人，他不配拥有梦想吗？

"没事，等拍摄结束以后，我打工养你啊。"黎昭贴心地安慰张小源，"我人年轻，体力好……"话音未落，他的微信提示有新消息。

黎昭盯着微信提示，迟疑了几秒，才缓缓打开聊天群。

明天更好：手术成功了！ @昭昭好运来 @会赚一个亿

黎昭激动得手都抖了，赶紧回复消息。

昭昭好运来：太好了，人没事就好！

明天更好：医生说，术后要在医院观察一段时间。兄弟们，这次真的要感谢你们，如果不是你们，小霞可能就撑不下去了。

昭昭好运来：好兄弟不说谢。

会赚一个亿：小昭说得对，好兄弟不说谢。当年你跟霞姐出去后那么辛苦，都不忘照顾院里的孩子，我们都记着呢。

张小源注意到黎昭面色激动，像是有好事发生，便问："有好消息?"

"霞姐手术成功了!"黎昭捧着手机,一双亮闪闪的眼睛望向张小源,"明哥刚刚发来的消息!"

张小源愣了半晌,也跟着笑了起来:"太好了。"

"是啊,太好了。"黎昭点开购物平台,唠唠叨叨道,"小源哥,你帮我查一查,哪些东西可以术后养身……"

看着黎昭低头认真选购产品的模样,张小源忍不住伸手摸了一把他毛茸茸的脑袋,轻笑出声。也许对于黎昭而言,周明与朱霞既是大哥大姐,又是父母般的存在。

张小源第一次见到黎昭,是在十年前。那时候张小源刚大学毕业,跟几个朋友一起去贫困地区做志愿者。狭窄的街道、险峻的高山,还有那些灰扑扑的看起来毫无时尚感的商店,让他们第一次真切感受到,原来世界上还有这么穷的地方。当他们来到几个县区唯一的福利院里,看着孩子们排队领餐,把碗里的饭吃得干干净净时,心里更是难受到了极点。

张小源注意到,角落里的一个孩子吃得特别快,就像是饿狠了,看到属于自己的食物就迫不及待地把它们通通塞进肚子里。小孩儿五官长得很好看,只是太瘦弱了,远远看去,就像是一个坐在椅子上的大头娃娃。他越看越心疼,掏出身上带的巧克力,打算分给这个孩子。走近了才发现,这个孩子手臂上全是淤青,脑袋上还留有血痂,像是被狠狠虐待过。

福利院的工作人员怕志愿者们误会福利院虐待小孩儿,赶紧解释了原因:"这孩子是前两天刚送来的,如果不是他的班主任老师发现不对劲,报了警,恐怕……"工作人员摇头叹息,又舀了一勺饭到孩子碗里。小孩儿抬起头,对工作人员露出笑脸,样子乖巧极了:"谢谢阿姨。"

刚从大学里出来的张小源,看到这一幕后,整颗心都软了。原来小孩儿常受养父母的虐待,老师发现这件事后报了警,引起了媒体的关注,他就被送到了这家福利院里。

他们这些志愿者,只是陪这些孩子做了半天的游戏,送了他们一些文具与衣服，但离开的时候，所有孩子都站在大门口送他们离去。张小源看到那个浑身是伤的小男孩，抱着他们送的书，笑得天真又无邪。面对这个笑容，他蹲在了孩子面前："你叫什么名字？"

"我叫黎昭。"

"很好听的名字。"张小源想摸摸他的脑袋，可是孩子头上的血痂与没有散开的瘀青让张小源收回了手。从那以后，他常常跟这个孩子通信。他给孩子讲外面的世界，孩子对他讲自己考了班上第一名的事情，还给他讲福利院里那些很照顾自己的哥哥姐姐。周明哥哥跟朱霞姐姐考上好大学了，结婚了，每年都给他们寄很多玩具与衣服回来。孩子说，他要像明哥跟霞姐那样，考上一流大学，赚很多很多的钱。可是就在黎昭参加完高考的那个暑假，他忽然告诉张小源，他不想上学了，他想赚钱，赚很多很多的钱。张小源很生气，赶到黎昭身边狠狠骂了他一顿。

"可是霞姐病了，很严重的病。"半大的孩子被他骂得抬不起头，乖乖坐在椅子上，看起来可怜极了，"医生说，她太劳累了。这些年为了资助我们这几个拖油瓶，明哥与霞姐一直省吃俭用，没房子也没孩子，甚至没有机会享受生活，我想她好好活着。"

"小源哥，你帮帮我。"他稚嫩的脸上满是坚毅，就像是头倔强的牛犊子，决定了方向，就死也不会回头。

张小源答应了他，从那以后，他没有问过黎昭的高考成绩，黎昭也不再提起上大学的事。黎昭跟影视公司签了十年的长约，凭借出色的长相，他在各个小剧组跑龙套、给人做替身，只为了攒更多的钱。

"小源哥，你发什么呆？"黎昭下完单，见张小源盯着自己发呆也不在意，乐呵呵道，"晚上我请你去吃麻辣烫？"

宋喻路过黎昭身边，就听到这么一句。他撩了撩眼皮，瞥了黎昭一眼：世界上竟然有这么穷酸的人，请经纪人兼助理吃不卫生的麻辣烫？

"能不能多加两颗牛丸？"张小源赶紧问。

宋喻在内心"嗤"了一声，原来不仅艺人穷酸，经纪人也穷酸。他掏出手机走到休息椅上躺好，点开了微博上的热门视频。这视频里的年轻人，看起来好像有些眼熟？他坐直身体，抬头朝黎昭的方向看了一眼，做贼似的把手机屏幕锁住。

"宋哥？"助理以为宋喻在网上看到了什么负面消息，赶紧道，"网友的话你不用放在心上，反正过个三五天，连他们自己都不记得说了什么。"

宋喻没有说话，他心神不宁地在手机上摸来摸去，害怕黎昭仍旧像预知梦里那样红透半边天。网上很快有新的言论传出。有人说："这段视频是故意摆拍的，现在一些人为了红，简直不择手段。"起初也有不少人跟着附和，然而没过几天，这段视频就被网友遗忘在脑后了。

# 第 2 章　面　馆

　　黎昭带着张小源在剧组待了大半个月，终于迎来了剧组的杀青宴。宋喻知道这部剧会大火，为了剧组成员以后多说他好话，自掏腰包请剧组主创在豪华酒店用餐。

　　这种吃大户的好机会，黎昭是舍不得错过的。为了晚上能多吃一点，他中午只喝了两碗稀饭。赴宴时他还把自己最好看的一套衣服穿在了身上。

　　豪华酒店的高级餐厅就是不同，就连服务员都穿着衬衫配马甲，黎昭甚至怀疑这些服务员穿的工作装都比自己身上的衣服贵。

　　餐桌上，主创们喝得东倒西歪，就连平时不大爱搭理人的女主演都多喝了两杯。黎昭摇了摇有些发晕的脑袋，见袖子上溅上了油点，赶紧起身去洗手间。这是他最好的一套衣服，以后还要穿呢，必须要好好爱护。

　　用洗漱台上的洗手液搓干净袖子上的油点，黎昭忽然听到重重的撞击声，他抽出一张纸匆匆擦了下袖子，走到门口查看。地上躺着一个浑身酒气的中年男人，蜷缩着身子，捂着后脑勺哼哼，看起来摔得不轻。离中年男人几步远的地方，一个穿着白色衬衫、套着西装马甲的男人靠墙站着，对方察觉到黎昭的视线，扭头看了黎昭一眼。

　　男人容貌出众得令人惊艳，只是面色苍白，就连嘴唇都是不太健康的粉白，像是受到了巨大的惊吓。没想到长得这么好看、这么有气质，打眼看上去像优雅贵公子的男人，竟然会是酒店服务员！黎昭愣了愣，瞬间明白了这是怎么回事儿。听到转角处有脚步声传来，他看了眼男人垂下的眼睑，伸手把男人拽到自己身后。男人似乎没有反应过来，在他身后扭了扭。

"别怕,这事儿交给我。"黎昭转身拍了拍男人的手臂,朝他咧嘴一笑,"论演戏,我是专业的。"

男人盯着他看了三秒钟,安静下来。

"先生!"两三个穿着西装的强壮男人从转角处跑过来,看了看躺在地上的男人,然后抬头看向黎昭的方向,停下了脚步。

"这位先生跟你们是一块儿的?"黎昭满脸都是关切与担忧,"刚才这位服务员送我来洗手间,就见这位先生突然摔在地上。我们正打算扶他起来,没想到刚巧你们就赶过来了。"

此时此刻,世界上最热心、最善良的无辜路人是谁?是他,黎昭!

这几个强壮男人面无表情地看着黎昭。黎昭往前跨了一步,让这几个强壮男人把注意力放到自己身上,然后露出无辜的微笑:"美酒虽好,但是贪杯易醉嘛,摔着自己多不好。"西装男们的表情……变得更加冷漠了。可能是因为西装男们的表情太过冷漠,所以气氛有些凝固,唯有还躺在地上的中年男人发出清晰的痛哼声。

时间一秒一秒过去,就在黎昭以为这几个强壮的男人已经开始怀疑他时,他们弯腰抬起地上的中年人,朝黎昭说了声谢谢。他们抬着中年男人没走多远,黎昭就看到有人脚下打滑,被他们抬着的中年男人脑袋重重撞在了墙上,发出"咚"的一声。这次,中年男人没有发出声音,因为他已经晕了过去。有钱人的保镖,都这么虎的吗?黎昭忍不住倒吸一口凉气,往后倒退两步,撞在了服务员身上。

"吓死我了。"黎昭揉了揉太阳穴,晚上被多灌了几杯酒,他的脑子有些发晕,拍了拍服务员的肩膀,"快快快,咱们赶紧走。"男人看了眼自己被拍过的肩膀,沉默片刻,跟在了黎昭身后。

"幸好没被他们发现不对劲,我怕我揍不过他们三个。"黎昭松了口气,小声道,"如果有人问起你这件事,你要坚持说不清楚,明白吗?"

男人盯着他看了两秒,缓缓点了一下头。

"这就对了。"黎昭欣慰一笑,"咱们出来讨生活,该装傻的时候一定要装傻,该脸皮厚的时候就不能太要脸面。"男人沉默地听着,他跟黎昭走到一个包间门外，半掩的门缝里隐隐有笑闹声传出来。

"你在外面等我一下，我去跟朋友打声招呼，然后陪你去见领班。"黎昭说完，见男人一脸呆愣地看着自己，似乎不明白黎昭为什么要陪他去见领班。

"有没有看过犯罪悬疑剧？"黎昭掩着嘴，对男人小声解释，"犯罪嫌疑人如果不想被人发现自己做了什么事，就需要不在场证明。"男人眼瞳微微颤动。

"这下懂了吧？"黎昭狡黠地眨眼，"我就是你的不在场证据。"见男人似乎没有反应过来，有些醉酒的黎昭直接道，"反正你不用担心，在这儿等我一会儿，我马上过来。"男人看到他大步走进包厢，似乎跟坐在主位方向的几个人说了什么，被众人灌了几大杯酒后，才脚步打晃地走出来。他身后的众人笑的笑、闹的闹，看起来并不是很在意他提前离开，都围着另外一个年轻人献殷勤。

"走吧。"黎昭用纸巾擦干净嘴角的酒渍，"我带你去跟领班打个招呼，就说你刚才帮了我大忙。顾客的亲口表扬，对你们服务员有帮助吧？"

男人看着他微微发红的脸颊，解开身上的马甲搭在手臂上，露出笔直、细挺的腰："没关系，我明天不在这儿了。"

黎昭脚步一顿，晃了晃晕乎乎的脑袋，扭头看了眼男人的脸与腰："辞职也行，你长得好看，遇到一些不讲道德的王八蛋会吃亏的。"

按开电梯，黎昭靠着电梯墙壁，努力让自己的脑子变得清醒一点。他见男人沉默不语，看起来情绪不太高昂，就说："虽然这种事有些糟心，但你也不用放在心上。错的不是你，是那些臭不要脸的人。"

男人抬头看着黎昭，突然道："好看的脸，不是害人的东西？"

电梯门打开，酒店大堂的冷气扑面而来，让黎昭打了个寒战。他转头回望男人，问道："你说什么？"

男人看着他红扑扑的脸还有水汪汪的眼睛，眼睑微微垂下："你叫什么？"修长的手指随意地解开衬衫最上面的两颗扣子，露出了白皙的脖颈。

看到这一幕，黎昭笑了一声："你不像酒店的服务生，更像是酒店的少东家。"这人白净、优雅，双手匀称、细腻，保养得极好，一看就知道家境不错。来这里上班，多半只是为了体验生活。

"你帮了我的忙，我请你吃饭。"眼见黎昭要撞到旋转门上，男人伸手拽住他的胳膊，带着他走出酒店大门。

"吃饭？"黎昭抬头看天，发现今晚的月亮格外圆，他往四周望了望，发现街对面有家面馆，伸手一揽男人肩膀，"走吧，我请你吃面。"男人看了眼搭在自己肩膀上的手，僵硬地被黎昭拖着走。

"我发现你好像比我高一点？"黎昭踮着脚跟男人比了比身高，确定自己比对方矮上几厘米后，哼唧了两声。

进了面馆，里面已经没有其他客人了。老板拿着拖把拖地，老板娘在辅导孩子做作业。见到有客人来，老板娘带着孩子进了后厨，老板把拖把放到一边，热情地招呼两人。黎昭被灌了一肚子酒，胃里有些难受，他要了两碗牛肉清汤面、两碟配菜，掰开一次性筷子递到男人手里。

"谢谢。"男人接过筷子。黎昭发现，对方的手比一次性筷子还要白。

面跟配菜上桌以后，老板娘拿了两个塑料包装的月饼放到他们的餐桌上："来，吃个月饼，祝两位帅哥中秋快乐，大吉大利。"月饼只有两个拇指头大小，应该是超市里卖的散装称重产品。

黎昭这才反应过来，今天是中秋节。他拆开包装袋咬了一口："五仁的？"接着，他探头看了眼男人面前的月饼，依稀看到包装袋上有"蛋黄"两个字。他虽然不挑食，但也不得不承认，蛋黄馅儿的月饼比五仁馅儿好吃。两口把月饼吃完，黎昭开始低头吃面。他的吃相并不难看，但是吃得很香，仿佛这碗只加了几片蔬菜、两片牛肉的清汤面是无上的美味。

男人盯着黎昭看了半晌，才低头用筷子夹起一根冒着热气的面条。面条不够筋道，菜叶不够水嫩，牛肉片也不是牛身上最鲜嫩的部分，劣质的醋散发着淡淡的酸味。男人只吃了一筷子便不想继续，可是看到黎昭认真吃面的样子，他犹豫了一下，又多挑了几根面到嘴里。

"我叫……晏庭。"男人把筷子放到碗边，动作优雅至极，"你呢？"

"我?"黎昭把面汤喝得干干净净,脸颊看起来更红了,"黎昭。"

"朝?"男人伸出手指,在桌面上画出字。

"是这个昭。"黎昭学着男人的样子,把名字写了一遍,"小学的语文老师说我这个名字特别好,意思是黑暗中的光明,代表着希望。"黎昭醉醺醺的眼瞳中有亮闪闪的光。

希望?晏庭眼睑微垂:"名字很好。"他还想说什么,黎昭的手机响了起来。

"我在酒店对面的面馆里。"黎昭听到张小源焦急的询问声,赶紧解释,"放心吧,我没有醉得太厉害。"

"醉鬼都爱说自己没有醉。"

黎昭无语,一个喝了酒的人,该怎么证明自己没有喝醉呢?

"我的朋友来接我了。"黎昭掏出手机付了面钱,找老板要了一张纸,写下自己的电话号码递给晏庭,"如果酒店还要找你,你就打电话,我给你做证人。"

晏庭看着这张撕得歪歪扭扭、丝毫不对称的纸,伸手接了过去。

"拜拜。"黎昭决定走一条直线出来,证明自己没有喝醉。可是没走两步,他就撞在了旁边的餐凳上。"没事没事。"黎昭回头看晏庭,"再见,还有就是祝你中秋快乐,阖家幸福。"

晏庭陪黎昭走到了街道旁,没过一会儿,就看到有人朝这边走来。

"昭啊,你可长点心吧。"张小源跑过来扶住黎昭,小声骂道,"那几个狗玩意儿真不是人,明知道你酒量不好,还故意灌你酒。"他们不就是看出宋喻不喜欢黎昭,才故意当着宋喻的面刁难他吗?

"狗玩意儿当然不是人。"黎昭哈哈大笑,"小源哥,你骂人的水平真烂。"

"你行你上啊。"

"我高中的时候是三好学生。"

"啥意思?"

"所以德智体美全面发展的我,从不骂人。"

许久之后,久到黎昭的身影再也看不见了,一辆黑色的汽车停在晏庭面前。"先生，事情已经处理好了，您现在是要回家休息吗？"穿着西装的男人快步从车里走出，弯腰替晏庭打开车门。

晏庭弯腰坐进车里，才想起自己手上还捏着黎昭送的纸条与一块没拆封的月饼。他把月饼随意扔到一边，拿出精致的手工剪刀，把纸条上不规则的边角剪去，直到它变成对称的长方形，才停下手。他看着纸条上的名字与手机号码，轻声念道："黎昭……"

两个月后，已是入冬时节。黎昭第一次担任主演的网剧《霸道女总的甜蜜爱恋》在青椒网播平台无声无息地上线了，除了剧组主创自发宣传，几乎没有任何宣传手段。

所有人都知道，这部剧会跟很多小成本网剧一样，无声无息地上线，然后再毫无声息地播完，不会有人关注，更不会有人讨论。就连剧组的众位主创也都没把这部剧放在心上。比如说，这部剧的女主演，如果不是经纪人提醒，恐怕连开播当天的宣传微博都会忘记发。

然而，让所有主创人员都没想到的是，这部剧的某段剪辑视频忽然就在网上火了。剪辑视频的标题是"面对如此美色，谁不想做霸道女总裁呢？"。视频中，干净美好的少年，时而笑，时而恼，时而背着霸道女总裁在草地上奔跑……

@我是正经人：面对如此美好的弟弟，我可以！我真的可以！

@苹果树上的梨：以前，我不懂小说里面霸道男总裁为什么总是喜欢坚韧小白花，看了这段视频后，我只恨自己不是霸道总裁。

@小熊宝宝：没什么想说的，只想啊啊啊啊啊！

@梅花树上没瓜果：你们这些肤浅的女人只知道看脸，本仙女不屑与你们为伍。就没人看到小帅哥的演技很好吗？绿荫下的回头微笑，眼神纯然不知事，这一眼让我想到了曾经暗恋过的白衣校草。还有捧着馒头在路边拼命吃的样子，更是让我心疼到了骨子里，恨不得当场掏出银行卡，跟他说："崽儿，你想吃什么妈妈给你买，砸锅卖铁都给你买，别饿着自己。"

@路上见到两分钱：我有钱，我养你啊！

自从《霸道女总》上线后，宋喻就一直捧着手机刷数据。最开始的几个小时，几乎没有什么点击和弹幕，直到后半夜观众才渐渐多了起来。宋喻看着渐渐热闹起来的视频弹幕区，激动得困意全无，他似乎看到了代言无数、人气爆棚的未来。但是渐渐地，他发现了不对劲。

在他做的那个梦里，这部剧上线的当天就有知名大V博主在微博上夸黎昭演的男二好看得让人心动，引来无数路人网友围观黎昭演的角色，最后竟渐渐捧红了这部剧。为什么现在还没人夸他演的男二有多好，反而有不少人在说男主让人心疼？

宋喻等啊等，终于看到了一条与自己有关的弹幕。

弹幕1：男二真是装，以为自己有钱就能从男主手里抢女朋友。也不想想人家女主又不缺钱，干吗不找个合心意的男友？

宋喻满脑袋问号。在那个预知梦里，这些观众不是这么说的啊？他们骂他演的男主角死脑筋、假清高、不知变通，是讨人厌的白莲花。剧情还是那个剧情，就连女主演都没有变，怎么事情的走向跟梦里的发展完全不同？此时此刻不应该有人来夸他英俊、多金还温柔，只可惜女主瞎了眼吗？

弹幕2：前面说男二的小姐妹不要走，英雄所见略同，我家小美人这么好，男二竟然敢嘲讽他。女霸总去哪儿了，你男朋友被欺负了，还不来帮忙！

弹幕3：呜呜呜呜呜，我哭得好大声，这么好的小可爱为什么不属于我，为什么我不是霸道总裁？

弹幕4：看到小可爱被欺负，我的心都碎了，崽儿，来妈妈怀里！

宋喻睁大眼，预知梦里这些观众明明夸黎昭演的男二英俊、优雅，

## 第 2 章 面馆

像梦境里走出来的小王子！他演的明明是同一个角色，这些人凭什么搞歧视？！

短短两天，《霸道女总》突然在网上有了讨论度，点击量也飞速上涨。这让播放平台喜出望外，当初他们低价买下播放版权，没想到会有这么大的收获。播放平台的宣传部门见状，赶紧配合这部剧在网上进行宣传，全部门同事似乎都看到了 KPI（关键绩效指标）完成的曙光。

《霸道女总》的剧情反传统套路，就像是主流总裁剧里的男女主互相拿错了剧本，但意外地符合女性观众的胃口。多金、帅气、有谋算的女主，俊美、可爱、阳光、温柔的男主，他们本不该有交集，但是他们相遇了，相爱了。

网友们全程带着欣慰的笑容刷剧，看得正高兴的时候，发现后面的剧集还未更新。很多人为了比普通观众多看四集，只好充值青椒视频的会员，全看完后就跑去青椒视频的官博下问什么时候更新。

青椒视频见网友对《霸道女总》的关注度越来越高，于是决定做一期主演见面会。但是很快他们发现，男一号没有微博，没有公关团队，就连曾经待过的经纪公司也在几个月前倒闭了。青椒宣传组只好联系剧组工作人员，废了不少劲才拿到男一号经纪人的电话号码。

"小源哥，你真要在这里开店？"黎昭看着灰扑扑的店面，总觉得不像是能赚钱的样子。这里是大学城，店铺租金特别高，整条街上什么店都有，竞争压力太大了。

"我开店，你当服务员，空闲的时候你就看看书。"张小源停顿了一下，"朱霞的身体渐渐康复，你跟公司签的经纪约也已经无效。你没人气、没人脉，也不好继续在娱乐圈里混下去，接下来几个月别出去打工了，留在店里好好复习，等到明年六月重新参加高考去。"

黎昭没有接重新参加高考的话茬儿，只是道："小源哥，我只是担心你开店亏钱，到时候连老婆本都没了。"

张小源沉默了，他突然想起来，已经三十二岁的自己，不仅没有老婆，连女朋友都没有一个。"哪壶不开提哪壶，信不信我抽……"张小源正准备呼黎昭一巴掌，手机却响了起来。他看了眼来电显示。《霸道女总》剧组的工作人员怎么会给他打电话,难道是有新角色找昭昭?电话一接通,张小源就听到对方激动的声音。

"啥?"张小源愣了好久,挂了电话后愣愣看向黎昭,"昭啊,今天是四月一号吗?"

"清醒一点,现在已经入冬了。"黎昭见张小源脸色不对劲,"怎么了?"

"青椒视频想邀请你去参加他们平台最火的自制谈话节目,有出场费可以拿,你去不去?"张小源隐隐想起对方还说过"剧火了"之类的话,忍不住有些失笑,一个从导演到演员都穷的破剧组,对"火"的标准可能不会太高。虽然他们以后不打算再混娱乐圈,但是出场费还是要赚一赚的。

赶往青椒视频的路上,黎昭心疼价值四位数的衬衫与鞋子,特意叫了一辆网约车。车到了以后,司机一个劲儿给黎昭道歉,原来她车上还有个两三岁的小孩子。因为孩子睡着了无人照顾,她只好带着孩子出来赚钱。

"没关系。"黎昭温柔地看了眼乖乖睡觉的孩子,"我坐副驾驶就好。"

"谢谢,谢谢。"司机对黎昭说了好几个谢谢,才发动汽车往目的地赶。

"车里暖气有些足,要不要给孩子脱下外套?"黎昭注意到孩子的脸颊有些发红,小声道,"要不,把温度调低一点也可以。"

司机把车停到路边,轻手轻脚地替孩子脱下外套,轻轻搭在孩子肚子上。"抱歉,耽搁您的时间了。"司机再次发动汽车,她看起来很年轻,只是神情有些疲惫。

"没关系,我不赶时间。"黎昭笑了笑,"你是位好母亲。"

"有什么好不好的,她是我肚子里掉出来的肉,她爸不要她,我却不能不爱她。"司机咧嘴笑了一下,她笑起来并不好看,眼神却很温柔,"一想到她醒过来会因为找不到我害怕大哭,我就舍不得。可养孩子需要花钱,我只好一边赚钱,一边把她带在身边。等她上幼儿园,我就能方便多了。"黎昭听着司机的倾诉,脸上露出温柔的笑意。

下车后，黎昭给司机打了五星好评，刚走进青椒视频办公大楼，就有工作人员热情地上来迎接："黎老师，欢迎您的到来，我是《青椒娱乐》节目组的工作人员，您叫我小王就好。"

"王哥好。"黎昭脱下厚外套，露出剪裁合身的白衬衫。

王哥领着黎昭上楼，两人刚走出电梯，就有内部工作人员过来拍照。王哥对黎昭笑了笑："黎老师饰演的白小杜太成功了，公司里很多同事都很喜欢这个角色，所以看到你出现，他们有些激动。"

"王哥过奖了。"黎昭在心中偷偷感慨，大公司的人做事真是到位，连他这种毫无名气的透明艺人都给足牌面。到了休息室，有化妆师过来给黎昭化了简妆，还有工作人员拿了一沓剧照过来，请黎昭签名。

宋喻一踏进休息室，就见几个青椒视频的工作人员围着黎昭合照。他面色变了变，勉强挤出笑容："黎昭，你来得挺早。"

"宋哥好。"黎昭一看到宋喻就想起无数美味的夜宵，脸上的笑容格外热情。

宋喻皮笑肉不笑地"嗯"了一声，他一看到黎昭就想起那些骂他的弹幕，心情难免有些不平静。早知道预知梦这么不靠谱，他就不该让黎昭演男一号，这么高的人气全都被黎昭给占了。很快，女主演也赶到了，久不见面，她见到黎昭似乎格外开心，还送了黎昭礼物。宋喻在角落里翻了个白眼，平时在剧组这个女人什么时候给过黎昭正眼，现在见黎昭在网上有了人气，倒是知道套近乎了。不知她是打算炒作男女主是好朋友的话题，还是炒作男女主有暧昧的恋情话题？

《青椒娱乐》是网络娱乐节目，节目内容比较轻松，话题也更符合当下年轻网友的喜好。采访节目开始没多久，主持人就直接谈到了热门话题。

"昭昭，这部剧在我们平台上播出以后，受到了很多观众的喜爱。短短几天内，点击量就以几何倍数上升，很多观众说想要变成霸总来爱你，对此你有什么感想？"

面对主持人温柔甜美的笑容，黎昭老实回答："我觉得……霸不霸总不重要，重要的是心灵相通，而且我这个人挺好养，管吃饱就行。"

女主持看着黎昭湿漉漉的双眼,笑容也跟着柔软起来:"看来咱们昭昭是个吃货。"

黎昭突然想起张小源提醒过他,不能让外人知道自己能吃,于是赶紧抢救自己的小仙男形象:"这倒不是,我的意思是,只要有感情,其他都不重要。"

"原来是这样。"主持人笑出声,"仔细看看昭昭你的身材,确实不太像能吃的。"

女主演与宋喻齐齐扭头看向黎昭,然后齐齐沉默。宋喻想到黎昭吃了他那么多夜宵跟巧克力却半点都不发胖就有些憋气。

"昭昭你跟宋喻在剧里虽然是情敌,但是在戏外你对他有什么评价呢?"网上有很多骂男二的言论,所以女主持就把话题扯了过来。

"宋哥啊?"黎昭笑得一脸诚恳,"宋哥是个好人,在剧组里非常照顾我。"

宋喻内心狂吼:这样的好人卡我不屑要!

女主演也是一脸无奈,全组上下都知道宋喻不喜欢黎昭,只有黎昭自己不知道。

采访又继续了半小时,从表面上看,三位主演表现的时间都差不多,但宋喻明显感觉到,主持人更偏向黎昭。捧高踩低,红就了不起哦?

"接下来还有半个小时的直播节目,请三位老师休息片刻,十分钟后我们开始直播,可以吗?"女主持看了下网上的热度,直播还没有开始,直播间已经有不少网友等着了。娱乐圈里,每隔几年就会出现一匹爆红的黑马,而这些黑马最后能红多久谁也料不准。

王小红把沉睡的孩子抱到床上放好,才拖着疲倦的身体走进卫生间,坐到马桶上拿出了手机。屏幕上弹出一条视频平台的推送消息,好像是某些明星正在直播。她随意点了进去,发现屏幕里有个看起来很熟悉的人影。这不是刚才坐她车的那个温柔又体贴的年轻人吗?他竟然是明星!没想到明星也是坐网约车出门,身边也没有其他人所说的助理或帮手,这是多么朴实、接地气啊!

当一个新人开始走红,有粉丝追捧,就会有人讨厌。尤其是与这个新人同类型的艺人的粉丝，下意识就会觉得，这个新人如果大火，就会夺走自家偶像的娱乐圈资源。所以，直播还没开始，就已经有网友在暗讽黎昭的长相了，有人说他离了电视剧磨皮滤镜，颜值不怎么样；还有人说他土气，觉得喜欢黎昭的人都没见识；等等。

青椒视频官博的直播预告下吵得乌烟瘴气，不过占据主力的还是"舔屏"的颜值党。黑粉说什么都没有用，她们就是觉得黎昭好看，为了他这张脸，她们可以把屏幕"舔"得干干净净。

直播开始后网友们发现，女主演坐在中间，男一男二分坐在两边。与打扮得时尚又精致的宋喻相比，穿着白衬衫的黎昭几乎称得上是美颜盛世。

苹果派：妈妈，我快不行了，这里有个男人偷走了我的心，我想要嫁给他。

偷偷偷偷笑：啊啊啊啊啊啊啊！世间竟有如此绝色，朕的大内总管呢，朕今晚要翻他的牌子！

昭昭就在我的床上：前面的做什么白日梦？昭昭跟我说了，等他回来就给我做午饭。

小树开花：你们都走开！崽崽，妈妈不允许你看其他女人！

"现在，让我们随机抽取一些直播观众的问题。"女主持挑了几个与女主有关的问题，"有网友问，如果是现实中，你是喜欢白小杜这样的男孩子，还是喜欢周少那样的？"

女主演朝着直播镜头羞涩一笑："这种事，主要看缘分吧。"说完，她扭头朝黎昭笑了笑。然而，正低头看桌上小点心的黎昭，压根儿没有接收到女主抛来的眼神。有眼尖的网友注意到这一幕，顿时在直播弹幕区刷满了"哈哈哈哈哈哈"。

网友1：崽崽，你这样子是交不到女朋友的，你有没有看到莎莎的微笑？

网友2：昭昭坐在沙发上的样子好像刚上幼儿园的小朋友哦，

乖得不得了。

网友3：某些打算嗑男女主真人的粉丝，我劝你们冷静一点。如果你们对微表情感兴趣的话，可以发现一些有趣的事。

网友4：终于有人说出来了，直播一开始我就发现，姚莎莎有几次主动拿眼神跟黎昭打招呼，但是黎昭却完全没有注意到，显然他潜意识里觉得，姚莎莎是不可能主动跟他交流的。

网友5：姚莎莎早几年参加过选秀节目，不过没有红起来，但是比毫无名气的黎昭有地位一些。

网友6：呵呵，楼上把黎昭说得跟个小可怜似的，恐怕是不知道，这部剧原定的男一号是宋喻吧？

此言论一出，顿时引起无数人的好奇，整个弹幕评论区都炸开了。正在直播的黎昭还不知道，自己在某些人嘴里已经变成了为所欲为的"资源咖"。他随机抽了一个问题。

"昭昭，这部剧播完以后，你对未来有什么打算？"见黎昭竟然抽了一个毫无话题度的问题，主持人心里有些失望。

"其实拍完《霸道女总》以后，我是打算跟经纪人一起去开面馆的。"黎昭羞涩一笑，"但是由于租金太贵，我们还没把店盘下来。"

"你的意思是说，如果这部剧无人关注，就要转行了？"主持人喉咙有些发干，难怪一开始他们这边联系不上黎昭，原来人家打算不干了。

网友1：完全无法想象，我家崽崽跑去开面馆会是什么样子？

网友2：为了让崽崽留在娱乐圈，大家要多宣传这部剧啊！只要你们做《霸道女总》的自来水，我们就是异父异母的亲兄妹！

网友3：不好好演戏，就带自家艺人去开面馆赚钱……崽崽的经纪人是谁，他知不知道让这样的绝色去开面馆是暴殄天物？

"我很庆幸这部剧能让部分网友喜欢，因为有了她们的支持，才让你选择留在了娱乐圈。"主持人双手合十，"所以为了让昭昭安心留下来，希望这部剧能大红大火。"

黎昭有些为难地看了眼女主持，其实他只是来赚出场费的，至于要不要继续混娱乐圈，这事儿还没定呢。

主持人看了一下网上的反馈，笑着道："很多网友说，你演的白小杜就是她们心中完美的白月光，让人难以忘怀，对此你有什么看法？"

"角色就是用来让观众喜欢的，大家把白小杜当哥哥、弟弟、白月光都行，大家开心就好。"说完，黎昭又补充了一句，"当然，我是不行的。"

"为什么？"女主持见弹幕区几乎被"啊啊啊啊"刷了屏，已经能够想象到手机或是电脑后面那些观看直播的粉丝有多疯狂，"你觉得你自己本身与白小杜这个角色差别大吗？"

"有些地方差别很大，有些地方很相似。"

"可不可以跟大家说说，有哪些地方相似？"

"我们都挺穷的。"

弹幕区的"啊啊啊啊"瞬间被"哈哈哈哈"代替。还有不少网友在弹幕区呼唤各大品牌商，让他们来找黎昭做代言人，给可怜的孩子一碗饭吃：

【求求各大厂商，救救孩子，让他赚点钱吧？】

【想给崽崽打钱！】

主持人与黎昭的互动结束以后，就到了跟宋喻互动的环节。很快，节目组工作人员就发现，弹幕数量明显减少，连观看直播的在线人数也开始减少。但是，宋喻有人捧，所以节目组特意挑了一些讨喜又有话题度的问题，帮宋喻拉高路人的好感度。没问几句，主持人就发现，宋喻不仅在剧里爱显摆，在现实中……也酷爱显摆。什么住别墅、从小受精英教育，说到这些还时不时用眼角瞥一下黎昭。这不是等于告诉所有人他瞧不起黎昭吗？主持人努力地打圆场，脸上的笑容近乎僵硬，最后只能自暴自弃地任由宋喻炫耀，反正以后会有观众教他做人的。

宋喻的态度，确实引来了很多网友的不满：

【嗯……我怎么觉得宋喻故意在黎昭面前显摆呢？】
【搞笑的是，宋喻都做得这么明显了，女主演还时不时捧宋喻的场。前面有人说两个主演不熟，我还以为他们是在胡扯。现在看来，他们真的不太熟。】
【其实……我觉得黎昭好像根本就没有发现宋喻在故意向他显摆……】

宋喻提到别墅时，黎昭两眼亮晶晶；提到常在剧组请客时，黎昭笑眯了眼；说到精英教育时，黎昭是满脸的敬仰。

【看到这么傻乎乎的崽崽，心疼……】
【心疼+1】

宋喻显摆完自己的家境，得意地看向黎昭，却对上了一双充满敬仰的眼睛。宋喻无言以对，他不要什么敬仰，他要的是羡慕嫉妒恨！

【在他们眼神相遇的一瞬间，我似乎看到了宋喻内心的崩溃。】
【对于爱炫耀的人来说，最痛苦的莫过于炫耀完以后，发现对方不仅无动于衷，甚至还有些小兴奋。】
【杀人诛心，求宋喻的心理阴影面积，哈哈哈哈哈哈哈。】

节目组发现弹幕区再度活跃起来，都松了口气。看来这部剧红了以后，不管姚莎莎跟宋喻买了多少通稿与热搜，实红的仍旧是黎昭。娱乐圈就是这么奇怪，小红靠捧，大红却要靠命。有些人天生有大红的命，谁都拦不住。

直播结束以后，黎昭跟工作人员合了影，签了名，顺便收了节目组送的零食大礼包，才从内部通道赶到地下停车室。看着停车室里的各式汽车，黎昭扭头看了眼殷勤送他下楼的工作人员，沉默了，思考着该怎么委婉地告诉对方：他没有车。

一辆炫目的敞篷跑车"唰"的一声停在黎昭面前，宋喻摘下墨镜，对黎昭挑眉一笑："不好意思啊黎昭，我先走一步。"说完，车子喷了黎昭一脸尾气，扬长而去。

黎昭叹了口气，他应该抢在宋喻开口前说话，这样就能免费蹭一趟车了。有青椒视频的工作人员在，宋喻肯定不好意思拒绝。青椒视频的工作人员笑得一脸尴尬，早就听说宋喻天天在剧组针对黎昭，没想到竟然会做得这么明显。

"黎昭。"恰在此时，一辆黑色的汽车缓缓停在黎昭面前，黎昭透过只开了一小半的窗户，看到了一张白得有些透明的脸。这人看起来有些眼熟……

"上车，我送你。"他微微抬首，露出完美的下巴。

"黎先生，您请。"驾驶座上走下来一个戴着白手套的男人，替黎昭打开了后座的车门。

地下室没有暖气，黎昭看到后座上的男人只穿了一件衬衫与一件浅色毛衣，怕冷空气窜进去让对方受寒，只好转身跟青椒视频的工作人员道别，然后快速坐了进去。

"谢了啊。"黎昭脱下厚外套，朝来人感激一笑，"晏庭，你怎么在这儿？"

晏庭见黎昭两手冻得通红，把放在自己膝盖上的暖手宝递给黎昭："刚巧路过。"几个月没见，这个年轻人看起来还是那副活蹦乱跳的样子。

"谢谢。"黎昭哆嗦着把暖手宝揣好，有些不好意思地朝晏庭笑了笑。他不懂车，但是能开得起车并请得起司机的人，家里面的条件可能比他想象得还要好。

"最近城南在拆迁。"晏庭看着黎昭，眼神黝黑如望不到底的深井。

"啊？"黎昭一脸茫然。

"我家拆迁了。"

"恭喜？"黎昭为晏庭感到高兴，"那你以后就可以做自己喜欢的工作了。"不用为钱发愁的日子，实在是太好了。

晏庭的视线在他满是喜悦笑容的脸上扫过，绷着嘴角道："我没有亲人，身体又不好，所以请了司机。"

"你、你节哀？"黎昭不知道该说什么好，只好默默抱紧那个暖手宝。

"没事。"晏庭脸上似乎出现了一丝笑，但很快又消失，"相遇就是缘，你上次请我吃饭，这次换我请你。"

"那怎么好意思？"黎昭是个有原则的人，他不占好人的便宜。

"好吧。"晏庭还是那副平静的模样，"反正我已经习惯了一个人吃饭。"

黎昭："……咱们上哪儿吃？"

此时此刻，写完创业计划开始玩手机的张小源，发现自己竟然莫名其妙上了微博热搜，只是热搜的话题对他不怎么友好。

#张小源，快带你家艺人回娱乐圈#
#张小源，我们不吃面，我们只要崽崽#
#张小源，请你独自滚出经纪人圈#

张小源满头问号，虽然很蒙，但是想到这有可能就是自己人生的巅峰，赶紧先把热搜话题榜截了图，再点进去看究竟发生了什么。

【我的崽崽那么好，一定不能去卖面啊！】
【崽崽，妈妈不允许你那么做！】
【王八蛋张小源，带着我家崽崽跑路了！】

看着热搜话题里的一片骂声，张小源激动地搓了搓手。据说一个不被粉丝骂的经纪人算不上一个成功的经纪人——他终于要走上人生的巅峰了吗？

他还没来得及打电话问黎昭事情的详细经过，他的手机里就不断有微信消息发过来,还有陌生号码打过来——全是来打听他家昭昭未来工作计划的!张小源这些年虽然没混出什么名堂,但是看多了捧高踩低这一套。平日里看都不愿意看他一眼的人,忽然主动问他昭昭的消息,还说了一大堆吹捧的话,这让他更加谨慎。

## 第 3 章　拆　迁

豪华餐厅内，黎昭看着满桌子的菜，欲言又止。晏庭看出他有话要说，请服务员出去以后问道："你怎么了，饭菜不合胃口？"

"不是。"黎昭看了眼比自己小臂还要大的龙虾，小声道，"我们随便吃点什么就行了，这些玩意儿太贵了。"当时，他愿意出手帮助晏庭，一是酒壮怂人胆，二是实在不忍心大好青年被油腻的中年男人欺负。反正那会儿他也没想过继续混娱乐圈，所以就凭着良心做事，没有什么顾忌。

"你不喜欢？"晏庭眉头微皱，"那我们换个地方吃。"

"我不是这个意思。"黎昭失笑，解释道，"就我们两个人，吃啥都行，何必浪费这么多钱？你现在还年轻，虽然拆迁款不少，但往后要花钱的地方有很多，不能乱花。"

晏庭给他倒了一杯热饮："钱不重要，你喜欢这些就好。"

"谁说钱不重要？钱这玩意儿能救命呢。"黎昭捧着热饮杯子喝了一大口，"我知道你是想感谢我上次帮了你的忙，但我不是什么讲究人。吃烧烤、撸串、煮火锅都行，实在没必要这么破费。"想到晏庭没什么亲人，黎昭实在担心他会被人哄骗着把钱花光。可他们两人不过萍水相逢，做人最忌讳的就是交浅言深，黎昭只是随手帮了对方一个小忙而已，不好说得太多。

"你现在是一个人吃饱，全家不饿，等结婚生子了，花钱的地方可不少。"黎昭一脸感慨，"有啥不能有病，没啥不能没钱，以后咱们可别这样了。"

"好，不过今天点都已经点了……"

"那就不能浪费。"黎昭挽起袖子，准备要大干一场，"来，咱们多吃点。"

"这只给你，这只给我。"黎昭把大龙虾钳敲开，肉分给晏庭一半，"上次制片人请大家吃饭，桌上也有只大龙虾，可惜其他人都不动筷子，我也没好意思伸手。"

黎昭取出龙虾肉，再蘸着餐厅大厨秘制的调料，吃得十分香甜。晏庭见了沉默地放下手中的刀叉，学着黎昭的样子吃了起来。食物顺着喉咙进入食道，难得没让晏庭觉得恶心跟乏味。黎昭吃东西的速度很快，不过吃相很好看，让人觉得他正在吃的食物一定非常美味。

黎昭发现晏庭吃东西时细嚼慢咽，也不爱说话，但是神奇的是，即使对方不说话，他也不会觉得气氛尴尬。可能是因为对方吃相太斯文、长得太好看，让他产生食物不会被抢走的安全感，但黎昭拒绝承认自己是这么肤浅的男人。

"上次的事，很感谢你，为了不打扰你工作，就一直没有给你打电话。"晏庭吃完黎昭分给他的虾肉，就没再吃什么东西，面前的一盅汤已经没了热气。

"其实，我也没那么忙。"黎昭干咳一声，他实在不好意思让对方知道，他这两个月一直没有接到角色，所以干脆跑去送外卖了。

"上次听你说，演戏你是专业的。"晏庭白净、修长的手指搭在杯子上，"你是演员？"

黎昭点头，随即不好意思地笑道："如果混得不好，就改行干别的。"

温热的饮料滑入口腔，晏庭握杯子的手多用了两分力道。把杯子放回原位，他忽然道："你很好。"

"嗯？"黎昭夹菜的动作顿住。

"你会混得很好。"晏庭用手帕擦了擦嘴角，苍白的嘴唇似乎多了两分血色。

"承你吉言。"黎昭咧着嘴笑。刚得知霞姐生病要花很多钱的时候，他还想着一夜爆红赚很多钱，但是现在他对红不红的也没什么想法了。

吃完饭，晏庭坚持送黎昭回家，黎昭推辞不了只好同意。

"和你吃饭，我很开心。"黑色的汽车开过人潮拥挤的街道，凹凸不平的路面让车子颠簸得有些厉害。晏庭看着车窗外拥挤不堪的人群，还有看起来有些灰扑扑的小店面，整个人与这个世界格格不入。黎昭觉得，对方说开心的时候，那张面无表情的脸实在没有什么说服力。

"已经很久没有这样跟人安安静静地吃完一顿饭了。"他忽然扭头看向黎昭，长长的睫毛在眼睑上留下一片阴影，然后把手机递到黎昭面前，"能加一个随时都能联系的账号吗？"

"微信？"见晏庭就这么直接把手机递到自己面前，黎昭愣了愣，掏出自己的手机，指了指手机桌面上的微信图标，"我扫你？"晏庭点了点头，直接把自己的手机放到黎昭手里。

这也太没防备心了，手机怎么能随便交给别人？黎昭规规矩矩地点开微信，发现对方的头像竟然还是微信默认的灰色图标。通过好友验证后，他把手机递给晏庭。"以后不要随便把手机交给别人。"黎昭想起现在很多年轻人喜欢宅在家不出门，又道，"以后我如果出门玩，叫上你一起。"

晏庭点开微信，看到了黎昭的微信名字——昭昭好运来。"好。"晏庭收起手机，"下次你一定要叫上我。"

"车就停在这边。"黎昭看了眼车窗外，赶紧道，"巷子里面有很多本地农户摆小摊，像这样的车子不好开进去。"

"兄弟，谢谢你的午餐，下次我请你。"黎昭伸手拍了拍晏庭的肩膀，拉开车门走了出去，走之前没忘记带上打包盒。

"对了。"他走了两步，又扭头走回来，趴在窗户上看晏庭，"有什么事记得给我电话，我的电话二十四小时开机。"

晏庭看着趴在车窗上的笑脸，缓缓点头："好。"

"那下次见。"黎昭笑眯眯地挥手，转身走进这条看起来有些脏乱的小巷。

晏庭看着他慢慢消失在小巷后，面上唯一的暖色消失得无影无踪。伸手按上窗户，他闭目往椅背上一靠："回去。"

车辆安静地穿过一条又一条街道，准备进入一扇大门时，一个男人冲了过来。"徐先生，徐先生。"中年男人神情憔悴，扑在车头上求饶，"徐先生，求您饶了我，几个月前是我有眼无珠，冒犯了徐先生……"

"先生。"司机回头看面无表情的晏庭。

晏庭神情平静地看着狼狈得像条狗的中年男人，戴上一双洁白的手套，打开了车窗。

"徐先生！"见车窗打开，中年男人连滚带爬跑到车窗边跪下，"先生，千错万错都是我的错，求您高抬贵手，放我一马。"

"呵。"晏庭忽然轻笑出声，眼中却毫无笑意。

看着突然露出这个表情的晏庭，中年男人无端觉得恐怖，他哆嗦了一下，喉咙像是被堵住了一般发不出半点声音。

晏庭瞥了眼中年男人受到惊吓的表情，收起冷冷翘起的嘴角，关上了车窗。

透过缓缓关上的车窗，中年男人仿佛看到了地狱来的恶鬼，哆嗦个不停。外面都说徐家当家人是个克父克母的恶人，心狠手辣，原来传言都是真的……手机响起，他浑浑噩噩地接通。"老王，你见到那位先生没有？"

"见、见到了。"中年男人牙齿打战，"可是徐先生连一句话都不愿意多说，老哥，我这次完了，真的完了……"

自从几个月前他醉酒回家后，生意就屡屡受创，就连原本的老主顾都跟他断绝了生意上的来往。眼见公司几近倒闭，他四处托人打听自己究竟得罪了哪位大神，才知道自己得罪了一位令人谈之色变的人物。

"你叫他什么？"电话里忽然传来老友的惊呼声。

"徐、徐先生啊。"中年男人有些疑惑，难道他还能把人的姓给记错？这些年他虽然贪杯好色，但脑子还行啊。

"你难道不知道，这位先生最不喜欢别人称他为徐先生吗？！"

中年男人没想到对方有这么多奇怪的癖好，整个人呆若木鸡。天冷了，他们王氏看来是要破产了。

"不过你还有一线希望，你不是查到那位先生是与一位容貌出众的年轻人一起离开的吗？"电话那头的朋友还在出主意，"据我所知，庭先生从不让外人靠近自己三步以内,这个年轻人跟庭先生肯定关系匪浅,你可以试试走他的路子。"

中年男人现在是病急乱投医,赶紧问:"现在还来得及吗?"

"尽人事听天命吧。"电话那头的朋友叹息一声,"总要礼节性地抢救一下。"

中年男人无语,礼节性抢救?

出租屋里,黎昭盘腿坐在床上,一边听张小源念叨,一边看青椒视频的录播:"小源哥,有这么多人喜欢我吗?"

"颜粉的爱,就是昙花开。铁打的颜粉,流水的美男美女。"张小源把整理好的影视公司信息递给黎昭,"颜粉都是朝秦暮楚的,你这样的美男,就像是他们后宫里的妃嫔,他们今天可能喜欢你这个昭妃,明天就有可能喜欢张妃、李妃。"

摸了摸自己的脸,黎昭恍然大悟:"这么说起来,我就是靠美色获得君心的新宠?"

"想多了,你顶多算凭借姿色选秀进宫的秀女。"张小源将厚厚一沓当红艺人资料扔在黎昭面前,"看看,这位不仅长得好看,还有神奇的锦鲤体质,有他参演的作品往往特别顺利;还有这位,才貌双全,听说还是书法协会的会员;还有他,演技精湛,唱歌好听,会自己识谱作曲;还有这些、这些,擅长武术的、乐器的、家里有矿的、爹妈支持的……"张小源细数了一箩筐当红小生的特点,再看黎昭,"不过,你还有一点比得过他们。"

"是什么?"黎昭眼神闪亮着。

"穷。"

黎昭心疼地抱紧了自己。

"不过,我们也不是毫无胜算。"张小源安慰地拍了拍黎昭的肩膀,"至少你还有张好看的脸,只要有靠谱的公司与资源,就算不能在颜粉的后宫混成贵妃、皇后,至少也能是一宫主位。"

黎昭沉默。娱乐圈好难,做人好难,他还是开面馆去吧,至少晏庭以后能多个吃饭的地方,还不用花冤枉钱。

黎昭与张小源挑了一晚上的经纪公司,最后两人发现,大多数公司开的都是空头支票,他们根本就不在意黎昭未来的发展,只想借用他现有的人气,把粉丝当作赚钱的机器。如果不是张小源见过太多刚进娱乐圈的艺人被坑,恐怕就要相信这些空头支票了。

"合同条款里有很多陷阱,你先不要急着签。"张小源打开青椒视频,"现在这部剧免费剧集是六集,VIP会员可以抢先观看四集,加起来就是已经播出了十集。也就是说,总共还剩下三十五集待播,以平均每周两到四集的更新速度,你至少还能维持两个月左右的剧播热度。咱们先别慌,说不定后面还有更好的选择。"

"好。"黎昭点头,"我听小源哥的。"

张小源失笑:"就不怕我坑你?"

"不怕,在我身无分文的时候你帮了我,大不了就从头再来。"黎昭豁达一笑,"再说了,我相信你不会坑我。"

"你这次人气高起来,会遇到很多事,凡事多长脑子,不能管的闲事别管。"张小源起身打开冰箱,把黎昭带回来的打包盒拿出来,揭开盖子后神情凝重地看向黎昭,"昭啊,你买彩票中奖了?"竟然打包这么贵的菜!

"没有,几个月前认识了一个朋友,今天他请的客。"黎昭把打包的食物倒进餐盘,"菜点得太多,我们两个吃不完,就打包带回来。这些都是没动过的,你放心吃。"

"我倒不嫌弃吃没吃,咱俩最穷的时候,连馒头配咸菜的日子都能过。"张小源进厨房打开火,开始热菜,"你这朋友挺大方,请你吃饭竟然还能剩这么多菜,敞亮!"

黎昭觉得自己受到了人身攻击,但是他没有证据。

网友们期待的《霸道女总》剧集更新终于来临,他们兴冲冲地点进去后,却发现内容有问题。整整两集的内容,大部分镜头竟然都是男二号的,他们家可爱的昭昭崽崽呢?谁要看男二号端着酒杯或是坐在车里装模作样,他们只想看女霸总与灰小伙儿的甜蜜爱恋!有情绪比较激动的网友,跑到《霸道女总》官博下质问剧组人员,引得官博亲自出来解释说这是剧情需要,还放了一段黎昭在剧组的拍摄花絮。

　　花絮里面,被雨淋得湿漉漉的黎昭一遍又一遍地走着机位,后期在花絮里加了二胡配音,听上去格外凄惨。就在大家心疼得不行时,镜头忽然加速,大家就看到黎昭蹦蹦跳跳地走出取景范围,拿起桌上放的奶茶,喝得满脸享受——粉丝们觉得自己心疼的眼泪在这个瞬间消失得无影无踪。

　　【我家崽崽淋了雨的样子,真是出水芙蓉,美貌得让人心疼。】
　　【婆婆,我跟你的看法一样!】
　　【滚,我没有儿媳妇!】

　　大家对男一号剧情减少的不满被官博发出来的花絮抚平了,但是还有一个人对此事格外耿耿于怀。

　　陆任稼在《霸道女总》里饰演暗恋女主的青梅竹马,他的剧情不多,但人设十分讨喜。《霸道女总》的意外走红让还是学生的他十分高兴,但是随后他就发现,与他有关的剧情被剪掉不少。他愤愤不平地刷着剧下的评论,心头的火气越演越烈。忍一时烦得心浮气躁,退一步气得胸口生疼。陆任稼在床上翻来覆去睡不着,掏出手机,打开微博,发现自己的账号冷冷清清,难得有几条评论,大多也都是在问黎昭什么时候开微博,可不可以叫黎昭来开微博之类的。

　　他深吸两口气,回复了其中一条评论,并选择了转发。

　　@陆任稼:回复@熊宝宝:好的,我去帮大家问问【可爱】【可爱】//@熊宝宝:陆小哥哥,能不能帮我们问问,昭昭崽崽什么时候开微博呀?

　　陆任稼转发了这条微博后,很快就引来很多电视剧粉的关注,不到半个小时,陆任稼的粉丝就涨了将近1万,这让他尝到了甜头。于是,他在手机里东找西翻，勉强找到两张有黎昭的大合照，发到了微博上。照片一发，果然又引来无数人关注。

【啊啊啊，我家崽崽真是白得发光。】

【崽崽的站姿好乖，像是拍小学生在拍毕业照，妈妈的崽崽，是世界上最好的崽！】

【多谢陆小哥哥的分享，照片存了。】

这是陆任稼开通微博以来收到评论与点赞最多的一条微博，这让他既得意又意难平，因为这些人嘴里叫他陆小哥哥，但是眼里、心里只有黎昭。

黎昭、黎昭……他之前一直瞧不起黎昭，因为对方除了一张好看的脸以外，什么都没有。没有背景、没有资源，穷酸又没见过世面，想要在娱乐圈混出头，比登天还难。可是谁也没想到，黎昭祖坟上冒了青烟，竟然真的有了人气。不知道剧组有多少人后悔当初没有跟黎昭打好关系。

怀着难言的复杂心思，陆任稼点开剧组男二号宋喻的微博，看到他故作帅气的自拍照，还有热热闹闹的评论区，忍不住冷笑了一声。谁会不知道呢，下面一大半叫好的都是花钱买来的水军。想到宋喻在剧组故意为难黎昭的那些行为，陆任稼眼神一黯，换上自己的小号，点开了某个八卦营销号的私信。只有男一号与男二号一地鸡毛，才有他出头的机会。

周末更新，主要剧情又回到了男一号与女一号身上，《霸道女总》官博又迎来了一拨赞扬声，这让经营官博的工作人员十分感动，于是又放出了三个剧组花絮。三个花絮里，只有一个与黎昭有关，结果这个花絮的播放量明显高出另外两个花絮好几倍。不管是业内人士还是普通粉丝，都看得出这部剧里人气最高的是饰演男主角的黎昭。一些厂商看到这些数据，内心已经蠢蠢欲动。

就在剧粉对更新的剧情感到心满意足时，有营销号忽然爆料：宋喻与黎昭在剧组不和，宋喻仗着自己是资方那边塞过来的人经常迟到早退，甚至让黎昭湿着衣服等他来拍戏。宋喻的粉丝顿时不满，大骂营销号胡说八道，还说宋喻只是一个男二号，怎么可能欺负剧组里的男一号？

@娱乐八八八：宋某的粉丝不要在我微博下上蹿下跳，我这里可是有不少实锤，你们如果再闹，就别怪我继续爆料。

宋喻的粉丝更加气愤了，不仅在评论区破口大骂，还举报这个营销号的微博内容不实。吃瓜群众乐得看热闹，纷纷在评论区起哄，等着新鲜的"瓜"掉落。

宋喻的经纪人一看到这条微博就深感不妙。宋喻是公司力捧的新人，这个营销号是对手公司养的号，爆出来的料肯定会对他们不利。情急之下，他赶紧联系宋喻及公关团队，连夜商量应对方法。

"现在还不知道对方会爆料什么内容，我们首先要做的就是联系上黎昭的经纪人，让那边配合我们澄清谣言。"经纪人扭头问心不在焉的宋喻，"你跟黎昭有没有发生过冲突？"如果没有深仇大恨，他们这边开出一个价格，不愁黎昭那边不同意。

宋喻和他的助理闻言都沉默了。每天不用正眼看黎昭，还想把对方喂成胖子，算不算有冲突？

经纪人一看两人心虚的表情，就知道事情有些不妙。以宋喻的狗脾气，得罪人还真不是奇怪的事。这种情形下，别说帮着澄清，黎昭那边不趁机踩上一脚就算是九天下凡的圣母了。

团队还没有想出完美的对策，凌晨一点，营销号又更新了内容。

@娱乐八八八：某团队联系我，想让我删掉几个小时前的微博。可惜八爷我今晚心情好，决定满足各位吃瓜群众的愿望。据十分可靠的内部人士爆料，某个男演员上面有人捧，背景深厚。某部正当红的网剧原本定了他为男一号，而某个受欺负的小可怜男艺人是男二号，可惜霸道男演员嫌弃男一号人设不好，临近开机逼着剧组更换演员表。小可怜艺人没背景没资历，某男演员点名让他演男一号，还在背后嘲讽人家是本色出演。只可惜他没想到，小可怜竟然因为这个他看不起的角色一炮走红，气得某男演员半夜起来打骂助理。

@娱乐八八八：接上条爆料，没想到粉丝竟然还怀疑爆料的真实性。你们可以去翻某剧组官博，看看他们发宣传微博时，谁的名字在前，谁的名字在后，就知道这个剧组有什么猫腻了。顺便再给某小可怜艺人粉丝爆个小料，小可怜在剧组里常被男二号排挤，女主演也不怎么搭理小可怜，倒是有几个性格开朗的配角演员会带着小可怜一起玩。至于是哪几个配角演员，你们可以自己去发现。

这个爆料一出，引起了无数剧粉对黎昭的心疼，宋喻微博评论区沦陷了，公关团队请来水军都压不住剧粉的愤怒。倒是黎昭的唯粉比较冷静，纷纷在黎昭的微博超话里呼吁，在事情没有得到证实之前，不能到宋喻微博下发表任何可能给崽崽招黑的言论。

第二天一早，黎昭应邀参加某平台的活动，刚走下车就被无数记者包围。

"昭昭，网上有人爆料称，你在剧组受到某个演员的不公对待，请问是真的吗？"

刚从车上下来的"某个演员"听到记者问的这句话面色都僵住了。刚给晏庭发完消息请他晚上一起吃火锅的黎昭，看到突然蹿到身边的记者，满脸迷茫地说："哈？"

他迷茫、无辜的表情就像是迷路的孩子，而这些蜂拥而至的记者则像即将围城的丧尸。一个容貌精致、年仅二十岁的大男孩迷茫地看着你，你是心动还是讨厌？正面黎昭的女记者看着这样的黎昭，心忍不住软了一下。不过身为合格的娱记，为了点击量与话题度，别说只是心软，就算是心动也会照问不误。

"近来有人爆料，说你在剧组受到某个重要男配角的不公对待，请问这是真的吗？"记者们不愿意放弃这个机会，继续围着黎昭追问。

重要男配角⋯⋯这几乎是在明着说这个人就是宋喻。众目睽睽之下,黎昭心虚地低下头:"你们……都知道了?"

见黎昭难过地低下了头,记者们的眼神变得炙热了——来了,来了,正主要爆大料了!摄像机、录音笔就位啊!"对啊,对啊,我们都听说了,你给我们详细讲讲经过,大家都很关心你。"

跟在宋喻身后的助理腿一软,悄悄地把宋喻塞回车内,然后挡在了车门前。

"让开!"宋喻伸手推助理。

助理赶紧把他按回去,劝道:"宋哥,宋哥,你别出声,趁记者不注意,我们赶紧走。"

"我凭什么要走?"

"我怕黎昭的粉丝激动之下,会动手打人。"

宋喻无语,黎昭现在哪有什么粉丝,喜欢他的全是冲着电视剧角色跟他的颜值去的!

黎昭被记者们炙热的眼神吓得往后退了一步,后背撞上了无数的摄像机与话筒。他只是厚着脸皮蹭了宋喻的夜宵与零食吃,没必要让这么多人拍下来吧?他也是有偶像包袱的年轻人。"当着这么多人的面说,是不是有些不好?"黎昭说得超小声。

"没什么不好,你的粉丝也很关注这件事。"记者哪能让黎昭把热门话题绕过去,"请你一定要讲一讲。"记者们的内心充满期待——打起来,打起来!

"不公对待,是有那么一点点。"黎昭干咳一声,"其实也没什么好说的。"

"没事,跟我们聊一聊嘛。"记者焦急地等黎昭爆料。

宋喻的助理警惕地看着四周举着黎昭牌子的粉丝,时刻准备带着宋喻跑路。

"那我就……就说一点?"黎昭脸颊微微发红。

"嗯嗯,说说说!"记者们已经迫不及待了。

"宋哥知道我晚上容易饿,所以经常安排助理给我买夜宵吃。"

"嗯?!"记者隐隐觉得,这好像不算受到不公对待,"还有呢,还有呢?"一定是因为他还没说到重点。

黎昭没想到这些记者会打破砂锅问到底,再看四周围得死死的人群,他知道自己一时半会儿也冲不出去,只好继续交代:"几个月前,宋哥代言了一款很美味的巧克力,当着剧组其他人的面送了我一箱。其实,他私下里还让助理偷偷又送了我一箱。"说到这儿,他赶紧对着镜头道,"剧组的其他兄弟姐妹,你们别怪宋哥不公平,全怪我太能吃,宋哥才会偷偷多送我一箱,宋哥这个人超好的。"

嗯?嗯?嗯?记者们有些傻眼,这跟他们预想中的"不公对待"好像完全不一样。不,不对,他们想要的不是这个!

"宋哥常安排助理给我送营养餐,还安慰我说,我年龄比他小,照顾我是应该的。实在没想到,会让大家觉得宋哥这些行为不公平,我感到很抱歉。"黎昭对着镜头乖乖来了一个标准的九十度鞠躬。他心里还记着张小源跟他提的小仙男人设,所以勉强掩饰了一下自己特别能吃的这件事。

看着鞠躬的大男孩,这群记者竟出现片刻的死寂,大概他们第一次见到这么"奇葩"的艺人。现在网上的主流言论都是同情黎昭、辱骂宋喻,黎昭若是聪明的话,就不该在这个时候帮宋喻说话。

大众对"美强惨"的人有种天然的同情与喜爱心理。黎昭长得好看,即使在帅哥多如过江之鲫的娱乐圈,也属于抢眼的那一挂;加上他演技有灵气,虽然不是科班演员却能把角色演得讨喜生动,勉强称得上既美又强。

他缺的就是惨。只要让一些对他有好感的观众产生"这个演员真惨,我好心疼"的心理,剧粉与路人粉就很容易转化成他的唯粉。要是黎昭有点儿脑子,就会选择说些模棱两可的话,既给自己留足后路,又让观众心疼他。

什么叫久旱逢甘霖、喜从天降、否极泰来、喜出望外?宋喻的助理从未像此刻这般深切地领会到这几个成语的滋味。他没想到黎昭竟然主动为宋哥说好话,还把宋哥夸了一番。再厉害的公关手段,都比不上当事人的亲口澄清!黎昭究竟是什么小仙男啊,长得好看、心地善良、舍己为人，简直就是新时代艺人的典范。

"宋哥，黎昭亲口澄清了这件事，巧克力品牌方肯定不会取消代言合约了。"助理情绪激动地对宋喻小声道，"这可真是帮了我们大忙了。"整个公关团队想都不敢想的事，就这么发生了。

宋喻盯了被记者重重包围的黎昭半晌，忽然扭头轻哼了一声。长得好看有什么用，还不是个猪脑子，连他的故意针对都看不出来。

平台方请来的保安终于姗姗来迟，他们挤开记者，让《霸道女总》剧组的几个演员顺利走进贵宾通道。与挤满记者又喧闹的大门口相比，通道里安静得有些过头。

女主演姚莎莎或许也知道网上的爆料，有意无意跟黎昭套近乎，免得等会儿黎昭表现得跟她半点都不熟让剧粉看笑话，落实她在剧组冷待黎昭这件事。可惜套了半天近乎，在他们上台后，黎昭还是客气有余，亲近不足，就算两人站在一起也要隔着两步距离。听到台下剧粉们激动的尖叫声，姚莎莎脸上的笑容都快僵硬了。宣传经纪人想让她跟黎昭炒作，可是黎昭这个态度，只要不是瞎子就能看得出他们私下并不熟悉，她能怎么炒？

提问环节，要测试演员间的默契度。当主持人问到黎昭喜欢什么口味的奶茶时，姚莎莎想也不想就写了草莓。她记得有一次自己让助理请剧组喝奶茶时，黎昭喝得干干净净。

"看看咱们昭昭的答案是什么呢？"平台主持人翻过黎昭的写字板，"香草味。"

答对的人不是姚莎莎，也不是在网上营销自己与黎昭是好友的陆任稼，而是宋喻。

宋喻不想说话。他如果不了解黎昭的口味，还怎么把黎昭喂肥？为了让黎昭身材走样，他私下付出了多少心血，这些人是不会知道的！

节目录制结束后，宋喻扭扭捏捏走向黎昭，正准备高傲地表示一下自己并不需要他的同情，就见黎昭抱着外套匆匆跟着平台方工作人员走进了电梯。

"宋哥，黎哥……"陆任稼上前一步，刚开口就被宋喻打断。

"哥什么哥，人家黎昭才二十岁，你比人家大两岁，也好意思在人家面前装嫩？"宋喻朝陆任稼嗤笑一声，"黎昭是我的对手，你是什么玩意儿？"在网上营销自己跟黎昭关系好，蹭热度蹭那么急切，当谁看不出来。热度不是所有人都配蹭的。

没想到宋喻的态度会这么直白，两人身后还有平台方的工作人员，陆任稼脸臊得通红，可又不敢明着跟宋喻叫板，只能尴尬地赔笑："宋哥真会开玩笑，我是敬重黎哥的演技与人品，所以才称他为哥。"

回应他的，是宋喻的一声冷哼及离去的背影。陆任稼不用回头，就能猜到平台工作人员在用什么眼神看他。他紧咬牙关，心里发了狠。要不是背后有人撑腰，宋喻能这么拽？

## 第 4 章 运 气

黎昭在工作人员的陪护下赶到地下停车场，匆匆跟工作人员道别后，就拉开一辆黑色汽车的门坐了进去。

"哥们儿，让你久等了。"黎昭把外套放在膝盖上，扭头对坐在旁边的晏庭道，"今天录制超时了，你饿了没有？"说完，从外套衣袋里掏出两只橘子，"刚才在休息室拿的，先吃着垫肚子。"

晏庭接过橘子拿在手里把玩，注意到黎昭脸上的妆还没卸，便问："最近很忙？"

"趁着现在有人看剧，赚点出场费。"黎昭又从外套里掏出一张现金优惠券，喜滋滋道，"我打听过了，只要不是节假日，优惠券都可以用，咱们等会儿敞开肚子吃，我请客。"

看着黎昭手里拿着的彩印优惠券，晏庭的眉梢微微一动。活了将近三十年，这是第一次有人请他吃饭还用优惠券。

"我在美食点评软件上看过了，不少客人说这家店的味道好，服务态度也不错。"黎昭点开软件，让晏庭看顾客评论，"几个月前我就想去尝尝，可惜没机会。"可惜没钱。

大男孩细数着这家店的特色菜，晏庭沉默地听着，直到他说得差不多以后，晏庭拧开一瓶未开封的饮料，递到黎昭手里。

"谢啦，哥们儿。"黎昭咕咚咕咚喝下几大口，"刚才有些环节拍得不顺利，来回拍了好几遍，我嗓子都冒烟了。"他的声音充满活力，那股欢快劲儿仿佛从骨子里冒出来，然后充盈到四肢百骸，甚至是头发尖儿上。

晏庭很喜欢听这个大男孩说话，热闹又不聒噪。"后来呢？"晏庭应了一声，等着对方继续说下去。

## 第4章 运气

"后来就是我迟到了，害你等这么久。"黎昭叹气，"可惜小源哥今天有事，不然叫上他一块儿吃。吃火锅就要人多才有气氛。"

"你提前给我发了消息，所以我没等太久。"晏庭声音仍旧平静，"录节目的时候，可以发消息？"

"嘿嘿。"黎昭把橘子皮扒了下来，伸开五指又握了起来，"在录节目的间隙发消息，拼的就是手速。"像他这种刚有点儿人气的新人，只有他配合节目组拍摄的份儿，能偷偷发条消息出来，已经足够心惊肉跳了。

车子开到地下停车场出口，黎昭见姚莎莎跟她的助理站在一辆白色汽车旁边，车的引擎盖打开了，里面还冒着白烟，似乎出了什么故障。"黎昭！"姚莎莎似乎知道车里坐着的人是黎昭，主动朝黎昭的方向微笑着挥手，似乎在向他求助。

司机见这个女人认识黎昭，犹豫地减缓了车速，却没有停下，而是等待晏庭的示意。"停车。"晏庭面无表情地开口，他摸向放在旁边的白手套，突然停顿片刻，转头看了眼坐在旁边的黎昭，把手收了回来。

黎昭瞅着对自己笑得热情的姚莎莎，不自觉地往晏庭身边挪了挪。意识到自己这样对女士可能有些不礼貌，他赶紧坐回原位，把车窗打开一半，问："莎莎姐，请问出了什么事？"

"我的车出了点故障，不知道什么时候才能修好。"姚莎莎对黎昭歉然一笑，"下午我还有一个通告要赶，能不能麻烦你送我一程？"

送一程，等于不能跟晏庭去吃火锅，等于优惠券不能用，等于浪费钱，等于让晏庭白等这么久……在电光石火间，黎昭脑子里出现了无数念头，最后用更加抱歉、更加无奈的表情看向姚莎莎道："对不起莎莎姐，中午我有很重要的事，不能送你过去。我这里有主办方工作人员的电话号码，要不我请他们过来帮你安排车辆？"本来他想帮姚莎莎叫辆网约车的，可是想到会从自己的账户上扣钱，抠门贫穷如他，只好假装忘记还有这个选择。

"怎么能麻烦你？"姚莎莎的表情有片刻的僵硬，随后她忽然俯身，似乎想离车里的黎昭更近一些。

黎昭往后挪了挪，同时问道："莎莎姐，你还有什么事？"

"没事。"姚莎莎看着恨不能离自己十米远的黎昭，脸上的风情万种终于化为面无表情，"两天后我们要去香果台录节目，期待跟你的见面。"

黎昭赶紧挥手告别："再见！"随后迫不及待地关上窗户，整个人往椅背上一靠，像是刚渡了一场劫。

"她是你在剧组的朋友？"晏庭问。

"朋友算不上，最多就……同事吧。"不好当着同性说其他女孩子的坏话，黎昭把剥好的橘子塞进嘴里，吃点橘子压压惊。

刚进剧组的时候，姚莎莎对他的脸挺满意的，有天晚上披散着头发，穿着睡衣去敲黎昭的门，吓得可怜的他以为酒店闹鬼，死都没开门。从那以后，姚莎莎就再也没有用正眼看过他，剧组其他人都看黎昭的笑话。黎昭觉得不理她挺好的，谁要跟一个半夜敲门吓人的演员做朋友。

姚莎莎看着那辆迫不及待开走的汽车，忍不住低声骂："不懂风情的穷酸鬼，活该当一辈子都找不到女人的单身狗！"

助理仿佛没有看见姚莎莎面目狰狞的样子，在她耳边小声说了几句，姚莎莎的表情慢慢缓和下来。

黎昭站在离火锅店十步远的地方踌躇不前："有点儿不对。"他看着空无一人的火锅店，对晏庭道，"听说这家店生意很好，每到饭点就会排起长队，怎么今天一个人都没有？"难道今天不做生意？他扭头看了眼特意赶来接他的晏庭，怎么也不能让哥们儿白跑这一趟，于是揣着优惠券走向门口面带微笑的服务员，开口道："你好，请问今天照常营业吗？"

"今天照常营业，贵客您往里边请。"服务员笑容变得更加热情，"请随我来。"

黎昭朝晏庭招手，带着晏庭一起进店。

正在擦桌子的服务员起身朝他们温柔一笑，既热情，又不会让人觉得尴尬。整个大堂没有任何客人，过往的服务员见到他们纷纷微笑问好，服务态度堪比顶级大酒店。人均消费不到两三百的店，服务态度竟然这么好？

黎昭偷偷拉了拉晏庭的袖子，小声道："这家店是不是换老板了，怎么一个客人都没有？"那他的优惠券，还能不能用？刚说完没片刻，就有几个客人推门走了进来，说说笑笑很是自然，其中一人问服务员优惠券的事，服务员回答优惠券正常使用。黎昭安下心来。

店里没什么客人，服务员领他们来到了包间，介绍道："两位先生是鄙店服务态度升级计划启动后的第一桌客人，所以我们特意给贵客安排了豪华包间，并会赠送几道最新菜品，祝贵客们用餐愉快。"

竟然还有这种好事？从小运气就不太好的黎昭，有种自己开始转运的错觉。想到这儿，他扭头看向晏庭。自从上次随手帮了晏庭以后，他演的网剧忽然就走红了，连吃饭都能遇到优惠大酬宾，难道……这就是传说中的蹭运气？

"庭庭啊……"黎昭伸手搭在晏庭的肩膀上，"你平时的财运是不是特别好？"

"嗯？"晏庭没有推开肩膀上的手，也没有计较黎昭对他的奇怪称呼，而是拿起电子点单器挑选着上面的菜品，"为何这么问？"

"我穷了二十年，但是在认识你以后，忽然看到了赚钱的曙光。"黎昭煞有介事道，"你说，这是不是你给我带来的好运？"

"好运？"晏庭点单的动作微微缓下来，他看向黎昭的眼神略有些怪异，"你觉得，我给你带来了好运？"

"那必须啊。"黎昭"啪啪"拍了两下晏庭的手臂，把凳子往晏庭身边拖了拖，心情十分愉快，"去年年底，小源哥花了五十块，找人帮我算了一次命。算命的说我前面二十年虽然命运多舛，但是只要不放弃自己的命运，就能遇到贵人，从此大富大贵，吃喝不愁。我觉得吧，这个贵人可能就是你。"

"贵人……"晏庭把点单器塞到黎昭手里，"不要迷信。"

"不是迷信，这是神秘的玄学。"黎昭把放在晏庭肩膀上的手收了回来，翻了一下点单记录，"怎么就点这么几样，连毛肚跟鸭血都没有，有忌口的吗？"

"没有。"晏庭摩挲着白瓷茶杯，抿了一口茶。

"那就把点菜这件事放心地交给我。"黎昭熟练地点着菜，担心晏庭不太能吃辣，所以特意点的鸳鸯微辣锅底，"我可是吃火锅小能手。"

服务员上菜的速度惊人地快，每道菜都新鲜得让黎昭怀疑，他们的肉是现宰的，菜是现摘的。"先生，这是我们赠送给您的菜品，还有一张会员打折卡。"服务员把卡递到黎昭手里，"以后只要您带朋友过来消费，都享受三折优惠。"

"谢谢。"黎昭接过会员打折卡，朝晏庭挑了挑眉，内心高声尖叫——庭庭，你果然是我的贵人！

黎昭的眼神太直白，晏庭一眼就能看出他在想什么。火锅汤底已经煮沸，发出"咕嘟咕嘟"的声音，晏庭顺手夹起生菜叶往锅里放。

"等等，生菜不能最先放。"黎昭一把按住他的手，"让食物在最恰当的时间进入我们的肚子，是我们对它们最大的尊重。"

低头看了眼被黎昭按住的手背，晏庭把那片在筷子上摇摇欲坠的生菜放回盘子："好。"

"牛肉可以先放几片下去，但是不能煮得太久，会影响口感。"黎昭把食材倒进锅里，按照经验把它们捞起来，用公筷夹到晏庭碗里，"你喜欢吃蒜吗？"他瞥了眼晏庭的油碟，里面除了油，什么都没有。

"不讨厌。"

"那要不要试着在油碟里加点蒜，没有蒜的油碟，会让火锅失去灵魂。"黎昭把装蒜的碗放到晏庭面前，"需不需要加点？"

晏庭用小勺舀了一点在碗里，转头见黎昭还盯着蒜碗，于是又加了一小勺……不知不觉，他就在黎昭亮闪闪的目光中，在油碟里加上了蒜末、葱花、花生碎、蚝油、醋，唯有在香菜上他没有妥协。

嫩滑的牛肉，在油碟里三百六十度翻滚，进入口腔的那一瞬间，香味瞬间占据所有味蕾。"好吃。"黎昭几乎要怀疑，他以前吃的都是假牛肉，因为今天的肉口感实在是太好了。偷偷看了眼这道牛肉的价格，便宜得让他怀疑老板一定是家里有矿，才会这么任性地定价。

"烫好了，来，尝尝。"黎昭帮着晏庭烫好鸭肠，见晏庭小段小段咬着鸭肠，忍不住大笑，"庭庭，看来你真的不常吃火锅，鸭肠要这么吃才过瘾。"鸭肠在油碟中浸泡几秒钟，上面沾上了各种调料，全部夹起来放进口中，咀嚼时那种脆嫩爽滑的口感，可以完美地讨好吃货的舌头。

晏庭发现，好像每道菜进入黎昭的嘴后，都能奇异地变得美味。他学着黎昭的样子，把整段鸭肠放进口中，其实并不能算美味无比。面对黎昭期待的眼神，他慢慢咽下鸭肠，用纸巾擦干净嘴角，缓缓点头："不错。"

"嘿嘿嘿。"黎昭得意一笑，下菜的动作更加灵活，全程都没让服务员插手，最后服务员干脆安静地退了出去，把空间留给了他们。吃到后面，黎昭随便煮了几片素菜，跟晏庭分着吃。"吃饱后，一定要吃几筷子素菜，才算有吃火锅的仪式感。"黎昭一本正经地胡说八道，"你猜是为什么？"

晏庭配合地问："为什么？"

"因为这样就能告诉自己的大脑，今天吃的饭荤素搭配了，是健康的吃法，身体一定不会长胖。"黎昭撩起袖子，露出自己的胳膊，"看，这就是我不长胖的秘诀。"

晏庭沉默几秒，才开口道："不要迷信。"

"是玄学。"黎昭仍旧很坚持。

在黎昭跟晏庭愉快地吃火锅的时候，张小源用只有几个僵尸粉的微博账号发了一条微博。

@小源哥：我家小孩儿真是不懂事，路遇同剧组的女艺人的车出了故障，只知道请人来帮忙，也不懂得送人回去。我问他为什么，他竟然振振有词地表示，怕别人误会女同事。他一个刚满二十岁的屁孩子懂得什么，谁会因为他误会女同事？今天的我，仍旧是个为没情商艺人操碎心的经纪人。

这个账号是几天前注册的，所以没有剧粉知道这就是不久前被他们要求独自滚出娱乐圈的张小源。张小源发出去的微博暂时还没有引起其他人的关注，倒是记者采访黎昭的视频开始在网上走红，尤其是黎昭一脸茫然，对着镜头表示疑惑的片段，让一些网友母爱爆棚，恨不得对着他的脸揉两把。有手速比较快的网友,已经靠着这段视频做出了一系列的表情包及动图,比如"昭昭是个乖宝宝,昭昭什么都不知道""昭昭式惊讶""你莫唬我""我还是个孩子啊""昭昭鞠躬"等,这些图很快在网上蔓延开来。也许使用表情包的人还不知道黎昭的名字,但他已经开始用这种方式,默默地刷起了自己的存在感。

这段采访出来以后,宋喻的粉丝开始疯狂夸赞黎昭,从他的相貌夸到他的人品,甚至默认两人是好兄弟、好哥们儿。

@我爱小鱼儿:小鱼儿不像某些人,见谁红了,就说跟谁是好朋友。奉劝某个死命营销"知心好哥们儿"人设的三十八线艺人,不要仗着人家黎昭没有微博账号,就肆无忌惮地蹭热度、踩同剧组其他人。

@鱼儿的暖手帖:谁叫我家小鱼儿是个耿直男孩,不懂得营销自己,白白让某些不要脸的人抹黑。

宋喻的对家粉丝见宋粉趁机卖惨,差点儿恶心得把隔夜饭吐出来。宋喻天天买水军吹嘘自己,还好意思说不懂营销?不过,他们再看不惯,也不会在这种大乱斗中冒头,免得把自己心爱的艺人拖下水。

对于宋喻的公关团队而言,黎昭站出来帮宋喻说话,绝对是意外之喜。宋喻的经纪人满脸感慨地对宋喻道:"没想到以你的狗脾气,竟然还会有人无私地为你说话。"

谁都能看出来,在这个时候,保持沉默才是黎昭最好的选择。平心而论,如果他是黎昭的经纪人,一定会拦着黎昭在这个时候说话。这么好的卖惨机会竟然不好好珍惜,是不是傻子?可是当这个傻子帮自家艺人说话的时候,他就只有开心的份儿了。

"我们这边还没有联系上黎昭的公关团队,他就主动站出来帮你说话。如果不是他,你刚拿到手的巧克力代言就要没了,这是个大人情,你记得亲自向黎昭道谢。我这边看看,有什么适合黎昭的资源介绍给他,算是还了这个人情。"经纪人看了眼宋喻的脸,"你们不是同类型的演员,就算他以后有机会发展起来，对你也不会有太大的威胁。"

宋喻郁闷地想：不是同类型就不是呗，眼里怎么还带上嫌弃了？

"之前你是为什么瞧不上黎昭，我懒得追究，但是从今天开始，你不要跟黎昭闹矛盾。"经纪人点开网上的各项数据，"现在圈内圈外都知道黎昭帮你说话，以后你如果对他做出太过分的事，就会成为所有人眼里的白眼狼，明白？"

宋喻憋了半天的气，实在忍不住道："黎昭有个屁的团队，他穷得连个助理都没有。"

"莫欺少年穷，人家什么背景都没有也能红起来，知不知道这代表着什么？"

"什么？"

"说明人家命里带红。"经纪人把键盘敲得噼里啪啦响，"多个朋友多条路。你如果真看他不顺眼，当初就该把他踢出剧组，别给他上镜的机会。现在，他既然已经有了人气，你就算看不惯，也给我好好忍着。"难得见宋喻保持安静听自己说话，经纪人便多说了几句，"你别嫌我话多，这种命里带红的人，最好不要去得罪。"

宋喻抬头看经纪人。

"信不信由你。"经纪人合上笔记本，起身道，"你先休息一会儿，下午四点你还有一个见面会，到时候我会过来接你。还有，记得亲自给黎昭道谢。"

宋喻没有搭理经纪人，怔怔地在沙发上坐了良久，掏出手机翻找通讯录，好不容易才在微信黑名单里找到黎昭的微信账号，把人从黑名单里拖了出来。

火锅店里，黎昭恋恋不舍地放下筷子，东西很好吃，可他的肚子实在装不下更多的食物了，只好擦干净嘴巴。"这家火锅味道真好，下次咱们叫上小源哥，再过来吃。"

"好。"晏庭跟着放下筷子，他姿态太过优雅，优雅得仿佛身处高级宴会，而不是在吃滚烫的火锅。

微信消息提示音响起，黎昭看到一个名为"这片天下"的人给自己发来了消息:"我不会白拿你的好处,等过几天介绍个角色给你。"

晏庭视线扫过黎昭的手机屏幕,虽然是无意,但从小就过目不忘的他看到了消息内容。他眼神微暗,徐徐放下手里的餐巾。

黎昭猜不出陌生微信名是谁,有时候为了维护剧组的塑料同事情,彼此间可能会加个好友,但是加上以后他们从来都不会说一句话。

> 昭昭好运来:不好意思,前段时间可能太忙,名字备注出了点差错,请问您是……

收到黎昭回复的宋喻,气得差点儿把手机扔到地毯上。黎昭的嘴,骗人的鬼,什么叫名字备注出了差错,分明就是忘了备注名字。平时在剧组一口一个哥,刚刚还在媒体面前夸他好,结果他连个名字备注都不配拥有?宋喻气得胸口发疼,再次把黎昭拖回了黑名单。以后如果再主动给黎昭发消息,他就是傻子。

等了一会儿,对方没有回复,黎昭再次给对方发消息,微信系统提示黎昭不是对方的好友。"发错消息了?"黎昭小声嘀咕,也没怎么把事情放在心上,起身对晏庭道,"我去买单,你在这等我一小会儿。"晏庭点了一下头。

火锅汤底还在咕嘟咕嘟煮着,晏庭看着翻滚的汤底,脸上没有半点情绪。穿着贴身西装的男人小心翼翼地走进来,弓腰上前关掉火:"先生,不知您对店里的菜品还有什么意见?"

晏庭微微抬眸:"你是店长?"

"是的,先生。"男人脸上的笑容更加热切。

晏庭正欲开口说话,门外传来脚步声。他食指微抬,店长识趣地往后退了两步。黎昭进门见屋内有其他人,便朝对方咧嘴一笑,店长诚惶诚恐地回了一个笑。

"这个给你。"黎昭把一盒健胃消食片放到晏庭手里。晏庭拿着健胃消食片,幽深的黑眸看向黎昭。

"前两次一起吃饭,我发现你饭量很小。"黎昭很自然地帮晏庭把药盒打开,把药递到他掌心,"今天比前两次吃得多一些,我担心你胃受不了,刚好旁边有个药店,就顺手买了一盒,吃几片有备无患。"

晏庭闻到了消食片的味道,有股很淡的水果香。他在包装盒上找到了"儿童装"三个字,角落上还有个儿童卡通头像。"谢谢。"简单的咀嚼动作,被晏庭做出了六亲不认的气势。

店长的目光偷偷在两人身上扫过,不敢说话。

"不知您是?"黎昭见陌生人还站在旁边,扭头看他。

"先生您好,鄙人是这家店的店长,请问先生对这次的用餐还满意吗?"店长笑容满面地问。

"味道很好,我跟朋友都很喜欢。是吧?"黎昭用手肘轻轻撞了一下晏庭。

"嗯。"晏庭应了一声。

"满意就好,满意就好。能让贵客满意,是鄙店的荣幸。"不过是简单的夸奖,店主却仿佛受到了莫大的肯定,他朝两人鞠了一躬,激动地表示,"我们一定再接再厉,把这种服务精神发扬光大,期待贵客下次光临。"

黎昭没想到店长会如此激动,赶紧又多夸了几句。越夸,对方越高兴,一路把他们送出门,直到他们坐上车,还笑容灿烂地站在门口目送他们离去。

"这家店真不错,味美价廉不说,对客人还如此热情。"黎昭笑眯了双眼,"今天的人生真是圆满。"

"圆满?"晏庭粉白的唇微微绷着,"是吗?"

"赚了出场费,跟好友一起吃了美味的火锅,还得到会员打折卡一张。"黎昭美得笑出声,"当然圆满。"

晏庭微微颔首:"我明白了。"

"明白什么?"黎昭对新好友总爱保持的神秘感已经适应了,他对此理解得十分简单粗暴——不爱交际的人,内心总是神秘的。

晏庭答非所问:"我送你回去。"

黎昭:"庭庭,你是不是没女朋友?"

"嗯。"

行吧，看在两人已经成了兄弟的份儿上，他就让对方保持神秘吧，神秘的男人讨女孩子喜欢。黎昭觉得自己很善解人意。"没事，你今年才二十八岁，不急。"黎昭安慰晏庭，"女朋友总会有的。"

晏庭沉默不语。身为成熟的男人，有时候要容忍年轻大男孩的天马行空的思维。

把黎昭送回家，晏庭折返回公司，司机兼助理弯腰给他打开车门，小声道："先生，草莓娱乐公司负责人希望能与您面谈。"

"不见。"晏庭单手握拳，抵在唇边轻咳出声。

"好的。"助理应了下来，等晏庭跨出车门，赶紧把大衣披在他的肩上。

忽然，晏庭顿住脚步。他回头看向孤零零躺在车座上的消食片药盒，静静站了几秒钟，探身把这盒药随意揣到外套口袋里。

走进地板光可鉴人的办公大楼，晏庭揉了揉太阳穴，看着日复一日仿佛从未变化的世界，眼中的情绪犹如一潭死水，毫无起伏。电梯一层层上升，在惨白的灯光下缓缓打开，电梯外面是装修时尚的走廊。唯一与此处显得格格不入的，大概只有大衣口袋里那盒价值不到百元的儿童健胃消食片。

"先生，您的营养药。"电梯外，穿着职业套装的男人把一盒药片递到晏庭面前。

"不用。"晏庭眼睑微垂，整个人融进了冰冷的走廊，不见半点活气。

穿着职业套装的男人眼中有些许担忧，但他什么都不敢说，只能沉默地低下头。

草莓娱乐公司负责人小心翼翼地走在安静的走廊上，连大气都不敢出。他不知道之前拒绝与他见面的庭先生为什么忽然改变了注意，所以不敢有半分大意。平日里他在圈子里也算是呼风唤雨的人物，但是在这位面前，根本算不上什么了不得的人物。

"孙总，请。"笑容甜美的秘书在前面带路。孙总连连道谢，敲门前还不忘理一理身上的衣服。门从内打开，一个穿着黑色西装的严肃男人走出来，他看了孙总一眼，微微颔首："孙总，请随我来。"

"谢谢秦特助。"孙总小声道谢，挤出讨好的笑容，跟在秦特助身后进了门。

坐在椅子上的男人很好看，是各种意义上的好看。如果只看他这张脸，很容易让人心猿意马，但是没人敢在他面前生出半点心思。"孙总，坐。"男人看向孙总的眼神很平静，没有小说中描写的"眼神冷如寒冰"或是"煞气重重"，可是孙总在坐下的时候，却不敢坐得太实，甚至下意识地微微弯腰，躯体前倾。

"谢谢庭先生。"所有人都知道这位不喜欢别人称他"徐先生"，渐渐地大家便默契地称他为"庭先生"，这个称呼有些不伦不类，但大家都很默契地忽略了这个问题。

在文件上签下最后一笔，晏庭才再度抬头，等来人开口。

"庭先生，前些日子旗下有个艺人不懂事，擅自与您攀扯关系，我们管理不严，给您添麻烦了。"孙总手心开始冒汗，"请您放心，以后定不会再有此类事情发生，此前发生的事我们一定严肃处理……"

抬手打断孙总的话，晏庭语气平淡："嗯。"

"嗯"是什么意思？孙总心里疑惑，却不敢问。他张着嘴，不敢发出声音。

"秦特助，"晏庭问，"方才秘书处看的那段采访，说话的人是谁？"

"是一位叫黎昭的演员。"

晏庭合上文件，状似随意道："那小孩儿不错。"

"没想到庭先生也欣赏黎老师。"孙总立刻接下话头，"我们公司不少人都很欣赏黎老师的演技，甚至期盼能把他签下来。如果有幸能请这位老师加入鄙公司，我们一定给他安排最好的团队，制定优质发展路线……"

"年轻人大多性格活泼。"秦特助微笑着打断，"最不喜欢别人管着，只要不往歪路上走，有时候顺着他一些，也无伤大雅。"

"秦特助说得是，年轻人就是要性格活泼。"孙总瞬间改口，"我们公司向来尊重艺人自身的选择与性格,不会过多干涉他们的自由。"

"孙总高见。"秦特助点头,"我们也只是随口一说,与那小……黎老师倒是没有什么关系,还请孙总不要误会。"

"当然,当然,这都是我个人的想法。"孙总叹气,"我活了几十年,还是第一次见到这么有灵气的演员。我们做娱乐这块的,遇到好演员难免起惜才之心,又怎能让流言蜚语影响他的事业?"

"有爱才之心的老板,总是令人欣赏的。"秦特助温和笑道,"孙总贵人事忙,我送你下楼。"

"怎么好麻烦秦特助,我自己下去就行。"孙总也不敢逗留,与秦特助客气一番,匆匆走出大楼,对焦急等在外面的秘书道,"赶紧去查一个叫黎昭的演员,尽最大的努力,客气、礼貌地把人签到我们公司。记住,就算最后签不下来,也不能让他,也不能让公司艺人得罪他。"

"好的。"秘书赶紧打开手机,一边安排人去查黎昭的资料,一边让人去接洽黎昭。

草莓娱乐安排的工作人员还没联系到黎昭那边的相关人员,网上先爆出一则与黎昭有关的八卦——《霸道女总》剧组男女主假戏真做,疑似在地下停车场亲密。

#谈一谈娱乐圈里让你们感到意外的姐弟恋#
#我们萌的一对成真了!#

短短一小时,有关黎昭与姚莎莎谈恋爱的消息几乎传遍了全网。没有追剧的网友感到莫名其妙:这是哪儿来的三十八线艺人?反应最激烈的莫过于剧粉、姚莎莎粉丝以及黎昭的颜粉。姚莎莎粉丝觉得黎昭年龄太小靠不住,黎昭的颜粉觉得这是女方拉着男方炒作,因为不管是在采访还是剧组花絮里,都能看出昭昭跟姚莎莎关系并不怎么样,突然爆出两人谈恋爱实在太可笑了。

【嗯……不要怪我说话刻薄,八卦号爆出来的几张照片里,只

有一张露出了黎昭半张脸,其他的都只能看到姚莎莎低头靠近车窗,这算什么亲密?】

【虽然我没看过《霸道女总》这部剧,但是莫名替这个叫黎昭的演员感到心累,今天剧组某某是跟他最亲密的兄弟,明天谁谁要跟他谈恋爱。真怕再过两天,忽然有人跑出来宣称黎昭是他失散多年的儿子。】

【奉劝某剧组不要炒了,再炒就要糊了。】

【呵呵,某新人的粉也真好笑,天要下雨娘要嫁人,你难道还能管着自己喜欢的艺人谈恋爱?姐弟恋怎么了?郎情妾意的事,轮得到你们这些妖怪来反对?】

网上吵成一团,连营销号都跟着下场蹭热度,姚莎莎的名字很快蹿到微博热搜。有网友发现,两个小时前姚莎莎还转发了一条她跟黎昭同框的花絮视频,并且夸黎昭可爱。这让一些剧粉更加相信他们假戏真做了。

"我就知道事情没那么简单。"张小源翻着热搜微博,对窝在沙发上的黎昭道,"本来还打算让你今天就注册微博账号的,看来要再等几天了,不然炒作恋情这口锅就是你来背。幸好你提前把这事儿告诉了我,让我事先有个准备。"张小源摩拳擦掌,"这些臭不要脸的,平时在剧组不搭理你,等你好不容易在网上有了点人气,蹭起热度来倒是半点不手软。"

手机响起,张小源见是陌生号码,稍等了片刻才接通:"您好,我是张小源……草莓娱乐?"张小源以为自己耳朵出了问题。这是业内一流的公司,旗下的名人大咖无数,怎么会看得上刚在网上走红的小演员?听着对方客气得近乎殷勤的语气,张小源呵呵一笑,随便找了个借口,就挂断了电话。整个圈内谁不知道,草莓娱乐资本雄厚、大腕众多,新人演员很难签进这家公司。像这样的公司,会拿这么殷切的态度主动接洽他?就算是骗子,也要讲究基本法。

"小源哥,谁的电话?"黎昭问。

"是个自称草莓娱乐的员工的人,但语气太过热情,合理怀疑是个骗子。"张小源走到黎昭身边坐下,"虽然我也幻想过你能签进这家公司,但理智不允许我这么想。"

"哦。"黎昭继续低头玩手机,然后欢乐地把这种低级诈骗手段分享给了自己的小伙伴。

静寂无声的办公室里,放在桌面上的手机忽然抖动一下,晏庭拿起手机看了一眼。

　　昭昭好运来:庭庭,我遇到诈骗了!穷了这么多年,终于有骗子开始向我下手了。刚才有个自称草莓娱乐员工的骗子给我经纪人打电话,说他们想跟我签约。现在的骗子做事越来越不认真,骗人之前也不想想,草莓娱乐怎么可能签我这种小艺人?哈哈哈哈哈,真不知道撒这种谎图什么。

消息后面还跟着发了一张哈哈大笑的表情包,晏庭一时无言以对。

见黎昭还对着手机傻笑,张小源掏出手机道:"别光顾着玩手机,来,抬头对我笑一笑。"

黎昭迷茫地抬头,张小源趁机抓拍。穿着小羊睡衣的大男孩怀里放着抱枕、傻乎乎看过来的样子,格外招人喜欢。看着照片里的黎昭,张小源叹着气感慨:"丑的人往往千奇百怪,而好看的人总是三百六十度无死角的可爱。"张小源把照片微修一下,发到自己微博上。

　　@小源哥:趁着我家艺人沉迷手机,偷拍了一张照片,没想到被当场抓包。【图】

这张照片放出来以后,渐渐引起了一些搜"艺人"关键词的网友的注意,有看热闹不嫌事大的,还帮张小源这条微博买了一个粉丝头条。反正他微博粉丝不多,就算买头条也花不了几块钱。几块钱能换来无数的快乐,热心网友表示自己只是做了微不足道的小事,内心很充实、很快乐。

# 第 5 章 土豪

姚莎莎的团队还不知道张小源在几个小时前已经发了一条撇清关系的微博，所以还在投入水军，炒作姚莎莎与黎昭的姐弟恋。

姚莎莎入圈近十年，早年也拍过一些上星剧的重要角色，可是随着新人越来越多，而她一直没有太大起色，渐渐便只能拍一些网剧混日子。这次好不容易出了一部有热度的剧，姚莎莎尝到了甜头，迫不及待地想给自己增加更多的曝光度。

宋喻有后台，她不敢拿他炒话题。在这部剧里人气最高又没有背景的黎昭，便是最好的选择。至于这种炒作会不会给黎昭带来负面影响，这不在姚莎莎的考虑范围内。在她眼里，像黎昭这样的人最多也就红个一年半载，后续没什么资源也就无人关注了。反正早晚都是要过气的人，不趁机利用都对不起自己。

然而，姚莎莎跟她的团队还没有高兴多久，就有营销号把张小源不久前发的微博截图发了出来。

@吃瓜小姐姐：虽然天天吃瓜，但也很久没见到吃相这么难看、手段这么low（低级）的团队了。几个小时前，有个疑是黎昭经纪人的微博账号发了一条调侃自家艺人没情商，不知道送女同事回家的微博。没想到几个小时后，就有人拿这事儿大肆炒作姐弟恋，这些热搜是谁买的，用脚趾头也能猜出来。剧没播完，某野鸡公司旗下的艺人团队就这么迫不及待地踩着人家小孩儿营销，不就是欺负他背后没有团队支持嘛。【截图】

看到"吃瓜小姐姐"发的这条微博,姚莎莎的团队慌神了。他们不是怕这条微博的内容,而是有些怵这个微博账号,因为这个营销账号由草莓娱乐旗下的宣发团队管理。

"难道……黎昭签了草莓娱乐?"姚莎莎潜意识里不想接受这个猜测,"这不可能!"

"你先别慌,我去托人打听草莓娱乐那边的消息。"姚莎莎的宣传经纪人拿不准草莓娱乐那边是什么意思,赶紧掏出手机联系可能知道点内情的朋友。打听一圈后,经纪人神情疑惑道:"草莓娱乐那边没有签约黎昭的消息传出来。"

"那他们凑这个热闹干什么,做慈善吗?"大惊后大怒,姚莎莎说话没了顾忌,"就算是大公司,做事也要讲规矩。"按照常理,两方如果没有利益冲突,一般是不会多管对方的闲事的。她跟黎昭不过是两个十八线网剧演员,能碍着草莓娱乐什么事?

"你先别急着骂,想想最近有没有得罪过草莓娱乐的人?"经纪人想得比姚莎莎更多,也不敢去得罪草莓娱乐。

"我倒是想得罪他们,那也要有机会碰上。"姚莎莎没好气地低骂一声,"现在该怎么办?"

"先不要在网上发表任何言论,发出去的通稿能撤掉就通通撤掉。"经纪人见姚莎莎变了脸色,安慰道,"现在剧还没有播完,黎昭那边不会把事情闹得太僵。后面若是有记者问起这事儿,你就说是外面捕风捉影,跟黎昭只是普通朋友。"现在是信息时代,网友接触的有趣消息很多,容易抛到脑后的事情也多,不出几天就会忘记这件事。

经纪人点开黎昭经纪人的微博,看到了张小源几小时前的微博内容。想到对方早就防着己方捆绑炒作,经纪人心里有些不痛快。剧播的时候炒作一下,流量大了对双方都有好处,何必把自家艺人搞得像贞洁烈女一样?

在业内丢了大脸,姚莎莎不敢再有动作,只好忍气吞声地转发了张小源的微博,表示一切都是谣言,她跟黎昭只是普通朋友。但是,网友很快就发现,姚莎莎工作室转发了张小源的微博后,张小源没有对其做出任何回应,任谁都看得出姚莎莎在唱独角戏。原本不懂前因后果的网友顿时看明白了这件事里的猫腻,对姚莎莎一阵嘲讽。还有黎昭的颜粉在张小源的微博评论区留言,说张小源戴罪立功,暂时不用独自滚出娱乐圈了。

【张小源好刚一男人,你一定要好好保护我们家崽崽啊。】

【小源哥记得回去告诉崽崽,山下的女人是老虎,路边的野花不要采,也不能被野花采。】

【我家崽崽的居家照真可口……我还要穿崽崽同款睡衣,四舍五入就是跟崽崽睡在一起了。】

【小源哥,开面馆不好玩的,起早贪黑也赚不了什么钱,你千万别带崽崽走上错误的道路!】

默默刷着评论区的留言,张小源有些无语,带黎昭退出娱乐圈开面馆这个梗是过不去了。他推了推趴在沙发上玩手机的黎昭:"昭昭,明天去台里录节目,我陪你一起过去。"半大的崽儿,总是被不要脸的人盯着打主意,还是由他陪着更保险。

"明天一早就要出发,你为了帮我搜集各公司的资料,已经连续几个晚上没能好好休息了。"黎昭收起手机,"没事,我单独过去就行。"

张小源想到还要和好几家公司的人面谈,时间上确实有些安排不过来。"那你多注意点。"张小源没有太多与电视节目团队接洽的经验,只能提醒他谨言慎行,多长几个心眼。自家艺人没有人气时他担心,有了些人气还是担心。后续的各种合作也要由他来接洽,他怕自己忙不过来耽误黎昭的发展。说到底,必须要尽快把昭昭的发展路线定下来,还要组建专业的工作团队。唉,想象很美好,现实很骨感,昭昭现在……没钱。

"小源哥。"黎昭察觉到张小源这两天心理压力大,开口劝道,"不用考虑太多,去年我在剧组跑龙套、做替身都能好好过日子,现在再差也不过如此。如果真混不下去,我们就回去开面馆。"

"你可别想着开面馆了。"张小源打了个寒战,听到"面馆"两个字就想起那铺天盖地的"张小源独自滚出娱乐圈"的话题。

黎昭嘻嘻一笑,拿出手机看晏庭发来的微信消息。

晏庭:你是演员,住的地方安不安全?

虽然在网上有了些人气,但是黎昭出门也没被什么人认出来,顶多有小姑娘觉得他长得好看会偷偷看两眼。

昭昭好运来:暂时还安全。
晏庭:早点安排搬家的事,我这边有很多房子,你挑一套住。
昭昭好运来:那怎么行?亲兄弟明算账,我不能占你便宜。
晏庭:拆迁户,房子多。
昭昭好运来:……
昭昭好运来:嘤嘤嘤,我要患上仇富病了。

盯着"嘤嘤嘤"三个字看了很久,晏庭的神情前所未有的郑重。

"先生,发生了什么事?"秦特助上前询问,"需要尽快处理?"

"没事。"晏庭把手机翻个面,倒扣在桌上。

香果电视台《与你同行》节目,创办至今已经近十年,一直很受观众喜爱。即使现在电视收视率受到网播平台冲击,《与你同行》仍旧是很多热门影视作品宣发时最想去的栏目。原本本期嘉宾邀请的是某个当红组合,可惜前几天这个当红组合的成员被爆出负面消息,节目组不得不临时更换嘉宾,让《霸道女总》主创团队来填档。

节目组常邀请各界大咖参加录制,接待这种网红剧组更是稀松平常,甚至算不上多重视。倒是《霸道女总》的主创很早就赶到了电视台,剧组还给栏目组工作人员准备了见面礼,就连平时最嚣张的宋喻到了香果台以后也收敛了不少。

# 第 5 章 土豪

录制前,节目组给三位主演拍了宣传花絮。黎昭穿着白衬衫,手里拿着书,微笑着对镜头道:"今天,你要跟我一起去图书馆看书吗?什么题不会,我教你好不好?"节目组的摄像师很满意,长得好看的男孩子拍什么都招人喜欢。

趁黎昭拍摄完的间隙,早就等在旁边的姚莎莎主动上前跟黎昭说话。但她还没来得及走近,黎昭就噌噌往后连退几步,堪称神一般的"蛇皮走位①"。《霸道女总》剧组其他主创人员看到这搞笑的一幕,纷纷扭开头装作没有看到。若是几个月前,或许会有人出来"好心指教"黎昭怎么跟前辈相处,但是到了今天,剧组里的其他人已经不想得罪黎昭了。姚莎莎捆绑黎昭炒作,剧组所有人都看在眼里,唯一让人感到意外的是姚莎莎突然收了手。这种蹭热度的好事,像姚莎莎这种女人竟然会这么轻易就收手,背后肯定有其他原因。宋喻臭着脸坐在旁边,他对姚莎莎跟黎昭的态度始终如一,就是讨厌。

"姚老师,该您拍了。"摄像师的话,解除了姚莎莎的尴尬。

黎昭趁机溜出屋。找到洗手间,洗去化妆时不小心蹭到手背上的粉底,对着镜子整理好衬衫衣领,他又在洗手间躲了一会儿才走出去。然而千躲万躲,他还是没有躲过姚莎莎的围追堵截。

"黎昭。"看到黎昭出来,早就等在外面的姚莎莎掐灭手中的烟,慵懒地看向他,"还有半个小时节目才开始录,我们可以谈一下。"

"这个……我觉得没什么必要。"黎昭站在原地没有动,甚至还默默退了一步,大有退回男厕所的架势。这里是嘉宾专用的洗手间,工作人员为了尊重嘉宾的隐私一般不会过来。

"呵。"姚莎莎冷笑,"你知道要在这个圈子里混,最重要的是什么?"

黎昭看着她不说话,眼神变得复杂至极,然后默默地双手环住了胸口,犹如一个掉入狼窝的羔羊。

"做人要懂得识趣,尤其是不懂事的后辈。"姚莎莎撩了撩肩膀上的

---

① 蛇皮走位,网络流行词,游戏中的一种走位操作方法。

卷发,"除非你这辈子一直能踩在别人肩上,不然……"

"莎莎姐所谓的识趣,是想我半夜在酒店给你开门,还是配合你炒作?"黎昭笑起来的样子像是纯洁无瑕的孩子,"可我是个演员,只卖艺的那种。"

"好。"姚莎莎冷笑,"有本事你一辈子都这么有原则。"刚入圈的小孩儿,总以为有了点儿人气后就可以为所欲为,只有遭到社会的毒打,才会明白这个圈子的不易与规矩。

"有没有原则不重要。"黎昭笑得眉眼弯弯,"大不了就回家开面馆。"

姚莎莎嗤笑出声,进了这个名利场,谁经受得住璀璨星光的诱惑?"既然你那么想开面馆,怎么不现在就滚出娱乐圈?"姚莎莎毫不掩饰自己对黎昭的恶意,"你这种什么都不付出,连大学都没上过的人,凭什么比我们所有人都火?"

"大概……"黎昭笑了,仿佛看不出姚莎莎对自己的厌恶,"万般皆是命,半点不由人。"

姚莎莎气得手抖,以前在剧组怎么没发现黎昭说话这么气人?"好好好!"姚莎莎面容扭曲,"你现在有了点人气,就狂得不知道自己是谁。难道家里没人教你,什么叫风度?"

听到"家里没人"四个字,黎昭脸上的笑容淡了下来:"是啊,他们死得早,没来得及教我。"

姚莎莎一时语塞。胸口不断翻涌的是什么?是她的憋屈与愤怒。

哒、哒、哒……走廊上传来皮鞋踩在地面上的声音,姚莎莎瞬间收敛起愤怒情绪,露出招牌的笑容。入了这一行,喜怒悲欢都不能由着自己。"我打扰到你们了?那可真不好意思。"宋喻双手环胸,靠着墙斜眼看着两人,脸上没有半点不好意思,"节目快要开始录了,站在厕所门口干什么,搞行为艺术?"

姚莎莎转身就走,走了两步忽然转头用满是恨意的眼神看向黎昭。被大腕无视疏离她能够忍受,她甚至觉得以大腕的地位就该如此。但黎昭不同,一个什么都不如她的穷小子,就该在她面前点头哈腰,做不到就是冒犯。与这双恐怖的眼睛对上,黎昭微愣,随后绽开一个灿烂的笑容。有时候对付敌人，只需要笑容就能把她气死。

事实上，姚莎莎确实被黎昭脸上的笑容气死了。两年前，她用这种眼神恐吓过一个刚入圈的女艺人，从那天以后，女艺人以为会受到她的报复，吓得惶惶不可终日，最后消失在了这个圈子里。她没想到，这一招对黎昭完全没有用处。因为她不知道，黎昭在很久很久以前就看过更恐怖、更残忍的眼神，他的胆子是吓大的。

这个笑容过后，气氛变得莫名尴尬。前面二人一前一后走着，黎昭跟在他们后面，没有谁率先说话。进了录播室后台，化妆师给三人补妆，策划过来给三人讲台本和大概流程。旁边的刘导看三人都不说话的样子，愁得脑门上的头发多掉了两根。气氛僵成这样，到了台上谁看不出来他们剧组的主演不合？以前他能压着黎昭，捧着另外两个，可现在黎昭人气最高，剧组还要靠着他维持热度，真是谁都得罪不起。

《与你同行》节目组好像看不出《霸道女总》主演之间的不对劲，录制开始后，就让三人站在一起做游戏。观众区有不少小姑娘举着黎昭的灯牌。这是黎昭第一次直面这些热情可爱的小姑娘，心里还挺开心，两眼亮闪闪地朝观众区招手。现场顿时传出震天的欢呼声，在粉丝眼里，自家崽崽自带光环、美颜盛世。像黎昭他们这种第一次上《与你同行》的艺人，节目组都会给他们一个展示才艺的机会。姚莎莎唱了电视剧的主题曲，宋喻打了一段架子鼓，把现场气氛炒得很热闹。

"昭昭来，身为一个让无数女子都想变成霸道总裁的男人，你想给大家带来什么才艺？"休息区的姚莎莎露出不屑的笑容。像黎昭这种连大学都没上过的穷小子，能有什么才艺？

黎昭确实不会那些需要花很多钱和很多精力的乐器，也不懂专业的声乐，他甚至连普通话都是这两年一点点纠正，慢慢练出来的。但剧组已经同意了节目组的流程安排，他只能配合宣传工作。面对台下粉丝期待的眼神，黎昭拿着话筒走到台中央，与主持人互动几句后，说："宋哥的架子鼓帅气，莎莎姐的歌声悦耳，我站在这里就真的是献丑了，请大家不要嫌弃。"

"不嫌弃！"台下有粉丝大声喊，"崽崽，就算你在台上站着不动，我们都不嫌弃！"

　　男主持一脸搞怪："谁，是谁说的这句话？没想到你们竟然有这样的要求，我是不是该满足你们？"现场观众顿时大笑出声。

　　"没有才华的人，好为难啊。"黎昭摇头叹息，在兜里摸了摸，忽然掏出一束漂亮的花，"奇怪，我身上怎么多了一束花？"黎昭弯腰行了一个绅士礼，把花送给最前排举灯牌的小姑娘，"来，小妹妹，祝你好好学习，天天向上。"现场观众内心腹诽：好好学习，天天向上算什么祝福？

　　收到花的小姑娘，激动得脸颊通红，不管黎昭说什么，都只顾得上点头。别说崽崽只是让她好好学习，就算是让她去考年级第一，她也会拼了命去实现的。

　　"昭昭，你今天要给大家表演的，就是这个魔术？"主持人见黎昭来到现场，还不忘提醒粉丝好好学习，被逗得哈哈大笑，"要不是因为你长得太帅，我们差点儿以为学校里的教导主任误入了咱们这档节目。"

　　"哥！哥！哥！话不能这么说。"另一个主持人赶紧抛梗，"你这样有歧视教导主任颜值的嫌疑。"

　　"老师，我错了。"主持人赶紧朝镜头鞠躬致歉，"为了表达我的歉意，我决定让昭昭再给大家表演一个节目。"

　　"来，昭昭，帮哥一个忙。"主持人亲密地伸手揽住黎昭的肩膀，"再给大家表演个节目。"

　　"为了您下次遇到以前的教导主任不挨批评，我只能厚着脸皮继续献丑了。"

　　工作人员端上一个盖着红绸的托盘，黎昭揭开红绸。"哇哦。"三位主持人凑过去看，"这是……排箫？"

　　"对，排箫。"黎昭长得好看，一笑起来就是最讨老人喜欢的乖乖崽。他双手拿起托盘里的排箫，说道："排箫在我国至少有几千年的历史，迄今为止，最早发现的排箫，距今已经三千年。因为造型美观，曾有古人称它为'凤翼'。可惜的是，由于我国排箫的吹奏方法失传，我们现在用的吹奏方法都是从海外引进的。制作排箫的材料有很多，我手上的这个……"黎昭仔细看了看,"应该是苦竹。"

台下的粉丝没想到自家崽崽在演奏乐器前,竟然还进行了一段科普。大家都乖乖听着,生怕听漏了一个字。谁说科普无聊的,明明超有意思,她们可以听十个小时!崽崽的声音好好听,站在台上的姿态也好看,这是什么绝世小仙男!

休息区的姚莎莎冷笑,心道:"提前背下这段内容不容易吧?"仗着观众注意不到休息区这边,她毫不顾忌地沉下了脸。宋喻在暗地里翻个白眼,把凳子挪得离姚莎莎远了一点。他怕愚蠢会传染。

"昭昭似乎对这个很了解,"主持人问,"是因为从小就学吗?"

黎昭摇头:"小时候照顾我们的老爷爷,退休前是音乐学院的老师,来到我们那里以后,平日会教我们吹两首曲子。可惜我小时候不懂事,老想着玩,所以只学到皮毛。"院长跟他们说,真正喜爱乐器的人都会拥有自己最喜欢的乐器。而他很少在排箫上花费精力,实在没脸称自己"会"。

苦竹制作的排箫,发出的声音比其他材质的排箫更清脆一些,不过黎昭没有吹那些名曲,而是吹了首当地的民间小调。现场收音的效果比不上专业的音乐大厅,但是现场观众仍旧从这首不知名的曲子里听出了几丝乡愁。一曲结束,现场爆发出雷鸣般的掌声。下面的粉丝看黎昭的眼神,就像是父母看到自家孩子考试拿了满分,各种得意与满足——他们家崽崽,果然是才貌双全的完美男孩。

游戏环节与才艺表演结束后,终于来到了聊天提问环节。因为在《霸道女总》剧中,女主跟男二都是有钱人设,所以主持人打算跟嘉宾一起聊聊身边最有钱的朋友。黎昭听到这儿,趁着其他嘉宾不注意,连忙拿出手机给晏庭发消息。他的朋友大多跟他一样穷或者比他更穷,唯一有钱的就是"拆迁大户"庭庭了。

听其他嘉宾分享完土豪好友家的邮轮、别墅、直升机以后,姚莎莎忽然问黎昭:"昭昭,我们刚才聊天的时候,你一直在玩手机,怎么不跟我们分享一下你生活中的有钱人呢?"但凡有让黎昭丢脸的机会,姚莎莎都不愿意放过。她的经纪人坐在观众区,看到这一幕脸都气绿了。

来香果台之前，他就跟姚莎莎说过了，不要跟黎昭闹得不愉快，结果她把经纪人的话当成了耳边风。果然，让一个想要走红却一直红不起来的人保持理智是一种奢望。

"刚才在给我那位有钱的朋友发消息，打听他的资产。"黎昭仿佛不知道姚莎莎在故意找他的麻烦，笑眯眯道，"我这位好友，是拆迁户。"

"拆迁户？"姚莎莎忍不住嗤笑，土包子就是土包子，连身边那种有几套房的拆迁户都好意思称为有钱人，"现在拆迁户很多，不一定都有钱。"

"你说得对，但对于贫穷的我来说，他就是有钱人。"黎昭点开晏庭回复的消息，心情变得有些小复杂。

听到他这么说，姚莎莎语气更加不屑："那你问到了吗？"

"他说房子太多，记不太清楚，大概也就一两栋房子、几十家铺面的样子……"黎昭在心中偷偷计算着价格，默默咽了咽口水。

"也不就是……"姚莎莎很想说"不就是几套房子"，可她说不出口。她如果有这么多房子跟铺面，还混什么娱乐圈！

"昭昭，你的这位朋友还缺不缺朋友？"主持人抱住黎昭的手臂，"能说会道、能吃能睡的那种。"

"不缺不缺。"黎昭一脸防备地看着主持人，"他有我这个朋友就足够了。"

"两个人有什么好玩的，三个人还能打扑克牌。"主持人仍旧不松开黎昭。

"四个人能打麻将。"另一个主持人过来，抓住黎昭另外一只手，"人多热闹，我友好地建议你的朋友好好考虑一下。"

盯着被两个主持人围着的黎昭，姚莎莎嫉妒得眼睛都红了。她正准备再次开口，宋喻手里的话筒不小心打在她手背上。明知道宋喻是故意的，可是身上的收音设备开着，她只能对此表示微笑。这个剧组的两个男演员脑子都有问题，一点绅士风度都没有，处处跟她作对，算什么男人！

然而，最让她难堪的并不是节目录制现场，而是两天后《与你同行》

栏目组在官博放出的一些现场花絮。现场花絮里，刚好有段她聊起有钱朋友的镜头，她提到的这个朋友不久后转发了这条微博，并表示与姚女士仅有几面之缘。这顿时引起了网上无数人对她的嘲讽与奚落。她给这个朋友打电话，发现自己的电话号码已经被拉黑；宣称跟土豪是朋友，结果土豪根本跟她不熟。这就是惨无人道的抱大腿失败现场，更惨的是，全国观众都知道她抱大腿失败了。

有了这场闹剧，《与你同行》这一期节目未播先火，就连很多不看《霸道女总》这部剧的人，也开始期待节目播出了。吃瓜，永远是无聊网友们最大的爱好。

节目播出那天，坐拥两栋楼与几十家铺面的"拆迁大户"晏庭先生，坐在人声鼎沸的夜市烧烤小店里，与黎昭经纪人进行着第一次友好会晤。门外来往的人群，店内扯着嗓子喝酒撸串的男女，还有炒锅里时不时蹿出来的熊熊烈火，交织成最热闹的夜市交响曲，在晏庭的耳边吵嚷缭绕。这是个他从未踏足过的世界。

"我告诉老板少辣、少花椒、少孜然。"一串散发着香味的烤虾递到晏庭面前，"他家食材很新鲜，可以放心吃，要不要尝尝？"穿着黑色T恤、戴着鸭舌帽的青年笑盈盈地看着晏庭，他帽子上的花纹是艳丽的红色。晏庭耳边聒噪的世界似乎又渐渐安静了下来。

"怎么了？"黎昭见晏庭看着自己，既不接烤虾，也不说话，便疑惑地摸自己的脸，"我脸上有奇怪的东西？"

"有。"晏庭接过烤虾，移开视线。

"有什么？"黎昭多摸了几下脸，还拿出手机照了照，分明什么都没有，"庭庭，没想到你长得浓眉大眼的，竟然也会骗人。"

晏庭低头吃虾，沉默不语。

"有你的美貌。"张小源一巴掌拍在黎昭脑门上，端起桌上的饮料，"晏先生，第一次见面，来之前昭昭已经提醒我，不能让你喝酒，我就以饮料代酒敬你一杯。这孩子心眼直，脑子也简单，以后在相处中如果他有什么冒犯的地方，还请你多担待。"

晏庭举起几块钱一罐的凉茶饮料，与张小源碰杯："黎昭很好。"

张小源笑道："我虽然是他经纪人，但一直把他当亲弟弟养着，可惜这些年我没混出什么名堂，但你以后如果有需要帮忙的地方尽管告诉我，能帮的我一定帮。"

"谢谢。"凉茶入口有些甜腻，晏庭轻轻抿了一口。

"既然是自己人，就不讲究客气那一套。"张小源放下凉茶，搓了搓手，"那我们……开动了。"

话音一落，晏庭鬓边的发丝微动，那是黎昭伸出手时带起的微风。眨眼间，桌上烤好的虾与羊肉串已经飞到了黎昭手里，黎昭左手拿虾，右手拿羊肉串，得意扬扬地看着两手空空的张小源说："就知道你肯定会来这一套，我早准备好了。"

"庭庭，来。"黎昭把战利品放到晏庭面前的一次性餐盒里，"我们俩慢慢吃。"

"崽儿，我还是不是你最爱的大哥了？"张小源可怜巴巴地拿起盘里最后一串烤土豆片，转身朝老板挥手，"老板，再来两把羊肉串，两把五花肉。"

"好嘞！"明明是寒冷的冬季，店老板却忙得满头大汗，他回头朝黎昭他们咧嘴一笑，熟练地把食材放到了烤架上。

"再来十串虾，十串金针菇，一份香辣虾。"黎昭小声对晏庭道，"你还有什么其他想吃的？"

晏庭沉默片刻，才回答："你说了算。"

"那咱们再来十串香猪肉。"黎昭拍开张小源偷偷伸向晏庭盘子的手，"我跟你说，老板家的香猪肉是一绝，香糯不腻，唇齿留香。"

店里的食客在拥挤的店里大声说笑、高谈阔论，但互不干涉，营造了一种默契的和谐氛围。出门送货的老板娘回来了，她从柜子里掏出遥控器，打开积了层薄灰的电视，匆匆转身去帮老公做事。不知工作了多少年的电视，屏幕画面抖啊抖，终于抖出了清晰的内容，竟然刚好是香果台的节目。黎昭算了算时间，他参与录制的《与你同行》好像就在今晚播出。

"别算了，就是今晚。"张小源趁黎昭不注意，从晏庭碗里偷了两串牛肉，慢悠悠地吃着，"今晚的烧烤，算是庆祝你第一次登上电视台的知名节目。"

黎昭说："可今晚是我掏钱。"

"谁掏钱不重要，重要的是心意。"张小源抬起手腕看了下时间，"再等两分钟节目开播。"

听到张小源的话，晏庭也放下了手里的食物，转头看向挂在墙上的电视。在这个吵闹的店里，除了他们，大概也没人对电视内容感兴趣。

录制节目花了三四个小时，播出的内容总共才几十分钟。黎昭觉得自己没有综艺感，但是剪辑出来的效果却很不错。表演排箫的那段，节目组还特意放了几个观众被感动得红了眼眶的镜头。黎昭默默想，请这种需要演技的现场观众，节目组花钱了吧。一档节目总共几十分钟，穿插的广告比节目还长，三个人也不急着走，一边吃烧烤，一边看电视。

游戏环节最先拍摄，但是放出来的顺序却在才艺表演的后面。节目里，黎昭三步并作两步跳到单杠上，做完二十个引体向上，最先抢到玩具球。电视机里传出来的观众尖叫声，足以让张小源猜到现场的热闹。张小源感慨地看向黎昭，才二十岁的男孩子，已经初现魅力，再等几年就是男人风华正茂的时候，不知到时会有多少女孩子为他神魂颠倒。

"让我瞧瞧这张如花似玉的脸，以后会被哪个女孩子得到。"张小源跟黎昭碰杯，"来，为昭昭未来的女朋友干杯。"

晏庭伸手摩挲着凉茶罐，没有加入这次碰杯。他的目光落在电视屏幕上，里面那个穿着白色衬衫的大男孩在镜头下笑得畅快肆意，像一轮小太阳，散发着温暖。真耀眼，耀眼得刺目。

湘湘是《与你同行》的忠实观众。每周六坐在沙发上一边吃零食一边看节目，是她每周必不可少的解压方式。她很期待之前的嘉宾，后来节目组换了人，她心里有些失望，于是打开电视后就漫不经心地吃起了零食。不过，这份漫不经心在她看到其中一位嘉宾的脸以后，瞬间消失得无影无踪。她盯着电视看了好一会儿，直到开始放广告，她才激动地掏出手机，打开聊天群，给小姐妹们分享帅哥。

湘湘：姐妹们，快出来看帅哥，打开香果台《与你同行》有惊喜！
　　豆豆：你喜欢的那个组合，不是爆出负面消息取消录制了吗？前几天还在抱怨这期没什么好看的，今天怎么激动起来了？
　　湘湘：人类的本质是"真香怪"。姐妹一场，话我已经带到了，以后等你们"真香"的时候，别怪我没通知你们。

　　回完这条消息，湘湘已经没心思搭理小姐妹了。趁着广告时间，她跑去发了一条微博，并且还带上了《与你同行》的话题。

　　@湘湘：求求好心路人告诉我，今晚#与你同行#里，那个穿着白衬衫，笑起来好看得让我心头酥酥麻麻的大帅哥是谁啊。我给姐妹们跪下了！

　　湘湘是《与你同行》的超话里比较活跃的粉丝，她的这条微博很快有人评论。

　　@豆沙包放盐：姐妹，这是我新收的小墙头，是个没多少作品的新人，最近他担当主演的《霸道女总的甜蜜爱恋》在青椒视频播放，你感兴趣可以去搜搜。

　　湘湘感谢了热心网友，见广告时间结束赶紧放下手机，紧紧盯着电视，不想错过小哥哥任何镜头。小姐妹群时不时有新消息提醒，可惜美色当前，一切姐妹情都变得不再重要。
　　黎昭用排箫吹奏了一首乡间小调，那叫一个有才华、有气质。黎昭轻轻松松做二十个引体向上，那叫一个帅。到了后面的环节，其他嘉宾介绍自己的富豪朋友时，描述得各种高大上，什么邮轮、别墅、直升机；轮到黎昭，他提到的富豪朋友竟然是拆迁户。
　　直升机、豪华大别墅、游轮离普通群众太远，但是"拆迁"两个字却很能挑动大家的神经。现在很多年轻人拼尽全力也买不到一套房，做梦都想拥有一套完完全全属于自己的房子。所以，当他们听到黎昭的朋友竟然有两栋楼时，真心实意地羡慕了。是不是富豪不重要，重要的是他们很欣赏黎昭的朋友，就是不知道这样的朋友去哪里领。

在观众羡慕嫉妒的视线中，电视里的黎昭还在聊自己的这位朋友。

"我这个朋友特别好，知道我穷得买不起房子，还让我搬去他的房子。"

"那你去了没有？"主持人们似乎都很关心这个问题。

"没有。"黎昭笑眯眯地摇头，"他人那么好，我怎么能占他的便宜？"

听到这里，湘湘很是动容，越是值得珍惜的情谊，就越舍不得去破坏，看得出黎昭很看重这段友谊。她若有所思地拿起手机，打开姐妹聊天群，发现小姐妹们全在花痴地"啊啊啊"，满口喊着"我家崽崽真是令人心动"之类的话，又面无表情地关上了聊天群。是她多虑了。这群只看颜值的人，是不会错过长得好看的男孩子的。

烧烤店里，张小源目瞪口呆地看完这段内容，满脸疑惑地发问："昭昭，你哪有这种拥有两栋楼的土豪朋友？"黎昭身边的朋友他都认识，都是贫穷界佼佼者，没一个有钱的。

"有啊。"黎昭伸手搭在晏庭肩膀上，扬扬得意地抬高下巴，"这里。"

张小源瞪大了眼，难以置信地问："晏先生，你真的有两栋楼？"

晏庭微微颔首："嗯。"

在晏庭点头的瞬间，张小源眼里的他已经不再是他，而是一个闪着诱人光芒的金元宝。

"吃饱了。"黎昭揉着肚子，把鸭舌帽往下拉了拉，"走，回家。"

张小源还没回过神，他愣愣地跟在黎昭与晏庭身后，等一辆黑色汽车停到他们面前，他才想起自己有事没办。"昭昭，今晚我回爸妈那边，就不跟你一起了。"

"好。"黎昭点头，"你路上小心。"

"我送你。"晏庭苍白的脸颊在夜色里显得格外冷漠。

张小源微微一愣，随即笑道："不用，我爸妈离这边不远。"说完，骑着他的小电驴，风驰电掣地离开了。

## 第6章 力 邀

黎昭坐晏庭的车回到出租屋,刚爬上楼,忽然见门口有个黑影朝自己跑过来,他下意识地伸腿踹了过去。黑影撞在墙上,发出可怜的惨叫声。

"别动,再动我报警了。"黎昭警惕地看着黑影。

"黎、黎昭老师,我是草莓娱乐总裁办助理曹嘉。"助理在黎昭的出租屋门口蹲了大半天,好不容易等到人,没想到还没来得及说话就挨了一脚踹。

黎昭不是偶像剧演员吗,踹人的力道怎么像演武侠剧的?助理揉着被踹疼的地方,又抬头看了眼怎么都亮不起来的楼道灯。"先前我们联系了您的经纪人,可能是在沟通中存在一些误会,所以孙总安排我过来跟您详谈。"

黎昭纳闷,现在骗子不仅在线上进行诈骗,线下也要跟着同步进行?两人默默在黑暗中互望,曹嘉借着手机屏幕微弱的光芒,递上了自己的名片。黎昭接过名片看了一眼——现在的骗子真专业,弄得跟真的似的。从小他就明白一个道理,知足常乐,不要相信天上能掉馅饼。

见黎昭接过自己的名片不说话,曹嘉推了推鼻梁上的眼镜:"黎老师,我们草莓娱乐以电影、电视剧、艺人经纪、音乐为主,旗下有很多知名艺人,并且有最优秀的艺人团队。只要您愿意加入我们公司,我们会为您量身打造发展计划,为您配备最好的工作团队,为您安排优质资源,请您认真考虑一下。"他看了眼这栋老旧的出租屋,"当然,还会为您安排高级住宅。"

"对不起,我刚才以为你是不法分子,所以不小心踢了你,你没受伤吧？"偷偷在网上查了一下曹嘉的资料，黎昭上前两步，笑得很是热情，"我带你去看医生？"

"没事，没事。"曹嘉疼得龇牙咧嘴还不忘保持微笑，"黎老师此举也是为整栋楼的住户安全着想，是见义勇为。怪我考虑得不周全，这么晚了还打扰您。"

曹嘉见这个孩子长得眉清目秀，笑起来的样子更是天真无辜，心下想，年轻人单独住在这种旧楼里，警惕性强一点也好，至少安全。想到黎昭可能还不相信自己，他掏出自己的身份证递到黎昭面前，道："这是我的身份证，请黎老师相信，我是带着诚意来的。"

黎昭瞅着身份证看了几眼，没有伸手去接，而是掏出手机给张小源发消息。

　　昭昭好运来：小源哥，你说草莓娱乐总裁助理，会不会为了签我进公司，特意蹲在门口等我，被我踹一脚还夸我是见义勇为？

没过一会儿，张小源回消息了。

　　小源哥：回到家早点睡，梦里什么都有。
　　昭昭好运来：可现在有个叫曹嘉的人，自称是草莓娱乐总裁助理，找我来签约。我看了身份证，顺便在网上搜了一下，好像是他本人。
　　小源哥：什么？！昭昭，你最近招到什么好运了？
　　小源哥：你先让他等着，我马上过来！
　　小源哥：千万不能让他跑了！

一杯冒着热气的水放在曹嘉面前，曹嘉连忙客气地道谢。他看了眼规规矩矩坐在沙发上的黎昭——那张好看的脸蛋，配上无辜又天真的笑脸，能够让人原谅对方犯下的一切错误。如果不是被踹的地方在隐隐作痛，他都不敢相信对方一脚能把他这个成年男人踹到墙上："黎老师身手很好,以前练过?"

黎昭回想了一下这些年积攒下来的打架经验,回道:"没有进行过系统的学习,但有一定的实践经验。"

曹嘉觉得他可能年纪大了,竟然有些听不懂现在的年轻人讲话什么意思。当然,这些都不是重点,他带着老板的任务而来,不会在这些小事上纠结。"黎老师正在播的剧,我们公司很多人都喜欢,我个人最喜欢你被同事刁难,雨天躲在屋檐下的那几场戏。"曹嘉端起黎昭倒的水喝了一口,"公司这边投资了几部剧,有个角色很适合你,黎老师如果有兴趣的话,我把剧本的电子文档发给你。"

黎昭给曹嘉续了水,有些不解地说:"可我们还没有签合约。"

"签不签合约,都不影响孙总还有我对黎老师的欣赏,即使你不跟鄙公司签约,只要你愿意赏脸出演,这个角色就是你的。"

黎昭愣了,世间竟然有如此好事?以前他怎么没遇到过?这一切,好像都是从遇见晏庭开始的。

安静的车内,平躺在座椅上的手机突然发出微弱的光芒。苍白的手掌拿起手机,解开了锁屏。

昭昭好运来:庭庭,你果然是上天派来拯救我的锦鲤!!!

整整一排感叹号,完美地表达了黎昭内心的激动之情。屏幕的光芒渐渐暗淡下去,即将彻底熄灭时,白皙的手指在上面点了点,手机又亮了起来。

昭昭好运来:感谢天,感谢地,感谢命运让我遇到了你这个好兄弟。

好兄弟?手机屏幕黑了又亮,亮了又黑,晏庭一直没有回复这两条消息。就在他的手再次点向屏幕的那一刻,车子发出刺耳的刹车声。手机摔落,掉进了前座的椅缝里。

"徐晏庭！"一个头发散乱的女人扑到车上，疯狂地拍打挡风玻璃，"徐晏庭，你出来！"女人神情憔悴，双目肿胀，眼里满是恨意。她仿佛没有痛觉，一拳又一拳地击打，可是挡风玻璃纹丝不动。

"先、先生？"司机咽了咽口水，害怕地扭头看晏庭。穿着西装的男人打开窗户，似乎想听清她在骂什么。可是不管对方说了什么，他都神情平静，仿佛闹事女人叫骂的不是他，一切咒骂叫嚣都与他无关。

"徐晏庭，你这个疯子，畜生！"女人见自己的咒骂没有起到丝毫作用，趴在引擎盖上大哭起来，"究竟要怎样，你才愿意收手？"

晏庭沉默不语，他垂首看向车底，想要找到那只手机。

"早知道你是个发了疯的畜生，当初就不该留下你。"女人快步跑到窗户边，双手扒着窗，恶狠狠地盯着晏庭，恨不得从他身上咬下一块肉，"你怎么不去死，为什么不去死！"

"放手。"晏庭盯着女人扒着车窗的手，神情淡漠。

"徐晏庭，像你这样的人，就不该出生在这个世界上，你这个怪物，祸害！"女人试图把手伸进窗户挠车里的人。

晏庭戴上白手套，毫不留情地拧住她的手腕，把人推远。听着女人痛苦的惨叫声，他松开手褪下手套："姑姑，生死不是你说了算，我命硬。"

女人泪流满面地瘫坐在地上，一双洁白的手套扔到她身上，她扬起头，看着窗缝后那张苍白无情的脸。

"姑姑忘了？在我六岁那年，你把我推进水池，冰冷、刺骨的水都淹不死我，几句诅咒有什么用呢？"晏庭语气平和得近乎温柔，仿佛在跟女人闲话家常，"那个池子还留着，姑姑想去看看？"

女人瞬间面色惨白，哆哆嗦嗦道："原来你都记得？！"

晏庭没有说话，幽潭般的眼睛静静看着她。女人害怕与这样一双眼对视，他的眼神太平静，即使是生死，也不能撼动他半分情绪。这是一个疯子，跟他妈一样的疯子。徐家延续了近百年的风光，迟早会毁在他的手里。

"不管你怎么恨徐家，你骨子里流着的，仍旧是徐家的血。"女人跌跌撞撞从地上爬起来,"你的否认,你的排斥,都只是掩耳盗铃。除非死,否则你永远是徐家的血脉,你逃脱不了的。"

"你们常说,疯的是我母亲。"晏庭眼睑微垂,"疯的,究竟是谁?我若是疯子,"他看着这个毫无仪态的女人,"那也是因为徐家肮脏的基因。"

女人大声笑起来,笑得比哭还要难听。"既然觉得徐家的基因肮脏,那你怎么不去死?你死了,不就一了百了?只要你活着,全身都是肮脏的,就算全天下的人都不敢称你为'徐先生',你也摆脱不了徐家在你基因中留下的烙印!所以你怎么不去死,怎么不去死!"女人再次发起疯来,她拍打着车窗,"你去死啊!"姑侄二人,隔着一道车门,在豪华又冰冷的别墅门外,没有半点亲人间应有的温情,唯有冷漠与仇恨。

夜风起,缕缕寒风见缝插针地往车里挤着,肆意地舔舐晏庭苍白的脸颊。"姑姑,夜深人静。"晏庭对女人的咒骂无动于衷,"你如果真担心丈夫,可以进去陪他。"他的眼神很认真,仿佛真的是在为女人考虑,"你们夫妻情深不愿分离,我理解。"

女人的咒骂戛然而止,她知道晏庭是认真的。

"既然你不说话,我就当你默认……"晏庭的话未说完,手机铃声响起,划破了空气中的凝重。女人松了一口气,她脚下踉跄一步,勉强站稳身体。

晏庭对她狼狈的样子不感兴趣,他按下接通键,那边就传来一个欢快的声音。

"庭庭,我有一个好消息要告诉你,你猜猜是什么?!"

"中奖?"晏庭单手撑着车窗,偏头看了眼面色浮肿的女人,关上车窗,抬手示意司机把车开进大门。

"再想想,再想想,往大一点的方向猜。"黎昭在床上欢乐地打了一个滚。

"接到新剧本?"

"不是。"黎昭的笑声从手机那头传出来,接着"咚"的一声响,好半天才又传出黎昭的声音,"刚才翻得太开心,摔床底下去了。我跟你

第 6 章 力邀

讲，原来之前自称草莓娱乐的人不是骗子。"黎昭趴在柔软的枕头上，说着跟草莓娱乐订下合约的过程，"而且合约时限只有三年，这么好的事都让我碰到了。"

"是金子，总是会发光。"车子停在车库，晏庭没有下车，靠着椅背陪黎昭闲聊，"大公司愿意开出这么多优惠条件签你，说明你足够优秀。"

"娱乐圈什么时候缺过优秀的人？"黎昭笑道，"一定是我开始走运了。"黎昭抱着枕头坐起身，"庭庭，你上辈子一定是福娃，不然怎么会给我带来这么多好运？"

看着车灯照出来的光芒，晏庭沉默良久，然后说："小孩子不要迷信。"

"这怎么叫迷信？有种科学的说法叫人与人之间存在着一种神秘的磁场，当磁场相合的人相遇后，他们身上的磁场就会发生翻天覆地的变化，这种变化会影响周围的其他人。原本讨厌他的人，会慢慢变得喜欢，原本欣赏他的人，会变得更加欣赏。"黎昭一本正经地给晏庭宣传黎氏伪科普，"你看，自从遇到你以后，我运气是不是好了？"

"是吗？"打开车门，晏庭迈着长腿走下车，用眼神示意打算跟过来的保镖不要过来。

"当然。"黎昭打了个哈欠，"新公司那边给我安排了一个电影剧组的客串角色，我要出差几天，到时候我给你带土特产回来。"

"去多久？"

"客串的角色镜头不多，一周时间应该差不多。"黎昭随手翻了下曹嘉刚给他的剧本，"明天就出发，等我回来请你吃饭。"

"好。"跨过台阶，晏庭迈进空旷豪华的别墅花园，旁边的喷泉发出哗啦啦的声响，水面波光粼粼，倒映着冷月碎片，"出门在外，注意安全。"

主楼大门无声打开，管家与帮佣们低着头颅，他们仿佛是这栋豪华屋子的摆件，完美、安静又恰到好处。"欢迎……"

晏庭微微抬手，管家沉默地退回原位。

"你那边有其他人？"黎昭好像在电话里，听到了其他人的声音。

"帮着做家政的人。"门内很暖和,晏庭站在门口,没有跨过这道门。

听着电话那头的小孩儿絮叨了近二十分钟,直到对方说"好好睡觉,下次再聊",晏庭才挂了电话。脚踏进大门,每一步落下去,都能听到回声。管家帮他脱下厚外套,再次无声无息地退下。这栋屋子,终于陷入真正的沉寂。

跟晏庭聊完天,黎昭一夜好眠,第二天一早就登上了去外地的飞机。这还是他第一次乘坐头等舱,情绪有点儿小激动,没忍住掏出手机偷偷拍了一张。

"黎老师。"草莓娱乐安排过来的助理坐在旁边的位置,见黎昭在低头玩手机,助理小心翼翼,"出门前,公司把剧组的人员信息发给了我,需不需要我给您介绍一下?"说完,他就看到黎昭瞪着大大的眼睛看着自己,顿时变得更加紧张,"如、如果您不方便,那我们后面再说?"

他由孙总的助理曹嘉亲自安排到黎昭身边,来之前曹助理还特意叮嘱他必须好好护着黎昭,不能让人受委屈。如果遇到不好处理的事,直接通知曹嘉解决。被总裁助理这么严肃对待的艺人,他还没见到真人就已经开始紧张了。圈里难伺候的艺人千奇百怪,他怕黎昭怪出水平、怪出风采。黎昭一看他,什么话都没说,他就已经开始紧张了。

"其他都挺方便的,不过……"黎昭停顿一下,"就是觉得'黎老师'这个称呼不太好,咱们能不能换个亲切一点的称呼?"

"黎哥?"

"我是不是要比你年轻一点?"

"昭、昭昭?"

"行,这个称呼也不错。"黎昭点头,"来,大可,现在我们可以开始讨论工作上的事了。"

助理想说,他不叫大可,他叫柯达。"大可这个称呼,挺亲切的。"一个好的助理,要贴心地为雇主考虑,"朗朗上口,好听又好记。"果然,当他说出这句话以后,这位背景不明却深受公司高层看重的新人演员露出了一个友好又天真的微笑。看到对方天真的笑,他心里忍不住担忧,这孩子看起来太单纯了,这种性格在圈子里很容易吃亏的。他必须多费心才行,不然怎么保住公司开的高薪?

飞机起飞后,黎昭就把手机调到了飞行模式,所以他还不知道,有人看过《与你同行》后发现姚莎莎不仅在才艺表演环节假唱,当黎昭表演排箫的时候她还在休息区翻白眼。嘉宾表演的时候,镜头偶尔会切换到休息区的嘉宾身上。不知道《与你同行》的后期剪辑人员是无心之举还是故意想弄出话题度,居然把姚莎莎翻白眼这一段也播了出去。

【你们有没有发现,在昭昭聊自己的土豪朋友时,姚莎莎分明一副很看不起昭昭的样子。】

【一个抱土豪大腿失败的女人,有什么脸瞧不起昭昭?拆迁户怎么了,谁不想做个有两栋楼的拆迁户?姚莎莎是哪棵葱,也配看不起?】

【人家可是土豪亲口认证仅有几面之缘的姚女士,与我们家贫穷的昭昭崽当然不同。】

原本萌男女主真人的粉丝看到这一段内容,几乎无法接受这样的事实,还有人骂香果台胡乱剪辑,故意挑起矛盾。可惜香果台久经沙场,曾经被当红艺人的粉丝在评论区骂了十多万条,都没有出来解释一句,更不要提向一部网红剧的粉丝做出回应了。

这件事闹大,最着急的是姚莎莎,可惜不管她的经纪人去求香果台的工作人员还是试图联系黎昭的经纪人,最后都失败了。"怎么办?"姚莎莎惊慌失措地看向经纪人。

经纪人沉默不语,不久后他收到一个在草莓娱乐上班的朋友的消息。看完消息内容,他长叹一声,抬头看姚莎莎,语气平淡:"你先不要急,在《霸道女总》播完之前,你不会有太大的麻烦。"就算黎昭那边不愿意帮姚莎莎,至少不会落井下石。

"播完之后呢?"姚莎莎察觉到经纪人的话有些不对劲。

"最近《霸道女总》的宣传工作你也很累,这段时间在家好好休息一下。"经纪人站起身,收起自己的随身电脑,"后面公司再给你安排工作。"

"后面是多久之后？"姚莎莎失声大喊，"我好不容易有了点人气，你们还要让我等多久？"

经纪人没有理会她的叫嚣，他走到门口，回头看失魂落魄的姚莎莎，说："这段时间你的公众账号会由公司接管，希望你能好好休息，若是闹出什么事，那就只有违约金才能让你清醒了。"

"公司想雪藏我？"姚莎莎不敢置信，"为什么？"

"莎莎，当年你刚入圈的时候我就跟你讲过，就算你做不到与人为善，也不要露出丑陋的一面。"经纪人沉默了一下，"看在我们同事多年的份儿上，我就想问问你，这些年你欺负那些小新人、小龙套时有没有后悔？"

"这个圈子本就是弱肉强食，有什么后悔不后悔的？"

"既然如此，那么从现在开始，你也不要后悔。"

房门拉开又关上，经纪人关上的不仅仅是一扇门，还有姚莎莎的未来星途。

以特邀客串身份加入的黎昭，受到整个剧组上下的热烈欢迎，导演甚至还特意给他安排了一个化妆间。

试妆的时候，化妆师一个劲儿夸黎昭长得好，还说以前如果遇到黎昭这种完美的脸，让他倒贴钱化妆他都愿意。黎昭唇角微动，最后还是决定不告诉这位化妆师——八个月前自己在某部武侠剧里演男八号，化妆组的组长就是这位，可他连正眼都没给一个——唉，大家都不容易，为了吃饭，浮夸的商业吹捧少不了。

定好妆，拍了几张宣传照，导演亲切、温柔地给黎昭讲戏，讲完还耐心地给黎昭解释："这个角色是个有些自恋的绝世美男，因为找不到合适的演员，我差点儿删掉这个角色了，幸好有你来救场。拍的时候不用太紧张，你长得好，怎么拍都好看，就是吊威亚的时候会有些辛苦。不过这点你也不用担心，我们这边安排了与你身材相似的替身。"导演招来替身，"你看看这个替身，如果不满意，我们给你重新安排一个。"

# 第 6 章　力邀

"不用，我自己来就好。"黎昭被导演的耐心与体贴弄得有些不适应，赶紧拿着剧本躲在一边看台词。

"昭昭，你不用太紧张。"助理大可凑过来，在他耳边小声道，"我们公司是这部电影的主要投资商，有什么需要你尽管跟他们提，他们不敢不满足你。"

黎昭有些后悔签草莓娱乐了，因为他怀疑这家公司风气不好。不劝演员好好练习演技就算了，还主动劝说自家艺人仗势欺人。难怪化妆师跟剧组的工作人员在他面前表现得那么浮夸，原来都是屈服在金钱的力量下。

"这么简单几句台词，打戏也不多，拍着也不难。"黎昭拒绝了助理的建议，"替身拍出来的效果，哪里比得上自己？"

"可是这边太冷了，你的这身戏服太薄，我担心你身体受不了。"大可苦苦劝解，"要不我让导演把你的戏挪到室内拍？到时候用绿幕抠外景就行。"

"大可啊。"黎昭拍了拍大可的肩膀，语重心长道，"你这个思想觉悟不太好，拿一份钱办一份事，片酬我都拿了，不能不做事。"

大可不禁内心嘀咕：身为一个被高层看重并打算力捧的演员，搞这种朴实的行事风格，对得起你的身份吗？！

"黎老师，到您的戏了。"

半个小时后，大可抱着黎昭的防寒外套，看着黎昭拿着扇子与男主演对招时，每个动作都能引起女孩子尖叫的样子，更加怀疑人生。难道公司高层真是看中了黎昭的颜值与灵气？

黎昭把扇子在手中转了一大圈，纸扇轻摇，轻笑一声："外人都传林公子相貌出众，身手不凡，也不过如此。我就知道。"他收起纸扇，锦衣微动，"世间怎么可能会有比我更好看的男人？"

戏一结束，众人还没反应过来，就见刚才还贵气十足的贵公子蹿出去拿起助理捧着的防寒服马上把自己裹得严严实实，只露出半张白净的脸。

"对，就是这种感觉。"导演在监视器后面鼓着掌，"黎老师年纪虽小,演技却很精湛。不过我们等会儿想再拍个远景图,您看这……"

"没问题。"黎昭接过大可递来的姜茶,"我尽全力配合剧组工作。"

导演闻言,又是一通狠夸。

"昭昭,看到了吗?"大可在黎昭耳边小声道,"这就是金钱的力量。"

"大可,你有没有觉得,你现在的样子,很像给昏君敬献谗言的坏太监?"

大可无言以对,作为一个拼命想在艺人面前夸奖公司的助理,他容易吗?!

进剧组几天,拍摄进行得很顺利,吃住有助理操心,剧组其他人也都友好热情。就连拿过金花奖影帝、饰演男主的赵英南,都特意安排了助理过来跟黎昭说,剧本上有什么不懂的地方,他们可以互相讨论、共同进步,连"指导"两个字都用心地避开了。拿过飞鹤奖影后的女主演刘芬,还亲自来到黎昭面前把他夸奖了一番。

"黎老师,这场戏您是重点,您一定要表现出这个角色的潇洒、优雅还有俊美,当摄像机推到这边的时候,会给您眼神一个大特写。咱们先试试能不能一镜到底,当然,做不到也没关系,这个镜头本来就很难,很多入行好几年的人都不一定能做到。"导演给黎昭讲戏,"咱们先试两遍,如果不行的话,再更改拍摄方案,好不好?"

"好。"黎昭身穿锦衣,头戴玉冠,脚踩着纯手工绣制的锦鞋,寒风吹过,忍不住打了个寒战。旁边的工作人员见状赶紧塞了一个暖手袋到黎昭手里。

开拍前黎昭被吊上威亚,导演在下面拿着喇叭喊:"黎老师,你现在要演出那种溢出银幕的俊雅感,姿态一定要优美,就是那种让女性观众一看到你就忍不住心跳加速,想要拥有你的感觉,懂吗?"黎昭演的这个角色最大的存在意义就是为了讨好一部分看脸的观众,他其实还有一层身份,就是这部电影里最大的反派,但是剧本里面对这一点只有暗示的成分,直到电影结束都没有直接点明。

说实话,黎昭不太懂,不过人都已经吊在上面了,寒风呼呼地刮,

# 第 6 章 力邀

他只能试着去懂。最后连续拍了好几遍，他才勉强找到感觉。等黎昭从威亚上下来的时候，浑身已经冻僵了。抖着手接过大可端来的热茶，黎昭牙齿打着战，连喝了好几口。

"辛苦黎老师了，效果特别好。"导演穿过围在黎昭身边的几位工作人员，把黎昭猛夸一顿，然后开口，"不过，我们还想拍一个侧面机位，您看您还能不能再辛苦一下？"

黎昭发现，这位导演话虽然说得好听，但是该让他做的事一件都没省。导演让化妆师给他补了唇妆，开始一遍遍拍侧机位的镜头。

"刘姐，投资方推过来的这个小演员还挺不错，是吧？"剧中演女二号的演员是刘芬的师妹，两人相貌风格与发展路线不同，这些年来交情一直都很不错。

"你是觉得他演技不错，还是长得不错？"刘芬分给师妹一杯姜茶，慢慢开口道，"演技看得出是野路子出来的，不过很有灵气，而且有容貌加成，演他现在这个角色绰绰有余。到底是我们公司要热捧的新人，总要有两把刷子的。"黎昭来剧组的当天，公司高层还特意给她打来电话，请她在有空的时候多带一带这个新人。

"在娱乐圈里，像这种讨人喜欢又不世俗的男孩子，看着就让人赏心悦目。"师妹捧着热茶喝了一口，看着小新人为了个完美的镜头，一遍又一遍重复翻扇子的动作，感慨道，"幸好他签了草莓娱乐，不然这样美味可口的极品，恐怕会引来不少人的垂涎。"

"呵。"刘芬笑了一声，"高层亲自打招呼让我照顾着的新人，一般有脑子的，谁敢去垂涎他？"

师妹微愣，随即失笑："你说得对。"她低头闷闷喝着热茶，打消了心头那点小心思。极品男人虽不易得，但是金钱、事业价更高啊。

"好的，这组镜头过了。"在两人闲聊间，黎昭已经结束了拍摄。"黎老师，您还剩下最后一组镜头没有拍，拍完最后一组，您的戏就杀青了。"导演把黎昭拉到电暖炉旁边坐下，"这场戏，最重要的就是眼神。就是那种能引起观众对剧情暗线无限遐想、似是而非的眼神，你懂吗？"

黎昭问："是让部分观众觉得，我演的角色有可能是幕后真正的黑手,又让部分观众以为我只是随意回头微笑看了一眼的无辜?"

"对对对,黎老师年纪很小,领悟能力却很强啊。"导演激动地用剧本拍着掌心,"这就是我想要的感觉。"作为一个成熟的导演,得知投资方要塞新人演员进组拿个角色时,他没有太大的抵触,反正就是一个无足轻重的小角色,给谁都无所谓,至少塞过来的这个人脸蛋好看。不过这几天下来,他对黎昭倒是生出了几分好感,大概因为期望值很低,所以发现对方比自己想象中好很多时,心生好感是难免的。原本这个眼神镜头他是准备取消的,因为新人演员肯定演不出他想要的感觉,不过他现在却想试一试。如果能成,那就会成为这部电影的一大亮点;如果不行,也不会拉低整部电影的水平。"那你现在先去找一下感觉,半个小时以后,我们正式开拍,行吗?"

黎昭点了点头,裹着防寒服独自坐在角落里找感觉。大可不敢去打扰黎昭,小跑着抱来一个电暖炉放在黎昭脚边,又轻手轻脚躲到一边。拍戏的这几天,黎昭脑子里已经有了一个完整的角色形象,所以导演需要的那种感觉他大概能够领悟到。都说眼睛是心灵之窗,大银幕对眼神戏的要求很高,长得再好看的演员,如果眼里没有戏,整个人的美感都会大幅度降低,还会受到观众的无情嘲弄。

就在黎昭准备把手机交给助理,起身去拍戏的时候,手机铃声突然响起,来电显示是陌生号码。接连挂断两次,对方仍旧锲而不舍地打进来。他皱了皱眉,把手机接通,手机里传出姚莎莎的声音。十余天不见,姚莎莎的声音听起来有些陌生,黎昭听着她在手机那头疯狂哭泣、絮叨,足足等了两三分钟,才慢慢开口:"莎莎姐,我只是一个新人演员,您的事我帮不了你。"

"只有你才能帮我,黎昭……"

"莎莎姐。"黎昭打断她的话,"您太抬举我了,恕我无能为力,抱歉。"挂了电话,黎昭抬头就看到大可的大脸盘子,"大可,你干什么呢?"

"昭昭,是不是姚莎莎找到你这里了?"大可从黎昭手里接过手机,丝毫没有掩饰语气里对姚莎莎的不屑,"也不知道她从哪儿打听到,我

## 第 6 章 力邀

做了你的助理,在你刚才拍戏的时候,给我连打了十几个电话。像这样的人,你最好不要理她,当初仗着咖位比你高借着你的人气炒作的时候,也没见她跟你商量过。现在,知道做事前要跟人商量了?呵,可惜晚了!"

黎昭见他太监灵魂再次上身,赶紧跑去找导演,开始拍最后一场戏。

被黎昭挂断电话的姚莎莎,坐在滚满酒瓶的地上抱头大哭,心中无限悔恨。如果当初没有处处刁难黎昭,对他能好一点,该有多好?如果她早知道《霸道女总》会爆,黎昭会签到草莓娱乐,怎么都不会做出那些事。可是,世间哪有那么多的"早知道"呢?

眼神戏拍得很顺利,补了几个机位镜头后,黎昭顺利杀青。剧组工作人员捧出早就给他准备好的鲜花,跟他拍了一张大合照。导演伸手揽着他的肩,笑得十分和蔼。拒绝了剧组给他准备杀青宴的提议,黎昭早早退了酒店的房间带着大可去逛街,打算买些当地的土特产跟有意思的小物件。见黎昭挑得十分认真的模样,大可有些担心。能让直男如此认真地挑选礼物,说明这个人很重要,难道黎昭是谈恋爱了?等上了飞机,大可假装不在意地问:"昭昭,你买那么多伴手礼回去,是打算给所有的亲戚朋友都送一份?"

"没有,就是给我经纪人还有一位好哥们儿带回去,我不知道他们喜欢哪些,干脆都带一点。"黎昭低头翻着公司新发给他的剧本,头也不抬道,"既然是带礼物,总要带一样他们喜欢的回去。"

"哦。"大可松了口气,没有谈恋爱就好。他以前跟了两个艺人,两个都因为谈恋爱、结婚与公司结束了合作,他真怕黎昭也走上前两个艺人的老路。

冬季的日头短,还不到下午六点,天色已经渐渐黯淡下来。晏庭站在落地窗前,低头看着窗外的世界,往前踏了一步。手机铃声响起,他的食指微动,低头看向手机,"黎昭"两个字在手机屏幕上跳来跳去,等待着手机主人与之通话。晏庭看着这两个字,似乎看到了黎昭在他眼前笑眯眯地挥手。他缓缓按下了接听键。

"庭庭,我回来啦,给你带了好多伴手礼,你现在在哪儿,我给你送过来！"欢快的声音在寂静的办公室回荡，每个音节都带着快活的气息。

"我在……"晏庭抬头看向窗外，街道上的路灯已经亮起，就像是一条条耀眼的纽带，在地面上画出了美丽的图案，"我在公司。"

"你找到工作了？！"

"嗯。"晏庭关上窗帘，打开了办公室的灯，"新的工作。"

"太好了，你等我一会儿，我来接你下班啊。"

晏庭伸出手，轻轻摩挲着桌上冰凉的摆件，应道："好。"

## 第7章  搬　家

"这栋办公楼真气派。"站在灯光璀璨的办公楼下,黎昭仰头看去,只看到一扇又一扇通明的窗户。

"当然气派,这是全球知名公司的总部办公楼,听说能在这里上班的人都是名校高才生,就连扫地的大姐都是深藏不露的高手。"大可语气里带着几分艳羡,看着那金光闪闪的公司招牌,眼里有毫不掩饰的敬佩,"你的朋友很厉害。"

"这家公司这么高级?"黎昭生活在小城市,跟着张小源出来以后,一直为了赚钱在各大剧组做替身龙套,对这些高端大公司完全不了解。

"你不知道……"大可在黎昭耳边小声道,"别看娱乐圈的大小明星风光无限,但是在这家公司掌舵人面前,谁都不敢乱来。我们公司有个刚拿了最佳女配奖的徐姓女艺人,也不知道是不是脑子进了水,听说这家企业老板姓徐以后,竟然买通稿暗示自己是徐家远房亲戚,卖豪门千金人设,连累大老板亲自登门致歉。像咱们老板这样的人物,都是吃了好几次闭门羹,才跟人家徐先生见上面。"

"这么可怕?"黎昭原本还在替晏庭感到高兴,现在又有些担忧了——跟着这样的老板,下面的员工日子该有多难过?

"你也不用担心你朋友的工作环境,这家公司光是总部就有不少员工,而且他们老板的行事作风虽然怪异,但是对员工不错,他们的员工福利可是业界出了名的好,不少人以在这家公司上班为荣,"大可指了指正从公司出来的员工,"看到没有,人家走路都带着风。"

"哦。"黎昭打量着那些来去匆匆的白领,"好像确实挺精神。"他掏出手机给晏庭发了一条消息,告诉对方自己已经到了楼下。晏庭很快回了他消息。

晏庭：等我。

电梯楼层数不断下降，晏庭走出电梯的那一刻，原本还在大厅小声交谈的高管们同时安静下来。整个大厅，在这个瞬间变得静寂无声。迈步穿过寂静的大厅，晏庭跨过大门，看到了路灯下站着的大男孩。他身上裹着厚厚的衣服，帽子跟围巾把他的整张脸捂得严严实实，唯有一双眼睛露在外面。在他望过来的那个瞬间，晏庭在他带笑的眼睛里看到了蓬勃的生命力。

黎昭原地跳了跳，挥着手想要喊晏庭的名字，又怕自己这样叫喊会给晏庭带来麻烦，赶紧小跑到晏庭面前，小声道："庭庭，我回来了。"晏庭嘴角动了动，他不懂得如何回应这样的热情，也从未体验过一个人不计利益，只是单纯地来接他下班。"你怎么穿着西装就出来了，外套呢？"黎昭取下自己的围巾，围在晏庭的脖子上，伸手一揽他肩膀，"走走走，去我车上。公司给我配了车，以后出行能方便很多啦。"黎昭迫不及待地想跟小伙伴分享自己的小汽车，"可惜我还没考上驾照，只能麻烦助理或者公司安排过来的司机。"

"先生……"秦助理抱着大衣追出来，他看到黎昭，目光扫过黎昭放在晏庭肩膀上的手，微笑着往后退了一步，"您好。"

"您好。"黎昭把压得很低的帽子朝上抬了抬以示尊敬。

注意到黎昭这个动作，秦助理笑着把手里的外套交给晏庭，解释道："您刚才走得太急，外套忘拿了。"

晏庭摸了一下脖子上的围巾，准备解下来还给黎昭。

"你别动。"黎昭看着晏庭那张苍白的脸，阻止他的动作，"我火气重冻不着，你好好围着，快把外套穿上。"唠唠叨叨地让晏庭把外套穿上，黎昭叹气，"你真是不会照顾自己，幸好有同事帮你把衣服拿下来。"他扭头朝秦助理绽开一个大大的笑容，"谢谢你啊。"

"不客气，应该的。"见黎昭很自然地帮晏庭理了一下外套，一副哥

## 第 7 章 搬家

儿俩好的模样再次揽住晏庭的脖子,秦助理扭头看向晏庭,"那我先回去工作了。"晏庭点了点头。

"这么晚了,我们一起去吃夜宵吧,我请客。"黎昭担心晏庭态度太冷淡,会影响同事间的关系,赶紧开口,"人多热闹。"

晏庭抬起眼眸,看向秦助理。"谢谢,但我手里还有工作没有完成。"秦助理盯着黎昭看了几眼,忽然道,"您瞧着好像有些脸熟……"

"可能是因为我长着一张大众脸。"黎昭干笑两声,从袋子里掏出一袋土特产送给秦助理,"既然您没有时间,那我们下次有机会再聚。晏庭这人就是性格闷了点,为人却很好,以后在工作上还请您多照顾着点。"

拿着黎昭送来的土特产,秦助理微笑点头:"请您放心,晏先生工作能力很强,我们部门所有同事都很敬佩他。"

黎昭脸上的笑容顿时变得更加灿烂,犹如一位老父亲听到孩子考试拿了双满分。

"昭昭。"去停车场把车开出来的大可,从车窗里探出头,"快上车,这里只能临停,不然会被扣分。"

"马上来。"黎昭朝秦助理道了别,拉着晏庭小跑着上车,然后晏庭就看到了满满一大箱的土特产。"我本来想给你同事一人一袋土特产的。"黎昭把手里提着的袋子放到地上,有些不好意思地挠了挠头,"不过你的公司这么好,员工都是高材生,送这些东西不仅不能帮你融洽关系,反而有可能让同事瞧不起你,所以就没好意思全部拿给你那个同事让他拿去办公室分。"在黎昭的想象中,高级白领用的都是各种名牌,就连吃的东西都精致讲究,他买的这些东西,太乡土气息了。

弯腰提起装满土特产的塑料大袋,晏庭把它放到自己脚边:"我明天给他们送去,他们会喜欢的。"

黎昭摇头道:"你刚上班没几天,不能让其他同事瞧不起你。办公室里的钩心斗角那么可怕,我怕你吃亏。"

在前面开车的大可,听着黎昭絮絮叨叨说了一大堆办公室注意事项,忍不住调侃道:"昭昭,你这考虑得也太多了。"

"我不多考虑一点怎么行？"晏庭身边没有其他亲友，如果连自己也不多为他想想，他就算在公司受了委屈，也没人为他分担。

晏庭侧首静静看着黎昭，黎昭朝他笑了笑，在晏庭的眼瞳中留下了自己的身影。黎昭这才想起，光顾着操心晏庭工作上的事，忘了给他介绍大可的身份了："庭庭，这是大可，公司安排他来做我的助理，为人很细心，也很照顾我。大可，这是晏庭，我的好哥们儿。"

大可在后视镜里看到，黎昭的这位朋友抬头看了看自己，不知道是不是他的错觉，晏庭看他的眼神很幽深，仿佛一眼就能看透他。如果用浮夸一点的词汇来形容就是，黎昭的这位好友眼中有传说中的大佬气息。果然外界传言没有夸张，能进那家公司总部的人都是大佬。

三人一起吃了饭，大可原本计划送晏庭与黎昭回去，没想到晏庭竟然安排了司机过来。看着车上那个代表着昂贵身价的车标，大可找机会把黎昭拉到一边，小声问："昭昭，你的这个朋友刚上班，怎么买这么贵的车？"他的脑子里已经脑补出各种狗血的故事，甚至对晏庭生出了警惕之心。

"他家拆迁户，家里有两栋房。"

大可恍然大悟，说："原来他就是你在节目中提到过的土豪朋友……"警惕心瞬间消失，油然而生的是澎湃的敬仰、羡慕之情。家里有两栋房还坚持上班，这是什么样的精神？是为社会建设付出所有心血的大无畏精神啊！他如果能拥有两栋房，肯定什么都不做，天天吃喝玩乐，过着沉迷享乐、不思进取的生活。

"昭昭，上车。"晏庭站在车边，脖颈上还围着黎昭的围巾，他的脸隐在路灯外的阴影里，黎昭看不清他的神情。

"来了。"黎昭朝大可挥了挥手，走到晏庭身边，"我们走。"

"等等。"晏庭走到大可的车门边，弯腰把车里面的土特产抱了出来，放到了自己车上。

车子在寒冷的街道上穿梭，黎昭坐在温暖的车里，抱着一袋牛肉干吃得津津有味。

"昭昭。"晏庭把黎昭随意放在车座上的外套全部叠放在一起，"选定新住处了？"

"还没有，公司那边还在安排。"

车内安静了片刻，晏庭拧开保温杯盖子，把水递到黎昭手里，提议道："陪我住一段时间吧，我的屋子旁边还有套空房。这些年我一直独居，冷冷清清也不知道有人陪在旁边是什么样的生活。"

"那、那我搬过去住一段时间。"黎昭见晏庭这样，心瞬间软下来，"刚好我这两天有空，明天就搬过去，房租……"

"不用房租。"晏庭看黎昭，"昭昭，我从没有交过朋友，也不知道该怎么与朋友相处，我所拥有的，只有那些冰凉空荡的屋子。"

"我错了。"黎昭大感愧疚，自己竟然用恶臭的金钱玷污这段纯洁的友谊，实在太可恶了。

"嗯。"晏庭学着黎昭的样子，慢慢伸出手搭在黎昭肩膀上，"我原谅你。明天我带人过来陪你搬家。"手掌心下的肩膀温暖又炙热，他舍不得收回手。

寒风呼啸，汽车匆匆划破夜晚的黑暗，停在了别墅门前。

"周医生，请你往这边走。"穿着西装的管家，匆匆把车里的人迎进大门，小声道，"夜里十二点左右，先生的体温就不太正常，这么小半会儿的时间，体温已经升至三十九度三。"

"怎么会这么严重？"周医生一边往楼上走，一边套上医用手套，"先生这段时间，还是不怎么用饭？"

管家神情有些怪异地回道："先生最近这段时间，经常出去不说，还让人把隔壁那栋房子收拾了出来。"

周医生匆匆上楼的步伐顿住，扭头看向管家，问："你是说，先生主动与人接触了？！"

"你也知道，先生平日不爱说话，更不会跟我们提生活中的事。"管家叹息道，"但是秦助理私下跟我提过，先生今年的精神状态很不好……"

两人同时沉默下来，这些年先生变得越来越沉默，也越来越没有活气,现在已经发展到食不下、睡不着的地步。虽然有精心配制的营养剂,但他的身体还是渐渐虚弱了下去。

周医生走到房门前,轻轻敲门,打开了房门。门后的景象,不是他想象中的一片黑暗,而是灯火通明。晏庭穿着薄毛衣靠坐在床头,手里拿着书,脸颊上有不正常的红晕,见他进来,竟然扭头看了他一眼。

"先生,您现在感觉怎么样?"周医生放下药箱,拿出体温计给晏庭量体温,"三十九度五,您需要吃降温药。"

"天亮之前,我需要出门。"晏庭把书放到一边,把手递出,"输液。"

"先生,输液对身体损伤更大……"周医生还想劝导几句,但是对上晏庭平静的视线,他就知道自己说什么都没有用,"就算是输液,以您现在的身体状况,也该以休息为主。"

晏庭没有说话,低头看着周医生把冰凉的针头扎进血管,殷红的血液迫不及待地蹿到输液管里,似乎无限快意。再肮脏的血液,从体内出来的那一刻,也是鲜红的。冰凉的药液滑落,把刚蹿出来的殷红血液压回了它该待着的地方。

"先生。"注意到晏庭眼神不太对劲,周医生用胶带把针头固定在晏庭手背上,开口提醒,"您跟孙医生约好的时间,在明天下午,请不要忘了。"

"明天没有时间。"晏庭把视线从输液管上移开,"帮我把时间安排到后天。"

"好。"周医生松了口气,他不怕晏庭晚一天去,就怕他不去,以前为了劝晏庭去孙医生那里他是费尽了心力,今天晏庭这么好说话已经是意外之喜,"我会让孙医生那边安排好的。"

晏庭不再开口,他抬起另一只手腕看了下时间,现在是凌晨一点,离天亮还有五个小时。

天还没亮,张小源与大可就过来帮黎昭打包行李。

"这些、这些还有这些,以后都不能穿了。"张小源挑拣着黎昭的衣服,知道黎昭舍不得这些衣服,开口解释,"今时不同往日,你以后如果再穿这些几十块一件的衣服,会被人拍下来放到网上,到时候会引起无数人对你的嘲笑。"

"张哥说得对，昭昭，公司这边正在计划给你打通时尚圈的路子，你以后的穿搭会有专业的设计团队来帮你。"大可不敢像张小源那样把话说得太直接，"当然，你的这些衣服穿着挺舒适的，平时在家里穿没关系。"

"我明白，闹出负面新闻，公司花出去的公关费用更多，我不能因小失大。"黎昭把一些质量还不错的衣服收起来，叠放进一个箱子里，"这些衣服我拿过去当睡衣穿。"

知道自家崽儿心里有数，张小源便不再多说，帮着黎昭继续收拾行李。

"这是什么？"张小源从柜子上拿下来一个装月饼的铁盒子，盒子里不知道装着什么，拿着还挺沉。

"这个是小源哥你以前给我写的信，还有送我的钢笔。"黎昭小心翼翼地接过铁盒子，把它放进装衣服的行李箱里。

张小源愣了愣，十年前的黎昭，只是一个刚满十岁的小孩子。当初他给黎昭写信，只是因为一点可笑的同情心。那时候他刚毕业，前路一片迷茫，唯有给这个孩子写信，才勉强能找到一点自我存在感。与其说他善良，不如说他需要这点微薄、可笑的善良坚持着走下去。那些信里写了哪些内容他大多都记不清了，无非是一些鼓励的话。他没想到这些信黎昭还留着，一时间心情有些复杂。

"那时候小源哥你的朋友也有写信鼓励我。"黎昭想了想，又把铁盒子从行李箱里拿出来，在盒子外面包上一层毛巾，免得在运输途中把盒子撞瘪，"那年中秋，你跟你的朋友还给我们院里的孩子每人寄了一盒月饼，是蛋黄流心馅儿的，好吃极了。"

原来，连这个装信封的月饼盒子，也是他们当年买的。

"院里的阿姨说我运气好，刚来院里的第一年，就有好心人送这么贵的月饼。"黎昭美滋滋一笑，把裹好毛巾的铁盒重新放回去，"嘿嘿，运气好的时候，谁也挡不住。"

张小源喉咙有些发堵，被养父母虐待得全身是伤，甚至还闹上了新闻，这叫什么运气好？""别说废话，赶紧收拾行李。"伸手敲黎昭脑门，张小源假咳两声，掩饰住自己的情绪，"是是是，你运气最好，现在还有土豪朋友免费为你提供住处，谁还能有你运气好？"

黎昭捂着被敲的地方，往后一蹦："小源哥，男人的脑袋不能敲。"

"男人？"张小源挑眉，瞥了眼黎昭小腹以下的部位，意有所指道，"黄毛小孩儿，算什么男人？"

"张哥，无照开车会被举报的。"大可没想到张小源与黎昭很早之前就认识，笑道，"张哥，都什么年代了，你竟然跟昭昭靠写信交流？"

张小源挥手道："去去去，你懂得什么，文字永远是最好的交流方式之一。"

"叩叩叩……"敲门声响起，黎昭朝门口望去，穿着西装皮鞋、套着大衣的晏庭站在门口，面色看起来比昨天还要苍白，优雅的姿态与破旧的走道格格不入。

"庭庭，你怎么这么早就过来了？"黎昭看了眼乱糟糟的屋子，"屋子里灰尘重，你先别进来。"搬了一张小椅子到门口，黎昭从冰箱翻出一袋水果洗干净，装到盘子里塞给晏庭，"坐着等我一会儿，很快就好。"

晏庭捧着一盘犹带水珠的大樱桃，一时间不知道该坐下还是该站着。这是他第一次看到黎昭住的屋子，十几平方米大的空间摆着各种生活必需品，逼仄得让人有些喘不过气。

"这些人是你带过来的呀？"黎昭这才注意到，晏庭身后还跟着几个陌生人。他默默瞥了眼盘子里的大樱桃，这点樱桃……可能有点儿不够分啊。冬天的大樱桃特别贵，他平时都舍不得吃，昨晚咬牙买了一盒。一半给了大早上就过来帮忙的大可与小源哥，剩下的一半就给庭庭留了下来。"我冰箱里还有些苹果……"

"他们是搬家公司的人。"晏庭轻咳两声，"你跟他们说，东西需要怎么收，交给他们就行。"

"不用那么麻烦……"

"给过钱了。"

"几位兄弟，里面的箱子都要搬下去。"拒绝的话咽了回去，黎昭利落地招呼搬家公司的员工进门做事——生性节约的他无法忍受给出去的钱打水漂。

搬家公司动作很快，不到一个小时就把东西全部搬上了车。一切都很顺利，直到黎昭看到晏庭口中的那栋空房子。

"庭庭，这就是……你空着的那套房？"黎昭看着这栋前有花园、后有游泳池的别墅，第一次意识到自己跟晏庭之间的价值观差别有多大。

"你不喜欢？"晏庭问黎昭。

"喜欢是喜欢……"黎昭咽了咽口水，他所理解的空房子，是普通的两居室或是三居室，没想过它会是一栋大别墅。

"喜欢就行。"晏庭目光落向旁边另一栋别墅，"左边那栋我在住，这边的环境清幽，安保也严格。除了我们两家相邻，其他住户都离得很远。你的职业是演员，住处的隐私与安全很重要。"

"我现在还没什么名气呢……"黎昭不好意思地挠头，"就算走出去，也没几个人认识我。"

"以后他们都会认识你。"晏庭把门禁卡还有房卡交给黎昭，"进去看看。"

从进入这个小区大门以后，大可就一直处在激动过度的状态。作为一个本地人，他早就听说过这个小区的大名，能住进这个小区的都是非常了不起的大人物。圈内不少有名的艺人想在这边买一套小居室，都要耗费不少金钱与人脉，没想到昭昭的好友竟然随随便便就借一套别墅出来让昭昭免费住。这是何等感动人心的新时代兄弟情！

走进大门，里面所有物件一应俱全，花草树木都修剪得整整齐齐。屋内的地毯窗帘都是全新的，就连花瓶里的插花都还带着晨露。

"黎先生好。"一个穿着西装的中年男人从楼上下来，朝黎昭行了一个优雅的绅士礼，"我是庭先生的家庭管家，在接下来的一段时间里，我也会担任您这栋屋子的管家，您若是有什么需要的东西，尽管告诉我。"说完，他从文件夹里取出一份烫金名单，"这是负责各项家政工作的职员名单与联系方式，请您收下。"

黎昭看了看这个穿着像是中世纪古堡绅士的管家，又扭头看晏庭，被这种高规格接待弄得有些茫然。

"收下。"晏庭在他耳边小声道，"他们工资很高，不做事也领钱。"

晏庭的呼吸有些烫，黎昭没有接名单，而是伸手摸上了晏庭的额头，吃惊道："庭庭，你在发烧？！"

一直保持着优雅微笑的管家，仿佛听到了极其可怕的话，脸上的笑容瞬间消失。可惜管家的喜悲无人看得见。

黎昭把晏庭按在沙发上，在行李堆里翻出医药箱，把体温计塞到晏庭手里，吩咐他："乖乖在这里坐着别动，我去给你倒杯热水。"说完，又从箱子里掏出一只卡通马克杯洗干净，在屋子里转了一圈，才找到放饮水机的地方。

"生了病要多喝热水。"用手背试好水温，黎昭一手递水杯，一手拿体温计，"三十七度九，有点儿低烧，暂时不用吃退烧药。是不是昨天晚上你从公司下来的时候没穿外套着凉了？"黎昭懊恼地皱眉，"早知道就该我去楼上，至少还能提醒你穿外套。"

"是我体质不好。"晏庭轻咳两声，"昨天夜里忘了关窗，与你无关。"

管家微微侧目，看着晏庭手里那只印着卡通大头娃娃，还写着"明天会更好"五个字的可笑马克杯，微笑着把目光放回原位。合格管家的基本标准之一：只要与主人家有关的事，无论有多令人诧异，都要优雅地表示微笑。身为管家学院最优秀的毕业生，他绝不容许自己有半点瑕疵。

水温不冷不热，入喉刚刚好。晏庭躺靠在沙发上，看着黎昭忙碌地收拾行李，还时不时给他的额头换上新的热毛巾，内心奇异地安静下来。他的大脑，似乎从未像此刻这么安稳过。

"管家伯伯说，中午做了很多好吃的，但你现在这个状况，只能吃清淡一点的。"黎昭同情地拍了拍晏庭脑门上的热毛巾，"不要难过，等会儿我陪你一起喝粥。先忌口两天，等你病好了，我请你吃大餐。"

晏庭任由黎昭的爪子在自己脑门上轻轻地拍啊拍，等黎昭把毛巾拿走，靠着沙发坐起身，应道："好。"

中午吃饭的时候，桌上果然摆满了美食，黎昭把凳子拖得离大可与张小源远一些，捧着面前的瘦肉粥喝了起来。很快一碗粥下肚，黎昭准备添第二碗的时候，见晏庭碗里的粥几乎没有动，便问道："是不是胃里难受，吃不下？"

晏庭放下碗，用手帕擦干净嘴角："没关系，你不用管我。"

"什么叫不用管你？"黎昭把准备添饭的碗放下，"生了病还不吃东西，身体怎么熬得住？你等等。"他起身跑到厨房，端出小半碗酸豇豆，"这豇豆是我腌的，以前照顾我们的生活阿姨，泡的豇豆特别好吃，我得了她真传，做出来的泡菜香脆可口，放两滴香油在里面特别下饭，你先试试吃不吃得惯这种口味。"酸豇豆微辣，泡制的时间刚刚好，入口清脆咸香，配清淡的瘦肉粥很合适，就是有点儿酸。

"怎么样？"黎昭有些期待地看着晏庭。

"好。"即使吃着酸豇豆，晏庭的眉头也没有皱一下。配着酸豇豆，晏庭勉强吃了小半碗粥，等他放下筷子时，黎昭已经三碗粥下肚了。

"再等半小时，我给你兑一包感冒冲剂喝。"黎昭起身收碗，"喝完药你就回去躺一会儿，记着不要吹寒风。"

"黎先生，这些活儿交给工作人员来做就行。"管家适时靠过来，拦住黎昭收拾碗筷的动作，"您陪着朋友到沙发上坐着休息，很快就好。"

"有劳。"黎昭注意到晏庭的状态确实不太好，没有在这些小事上坚持，就陪晏庭坐到沙发上看电视去了。随便打开一个频道，正在播放一部武侠剧，男主角仙气飘飘地从天而降，虽然看不清脸，但仅靠这个镜头就能引起女观众的无限遐想。

"这部剧我参演过。"看到自己参与过的剧在电视台上播放，黎昭开心地跟晏庭分享拍摄经过，"当时男主演腰不舒服，很多看不见正脸的威亚跟动作镜头都是我帮他拍的。这个剧组给钱超大方，男主演还私下给了我一个红包，靠着他们我赚了不少钱。"

两人看了半小时的电视，电视剧结束，黎昭起身去厨房给晏庭冲感冒药。几十秒的广告结束后，电视台开始播放娱乐采访节目，接受采访的正是刚才那部剧的男主演。

"楠哥，听说近期由你主演的热播武侠剧《侠君》里，很多高难度动作都由你亲自完成，几乎没有用过替身。能跟我们分享一下你在拍摄过程中遇到的困难吗？"

"作为专业的演员，尽量不用替身是我拍戏时的原则。"穿着昂贵西装的男人在镜头前侃侃而谈，他的面前放满了贴着台标的话筒，噼里啪啦的快门声从未断过。

"庭庭。"黎昭端着药出来，"药稍微有点儿烫，凉一会儿再喝。"

晏庭顺手拿起遥控器，关了电视。

"怎么不看电视了？"黎昭在他身边坐下，用手背挨了挨晏庭的额头，"还好，体温没有上涨。"

"头晕。"晏庭垂着眼睑，看起来病弱极了。

听到晏庭头晕，黎昭哪还有心思关心看不看电视。他拿来沙发垫子靠在晏庭腰上，说："等会儿别回去了，先去我房间休息，床单是刚换上的，还没人睡过。"晏庭沉默着没有说话，不过以黎昭对晏庭的了解，不说话就是同意了。

张小源吃饱喝足，见黎昭要照顾生病的晏庭，开口道："昭昭，我先回去了，今晚《霸道女总》那边有个本地线下宣传活动，剧组那边想邀请你一起去。你如果不想去的话，我帮你推了。"

"有没有出场费拿？"黎昭问。

"这是合同外的宣传活动，有出场费。"

"接了。"对于能赚钱的活动，黎昭还是很热情的。

"下午五点过后，我带人过来给你做造型。"张小源站起身，"我跟大可先回公司挑选适合你的剧本。"

等张小源跟大可离开，黎昭盯着晏庭把药喝下，把人带到房间里，嘱咐道："你先躺一会儿，我坐在阳台上看剧本陪你，有什么事叫我。"

床上的被子只有七八成新，盖在身上有股很淡的皂角味，晏庭看着安安静静坐在阳台上的大男孩，缓缓闭上了眼睛。过了好一会儿，黎昭放下剧本，起身帮晏庭压好被角，掏出手机调到了静音状态。

随着《霸道女总》在网上的热播，关注黎昭的人越来越多，骂宋喻的网友也越来越多。这几天宋喻待在家里，看着网上的弹幕，气得又摔了好几个鼠标。

"想要扭转观众对你的看法，你需要一个更有挑战性的角色。"经纪人仿佛没有看到宋喻的愤怒，"这几天我会安排你进组，你好好演。观众都是善变的，只要你后面的角色讨他们喜欢，现在面临的一切批评都不算什么。"

"有没有适合那个谁的角色，塞给他一个。"宋喻把鼠标碎片踢到一边，满脸不爽道，"早点还了欠他的人情，我心里才舒服。"

"谁？"经纪人一时间没有反应过来，愣了片刻，"你谁说黎昭？"

"不是他还有谁？"宋喻别开脸，"你随便挑个我看不上眼的重要角色扔给他，反正以他自己的人脉，是做梦也接触不到这些资源的。"

"有件事我没有告诉你。"经纪人表情有些微妙，"我们欠黎昭的这个人情，恐怕不好还了。"

"什么意思？"宋喻眉头紧皱，"黎昭的经纪人狮子大开口，提其他要求了？"

"不是。"经纪人摇了摇头，"黎昭签到了草莓娱乐，听说草莓娱乐很看重他，不仅为他量身打造工作团队，还为他接触了不少资源。"

"不可能！"宋喻面色变得很奇怪，"他怎么可能签到草莓娱乐？！"

经纪人以为他在不甘，只能好言相劝："消息虽然还没有公开，但是业内不少人都收到了消息。这几句话我已经跟你说了很多次，今天我再跟你说一遍，你跟黎昭的发展路线不同，现在他又有了草莓娱乐力捧。现在，所有粉丝都以为你跟他是好朋友，我希望你把好朋友人设维持下去。"

宋喻此刻心跳如雷，根本没听清经纪人说了什么。在他的预知梦里，黎昭虽然靠着《霸道女总》这部网剧走红，但是并没有签约到草莓娱乐，而是吃了很多苦，受了很多磨难，才成了圈内一流的实力偶像派演员。难道这一切的变化源于他调换了黎昭的角色？原来他这几个月的折腾都是在为黎昭作嫁衣。预知梦里挨骂的他，仍旧挨了观众的骂；要走红的黎昭还是走红,甚至因为他暗中改变原定的轨迹而变得运气更好了。

想明白这一点,宋喻忍不住骂出声来:"老子真是撞了邪。"

"不许说脏话!"经纪人严肃道,"宋喻,你的粉丝很多还是未成年,给我注意点!"

"我知道,谁会在粉丝面前讲脏话?"宋喻心情有些糟糕,"你说黎昭为什么会比我火?"

"想听真话还是假话?"

"假话是什么?"

"他本身就是穷人出身,在剧里算得上本色出演。"

"真话呢?"

经纪人沉默片刻,才道:"他把角色演得很出彩,引起了女性观众的怜爱心理。最重要的是……他长得也比你好看。"

宋喻无语,他为什么要问这种自取其辱的问题?

## 第8章 进组

夜色来临，晏庭推开了一扇他平日里不愿意走进的门。

"庭先生今天很准时。"早就等在房间的孙医生见到他进来，对他随意一笑，指了指旁边的躺椅，"看来您今天有时间跟我聊聊天。"

晏庭走到躺椅上坐下，没有说话，屋子里安静极了。见晏庭不说话，孙医生也不开口，只是尽量降低自己在屋子里的存在感。这是他所有病人中最不配合的一位患者了。不知过了多久，孙医生察觉到躺椅上的人动了动，他取下鼻梁上的眼镜，摆出倾听者的姿势。患者愿意主动开口，这是极好的现象。屋子里的灯光色调很温暖，躺椅上的男人，姿态却并没有放松下来。他在防备孙医生，或者说防备着屋子里的一切。又是良久的沉默，就在孙医生以为他不会说话时，他开口了。

"我遇到了一个人。他很奇怪。我从来没有见过这样的人。笑起来的样子很……耀眼。"即使坐在最容易让人放松的沙发上，男人也是正襟危坐的姿势，他的背脊挺直，衬衫的每一颗扣子都扣得严严实实。

这是孙医生第一次在晏庭眼中看到光彩，身为一名医生，他既开心又担忧。在他以往的病人里，也有人遇到属于自己的救赎者，渐渐变得开心起来，甚至找到了活下去的希望。可是没有谁生来就该拯救谁，当救赎者离开的那一天，大多数病人会变得比以前更糟糕，甚至会跳入无法回头的深渊。晏庭只说了这么几句话，便再次安静了下来。这已经是他说话最多的一次，孙医生想趁机与他建立交谈关系，于是夸道："那他一定是个很优秀的人。"

"爱笑。"晏庭沉默片刻，"爱唠叨。"

"是对你唠叨？"孙医生坐姿很随意，他想让病人忘记他医生的身份，敞开心扉与他交谈。

晏庭再次沉默，他看了眼手腕，站起身道："时间快到了。"

"晏先生。"孙医生跟着站起身，没有阻拦他离开，而是道，"如果你以后还想与我聊聊您的这位朋友，我可以做您忠实的听众。"

晏庭抬起眼睑看他，问："然后，让你来分析他的性格与心态？"

孙医生微笑解释："晏先生，我只是一名听众。"

晏庭拉开房门走了出去，等在门外的保镖们围拢了过来。

"去金河广场。"

金河广场华灯如昼，表演台下坐满举着灯牌的粉丝。《霸道女总》主创团队在后台做上台前的准备，女主演与男三号不在场，但是所有人都像是忘了这两个人的存在，从头到尾没人提一句。

"黎昭。"宋喻气势汹汹地走向黎昭。

刘导一个箭步冲了上去，拦着宋喻道："宋老师，有话慢慢说，我们等下就要上台了。"这个祖宗可不要在这个时候挑事啊，现在外面都在传男一和女一不和，别再传出男一和男二不和的消息了，他这颗老心脏受不了。

"刘导今天的速度挺快的。"宋喻嗤笑一声，他以前刁难黎昭的时候，也没见剧组谁有过反应。

"一切都是为了咱们剧组嘛。"刘导笑容有些尴尬，不过仍旧没有让宋喻靠近黎昭。以前任由黎昭受欺负，是因为他知道资方安排的演员得罪不起；现在不让宋喻欺负黎昭，是因为他知道黎昭是这部剧人气最高的演员，有黎昭配合宣传才对剧有利。他只是一个审时度势的导演，并不觉得自己哪里有错。

"宋哥，你有事找我？"黎昭完全没有体会到刘导的良苦用心，不仅没有避开宋喻，反而主动往这边走了两步，"难道你晚上想请我吃夜宵？"

"吃个屁吃，你脑子里除了吃，不能想点别的？"宋喻推开刘导，在旁边的椅子上坐下，语气僵硬，"听说你签到草莓娱乐了？"屋子里其他人听到"草莓娱乐"四个字都竖起了耳朵，其他几个演员甚至控制不住地露出了羡慕的神情。

"嗯。"黎昭点头。

宋喻脸色变来变去，最后才梗着嗓门道："你也算有本事，居然能搭上草莓娱乐的路子。"

"没有搭，是他们那边联系我，我看开的条件都很不错，就签了下来。"

宋喻和屋里其他人表示：这个牛吹得够可以，他们无话可说。

大概是被黎昭的话噎到了，直到上台宋喻都没有再说话。后面的互动环节，主持人提到了黎昭与宋喻的友情。宋喻在心里冷笑，他跟黎昭之间有个屁的友情。

"我们都知道昭昭与小鱼儿在剧中虽然是情敌，但是现实生活中却是好朋友，不知道你们接下来还有没有合作的机会？"

宋喻瞥了眼黎昭，他这辈子都不想再跟黎昭合作了，他怕自己心脏不好。黎昭腼腆一笑道："宋哥一直都很照顾我，希望以后还有机会一起合作。"这样就能省不少夜宵钱了。

宋喻：不，我不想！

可惜理想是丰满的，现实是骨感的。第二天早上刚从睡梦中醒来，宋喻就收到了经纪人的消息，说是给他接了一部大投资的历史剧。

"我本来想帮你跟另一个主要男配撕一下番位，可惜对方团队手段更高，他番位在你前面。"经纪人在手机那头絮叨，"这个角色你好好演，争取挽回形象。"

"谁跟我争番位？！"宋喻有些不爽。

"黎昭的团队。"经纪人安慰道，"没办法，草莓娱乐的公关团队实在太厉害了，咱们争不过。但是，你的角色很出彩，演好了说不定能压黎昭一头。"

"你想多了。"宋喻生无可恋地躺回床上，自己把预知梦里挨骂的角色换给黎昭，他都能红起来，更别提这种制作精良的大历史剧了。命，这都是命。

比起生无可恋的宋喻，黎昭就开心了，他似乎看到了蹭吃蹭喝的美好未来。不过想到自己没有去试镜就拿下了一个重要角色,黎昭问草莓娱乐那边的执行经纪人罗荣:"罗哥,不用试镜?"

"公司已经把你的个人资料发给剧组那边了,剧组对你很满意,你进组以后安心演。"罗荣刚担任黎昭的执行经纪人没几天,他与张小源分管的工作内容不同,对公司内部资源更了解。

"《天歌》这部剧,我们公司是投资方之一,拍出来以后有可能在央视播出,你的演技很好,所以不要有思想压力。"罗荣语气平淡,仿佛这部剧里的角色很容易拿到,"就算这部剧扑了也没关系,公司三个月以后有部古装仙侠偶像剧开机,我先帮你把男主演定下来,好保证你后续的人气。"

在草莓这里,黎昭终于体会到了什么叫财大气粗、资源丰厚。大历史剧的角色说拿就拿,古装仙侠偶像剧的男主说给就给。这就是"嫁入豪门"的幸福感吗?

与罗荣结束通话,黎昭赶紧翻开《天歌》的剧本做人物理解图。中午,厨师帮他做好饭,他坐在饭桌前突然想起在公司上班的晏庭,便掏出手机给晏庭发消息。

昭昭要好运:庭庭,到中午了,吃饭没有?

昭昭要好运:你感冒刚好,不要吃太油腻的东西。如果嫌粥没有味道,可以吃砂锅饭。

办公室里,晏庭吃下医生开的药,接过秦助理递来的营养液,正准备喝,手机屏幕亮了起来。

"先生?"秦助理见晏庭把营养液放到旁边,以为他对营养液不满意,"您若是不满意这种口味,我去给你换一种。"

片刻沉默以后,晏庭开口:"不用,给我准备砂锅饭。"

"好的!"秦助理心中一喜,想也不想便安排人给先生预订砂锅饭。把这些安排好以后,他靠着墙松了口气,先生还愿意吃饭就是好事。

半小时后,黎昭收到了晏庭发来的照片,一只装满饭的砂锅放在桌上，还冒着热气。

晏庭：吃了。

简短直接，连标点符号都没有多打一个。

昭昭要好运：明天我要进新的剧组，回来的时间会比较少，晚上我烧菜请你吃。

砂锅饭很烫，晏庭看到黎昭新发来的消息，放下了筷子。
"先生？"秦助理见晏庭没吃两勺子就停了下来，连忙问，"这家店的饭不合您的胃口？"
快速擦干净嘴角，晏庭站起身，拿起旁边的外套说："回家。"
"好的，先生。"
拥堵的街头，车辆寸步难行。晏庭看着前方一望无际的车流，靠着椅背闭上了眼睛。
"先生，前面好像发生了车祸。"秦助理拿出手机查了一下路况，"大概要等一会儿才能恢复畅通。"
晏庭睁开眼看向窗外。人行道上有一对情侣手牵着手走在寒风中，女孩子把冰凉的手塞进男孩子的脖子里，男孩子被冷得打了哆嗦却没有推开女孩子，两人说说笑笑慢慢走远。这种亲密时热烈无比、分离时恨不得对方去死的感情有什么意义？他无法懂得，也不想去懂。注定离别的感情，就像是早上升起的太阳必定会西落，让世界变得一片黑暗。
手机屏幕再次亮起。

昭昭要好运：庭庭，我给你炖了汤，等你回来喝刚刚好。对了，回来的时候顺便买两斤橘子，这个季节的橘子味道正好。

水果店老板拿着手机聚精会神地追《霸道女总的甜蜜恋爱》，下午两三点是水果店生意最差的时候,她一般靠追剧打发时间。看到男主弯腰背起脱下高跟的女霸总,她脸上不由自主露出甜蜜的笑,连店里来了客人都没注意到。等她抬起头时,对方已经走到了柜台前。"你好,请问你想买什么水果?"

"橘子。"

"我们店里有不同品种的橘子,请问你喜欢哪种?"

"最好的。"

水果店老板偷偷看了眼来者,倒吸了一口凉气——天呀,这是哪里来的绝世大美男下凡了?在她的介绍下,这位俊美的客人买了几种不同的橘子走了。虽然对方从头到尾都没有变过表情,也没说过什么话,但她还是觉得这是一个有故事的男人。

拎着一袋子或青或黄的橘子,晏庭刚走到黎昭家门口,就闻到了一股淡淡的肉汤味。那肉汤的味道并不恶心,而是带着淡淡的香。大门缓缓打开,黎昭从里面探出头来,说:"庭庭,你怎么这么早就回来了?饭还没好。"

晏庭走进屋,把橘子放在桌上,脱下外套放在沙发扶手上。

"这个橘子好甜。"黎昭剥了瓣橘子放进嘴里嚼了嚼,又剥下一瓣递到晏庭嘴边,"来,你也尝尝。"

看着面前的这瓣橘子,晏庭闻到了橘皮的香味。这是属于……冬天的味道?晏庭低头吃下黎昭喂来的橘子,酸味顿时抢占了口腔中所有味蕾,他面无表情地咽了下去。

"你咽下去了?!"黎昭见晏庭眉头都没有皱一下,赶紧从兜里翻出一粒糖给晏庭,"我逗你玩呢,这橘子酸得我牙都快掉了。"吃这种青皮橘子就像玩好运转盘,有的水润甘甜,有的酸得让人落泪。黎昭没想到这么酸的橘子晏庭也能面无表情地咽下去,顿时对他敬仰无比。"还是你厉害。"

"这个好。"晏庭翻出一个泛黄的薄皮橘子,放到黎昭手心。

"这个一看就很甜。"黎昭剥开吃下一瓣,又分给晏庭一瓣,"这次真的甜,你尝尝。"见晏庭想也不想就把自己递过去的橘子吃下,黎昭拿起抱枕盘腿坐在沙发上,"庭庭,你也太实诚了,万一我又是骗你的怎么办?"

"这不重要。"晏庭又选了两个泛黄的橘子放到黎昭面前。

"完了,我有欺负老实人的罪恶感了。"黎昭整个人倒在晏庭身上,语重心长道,"庭庭,以后跟人交往不能这么老实,会吃亏的。"黎昭牌防骗防盗小课堂开课了。在给晏庭科普了好几个朋友骗朋友的真实案例后,黎昭喝了两口水润嗓子:"这些都是真事,你以后一定要多长个心眼,知不知道?"

"知道。"

"这就对了。"黎昭满意地拍了拍他的肩膀,"你先坐着,我去厨房看看汤。"

等黎昭去了厨房,晏庭拿起桌上那粒黎昭给他的糖,剥去糖纸放进了口中。糖很甜。

晚上只有两个人吃饭,黎昭只炒了几道菜,不过晏庭很给他面子,把一碗饭全部吃进了肚子。吃完饭,晏庭提出告辞,黎昭送他出门。晏庭站在夜色里,夜风吹动了他身上的外袍。他停下脚步,回头看站在光明中的黎昭:"什么时候回来?"

"春节前。"黎昭笑弯了眼,"到时候我们一起过年,好不好?"

幽深的眼瞳中,蕴藏着无限黑暗。晏庭把手放进外套口袋中,缓缓点头说:"好。"他转身走出大门,每一脚都踩在路灯照耀不到的黑暗中。

"等等!"黎昭忽然叫住他,回到屋里拿出一个很可爱的靠腰软垫跑到晏庭面前,"这个是我参加活动时主办方送的,你天天坐在办公室里,有这个靠着会舒服一点。"

晏庭看着靠腰上绣着的笑脸娃娃,伸手接了过来道:"谢谢。"

"兄弟之间说什么谢。"黎昭摆了摆手,"早点回去睡觉,接下来的一个月,我们手机联系。"

"嗯。"晏庭单手拿着抱枕往回走。

"别走灯光暗的地方,注意脚下。"黎昭在他身后扯着嗓子提醒。

晏庭停下脚步,他看着仅离自己两步远、被路灯照耀的地方,回头看了黎昭一眼。黎昭站在大门口的灯光下,正关切地看着他。他停顿了片刻,缓缓把脚迈进了灯光照着的地方。灯光有些刺眼,他不喜欢,但是能够忍受。

  第二天一早,黎昭就提着行李箱坐上了赶往机场的车,登上飞机后,在头等舱里与宋喻不期而遇。"宋哥,真巧啊。"黎昭朝宋喻灿烂一笑。他来了,他来了,他带着美味的夜宵与奶茶大跨步走来了。面对黎昭那双满是热情的眼睛,宋喻觉得自己有些心累,虽然他还没找到心累的原因。可能是因为黎昭太碍眼了?

  赶到《天歌》剧组,黎昭再次受到了剧组工作人员的热情接待,虽然他们的态度没有上次那个剧组浮夸,但是黎昭还是感受到了"钞能力"的影响力。

  "黎老师,剧组这边给您跟宋老师安排了休息室。剧组条件有限,所以要委屈您跟宋老师共用一间休息室了。"剧组工作人员带黎昭进了他跟宋喻专属的休息室,"您看看还有没有什么需要添置的,我会尽快让剧务去安排。"

  "已经很好了,不必再麻烦大家。"黎昭见休息室设备一应俱全,甚至还有两台电脑,就知道剧组为了接待他跟宋喻花了不少精力。见黎昭这么好说话,工作人员暗暗松口气。这些资方安排过来的演员,是剧组的财神爷,能不得罪就尽量不得罪。

  当宋喻走进休息室,看到坐在里面的黎昭后,脸上的笑容垮了下来。身后的工作人员还在热情地给他讲解:"剧组这边听说宋老师跟黎老师是好朋友,所以特意把二位安排在一起……"宋喻不想说话,他只想静静。

  在《天歌》开机仪式的当天,黎昭注册了微博账号,转发了剧组的宣传微博。一直盼着黎昭开微博的粉丝激动得差点儿当场哭出来。

  【奶奶,快出来,你的爱豆终于开微博了。】

  【我家崽崽终于知道世界上有种软件叫微博了吗?妈妈哭得好大声。】

【恩恩,你有本事注册微博,你有本事放自拍啊!】
【啊啊啊啊,我的恩恩竟然加入了《天歌》剧组!】
【恩恩,好好演戏,我们等你的新戏。】

随着《霸道女总》在网络上的点击量越来越高,黎昭也渐渐有了人气,要不是草莓娱乐在广告代言上把控得十分严格,恐怕早有无数商家找上门了。宋喻偷偷打开微博,看到黎昭转发剧组的宣传微博收获的评论数,比自己原创微博的评论数还要多,一颗心顿时变成了柠檬,从头酸到脚。中午经纪人打电话过来称赞道:"你终于懂事了,知道维持好友人设,给黎昭第一条微博点赞了。"

点赞?什么点赞?宋喻打开微博一看,评论区很多粉丝都在讨论他跟黎昭的友情,还说黎昭发微博以后,宋喻是《霸道女总》剧组里第一个主动关注黎昭并点赞的人。他不是,他没有,他只是手滑。再看关注列表,黎昭竟然没有回关他?就算他只是手滑点到了关注,黎昭也该马上回关,不然他的面子往哪儿放?

"你去跟黎昭说,让他马上回关我。"宋喻喊来助理,"好朋友人设是他立起来的,不要让其他人看笑话。"助理无言以对。当初人家黎昭说他们是好朋友,不是为了帮他解围吗?不过这话助理不敢说,如果说出来,以宋喻的狗脾气,肯定能把化妆间给拆了。

宋喻的助理去找黎昭时,黎昭正在与一位老戏骨对戏。老戏骨每年的电视剧作品都不多,但他是国家一级演员,演技十分精湛。黎昭长着一张招老人跟女孩子喜欢的脸,所以助理远远就看到老戏骨笑容满面地给黎昭传授演戏的经验。黎昭听得也很认真,大概就是这份认真讨好了老戏骨,直到助理走到黎昭面前,老戏骨才停下话头。

"这场戏你再琢磨琢磨,有问题就来问我。"老戏骨把手背在身后,心满意足地走了。老戏骨以前还有个毛病,就是看到有灵气的年轻演员就想让他们演得更好。这就导致一些年轻演员在背后说他好为人师。这几年他克制了不少,直到他遇到了黎昭。从他的角度来看,黎昭的演技是野路子,很多地方都不够精细。但是演戏的技巧可以学,演员自身的灵气却很难得,他心头一个激动,就犯了老毛病。好在黎昭肯学,两人一拍即合,在剧组短短几天内,竟有了几分忘年交的意思。

等老戏骨走远,宋喻的助理干笑着问:"黎老师,宋哥叫我去买奶茶,请问你要喝什么,我给您带一杯回来。"

"那怎么好意思?"黎昭礼貌性地拒绝了一下,内心却已经想好了奶茶的口味。

"刚好顺路而已,要不还是买您以前爱喝的香草味?"

"好啊。"黎昭点头,"香草味好。"

"好嘞。"助理笑容变得有些不自然,"黎老师,听说您开通了微博账号,宋哥很开心,刚才已经关注了你的账号。"所以你赶紧回关啊,再不回关,宋哥的狗脾气就要爆发啦!

"账号是助理帮我开通的,等会儿我就去看粉丝的评论。"黎昭抬头看了眼天色,"天快黑了,你早去早回。"

助理觉得,黎昭可能根本没有听懂他的暗示……世界上最远的距离不是生与死,而是他想让黎昭关注宋哥的微博,而黎昭脑子里只有那杯还没买回来的奶茶。

"好。您看粉丝评论的时候,记得关注咱们剧组的人。"宋喻的助理还没有放弃,"大家要在一起共事两三个月,如果没有互相关注,外面会误以为演员之间不和的。"

"好的,谢谢提醒。"黎昭心想,所以你应该去买奶茶了。

两人的眼神,在傍晚的夜空交汇,彼此都露出了满足的微笑,并且以为对方已经明白了自己的意思。

等宋喻的助理离开,黎昭从大可那里拿过手机,发现自己的粉丝数竟然已经过了五十万,便问:"我的人气这么高吗,开通微博不到一天,竟然有五十万粉丝了?"

"嗯,现在买粉丝挺便宜的,为了不引起粉丝怀疑,公司只买了四十万粉丝,还有十万是真粉呢。"大可对黎昭的粉丝增长数很满意。

黎昭无言以对。原来只有五分之一的粉丝是真的,剩下的全都是假粉。

"不要沮丧，晚上八点以后是网友刷微博的高峰期，公司帮着运营一下，还能涨不少活粉。"大可翻了一下拍戏时间表，"晚上你有场夜戏，夜戏结束以后我给你拍张照片放微博上。"

"拍完戏我还要跟朋友聊天。"黎昭拿起手机对着自己的脸，咔嚓拍了一张，开始编辑微博，"现在发就行。"

祖宗！为了你的偶像包袱，住手！那是"死亡"自拍角度，你还没美颜，没修图！不要发！可惜大可内心的崩溃咆哮没能阻止黎昭发自拍的行为。大可绝望地看着这张对着下巴的仰拍，勉强维持着礼貌性微笑："昭昭的底子真好，随便怎么拍都好看。"

黎昭五官长得好，加上皮肤状态很棒，所以这张自拍的角度虽然糟糕，但仍旧是好看的。粉丝们一看这张自拍没滤镜、没美颜，甚至连拍照的角度也很随意，就猜到这是黎昭自己拍的。

【我家崽崽真是天生丽质，这么可怕的自拍角度，都能拍得这么好看。我可以，我真的可以。】

【这种角度拍照都没有双下巴，本人该好看成什么样子？老公，为了你，我愿意少吃一碗饭。】

【张小源出来受死，你为什么不教崽崽自拍？】

【张小源是不是故意让崽崽这么拍，好让我们不再喜欢崽崽，这样他就好带崽崽回家开面馆了？】

【张小源，你这个心机男孩！】

【死心吧张小源，就算我家崽崽自拍的时候把脸拍成南瓜，我也会继续喜欢他的，请你独自滚出娱乐圈。】

娱乐圈的热闹对于不追星的人来说完全没有任何影响。秦特助家里有事，所以请了半天假，等他回到公司的时候，发现总裁助理部门的气氛有些怪异。

"老大。"一个助理从抽屉里拿出一袋包装花花绿绿的东西，"这个，你有吗？"

秦特助仔细一看,这东西怎么跟黎昭送给他的土特产一模一样?"公司福利?"秦特助有些疑惑,公司什么时候安排了这种福利?

"看来你也不知道。"这个助理压低声音道,"今天早上老板保镖拿来的,据说是老板朋友给我们准备的礼物。"

"既然是老板朋友送给你们的,你们就好好收着。"秦特助正色道,"心意难得。"

"对对对,老板的朋友心地真好,出去玩还特意给我们带东西回来。"

"这种纯天然原生态的东西,吃了对身体好,大老板的朋友一定是个有生活品位的人。"

众人七嘴八舌一顿夸,虽然他们以前根本没见过,也没听过这位"大老板朋友",但是能让老板特意安排保镖把东西拿过来,说明这位朋友在老板心目中很有地位。所以夸就对了。

当晏庭公司的助理们疯狂地夸赞黎昭时,刷着微博的张小源无意间发现又到了自己日常挨骂的环节。他什么都没干,怎么也挨骂?

"挨骂了?"罗荣把策划书递给张小源,从冰箱里拿了一罐饮料扔给他,以过来人的心态安慰他,"作为一个成熟的经纪人,你要学会自己挨骂。带的艺人越红,经纪人挨的骂越多。想不通的时候,就想想银行卡里的钱,你会放下的。"

"谢谢。"张小源哭笑不得,"我倒是不生气,就是对'开面馆'这三个字有了心理阴影。"

"今天找你来,是想跟你商量一下昭昭的发展路线。"罗荣观察着张小源脸上的表情,"我想你也能看出来,公司这边想要重点培养昭昭。"

张小源把喝了一口的饮料放到桌上,笑了笑道:"罗哥,我现在虽然名为昭昭的宣传经纪人,但他也是我看着长大的孩子,所以我个人希望公司在安排昭昭的发展路线时尽可能地尊重昭昭的个人选择。"

"这点请放心,公司不会对昭昭揠苗助长。"罗荣手底下有好几个一线艺人,所以公司那边安排他给一个新人做执行经纪的时候,他以为黎昭是哪个高层的人。可是通过对黎昭、张小源的观察,罗荣觉得这两人怎么看都不像是有背景的样子。难道真是高层看重黎昭的能力,所以才特意安排自己过来？"昭昭的五官很出众，而且眉目有观众缘，这有利于他打下群众基础。"罗荣双手环胸，"但是有这些还不够，身为一个合格的艺人，他还需要更好的镜头感、时尚感、表情管理能力。我打算给他安排这方面的老师，你有没有意见？"

张小源不是傻子，一听就知道这些安排对黎昭有好处。以前他们没钱、没人脉，就算想请老师教昭昭这些也联系不到专业的老师。现在，草莓娱乐这边主动提起这些事，他高兴地答应了下来。

"庭先生，黎昭真是个难得的好演员。公司安排了老师随剧组给他讲课，他进步很快，每个老师都夸他有天分。"草莓娱乐的老总主动给晏庭打了电话，跟他聊起公司对黎昭的安排。晏庭随意应了几句。

孙总挂断电话，他的助理曹嘉疑惑道："老板，庭先生态度这么冷淡，看起来也不是很看重黎昭的样子。是不是我们理解错了，也许庭先生真的只是顺口一提？"

"你还嫩得很呢。"孙总笑容满面地端起茶杯喝了一口，"像晏庭这样的人物，我平时跟他通个电话都很难，今天他却听我说了这么久，还不能代表他对黎昭的看重？"

"咱们草莓娱乐这么多大腕，晏庭一个都没提，就提了黎昭，这如果还不叫特别，什么才叫特别？"孙总神秘一笑，"知道晏庭跟我提起黎昭时，是怎么说的吗？"

"怎么说的？"

"那小孩儿。"孙总嘿了一声，"二十岁的小伙子，在晏庭口中，却被称为小孩儿，这叫法可不是一般的亲近。"

"原来有这么多门道。"曹嘉恍然大悟，"还是孙总您厉害，如果是我的话，恐怕就听不出这么多的含义。"

"行了，这话你听听就成，可别传出去。"孙总神情严肃下来，"我怕庭先生为了他家小孩儿，来找我们公司麻烦。"

"庭庭！"结束一天的拍摄，还上了一个多小时礼仪课的黎昭，洗完澡就躺在了床上。手机屏幕上，是晏庭工作的侧影，听到黎昭叫自己，晏庭侧过头，停下敲键盘的动作，应道："嗯？"

"我快累死了。"黎昭抱着枕头有气无力地趴着，"没想到你也这么晚，都晚上了还在加班。"

晏庭问："你不想拍戏？"

"那倒也没有。"黎昭道，"一开始我只是为了赚钱，可是想到会有人喜欢我饰演的角色，也挺开心的。其实……"黎昭压低嗓门，把脑袋凑到手机屏幕前，"我心里还有一个小小的想法。"

"是什么？"

"我好像没跟你说过，我是在孤儿院长大的？"黎昭挠了挠头，显得有些不好意思。

晏庭凝神看着黎昭，良久后开口："没有。"

"那不重要。"黎昭把话题揭过，"咱们说正事。你说，我的亲生父母会不会在电视里看到我？"黎昭的头发还带着湿气，他趴在床上的模样乖巧极了，"我小时候特别厉害，虽然放学回去没人给我辅导作业，但也能考班上第一名。我常常想，也许是爸爸妈妈不小心把我弄丢了，这些年一直在四处找我。我有可能长得像爸爸妈妈，也有可能长得像爷爷奶奶、外公外婆，也许他们在电视上看到我时会感慨一句：'我们家那个走丢的孩子，长大后说不定也像这个小伙儿这么帅呢。'"说到这儿，黎昭美滋滋地笑了起来，"反正一切都有可能嘛。"

看着屏幕里笑得开心的小孩儿，晏庭沉默不语。不知道黎昭有没有想过，也许他的父母从未找过他，也许他的出生是不被期待的，所以才会被父母抛弃。可是面对他灿烂的笑容，晏庭说不出这些话，只道："他们一定会为你骄傲。"

"那可不。"黎昭打个哈欠，"庭庭，我先睡了，明天再跟你聊。"说完，他把被子往身上一卷，直接困倦地趴了下去，连视频都没有断开。

"黎昭，昭……昭？"晏庭看着安睡的小孩儿，伸出手准备挂断视频，可是当他的目光落在对方柔软的头发上时，停住了动作。大概是因为小孩儿睡得太香，他竟然也有了一丝难得的困意。拿着手机走出书房，晏庭把它放到卧室的柜子上，转身拿了另外一只手机，拨通了秦特助的电话。"近几年上面一直在弄走失儿童基因库工程？"

接到电话的秦特助大感意外，先生平日对什么都没兴趣，他仿佛没有生而为人最基本的感情，他人的生死悲喜从来无法打动先生。"是，但因为资金问题，进展有限。"

"我会以私人名义提供资金援助。"晏庭走到窗户边，看着窗外的黑暗，"你尽快去安排。"

"好的，先生。"挂断电话，秦特助激动地拨通孙医生的电话，语气高昂道，"孙医生，先生他有了主动帮助他人的行为！这是不是预示着，他的情况在好转？！"

孙医生冷静道："秦先生，你不要激动。我们首先要弄清楚，庭先生有这样的行为，是因为他有了怜悯之心，还是因为他现在的这些行为是为了帮助某个特定的人。"

"这有什么差别？"秦特助不明白，就算是为了某个特定的人，有了这样的行为，也是好事啊。

"谁能保证，这个特定的人会在庭先生身边留一辈子？"孙先生叹息一声，"对于一个没有生存欲的人而言，最可怕的是他想好好活着时，能让他活下去的人离开了他。这等于把一个原就站在悬崖边的人推了下去，让他永不超生。"

秦特助吓得面色煞白，忙问："那我现在该怎么办，想办法让那个人远离？"

孙医生摇头说："秦先生，就算庭先生生了病，我们也没有影响他交友的权利。这对他的朋友不公平，对庭先生也不公平。"

"我明白了。"秦特助沉思片刻后，只能无奈点头。如果那个人能带着先生离开悬崖边，该有多好。

## 第9章 元旦

"黎老师，这个眼神我们再走一遍。你要记住，你现在虽然是个纨绔，但你内心对父亲的尊敬与儒慕是不比其他人少的。如果你现在表演的情绪不到位，那么后面这个人物的情感转折与升华就会变得突兀。"《天歌》剧组的总导演对黎昭的表演一直很满意，甚至感到惊喜。黎昭能接住老演员的戏，私下里跟他们相处得也很好，可是导演怎么都没有想到，黎昭卡在一场突出父子情的戏上。

"对不起。"黎昭向导演跟对手演员道了歉。

"没事。"老戏骨伸手拍了拍他的肩，调侃道，"看来令尊在家里对你很严格，所以你看我的眼神才敬多于亲，是不是？"

黎昭抿着嘴角笑了笑。

"黎老师，我们先休息一会儿，你找找感觉。"杨导见他被自己连卡了好几次，也没有发脾气，从监视器后面站起身，给黎昭找了个台阶下，"最近几天你拍戏强度大，可能是太累了。"

黎昭朝导演笑了笑，抱着小凳子找了个角落抱头坐下。剧组其他人知道他在找戏感，都没有上前打扰他。虽然剧组没有人怪他，但黎昭知道，他角色情感处理得不到位，不是因为累。

十岁以前，他心中的父亲形象，就是面色阴沉、喜欢喝酒、喜欢对他拳打脚踢的男人。可能是老天突然发现他被投递错了家庭，老师与警察叔叔保护了他，把他从挨打挨骂的生活中拯救了出来。原来总是打骂他的父母并不是他真正的爸爸妈妈。也许课本里没有骗他，爸爸妈妈会带孩子去动物园、会给孩子买漂亮新衣服穿。他只是跟丢了爸妈，才没能享受这一切。在福利院的岁月里，他有时候也会偷偷幻想，也许第二天早上醒来就会有对恩爱的夫妻走到他面前对他说："对不起，孩子，爸爸妈妈不小心弄丢了你，我们来接你回家。"后来，他虽然没有等到他们，但是在福利院的生活也很开心。每年都会有好心人来看望他们，还有其他孩子的妈妈给他织了两件漂亮的毛衣。他不懂得正常的父子间该怎么相处，所以在演戏的时候露怯了。

"听说你一个镜头重拍了十几遍？"宋喻穿着戏服过来，旁边有很宽敞的地方他就是不坐，偏让助理端来椅子跟黎昭面对面坐着。黎昭抬头，一双明汪汪的眼睛看向宋喻，脸上没有宋喻预想的羞愤或是脸红，这让宋喻瞬间失去了奚落他的成就感。听说黎昭在片场发挥得不好，宋喻兴奋地从休息室冲出来，怕来得太晚就没热闹看了。被黎昭用这样的眼神看着，宋喻莫名有些不好意思，他别开头轻哼："你看我有什么用，又不是我卡你的戏。"

"宋哥，父子之间是怎么相处的？"黎昭朝宋喻讨好一笑，"你能跟我说说吗？"

宋喻一时语塞，上一次黎昭向他露出这种笑容，是在问他晚上要不要吃夜宵的时候。"不就是那样？"宋喻把凳子往后拖了拖，他决定离黎昭远一点，"我家老头儿别的不多，就是钱多，我不犯错的时候，不仅父慈子孝，还有大把的钞票，如果惹到他就只有鸡飞狗跳了。"

"那他会不会带你去动物园？"

"不会。"宋喻摆手。

黎昭恍然，原来也不是所有爸爸都会带孩子去动物园的。

"我小时候讨厌动物园，所以他们一般带我去国外知名游乐园。"宋喻时刻不忘见缝插针地炫富，"你问这个做什么？"

"没事，打扰了。"黎昭突然觉得，自己似乎也不是很想知道豪门父子情是什么样子的了。

"啧。"宋喻只当黎昭是在嫉妒自己，"有钱人的快乐，是你想象不到的。"

黎昭把手背在身后，漫无目的地走在剧组的片场里，直到他看到一个群演跟家里人通电话。虽然群演的语气听起来有些不耐烦，但是对方的眼神却很宁静，那是一种就算前路艰险，只要有父母在就有避风港的安全感。黎昭在原地站了一会儿，回头找到杨导，说："杨导，我们再试试。"

"好，不要太有心理压力。"杨导安慰黎昭，"有时候状态不好也很正常。"

"谢谢。"黎昭深吸一口气，走到拍摄的位置。

正式开拍，杨导让摄像师把镜头推进，点头道："这个感觉有了，二号机注意黎昭的微表情。"一场戏顺利拍完，老戏骨笑道："小黎，你这是跟家中老父亲通过电话，找到如山似的父爱了？"黎昭打哈哈应付了过去。

随着春节的靠近，剧组的拍摄任务越来越重。黎昭饰演的这个角色在历史上是有名的文官，所以台词量很大，每次拍完他都累得半死。

晚上跟晏庭通视频电话，他常聊着聊着就睡过去。晏庭似乎也习惯了他说睡就睡的生活习惯，他睡就任他睡。有时候看他太累，晏庭就托人给他带些吃的喝的过来，所以尽管每天累成一条狗，黎昭也没瘦一两肉。

在黎昭拍戏的这段时间，《霸道女总》终于迎来了结局，剧粉们号啕大哭，舍不得黎昭演的这个可爱角色。有些迷上黎昭的剧粉想看黎昭其他的戏，在网上一搜，发现黎昭竟然没有别的戏。

仅靠着一部戏就一炮而红，这是什么天选之子？有个营销号为了蹭热度，把黎昭的剧照截下来放到微博上，说什么转发这张黎昭的照片就能红红火火。这种微博看似帮黎昭刷了存在感，实际上很容易让路人觉得黎昭现在拥有的一切来得都很容易，这对他的长远发展来说是非常不利的。黎昭的工作团队注意到这点，当天晚上找来黎昭参演的所有影视作品的资料，连夜加班剪辑视频。

"张哥，昭昭还参演过《侠君》？这部戏收视很好，可能是今年收视率第一的电视剧。"团队的工作人员翻看着黎昭的演出资料，忍不住为黎昭的工作量吸了一口凉气，就连看张小源的眼神也带上了异样。虽然圈内有周扒皮式的经纪人，但也没这么狠的。昭昭去年才十九岁，竟然为了赚那点红包钱就让他做危险动作的替身。

"外面都说,赵君楠在《侠君》里的角色完成度很高,没想到好几个我喜欢的镜头都是昭昭替他完成的。"团队里有个小伙子很喜欢《侠君》这部戏,甚至还打算推荐赵君楠参演公司策划的一部大电影。

"赵君楠不是宣称在《侠君》里很多高难度动作都是他自己完成的吗?还说不喜欢用替身呢!"另外一个工作人员嗤笑一声,"艺人的嘴,骗人的鬼。"

"昭昭给赵君楠做替身的消息,现在不要放出去。"张小源道,"昭昭现在的人气,是靠着网剧起来的。赵君楠是一线流量演员,这次《侠君》热播为他圈了很多路人粉,消息传出去别人只会觉得昭昭蹭赵君楠热度,反而给昭昭招来反感。"

"张哥说得对。"剪辑师点头,"不过我们可以在这段视频里放一秒钟左右的侧面镜头,现在粉丝不会注意到这个镜头,但是等昭昭起来以后……"世人仰慕强者,还会自发同情强者曾经受到的苦难与委屈。赵君楠现在敢当着媒体的面把所有功劳都揽在自己身上,日后遭到反噬的时候就别后悔。

张小源看过赵君楠的采访以后,心里也有些不得劲儿。艺人不愿意让粉丝知道自己用替身很正常,可是明明很多吊威亚与打斗的镜头都不是自己完成的,还在外面宣传自己多么敬业,多么不喜欢用替身,这就有些恶心了。当初在《侠君》剧组,赵君楠口里说着多么多么欣赏昭昭,还说有适合昭昭的角色一定推荐昭昭去试镜,后来张小源从剧组工作人员口中得知,当时《侠君》剧组里有个小角色,导演见昭昭打戏不错,就打算把角色给昭昭,谁知赵君楠听说后竟特意找到导演说昭昭不适合那个角色,此事便不了了之了。如果不是那个工作人员与赵君楠团队发生了些不愉快,这件事还传不到张小源耳朵里。

陈明明是黎昭的粉丝,虽然黎昭还只是个新人,但是她每天都会去超话签到刷数据,期盼自家崽崽能在各大排行榜上有一席之位。这天晚上,她照旧在网上刷与黎昭有关的微博,然后就刷到了一个视频。

【没有什么成功是容易的，有些人表面上看着风风光光，背地里却是专业级炮灰演员。】

点开这段视频，她看到了或出名或默默无闻的剧组名字。昭昭在这些剧里，演过太监，演过路人同学，演过调戏女主被男主一脚踹飞的地痞流氓，也曾一次又一次往泥坑里跳。看着昭昭穿着女主戏服从泥坑里艰难爬出来，冻得瑟瑟发抖，陈明明心疼得恨不能钻进视频给自家崽崽披上一件厚厚的外套。可是她很快发现，这些并不是崽崽最惨的经历。被马拖着在地上奔跑，磨破整个膝盖；吊威亚时撞到屋檐；被兵器打在地上差点儿晕厥……每一个镜头，都是龙套、替身演员的磨难史。

被她们当作心头宝的崽崽，原来过得这么惨。陈明明甚至不忍心看完整段视频，可是又忍不住一次又一次打开这个视频。最戳陈明明心脏的是视频最后，昭昭穿着洁白的衬衣，笑容干净地对镜头说："你怎么了？"最动人的，莫过于历尽千帆，还一如少年。这个笑牢牢占据了陈明明整颗心脏，在这个瞬间，她突然明白了什么叫一眼万年。

【我哭得好大声，我们家崽儿实在太不容易了。】

【看到昭昭被一棍子砸倒在地半天都爬不起来，剧组里其他人从他身边走过，却没人扶他起来时，我心疼得喘不过气了。】

【路人粉，哭得用掉了一包纸巾。】

【我只是路人，看完这段视频，只觉得无奈又心疼。在影视圈里，还有多少像黎昭这样抱着影视梦的龙套演员？黎昭五官这么出众都混得惨，那些长得不如他的又该有多艰难？】

【楼上某个小姐姐略天真了，黎昭长得这么好看，本来可以不用这么惨的。他会这么惨，主要是因为不够听话，说得直白点，就是不愿意接受某些规则。我有个朋友是圈内人，在某剧组跟黎昭打过交道。前两天我跟他一起吃饭，刚好就聊到了黎昭。他说黎昭为人很好，在剧组里总是自个儿傻乐，就算拍戏累得要死，也能捧着剧组发的盒饭吃得开开心心。他还说，黎昭平时过得很节俭，连两块钱一瓶的矿泉水都舍不得喝,平时就捧着塑料大水壶跑去饮水点接开水。这次黎昭终于混出头,我朋友挺高兴的,希望他以后发展得越来越好吧。对了,再爆个不知道真假的内部消息,听说有个作风很正派的娱乐公司看上了黎昭,准备大力培养他。如果消息靠谱,你们家黎昭以后就不用过得这么惨了。】

黎昭的工作团队看到了这位网友的爆料马上去问张小源:"张哥,这个爆料是真的还是假的?"

"这是去年在《侠君》剧组的事。"张小源看了一眼爆料内容,"看来爆料者的朋友应该是《侠君》剧组的工作人员。"

"昭昭真过得这么惨啊?"工作人员觉得,黎昭大概是他们接触的艺人当中过得最惨的了。

"没办法。"张小源叹息,"那时候我们真是穷得靠混剧组盒饭,才勉强把日子过下去。"

"惨,太惨了。"工作人员从抽屉里拿出半包薯片递给张小源,"拿去吃,不用还给我了。"

张小源不由得沉默,他这个惨卖的是不是有些过头了?

黑暗的屋子,唯有电脑屏幕上的微弱光芒在闪烁。当视频放到黎昭的头撞到墙上,疼得抱头躺倒在地时,白皙的手指拿过鼠标点了暂停。放下鼠标,手微微右移,拿起桌上的手机。已经过去了十个小时,他还没有收到黎昭的新消息。

他盯着静止不动的屏幕看了好半晌,最后还是点了一下播放键。镜头再次转换,穿着女主戏服戴着假发的黎昭跳进了泥坑,背景里还传出了导演的叫骂声。小孩儿一边赔着笑脸,一边尽最大的努力,控制住因为寒冷而发抖的欲望。一次又一次,一次又一次,直到他精疲力竭,导演才终于对这个镜头满意。咔嚓、咔嚓,墙上的秒针在不断转动,晏庭看着最后的镜头里笑如暖阳的青年,再次按下暂停键。

"先生。"管家在外面敲门,"先生,您该用药了。"

"进来。"晏庭关掉电脑屏幕,整个房间彻底暗了下来。

管家打开门，看到满室的黑暗半点都不意外。他熟练地走到书桌旁，把水跟药放到桌上，道："先生，您早点休息。"黑暗中没有人回应他，但他知道晏庭听见了，就在他准备转身离去时，桌上的手机突然亮了起来。他还没反应过来，先生已经拿起了手机，速度快得让他有些意外。

昭昭有好运：庭庭，你睡了吗？

自从跟晏庭加了微信好友以来，黎昭已经换过两次微信名了，但原来不是"好运来"，就是"要好运"，今天终于换成了"有好运"。

晏庭：没。

"庭庭！庭庭！"院子下面传出了黎昭的声音。

晏庭站起身，快步走到窗户边拉开厚厚的窗帘，月光透过明亮的窗户迫不及待地钻了进来，洒满了晏庭全身。黑暗的屋子，终于有了光。楼下院子里，黎昭脚边放着行李箱，把自己裹得像个大馒头，仰头正往楼上看。月色照在黎昭的脸上，仿佛他的脸在发光。窗户打开，黎昭看到了晏庭的身影。

"庭庭，我回来啦。"他原地蹦了几下，朝晏庭大力挥着手，"肚子好饿，能不能在你这里蹭一顿夜宵吃？"

晏庭捏着窗帘的手紧了又松，回道："能。"

紧闭无声的别墅大门很快在黎昭面前打开。他拎着大大的行李箱踵进屋，跺着脚把帽子、围巾、厚外套脱下来，捂着饿瘪的肚子道："那边直达京市的航班没票了，我只好买了邻市机票，然后买站票挤高铁回来。我饿得能吃下一头牛。"很快，有人端了一碗热腾腾的面上桌。黎昭也不客气，抓起筷子就吃，半碗面下肚才总算垫了底，有力气跟晏庭说话了："再等五分钟就是元旦啦，祝你元旦快乐，新的一年大吉大利。"

晏庭坐在桌边，把管家端来的小菜推到黎昭面前，问："回来待几天？"

# 第 9 章 元旦

"后天中午十二点前就要赶回剧组。"黎昭把小菜呼啦啦全部倒进面里，埋头吃完剩下的面，摸着肚子对晏庭不好意思一笑，"那个……能不能再来一碗？"

晏庭看了管家一眼，管家赶紧道："您稍等，厨师正在做。"

"幸好我有你家大门的门禁卡，不然还进不了你的院子。"黎昭擦干净嘴角，皱着眉道，"昨晚跟你通视频的时候，我看你桌上好像有瓶药，你是不是又生病了？"

"强身健体药。"晏庭看着黎昭，"你是为了这个回来？"

"剧组里好几个主演都接了各大电视台元旦晚会的邀请，所以杨导干脆给我也放了一天半的假。"黎昭伸手在果盘里摸了个苹果，咔嚓咔嚓啃完，"你性格闷得不行，有事又不爱说出来，我就干脆回来看看。"说完，他擦干净手，探手在晏庭额头上摸了摸——没有发烧，体温正常，看来庭庭没有骗他。

端着面走出来的管家看到这一幕，放轻了脚步，直到黎昭把手放下去才笑着上前说："黎先生，面来了。"

"谢谢。"黎昭笑眯眯地把碗扒拉到自己面前，又开始大口吃了起来。看着黎昭吃得这么香，管家忍不住扭头看了眼晏庭，心想，看看别人家孩子，一碗普通的面都能吃得这么香。

"庭庭，你们家做面好讲究，居然放这么多食材。"黎昭在面里翻出一只大虾，吃得一脸满足，"等我赚够钱，就天天蹲你家蹭吃蹭喝，哪里也不去，啥也不干了。"

"那就太好了，先生就盼着您能来。"管家自作主张接了一句，说完后他小心地观察了一下晏庭的表情，果然没有反应。

黎昭笑嘿嘿地点头："然后，娱乐版头条就是'知名男演员黎昭，因吃得太多，惨遭朋友扫地出门'。哈哈哈哈哈哈哈哈！"

晏庭说："不会。"

"什么不会？"黎昭疑惑地瞪大眼。他是不会成为知名演员还是不能赚很多钱？

"不会赶你出门。"晏庭看着黎昭，"我有钱。"

黎昭沉默了——对哦，庭庭有两栋楼。

黎昭连吃了三碗面，才总算把肚子吃饱。他打开硕大的行李箱，从里面翻出一堆的东西。有吃的，有手工艺品，还有一件绣着"大吉"二字的汉元素外套。

"出外景的时候，当地有个绣娘绣工特别好，我就让她绣了两件外套。"指了指自己脱下的外套，"我的上面是大利，你的是大吉。元旦过后又是新的一年，大吉大利意头多好，对不对？"

"不要迷信。"

"这不叫迷信，这叫对美好生活的向往。"黎昭拿着衣服往晏庭身上比了比，"你的这件比我穿的那件大一号，应该很合身，你穿着试试？"

晏庭面无表情地把衣服穿上。

"庭庭，你真是天生衣架子，不管什么衣服穿在你身上，好像都能穿出昂贵感。"黎昭绕着晏庭走了一圈，"酒店服务员的衣服，你能穿出贵族感；这种改良式服装一到你身上，竟被你穿出了公子王孙的优雅感。你真是一个浑身是宝藏的男人。剧组其他人还说我买的衣服丑，明明很好看嘛。"黎昭笑弯了双眼，"元旦你们公司应该放假了吧？"

"嗯。"

"那我们穿着这套兄弟装出去玩。"黎昭美滋滋地开口，"明晚有个灯光秀，我请人帮我订了两张票，我们一起去看？去年的元旦灯光秀视频我看过，超级漂亮。"黎昭伸手揽住晏庭脖颈，"这个票很难拿的。"

"好。"晏庭答应了下来。搭在脖子上的手臂很烫，像是烈火，从皮肤烫到了他的心尖尖。

"对了，这事儿千万别告诉小源哥。"黎昭揽着晏庭的脖子晃了晃，小声道，"他最近特别忙，如果知道我带你去看灯光秀，他要发疯的。"

"我不说。"晏庭低头看着搭在自己身上的手臂，没有推开它。

"那我回去睡觉了。"黎昭打了个哈欠，松开晏庭的脖子，起身道，"明天早上我来叫你。"

脖子突然变得空荡荡的，明明屋子里的暖气很足，晏庭却感到了一股冷意。

# 第9章 元旦

黎昭蹲在地上收拾空了大半的箱子,抬头看晏庭,道:"早点睡,明晚我们会玩到很晚,很耗体力。"

晏庭弯腰捡起散落在地上的小玩意儿,把它们放进黎昭的箱子里,对他说:"我等你来叫我。"

"嗯嗯!"黎昭拖着行李箱拉杆站起身,"那我回了啊,晚安。"

晏庭看着小孩儿拎着空箱子,脚步轻快地走进门外的月色里,就像出现在小院里时那样,无声又无息。等再也看不到黎昭的身影,他低头看着放在沙发上绣着"大吉"两个字的外套,把衣服放在了臂弯上。

空荡荡的屋子再次安静下来,但是还能闻到淡淡的面香。晏庭在黎昭带回来的几个小摆件里捡出一个木雕摇头娃娃。这个娃娃头大身子小,身上套着"福"字肚兜,既可爱又喜庆。轻轻点一下它的脑袋,大脑袋就摇来晃去,憨得可爱。

"先生,您的药还没吃。"管家见晏庭突然对黎昭带回来的小礼物感兴趣,似乎已经忘记了被放在书房里的药,"需要我替您拿下来吗?"

"不用。"晏庭蜷起戳娃娃的手指,把摇头娃娃放到摆件柜上,转身上楼回房间。

"先生!"见晏庭似乎不打算吃药,管家担心地追了两步,"您……"

晏庭停下脚步,扭头面无表情地看向他。管家所有的勇气与语言,都消失在这个眼神下,他甚至不敢再往前走一步。直到晏庭走远,传来关门的声音,管家才缓过气来。他扭头看向摆件柜上与其他昂贵摆件格格不入的木雕大头娃娃,把其他几件黎昭带回来的东西也都小心收了起来。

夜半时分,晏庭被女人的尖叫与怒骂声吵醒。他从床上坐起身,拉开房门走了出去。

穿着红裙的女人,从他面前缓缓经过,走到旋转楼梯最高处,随即纵身一跃,像是失去了双翼的蝴蝶,重重坠落在地。她就那样躺在了光可鉴人的地板上,血红的液体不断从身体里流出,比身上的那件裙子还要红,还要艳。

顺着台阶而下,晏庭踩在大厅地板上,脚底传来黏腻的触感。他低下头，看到鲜血染红了他的鞋面。一个人，为什么可以流这么多血？

躺在地上的女人，睁着又大又漂亮的眼睛，与他的双目对视。她的嘴唇在蠕动，神情悲伤极了，可是晏庭听不见她在说什么。他踩着小溪似的血流，走向女人，单膝跪在她面前，把耳朵靠向了她苍白的嘴。

"宝宝，妈妈带你走。我们一起离开这里。"冰凉的手忽然有了力气，她死死拽住他的手腕，鲜血染红了他的手臂，"跟我走。"

血水已经染红了晏庭的半边身体，他看着疯狂绝望的女人，毫无感情地开口："不。"

"为什么，为什么？"女人尖叫，"你也要对不起我吗？！"

晏庭看着她不说话，女人的尖叫声似乎要刺透他的耳膜，想要把他那无趣的灵魂从恶臭的躯壳里抽出来。

"明天会有人来找我。"女人的尖叫声很大，大得掩盖住了晏庭自己的声音，"我答应了他。"

尖叫声戛然而止，女人消失了，满屋的鲜血消失了，宽敞的大厅中只有晏庭自己。

"先生。"两个保镖在这个时候冲了进来，打开屋子里的灯，"您没事吧？"

灯光下，晏庭的面色苍白，身上穿着单薄的睡衣，看起来像是一具完美又没有感情的雕塑。"没事。"晏庭垂下眼皮，眼底一片黑暗。

"先生，您的药。"管家捧着药，从角落里走了出来。

晏庭看着药瓶，没有伸手去接。

"黎先生明天上午就会过来找您。"

指尖微动，晏庭把药放进了口中。温热的水带着药丸，一起滚入食道。他看着黑漆漆的窗外，抬起手臂看时间。天快亮了。

连续好几天高负荷拍戏让黎昭十分疲倦，等他睡醒，已经是早上九点过后了。他从床上一跃而起，快速洗漱完，抱着帽子、围巾、外套，冲向了隔壁晏庭家。一走进大门口，黎昭就看到晏庭穿戴整齐地坐在沙发上，餐桌上摆着没有动过的早餐。

"对不起啊，庭庭，我今天睡过头了。"黎昭不好意思地挠了挠头，朝餐桌上望了望，"还没吃呢？"

"坐下一起吃。"晏庭站起身，走到餐桌边坐下。黎昭赶紧厚着脸皮跟着坐下，赞道："闻起来好香。"

吃完早饭，黎昭把帽子跟围巾都戴上，跟晏庭道："经纪人说，我最近有了点名气，在外面不能让人认出来。"幸好现在天冷，把自己遮得严严实实也不算太奇怪。晏庭看着只露出一双眼睛的黎昭，从管家手里接过围巾，学着黎昭的样子围在了脖子上。

元旦期间，任何好玩的地方都挤满了游客。黎昭熟门熟路地带着晏庭来到一个不算宽敞的四合院，里面有鼓掌与叫好声传出来。

"这里有几个年轻的小伙儿，学的是以前天桥卖艺的本事，以前在剧组当替身的时候，我跟他们交了朋友。"黎昭伸手敲了敲挂着"售票"木牌的小窗户，趴在桌子上睡觉的年轻人抬起头来。

"兄弟，有空位没？"黎昭拉下蒙着脸的口罩，"给我哥们儿安排个好位置。"

"昭昭？！"卖票的年轻人看清黎昭的脸，连忙跑出屋子，朝四周看了看，小声道，"你现在可是红人了，怎么跑这里来了？"

"红什么红？"黎昭把口罩戴了回去，"这不是过节嘛，我带好哥们儿过来给你们捧场。"

"走走走，我带你进去。"小伙子朝晏庭微笑颔首，算是打过招呼了。他带着两人走进侧门，掀起布帘子指了指正中间的木桌："你们先坐着，我去给你们倒茶。"

"谢了。"黎昭朝小伙儿道谢，带着晏庭往正中间的位置走。晏庭注意到，里面是个很小的露天庭院，院子上面搭着遮雨棚，观众席上稀稀拉拉坐着十几个观众，台上的红衣小伙儿表演完吞铁球以后，观众们往篮子里扔了些赏钱。

"他们演的这些，是正宗的天桥营生手艺，不过现在年轻人都不爱看这些表演，以后学这个的可能会越来越少。"黎昭跟晏庭小声介绍，"等下看完卖艺，我带你去吃附近的一家老菜馆。"

没过一会儿，卖票的小伙儿拎着茶壶、端着果盘进来了。他见晏庭气势不凡,以为是圈内大人物,怕自己多说话给黎昭带来麻烦,所以简单招呼几句后就找了个借口离开了。

台上表演的几个小伙子,都是二三十岁的年龄,表演的内容却是老一派手艺,什么活吞长剑、喉咙顶长枪、腹提水桶等,一场完整的表演下来,也不过几十分钟。结束表演时,有人拿了篮子来接打赏,大多观众起身就走,偶尔有给赏钱的也不过十块二十块。拿着打赏篮的小伙子经过晏庭跟黎昭身边时,晏庭放了一把钱进去。小伙儿惊得停下了脚步,看了看晏庭,又看了看黎昭,忙说:"昭昭,咱们自己人不用守这种江湖规矩。"

黎昭也没料到晏庭会拿这么多钱出来,伸手揽着晏庭的肩膀,哈哈笑道:"按照江湖规矩,打赏出去的钱没有收回来的道理,你就收着。"

"大哥,谢了。"

小伙儿们送走观众,把院子里的果皮纸屑打扫干净,全都围到了黎昭身边。

"行啊,你小子。"为首的人叫大龙,他用胳膊肘撞了撞黎昭的胸口,"你演的那部网剧,咱们哥儿几个每天开着手机帮你增加点击率,现在终于熬出头了,恭喜恭喜。"

大家都是在剧组跑龙套、做替身的交情,只是他们跟黎昭不同,好歹有门营生的手艺,黎昭没父没母,连一条退路都没有。见到黎昭终于火了,他们都很高兴,虽然他们潜意识里觉得,以后再也没有跟黎昭见面的机会了。很多艺人红了以后,为了避免麻烦,都会更改手机号码,删除很多人的联系方式,他们也没想过自己还有机会跟黎昭称兄道弟。可黎昭还是来了,不仅来了,还带了朋友来。

"谢谢。"黎昭揉着被撞的地方,苦笑,"大龙哥,你手劲儿大,轻点啊。"

"嘿嘿。"大龙不好意思地笑了笑,扭头看向晏庭,"你是昭昭的朋友吧,刚才听他们说,你打赏了我们很多钱,谢谢了啊。下次如果过来看表演,可千万不要再给赏钱了,咱们自家兄弟,不讲究这个。"

"表演得好。"晏庭从未跟这种有江湖气的人打过交道,所以并没有多说。

"有你夸的这一句,比啥都强。"大龙看出晏庭是不爱说话的性子,便扭头继续跟黎昭聊天,"知不知道现在多少小姑娘在网上吼着要做你老婆,你怎么在这种时候出门,也不怕被人认出来?"

"去年说好如果今年元旦节有时间,就来看你们的气功表演。当时你还说,不管我带多少人来都不收门票钱。"黎昭挑眉,故作生气,"怎么,我才带一个好友过来,你就舍不得了?"

"嘿,你这小子!"大龙挥起巴掌,想起自己手重,又嘿嘿笑着收了回来,"我说话当然算数,不管是今年元旦还是明年元旦,只要你来,都不收你门票钱。"

"大家都听到了啊,以后我来的时候,谁都不能收我钱。"黎昭揽着晏庭的肩膀,"还有,我这个哥们儿来,你们也不能收钱。"

大龙说:"嗨,都成大明星了,咋还像以前那么抠呢?"

"因为我穷。"

众人都笑起来。大龙等人跟黎昭说笑到中午才与黎昭分别。目送着黎昭与晏庭的背影,表演吞铁球的小伙儿凑到大龙身边,小声道:"大龙,你有没有觉得,昭昭跟他朋友穿的外套,很像情侣装?"

"不能吧,"大龙挠着脑门,"就不能是人家兄弟两个感情好?思想要纯洁一点,不要看谁都像是情侣。"

老菜馆里,黎昭点了老板家的招牌菜,对晏庭说:"他家小羊排特别好吃,等会儿你一定要多吃两个。"

菜馆里坐满了客人,整条店充满了人间的烟火气。人间虽然满是喧嚣、嘈杂又烦躁,但是……晏庭看着黎昭脸上的笑,极力让自己融入这场喧嚣中。"好。"

"你一定很疑惑,我为什么要带你去看气功表演吧?"黎昭用开水烫好杯子,给晏庭倒了一杯果饮,"你性格太闷,我要带你去有热闹瞧的地方玩。有句话叫什么,如果一个人看尽人世繁华,就带他去坐旋转木马,我觉得挺有道理的。"

"跟我在一起,会闷?"果饮不是鲜榨的,几块钱可以买一大瓶,带着股很明显的香精味。

"怎么会闷？你都不知道自己多可爱，跟你在一起，特别有意思。"见晏庭似乎误会了自己的意思，黎昭赶紧解释，"说什么都是好，我带你出门就跟着出来，也不怕我是拐带帅哥的坏叔叔。"

"你比我小。"

"其实这个不重要。"黎昭摆手，一口气喝下半杯果饮，"意思到位就行。可能是因为当时我帮了你，你又乖乖跟我走了，所以我对你抱着莫名其妙的责任感。"

责任感？陌生的、没有血缘的两个人，为什么要为对方担负起责任？

"这就是缘分，你没有父母，我也没有，所以上天让我们搭伙做了朋友。"黎昭端起杯子，"来，为我们美丽的友情干杯。"

晏庭看着黎昭手里的杯子，默默与他碰了杯。

"唉。"黎昭笑眯眯地看着晏庭，"你怎么这么可爱呀？"

晏庭继续沉默，在他所有的记忆中，从来没有人对他夸过"可爱"这两个字。

中午吃完饭，黎昭又带晏庭去花鸟市场转了一圈，还差点儿因为逗鹦鹉说话，被老板放狗撵出来。晚上，他们去了灯光秀现场。灯光秀还没开始，现场已经坐满了观众，还有很多人在后面的站台区，熙熙攘攘好不热闹。

"庭庭，把这个戴上。"黎昭把一个发光的兔耳戴在晏庭头顶，给自己也戴了一个，"今天晚上，咱们就是这里最靓的仔。"

灯光秀一开场，全场都是兴奋的尖叫声。灯光变幻，现场热闹得仿佛在过年，当灯光效果变幻成流星时，很多人开始扯着嗓子大声告白或是许愿。

"张晓婷，我爱你！"

"爸爸妈妈，祝你们长命百岁。"

"祝祖国繁荣富强！"

黎昭混在人群里尖叫鼓掌，最后干脆也跟着高声喊："祝晏庭庭身体健康,长命百岁!祝晏庭庭开开心心,身体倍儿棒!"在喧闹的世界里,晏庭听清了这一句。

影墙上流光闪烁,像是一场流星雨,给人带来了无限的梦幻与美好。黎昭拽住晏庭的手臂,在他耳边大声道:"庭庭,你也来许个愿,别浪费这个好机会。"说完,黎昭松开晏庭的手臂,随着音乐的节奏扭来扭去,跳着谁也看不懂的舞。晏庭看着蹦蹦跳跳的黎昭,仰头看着灿若流星的灯光,眼瞳如黑夜般幽深。他从不许愿,也从不祈求命运。

灯光秀结束,黎昭嗓子都喊劈了,他接过晏庭递给他的矿泉水,一口气喝下半瓶,整个人靠在晏庭身上,说:"身体仿佛被掏空,好累。"很多看完灯光秀的情侣从他们身边经过,一些卖花的人趁机等在路边,向他们兜售鲜花。"快走,快走。"刚刚还奄奄一息的黎昭看到这些卖花的人便顿时腰不酸腿不疼了,拉着晏庭就跑。跑出卖花人兜售的范围,黎昭才喘着气道:"这些花又贵又不新鲜,如果被他们盯上,会被追着卖的。"

晏庭见黎昭跑出了汗,从外套口袋里拿出一条手帕递给他。

"庭庭,你是我所有朋友中,唯一会随身带手帕的。"黎昭擦去脑门上的细汗,"你是不是从幼儿园开始,就是老师最喜欢的乖宝宝?"

晏庭回答:"没去过幼儿园。"

黎昭把手帕揣进自己衣袋,感慨道:"好巧,我也没去过,看来我们真是命中注定的好兄弟。"

黎昭从小长大的地方生活条件很艰苦,家里条件不错的家长会送孩子去念个学前班,而他没有这个待遇,直到六岁后,他才跟着村里的大孩子,背着黄布包去念小学一年级。有时候去县城赶集,他特别羡慕幼儿园里那五颜六色的滑滑梯,还有其他儿童游乐设备。可惜"爸妈"并不喜欢他去县城,就算去了城里,也不会让他单独离开太久。十岁那年,老师发现他浑身是伤,甚至连手臂都被打得骨折了,就去报了警。也是那时候他才知道,他不是爸妈亲生的孩子。他们说,他是他们从垃圾桶里捡来的。

"要不是我们捡他回来,他早就饿死了。"面对警察,养父理直气壮,

"我打他怎么了？老子打儿子天经地义，就算把他打死，那也是他欠我的。"后来，养父听说自己要坐牢，才哭着说自己没读书，不懂法律，"自己养的猫猫狗狗都是可以打的，我救了他的命，打了怎么就犯法呢？"

黎昭觉得自己很幸运，老师救了他，警察叔叔救了他，还有那么多的人帮助他。他住进了福利院，每天都能吃饱穿暖，还可以不挨揍，这样的生活实在是太好了。

"岁数每次到了整十就是我的好运年啊。"回忆起这些，黎昭得出了一个结论，"十岁的时候，我走了好运；二十岁的时候，又走好运……"

"不要迷信。"

黎昭刚想说这不是迷信，突然看到有个老人坐在角落里摆摊，花白的头发在寒风中飞舞。可能因为太冷了，她整个人缩成了一团。他拉着晏庭走近，发现老人面前摆着一张塑料布，塑料布上放着一些针织品。

"奶奶，您这个多少钱？"黎昭拿起一盆针织的向日葵，问脸上满是皱纹的老人。

"十块一件，二十块三件。"老人抖着手从外套兜里拿出一个塑料袋，混浊的双眼满含期待地看向黎昭，"小伙子，你要买吗？"

"我买几样。"黎昭挑了几盆线织鲜花，掏出一百块钱给老人，"奶奶，天晚了，您早点回家。"

"哎，谢谢，谢谢。"老人高兴地用塑料袋把黎昭买的针织品都装起来，还多送了黎昭一个线织零钱包，"小伙子，你是好心人，好心有好报的。"

"是您织的这些东西可爱，我才买的。"黎昭也不嫌弃皱巴巴的塑料口袋难看，把袋子套在手腕上，把手插进了衣兜里，"奶奶，再见。"

走过人行道，两人坐进早就等着的车里，黎昭把一朵线织的黄玫瑰送给晏庭。"庭庭，这个送给你。"

晏庭接过来。毛线的质量不太好，拿在手里有些扎手。

"知道黄玫瑰是什么意思吗？"黎昭在塑料袋里挑了挑，又递给晏庭一只小恐龙，"这个也给你。"

晏庭缓缓摇头。

"世上最纯洁的友谊。"黎昭把手搭在晏庭肩膀上,"是不是很适合我们?"

"嗯。"晏庭看着这朵线织黄玫瑰,把它放进自己外套口袋里。

"我明天要坐的航班时间很早,就不过来找你了。"黎昭打个哈欠,"下次回来,大概要等到春节,你一定要记得等我回来一起买年货啊。"

"好。"晏庭捏了捏放在衣兜里的黄玫瑰。今天腊月初七,离春节还有二十三天。

车先停在黎昭的家门口,他走下车,弯腰对车里的晏庭道:"庭庭,晚安。"

"晚安。"晏庭目送黎昭走进大门,低头把黄玫瑰从衣兜里拿出来,放在了自己的掌心。

回到家,晏庭把一直握在手上的线织黄玫瑰,放进了房间里摆着的花瓶里。月色透过窗纱,洒在这朵黄色玫瑰上,为它染上了温柔的银光。

## 第10章 替身

早上醒来，晏庭看到黎昭发来的消息。

　　昭昭有好运：早安，我登机啦 (*^ ▽ ^*)。

　　晏庭盯着这条消息后面的笑脸看了很久，起身拉开了窗帘。外面的天，已经渐渐亮起来。
　　"昭昭，刚刚我得到剧组那边的消息，剧组邀请赵君楠友情出演敌国太子的角色，他已经同意了，今天就会进组。"大可在机场接到刚下飞机的黎昭，"你跟敌国太子那个角色对手戏最多，记得别着了他的道。"
　　"赵老师？"黎昭有些意外，"他怎么会来我们剧组？"
　　"谁知道赵君楠团队是怎么想的，他们那边主动联系杨导，说要友情出演这个角色。"大可皱眉道，"他靠着《侠君》翻红后，就一直在炒敬业、吃苦人设，说不定是来暗示你，让你别把给他当替身的事情说出去。"
　　黎昭没有说话，只是觉得赵君楠没必要在意这种事。不管是找替身还是当替身，都是你情我愿的事，没必要再旧事重提。
　　然而，一个好不容易翻红的人，是无法忍受半点意外发生的。
　　"当初剧组给我安排替身的时候，你们为什么不拦着点？"赵君楠坐在房车里，脸色十分难看，"就算是挑替身，也不该找长得好看的。现在，黎昭靠着网剧火了，万一他踩着给我做替身这件事营销怎么办？我不管你们想什么办法，一定不能让黎昭继续火下去。"赵君楠发泄完怒火，深吸一口气，"在这个圈里，只有不火的人，才没有威胁。"他绝对不允许黎昭踩着他的肩膀，爬到比他还高的位置。

"赵哥，我们这边得到一个很有意思的消息。"等赵君楠发泄完怒火以后，他的生活助理小声开口道，"跟黎昭同剧组的宋喻，表面上跟黎昭是好友，实际上两人私底下的关系非常恶劣，也许我们可以用宋喻来借力打力。您是一线当红实力派偶像大咖，那个黎昭不过是十八线网剧演员，您如果亲自来对付他，反而是给他脸。万一被《天歌》剧组知道，对您也不是好事。"

"外面不都说，两人是好兄弟吗？"另一个助理道，"前不久黎昭注册微博，宋喻是《霸道女总》剧组第一个关注他的艺人，还上了热搜。"

"那热搜是宋喻团队买的。"生活助理嗤笑一声，"我有个朋友在《霸道女总》剧组待过，说宋喻处处刁难黎昭，就连男一这个角色，都是宋喻挑剩下的。现在剧播出来了，黎昭火了，宋喻被网友骂得不轻，宋喻能开心得起来？"

"那也不对，两人关系如果真那么糟糕，当初爆出宋喻负面消息的时候，黎昭为什么要帮他澄清？"另一个助理还是觉得有问题，"难不成他是圣母下凡？"

"那是因为你不知道，前段时间宋喻团队在打听适合黎昭的资源。"生活助理解释，"就算是仇人，在足够的利益面前，也能暂时放下成见谈合作。最近，黎昭签了草莓娱乐，说不定就是宋喻团队那边牵的线。"

另一个助理问："宋喻这种富二代，应该不会为了平息网上的舆论，就帮仇人签到大公司里……吧？"看到同事渐渐沉下来的脸，这个助理声音越来越小，最后干脆闭上了嘴巴。

"去《天歌》剧组看看再说。"冷静下来的赵君楠，恢复了平日里谦谦君子的模样。他十八岁走红，后来随着娱乐业高速发展，他渐渐被新生代演员挤下了一线行列，沉寂了十年。圈里艺人多如过江之鲫，红起来的却只有那么几个。红起来太难，跌下去却太容易，《侠君》是他再一次登上巅峰的作品，他绝不允许自己的人设出现任何瑕疵。

赵君楠与杨导早年有过交情，这次《侠君》红透大江南北，赵君楠还愿意接受杨导的邀请，友情出演剧中的某个角色，对于杨导而言那是意外之喜。所以，赵君楠一到剧组就受到了全剧组的热情接待。短短半天的时间，有关赵君楠亲和、没架子、敬业之类的褒奖就传遍了整个剧组。

对此最不高兴的，是《天歌》的男主演陆昊。陆昊跟赵君楠是同时期出道的演员，两人外形相近，走红的际遇却不相同。陆昊是慢慢发展到今天这个地位的，而赵君楠一出道就红，后来又沉寂了下去。赵君楠翻红后，抢走了陆昊一个奢侈品牌手表的代言，所以两家工作室私底下并不太愉快。

亲和、没架子？陆昊在心里冷笑。当年赵君楠刚走红的时候，耍大牌、打骂助理、对女演员咸猪手，要不是因为这些，他的人气后来也不会"冷"成那样。娱乐圈的观众真是换了一批人，像赵君楠这样的人渣竟然也卖起正人君子的人设了。

"昊哥。"

就在陆昊心里不爽的时候，耳边响起了熟悉的声音。他抬头看去，是在剧中扮演男二号的新人演员黎昭，陆昊指着旁边的空位置说："是小黎啊，你的戏份还没到，先坐着休息一会儿。"

"谢谢昊哥。"黎昭在旁边坐下，从防寒服口袋里掏出剧本看了起来。陆昊随意瞄了一眼，见剧本上面做满了密密麻麻的标注，就没有去打扰黎昭。

"黎昭，好久不见。"赵君楠的到来，打破了两人之间的宁静。

陆昊看了眼黎昭，眼神有些淡，问："小黎，你跟赵老师认识？"

赵君楠温和一笑，率先开口："拍《侠君》的时候，跟小黎在剧组里认识的，当时我见黎昭有天分，还打算推荐他去演《祈祷》小少爷那个角色，后来发生了些其他的事，这件事没成，我心里一直挺愧疚的。"

听到这话，陆昊面色微变，《祈祷》剧组演小少爷的演员是他同公司的师弟，也是他推荐过去的。

"赵老师好。"黎昭放下剧本，乖乖巧巧地给赵君楠问好，随即天真烂漫一笑，"没想到老师您在背后默默做了这么多，对不起，经纪人都没告诉过我。"

赵君楠笑容不变,继续说:"不怪你的经纪人,是我没有告诉他。我原本打算等事情谈好以后,给你一个惊喜,没想到角色被别人拿了。不过圈子里讲究的就是运气,当初你如果去演了小少爷,就没时间拍《霸道女总》了。"赵君楠意味深长地看了陆昊一眼,"该红的人,怎么都会红。红不起来的人,就算用尽心力,也只能混得半死不活。"

陆昊一时无语,他觉得这个伪君子在指桑骂槐,可他没证据!

刚好从旁边经过的宋喻,此刻与陆昊有同一种想法。宋喻停下脚步,扭头看赵君楠——这玩意儿骂谁呢?"就算能红一时也没用,万一像赵老师你这样,红一年冷十年,也挺惨的。"宋喻穿着戏服,阴阳怪气道,"你说是不是这个道理,赵老师?"

"这位小朋友是宋喻吧。"赵君楠仿佛没有听出宋喻话里的挖苦,朝宋喻宽容一笑,"你在《霸道女总》里演的周启南我看了,挺不错,很有灵气。"

"那个,赵老师……"黎昭眨了眨他那双清澈又无辜的眼睛,"宋哥演的那个角色,叫周启北。"

"咳。"陆昊假咳一声,见黎昭懵懂无知的样子,忍不住笑道,"小黎,赵老师贵人事忙,记错角色名字也是正常。下次遇到这样的事,不用特意提醒。"

"好的。"黎昭点头称是,扭头乖乖地朝赵君楠道歉,"对不起,赵老师,我年轻不懂事,不会说话,请你原谅我。"

"对对,赵老师,小黎还是个孩子,没什么坏心思,你千万别把他的话放在心上。"陆昊把手搭在黎昭肩上,"这孩子什么都好,就是性格太实诚。"

赵君楠笑道:"黎昭好心提醒我,我怎么会生气?"孩子?!你家有二十岁的孩子?赵君楠怀疑地看了黎昭一眼,却看到黎昭对他露出了一个灿烂得刺眼的笑脸。这个笑容,刺得他心头怒火熊熊燃烧。这个黎昭究竟是真不懂事,还是假装天真?

"我就知道赵老师最大方了。"黎昭笑得两眼弯弯,"没想到我们会再次合作,真是太有缘了。"

赵君楠微笑，藏在戏服下的手，却紧紧握在了一起。

"呵。"宋喻朝黎昭翻了个白眼，黎昭的傻样他简直一眼都不想再多看，转身就走。

半小时后，轮到黎昭与宋喻的对手戏，赵君楠坐在旁边，面带微笑地观察着两人。

"赵老师，黎昭这个演员还挺不错的。"杨导以为赵君楠与黎昭交情好，主动开口夸了黎昭两句，"最近，有部大制作电影的角色挺适合他的，我打算推荐他去试试。"

赵君楠笑道："杨导还是一如既往地喜欢培养新人，圈内年轻演员遇到你，算是走运了。"

"都是为演艺圈的未来变得更好而努力嘛。"杨导笑了笑，等着两个年轻演员进入状态好开机拍摄。

"你的想法很好，但是黎昭这孩子到底不是科班出身，演电视剧还行，如果去大银幕，他的演技可能不够用。"赵君楠叹气，"到时候给他招来骂声，反而弊大于利，我倒是觉得，可以再多磨炼他两年。"

杨导盯着赵君楠看了几秒钟，微笑着点头："你说的也有道理。"

宋喻与黎昭在剧中是亦敌亦友的关系，两人原本互相看不惯，后来随着国家陷入动荡，他们开始成长，也学会了欣赏彼此。但是，拍互相敌对的戏容易，一拍到惺惺相惜，宋喻的眼神戏就经常不到位。

"停！宋老师，你现在对黎昭应该有了欣赏，但你的眼神还不够到位，我们再走一遍。"杨导拿着喇叭吼，"黎老师，麻烦你再陪着宋老师走一遍。"

"停，再来一遍。"

"再来一遍。"

赵君楠看了眼已经拍出火气的杨导，起身回到了自己的休息室。

"楠哥，看来宋喻与黎昭之间是真的不和。"生活助理给他端来茶，"听说前面拍两人掐架的镜头顺利得很，今天一拍两人互相欣赏的戏就连连卡戏，杨导脾气那么好都被两人气得变脸色了。要不要……"

"不用。"赵君楠脸色阴沉，"那个宋喻也不是什么好玩意儿，一个刚入圈的新人，在前辈面前半点规矩都没有。"

"他是富二代，家里愿意拿钱捧着他，圈内其他人也不想去招惹他。"生活助理没想到，才半天时间，赵君楠就把宋喻也恨上了，"要不我们先收拾黎昭？"

"在这个圈子里，富二代算什么东西？！"赵君楠把手里的杯子往地上一砸，滚烫的茶水四处溅落，满屋茶香。

"赵老师。"房外响起敲门声，黎昭那张灿烂的笑脸出现在门后，"您的助理刚才没有关好门，我帮您关上。""咔嗒"一声，半掩的门当着赵君楠与生活助理的面关上了。

黎昭关上赵君楠休息室的门，一回到自己的休息室，就看到宋喻因为拍戏不顺利，坐在椅子上生闷气。见他进来，宋喻没好气地问："你去隔壁休息室干什么？"

"没事。"黎昭摸了摸胸口，"就是做了点微不足道的小事，感觉自己胸前的红领巾更鲜亮了。"

宋喻无语，心想他真是病得不轻。

隔壁休息室里，生活助理偷偷看了眼面色如墨的赵君楠，在心底叹气：哦嚯，这下完蛋了。

"你是不是在怪我，连累你拍了那么多遍？"宋喻独自生了很久闷气以后，气冲冲地看向捧着奶茶喝得开心的黎昭，"还有你是不是猪脑子？那个赵君楠明显有问题，你还对人家笑得傻呵呵的，以后离他远点，知不知道？"

宋喻家里有钱有势，即使没有多少名气，圈里也没多少人敢得罪他。所以，得知赵君楠要来《天歌》剧组，就有人跟他透了赵君楠的底——出道即红，耍大牌惹得圈内人讨厌，沉寂了十年后，才靠着《侠君》翻身。现在四处卖敬业老干部人设，实际就是烂人一个。

再看黎昭手里的奶茶，宋喻觉得有些眼熟，这不是自己最喜欢的那个奶茶牌子吗？发现宋喻在盯着自己手里的奶茶瞧，黎昭热情又友好地解释："刚才你助理给你买了奶茶，你说不想喝，你家助理就给我了。"

宋喻深吸几口气，劝自己一定要冷静，不要生气，然后问黎昭："你也不怕我助理在奶茶里放其他东西？现在艺人都不收粉丝送的食物了，你还敢吃我助理的东西？"

"背过'锄禾日当午，汗滴禾下土'吗？"黎昭把奶茶喝得吸溜作响，"咱们认识这么久了，我相信你不是那种小人。"

"谁稀罕你这么相信我？！"宋喻只觉得脑子嗡嗡作响，甚至开始疑惑自己当初为什么要把这个玩意儿当对手，这简直就是对他智商的嘲讽，"行行行，你爱喝就喝，反正到时候身体发了福，皮肤变得不好，也是你自己的事。"宋喻拿着剧本往自己脸上一盖，决定眼不见心不烦。他是正常人，不应该跟奇葩计较这些事。

黎昭喝完奶茶，掏出手机，点开了张小源的微信聊天框。

昭昭有好运：刚才我去做优秀的少先队员了。

小源哥：啥玩意儿？

昭昭有好运：在人说坏话时，我帮他关上了门。还有就是我的手机变得成熟了，竟然学会了自动录音。

小源哥：……

小源哥：不要顽皮，把录音发过来。

黎昭把录音发给了张小源，没过一会儿，就收到了张小源一大段饱含愤怒的辱骂。

小源哥：赵君楠那个浑蛋！绝世大浑蛋！心脏病都要被他气出来了，从他不要脸地在媒体面前宣扬不用替身，卖敬业人设时，我就看出来了，他是个把腚当脸用的浑蛋！

昭昭有好运：小源哥，好孩子不可以讲脏话。

小源哥：好个屁的孩子，他当初可是拦了《侠君》导演想给你的小角色。像你这样没背景的演员，能在上星剧里拿个有台词、有剧情的角色有多难，他不是不知道，可他偏偏就那么干了。我在圈里待了那么多年，还没见过谁有他这么恶心，连宋喻这个小浑蛋，都比他那个大浑蛋好。

昭昭有好运：你骂赵君楠可以，但是不要骂我的半个衣食父母，我刚喝完他的奶茶呢。

小源哥：……

小源哥：你这熊孩子，是专程来气我的吧？！

眼见小源哥要放弃骂赵君楠，转头来骂自己了，黎昭赶紧丢下一句"要拍戏"，把手机揣进了兜里。"宋哥，要不咱们再对一对戏？"黎昭见宋喻浑身都挂着沮丧，起身拿起剧本走到宋喻面前，"你有没有以前觉得不好吃，尝过以后发现还不错的食物？"

"干吗，你一个野路子出来的，还想教我演戏？"宋喻把剧本从脸上拿下来，有些不自在地扭过头，"没必要。"

"没有，我就是想让你陪我对戏。"黎昭把剧本放下，脸上的笑容也收了起来，他不再是黎昭，而是剧中那位青史留名的大文臣。

"张大人，如今外敌当前，徐某在你眼中，难道比外敌还要可恶？"少年郎面容俊美，举手投足都能惹得京城女子疯狂。

宋喻没想到黎昭说入戏就入戏，顿时愣在了那儿。

"宋哥？"见宋喻不接自己的台词，黎昭瞬间把情绪从人物中抽出来，弯腰看他，"杨导只给了我们一小时的休息时间，我怕自己表现不好，你就帮帮我嘛。"

宋喻嘴角动了动，没有说话。

"宋哥，宋哥。"黎昭双手合十，双眼亮闪闪地看着他。

宋喻捏紧手里的剧本，半响才轻哼一声："开始吧。"

"宋哥，我觉得说这句台词的时候，你可以别扭一点，就像你刚才让我离赵君楠远一点时的那种别扭。"

"谁别扭了？！谁？！"

"是我说错了，是我错了。我的意思是，像刚才那种感觉。要不，咱们再来一遍？"

拍摄现场，杨导反复看着前面拍下来的几个镜头，愁得差点儿摸秃自己的脑门，无奈道："这一个个的，都不省心。"

他原本还以为赵君楠跟黎昭是朋友，谁知赵君楠想拦黎昭的路。这些艺人之间的恩恩怨怨他不想操心，但是黎昭那个孩子实在有些可惜。投资方邀请赵君楠友情出演一个角色，主要是看中了他现在的人气与好口碑。这部剧最大的投资方是草莓娱乐，虽然黎昭是草莓娱乐旗下的艺人，但是草莓娱乐旗下的艺人那么多，不见得会为了黎昭去得罪赵君楠。

办公室里，晏庭坐在椅子上翻阅文件。

"先生，草莓娱乐孙总来电。"秦助理拿着一部电话进来，放到晏庭面前。

已经二十个小时没有睡过的晏庭放下手中的笔，从秦助理手中接过手机，开口道："孙总。"

"庭先生，您好，我是孙怀志。"孙总的声音听起来有些小心翼翼，"不好意思，打扰到您的工作了。我这次打电话来，是为了向您表示感谢，感谢您让鄙公司发现了黎昭这个好演员。"

"嗯。"晏庭翻文件的手停了下来，静静听孙怀志在手机那头不断夸奖黎昭。

"可惜黎昭这孩子最近遇到点麻烦，我们公司一时半会儿可能解决不了。"孙总的语气听起来更小心了，"不过请您放心，我们一定会好好处理这件事的。"

"说。"

"近段时间，有个超一线演员好像很针对黎昭，我们给黎昭准备的资源，都被他搅和黄了。"孙总叹气，"原本我们都已经帮他谈好一个大品牌代言，谁知那个姓赵的演员半路截和。咱们黎昭还是个新人，哪里抢得过他？偏偏这件事，我们只能吃闷亏，谁叫姓赵的那位现在路人缘好。"

孙总絮絮叨叨了一大堆，最后心满意足地挂断了电话，然后叫来曹助理道："不用顾忌赵君楠那边，该给黎昭的资源继续给，还要加倍给！"

"孙总，你这是干什么了？"曹嘉疑惑地看着孙怀志，大老板怎么突然变得这么有魄力，一点都不像平时的圆滑。

"没干什么，也就是找小孩儿家长告了一个微不足道的小状。"孙总神秘一笑，"赵君楠欺负人家小孩子，就不要怪小孩儿家长找他麻烦嘛。"

曹嘉满头疑惑，小孩儿指的是黎昭？可是黎昭的内部资料上写明他是从福利院出来的，哪儿来的什么家长？这是"无中生家长"？

晏庭放下电话，抬头看向秦特助。

"先生，我记得商务部那边，打算给分公司某个新产品找合适的形象代言人。"不等晏庭开口，秦特助已经说话了，"我觉得黎先生就挺合适。"

晏庭微微颔首。等秦特助离开办公室，他揉了揉疼得几乎要炸开的太阳穴，靠着椅背闭上了眼睛。身体已经困倦到极点，可是大脑很清醒。手机屏幕亮起，他伸手拿过手机。

　　昭昭有好运：庭庭，我好困，可晚上还有好几场戏。
　　晏庭：我不困。
　　昭昭有好运：那你陪我聊会儿，别让我睡着了。
　　晏庭：嗯。

黎昭发消息的速度很快，一会儿说夜宵好吃，一会儿说剧组的盒饭肉很多，甚至连酒店门口的四季桂花很香都能说上好一会儿。他开心得像是只傻狍子，没有一个字提到被欺负，好像孙怀志提到的那些事根本就没有存在过。

　　晏庭：有没有人欺负你？
　　昭昭有好运：昭昭还是个宝宝呢。谁会欺负宝宝？

宝宝？苍白修长的手指停住，脑子突然炸裂般地疼痛，晏庭似乎又听到了女人的尖叫声，还有女人轻声地哼唱："宝宝，妈妈的好宝宝……"丁零零——急促的手机铃声，打断了女人的哼唱，办公室突然安静下来，只有手机铃声在不断回荡。晏庭接起电话。

"庭庭，刚才忘了问，都快一点了，你怎么还没睡？"手机里传出黎昭的声音，他那边似乎有很多人在走来走去，听起来有些嘈杂。

"加班。"疼痛使他额头冒出了冷汗，汗水顺着他苍白的脸颊滑落，可是却没能让他平静的脸露出半分表情。

"我就知道，像你们这种大公司，老板肯定会剥削人。"黎昭叹气，"庭庭，熬夜会秃顶的，为了你那张好看的脸，咱们早点睡吧。"

大公司老板晏庭沉默了一瞬。"失眠。"晏庭道，"跟老板没关系。"

"如果我的困意能分给你就好了。"黎昭打了个哈欠，"要不我给你数羊，你找个地方躺着睡觉，说不定小羊就带着我的困意蹦你那里去了。一只羊、两只羊……五十只羊……"数羊的人，声音越来越低。晏庭拿着手机，看着窗外的夜色，眼神宁静。电话里传出大男孩均匀的呼吸声，还有片场隐隐约约的喧哗声。晏庭拿着手机推开侧面连通休息室的门，脱下外套躺了下来。床面冰凉，但是手机里的呼吸声却带着暖意。寂静的房间，他的呼吸与黎昭的呼吸声融合在一起，喧嚣的大脑终于得到了片刻的宁静。困意渐渐袭来，眼前白茫茫一片，仿佛有肥肥的小羊跳过，他似乎看见了黎昭张牙舞爪地骑在羊背上在他眼前跳啊跳，一直跳进他的脑子里。

"黎昭，黎昭！"宋喻找了大半个片场，才找到窝在椅子上盖着大衣睡得正香的黎昭，他伸出脚就想踹椅子，可是伸到一半又把腿收了回来，面无表情地用手戳黎昭额头，"姓黎的，到你的戏了。"

迷迷糊糊中，黎昭下意识捂住手机话筒，不想让这边的声音吵到晏庭。"宋哥？"黎昭睁开眼，刚站起身就被寒风冻得打了个哆嗦。他把耳朵凑到听筒那边仔细听了听，只听到很微弱的呼吸声，庭庭应该睡着了。他挂断电话，朝宋喻道谢："谢谢你叫醒我，宋哥。"

"要不是等会儿跟你还有一场对手戏，谁愿意管你？"宋喻嗤笑一声，漫不经心地看向远处正在与几个小演员亲切聊天的赵君楠，"自从他进组以后，剧组就把我们拍戏的时间安排表打乱了，而你的夜戏是最多的。"连续三天拍夜戏到凌晨三四点，谁能扛得住？"你的工作团队平时难道是光领工资不干活儿的？这种事他们不跟剧组交涉？"宋喻看了眼黎昭脸上的黑眼圈，"还是说你们公司为了这部戏的利益要来委屈你？"

黎昭摇头不语。

宋喻看到他这个样子，就觉得自己心头有火气，恨铁不成钢地说："算了，我懒得跟你说，蠢死你算了！"

"昭昭，你先喝点热茶提一提神。"大可一路小跑着给黎昭端来热茶，跟着他过来的，还有剧组的化妆师。

"大可，辛苦你了。你先回酒店去休息，明天早上叫我起床就行。"黎昭看了下时间，对大可道，"我这边也没什么事了，拍完戏就能回去睡觉。"

"没事，我去房车上躺一会儿就行。"大可意有所指道，"公司听说你这两天接连拍夜戏，担心你身体受不了，所以特意给你安排了房车，休息起来会方便一些。"

化妆师们听到这话，就知道草莓娱乐那边对剧组的安排不大满意了。其中一人趁着大家不注意，转身就把这事儿告诉了剧组。剧组方一听到这个消息，顿时明白过来，这是投资方在委婉地表达不满啊。只是杨导在电视剧圈比较有地位，草莓娱乐那边不想把事情闹得太难堪，才采用这种温和的手段。赵君楠现在虽然有人气，但是跟主要投资方比起来，那是不值一提的。娱乐圈里向来不缺演员，今年可以出一个赵君楠，明年就能出一个李君楠、张君楠。在这个圈里，想要红起来，既难又不难。明白了投资方的意思，事情就好办了。当天晚上，剧组连夜重新制定了拍戏时间表，并且给几个连着拍夜戏的演员放了半天假，其中就包括黎昭。

"楠哥，这是剧组新制定的拍戏时间表，你今晚有两场夜戏。"助理一拿到剧组统筹送过来的时间表，就发现内容有些不对劲。前几天他们跟剧组交流过，说楠哥近期有些神经衰弱，尽量不要给他安排夜戏。剧组那边也很懂事，很快就把黎昭的拍戏场次调到了晚上，尽量让楠哥多休息，没想到这么快就变卦了。

"《天歌》剧组是什么意思？"赵君楠看完拍戏时间表，顿时沉下了脸色，他的戏不是排在大早上就是在傍晚用餐的时间，甚至还有夜戏。古装剧光是做造型就要花几个小时，按照这个时间安排，他需要一大早起床去化妆，然后一直带妆到晚上。把时间表往桌上一拍，赵君楠起身就往外走。

"楠哥，楠哥！"几个助理见状，赶紧拦住他，"楠哥，有什么事我们可以跟剧组慢慢商量，你先不要冲动。"《天歌》剧组投资方都是圈内的大公司，闹大了对楠哥没有好处。

"他们特邀我来参演，就是这种态度？"赵君楠喘着粗气，推开拦着他的助理，勉强平息了怒火，"你们去打听一下黎昭的拍戏时间。"

没过一会儿，助理回来了，他期期艾艾道："楠哥，剧组那边说，黎昭连拍了三天夜戏，今天让他回酒店休息了。"

"他们在耍我！"赵君楠一脚踹翻脚边的椅子，"他们为了个新人这么落我面子，也不要怪我不客气。"

晏庭再度醒来的时候，已经是第二天早上。他很久没有这么安心地睡上一觉，看着窗外照进来的阳光，似乎也没有那么厌恶了。手机还剩下不到百分之十的电量，他跟黎昭的通话也早已经结束。凌晨五点时，黎昭给他发了一条消息过来。

　　昭昭有好运：明天放假半天，我终于可以睡足八小时啦，开心！

黎昭的快乐，几乎要从这简单的二十多个字里扭着舞蹈跳出来。放下手机，晏庭去浴室洗了澡，换上干净的衣服，打内线电话让他们把早餐送进来。

"秦特助，老板在公司待了几十个小时，该不会一直没有睡觉吧？"新来的小助理长相甜美，性格也热情可爱，刚来助理部没多久，就很快与同事熟悉起来。

秦特助用托盘端着早餐，打量这个留着一头黑长发的新员工，问："听说你在校期间，成绩十分优异？"

小助理既谦虚又害羞地说:"可能是运气好,才能每次都拿到好成绩。"

"现在你进了助理部门,就要明白一个道理,凡事靠运气是没有用的。"秦特助脸上的笑容收敛起来,他不笑的时候,显得格外严肃,"在助理部门做事,首先要明白的一点,就是不要在私下讨论老板的生活习惯。还是说,你刚进助理部门,就迫不及待地想取代我这个特助了?"

小助理脸色一白,连连摇头道:"秦特助,我没有这个意思。"

"没这个意思就好好上你的班。"秦特助抬起手腕看了眼时间,语气冷淡,"你叫什么名字?"

小助理脸色更加难堪,她没想到自己来助理部门将近大半个月,秦特助连自己的名字都不知道。她低下头,咬着嘴角道:"我、我叫魏甜。"

秦特助看了她一眼,没有再多说什么,转身朝办公室走去。魏甜看着他的背影,泪水在眼眶里打转,但是四周没人敢上去安慰。大老板平时不怎么在员工面前出现,秦特助就是大老板的左右手,就连各部门高管都不会去得罪秦特助。新同事可真是厉害,能惹得秦特助沉下脸色。过了好一会儿,魏甜才调整好情绪,勉强打起精神继续工作。

"甜甜。"坐在她旁边的同事小声对她道,"大老板身价不菲,每天想要找他的人多如牛毛,所以大老板的时间安排是公司的机密,只有秘书处与秦特助清楚。这种职场上的忌讳,你以后不要再犯了。"

"谢谢。"魏甜红着脸道谢,"我只是见办公室的灯一直亮着,就多问了一句,没有其他意思。"

旁边的同事看了她一眼,没有再说其他的,办公室再次安静下来,安静得让人觉得压抑。

接下来的几天,赵君楠拍戏一直很卖力,他是友情出演,戏份并不是太多,拍完所有戏份以后,剧组给他在影视城的一家餐厅里办了杀青宴。

一开始饭桌上的气氛还不错,直到赵君楠主动向黎昭举杯:"来,小昭,楠哥敬你一杯。在《侠君》剧组的时候,你还是没有台词的龙套演员。一年不见,已经能在杨导的剧里担任重要角色了,真是后生可畏。"

等你以后越走越高,别忘了提携我一把。"

赵君楠这话听着是好意,可细细一品,好像是在说黎昭现在的角色来路不正。不然一个靠着网剧发家的新人,有什么本事提携超一线的大咖?能坐在这张桌子上吃饭的都是圈内的人精,听出赵君楠语气不对,连说笑的声音都小了起来。

"楠哥,您又在开玩笑了。"黎昭端起酒杯,当着满桌人的面仰头喝下一大杯,笑眯眯道,"在拍戏这条路上,我最熟悉的还是跑龙套以及给人做替身,能在杨导的剧组担任这么重要的角色,已经是三生有幸了。"

听到"替身"二字,赵君楠眉头微皱,他看着黎昭稚嫩的脸上显得有些天真的笑,猜不出黎昭只是随意说说,还是有意暗示他。"哈哈哈。"赵君楠笑道,"你这小孩儿,还是这么认真,不懂得开玩笑。"他端起酒杯,把酒喝得干干净净。

杀青宴结束,赵君楠已经有了醉意,他把手搭在黎昭肩膀上,说:"小黎,麻烦你送我去车上,我的助理刚才已经拿着东西先下去了。"

"哪里用得着麻烦小黎,让我的助理送你下去就行。"杨导笑呵呵道,"我看小黎今晚喝得也不少,我怕你们两个一起醉倒在电梯里被人看见,明天就要上各大平台热搜了。"

"那敢情好,还能帮咱们剧组省一笔宣传费。"赵君楠不顾杨导的阻拦,似笑非笑地看着黎昭,"小黎,难道你不愿意送我?"

"楠哥,您小心脚下。"黎昭笑眯眯地对杨导道,"杨导,我送完楠哥就回来。"

杨导欲言又止,最后叹息一声:"早去早回,有事给我打电话。"

赵君楠拖着黎昭走进电梯,松开他的脖颈,面无表情地靠着电梯,冷眼看向黎昭道:"那天我在休息室说的话,你都听见了?"

黎昭眨了眨眼:"楠哥,您想说什么?"

"年轻人,红起来不容易,你可不要走错路,埋葬了自己的未来。"赵君楠点燃一支烟放在嘴里,朝黎昭缓缓吐出一口烟雾,"什么话该说,什么话不该说,心里要有数。"

黎昭盯着赵君楠手里夹着的烟,表情变得严肃郑重起来。

"怎么,不高兴了?"赵君楠冷笑,"说吧,开价多少买你闭嘴?"

"电梯里禁止抽烟。"黎昭绷着脸,"为了他人的健康,请您遵守公德。"

赵君楠夹烟的手顿住,他弹了弹烟灰,仿佛听到了什么笑话:"公德?你是幼儿园还没断奶的小朋友?不要转开话题,直接开价吧。"

恰在这时,电梯门缓缓打开,门外站着宋喻跟他的两个助理,以及剧组其他几个工作人员。"赵老师还没走呢?"宋喻用手在面前扇了扇,提高嗓门道,"谁这么不要脸,竟然在电梯里抽烟,缺德不缺德?!"其他人默默看了眼赵君楠拿烟的手,又若无其事地收回目光,气氛一度变得十分尴尬。

"不好意思,刚才忘了按楼层。"黎昭露出一个无辜的笑容,扭头看向赵君楠,"刚才喝了酒,脑子有些不清醒,让楠哥见笑了。"说完,他伸手按下了楼层,电梯再次徐徐关上。

电梯里一片安静,直到电梯门再度打开,赵君楠都没有再说话。赵君楠沉着脸走出电梯,扭头看向黎昭:"你跟我上车说。"

黎昭看着面前的房车,毫不犹豫地坐了进去。

"你倒是胆子大,敢就这么坐进来。"赵君楠嗤笑一声,把腿往椅子上一搁,满脸嘲讽,"一百万买你闭嘴,够不够?"

"全剧组都看见我送楠哥出来,能有什么事?"黎昭双手放在膝盖上,像是幼儿园里等着老师来上课的小朋友,乖巧极了。可是在赵君楠眼里,黎昭丑恶至极,他恨不能黎昭今晚就发生意外从这个世界消失,因为只有死人才不能开口说话。

"三百万?"

黎昭仍旧一副乖宝宝模样看着他。

"五百万?"

黎昭眨了眨眼,笑容天真无邪。

赵君楠脸色彻底阴沉下来,怒道:"难道你还想要一千万?像你这种从臭山沟出来的穷小子,这辈子见过这么多钱吗?吃相不要太难看!

黎昭，撕破脸对你没好处。"

"我见过。"黎昭竖起两根手指头，笑容灿烂，"我朋友家有两栋楼，两栋！"两根手指头弯啊弯，看起来十分自豪的模样。

赵君楠被弯来弯去的手指头激得怒火高涨："两栋楼跟你有什么关系，跟你有什么关系？！"

"可不是你问我，见没见过一千万？"黎昭一脸"你这个人真不讲理"的表情看着赵君楠，"我只是在认真回答你的问题。"

"不要跟我装疯卖傻。"赵君楠深吸一口气，"我要你把给我做替身的事情烂在肚子里，这辈子都不要提起。就算有人问起你，你也要否认。只要你能做到，我可以给你六百万。"

黎昭同情地看着赵君楠，像是在关爱一个傻子般说："《侠君》剧组那么多人，知道我给你做替身的人没有一百也有五十，你能把所有人的嘴都堵上？"

"这与你无关，只要你闭嘴就行。"赵君楠已经失去了耐性，表情渐渐变得狰狞，"你如果不同意也没关系，现在你只是丢代言、丢影视资源。至于以后如果出了什么事，别怪在我头上就行。"

黎昭愣住，他这是……被威胁了？他当初只是赚个替身钱，怎么还把人身安全也给搭进去了？

叩叩叩。车窗被人敲响。赵君楠回头看去，一个面色苍白、穿着西装的俊美男人站在窗户边。这个男人只是随意地朝向车窗，赵君楠却莫名觉得，男人的眼神穿透了贴膜，看清了车内的一切。

坐在前面一直没有出声的助理打开车门，语气不太好："先生，我家艺人不接受私生粉的任何请求，你马上离开这里。"

男人没有理会他，他那双幽深的眼睛看向车内，道："昭昭，下车。"

"庭庭。"黎昭挤开赵君楠搭在椅子上的腿，赵君楠差点儿摔到了地上。没管狼狈的赵君楠，黎昭喜笑颜开地蹦出车门，走到晏庭身边。"你怎么来了？"

"出差，顺路来看你。"晏庭伸出手，把搭在手臂上的围巾给黎昭围上，"走。"

# 第 10 章 替身

"等等。"赵君楠从车里追出来,"黎昭,我刚才说的事,你好好考虑,明天中午之前,我需要一个答复。"

晏庭停下脚步,回身看了赵君楠一眼,轻飘飘的眼神像是在看路边的杂草。黎昭拉了拉他袖子道:"庭庭,我们走。"

见黎昭半点反应都没有,赵君楠脸色十分难看。身为当红明星,不管他走在哪里,都会有人用手机偷偷拍他或是找他签名。被人当路边杂草看待,还是他走红后第一次遇到。

"他想对你做什么?"晏庭步伐不快不慢,仿佛无论什么事,都不会打乱他的节奏。

"他想拿六百万让我答应一件事。"黎昭把手揣进衣兜,"见我不同意,就嘲笑我这辈子没见过那么多钱。我说我见过,他就又不高兴了,真令人头疼。"

晏庭脚步微缓,问道:"他叫赵君楠?"

"嗯。"黎昭点头。

"我知道了。"晏庭眼睑微垂,掩住眼底的幽暗。

"我们不提这个奇葩了。你什么时候到的这边,晚饭吃过没有?"黎昭不想让娱乐圈那些乱七八糟的事影响自家纯洁乖巧的好朋友,他蹦蹦跶跶地与晏庭并肩前行,"住的哪个酒店,什么时候回去?"

"没有。"晏庭看着满脸都是笑容的黎昭,"你先回去,我自己找地方吃饭就可以。"

"那怎么行,我们都好几天没见了,怎么能让你单独吃饭?"黎昭伸手揽住晏庭脖子,"正好我刚才也没有吃饱,咱们找个地方坐下慢慢吃。"

"好。"晏庭侧首看着挂在自己身上的小孩儿,闻着他身上淡淡的酒味,任由他像个挂件似的搭在自己身上。

"最近还失眠吗?"菜还没上桌,黎昭给晏庭倒了杯热牛奶。晏庭看着这杯牛奶没有动。

"喝牛奶对睡眠好,反正除了我,也没人看见。"黎昭给自己也倒了一杯,"大不了我陪你一起喝,咱们谁也别嫌谁不够爷们儿。"黎昭脸颊上带着浅浅的红晕,酒意还未完全散去。

晏庭端起牛奶抿了一口,奶腥味在口腔中蔓延开来,这才回道:"睡不着。"

黎昭捧着牛奶杯一口气喝下大半,听到晏庭说仍旧睡不着,抬头看着他问:"数羊也没用?"晏庭微微摇头。

"有人说,数羊不符合我们国家的语言习惯,睡不着时数饺子更有用。"黎昭放下牛奶杯,摸着下巴若有所思道,"要不你数饺子?但是我担心会越数越饿。"

晏庭看着黎昭,突然道:"那天晚上你给我数羊,很有用。"

"真的?"黎昭来了精神,"我也觉得自己台词功底很好,特别有磁性。庭庭,你不愧是我的好哥们儿,懂得欣赏我。"他大感振奋,虽然晏庭从头到尾都没夸过他台词好,但这并不耽误黎昭在脑子里自动完善晏庭的语意,"你等着,我给你录一段数羊、数饺子的音频,你晚上睡不着就听一听,说不定能有一点用。"

"好。"晏庭毫不犹豫答应下来,似乎早就盼着黎昭这么说。

两人吃完饭,黎昭蹲在晏庭的车里,数完小羊与水饺,才跟晏庭道别:"庭庭,明天你如果有时间,可以来剧组玩啊。"

晏庭应了:"好。"

"一个水饺落进碗、两个水饺落进碗……一百个水饺全吃完,庭庭乖乖睡觉觉,我给你说一声晚安。"男孩的声音清澈又干净,晏庭站在巨大的落地窗前,听着一个个饺子掉进碗里,伸手打开床头的灯,把音频进度条往前拉了拉。

"庭庭乖乖睡觉觉,我给你说一声晚安……"

"庭庭乖乖睡觉觉,我给你说一声晚安……"

床头灯熄灭,房间再度陷入黑暗。

"晚安。"

凌晨四点,本是所有人睡梦正香的时候,赵君楠的工作团队却被一个噩耗打击得缓不过神来。

他们已经跟某个全球知名奢侈品牌谈好,由君楠做当季新品的亚洲代言人,并且会在各大广场铺设平面宣传照。面对其他竞争对手羡慕嫉妒的眼神,赵君楠团队十分得意,甚至还提前把这个消息告诉了一些大粉,再让他们把消息透露给其他粉丝,以此来加固艺人在粉丝心中的地位。可是就在即将官宣的关头,品牌方却突然打来电话,说赵君楠的形象不太适合他们家的产品,合作的事情稍后再谈。稍后?哪还有什么稍后再谈?他们分明是被品牌方放了鸽子。团队又急又气,可又不能得罪大品牌方,只能紧急召开会议,商量对策。

为了抬高赵君楠的身价,几天前他们就开始安排水军在各大论坛及公众平台炒作赵君楠即将与奢侈品牌合作的事,赵君楠昨天还转发过品牌方的一条微博。现在,品牌方突然反悔,他们顿时就成了圈内其他对手眼中的笑话。可他们偏偏不敢跟品牌方闹翻,只能想办法把损失降到最低。就在他们商量解决办法时,又有两个即将谈好合作的品牌方来电,取消了双方的合作计划。

"一个品牌方取消合作可以算作巧合,可是在一夜之间,三个品牌方都取消合作计划,肯定是有人从中作梗。"赵君楠的经纪公司连夜商量应对策略,"现在我们必须弄清楚,是哪家在跟我们过不去。"奢侈品代言,对一线、超一线艺人的身价有很重要的加成,各家粉丝也以此为傲,现在即将入嘴的代言变成鸭子飞走了,经纪公司自然是心急如焚。赵君楠翻红以后,挡了不少一线男艺人的路,在经纪公司看来,每个与赵君楠竞争过的男艺人都很可疑。可谁有这么大能耐呢?

第二天,嘲讽赵君楠的帖子在各大论坛如雨后春笋般出现。有人暗讽赵君楠是过气老透明,好不容易红一次,却吃相难看;也有人嘲讽赵君楠为了抬高身价,连脸都不要。

【赵君楠家的粉,不是天天吹嘘自家艺人即将拿下几个一线时尚品牌吗?可惜人家品牌方直接表示,并没有与你家艺人合作的意向呢。】

【纯路人,尴尬癌犯了,默默替赵家粉脸红。】

【呵呵,我早就猜到赵君楠这个小人会翻船,没想到翻得这么快。自从他演的《侠君》火了以后，团队天天买通稿拉踩这个，拉踩那个。幸好他不是女人，他如果是女人，就要艳压整个娱乐圈了。】

【楼上没见识了，前几天我还看到一篇报道，什么男艺人媚起来就没女艺人的事了，我点进去一看，差点儿瞎了眼睛。赵某家的粉丝把正主在电脑上弄成女人，跟一干女艺人比美呢。】

【比不过比不过，赵君楠的宣传团队厉害，我就想知道，那些拿来跟他一块儿比较的女艺人粉丝，究竟是什么样的心情。】

【受害者表示情绪非常不稳定，我家闺女是小仙女下凡，赵君楠是什么妖魔鬼怪，也好意思艳压我家闺女？】

这还是赵君楠翻红以后第一次遭受全网群嘲，他气得不轻，甚至向负责公关的工作人员发火，认为他们能力太低。

"楠哥，看今天这个架势，应该有好几家下场趁机黑你。"宣传助理安抚着赵君楠的情绪，"最近我们暂时低调一段时间，安心拍戏，过一段时间就好了。"同时被三个品牌方放鸽子，还被圈内人知道了，除了躺平任嘲也没有其他办法。现在这种情况，尽量保持低调比任何回应都有用，演员终究还是要拿作品说话的。

"过一段时间？！"赵君楠气极，"再过一段时间，《侠君》的剧粉都跑光了，我拿什么固粉？"

"楠哥，您的《侠君》是口碑好剧，不像黎昭演的那些网剧，最多就吸引一些'三月剧粉'，您有咖位有实力也有资源，根本不用烦恼后续的发展，您担心什么呢？"

他担心什么？赵君楠颓然地坐在椅子上，因为没人比他更懂得从高处跌落到低谷时有多可怕。曾经跟他称兄道弟的制作人、导演纷纷变了脸色，粉丝一个个离开，一开始还有人嘲讽他走下坡路，后来连嘲讽他的人都没了。仿佛所有人都把他遗忘，就算他不戴眼镜、不戴口罩，也没人认出他来。为了争取到一个角色，喝酒喝到吐，还要忍受后辈新人轻视的眼神。

他十八岁走红，二十五岁彻底过气，今天好不容易翻红，却已经三十五岁了。粉丝们夸他年轻，夸他好看，可是这些年的酗酒与烟瘾，早就把他的皮肤弄得糟糕透顶。他在脸上打过针、动过刀，每天生活在粉丝对他滤镜照的赞美中。看到那些年轻、鲜活又俊美的脸蛋，他的内心就忍不住焦急恐慌，这些人全是想要把他拍死在沙滩上的竞争对手。

每当粉丝夸他的打戏好，姿态优雅迷人时，内心的得意与心虚就化为针对黎昭的恨意——因为粉丝们夸的全是黎昭的替身镜头，她们爱的根本不是他，而是没有机会在镜头前露脸的黎昭。当发现黎昭突然开始走红，他几乎夜夜做噩梦，梦到那些追捧他的粉丝全部围在黎昭身边告白，而他又回到了曾经最低谷的时期，没有戏拍，没人在乎。黎昭就是他心中的噩梦，只要黎昭在娱乐圈多待一天，他就一天寝食难安。

"不能让他起来。"

"什么？"宣传助理没听清赵君楠说了什么，"楠哥，你说什么？"

"我说黎昭，不能让他人气继续上涨。"

宣传助理皱起眉头，他实在想不明白，楠哥为什么要跟一个十八线网剧演员过不去。就算黎昭背后有草莓娱乐力捧，楠哥能接触到的资源也是黎昭做梦都不敢想的，这又何必呢？赵君楠却不愿意听助理的劝阻，他安排了水军，故意在网上炒作，说某个靠网剧走红的男艺人将与某个大品牌合作，不久后就会官宣。他所遭受的嘲讽，让黎昭也来经历一遍吧。

"黎昭，你要代言大品牌？"宋喻在休息室刷到某当红网剧男主演即将与大牌合作的消息，再看里面的内容，就知道这则报道里提到的当红网剧男主是黎昭。

"什么大品牌？"低头扒盒饭的黎昭听到宋喻叫他，从硕大的饭盒里抬起头看宋喻，"我？"

"嗯，外面关于你要代言大品牌产品的消息，已经传飞了，我看你家事业粉挺高兴的。"宋喻隐隐觉得有些不对劲，草莓娱乐的公关手段，好像不是这种咋咋呼呼的风格。

"可我最近没谈代言啊。"黎昭捧起饮料喝了两大口，"是不是弄错了？"

"近三个月最火的网剧、白衬衫小清新、最温暖的笑容、霸道女总最爱的男人……"宋喻念着这些关键形容词,"那些爆料的营销号,就差没明着说是你黎昭了。"宋喻见黎昭一脸茫然,坐直身体,"你该不会是被人整了吧?"

对家故意放假料,让粉丝产生希望又失望,最后脱粉回踩,这手段在圈内早就不是什么新鲜事了。更恶心的是,这些爆料号也不指名道姓,当事人就算想要澄清,都不能说得太明白,不然还会被人嘲讽自作多情。

"啊?"黎昭三两口把剩下的饭扒完,"谁会那么无聊,花那么多钱在网上买营销,来坑我一个十八线艺人?"

"你好歹靠《霸道女总》圈了一拨粉丝,又签进了草莓娱乐,怎么也算……七八线了。"宋喻见黎昭还准备吃配餐的小蛋糕,忍不住替他心急,"你还吃,你还吃,都被人黑上门了,你还有心情吃?!"

黎昭抖着手把小蛋糕放回原位,乖乖坐好问宋喻:"那我现在怎么办?"

"联系你的团队,让他们想对策。"宋喻说完以后,忍不住骂了一句,"我真是脑子进了水,替你操这些瞎心干什么……"

"因为你人帅心善。"黎昭小声说了一句。

宋喻嫌弃道:"滚!"

作为黎昭的执行经纪人,罗荣在第一时间就接到了营销号准备黑黎昭的消息,他在工作群里发消息,让他们不要回应这件事。

"罗先生,如果黎先生对双方合作没有意见的话,我们希望尽快约定一个时间拍摄宣传照片。"商务部的负责人与罗荣握了握手,"毕竟从拍照到铺设地广,也需要一段准备时间。"

"请贵公司放心,我们的艺人一定全力配合贵方宣传。"罗荣跟苍寰总公司商务部负责人握完手,整个人还处于"感觉这个世界可能有点儿不真实"的状态。

作为全球知名家族企业,苍寰在国人心目中一直是高大上的代表。艺人给他们家产品做代言,往往是实力与人气的证明。各家粉丝互相吵架、比拼代言时,苍寰家的产品代言能一个打十个。现在能一个打十个的品牌方突然主动找到他们，说黎昭与自家的产品形象十分合适，希望能够合作。这哪里是品牌方，简直是财神爷啊。别说品牌方开出的条件如此优厚，就算只开十分之一的价格，他们的团队也会毫不犹豫地签下合约。甚至对于很多艺人而言，只要能拿到苍寰家的代言，倒贴他们都愿意。

这哪里是代言，分明是从天而降的光环。有了这个代言，网上那些明显是要带节奏把黎昭往死里坑的爆料都是在帮他们省宣传费。炒吧，炒得再热些，他们承受得起。

## 第11章 代言

"黎昭!"宋喻扯着嗓子在剧组大吼,"我这里有盒蛋糕,你吃不吃?"

"来了。"黎昭飞速放下手中的剧本,跑到宋喻面前,看见宋喻的助理手里拎着一大袋子蛋糕。黎昭吃东西的速度很快,很快就把蛋糕吃光了。

"你小时候是被饿大的吗?"宋喻疑惑地看着黎昭,嘴巴也不大,吃相也好看,怎么吃东西的速度这么快?

"对啊。"黎昭点头,"小时候家里人心情一不好,就不让我吃饭,所以有吃的就先塞进肚子,这样比较保险。"

"你就瞎吹吧。"宋喻嗤笑一声,"都什么年代了,还会有吃不饱饭的孩子?"

黎昭嘿嘿一笑。

"咳咳。"

背后传来熟悉的轻咳声,黎昭回头一看,脸上的笑容变得更加灿烂。"庭庭!你过来怎么没给我打电话,剧组工作人员怎么放你进来的?"

"昭昭,我刚才在外面碰到庭先生,知道他过来探班,就带他一起过来了。"发现自己毫无存在感的大可,赶紧挥了挥手,"你们慢慢聊,我去倒水。"

"庭庭,你先坐。"黎昭拉着晏庭在自己的休息椅上坐下,担心他腿部受寒,把自己的御寒毯盖在了晏庭身上。

黎昭戴着假发套,头戴金镶红玉头冠,身上穿着大红的婚服,唇红齿白。"你昨天没来剧组,我还以为你没时间过来。"黎昭顺手拿了个小马扎,放在晏庭面前,然后坐下,瞬间比晏庭矮了一大截。

"完成工作,就想过来看看。"晏庭的视线落到黎昭御寒服里的红色喜服上,"怕打扰你拍戏,就没有打电话。"

"我拍戏的时候手机放在大可那儿,就算你打进来也打扰不到我。"黎昭见晏庭竟然没有戴手套,把自己手套取下来,"剧组这边风大,你先把我手套戴上,大可那边还有一双备用的。"

带着余温的手套,包裹住冰凉的五指,晏庭看着眼前这个俊美的大男孩,问:"你要跟人结婚?"

"不是我结婚,是我剧里演的角色结婚。"黎昭连连摆手,这种事可不能弄混。《天歌》是部历史剧,剧中人物命运的主要走向也按照史实来,他演的这个角色虽然早逝,但在史书记载上是有妻子的。

"还有一会儿就要拍我拜天地的戏了,你今天如果时间宽裕,可以留下来看看。"黎昭指了指脑袋上的金冠,"听导演说,我身上的金冠与喜服都是仿照文物制成的,是剧组制作费排名前几的戏服。机会难得,你留下来多看看。"《天歌》这种大剧组,对服化道的要求很高,很多饰品都是真金白银。像黎昭身上这套戏服,制作时间花了将近一个月,却只有几场戏才会用到。

黎昭留在手套里的体温渐渐散去,晏庭看着艳红戏服上绣着的龙凤祥纹,微微颔首:"好。我留下来。"

片场拍摄的婚礼,并没有电视剧里放出来的那么浪漫。同时有好几个摄像机,以不同的机位对准演员;打光的、收音的,还有镜头外的其他工作人员与演员,乱糟糟一团。从未接触过剧组的观众,看到这些一定会怀疑自己在电视剧里看到的那些画面是怎样拍出来的。

摄像师还在调机位,黎昭与演对手戏的女演员偶尔小声说话,但是从两人站立的姿势与距离就能看出,他们私底下并没有太多的交流。

"这个女艺人是科班出来的,别看她现在一副温柔的模样,其实在私底下没少嘲讽我们家昭昭是野路子。"大可在晏庭身边小声道,"每年科班出来的演员成千上万,有几个比得上咱们家昭昭。就她有嘴叭叭叭的,没事就踩着昭昭彰显优越感。"大可没有忘记晏庭是个超级有钱的拆迁大户，他怕晏庭见这个女艺人长得漂亮会对她产生其他心思，所以赶紧拆穿这个艺人的假面具。身为一个合格的助理，绝对不会让自家艺人的朋友变成其他艺人的靠山。

"各部门准备好。"杨导见各个机位的摄像都给他打了手势，便掏出喇叭道，"大家保持安静，不要打扰演员的情绪。好的，各位背景演员注意表情，一二三，走。一号机位，给喜服上的绣纹来个大特写。"花了这么多钱定制的衣服，不给特写说不过去，"二号、三号机位准备，演员要跨门了。"

穿着大红喜服的新郎官，牵着红绣球的一端，缓缓跨过门槛，然后侧身轻轻扶住新娘的手，小心翼翼地把她扶进自家门口。他的眼神柔情似水，尽管整个喜堂红艳艳一片，但他的眼里只有身边的新娘，仿佛她就是他的整个世界。一拜天地，二拜高堂，夫妻对拜。

"四号机推进，眼部特写。"那是怎样一双眼睛啊，缠绵、柔情、包容又温暖，杨导看着监视器，对这个眼神满意极了，连连点头，"一号机跟上，给盖头大特写。"

"卿卿吾妻。"新郎的眼睛里有星辰闪烁，"今日辛苦你了。"

"送入洞房。"

　　新郎面颊一红，探出手，把新娘娇嫩的手轻轻握进掌心："来，我牵着你。"

"多谢相公。"新郎新娘的手，紧紧交缠在一起，两人转身走向通往卧房的侧门。

　　坐在椅子上的晏庭忽然站起身往前走了一步。"庭先生。"大可伸手拦住晏庭，他以为对方看戏入了迷，赶紧小声道，"拍戏还没结束，你别过去，不然这组镜头全废了。"

"好。"杨导结束了这场拍摄，走上前对女艺人道，"你虽然蒙着盖头，但是在徐大人跟你说话的时候，你的肢体应该要有反应，比如说微微颤抖肩膀，或是情不自禁地垂首，必须要让观众知道，你深爱着身边这个人。"

"小黎表现得很好，肢体语言也表现得恰到好处。"杨导夸奖了黎昭几句，随着这段时间的相处，他对黎昭的称呼，已经从圈内通用的"某某老师"变成了"小黎"。现在圈内但凡有点儿人气的艺人，在外面都被工作人员称为老师，客气有余亲近不足。

"谢谢杨导。"拍摄一停，黎昭就松开了女演员的手。他今天戏份少，拍完洞房的两场戏就可以休息了。洞房戏的拍摄场地就在隔壁，两人之间没有什么亲热戏份，所有镜头都是点到即止，黎昭只需要深情地看着女演员，对她倾诉衷肠就可以了。毕竟接下来是脖子以下不能描写的情节，情话说完，蜡烛一吹，就是一夜过去了。

"好，恭喜二位今天提前下戏。"杨导鼓了两下掌，"明天早上九点，咱们继续。"

"谢谢导演，大家辛苦了。"黎昭向现场工作人员道了谢，接过大可递来的防寒服套上，蹭到晏庭身边跺脚道，"冷死我了，这身戏服一点都不保暖。"

晏庭盯着黎昭的双眼，那里面的深情与温柔已经消失得干干净净，再也找不到半点痕迹。

"庭庭，你跟大可去我休息室坐一会儿，我去卸个妆，等会儿咱们一起吃火锅。"黎昭拉紧外套，在晏庭耳边小声说，"这身戏服贵得要死，弄坏了我赔不起，早脱下来早安心。"说完，他踮着脚往化妆间跑。大冬天的穿剧里的鞋子，脚丫子它也受不了啊。

"庭先生，我带您去昭昭的休息室。"

宋喻在B组拍戏，此时休息室没有其他人。大可把晏庭送到休息室后，说："庭先生，左边的躺椅是昭昭的，您稍坐片刻，我去给您倒水。"

休息室里有一面镜子，晏庭站在镜子前，看到了自己苍白又没有表情的脸。活着与死去，有什么差别？身边的人，无论是悲是喜，早晚都要离去。死亡会带走他们，利益也会带走他们，还有与自己无关的情爱，也会带走他们。他垂下眼皮，眼中仅有的微光渐渐黯淡下去。

"庭庭！"休息室的门突然打开，黎昭喘着粗气站在门口，他身上的戏服还没有换下来，手里多了个粉色的暖手宝，"这个给你，休息室的电暖炉坏了，还没来得及换新的，坐在里面会很冷。"

晏庭看着粉嘟嘟的暖手宝，停顿两秒起身接了过来。

"剧组外面只有这种颜色的暖手宝，你凑合着用用，反正没人看见。"黎昭笑嘻嘻道，"刚充过电，正暖和。我去卸妆了，还有记得把躺椅上的毯子盖上，你身体弱，不能受寒。"唠叨了一堆，黎昭才急匆匆跑开，跑的时候还不忘小心地扶着脑门上的金发冠，怕把它摔坏了。

看着黎昭跑远的背影，晏庭取下手套，冰凉苍白的手感受着暖手宝带来的温暖。从化妆间跑到这边，就是为了给他一个暖手宝？暖意顺着掌心慢慢往上爬，一点点嵌入他的眼底。晏庭缓缓闭上眼睑，在寒风中把暖手宝揣进怀里。有些温暖，如果得到了，就不想让别人夺去。

大可端着水回来，见晏庭站在休息室门口吹寒风，以为他在等黎昭回来，笑着解释道："化妆间离这边挺远的，古装剧卸妆也麻烦，我们先在屋子里等一会儿，外面冷。"说完，他才注意到晏庭手里拿着个粉色暖手宝，诧异道，"这个暖手宝不是被昭昭忘在化妆间了吗，怎么在这里？"

晏庭把暖手宝往外套里揣了揣，没有解答这个疑问。

"哎哟我去，昭昭该不会一路从化妆间跑过来，给你送个暖手宝吧？"大可震惊了，拍戏这么累，还有精力跑这么远送个暖手宝？这是什么感天动地的兄弟情，他怎么就遇不到这么感人的友谊？

晚上吃饭的时候，宋喻在自助餐厅没有看到黎昭，感到十分惊讶。剧组在他们入住的酒店订了自助餐，只要没戏的时候，演员就在酒店用餐，每次吃饭，黎昭都是最积极的。今天真是天下红雨了，他竟然不在。

"A组那边的工作人员说，黎昭的朋友来探班，他跟朋友一起吃火锅去了。"助理小声道，"宋哥，你有事找他？"

"我找他干什么，他不在我吃得更舒心。"宋喻冷哼一声，拿着餐盘去取餐。

"宋哥，你少拿点肉，你少拿点。"助理小跑跟在他后面提醒，"你是吃肉长胖的体质啊！"

## 第 11 章 代言

"闭嘴!"宋喻把夹到盘子里的肉又放了回去,心情变得更加糟糕了。

网上有关黎昭代言的谣言,已经传成黎昭即将代言苍寰旗下的某产品了。很多营销号信誓旦旦,连不少黎昭的粉丝都相信了。这些粉丝也不想想,那可是苍寰的产品,圈内大咖都不一定能争到的代言资源,黎昭凭什么能拿到?凭他的穷,还是凭他那张讨女孩子喜欢的脸?娱乐圈好看的男女成千上万,黎昭能排老几?不过,这跟他宋喻有什么关系,人家当事人还有闲心跟朋友吃火锅,难道他还要去做拿耗子的狗?

关于黎昭即将代言苍寰旗下产品的消息,确实在短短半天内传遍了各大娱乐论坛,无数网友被这个荒谬的消息逗笑了。

【黎昭是哪位,不配拥有姓名的小透明也敢碰瓷苍寰,现在的新人为了红连脸都不要了?】

【心情复杂,这是我新收的小墙头,本来以为他是老实不作妖的性格,没想到一作就作个大的。】

【万一是真的呢?】

【楼上的姐妹快醒醒,别做梦了。那可是苍寰旗下的品牌,不是三无微商品牌。年初有两个圈内大咖家的粉丝吵得昏天黑地,买水军互黑,就为了抢苍寰某款产品的半年代言人,你家艺人给这两个大咖提鞋都不配。所以,别说你家艺人只是草莓娱乐签的新人,就算他是草莓娱乐老总亲儿子,也不一定能拿到这个资源。】

【我以为赵君楠已经够不要脸了,没想到一山更比一山高,还有比他更不要脸、胆子更大的。】

【社会社会,厉害厉害,这个叫黎昭的新人,可以领取吹牛帝的称号了。】

黎昭的粉丝不敢说话。有位粉丝忍不住找到苍寰的官方微博,在私信里询问他们,是否有邀请她家崽崽做代言人的计划。消息发出去以后这位粉丝就后悔了,这分明就是个自取其辱的问题,她把手点到发出去的消息上,准备撤回。

@苍寰:感谢消费者对本公司旗下品牌的关心,此品牌确实有与黎昭先生合作的计划,目前正在紧张筹备中。

嘤嘤嘤,她就知道不可能……嗯嗯嗯?!她刚刚看到了什么?!她在做梦吗?这一切都是真实的吗?

好几个粉丝过百万的营销号仿佛约好了般,在晚饭时间过后,开始陆陆续续爆出与黎昭有关的负面消息。比如说,在拍摄《霸道女总》期间,与主创人员不和啦;走红以后,抱上了草莓娱乐的大腿,就不再跟剧组以前的穷朋友联系啦。

还有一个玄学博主表示,黎昭之前待的公司虽然小,但一直是盈利状态,可是自从签下黎昭就开始走下坡路,最后公司都倒闭了。更邪门的是,公司倒闭以后,黎昭就像是转运一般,突然开始走红了。这说明什么?说明黎昭克公司,利自己。说到最后,这位玄学博主还"好心"提醒草莓娱乐,不要踏入黎昭上一个东家的老路。

娱乐圈的恶毒手段之一,就是诋毁一个艺人命里带衰。哪个投资人敢跟一个会带来晦气的艺人合作?

黎昭家的粉丝们看到这种言论,恶心得不行,只要混过粉圈的人都明白,这分明是有人趁机抹黑他们家崽崽。大粉担心粉丝四处刷屏解释会影响路人对黎昭的好感,在超话里拼命呼吁大家,不要给这些营销号眼神,跟他们吵架就是帮他们刷热度,只要点举报就行。

这个玄学博主见黎昭的粉丝竟然不与他互撕,感到有些寂寞,于是又发了一条微博。

@五行大先生:观黎姓艺人面相,是典型的吸运命格。什么叫吸运命格?就是谁跟他待在一起谁倒霉,只有他自己好。这是十分自私的命格,奉劝圈内其他艺人离这位艺人远一点,万一被他吸走了运势,哭都来不及。你们如果不相信的话,可以去看看《××女

## 第 11 章 代 言

总》的女主演跟男二号，像不像是被黎昭吸走了运势？

黎昭家的粉丝很想"慰问"这个博主全家，但他们是有素质的粉丝，不可以讲脏话。可是他们不敢讲，有一个人却敢。宋喻看着网上的胡说八道，本来就不太好的心情更加糟糕了，他挑中这个神神道道的玄学博主，直接转评了一个字加感叹号。

@宋喻：滚！//@五行大先生：观黎姓艺人面相……

宋喻的一个"滚"字，在网上掀起轩然大波。看不惯宋喻的网友说他身为艺人却如此粗鲁无礼，会带坏小孩子，但是更多的网友则是在夸他真性情。

被这个玄学博主的胡说八道祸害过的艺人不止黎昭，很多女艺人也被他挑三拣四过。他最喜欢说这个女艺人不够旺夫，那个女艺人的面相水性杨花，仿佛整个娱乐圈没有一个好女人；还有就是喜欢盯着男艺人的下三路，说谁谁不行，外强中干。偏偏还有一群人喜欢捧他的臭脚，把他的微博内容当作圣旨，专门跑去那些艺人的微博下面羞辱他们。这些艺人的粉丝早就恶心透了这个玄学博主，见宋喻站出来骂人，都跑去评论区声援他了。

宋喻的微博说发就发，团队工作人员拦都来不及拦，等他们发现的时候，网上已经热闹起来了。

"爽了？心里那口恶气出了？"经纪人早就被大少爷折腾得没脾气了，"你说这事儿跟你有什么关系？现在这个玄学博主的粉丝全都在骂你有脾气、没演技，你是不是很开心？"

"骂就骂了。"宋喻跷着二郎腿，抖着腿道，"你不用来劝我，我是不会删的。当初黎昭帮我在媒体面前说话，我这算是还他人情了。"谁愿意欠他的人情，早还早好。

"还人情有很多方法，你偏偏选了最能吸引火力的方式。"经纪人深吸一口气，"行吧，这事儿操作好，对你利大于弊，你不愿意删就不删。"

他没有跟宋喻说的是,这事儿闹大了以后,还能给宋喻立下"耿直富少"的人设,虽然这个人设也算不上新鲜,至少比之前被骂要好。而且黎昭这个莫须有的代言闹得全网皆知,他家艺人也算是蹭了个热度。艺人嘛,不怕挨骂,就怕不配拥有姓名。

"也不知道这些博主是怎么回事儿,一个个就跟小学没毕业似的,什么都能瞎扯出来。"宋喻嗤笑一声,"黎昭虽然是个傻子,但还轮不到他们瞎说。"

经纪人沉默片刻,道:"宋大少爷,别扭是交不到朋友的。"

"谁别扭了,谁想交朋友了?!"宋喻反应很大,仿佛经纪人给他讲了恐怖故事,"你别胡说八道。"

经纪人有些糟心,公司为什么要让他来带这个大少爷?就在这时,经纪人收到了一个电话,客客气气与对方结束通话以后,他神情微妙地看向宋喻,道:"你现在心情怎么样?如果不太好的话,可以再把那个玄学营销号骂一顿。"

宋喻疑惑地看着经纪人,心想对方该不会是被他气得神志失常了吧?

"之前我们一直没谈下来的代言,品牌方主动打电话过来定你为代言人了。"经纪人难掩激动的情绪,"还是一年约。"

现在的品牌方精得很,代言合同往往只签一个季度或是半年,只有艺人带货能力强,能在消费者中引起反响,他们才会续约,反之则"友好解约",然后继续收割下一个艺人的粉丝。原本以宋喻的人气与地位是谈不下一年约的,但是品牌方却主动把肥肉送到他们嘴边。

"以后跟黎昭处好点。"经纪人十分感慨,"这种人有旺格,跟他在一起的人,也会被他旺了。"

怎么一言不合就搞起封建迷信了?宋喻面无表情地翻个白眼:"那他的前任东家,怎么没被他旺起来?"

"很多经纪公司的合约非常苛刻,可能是因为这家公司对黎昭不好,所以把自己作死了。"经纪人半开玩笑,半认真道,"所以你以后一定要对黎昭好点。"

宋喻无语，这个娱乐圈有毒吧。

宋喻被媒体抹黑的时候，黎昭站出来替宋喻澄清。黎昭被营销号传谣言时，宋喻毫不犹豫地站出来骂人，这是何等感人的娱乐圈友谊啊。甚至有一小部分网友仿佛突然找到了另一种乐趣，成了两人的粉丝，并且暗搓搓地在论坛里自己抠糖吃。

就在大家以为宋喻骂人已经是最热闹的大瓜时，平时不怎么发微博的黎昭也跟着转发了宋喻的微博。

@黎昭：创建文明科学社会，人人有责。宣扬封建迷信，已举报。//@宋喻：滚！//@五行大先生：……

【哈哈哈哈哈，我要笑死了，什么创建文明社会，人人有责，真是让我惊了。】

【嗯嗯说得对，我们要相信科学，反对封建迷信。】

【都什么年代了，竟然还宣扬这种落后思想，举报了举报了。】

【不知道为什么，我觉得小鱼儿就是冲动的"没头脑"，昭昭就是跟在"没头脑"后面摇旗呐喊的乖宝宝，我为这种纯洁无瑕的兄弟情感动了。】

【都说娱乐圈没有真友谊，这不就是真兄弟吗？】

【兄弟情？嘻嘻嘻嘻嘻……】

这个"嘻嘻嘻嘻嘻"显得十分魔性，点赞数还格外多。黎昭迷惑地看着评论区，这条评论有什么奇怪的地方吗？怎么有那么多网友在下面回复神秘的微笑脸表情？洗完澡，换下满是火锅味的衣服，黎昭刷了刷微博，然后拨通了晏庭的视频电话。

晏庭身上穿着洁白的浴袍，深黑的头发还往下垂着水珠，他一边拿着毛巾擦着头发，一边偏头看向手机里的黎昭："去擦干头发。"

黎昭刚才忙着刷网上的消息，忘记擦头发这件事了。"马上。"在床上打个滚，黎昭光脚踩在地板上，三两步跑去浴室取来毛巾，又蹦回床上,"庭庭,你明天早上就回去了吗?"

晏庭擦头发的手微顿:"嗯。"

"唉。"黎昭叹口气,"好想跟着你一块儿回去。"

晏庭沉默下来,他看着没精打采的黎昭,问:"发生什么事了?"

黎昭摇头道:"没事。"就是不太想庭庭走,有人陪着的感觉真好。他的朋友们都有自己的家庭,有比黎昭更重要的存在,就算是从福利院出来的那些小伙伴也一样。庭庭的出现,让他突然有了一种奇怪的责任感,他想让庭庭开心一点,也想……让庭庭更加需要他一点。想到这儿,他挠了挠自己的头。奇怪,自己怎么会有这种想法?黎昭有些不好意思地朝手机里的晏庭咧嘴一笑:"回去的时候要小心,不要把东西落在酒店里了。"

"好。"晏庭把手中的毛巾放下,黑黝黝的眼睛隔着屏幕与黎昭的眼睛对上,"离春节还有七天,明天回去以后,我让家政把侧卧收拾出来,除夕夜你跟我一起守岁。"

"好。"黎昭干咳一声,觉得自己该礼貌性地客气一下,"会不会太麻烦你?"

"不会。"晏庭把手机拿起来,让它离自己的脸更近一些,"昭昭,我已经独自守岁二十年了。"

明明晏庭脸上什么表情都没有,黎昭却觉得他在难过,此时拒绝庭庭简直是罪大恶极的错事,便说:"那我就厚着脸皮在你家暂住几天啦。"

晏庭把手机拿远了一些,说:"谢谢。"

黎昭有些不好意思,庭庭一本正经道谢的样子,还、还挺可爱的。"晚上早点睡,免得明天坐飞机难受。"黎昭打个哈欠,"我也睡啦。"

"晚安。"晏庭说了晚安,却没有伸手挂断视频。

"庭庭,晚安。"黎昭对镜头挥了挥手。挂断视频以后,黎昭脸上的困意瞬间消失,他喜滋滋地戳开福利院小伙伴的群,迫不及待地告诉了他们这个消息。

昭昭有好运:今年我要跟人一起过年啦!

## 第 11 章 代言

明天更好：！

会赚一个亿：！！

花开的声音：崽崽，你还是个孩子，麻麻（妈妈）不允许你谈恋爱！

昭昭有好运：【捂脸】霞姐，你误会了，我是跟好朋友一起过年。我跟他都是一个人，除夕夜刚好搭伴。

明天更好：昭昭，你别骗我跟你霞姐，要不过年你还是来我们这儿吧。

会赚一个亿：来我这里也行，不要委屈你自己。你一个二十岁的小屁孩，知道怎么过年吗？

昭昭有好运：嘿嘿嘿，就算我不懂，还有庭庭懂呢。霞姐、明哥，我还等着给你们的孩子做干爹呢，就不来打扰你们的二人世界啦@明天更好@花开的声音。

昭昭有好运：@会赚一个亿 晓军哥，你今年刚交了女朋友，我才不做你的电灯泡。我家庭庭长得好看，性格可爱，家里的饭又好吃，你们谁也别想把我从庭庭身边带走。

三人担心黎昭是为了不打扰他们的生活，才故意说有人陪他过年，又劝了好久，发现黎昭不像是在撒谎，反而从头到尾都在炫耀这个朋友有多么好，才放心地答应下来。

花开的声音：@昭昭有好运 有什么事一定要给我们打电话，知不知道？不管遇到什么，我跟你明哥这里，永远都是你的家。

黎昭捧着手机，不自觉露出了笑容。

昭昭有好运：我知道哒，爱你们呀，么么哒。

会赚一个亿：好好说话，哒什么哒。缺钱了记得告诉哥一声，哥给你打生活费。

昭昭有好运：么么哒、么么哒、哒哒哒。

会赚一个亿：你这熊孩子……

陈晓军放下手机，偏头看向躺在身边的女朋友，温柔地替她掖好被角。像他们这种福利院出来的无父无母的孩子，想要过上普通人的生活，需要付出的努力是其他年轻人完全无法想象的，好在他还有爱他的女朋友和伙伴。只是昭昭现在成了明星，明年他跟女朋友举办婚礼，也不知道黎昭有没有时间来参加。

跟小伙伴们聊完天，黎昭是真的困了，他放下手机的时候，罗荣的电话打了进来。

"罗哥。"他迷糊得眼睛都睁不开了。

"我跟公司这边帮你谈了个一线品牌代言，是对方主动找的我们，甚至连代言费都是按照一线艺人标准给的，你如果没有意见的话，公司这边就拍板帮你签下来。"

"好……"黎昭隐隐约约听到公司给自己找了什么新工作，毫不犹豫就答应了下来。工作就等于赚钱，他还要多赚点钱给庭庭封个大红包呢。听说还没有结婚的人在除夕夜收到压岁红包，新的一年会平平安安、顺顺利利，所以他一定要封个大大的红包给庭庭。

听着黎昭困得意识模糊的声音，罗荣没有坚持叫醒黎昭。以他对黎昭的了解，这么好的代言机会，黎昭是不可能拒绝的。应该说，圈内几乎没有艺人能拒绝这样的代言合作。

晚上，正是无聊网友最活跃的时候，吃瓜网友发现，营销号上蹿下跳得厉害，黎昭的粉丝却一个比一个"佛"，坚决秉持"三不原则"——不评论、不转发、不解释。

【黎粉也太佛系了吧，外面都闹翻了，他们竟然还在超话里舔正主的颜？】

【也不能这么说，他们今天不是跟着正主一起，举报了某个宣传封建迷信的博主吗？】

【别提这个,一提我脑子里就只有"文明科学"四个字在打转,这家正主跟粉丝都有毒。】

【你们别说,黎昭这张脸是真的能打,我莫名其妙在他家超话里蹲了半小时,就为了找他的动图看。】

【纯路人,我不是黎昭粉丝。我觉得黎昭可能是被人搞了,大家想想,黎昭被黑之前谁正在风口浪尖上?】

【还能有谁,吹牛老干部赵君楠呗。】

【楼上的皮掉了,发消息前把你微博里面有关陆昊的内容删干净。一个十八线小艺人,连给我家提鞋都不配,我家犯得上去对付他?谁再提我家,谁家正主糊掉。】

很快,陆昊家的粉丝与赵君楠家的粉丝在各大论坛掐了起来。陆昊家粉丝知道自家艺人跟黎昭正在合作一部剧,所以提到黎昭的时候都很客气,甚至还帮着黎昭说话。赵君楠家的粉丝就不客气了,一句一个"十八线""提鞋都不配""网红男",态度很是狂妄。黎昭家的粉丝看到后,气得几乎要爆炸,可是想到自家崽崽还是小新人,只能忍了。

【谢谢楼上赵老师家粉丝的提醒,我家崽崽会好好练习演技的。】

【谢谢赵老师家粉丝的鞭策。】

黎粉一句一个"谢",打得赵君楠粉丝猝不及防。这种时候,不是该跟他们互撕吗?只要黎粉回嘴骂人,他们就能去各个论坛说靠脸的小艺人仗着在网上有人气欺负实力派演员了。可是谁知道黎粉是谦虚好学的画风?所以,在路人看来就是赵君楠粉丝仗着正主地位高对小艺人挑三拣四,摆大咖的谱。

心机,太心机了。黎昭长着一副清纯小白花的模样,私下肯定是个心机男孩,他家的粉丝都随他。赵君楠粉丝一拳打在棉花上,心里非常不得劲儿,干脆抓着黎昭莫须有的代言不放。

【请问你家正主的一线代言官宣了吗？】

【一线代言很重要，千万不能马虎，所以你家代言什么时候官宣？】

很快，"黎昭你家代言官宣了吗"这个话题就被赵君楠粉丝刷上了热搜。他们对自己的战斗力很满意，扬扬得意地等着更多的人来看黎昭的笑话。一个小新人也敢拿他们家哥哥的事来转移自己的负面新闻，不给他个教训看看，还以为他们家哥哥好欺负。

就在赵君楠粉丝得意的时候，苍寰官博毫无预兆地发了一条微博。

@苍寰：他是夏日的凉风，他是冬日的暖阳。他就是苍寰旗下苍时手表的最新代言人@黎昭。感谢您乘风而来，期待与您的合作。

吃瓜群众满头问号，搞什么，苍寰官博被盗号了？

@吃瓜网友：今天是不是愚人节？

@吃鲜花的狗：这个黎昭，真的是我知道的那个黎昭吗？

@苍寰：回复@吃鲜花的狗：黎昭先生在《霸道女总》中的角色，公司很多同事都很喜欢呢。

看到官博的回复，所有网友都震惊了。

【黎昭，牛！牛！】

【此时此刻，我最想知道的，是黎昭家粉丝与赵君楠家粉丝的心情。】

【我来替赵君楠家粉丝说吧，妈妈，我的脸好疼。】

【哈哈哈哈哈哈，原来吹牛的只有赵君楠一个，你们家想拖黎昭下水，结果被官方打脸，笑死个人了。】

【看看被赵君楠粉丝刷到热搜的话题，与苍寰这条微博更

配哦。】

原本还很佛系的黎粉们，此刻终于冒出头来了，他们开始跑去"黎昭你家代言官宣了吗"话题里面回复。

【谢谢前辈关心，我家崽崽的代言已经宣了。】
【多谢前辈关注，崽崽还小，第一次代言一线品牌，如有不足之处，还请多多包涵。】

赵君楠粉哑口无言，他们并不想包涵，也不想关注，只想删掉刚才的话题与微博，继续岁月静好。赵君楠家的粉丝有多窘迫，黎粉就有多开心。跟着一起开心的还有陆昊家的粉丝，虽然代言与他家没什么关系，但是只要赵君楠丢人了，就值得他们高兴。

很快，吃瓜群众还发现了一件有意思的事情。

【只有我一个人疑惑，苍寰旗下的时尚品牌代言，为什么由总公司微博官宣呢？】
【也许是为了显得郑重一点？】
【闲得无聊的我，翻了一下苍寰旗下产品的其他代言人，这些代言合作好像都是由分公司官博公布的。】
【呃……】
【我脑子里，似乎有一篇娱乐圈爽文诞生了。】
【别想那么多，没见官博说，公司里有很多人喜欢黎昭饰演的角色吗？说不定是因为这个。】
【不，这事儿最牛掰的地方在于，苍寰的这条微博已经发出来十几分钟了，黎昭竟然还没有转发，倒是工作室官博在第一时间转发了。】
【我比楼上网友还要无聊，我发现在苍寰旗下产品的代言里，苍寰给黎昭吹的"彩虹屁"是最肉麻的，什么夏日凉风、冬日暖阳、

乘风而来。这说的是人吗？分明说的是小仙男。】

【我也注意到了这一点，这条微博的"彩虹屁"吹得太真心实意，差点儿让我以为黎昭不是一个靠着网剧红起来的七八线新人，而是国际大腕。】

【黎昭究竟是什么身份，能引得苍寰官博折腰？】

【我家也是苍寰某品牌代言人，当时的官宣微博内容很官方、很公式化。老实说，我有点儿"柠檬"了。】

【柠檬+1，苍寰官博的这个"彩虹屁"，吹得真像高仿号。】

【那可是苍寰旗下超高级的手表代言啊！如果是我家拿到代言，我家的姐妹们肯定会乐疯。】

此时此刻，还在睡梦中的黎昭，被宋喻哐哐砸响了房门："黎昭，你有本事睡觉，你有本事开门啊！"

被地动山摇的敲门声震醒，黎昭伸手摸啊摸，终于摸到被他遗忘在枕头边的手机。半眯着眼看手机，都深夜十二点了，谁来敲他的门？他顿时陷入在《霸道女总》剧组时，被姚莎莎敲门的恐惧中。黎昭小心地扒在门上，通过猫眼往外一看，就见到宋喻那张气得五官变形的脸。打开门，黎昭往后退，问："宋哥，你找我有什么事？进来说。"

见黎昭睡眼惺忪，宋喻被气笑，道："睡睡睡，你是猪啊，还能睡着？"

"这大半夜的，不睡觉干什么？"黎昭早就习惯宋喻一言不合就发脾气的毛病，转身从柜子上拿了一瓶没开封的水递给宋喻，"喝点水，冷静一下。"

"你拿酒店赠送的免费矿泉水给我喝？"宋喻拿着手里的水，简直不敢相信自己眼睛，"黎昭，你怎么抠成这样？"

"矿泉水有什么不好？健康又解渴。"黎昭怕宋喻的大嗓门把其他人吵醒，赶紧关上门，朝宋喻讨好一笑，"宋哥，你如果不喜欢喝就留给我，明天我带去剧组。"

宋喻无语，混圈这么久，黎昭是他认识的所有演员里最穷酸的一个。

他瞪着黎昭，拧开瓶盖，咕咚咕咚喝下半瓶，然后说："不好意思，我喝过了。"

黎昭沉默，所以宋喻究竟是来干什么的？

"黎昭，没想到你是这种虚伪的人。"宋喻把剩下的半瓶水扔进垃圾桶，冷笑道，"表面上跟我说没代言，实际早就已经跟苍寰谈好，合着把我当傻子耍呢？"

"苍寰？"黎昭愣住。那不是庭庭上班的地方吗？不过跟他有什么关系？他低头看了眼垃圾桶里的大半瓶矿泉水，有些心疼。

"都官宣了，还装模作样？"宋喻坐到单人沙发上，"还是草莓娱乐厉害，这么大的资源都能帮你撕下来。不过你的经纪人怎么回事儿，怎么不帮你转发苍寰微博？"

"什么微博？"黎昭把视线从垃圾桶上撕扯开，打开手机，发现自己的微博有些卡顿。苍寰旗下最新产品的代言人？他瞪大眼睛看了又看，确定这个官方微博圈的人就是自己，赶紧退出微博，打开通讯录，拨通罗荣的电话。

"罗哥，那个代言是怎么回事儿？"黎昭挠着头，"是我最近拍戏太忙，错过什么关键消息了吗？"

"我还以为你要睡到明天早上才会问我。"罗荣对黎昭格外有耐心，"你跟公司签订的合约里有说明，公司使用你的个人公众账号需要你本人同意，所以我们还没有帮你转发微博。不过也不要太担心，工作室微博已经在第一时间转发了。"

"不是。"黎昭小声说，"苍寰那么大的公司，怎么会找我当代言人？"做人呢，最重要的就是有自知之明，黎昭就算是做梦，也不好意思做这种梦。他最大的梦想，就是代言方便面、饼干之类的产品，这样在他代言期间，厂家就会送他很多不要钱的食物。

"不要妄自菲薄，你的外形很出众，跟他们家新款产品很契合。"罗荣当然不会说自己也不知道苍寰抽的哪门子疯，而是花式夸奖一番黎昭，"你的第一个代言就是苍寰旗下的苍时手表，以后谈其他大代言比同期艺人更有优势。"他平时不是唠叨的性格，今晚却说得不少，看了眼工作室里还在加班加点把控网上舆论的员工，罗荣接着道，"等下你如果方便，就把苍寰家的那条微博转发了。还有，苍寰旗下的苍时品牌刚才也发了微博，这条你也要转。"

"好，谢谢罗哥。"黎昭挂断电话，转头看宋喻，"原来这个代言是真的。"

"黎昭，你牛，这么大件事自个儿还不知道。"宋喻见黎昭是真不知道这件事，心头火气消了一半，"你是猪？还不赶紧转发苍寰的微博？"

黎昭点开微博，转发了两个官博。

"黎昭，你是猪啊！"宋喻看完黎昭的转发配文，被他的操作惊呆了，"转发的时候，你能不能多说几句话？"

@黎昭：期待合作。【微笑】

这个微笑表情，含义实在太多，宋喻平时只有在想骂人又不好吐脏字时才用这个表情。"算了，反正你就是这种土包子。"宋喻站起身，哼了一声，"早点睡，别因为自己代言了一块手表就激动得睡不着觉。明天去了剧组被别人看出来，会有人笑话你的。"他走到门口，转头看黎昭，"还有，你都是明星了，别过得这么寒酸。几瓶水、几件衣服，难道还能买不起？"

黎昭咧嘴笑了笑，把宋喻送出门。关上酒店房门，黎昭又不自觉地看了两眼垃圾桶的大半瓶矿泉水，然后躺回了床上。在福利院待的这几年，他早就养成了不浪费食物与水的习惯。因为他们吃的每一样东西、穿的每一件衣服，都是国家与爱心人士送给他们的。如果浪费了，浪费的就不仅仅是物品，还有别人的一片心意。所以即使他已经离开福利院近两年，也舍不得浪费东西。

不过在想到即将有笔代言费要入账后，黎昭的这点小郁闷很快便被高兴给冲散了。黎昭在床上来来回回滚了两三圈，下意识地就想把这个消息告诉晏庭，可是又担心打扰到晏庭睡觉，只好把手机放了回去。啊！还是好想把这个消息告诉庭庭，遇到好事情必须要及时分享给朋友,才能获得完整的快乐。正想着,晏庭的电话就打进来了。

"庭庭!"黎昭以最快的速度,接起了电话,"你怎么还没睡?"

"处理完文件就睡。"手机里响起翻纸页的声音,"是不是打扰到你休息了?"

"没有,没有。"黎昭现在已经毫无睡意,"这么晚打过来,你是不是有什么事?"以庭庭的性格,是不会在这么晚的时候打电话过来打扰他的。

"有。"晏庭看了眼电脑桌面,上面正是黎昭的微博页面,"我忘了问你,喜欢什么颜色的床单与窗帘。"

"啊?"还处于兴奋状态的黎昭,脑子有点儿转不过弯来。

"你忘记刚才答应跟我一起过年的事了?"晏庭放下手中的文件,看着黎昭在微博上发的微笑表情,这个表情一看就很有礼貌。

"没有没有,这么重要的事我怎么可能忘记。"黎昭翻身从床上坐起来,"庭庭,我有件很开心的事情想跟你说。"

"什么?"

黎昭的快乐,几乎要从手机里喷涌而出:"我赚到钱啦,好大一笔钱!"

晏庭想,为什么世界上会有这么容易满足的人?吃到东西开心,接到代言开心,好像什么都能让他开心起来。

"你猜猜让我赚钱的公司,叫什么名字?"

"叫什么?"晏庭起身走到沙发旁,缓缓坐下。

"叫苍寰。"黎昭笑出声来,"是不是特别意外?"

"很意外。"茶桌上泡的咖啡早已经凉透,晏庭端起来打算抿一口,可是在咖啡表面,他看到了自己苍白的脸颊。

"这就是缘分。"黎昭再次感慨,"我已经百分百确定,你就是我的转运贵人。"

"你的优秀与我无关。"

"你不懂。"黎昭兴高采烈地跟晏庭唠叨了一会儿,突然想起明天晏庭还要赶飞机,连忙止住话头,"你赶紧睡觉,等你明天回到家,我们再慢慢聊。"

"好。"

"对了,你本来就有失眠的毛病,睡前千万不要喝咖啡或者浓茶,知不知道。"黎昭噼里啪啦说个不停,"我看很多办公室白领,好像都喜欢喝咖啡。"

把冰凉的咖啡杯放下,杯底碰触到杯碟,发出轻轻的声响,晏庭说:"我没喝。"

"爱护身体很重要,早点睡。"黎昭脑补了一个乖乖躺在被窝里的好宝宝画面,"晚安。"

"嗯。"

晏庭看着杯碟上的咖啡,沉默片刻,起身躺到床上,从手机里找到了那段数饺子的音频。

苍寰商务公关部的人突然收到一条来自上级的消息:"发微博要懂礼貌。"

职员打开官方微博账号,满脑袋问号。作为一个有格调、有地位的品牌官方号,他们的内容一向秉持神秘高级的风格,但从没有不讲礼貌啊。上级的审美,永远都是这么奇葩,令人摸不着头脑。

苍时最新款手表的代言人官宣以后,黎粉们开心得好像在过年。一些有钱的粉丝为了庆祝自家崽崽第一次代言,发起了抽奖活动,只要是没黑过自家崽崽的网友,都能参与抽奖。

世人同情弱者,又倾慕强者。所以,当黎昭这个弱者用代言打了赵君楠的脸以后,赵君楠的粉丝就成了全网嘲的对象。倒是之前被网友嘲讽的宋喻因为这次仗义执言,获得了一些网友的好感。

【其实宋喻本来就是富二代,虽然蠢了点,但心眼还是不坏的。《霸道女总》剧组的演员在外面接受采访时,三句不离黎昭,好像跟黎昭交情多好似的。可是黎昭被嘲的时候,只有宋喻站出来帮黎昭说话。】

【患难见真情,也见人品,以后再也不嘲讽宋喻这个蠢货富二代了。】

【不是,楼上,你不是正在嘲讽人家蠢货吗?】

【鲤鱼党头顶青天。】

【楼上的姐妹不要走,我也……】

宋喻的公关团队趁着这个势头,赶紧给宋喻卖了一波耿直富二代的人设,反响甚好。

"我觉得宋哥做得最对的一件事,就是当初想要喂胖黎昭,天天给他买吃的。"宋喻的助理对经纪人道,"这个流量蹭的,真是太爽了。"虽然助理也觉得宋哥私底下确实挺爱装的。

第二天一早,顶着浮肿眼的宋喻与顶着黑眼圈的黎昭,在化妆间同时收到化妆师控诉的眼神。

"宋老师,您是容易浮肿的体质,睡前不能喝水。"给宋喻化妆的老师叹气,"您这样上镜,会影响颜值的。"本来颜值就比不上坐在隔壁的黎老师了,还这么折腾自己的脸,等电视剧开播,拿什么跟隔壁黎老师抢颜粉?颜粉虽然风流,但是他们出手大方啊。在娱乐圈里,得颜粉者可以得半壁江山。不过,这话她没有说出口,怕得罪人。

黎昭听到旁边的化妆师说宋喻,忍不住扭头去看宋喻的脸。宋喻侧了侧身体,不让黎昭看自己的脸。宋喻现在就是后悔,非常后悔:他为什么要赌一时之气,喝下那瓶价值仅两块钱的矿泉水,而且还喝了半瓶?

"宋哥,我在镜子里能看见。"黎昭盯着镜子看了片刻,"没事,就是眼睛小了点,影响不大。"

"你别跟我说话。"宋喻满脸生无可恋的沧桑。他错了,他真的错了,一开始他就不该跟黎昭待在一个剧组。生气不利于养生,也不利于美颜。

"宋哥!"宋喻的助理从外面进来,声音有些焦急,"演《霸道女总》男三号的陆任稼,就是那个老想碰你瓷的三十八线,又在微博上嘲讽你了。"

"就是上次讽刺我在剧组欺负黎昭的那个傻子？"宋喻顿时精神百倍，连那浮肿的眼睛都睁大了。助理偷偷瞥向旁边的黎昭，其实吧，严格说起来，人家上次那个不算讽刺，只能算……爆真料？

接收到宋喻助理微妙的眼神，黎昭满脸大度地说："没事，你们继续聊，当我不存在。"

"黎老师，这次真没法当您不存在。"助理干笑，"您也受到牵连了。"

"怎么跟我还扯上关系了？"黎昭原本打算偷偷听八卦，现在已经理直气壮地参与了进来，"他说什么？"

"他说你屈服于宋哥的金钱……"助理越说越小声，在他看来，黎昭是个特别好的人，不仅自发帮宋哥在媒体面前说好话，也不要宋哥给他介绍资源，比那些围在宋哥身边总想沾宋哥好处的狐朋狗友好多了。

黎昭心虚地避开助理的小眼神，其实……他就是看中了宋喻花钱买夜宵这一点，四舍五入，也、也算是屈服于金钱吧。啊，他这该死的、无处安放的小贪婪！

"还有呢？"宋喻不相信陆任稼只说了这些，如果只是这些，自己的助理不会气得直接冲进化妆间。

"陆任稼说，你昨晚帮着黎老师说话，是因为你家里人脉广，提前知道黎老师要代言苍时手表，想蹭、蹭黎老师热度。"

"我蹭他热度？！"果然，宋喻炸了，指着黎昭，"我用得着蹭他热度？！"

助理沉默了，虽然只是巧合，但他们最近好像确实在蹭黎昭的热度。当然，这话是不能说的。

无辜被指还被嫌弃的黎昭，对宋喻笑得一脸大气："没事，我不介意。"

宋喻说："告诉你黎昭，我宋喻就是冷成十八线，没戏拍，也不会蹭你的热度。"

"哦。"黎昭点头，情绪稳定。

宋喻：奇怪，心头的火怎么越烧越旺了？

《霸道女总》最火的时候，连剧中小角色的微博下都有不少粉丝去打卡告白。但是，粉丝的爱是短暂的，当电视剧播完以后，由这部剧带来的热度也渐渐散去了。

陆任稼只是个在校学生，没什么人脉。他原本靠着炒作自己是黎昭的好友、贬低宋喻圈到了一小拨粉丝，差点儿就要签进经纪公司了。谁知道黎昭竟然当着那么多媒体的面说宋喻人很好。那次过后，宋喻是洗白了，可他靠着炒作圈来的粉丝也跑光了，连之前跟他谈好合作的经纪公司也终止了合作计划。没有经纪公司，陆任稼很快就回到了查无此人的状态。尝过被人吹捧的滋味，回到无人关注的生活后实在是太寂寞了。学校里那些羡慕的眼神消失了，反而会有人故意问他，是不是又接了什么大导演的戏、有没有跟哪个明星有来往……

他被人奚落嘲笑，宋喻跟黎昭却扶摇直上，现在还去了电视剧名导演杨导的剧组拍戏。宋喻是个什么东西？全网都在嘲笑宋喻只因为家里有钱就有人捧，就能接到资源。还有那个黎昭也是犯贱，即使在剧组里被宋喻刁难，也愿意在媒体面前说宋喻的好话。如果不是因为黎昭在媒体面前替宋喻说话，他陆任稼又怎么会被网友奚落，最后连经纪公司也没签上？都是一个剧组出来的，凭什么就他们两个有后续资源？最可恨的是，黎昭一个穷山沟出来的土包子，竟然能代言时尚奢侈品牌，这些品牌商都瞎眼了吗？

嫉妒是最容易让人失去理智的情绪。

陆任稼早上起床，准备去上课，在路上又听到了两个女校友在谈《霸道女总》里的演员发展。

"黎昭是真的好看，尤其是他穿着白衬衫回头微笑的那个镜头，我简直扛不住，这样的男人就是白月光、白玫瑰、心尖的朱砂痣啊！"

"看眼银行卡余额清醒一下，你配拥有这样的极品男人吗？"

"昨晚刷到黎昭拿到苍时手表的代言，我比正主还激动，我家崽崽真是太不容易了。"

"姐妹，清醒一点，你的粉籍暴露了。"

"暴露就暴露，反正我现在还没入圈。"长发小姑娘脸颊绯红，"我听大粉说，昭昭的经济条件不是很好，现在他能接到代言，大家都很开心。"

"容我提醒一下,他代言的手表挺贵,咱们买不起。"

"……"

"不过,黎昭现在发展得还挺不错,前几天我刷《天歌》剧组的微博,还看到了他的剧照。服化很精美,黎昭一身锦衣站在灯笼下,挺有贵公子气质的,看不出演员本人很穷。"

"说明我们家昭昭气质好、演技佳,演什么像什么,所以苍时才会跟他合作。"

"《霸道女总》虽然火了几个月,但是真正有后续资源的,好像只有黎昭与宋喻,其他的都查无此人了。"

"别提了,这个剧组奇葩多,那个男三还是我们学校的,戏外的演技比戏里还好……"

两个女生渐渐走远,听完两人交谈的陆任稼却一脸阴沉。他打开手机,忍不住把心中的怨恨发散了出来。

@陆任稼:看到网上某个富二代演员跟另一个演员炒作友谊,还说自己是头脑简单的耿直人,真是笑死个人。团队买营销撒谎,说得自己都相信了?当初在剧组骂另一个演员土包子、穷狗的是谁?故意买高热量食物给某演员吃的是谁?不过某演员也是能屈能伸,只要是送来的食物,就当着富二代演员助理的面吃掉,吃完还能笑着说谢谢。为了那点资源,脸面跟人格都不要了,当舔狗①很开心?

这条微博的内涵实在太明显了。营销号们像是吃了激素般,以最快的速度截图放了自己微博上。大清早的,吃瓜群众正闲得无聊,眼见有演员送上了新鲜的瓜,顿时都来了精神。只要脑子还正常的网友,都

---

① 网络流行词,是指对方对自己没有好感,还一再地毫无尊严和底线地用热脸去贴冷屁股的人。

知道陆任稼说的两个演员是谁。很快,三个人都被送上了热搜——

＃真兄弟还是真利益＃
＃陆任稼爆料＃
＃宋喻与黎昭炒作兄弟情＃

【我就说黎昭一个十八线演员怎么能接触到苍寰的资源,原来是舔宋喻舔来的。】

【楼上过分了,不要无缘无故给黎昭提咖,那是三十八线,谢谢。】

【只要舔狗当得好,资源少不了。】

这些趁机踩黎昭的大多是其他公司安排的水军。娱乐圈市场就这么大,每个公司都想推出自己的新人,黎昭走红就是对其他新人的威胁,能踩他一脚时,其他公司哪里舍得放过。

【楼上是哪家的水军,黑人请讲基本法。宋喻如果有那么厉害,干吗不自己接这个代言?去看看宋喻的代言资源清醒一下,他还没能耐影响到苍寰的选择。】

【这个陆任稼的话不可信,之前卖黎昭好友的人设,结果黎昭微博开了这么久也没关注过他,连面子情都不给。圈内有这样的好友?】

【仗糊胡言乱语。】

【吸血虫又来吸我家昭昭的血了,滚!】

面对网友们的辱骂,陆任稼仿佛是发了疯,把剧组的事情逐一爆了出来。

@陆任稼:某家粉不要急着帮富二代艺人说好话,你家小弟弟被欺负的时候,你们恐怕还在追其他艺人。你们知道你家艺人拍戏的时候,都是跟其他配角挤在一起休息吗?男二有单独休息室,男一却没有,全组上下都捧着男二,男一被欺负也视而不见。看到你们还在帮男二说话,我真是要笑死了!

@陆任稼:某富二代艺人在剧组里给男一甩脸色,故意卡戏,剧组上下谁不知道?只不过富二代家里有权有势,男一现在又火了,没人敢出来说话而已。

看着一条接一条的爆料,黎粉们内心有些动摇了,他们既心疼崽崽在垃圾剧组受过的苦,又担心宋喻在《天歌》剧组继续欺负崽崽。可是崽崽又在媒体面前说过宋喻很照顾他,所以粉丝们即使对宋喻有了意见,也不想闹起来让别人看笑话。

黎昭看完网上的所有爆料,抬头看已经做好妆发的宋喻。宋喻莫名不敢对上黎昭的视线,干巴巴道:"之前在剧组,我确实……"

"放心吧,我不会相信陆任稼的话。"黎昭站起身,拍了拍宋喻的肩膀,"被我吃进肚子的那些夜宵与食物,都可以为你作证。"

宋喻一时语塞。不知道为什么,他觉得黎昭看自己的眼神里带着某种奇怪的鼓励。提到"夜宵与食物"时,黎昭似乎还加重了语气。黎昭是不是在给他某种暗示?

"来。"黎昭伸手勾住宋喻的脖子,把两人的脑袋凑在一起,"咔嚓"拍了张照片。

@黎昭:宋哥说要承包我在剧组里的所有夜宵,我非常不好意思并十分感动地答应了他。【图】

【我相信你们是真朋友了,如果不是真朋友,发这种照片会被打死的。】

【一看照片就是崽崽自己拍的,丑出了风格,丑出了水平。】

第 11 章 代言

　　黎昭的这张照片没滤镜、没美颜，角度还十分清奇，哪里丑拍哪里。如果是其他艺人这么拍自家的小鱼儿，鱼粉早就爆发了，可是今天鱼粉们却纷纷跑到微博下夸奖黎昭可爱。外面闹成那样，黎昭只要多沉默一会儿，或是暗示自己是因为无权无势只能屈服于宋喻的压迫，陆任稼的爆料对他就不会有什么影响，不过这样对宋喻的负面影响就大了去了。但是，黎昭却在第一时间站出来，还暗示那些高热量食物是自己想吃宋喻才去买的，并不是宋喻故意想把他喂胖。虽然这张照片拍得实在不咋样，但是为了自家心爱的艺人，他们不要良心也要夸，死命夸。

　　【昭昭穿这套戏服真好看。】
　　【昭昭真率性，一看就是有啥说啥、没心机的大男孩，我家小鱼儿能有这样的好朋友，我们就放心了。】
　　【鲤鱼粉头顶青天，我嗑到真的了。】
　　【昭昭的皮肤真好哦——姐妹们，你们看我夸的姿势标准吗？】

　　"黎昭！"宋喻看到微博上的照片，忍不住咆哮，"你是不是故意找我最丑的角度拍照？"
　　"有吗？"黎昭笑眯眯，"你不就长这样？"
　　"不可能，我没有这么丑！"宋喻气得手都在抖，"你给我重新拍一张图。"
　　"不必了吧，连你的粉丝都说我拍得好呢。"黎昭指了指评论区里一条点赞数很高的评论。

　　【昭昭这张照片拍得真好，角度清晰，光线明朗，完美地拍出了戏服的质地还有戏服上精美的绣纹。再看看他们的头套，都看不出半点瑕疵。发冠仿照文物珍品制作，可见《天歌》剧组是个多么较真的剧组，期待《天歌》成品。】

　　宋喻满头问号，这真的是他家粉丝，而不是黎粉假扮的？他气呼呼地转发了黎昭的微博并评论。

@宋喻：我没这么丑！这什么破拍照水平！

被正主拆了台的鱼粉们表示自己真的好难啊。

黎昭绝丑的拍照水平，引得吃瓜网友哈哈大笑，加上宋喻团队及时进行舆论引导，已经没多少人相信陆任稼的爆料了。这件事最后以"过气一百零八线发疯"为结论而告终。

但是宋喻不明白，黎昭为什么愿意主动帮他。临近春节，剧组放假的前一天晚上，他还是放下了自己大少爷的自尊，敲响了黎昭的房门。

"黎昭，你为什么要帮我？"就算黎昭是个傻子，也应该看出自己在《霸道女总》剧组里对他不算友好。

"宋哥，你不要每次都晚上来敲门。"黎昭看了眼宋喻手里的夜宵，"不过我正好在收拾行李箱，还没睡，你进来坐。"

宋喻走进门，听到放在桌子上的手机里传出其他男人的声音。

"昭昭，是谁？"

"是剧组的一位同事，婷婷，我给你介绍一下。"黎昭把手机拿了起来。

婷婷？等等，哪个男人取这种小姑娘名字？虽然不知道这个婷婷是谁，但宋喻明显感觉到黎昭跟这个人很亲密。

"你好。"手机屏幕里的男人坐在办公椅上，背后是拉上的窗帘。大概是窗帘拉得太紧，宋喻有种喘不过气的感觉。

"你好。"原本站姿还有些随意的宋喻，瞬间调整到最谨慎的态度。这个人他见过，不久前来过剧组探班，跟黎昭关系很好。

"我家小孩儿性格单纯，希望……"手机屏幕里的男人停顿片刻，他的眼神没有半点变化，但宋喻就是莫名觉得对方看透了一切，"希望你们好好相处。"

当时在剧组碰面时，黎昭的这个朋友虽然没有跟宋喻交谈过，但看宋喻的眼神还是正常的，不像今天明显有杀气。想到陆任稼在微博上的

## 第 11 章 代 言

那些爆料，宋喻顿时明白过来，不敢与晏庭对视。他把手里的烤串放到桌上，说："那个，有什么事我过完年再来找你说也一样。"他实在有些害怕这个人的眼神。

"没事，你等等。"黎昭把手机拿到自己面前，对晏庭道，"同事带了烤串来，我怕放久了会凉，吃完了再给你打过去。"

"嗯。"看出黎昭所有注意力都在吃的上面，晏庭微微颔首。

黎昭挂断视频，洗完手坐下，笑眯眯地对宋喻道："烧烤凉了就不好吃了，来，吃吧。"

明天不用拍戏，宋喻还带了两罐冰镇啤酒。打开包裹的锡纸，整个屋子都弥漫着烧烤的香味。黎昭没有喝啤酒，起身拿了床头柜上没有喝完的矿泉水放到手边，美滋滋地吃起来。

"不喝酒？"宋喻看着被孤零零放在一边的啤酒，觉得自己的心就像是这两罐啤酒——透心凉，心飞扬。

"不喝。"黎昭摇头。

宋喻看了黎昭一眼，没有去动那两罐酒，也没有吃烤串。

"我想知道，你为什么要帮我。"宋喻还记得黎昭对朋友介绍自己时的称呼——同事，不亲近，也不会显得太生疏，但也仅此而已。

黎昭指了指面前的夜宵。

"什么意思？"

"夜宵是真的，奶茶是真的，蛋糕也是真的。"黎昭摸着肚子感慨，"你不知道，那时候我又穷又饿，每晚饿得睡不着觉，你送来的食物，就是救命良药。"

宋喻心情复杂，不，自己只是想要喂胖他。

"吃人嘴软嘛。"黎昭把烤签放进垃圾袋，"你请我吃肉，我帮你澄清，没毛病。"

宋喻欲言又止，因为他实在想象不到，在这个年代，竟然还能有人穷得连夜宵都舍不得吃。从小锦衣玉食的他，活得无拘无束，更体会不到饿肚子的感觉。为了几口吃的，黎昭竟然能忍他这么久，真牛。宋喻很清楚，自己的脾气不讨人喜欢，但他不在乎。因为不管他脾气好不好，总会有人围在他身边讨好他、夸奖他。至于这些人是不是真心，他不在乎。就像人从来不会猜测猫狗是怎么看待人类一样。

"你……"宋喻感到词穷，甚至人生第一次感到有些许的愧疚，虽然这份愧疚比不上一根头发丝，但对于我行我素的宋大少而言，已经是千年难得一回见。

"你不吃？"黎昭打断了宋喻没说出口的话。

"吃什么吃，你以为我像你不懂得管理身材？"宋喻有些烦躁地往外走，"黎昭，我又欠你一个人情。"

"不是说好了让你承包我在这个剧组的夜宵吗？"黎昭笑眯眯地抬头看他，"拍完剧，吃完夜宵，就不欠了。"

宋喻嗤笑："我的人情就这么廉价？"

"不然你转我一千万也行。"黎昭是个很务实的好青年。

"滚。"宋喻拎着两罐黎昭不喝的啤酒，被气走了。

宋喻一走，黎昭赶紧接通跟晏庭的视频，一边吃一边聊天。

"同事走了？"晏庭没有听到房间有其他声音。

"走了。"想到明天就要回去，黎昭心情很好，"你怎么还在加班？要不明天我去你公司下面接你？"

"好。"晏庭没有丝毫犹豫，就答应了下来。

"行，就这么说定了。"黎昭吃完所有烧烤，把竹签系好，"那你今晚早点回家睡觉。"

"嗯。"

挂断视频，晏庭拨通内线电话，把秦特助叫了进来："准备车，回去。"

"好的，先生。"秦特助心中一喜，"先生，黎先生剧组应该要放假了？"

晏庭看了他一眼，道："秦肖，你什么时候有了多管闲事的问题？"

秦特助看出晏庭并不想多谈论黎昭，赶紧道："抱歉，先生。"

晏庭没有理会他，拿起外套走进电梯，直到电梯关上后，晏庭忽然开口："他要回来了。"

第 11 章 代言

那个"他",不用晏庭解释,秦肖也知道是谁。秦肖看着先生没有任何情绪的脸,小心翼翼提醒:"先生,您今天约好了与孙医生见面。"先生与孙医生约好的时间是晚上八点,但现在已经是晚上十点了,秦肖不知道先生是真的忘了还是排斥与孙医生见面。晏庭扭头看向秦肖,秦肖低下头不太敢与这样的眼睛对视,可是为了晏庭的身体健康,他还是鼓足了勇气开口:"先生,快要过年了。"

电梯徐徐下降,里面没有半点声音。叮——电梯发出小声的提示,电梯门打开。晏庭大步走到车边,早就等着的保镖替他拉开了车门。

"先生?"

"去……"晏庭顿住,有些事他不想让黎昭知道,"去见孙医生。"

孙医生等了很久,他以为晏庭不会来了。当晏庭出现在门口的那一刻,他有片刻的惊喜,但更多的是意外,不过他没有表现出来。把晏庭迎进门,他面对的仍旧是病人长久的沉默。

"能不能跟我说说,最近有哪些症状。"

晏庭表情淡漠道:"还是那样。"

"出现的频率呢?"

晏庭沉默。

"庭先生,你的症状变得严重了。"孙医生停下笔,"我建议你找个地方休养一段时间,尽量……少接触其他人。"病人症状明显加重,发作的时候,有可能会分不清虚幻和现实,这对病人跟身边人而言都不是好事。

"你是在暗示我,我是个疯子?"晏庭看向孙先生。

"不,你很健康。"孙先生温和地摇头,"只是你的大脑得了小感冒,只要你配合治疗,很快就会痊愈的,请不要有心理压力。"为了转移晏庭的情绪,孙医生主动提起了他最近交的朋友,"最近我看了黎先生演的电视剧,发现他是位很有趣的人,你能跟我讲讲他吗?"

话刚出口,孙医生发现病人的眼神变了,变得有攻击性。虽然对方隐藏得很好,但是作为专业的医生,他能够分辨出病人的情绪。孙医生心里隐隐有些不安,病人的症状……变得复杂起来,对方虽然有了情绪,但只是对一个人有情绪，而且还是偏执、占有的状态。如果继续下去，可能会出事。

"当然，你如果不愿意谈，也没关系。"不想让病人把自己当作敌人看待，孙医生笑着岔开话题，"如果你不想说话，我陪你在这儿坐一会儿。"

"他很好。"晏庭看着孙医生，一字一顿，"很好。"

"当然，因为你是他的朋友。"

"不。"晏庭又浓又长的睫毛在眼下投出一大片阴影，"我是他最好的朋友。"

孙医生拿病历的手微颤，微笑着等晏庭继续开口。但是晏庭已经不想再与孙医生交流，直到他身上的手机传来声音。本来进入这个屋子，是不该带手机的，但是晏庭跟其他人不一样，他能踏进这道门，从某种意义上而言，已经是成功。拿着高昂的费用，孙医生的医德不允许自己对病人有半点不负责。孙医生猜这条短信应该是那位叫黎昭的好友发来的，因为庭先生在看完消息以后，身上隐藏的攻击性全部掩藏了起来。

晏庭站起身，说："我该回去跟他说晚安了。"

"庭先生。"孙医生叫住晏庭，"如果您有任何需要，请及时给我打电话，我二十四小时开机。"

晏庭没有说话。

"那，祝你与黎昭先生新年快乐。"

"谢谢。"晏庭微微颔首，拿起旁边的外套，大步走了出去。

晏庭离开以后，孙医生拨通了秦肖的电话。"秦先生，庭先生的病状变得更加复杂了。"孙医生叹气，"他的精神方面出现了攻击状态。"

"怎么会这样？"秦肖急道，"你不是说，先生的精神状态一直很稳定？"

"有外物刺激了他。"孙医生解释，"庭先生防备心理很强，我无法对他实施催眠治疗。庭先生终于对外部环境有了情感反应，但他的这种情感是病态扭曲的，我很担心那位黎先生的安全。"

"你放心，我会好好注意先生的状况。"秦肖自我安慰道，"也许黎昭会一直陪着先生,让他变得越来越好,对不对?"

"但愿如此。"孙医生挂断电话,长长叹息一声。可是一个身处娱乐圈的年轻小伙子,又怎么可能长久地陪在一个朋友的身边呢?人是会随着年龄与环境改变的。

## 第12章 年会

"这些是你的。"黎昭把新年礼物分给张小源，剩下的又塞回了箱子里，"这些是给工作室其他人的，小源哥，你帮我拿去分一分。"

张小源瞥了眼满满一箱子的礼物，有种"崽崽终于跟着别人跑了"的留守老人独守空房的心酸感。"那这个呢？"他指了指旁边的一个小箱子。

"这是给我家庭庭的。"黎昭把箱子抱到膝盖上。

"我又不跟你抢。"张小源打开黎昭送给自己的礼物袋，里面有大半都是适合老人的东西，一看就知道是为他爸妈特意准备的，"昭昭，谢了。"张小源也不跟黎昭客气，"年后有空来我家坐坐，我爸妈天天念叨你，念得我耳朵都起茧子了。"

"年初二过后就来。"黎昭笑着点头答应。

"昭啊，你今天……真的跟晏庭一起过？"张小源有些不放心，"要不还是去我家吧？"

"不了不了。"黎昭连连摇头，把帽子、口罩戴好，抱着箱子下车，"我已经跟庭庭约好啦，现在快下午六点了，我去接他下班。"

"还接人下班，不知道的还以为你交了一个叫婷婷的女朋友。"张小源把副驾驶上的围巾扔给黎昭，"路上小心，别让人认出来了。"

"好嘞。"黎昭叫的网约车到了，他朝张小源挥了挥手，就一头扎进车里。

"先生？"秦肖发现晏庭手里的文件，已经摊开很久了。晏庭看秦肖一眼，把文件合拢递给他。"先生，是不是发生了什么事？"秦肖小心翼翼地问。

"没有。"晏庭缓缓拧紧钢笔笔盖,"小孩儿要来接我下班。"在这个瞬间,秦肖在晏庭身上看到了普通人的情绪。那是满足中尤带炫耀的情绪。刹那间,秦肖不知该喜还是该忧。

秦肖帮晏庭按开电梯门,下意识想跟着下去。晏庭停下脚步,扭头看他。"您请。"秦肖意识到先生并不想自己跟着一起下楼,往后退了一步。电梯门缓缓在秦肖眼前关上,不断下降的楼层数,预示着先生离那个小明星越来越近。他取下鼻梁上的眼镜,准备擦去上面染上的尘粒,抬头见一个穿着职业套装的年轻女人站在走廊尽头,那边接通的是员工通道。

"魏甜?"秦肖把眼镜戴回去,眼神严肃,"你怎么在这里?"

"秦特助,这是公关部送来的文件,公司的年会大典是否允许记者入场?还有代言人这边,有位代言人档期排不开,希望能提前离场。"魏甜把报告交给秦肖。

苍寰旗下的品牌很多,各品牌的代言人凑在一起,就是娱乐圈小型盛典。所以,每年的苍寰年会都是各家媒体关注的重点,甚至连参会人员入场时的红地毯旁边都有无数媒体蹲守。

秦肖接过文件夹,微微点头。魏甜有些怕他,什么话都没有多说,转头从员工通道回了办公室。秦肖打开文件夹,里面是整个年会的详细流程,甚至连受邀来参加年会的艺人会带几个助理、乘坐什么车都登记在册。秦肖没有在这份名单里面找到黎昭的名字,皱了皱眉,直接拨通公关部的内线电话:"黎昭是苍时最新款手表的代言人,为何年会邀请名单上没有他的名字?"

"秦特助?"公关部经理正在跟后勤部经理扯皮,接到秦特助打来的电话,声音瞬间低下八度,"是这样的,黎昭刚与我们签订代言合同,但是宣传广告、平面广告照片都还没有定下明确的方案,所以我们没有寄送邀请函到他的公司。"

"既然已经跟我们公司签订了合同,就算是我们的代言人了。"秦肖合上文件,"尽快安排人把邀请函送到草莓娱乐,不要让他们觉得我们公司在区别对待代言人。"

"是。"公关部经理挂断电话，马不停蹄地去联系草莓娱乐的人。

黎昭在楼下没等多久，就看到了晏庭的身影，他抱着箱子跑到晏庭身边："快带我去你的车上，这箱子东西抱着挺沉。"

"给我。"晏庭伸手去抱。

"不用。"黎昭看了眼晏庭苍白、俊美的脸，让这张脸的主人做体力活儿，会良心不安的。

晏庭伸手拿走他怀里的纸箱，带着他进了地下车库，好奇道："里面装着什么？"

黎昭笑道："大多是过年用得上的东西。"

晏庭腿长，抱着箱子走得很轻松。就是路过车库主道时，有辆小车忽然发出急刹车声，车主人惊恐地看着他们俩。

"糟糕……"黎昭把脸上的口罩往上拉了拉，躲到晏庭身侧，偷偷看那个表情渐渐恢复正常的女车主，"我是不是被人认出来了？"

"没事。"晏庭侧首看向车主，"公司的人嘴严，不会出去乱说话。"

"那就好。"黎昭松了口气，磨磨蹭蹭从晏庭身边走出来，伸手帮晏庭抬了一半的箱子，"我们一起搬。"

晏庭没有拒绝。晏庭的司机一路小跑过来，诚惶诚恐地接过箱子道："先生，黎先生，怎么能让你们来搬这些东西？"

"没事，这么点东西，我们两个大老爷们儿又不是搬不过来。"黎昭伸手勾住晏庭的脖子，"是吧，庭庭？"司机看着晏庭，什么都不敢说，什么也不敢问。

晏庭把黎昭塞进车里，自己跟着坐在他旁边，问道："剧组给你们放几天假？"

"初八开工。"黎昭说，"原计划初七开工，可是制片人觉得初七寓意不够好，就改到了初八。二十九晚上参加青椒视频的新年晚会，初五、初六要给苍时手表拍广告，然后就没其他安排了。"作为一个靠着网剧走红的新人，黎昭的工作量并不大。草莓娱乐并没有给他安排一些意义不大的走穴活动，反而有意控制他的曝光量，不让网友对他产生厌烦感。

"你呢？"黎昭熟练地打开小冰箱，在里面看到两块小蛋糕，就知道这是庭庭特意给自己准备的,他把两块都拿了出来,一块给晏庭,一块给自己,"你什么时候休假?"

"跟你一样。"晏庭不喜欢蛋糕上鲜红的草莓,这让他想到在地上流淌的鲜血。

"怎么了?"看晏庭不动,黎昭问,"不喜欢手上这块?"

晏庭摇头,把蛋糕放回小冰箱,说:"这是给你准备的,我不爱吃。"

淡淡的甜香在车内缭绕,黎昭三两口吃完,整个人像虫一样躺在椅座上,感叹道:"还是回家好,在剧组里满脑子想的都是剧本,头发都多掉了几根。"

家。晏庭看着身边看起来懒洋洋的大男孩,沉默许久后,开口道:"欢迎回家。"

黎昭的归来,受到管家热烈的欢迎,管家不仅让厨师做了满满一桌子菜,还说了很多祝福的话。

"谢谢伯伯。"黎昭掏出红包递给管家,"也祝您新年大吉。"

"谢谢黎先生。"管家看了眼晏庭,把红包收了下来。他跟黎昭寒暄了几句,就找借口离开。走到门口,管家回头看了眼饭厅。橘色的灯光下,黎先生跟先生说着剧组里发生的趣事,整个人都被灯光染上一层暖色,在这个活泼的年轻人身边,就连先生都变得柔和起来。

吃完饭,黎昭盘腿坐在客厅光可鉴人的地板上,打开了一路扛回来的箱子。

红色的、绣着福字的生肖福娃。"这个摆在床头,会带来好运的。"黎昭把生肖福娃塞给晏庭,继续往外拿东西。窗花、叠好的红灯笼、对联、福字,还有五谷挂饰以及……一叠红包。"我们俩住的房子太大了,我担心窗花可能不够用。"黎昭搓着手,"我第一次参加过年这种活动,有些不熟练,所以就全都买了点。"说完,他拿出两副春联,"这个是剧组发的,不要钱。大年三十那天,你家和我家的大门各贴一对。"

箱子里还有一些其他的零零碎碎,都是一些带着年味的小玩意儿。黎昭仔细研究着这些东西应该怎么摆、怎么挂,脚趾头也跟着动来动去,像是幼儿园里不安分的捣蛋鬼。

"把袜子穿上，"晏庭把目光移开，"不要赤脚踩地上。"

"刚回来洗了澡，脚丫子不臭。"黎昭摇头，"有地暖，踩着挺舒服。"晏庭看着那动来动去的脚丫，心里……有种奇怪的感觉，最后还是让帮佣拿来干净袜子，让黎昭套上。"真是拿你没办法。"黎昭刚套上袜子，屋外就传来门铃声，他赶紧把散落一地的东西往箱子里装。

"不用。"晏庭按住他的手，"不用理会。"

黎昭见管家好像打开侧门走了出去，依稀还听得到女人的叫声，隐隐猜到了什么。在京市能有两栋楼，几十个铺面，几乎可以称得上坐拥金山银山，自然也会有远房亲戚眼馋，想要分一杯羹。黎昭虽然没亲人，但是他在各种家庭伦理剧剧组打过酱油，知道极品亲戚有多不要脸。"好的，我明白。"作为一个称职的好兄弟，就要以兄弟利益为主，坚决不让其他人占兄弟便宜。

"徐女士，夜已深，请您回去。"隔着别墅院墙大门，管家朝女人行了一个完美的绅士礼，微笑道，"先生正在待客，请您不要惊扰客人。"

"客人？"女人冷笑，"这个客人知道徐晏庭是个毫无人性的疯子吗？"

管家仍旧微笑着说："徐女士，此处有监控，诽谤他人也是违反法律的。"

徐丽然抬头看了眼墙上的监控，深吸一口气，比起上次在大门口拦车的样子，她今天看起来体面很多。她说："我想知道，徐晏庭是不是真的想赶尽杀绝。"她的丈夫被晏庭送进了监狱，名下的公司也被其他人收购，现在就连她名下的服饰公司也频频出现问题，订单越来越少。

"徐女士，先生名下产业众多，哪里记得您名下还有一家服饰公司？"管家礼貌笑着，"请您不要误会先生。"

徐丽然自嘲："你的意思是说，现在我这条落水狗，根本不值得徐晏庭继续出手？"

管家笑而不语。看着管家脸上的笑，徐丽然刹那间变了脸色。她怎么就忘了，徐晏庭确实不会再对她动手，可是整个圈子的人都知道，徐晏庭跟徐家人不和，谁还敢冒着得罪徐晏庭的风险与她的公司合作？他是没有出手,可是比没有出手还要狠。"徐晏庭,好阴狠的手段……"想明白这一点,徐丽然几乎怄得喘不过气,这栋华丽的别墅在她眼里变成了能够吞下人的恶魔城堡。与一个没有任何感情的人为敌,实在太可怕了。

"嘘。"管家掏出怀表看了眼时间,"夜深了,请徐女士保持安静,不然先生会不开心的。"

"开心?"徐丽然惨笑,"他什么时候开心过?"

她想大声呐喊、尖叫,甚至愤怒辱骂,可是她什么话都说不出来。她害怕自己像丈夫那样,陷入牢狱之灾,也害怕自己唯一的孩子失去她的庇佑以后,被徐晏庭这个疯子报复。无论徐晏庭为了报复徐家做出什么事,都不会让她觉得意外。因为,那就是一个彻彻底底、不懂任何感情的怪物、疯子。

黎昭跟晏庭靠在沙发上看电视时,管家回来了。"先生,不速之客已经回去了。"管家微微鞠躬,"请先生与黎先生安心休息。"

在黎昭悠闲地看着电视时,罗荣、张小源还有工作室的员工却忙翻了天。张小源刚把过年红包及年终礼物发给员工们,工作室就收到了苍寰总部的电话。

"什么,明天晚上年会?"罗荣又急又喜,喜的是机会难得,能去苍寰总部的年会对黎昭的身价加成很大;急的是,短短一天时间他们根本来不及准备。

"罗哥,苍寰那边送来了苍时限量版手表。"

这种场合,艺人身上肯定不能少了苍寰品牌的东西。罗荣小心翼翼地打开苍寰送来的密码箱,里面放着一只散发着璀璨光芒的钻石手表。

"嘶。"造型师凑过来看了一眼,顿时倒吸几口凉气,"这不是摆在苍时总部的那块名为'星海'的绝版手表吗?"就这么随随便便送过来,连个物品保护声明都没让他们签,这也太财大气粗了一点。

"快快快,马上调安保过来。"罗荣觉得自己需要速效救心丸,"必须保证它的安全。"

"苍寰那边是什么意思?"张小源觉得很奇怪。如果他们诚心邀请黎昭参加年会，不会等到今天才通知他们；可如果没有诚意，又怎么会把这块意义非凡的手表送过来，连责任书都没让他们签？万一他们这边不小心把东西弄丢弄坏，耍赖不赔偿，苍时都无法追究他们的责任。

　　"不管他们到底是什么意思，昭昭首次参加这种年会，绝对不能露怯。"罗荣想得更加深远，苍时把这块珍贵非凡的星海都送过来了，如果明天昭昭的造型失败，那就是大事故了。想到这儿，他连忙打电话联系熟悉的大品牌，希望能借到适合黎昭的礼服。

　　临近年关，娱乐圈各种活动多如牛毛，大品牌的最新款全被大咖借了出去，罗荣现在打电话过去问，希望并不大。工作室的其他员工，全部在打探其他艺人近几天的穿衣搭配，避免出现撞衫的情况。张小源这边开始与苍寰公关部沟通明天的走红毯流程，并且顺利地拿到了嘉宾与媒体名单。看完艺人嘉宾名单，张小源心里有些打鼓，这些嘉宾里面，除了他们家昭昭，其他的都是超一线大腕。抱着老父亲心态的他，已经开始担心黎昭不适应这种环境了。

　　"一线大品牌当季最新品，全都借出去了。"罗荣神情凝重地挂断电话，"可是如果让昭昭穿二线品牌，就配不上这块手表了。"

　　"那怎么办？"张小源心里也着急。

　　"先别慌。"罗荣沉默片刻，"我给曹嘉打电话，问问他那边有没有渠道。"

　　"这样会不会太兴师动众了？"张小源虽然不想让黎昭露怯，但是为了礼服的事情，去麻烦大老板身边的特助，他担心会引得公司高层不满，以后给昭昭穿小鞋。

　　"你跟曹嘉不熟？"罗荣答非所问。

　　"我哪有渠道认识这些人物？"张小源实话实说，"第一次见到曹助理，还是在昭昭的出租屋里。"

　　那就奇怪了，一直带黎昭的经纪人跟高层不熟悉，黎昭跟高层也不熟悉，为什么公司高层会时不时打电话过来，让他好好培养黎昭，还说遇到不能解决的问题一定要告诉他们？罗荣思索片刻，还是把电话打了过去。果然，那边连想都不想，就把准备礼服的事情揽了过去，甚至还要给黎昭安排造型师。难道……黎昭是孙总流落在外的私生子？不能啊，孙总是出了名的爱老婆、怕老婆，算得上是娱乐圈老板界的清流，不可能在外面搞出私生子。更重要的是，以孙总那充满特色的五官，肯定生不出黎昭这么好看的孩子。

工作室这边忙得一团乱，有关苍寰年会的嘉宾名单已经开始在网络流传起来。

粉丝们以自家艺人代言苍寰、参加苍寰年会为荣，还能顺便奚落一下对家，各大娱乐论坛热闹非凡。唯一的十八线艺人——黎昭的名字夹在一堆大佬中间，被所有大佬的粉丝同时忽略。因为黎昭在他们眼里，连和自己的偶像相提并论的资格都没有。唯有黎粉们看到这份名单后，高兴得像是提前过年，跑去工作室微博下面留言。

【这是崽崽第一次出席正式活动，你们一定要给崽崽准备靠谱的造型师啊。】

【年会有那么多前辈在，崽崽肯定不比前辈们有风范，但求不拿最后一名。工作室，你们做得到吗？】

【礼服、珠宝、首饰，一样都不能缺，知不知道？】

【如果让我家崽崽被人嘲，你们就完了。】

评论区的粉丝操碎了心，就怕自家崽崽明天晚上露怯，被营销号嘲笑。只要是在重要场合，艺人身上的礼服就是他们的盔甲。只是他们面对的不是刀光剑影，而是观众的评头论足。好看，被人夸奖；不好看，被人嘲笑。糟糕的造型图甚至会被当作黑料，被黑粉永久保存，时不时拿出来供人嘲讽一番。

黎昭是第二天早上才知道这件事的。他接到罗荣的电话后，扭头问坐在沙发上看书的晏庭："庭庭，我晚上要出席一个活动，午饭过后公司会安排造型师、化妆师过来，要不我先回我那边？"

"不用，让他们来这里。"晏庭停顿片刻，"我最近收集了一些珠宝，下午让他们挑一挑，有用得上的，就拿去。"

"珠宝？"黎昭瞪大眼，"很贵吧？"

"不贵。"晏庭摇头，"一个月收来的租金，能买不少。"

黎昭默默算了一下两栋楼加几十个铺面每个月能收到多少租金后，捂着胸口道："是我见过的世面不够多。嘤嘤嘤。"他捂着脸趴到晏庭旁边，"庭庭，我要仇富了。"

晏庭放下手里的书，说："不仇，我送你两个铺面？"

"不不不！"黎昭吓得连连摆手，"这个坚决不行！"那是两个铺面，不是两块面包！

"只是两个……"

"打住！"黎昭赶紧打消晏庭这个可怕的念头，"庭庭，这个是真的不行，真的不能有，你连想也不能想，明不明白？"

晏庭看着黎昭，微微点头。

"庭庭，我人年轻，胃还不错。"黎昭怕晏庭因为自己拒绝而生气，开玩笑缓和气氛，"所以你不能让我养成吃软饭的习惯。"

晏庭不明白这个跟软饭有什么关系。

"你是我的好哥们儿，我总不能让哥们儿养一辈子。"

"你不想跟我在一起一辈子？"晏庭低下头，再次翻开手里的书，修长白皙的手指，轻轻捏着书页。

黎昭看不清他脸上的表情，哈哈大笑着勾他的脖子说："好兄弟一辈子嘛，我们当然要做一辈子好兄弟，但亲兄弟也要明算账，你不能总让我占便宜。世界上，只有一个人能占你便宜。"

晏庭抬头看他，问："谁？"

"你未来媳妇。"黎昭靠在晏庭身上，挑着眉笑，"媳妇是要跟你同吃同睡，陪你一辈子的人，让她怎么占便宜都应该。"

这是一辆别具深意的"小火车"，可惜晏庭似乎并没有听懂。他只是若有所思地看着黎昭，随后慢慢点头："你说得对。"

工作团队很重视黎昭这次出席苍寰年会的事，所以早早就把服装还有造型师带了过来。看着五步一哨、三步一岗、安保极其严格的小区，工作团队的人开始思考黎昭的贫穷人设有多大水分。

"这个小区……"有人超小声道,"好像很难住进来。"

"昭昭朋友在这个小区有两套别墅,就借了一套给他住。"张小源见其他同事误会,解释,"我们家崽崽别的没有,只有穷。"

说话的同事满脸沧桑地说:"张哥,你知不知道,其实我是妖精。"

"什么精?"

"柠檬精。"

"哈哈哈哈哈。"坐在旁边的大可笑个不停,拍着大腿道,"我跟你说,那天帮着昭昭搬家时,我也像你这么酸。"谁不想拥有一个有钱又大方的好哥们儿呢?

谈笑间,司机怯怯地侧首看张小源问:"张哥,车继续往里面开,还是开进这边的地下车库?"

"不用,直接从右边车道开,昭昭住的房子有私人车库。"

其他人感觉自己心里更酸了。

黎昭接到张小源的电话,听说他们已经进了小区大门,就蹲在晏庭家门口等他们过来。好几分钟过去,终于有两辆车缓缓开过来,黎昭朝他们挥手道:"这里。"

"昭啊,你怎么蹲在别人家门口?"张小源从车窗里探出头来。

"我这几天都住在这边,你们把车开进来。"黎昭指了指车库方向,"车库门开着。"

车开到车库门口,团队的工作人员见车库竟然还有安保人员,便问道:"昭昭的朋友,这是啥背景啊?"

"也就两栋楼、几十个铺面的背景。"大可摇头感慨,"每个月光是租金的收入,就有大几百万。"

"这两栋房在三环内,铺面是旺铺……"大家低头细算起来,"不行,不行,我想仇富了。"

私人车库很大,里面整整齐齐停着七八辆车。有安保人员在场,众人也不好意思多看,只隐隐觉得这些车都不便宜。"各位是黎先生的同事吧?"安保人员对他们温和一笑,见他们手里拿着不少东西,叫来几个人帮他们提东西,"请往这边走。请注意脚下台阶。"

造型师心里有些不痛快，他不明白草莓娱乐为什么要安排他到艺人家里来做造型。艺人家里哪有他的工作室工具齐全？可是即使心里不满，他也要给草莓娱乐颜面。看到这里又是豪车又是安保，还有艺人团队工作人员说的什么房子、铺面，他立马明白过来，这家主人原来是暴发户。踏进豪华的大门，看着整齐站在门口迎接的帮佣，造型师更加肯定，这就是个暴发户。

"欢迎各位，听说诸位特意来为黎先生做造型，我家先生特意为大家准备了化妆间。"管家对众人露出微笑，"请随我来。"

众人跟在管家身后，推门走进一间宽敞的屋子，齐齐瞪大了眼睛。各大品牌化妆品、护肤品、化妆工具分门别类地放在不同的柜架上，还有昂贵的化妆灯和各种专业的设备。

"准备匆忙，如果缺什么，请立刻告诉我，我会安排工作人员配送过来。"管家指了指桌上的点心与饮料，给众人介绍了一下各种用具放在哪里，"门外有人守着，有什么需要都可以开口，诸位请随意。"

刚才还嫌弃这家主人可能是暴发户的造型师，此刻恨不能跪下来认爹——这简直就是造型师、化妆师梦寐以求的化妆间！

"老师，你怎么了？"化妆助理见造型师眼含热泪，"是忘记带什么东西了吗？"

"不。"造型师摇头。为什么他眼含泪水？因为他对这里的东西爱得深沉。

黎昭进入化妆间后，从头到脚都被折腾了一遍，护肤步骤精细到脚后跟，每一根头发丝都受到了造型师的关注与疼爱。

"你的肤质很好，这样就不用担心高清摄像的'死亡镜头'了。"造型师和助理围着黎昭打转，但是很快他们发现了一个问题，草莓娱乐高层借来的高定礼服有些不合身。

外行可能看不出什么，但是内行一眼就能看出，这些礼服的剪裁并不适合黎昭的身材。黎昭腰细腿长、皮肤偏白，而这种衣服明显更适合三十岁左右的成熟男人。草莓娱乐给黎昭准备了三套礼服，但是这三套都达不到造型师想要的效果。

"怎么办？这些衣服只能算无功无过，无法完全展示黎昭身上那种迷人的味道。"造型师挑剔地摇头，"我要那种他穿着西装，却让别人疯狂想要扒下他衣服的感觉。阳光、清纯、禁欲却又迷人。"造型师端详着黎昭的脸，喃喃自语道，"这些衣服，只会浪费这张好看的脸。"

黎昭神情麻木地任由他们搓来揉去，现在就算他们让他披着床单去走红毯，他也能毫不犹豫地答应。

"不好意思，再次打扰大家。"管家再次敲门进来，身后跟着两个推着衣架的帮佣，"黎先生，先生前段时间订了一些礼服，但是工作人员记错了尺码，您看看有没有适合您的？"

架子上挂满了各式男士礼服，什么颜色都有。造型师随手挑了一件，说："这套礼服的设计，很像红家首席设计师的风格。"这种等级的设计师，应该不会犯弄错尺码的低级错误，"这套像是橙家的设计……"造型师手有些发抖。这些不像是销售款，更像是私人定制。这么多的设计师同时记错了尺码，也太巧了吧？更巧的是，他挑中一款让黎昭换上后，尺码竟然刚刚合适。

"就这套。"造型师挑中了典雅的黑色礼服，白色衬衫与黑色西装搭配，是永不过时的色彩对比。这套衣服确实非常适合黎昭，但是带来的那些首饰，又配不上这套衣服了。

管家见他们挑好了礼服，打开旁边锁着的柜子，道："这里面有些配饰，不知道有没有你们需要的。"

众人齐刷刷看去，就见到摆得整整齐齐的手表、袖扣、胸针、领夹、领针……

"我不能再看下去了。"大可捂着眼转过头，扶着同事喘气，"再看下去，我怕自己要犯抢劫罪。"

"管家伯伯。"奄奄一息的黎昭，在珠宝光芒的照耀下，再次恢复了精神，"这些全都是庭庭买的？"

"这些都是先生的私人物品，黎先生可以放心使用，"管家优雅地颔首，"请不用担心。"

钻石的光芒有些璀璨，黎昭眨了眨眼，深吸一口气道："我明白了。"

造型师戴上手套，小心翼翼地取出一款钻石领针给黎昭戴上，嘴里念叨着某个大设计师的名字，像是在膜拜圣物。给黎昭搭配好所有饰品，造型师的声音都在颤抖："昭昭，你今晚一定要好好保护这些东西，千万别弄丢了。"戴在胸口的胸针是百年前国外某贵族最钟爱的饰品之一，贵族破产后，他的藏品被拍卖。二十世纪，这个胸针被国内某个商人拍下后便不知所踪，没想到会出现在这里。这不是有钱就能买到的，万一弄丢了，把他们整个团队卖了都赔不起。

"几块石头拼凑出来的东西而已。"管家微笑，"先生说了，只要黎先生在年会上玩得开心就好。"

几块石头？！造型师快要疯了，这是几块石头的问题吗？是吗？！现在的暴发户，都这么豪爽的？

做完整体造型，所有人都很满意。团队的摄像在别墅走廊上，给黎昭拍了几张全身照，用来做工作室的宣传图。临出发前，黎昭让团队的人在客厅等他，他敲响了晏庭的房门。

"庭庭。"推门进去，晏庭坐在阳台上，膝盖上放着一本没有翻开的书。他转过头，看着走进来的黎昭，沉默几秒，道："不错。"

"好看？"黎昭走到他身边，摸了下桌上的茶杯，茶已凉。阳台外的树叶，在寒风中轻轻晃动。黎昭转身拿起外套，披在晏庭身上，对他说："晚上我尽量早点赶回来，你记得让厨房给我留饭。"参加这种年会，肯定吃不饱。

"好。"晏庭看着小孩儿新做的发型，肯定地点头，"很好看。"

"我被他们揉搓了整整一下午，如果不好看，那就太对不起粉丝了。"黎昭把茶杯拿远一点，"茶冷了不要喝。"

"昭昭，要准备出发了。"楼下传来张小源的声音。

"我先出门了。"黎昭走了两步，见晏庭乖乖坐在椅子上看他，忍不住走回去伸手揉了把他的头发，"哥们儿，你这样子太可爱了！"看着晏庭好看的头发被自己揉得乱七八糟，黎昭有些心虚，拔腿就跑。

脚步声越来越远，晏庭伸手抓住披在身上的外套，起身走到阳台扶手旁，看着黎昭跟他的团队小跑着冲向车库。目送汽车缓缓开出大门，晏庭眼中的光渐渐黯淡下来。

"先生。"管家站在门口，没有进来，"黎先生出门前，让我提醒你，不要忘了喝厨房炖的汤。"

纱帘在寒风中颤抖，隔着半掩的窗纱，管家无法看清晏庭的身影。

"我知道了。"晏庭低头看着身上的外套，"端上来。"

苍寰年会的走红毯环节，向来受粉丝关注。苍寰似乎也很懂粉丝心理，每年都会在视频网站直播走红毯。随着信息时代的发展，苍寰也涉足娱乐产业，比如有名的网播平台青椒视频就有苍寰的股份。走红毯还没开始，网友们已经蹲在了直播间，各大论坛也开好直播贴，就等着艺人登场。夜幕渐渐降临，各大媒体早已在红毯四周占据了合适的拍摄位置。

一开始入场的是各大公司的老板。大家都兴味索然，就连直播间也没多少粉丝留言，显得十分冷清，顶多有人跑出来八卦某老板跟哪个艺人有一腿。但是，当第一个穿着鱼尾裙的女艺人出现时，弹幕区开始沸腾了！各大时尚营销号更是即时联动，开始扒艺人身上的衣服与首饰出自哪家。粉丝们一边攀比，一边给自家艺人刷弹幕，还要去微博控评并夸奖自家艺人，十分繁忙。当黎昭出现在红地毯上时，弹幕区先是冷了几秒，随后出现大量的感叹号与"啊啊啊啊"。

【啊啊啊，这个小哥是谁？三秒钟之内，我要知道他的全部资料！】

【我可以！这脸、这腿、这腰，我可以！】

【这么一大堆大咖，黎昭这个十八线是怎么混进去的？】

【他衬衣上的领针挺好看，想给男朋友买个同款。】

【只有我一个人觉得，苍寰年会变low了吗？连黎昭这种十八线也能拿到邀请函。】

【是啊，只有你。你是天上最特别的云彩，地上最奇葩的存在。】

【人家黎昭是苍寰旗下苍时手表的代言人，当然会收到苍寰邀请函。你家正主拿不到邀请函，你们躲角落里默默吃柠檬就行，挑

我家恩恩的刺干什么？】

　　【纯路人，虽然我也觉得黎昭咖位不够，但人家是苍时手表正儿八经的代言人，出现在这里很正常。而且昨晚已经有营销号爆出这次年会的名单，受邀嘉宾里本来就有黎昭。这位朋友是村通网，才知道这事儿？】

　　【下场无路人！】

　　黎昭的出现，掀起现场新一轮热度。几个举着黎昭灯牌的黎粉，艰难地挤在一堆粉丝里面，差点儿被其他家粉丝撞落应援板。

　　"昭昭，加油！"

　　黎昭听到有人在叫自己的名字，停下脚步望去，见到几个女孩子在拼命朝他挥手。他抬起手朝她们挥了挥，绽放出大大的笑容。

　　"啊啊啊啊啊，昭昭看见我们了！"

　　"昭昭笑起来好好看，我要恋爱了，我要恋爱了！"

　　小姑娘们高兴得原地蹦起来，即使是这样也不忘掏出手机拍下一段现场视频，发给粉丝群的其他小伙伴。

　　红地毯上不能逗留太久，黎昭继续往前走，偶尔会有媒体让他留下拍照，他笑着配合了以后走得更快了。这身礼服好看是好看，就是不保暖，风一吹，寒气直往骨头缝里钻。

　　"昭昭，请留步。"主持人等黎昭在展板上签完名，让他留下来接受简短的采访。

　　"主持人好。"作为一个合格的演员，即使被寒冷打击得想要哆嗦，也要坚强地控制住这种冲动。

　　"昭昭，这是您第一次参加我们苍寰的年会，请问您有什么想法？"

　　"主办方很热情，还有就是红地毯挺长，风吹得挺冷。"黎昭接过话筒，十分实诚地表示，"来之前经纪人不让我在身上贴暖宝宝，我现在有些后悔听他的话了。"

　　主持人没想到黎昭是个耿直男孩，轻笑几声："场内的暖气很足，祝您今晚玩得愉快。"

# 第12章 年会

"谢谢。"黎昭把话筒还给主持人,直播镜头给他手腕上的手表来了个大特写。

坐在后场看直播的张小源默默想,完了,他又要挨黎粉的骂了。事实上,黎粉这次没空骂张小源,他们忙着舔屏、截美图以及"啊啊啊啊"。黎昭以前没有参加过红毯活动,所以黎粉们还没见过黎昭穿正装走红毯的一面。看完现场直播以后,一些自称是"妈妈粉"的粉丝默默变成了"女友粉"。

【呜呜呜呜,我不是一个称职的妈妈粉,看到崽崽从车上下来的那个瞬间,我竟然想要扒开他的衬衫领子,看他锁骨是什么样子。】

【楼上的思想太危险了,建议你离我家崽崽远一点,放着让我来。】

【我家崽崽可盐可甜,真是绝世大宝贝。崽崽,你等着,妈妈省吃俭用也要买一块苍时的手表。】

【崽崽手腕上这块手表是苍时系列的吗,为什么我没在官网上搜到相似款?】

看到这个问题,粉丝顿时紧张起来。崽崽的工作团队不会犯这种低级错误吧?这可是苍寰年会,崽崽作为苍时代言人如果戴其他品牌的手表,无疑是照着苍寰的脸扇巴掌。圈内确实有艺人犯过这种错误,最后品牌方不仅与他解约,还让他赔偿违约金。从此以后,该艺人在重要场合的穿搭都格外用心。

【大家先不要紧张,草莓公司给崽崽配备的团队是有工作经验的成熟团队,绝对不可能犯这种错误,大家再等等官方消息。】

很快,苍时官方微博就给黎粉吃了颗定心丸。

@苍时手表:@黎昭先生 佩戴的是我司首位设计师生前最爱

的作品星海，寓意为即使银河中有无数闪耀的星辰，唯有你是最璀璨的那一颗。愿黎先生星路璀璨，一路繁星相随。

吃瓜群众惊得连嘴里的瓜都掉了。黎昭不是十八线新人吗，苍时为什么对他这么好？

【黎昭牛掰！不是黎粉，但我真心实意地羡慕了。大家可能不了解星海在苍时手表系列的地位，但只要是喜欢收藏手表的都知道，苍时的品牌创始人是苍寰本家的先辈。据说她年轻的时候爱上了一位很优秀的年轻人，后来这位年轻人为了拯救他人失去了生命，为了纪念这位逝去的爱人，徐小姐设计了这款名为星海的手表，并且终生未婚。这么说，大家可能还不够明白，那我再换种说法：星海是独一无二的手表，这些年一直躺在苍时总部的保险箱里，但是现在这块手表戴在了黎昭手腕上。细数苍时手表历任代言人，谁能比黎昭厉害？！】

【黎粉家是写小说的？这种牛皮都敢吹，也不看看自家艺人是什么咖位。】

【与其吹黎昭戴的这款手表有多了不起，不如想想你家正主身上穿的是什么吧。其他艺人，早就有品牌出来认领了，就剩下你家神秘十足，没一个时尚博主能扒出他穿的哪款。】

【一个没有作品、没有实力的十八线，所有存在感都是靠苍时给的，能穿到什么大品牌衣服？十八线艺人，当然只能穿十八线品牌咯。】

【楼上说得过分了，凭什么人家就要穿十八线品牌，难道就不能穿山寨？】

这些嘲讽黎昭的，是苍时手表前任代言人的粉丝。他们早就看不惯别人都吹捧黎昭，所以想趁着这个机会奚落他。他们家大粉早就打听到内部消息，黎昭是临时加进邀请名单的，草莓娱乐这边根本没借到合适的大牌礼服。所以他们合理怀疑，黎昭身上的衣服是山寨产品或是十八线设计品牌。粉丝间是有鄙视链的，大咖粉瞧不起新人粉是再正常不过的事。新人粉如果敢反驳，就会被盖上各种帽子，所以很多新人粉为了自家艺人，早早就体会到什么叫能屈能伸，用微笑面对人生。

　　黎昭进内场的时候，各桌已经坐得差不多了，工作人员领着他前往中间的圆桌。走近后，工作人员看了眼桌面，表情变得略有些不自然。

　　"黎先生，请您稍等。"工作人员的目光在四周巡视了一遍，在靠角落的桌子上看到了黎昭的名牌。

　　"这是小黎吧？"中间桌的一个男艺人扭头看向黎昭，笑着道，"我跟朋友坐在这里聊会儿天，跟你换一下座位，你不介意吧？"

　　黎昭看了眼这桌的客人，有国际巨星，有名导，还有几个不知道身份的中老年男女。带路的工作人员眉头微皱，不过当着众多宾客的面，并没有多说什么。"好，祝前辈们聊得开心。"黎昭没有犹豫，转头坐到角落的那一桌上。

　　"黎先生，我们去跟当事人沟通，会很快帮您把座位调整回来。"工作人员躬身在黎昭耳边致歉，"这是我们工作的失误，请您见谅。"

　　"没关系，这里挺好的。"黎昭朝工作人员笑道，"不用换回去了。"

　　工作人员见黎昭是真不在意，才放心离开。回到后台以后，他就把这事儿汇报给了上级。很快，这个男艺人的名字传到了公关部。

　　公关部的人忙得脚不沾地，原本没把调换座位的事情放在心上。但是他们再一看，被换座的人竟然是秦特助看重的艺人，顿时倒抽一口气："大过年的，这些艺人净来找事。"

　　"这家艺人不懂事，以后代言合作方面就不考虑他们了。"公关部副经理喝了几口咖啡提神，"顺便透个消息给这家经纪公司，让他们知道祸是哪儿来的。"那么多艺人的位置不换，就挑黎昭的换，是觉得柿子要拣软的捏？他捏着倒是开心了，也不想想他们公关部有多麻烦。

　　代表苍寰发言的是总公司副总裁和各部门的高层管理者。黎昭没有见到神秘的大老板，跟他同桌的是其他公司的代表，这些人不认识黎昭，小声聊着苍寰的内部八卦。

"那位今年还是没有现身。"

"去年他也没有参加,我听说徐家那些旁支,正在想尽办法搭上路子,想求那位高抬贵手。"

"哪有那么容易的事,徐家这笔烂账,总算在这位手上清算得干干净净了。"

"这位出手狠啊,一大家子人,被他送进监狱的就有五六个,剩下的也被吓破了胆。"

"如果是我亲眼看着亲妈被这些人逼得……"

"嘘,别说了!"有人注意到这桌还有个陌生的黎昭,打断他们的交谈,"吃菜喝酒,讲那些陈谷子烂芝麻的事,有什么意思?"

"对对对。"几个喝了酒就变得话多的中年男人惊醒过来,打着哈哈把话题岔了过去。

黎昭低头吃东西,假装没有听清他们聊的八卦。

"小兄弟,你是哪家公司的青年才俊?"坐在黎昭旁边的中年男人端起酒杯,"来,大家能坐在一桌就是缘分,喝一杯。"

"谢谢。"黎昭跟这桌陌生人碰杯,把杯中的香槟一饮而尽,"我是苍寰旗下产品的代言人。"

"哦……"中年男人拉长音调,"你是艺人啊。"

听到黎昭是艺人,桌上其他人的态度就随意起来,甚至还有老板暗示黎昭"私下"有没有时间谈一谈合作。

"不好意思,艺人是不能私下谈合作的。"黎昭笑得一脸天真,"贵公司如果有合作意向,请联系我的经纪人。"

"年轻人真不懂事,李老板关照你的生意,你可以先跟他谈谈,再让你的经纪人来拟合同嘛……"

"黎先生。"秦肖的到来,打断了桌上的交谈。桌上众人看清来人是谁后,顿时变了脸色。

"诸位老板吃好喝好。"秦肖推着鼻梁上的眼镜,不等这些人开口,直接说,"这是我朋友家的小孩儿,第一次来参加年会坐错了位置,我带他去我那桌,请诸位不要介意。"

## 第12章 年会

介意？不存在的！尤其是刚才暗示黎昭要与他"私下"谈合作的李老板，已经吓得面无人色，直到秦肖与黎昭走远都没有缓过神来。刚才还谈笑风生的一桌人，此刻谁也没敢再开口。

"那些人都是苍寰旗下的合作商，如果他们当着你的面胡言乱语，不用给他们留面子。"秦肖带着黎昭到苍寰内部管理层的桌子坐下，"这些都是我的同事。"高层管理者们见秦肖带着一个盛装打扮的年轻人过来，还以为是带艺人过来敬酒的，没想到他带着人坐了下来。"各位，这是我朋友家的小孩儿，最近刚跟我们公司旗下的苍时签了代言合作，你们平时遇到他，记得多照顾照顾。"秦肖让服务员给黎昭取来新的餐具，"来，昭昭，给叔叔伯伯们问好。"

"叔叔伯伯好。"黎昭乖乖问好，虽然他觉得其中一个伯伯长得有点儿像刚才在台上讲过话的苍寰副总。

"你好，你好。"高层们露出慈爱的笑容，心下却好奇，谁家的小孩儿这么有牌面，竟然让秦特助亲自带过来给他们认脸？在这些"慈祥和蔼"的叔伯关照下，黎昭安安稳稳吃完了两碗饭。吃完以后，还得到了这些人的夸赞。"小黎真厉害，能吃两碗饭。"

不，按照正常水平，这么小的碗他能吃五碗。如果不是场合不对，黎昭怀疑这些人会因为他吃下了两碗饭而呱唧呱唧地给他鼓掌。大公司的人，都这么平易近人吗？

就在黎昭被苍寰高层用最慈祥、最温柔的眼神看着时，网上有关黎昭礼服的事已经吵翻了天。起因是某个时尚博主发了条微博说："越看越觉得，黎昭身上的胸针像是二十世纪某贵族最喜欢的天使之眼，如果这是真品，黎昭等于是把几套房穿在了身上。"

【求求黎粉不要再吹了，一会儿说星海是苍时地位最高的手表，一会儿说胸针价值几套房，你怎么不吹全身上下都是大牌高定，每颗纽扣都价值一套房？】

【某艺人不久前还在媒体面前说自己穷，现在才过去几个月，就忙着炒豪门贵公子人设，真当互联网没有记忆？】

【我原本是黎昭的路人粉,可是看到他家团队的炒作手段,尴尬癌都要犯了。】

【团队这么牛,身上的衣服怎么还没品牌来认领?】

【哈哈哈哈,虽然我穿山寨礼服,我很穷,但是我能戴价值几套房的胸针。】

【黎昭的团队是不是把网友当傻子?】

随后,另一个博主发声了。

@珠宝专家王:大家想要嘲讽小艺人的心态我很理解,但是我跟刚才那位时尚博主的看法一样,黎昭身上的这款胸针,确实疑似天使之眼。我找到了天使之眼的照片,与黎昭身上的胸针做了最细致的对比,发现它们的重合度几乎达到了百分之百。

珠宝专家王是网上有名的珠宝鉴定专家,他的话还是有一定可信度的。可正是因为他可信,才引起了更大的轰动。

【黎昭团队挺有能耐,连王珠宝都帮着他说话。为了恰烂钱,王珠宝连最基本的职业操守都丢了,哪个珠宝专家敢凭着几张照片就鉴定珠宝真假?】

【我刚才就想说这件事,珠宝鉴定不是要看实物吗?】

【这个瓜越吃越有意思,反转又反转,跟追烧脑连续剧似的。你们继续吵,不用顾忌我这种吃瓜群众。撕,继续撕,撕得再响些。】

【工作室发宣传图了,姐妹们,有一句说一句,不管黎昭身上的首饰是真还是假,那张脸我可以。】

【首饰是假的,不怕脸也是假的?】

【家里有人从事整形这块的工作,我已经问过了,脸绝对是真的。】

【天生丽质的男孩女孩是瑰宝!我有些理解苍时为什么要让黎

昭做代言人了,他真的是颗很闪亮的星。】

【你们这些肤浅的女人,只懂得看脸。不过,这张脸真好看,真香!】

黎昭工作室放的宣传照,正是在晏庭家走廊上拍的那几张。大概是背景选得好,照片中的黎昭仿佛是穿越时光的贵公子,即将穿透屏幕出现在人的面前。那双好看的眼睛,仿佛在诉说世间最美的深情。

【什么礼服什么胸针,我就是想要这个人。】
【不就是手表吗,买,我买,买了以后送不送代言人?】
【刚才我给妈妈发了黎昭的照片,说他是我男朋友,结果被我妈打来电话骂了整整十分钟,她问我是不是强迫好人家的男孩了。】
【楼上可以确定是亲生的了,哈哈哈哈哈哈。】

对手公司安排的水军都傻眼了,他们是想让网友觉得黎昭为人不诚实,虚荣爱吹嘘,怎么黎昭工作室放出几张照片后,这些小姑娘就只顾着舔颜了?掐架的时候能不能严肃点,就知道看脸,一张好脸蛋能当饭吃吗?

水军头子放大工作室放出来的照片,仔细看了好几眼后,激动地搓手道:"兄弟们,咱们最近的生意量又要上涨了。"

"为啥?"低头扒方便面的同事,抬起憔悴的脸问他。

"一看这个新人就是走红的命,只要红,就有腥风血雨。"水军头子嘿嘿笑道,"有江湖的地方就有纷争,有纷争的地方就需要我们。"做水军的,不怕新人冒头,就怕圈子里没热闹。

陈教授是书画学院的老师,最大的爱好就是作画与赏画。晚上在家里喝茶时,他听到女儿的尖叫声,吓了一大跳,还以为女儿出了什么事,担心地走到女儿的房间,才发现她坐在电脑前对着一个男孩子的照片傻笑。

"这么大个人了,怎么还像……"陈教授走近女儿,忽然抢过女儿手中鼠标，把照片放大。这张照片墙上挂的那幅画，好像是一幅真迹？因为与黎昭身上的气质很搭，所以后期没有对背景进行模糊处理。陈教授越看越觉得，这幅画很像真品，但是没有看到实物，就算是他也不敢保证。"闺女，你能不能联系到这个男孩子，我很想看一看他家这幅画。"陈教授很激动，"给钱也可以。"

陈教授的女儿无语。知道她爸是个画痴，但她万万没想到，她追个星都能让她爸发现新大陆。"爸，人家是个大明星，我们上哪儿去联系他？更何况拍照的地方也不一定是他家。"陈教授女儿赶紧安抚激动的老父亲，"现在仿制画那么多，靠着一张照片能看出什么？"

得知这个年轻人是大明星，而且也不一定是画的主人，陈教授很是失落，扭头教训女儿："不要看到男孩子长得好看，就高兴得忘了形，最重要的是人品，懂不懂？"

"是是是，我懂了。"陈教授女儿把陈教授推出房门，打开粉丝群聊起来。

【刚才我爸进来，说崽崽背景墙上挂着的画是什么真迹，还问我能不能联系上崽崽。我如果能联系上，就不用舔屏了。】

【今天怎么回事儿，之前有人说崽崽的胸针厉害，现在竟然还有人说崽崽背景墙上的画很厉害。】

【不可能不可能，崽崽亲口说过他很穷的。】

【我怀疑那些炒胸针价值连城的人是昭昭的对家，用这种手段故意降低路人对昭昭的好感度。】

【所以，我们崽崽的对家是谁？】

粉丝群有片刻诡异的沉默，因为他们一时之间也不知道黎昭的对家究竟是谁。一开始他们与鱼粉不和，可是闹出这么多事后，鱼粉与黎粉几乎称得上是联盟。黎昭跟其他小生也没什么来往，甚至连资源都没有冲突，因为昭昭拿到的代言资源，其他小生根本就拿不到。

# 第12章 年会

【今晚上蹦下跳，黑昭昭最厉害的，就是卢仁易家的粉了。】
【卢仁易是超一线流量小生，他家没必要跟我们过不去吧？】

说难听一点，以卢仁易的地位，他的粉丝搭理他们黎粉那就是给他们家昭昭抬咖。卢仁易家粉丝是来做慈善的？

【你们是不是都忘了，卢仁易是苍时手表的上一任代言人？他家粉丝一直以为苍时会跟卢仁易续约，结果苍时那边跟我们家昭昭签了代言合同。】

黎粉们终于明白为什么这家粉丝今晚跳得这么厉害了。卢仁易家粉丝的战斗力在整个粉圈都赫赫有名，很多艺人家的粉丝都要避其锋芒，免得被对方掐得灰头土脸。人数和战斗力都比不上对方的黎粉，自然也不想跟这样的群体吵架。吵赢了败路人好感，吵输了没面子，怎么都不划算。

卢仁易的经纪公司此时此刻却不好过。眼看着快过年了，大家都盼着分年终红包，突然就接到苍寰打来的电话，说由于他们公司的艺人在公众场合有不礼貌行为，从此中断与他们的所有合作。随后，他们就得到消息，苍寰撤出了与他们公司有关的影视投资，甚至连即将谈好的代言合同也都打了回来。

"我们公司有什么不礼貌行为？"经纪公司的老总在外面跟朋友喝酒，听到这个消息赶紧打开手机看网上的热搜。现在，被嘲得最厉害的是个叫黎昭的艺人，这也不是他们公司的啊。再搜自家艺人最近两天的消息，都很正常，卢仁易去参加苍寰的年会，粉丝都在夸造型不错。一切都正常，怎么就不礼貌了？

老总匆匆赶回公司，公司早就乱作一团。草莓娱乐那么大的公司，旗下艺人拿苍寰老板炒作，都连累姓孙的亲自登门道歉，他们公司的规模还比不上草莓娱乐，苍寰断了与他们的所有合作，其他公司哪还跟他们往来？他急得不行，亲自打电话给苍寰公关经理，低声下气赔不是。

不管是哪里错了，先认错就行。

"贵公司的艺人对鄙公司安排的座位不满意，鄙公司招待不周，哪还好意思跟贵公司谈合作？"公关经理皮笑肉不笑，"鄙公司庙小，请不起贵公司的大佛们。"

对苍寰安排的座位不满意？听着手机里传来的忙音，老总面色变来变去。苍寰家大业大，但是做事、做生意都很讲规矩，很多公司喜欢与苍寰合作，因为苍寰不会跟人玩阴私手段，十分讲究信誉。生意人，谁不想安安稳稳赚钱？

"今天我们公司有几个人参加了苍寰的年会？"老总不是傻子，苍寰那边都把话说得这么明显了，他如果再不明白是自家艺人在苍寰年会坏了规矩，就不用在娱乐圈混了。

"只有卢仁易。"管理层不敢马虎，立刻回答，"他的代言合同几天后就要到期，但是作为苍时手表当季代言人，我们还是为他争取到一个参加年会的名额。"

"马上给他打电话。"老总气得脸都白了。

卢仁易正在与同桌的导演谈下一部新戏，放在桌上的手机震动起来。他心想谁这么不识趣，明知道他在苍寰参加年会，还打电话进来，把手机翻过来一看，竟然是公司高层。他对同桌人歉意一笑，拿起手机去了洗手间接通电话。

"什么？"卢仁易听到公司那边传来的消息，吓得结结巴巴，"这不可能啊，在苍寰这边连对一个服务员我都客气得很，哪里敢得罪他们？"

"对座位不满？"卢仁易面色一变，他忽然想起来，当时见同桌的导演与演员都是熟人，加上还有两个很有地位的投资人在，所以他便把自己跟黎昭的名牌换了个位置。黎昭是一个没名气的新人，就算他换了座位，肯定也不会说什么。事实证明，黎昭知道这事儿后，确实连脸色都不敢摆一个。可是他怎么都没想到，这么一件小事，竟然会引来这么大的麻烦。

"你把谁的座位换了？"手机那头的声音明显带上了火气。

"就、就是个小艺人。"

"能去参加苍寰年会的,怎么会是小艺人?!"

"真是个小艺人,就是草莓娱乐签下来没多久的黎昭。"

"我不管他是新人还是大咖,既然苍寰已经对你换座位的行为不满,你就去找人家道歉,不然咱们整个公司都要跟着倒霉。"

"可……"

"你知不知道,苍寰直接表示,要跟我们整个公司终止合作,连投资计划都全部取消了!"

卢仁易浑浑噩噩地挂断电话,回到宴会大厅,朝黎昭坐的位置看过去。人呢?他仓皇四顾,终于在另外一张桌子上看到了黎昭的身影。可是当他看清跟黎昭坐在一起的是哪些人后,整个人都不好了。这些人,全是苍寰总部的高层。在这个瞬间,卢仁易体会到了什么叫悔不当初、后悔不迭、欲哭无泪。

你跟苍寰高层有关系,你早说啊。在我调换位置的时候就跳起来打我的脸啊,何必受这委屈?他单以为只有某些小说里的男主角喜欢扮猪吃老虎,万万没想到娱乐圈的人也爱玩这一套。卢仁易见这些平时不苟言笑的高层对黎昭笑得和蔼可亲,甚至还亲手舀汤送到黎昭面前,就觉得手软腿软。他咋这么有能耐呢,参加个年会就把最厉害的人物给得罪了?

沐浴在满桌人温柔的目光下,黎昭硬生生喝下两碗带着"长辈们"关爱的汤,趁着其中两人要去敬酒的机会,他赶紧表示要去洗手间。然后,他就看到这些长辈用一种"宝宝真棒,竟然自己去上厕所"的眼神看着他。他夺路而逃,跑到洗手间才松口气。

"黎老师……"一个人跟着他走进来,俊俏的脸上带着讨好的笑。

"卢老师。"黎昭吓了一大跳,"您叫我小黎就好。"

卢仁易的内心:不,我不敢!

"刚才脑子短路,换了您的座位,请您大人不记小人过,原谅我的错。"卢仁易见黎昭脸上没有半点不悦,心想这是高手,深藏不露的高手。

"卢老师言重了,坐哪儿都一样。"黎昭抽出擦手纸,把手上的水擦干净,"都是小事,不值一提。"

卢仁易看着黎昭,心想这年轻人不诚实啊,嘴上说着不在意,收拾起他来真是半点不留情。从今天以后,他再也不敢欺负新人了,谁知道新人背后有谁?惹不起,惹不起。

"黎老师,求您给句准话吧,您到底要怎么样才能原谅我?"卢仁易是真的怕了,"网上有些不懂事的粉丝乱说,回去以后我一定好好约束他们,不让他们来诋毁您。"

"什么,你的粉丝诋毁我了?"黎昭瞪大眼睛,刚才只顾着吃饭了,都不知道网上闹成了什么样。

卢仁易一时语塞。原来黎昭还不知道卢粉在网上骂人,那他为什么要嘴贱多此一举?作为一个年满三十的成熟演员,卢仁易差点儿流下了眼泪。

卢粉还不知道自家正主此刻陷入了进退两难的境地,他们还在不断地@各大品牌官微,嘲讽黎昭穿山寨服装。就在黎粉自己都快相信黎昭穿的是山寨礼服时,某个著名奢侈品牌首席设计师发了一条微博,说明黎昭身上的礼服是私人定制产品,并不参与售卖。嘲讽得正开心的卢粉:我是谁,我在哪,发生了什么?很快,又有其他品牌首席设计师站出来发微博,证明黎昭身上的饰品是他们的作品。这些微博里面都有四个相同的字:私人定制。

【大牌首席设计师的私人定制……】

【黎昭真的是草莓娱乐老总亲儿子吧?只是参加个年会而已,这么大手笔?】

【卢仁易家的粉丝呢?继续嘲啊。你们家正主全身上下加起来都没人家一件饰品值钱,你们也好意思嘲笑人家穿山寨?】

【草莓娱乐也有别的艺人参加了苍寰的年会,这个艺人比黎昭咖位大多了,她身上也没穿私人定制,草莓娱乐不可能对新人比对影后好吧?】

【楼上说的是刘芬?她今天穿的D家最新款,气场很强大。草

莓娱乐为了她，投资了一部电影，大年初一就要上映。既然花了大力气捧她，她的待遇不可能比不过新人。】

【然而事实却是，参加苍寰年会的三个草莓的艺人，只有黎昭全身是私人定制。还有他身上那个不知真假，据说价值几套房的胸针。如果胸针也是真的，那他今天这一身真的是要艳压全场了。】

草莓娱乐另外两个艺人的粉丝看到这些言论后，心里有些不舒服，于是纷纷跑到草莓娱乐官博下问，黎昭身上的大牌私人定制是不是草莓娱乐单独提供的。就在大家吵闹不休的时候，草莓娱乐终于发了微博正面回应。

@草莓娱乐：感谢各位朋友对敝公司艺人的关注与关爱，同时也感谢D家与A家品牌对敝公司艺人的服装赞助，祝大家新年快乐。

网友注意到，草莓娱乐感谢了刘芬与另外一个艺人服装的品牌方，唯独没有提到黎昭所穿礼服的品牌方。有网友直接在评论区提到了这个问题。草莓娱乐官博回应道："昭昭的服装由他的好友私人提供，并不是公司为他单独准备的哦。"

【什么好友这么厉害？！】
【刚才我还在骂珠宝王胡乱鉴定，但是不知道为什么，现在我可以坚定地认为黎昭戴的胸针是真品。】
【今晚，我是柠檬精。】
【我就不一样了，我是棵柠檬树。】
【只有我好奇，究竟是什么样的朋友，才会这么大方吗？】
【不知道有没有人看过《霸道女总》热播时，黎昭上的一档综艺节目。】
【楼上说的是不是《与你同行》？】
【当时《霸道女总》的几个主演谈起自己的有钱朋友，黎昭说

【他朋友在京市有两栋房，几十个铺面。姐妹们，他说的是寸土寸金的京市。】

【对对对，我也有印象，据说这个朋友还要送房子给黎昭住。】

【大概就是这个神秘的土豪朋友了。】

【土豪不土豪的不重要，重要的是我想要这样一段感天动地的友谊。】

【我的关注点很奇怪，我比较想知道，黎昭全身价值多少套房。】

【别想了，反正是我们买不起的那么多套。】

【不知道土豪有没有女朋友，我很欣赏他对朋友豪爽的气概。】

【好巧哦，我也很欣赏。】

卢粉们见网友变了口风，当然不能把黑锅背在自己身上，于是话锋一转，说是黎粉故意挑事，还说闹事的根本不是卢粉，而是其他家黑粉假扮的。卢粉撕遍粉圈无敌手，这次他们终于落了下风，其他家的粉丝都乐得看热闹。然而，这并不是卢粉最惨的时刻，最惨的是，他们自家正主突然发了一条微博，热情洋溢、真诚无比地夸奖了黎昭，字数多得像是在写小作文。

卢粉：哥哥，你怎么了，你被绑架了就眨眨眼啊！

卢仁易的夸奖小作文，无疑是给卢粉当头浇了一盆冰水，就连知道一些内幕的大粉都跟着蒙了。之前听工作团队透露出来的意思明明是对黎昭有些不满，怎么宴会还没结束卢卢的口风就全变了？再看那篇夸黎昭的微博，热情洋溢得近乎在拍马屁。不，这一定是他们的错觉。他们家卢卢是超一线实力偶像派当红艺人，不可能拍十八线小艺人的马屁。说不定……说不定是黎昭用白莲花手段，哄得卢卢以为他是好人，才会这么夸他。对，一定是这样的。黎昭就是在蹭热度，吸他们家卢卢的血！卢粉不满，卢粉委屈，卢粉愤怒，但是他们忍了。

卢粉偃旗息鼓后，有关苍寰年会的话题就和平了很多，各家粉丝

"商业互夸"着,还能提前祝福一声新年大吉。不过黎昭那位不知名的土豪好友已经在众多网友脑海里留下了深深的烙印。更神奇的是,可能因为黎昭提起土豪好友时态度过于坦荡,竟没有几个人觉得黎昭与土豪好哥们儿有什么问题,只留下了满屏的羡慕嫉妒恨。还有一小部分粉丝露出了神秘的微笑,什么"鲤鱼",都比不上"豪礼"带感,他们能脑补出一百本土豪与十八线小明星的故事。

关掉网络,离开网上的喧嚣与热闹,回归到了现实的冷清。

"先生。"管家把冒着热气的饭菜端到晏庭面前,"您该用晚餐了。"

时针指向十点,晏庭挥手让管家把饭菜端下去,然后说:"把药拿来。"

空气在寂静中凝结,最终化作管家沉默的妥协。水在透明水杯中轻轻晃动,晏庭拿起药,毫不犹豫地吃了下去。管家欲言又止,以往先生总是排斥吃药,可是从前天开始,不用他提醒,先生就会主动提起吃药的事。等晏庭吃完药,管家拿起水杯退出房门。

"唉。"离开那个压抑的房间,管家才敢毫无顾忌地叹息一声。这些年来,管家亲眼看着先生从稚童成长为沉默的男人,也亲眼看着先生渐渐失去生活的乐趣。失去生活乐趣却拥有能力的人,最终会变成扭曲的深渊,吞噬所有的过往。黎昭的出现是个意外,先生为了他,连不愿入口的药也能吃下去。这栋空荡荡犹如坟墓的房子,终于有了丝活气。

秒针没有一刻停转,时针缓缓往前挪,已经跨过了"11"。

苍寰的年会热闹又隆重,最后还有不少人都期待的抽奖环节。黎昭看了眼自己手上的号码牌,希望自己也能中个奖,虽然这么多年来中过最大的奖只是"再来一瓶"。苍寰出手很大方,三等奖是一台最新款高性能笔记本电脑,价格昂贵、性能极好,很多办公人员都想拥有这么一款电脑。黎昭想到了晏庭,如果中了这个奖,就拿回去送给晏庭。

"黎先生喜欢这款电脑?"秦特助注意到了黎昭的眼神。

"没有,没有,就是好奇看看。"当着晏庭同事的面,黎昭当然不会承认自己见电脑眼开。

秦特助笑着点头道:"我也挺喜欢这款笔记本的。"说完,还简短介绍了一下这款笔记本的性能。黎昭想，就算没有中奖也要给晏庭买一台。既然是众多白领都想拥有的笔记本，他们家庭庭也不能少。

在黎昭不知道的角落里，三等奖的中奖名额比原计划多了一个，然后黎昭中奖了。"耶耶耶！"听到自己中奖，黎昭毫无偶像包袱地拿着号码蹦跶到台上。

"恭喜四位中奖的幸运儿。"主持人笑眯眯地看向喜笑颜开的黎昭，把话筒凑到他面前，"黎先生，您可是我们公司历届年会上第一个中奖的明星，请问您有什么感想？"

"很开心啊！"黎昭从颁奖嘉宾手里接过沉甸甸的电脑包，"这也是我活了二十年以来，第一次中这么贵的奖，感谢苍寰公司，也感谢苍时手表。"他举起手，亮起手腕上的表，"今晚戴上它，让我幸运加身了。"现场掌声雷动，年会上，被代言人夸戴上自家产品就会有好运，谁会不开心？

"秦特助，你朋友家的这个小孩儿挺有意思。"跟秦肖同桌的高层一边鼓掌，一边笑着表示，"中一个三等奖开心成这样，难怪你这么心疼。"

秦特助微笑着说："可不是，今天一大早，先生就给我发消息，说这孩子性格单纯，千万别让他受了委屈。"

刚才还调侃秦特助的高层脸上笑容一僵。啥？他刚才出现幻听了？其他高层比他好不了多少，他们怔怔地看着秦肖，脸上的笑容僵硬了。

"这孩子最近住在先生隔壁。"秦肖知道这些人在想什么，笑容不变，"你们也知道，先生平时不爱管别人的事，但对这个孩子，十分重视。"

"难怪我第一眼看见这孩子就觉得面善讨喜，原来是先生身边的孩子。"

"这身气质，就是跟其他人不同。"

桌上的掌声，更加热烈了。

黎昭抱着笔记本回到座位上时，发现同桌叔叔伯伯看他的眼神已经亲切得要滴出水来了，脸上的表情似乎在说："这个年轻人真棒，竟然会呼吸呢。"精英人士的思想境界，果然是一般人无法企及的。

年会即将结束，应付人情交际的艺人们已经疲惫至极，但是在苍寰高层面前,仍旧要保持最完美的笑容,就连刚拿过最佳女演员奖项的刘芬也要小心翼翼赔笑脸。等到酒宴散场的那一刻,众艺人松了口气,刘芬偷偷松了松一直憋气的小腹,转头却见好几个她连话都说不上的高层正围着黎昭说说笑笑,甚至还有几个上了年纪的往黎昭手上塞红包,见黎昭拒绝,这几个高层又劝了好一会儿,黎昭才不好意思地收下。高层们说说笑笑,把黎昭送到车门口,嘱咐着有空常来玩,有事尽管给他们打电话云云。刘芬迈出去的脚又收了回来,心里暗暗吃惊,公司内部资料上明明写着黎昭是从福利院出来的,可是看苍寰高层对他的态度,分明把他当成大老板亲儿子对待。

有关苍寰大老板的传言她听过不少,但一直没有见过本人。从听过的各种流言来推断,苍寰老板的年龄绝对不可能超过三十五,又怎么可能生下这么大的儿子?难道黎昭真正的身份是某个豪门流落在外的私生子?这样一来,草莓娱乐处处优待他也能说得通了。想明白这一点,刘芬暗暗庆幸,幸好黎昭在剧组客串的时候,她对他足够客气。

刚走出大门,刘芬就被不知道从哪儿冲出来的几个记者堵住了。

"芬芬,请问你今晚跟黎昭有交流吗,你有没有注意到他身上的胸针?"一个跟刘芬比较熟悉的媒体以开玩笑的口吻说,"网上都传,黎昭身上的胸针价值几套房,请问是真的吗?"

"昭昭是个非常好,也非常务实的年轻人。"按照以往的习惯,刘芬会找借口离开,但是今晚却愿意多说几句,"他不会为了虚名,把一些虚假的东西佩戴在自己身上。"

"这么说来,他身上的真是二十世纪某个贵族最爱的那个胸针?!"记者们沸腾了。

刘芬怕信息有误给黎昭带来麻烦,描补了几句:"抱歉,昭昭从未对任何人说过这种话,但是价值几套房,肯定是有的。"不管是不是,先死命给黎昭贴金再说。

刘芬在圈内地位非凡,她的死忠粉虽然没有流量小花那么多,但是观众好感度非常高,就连平时不上网的老大爷、老太太看到她演的角色,也能一下喊出她的名字。所以,只要是她说出来的话,几乎没有人怀疑。

于是，网上关于黎昭胸针的争论，在这段采访视频发出来以后，彻底偃旗息鼓。像刘芬这种咖位的大腕没必要为黎昭这样的小演员撒谎，连她都说价值好几套房，那肯定就是真的了。

黎昭还不知道跟他没多少交情的刘芬在媒体面前主动帮他往脸上贴金。他抱着一台笔记本美滋滋跳下车，往门口冲去。在他踏上台阶的那一刻，大门顿开，宽敞的客厅里灯火辉煌，亮如白昼。

听到脚步声，坐在沙发上翻书的男人偏头看过来："你回来了？"橘色的灯，照在男人苍白的脸上，竟有种别样的温柔。黎昭站在门口，看着亮堂的客厅，停下了脚步。"站在那里干什么？"晏庭放下书，"洗澡换衣服，然后下来吃饭。"

黎昭这才回过神来，他探脚踏进明亮的客厅，微顿片刻，随即快步跑到晏庭身边坐下："都过凌晨了，怎么还没睡？"

"睡不着。"

"是不是在等我回来？"

晏庭没有搭理他，白皙的手指拿起书，继续看起来。

"别看了，大晚上看书对眼睛不好。"黎昭夺走晏庭手里的书，把装着笔记本的电脑包放到晏庭手里，"我人生中的第一个大奖，送给你。"

晏庭打开电脑包，里面放着一台苍寰出的最新款笔记本电脑，配置高的售价好几万，算是笔记本里的高档产品。

"当时看着这个奖品，我就想到你平时工作的时候能用，如果能中奖就好了。"因为中了奖，黎昭心情格外好，"没想到竟然真的中了，你说是不是很神奇？"

"很神奇。"晏庭把笔记本收下了，他闻到了黎昭身上淡淡的酒水味，还有若有似无的香水味。是谁碰触到黎昭的身体，遗留下了香水的味道？

"今天特别巧，没想到你的同事也在，有他照顾，都没人来敬酒。"早就习惯了晏庭的沉默寡言，即使对方不说话，黎昭也能自得其乐地说下去，"你的这个同事看起来很厉害，跟其他同事关系都不错。我想着年后要不要去给他送新年礼，让他在公司里多照顾照顾你。"庭庭不擅长跟人来往,有姓秦的同事照顾着,处理公事时也方便一些。

"没事。"晏庭打断黎昭的话,"我是苍寰的核心技术人员,没人敢为难我。"

"不能骄傲。"黎昭恨铁不成钢,"再有能力的人也怕遇到小人,对不对?"见晏庭不说话,黎昭挑眉,"嗯?!"

"对。"在黎昭的注视中,晏庭点下了高贵的头颅,"我明天就给他打电话,看他年后哪天有空。"

"这就对了。"黎昭欣慰地点头,"咱们不能做拉帮结派的小人,但也不能任由别人欺负。"

晏庭……晏庭仍旧只能点头。

只吃了五分饱的黎昭,洗完澡下来,又吃了一大碗面。见他吃得太香,晏庭被他带歪了,也跟着吃了小半碗。等黎昭睡了,晏庭把黎昭送给他的笔记本放在了桌上。笔记本外形时尚,机身轻薄,全新没有开封。摸着冰凉的外壳,晏庭拿出手机给它拍了一张照。拿着这张照片,他发了人生第一个朋友圈。

　　晏庭:礼物。【图】


　　参加完年会,累得奄奄一息的苍寰高层收到了秦特助发来的微信名片推送,大家一看这竟然是大老板的微信,赶紧申请好友。加上好友以后,大家以膜拜的心态打开老板朋友圈。嗯,有且只有一条朋友圈。这不是他们公司最新研发的笔记本电脑吗?哪个傻子把苍寰出的笔记本当作礼物送给苍寰老板?高层们还没反应过来,就看到秦特助在第一时间点了赞,并且留了言。

　　秦特助:今晚黎先生中了奖特别高兴,抱着笔记本一直不舍得撒手,原来是为了送给先生,这份心意真难得。

　　众高层顿时明白过来,刹那间化身为最尽职尽责的点赞机器,并且对这台笔记本进行了三百六十度无死角的夸奖。这是一台笔记本吗？不，这分明是一颗比钻石还要珍贵的真心！夸，往死里夸！

晏庭看着这些新增的评论，回复了秦特助一个"嗯"字。

秦肖洗完澡出来，打开手机见先生竟然回复了自己，赶紧点开。虽然只有一个字，但是在秦肖看来，这是跨时代的进步。当一个对生活失去兴趣的人突然有了炫耀的想法，说明世间还有东西吸引他、让他留恋。这样也好。点开这张笔记本电脑的照片，秦肖轻笑出声。

一觉睡到自然醒，洗完脸刷完牙，黎昭穿着毛拖鞋，顶着一头乱糟糟的头发下楼到饭厅吃早饭，发现晏庭不在。

"伯伯，庭庭呢？"

"先生去公司加班，中午就回来。"管家似乎已经听惯了黎昭对晏庭的称呼，脸上的表情半点不变，反而笑得更加和蔼，"您昨夜睡得晚，所以我们没有叫你起床用早餐。"

"最近这段时间，确实没有好好睡过。"黎昭伸个懒腰，"还是家里好，睡觉都能踏实些。"

"黎先生如果喜欢，可以一直住这边。"管家期待地看着黎昭，"先生会很高兴的。"

"那怎么行？"黎昭摇头，"我如果一直住在这里，会影响庭庭找女朋友的。"

涉及晏庭的情感问题，管家不敢随便说话，只好保持微笑。

吃完饭，黎昭还有些晕晕乎乎的脑子终于清醒了过来。他去房间换了衣服，跑去院子呼吸新鲜空气，溜达到大门口时，看到一辆车停在了大门前，从车上走下来一个穿着西装的年轻人。黎昭看了眼年轻人露在裤腿外的脚踝，情不自禁地打了个寒战，把身上的羽绒服裹得更紧了。年轻人抬头的瞬间，与黎昭的视线对上。不知道是不是错觉，黎昭觉得这个年轻人看自己的眼神很奇怪，好像在看一个不该出现的怪物。

"你是谁？"年轻人走到紧闭的铁门前，死死盯着黎昭。黎昭往后退了一步。两个穿着西装的男人从旁边走出来，架起年轻人把他拖回车上。"你们想干什么？去告诉徐……呜呜呜……"车门重重关上，很快就开走了。

"这个人?"黎昭愣愣地看着这一幕,见管家过来,便问,"他怎么回事儿?"

"唉。"管家摇头,"这人脑子不好,年纪轻轻地受了刺激,就喜欢说些乱七八糟的胡话。他家里原本也是做生意的,他爸负责的工程偷工减料,差点儿害死人,还偷税漏税,几个月前被关进牢里了。"管家看着远去的车,把手背在身后,慢悠悠道,"这栋房子是他小时候住过的,前些日子被先生买了过来。脑子不清楚的他,就总是来家门口闹事。"

"原来是这样。"黎昭恍然大悟,一时间不知道该说什么。

"黎先生不用把这些小事放在心上。"管家把视线收回来,对黎昭笑道,"厨房炸了鱼丸,你要不要去尝尝?"

"要。"黎昭转身就往厨房方向跑。

管家看着他背影笑了笑,慢慢跟了上去。

## 第13章 过年

中午陪晏庭吃了饭,黎昭匆匆赶到青椒视频演播台,进行网络直播前的踩点彩排。

化妆后台忙而不乱,黎昭化好妆以后,又去台上进行了最后一次彩排。他的节目顺序比较靠前,张小源与大可跟在他身边,应付着一些前来打招呼的艺人。这些艺人跟黎昭几乎没有交情,但是他们热情的态度让黎昭有些摸不着头脑。

走下表演台,黎昭听到一个中年男人在骂两个伴舞,两个伴舞想哭却不敢哭,眼圈都红了。来参加网络春节晚会直播的艺人,大多是二线开外的,有些还是曾经大火现在已经过气的,真正的一线大咖这个时候都在各大卫视甚至央视彩排,不会自降身份来参加提前一天开始的网络春晚。

"不懂规矩,也想红?"中年男人语气严肃,"年纪轻轻,心思这么浮躁,就算靠着网络走红,又能红多久?!"

发脾气的中年男人黎昭认识。那时候大街小巷都贴着他的海报,无数女性为他疯狂,甚至有媒体称他为"绝世神颜"。可是美人终有老去的那一天。曾经红极一时的沈康,渐渐在岁月中变得黯淡,近几年只能在各大偶像剧里饰演男女主的爸爸。每当有怀旧剪辑视频出来时,网友们总会感慨一声——那时候的沈康真好看,时光让美男变成了中年油腻大叔。

"沈老师好。"黎昭见挨骂的伴舞已经快要哭了,开口打招呼。

沈康没有料到后台小角落有人来,他扭过头看向黎昭,在脸上挤出一个不太自然的笑容。等沈康转过身,黎昭才发现他身上的演出服被泼了很大一片奶茶渍，黏黏腻腻粘在身上，看起来有些狼狈。

"您好。"沈康想起自己刚才的话，怕黎昭多想，忙不迭向黎昭解释，"这两个小姑娘倒了我一身奶茶，工作人员说演出服只有这么一套，实在不行就只能取消我的节目，所以有些着急上火，让您见笑了。"

让一个前辈对自己说"您"，黎昭有些不自在，他跟沈康客气了几句，把气氛缓和了下来。小时候他很喜欢看沈康演的《神剑大侠》，做游戏时常跟福利院的小伙伴争执，由谁来扮演神剑大侠。沈康现在的模样，与《神剑大侠》里那个风流倜傥的大侠相去甚远，甚至连讨好的笑容里都带着几分瑟缩。

等两个伴舞离开以后，黎昭主动上前跟沈康握手道："小时候很喜欢您演的《神剑大侠》，表演结束以后，请您一定要给我签个名。"

沈康有些受宠若惊，他微微躬着身说："都是好多年前的戏了，没想到像您这样的年轻人小时候也看过。"

"经典永远是经典，再久也不会过时。"

"黎老师。"青椒视频的工作人员看到黎昭，客气地向他打招呼，工作人员看了眼黎昭与沈康握在一起的手，"沈老师也在啊。"

"沈老师的演出服被人不小心泼上了奶茶，我就过来看看。"

"这都是小事。"工作人员热情道，"沈老师请随我来，这边有备用的演出服。"礼貌客气的态度，与之前有天壤之别。

"那真是太麻烦您了。"黎昭朝工作人员道完谢，转头对沈康微微鞠躬，"沈老师，那我们等会儿见，我的签名您可别忘了。"

沈康看出黎昭这是在帮自己，眼眶微热，说："一定不忘，一定不忘。"

"沈老师，请往这边走。"工作人员带着沈康走到更衣间，对里面的工作人员道，"麻烦大家给沈老师换身合适的表演服，沈老师的节目比较靠前，大家抓紧时间。"

沈康很快换好了衣服，甚至还有化妆师过来重新给他做了妆发，也没人再提取消节目的事了。他心里五味杂陈，可是想到家中病重的妻子，还是挤出灿烂的笑脸，不想得罪任何人。

后台休息间里，大可拧开保温杯，递到黎昭面前，安抚道："昭昭，不要紧张，你的节目安排在黄金时间段，流量肯定会排在靠前的位置。"

"我没有紧张。"黎昭抱着杯子喝了一口，"就是心里有些不得劲儿。"

"想开点。"张小源知道黎昭在想什么，伸手拍了拍他的肩膀，"这个圈子浮浮沉沉，能够一直风光下去的，也就那些人。至于其他人，必须要学会接受被观众遗忘的命运。沈康之前日子还好过一点，前年在媒体面前说某个当红艺人演技有所欠缺以后，就被记恨上了。这两年剧本接不到，靠着去县城乡镇赚点走穴钱。今晚他身上被泼奶茶，恐怕也不是什么意外。他也是倒霉，得罪这个正当红的艺人后不久，老婆就病了，每天花钱如流水。如果不是为了给老婆治病，他大概也不用这么低声下气地出来赚钱。"

"都一两年前的事了，就算那个当红艺人心里有火气，也早就该散完了，怎么还追着不放了？"黎昭皱眉，难怪沈康对自己这种新人都一句一个"您"字，原来是被折腾怕了。

"谁知道呢。"张小源叹气，"这个圈子压力大，事儿又多，什么人什么脾气都有。"不是张小源给自家艺人脸上贴金，今晚如果不是黎昭在，青椒视频还真有可能取消沈康的节目，反正像这种大型网络直播晚会，临时取消一两个节目再正常不过，更何况沈康是个没什么关注度的老演员。

晚会开始，黎昭去了嘉宾席。坐在他左边的是青椒视频自家的签约艺人，因为在网上颇有人气，算得上是青椒一哥；坐在他右边的是个二线女艺人，下巴僵硬得有些不正常。直播镜头时不时扫过嘉宾区，当镜头再次扫过来的时候，黎昭察觉到右边的艺人突然靠向了他这边，他下意识地往左边挪了挪。黎粉们在网上看到了这一幕。

【无敌直男实锤了。】

【我做了一个"莫挨我"的表情包，有人需要吗？】

黎昭还不知道自己这个动作让黎粉们哈哈大笑，他认真地看着台上的表演，有时候笑得比现场的普通观众还要开心，早就忘了自己还有偶像包袱这种东西。表演嘉宾在台上抛梗，黎昭在台下接得很开心。

刘娇娇觉得坐在自己身边的黎昭是个奇葩，这种网播晚会的节目，他看得竟然比普通观众还投入，简直就像是……就像是没有见过世面的"村炮"。身为正当红的小流量，就不能矜持点、端庄点？哪家粉丝受得了这样的正主？

黎粉们打开青椒视频就是为了看他们家崽崽。青椒视频的摄像也挺懂，时不时给昭昭一个镜头，每个镜头里他们家昭昭都聚精会神地看着台上，非常开心的样子。

【我怀疑崽崽已经忘记，他还是一个表演嘉宾。】
【崽崽看得很开心嘛。】
【哈哈哈哈，崽崽，你快醒醒，快到你的节目了！】

黎昭的节目快开始时，工作人员领黎昭去了后台，妆发师又重新给他补了一次妆。

"黎老师，一切都按照彩排来，加油。"工作人员带黎昭到升降梯上，跟黎昭击了一下掌。

"谢谢。"黎昭躬身蹲着，朝工作人员露出一个灿烂的笑。

工作人员被这个笑容晃得有些花眼，等黎昭登台以后，才捂着胸口对同事道："我一个年近三十的大姐姐，竟然被小孩儿的笑容迷住了。"

"冷静一点，你不是姐姐，是怪阿姨。"同事无情地拆穿。

黎昭在台上唱了一首《霸道女总》的插曲，这首曲子难度不高，黎昭四平八稳地唱完，引来现场一片高呼。主持人走上台说："昭昭，现场的观众这么热情，你是不是应该再给我们表演一个其他节目？"现场顿时喊声震天。

"大家都知道，我这个人没有什么别的特长。"黎昭看向台下，"就是脸皮够厚，能在台上多留一会儿，我绝对不会走。"

"那可不行，你如果一直不走，万一导演见你长得帅，让你做节目主持人，我岂不是失业了？"主持人从礼仪小姐的托盘里取出排箫放到黎昭手里，"表演完赶紧走，我就不留你了。"

说笑完，黎昭用排箫表演了一首寓意吉祥的曲子，就回了后台。"黎老师辛苦了。"几个工作人员迎上来，帮他取下耳返，"你刚才的表演太棒了。"

"谢谢，祝大家新年快乐，新年大吉。"

"谢谢黎老师，也祝您红红火火，大吉大利。"

与工作人员寒暄完，黎昭在后台找到已经卸完妆、换下表演服的沈康，打了个招呼："沈老师。"

"黎老师。"沈康没想到黎昭竟然真的来找他，有些诧异。

"刚才说好的签名，您不会是忘了吧？"

沈康心里有些说不出的酸涩，近两年来，这大概是对他最热情的当红演员了。他从随身带来的包里拿出一张自己年轻时的剧照，认真地在上面签下了自己的名字，嘴里念着："没忘，没忘。"

"谢谢您。"双手接过签名照，黎昭笑得很开心，"小时候，我跟小伙伴们都争着抢着当神剑大侠，我现在算不算是正主认证过了？"

沈康眼眶发热，点头应道："算。"他这辈子风光过，落魄到这个地步，还有人稀罕他曾经演过的角色，也不算白在演艺圈走一遭。

拿到签名，黎昭跟沈康合照了一张，才回到自己的化妆间卸妆换衣服。

"不等晚会结束再走？"张小源问，"我看你刚才对晚会挺感兴趣。"

"不看了，还有人等我回去吃夜宵。"黎昭匆匆走向电梯，"昨晚我回去晚了，害得他大半夜才睡。"

"昭昭，你这个朋友对你真好。"大可感慨，"亲兄弟最多也就这样了。"

"所以我们这叫不是兄弟胜过兄弟。"黎昭走进电梯，发现刚才与他坐在一起的女艺人也在里面。

卸去舞台妆的黎昭，皮肤白嫩，带着这个年龄段大男孩独有的阳光与活力，惹得女艺人多看了两眼。女艺人心想，奇葩是奇葩了点，不过素颜确实好看,皮肤好得一点都不像经常需要带妆的演员。大可与张小源站在中间,把黎昭与女艺人隔开。他们家昭昭还是孩子,如果随便跟其他女星传出绯闻,是会影响商业价值的。电梯门打开,两拨人客气地说了声"再见"便分道扬镳,生动地表现了什么叫"我们不熟"。

黎昭的节目结束以后,青椒娱乐发现他们节目的流量开始小幅度地下跌,连弹幕区的评论也有明显的减少。

节目导演摇头感慨:"如果能过来几个当红艺人,分别安排在不同时间段,今晚这个节目的流量就稳了。"说完,他自己先笑了。临近年关,很多年轻人都陪伴在家人身边看电视。对于明星而言,去电视台参加晚会才是最好的选择。

黎昭的名额是早早定下来的。后来《霸道女总》持续走红,黎昭又成了草莓娱乐最近力捧的新人,他们原以为黎昭团队会找个借口把他们这档网络直播晚会推了,没想到黎昭顶着被其他人嘲笑的压力,还是来了。以草莓娱乐的公关能力,帮黎昭定下一个卫视春晚节目并不会太难,所以黎昭选择来青椒视频,算得上是意外之喜。大概是念着《霸道女总》在青椒视频播出的情分吧。能念旧情,已经很难得了。

黎昭表演结束后,在网上收获了黎粉大堆的"彩虹屁"。就在黎粉们开心舔屏时,他们家崽崽终于再次更新微博了!

@黎昭:以前总是跟着小伙伴们争着做神剑大侠,今天我终于是正主承认的神剑大侠了。谢谢沈老师的签名,我会好好保管,拿给小伙伴们炫耀的。【图】

黎昭与沈康的合照,很快勾起了无数年轻人幼时的回忆,网友甚至开始争论神剑大侠究竟比较喜欢哪个女侠。

"昭昭,你想帮沈康增加曝光度?"张小源看到了黎昭发的微博。

"你不是说,沈老师的妻子生病要花很多钱?"黎昭在给晏庭发消息,所以没有抬头,"有了曝光,沈老师能多接一些合作也好。"他懂那种等着拿钱救命的无助感,去年为了替霞姐凑齐手术费,他们几个福利院的小伙伴拼了命赚钱，就差去卖血卖肾了。

"你啊。"张小源撸了一把黎昭的头发，"神剑大侠，果然行侠仗义。"

"嘿嘿。"黎昭把手机揣进外套兜里，"晚上家里准备了很多夜宵，你们吃了夜宵再回去吧。"

"不了不了。"张小源与大可齐齐摇头拒绝，对留在晏庭家里吃饭这件事带着点……排斥。不是他们对昭昭的朋友有意见，而是他们待在那栋房子里，实在是不自在。那种无法用言语形容的压抑感，仿佛把他们跟屋主人分割成了两个世界，让他们不自觉产生胆怯感。

"昭啊。"张小源欲言又止，犹豫片刻还是开口问，"你在朋友家住得习惯吗？不习惯的话，还是来我家住几天。"

"小源哥，这个问题你都问了好几遍了。"黎昭美滋滋道，"我在庭庭家住得很自在，床很软，饭很好吃，就连管家伯伯都特别照顾我。"

"习惯就好，习惯就好。"张小源想，他内心的不自在感大概是因为自己太穷造成的吧。

"小源哥，昨晚回去的时候，家里灯火辉煌，庭庭在等我回家。"黎昭笑得两只眼睛弯成了月牙，"我活了二十年，第一次有人那么认真地等我回去……"

张小源唇角动了动，却不知道该说什么。是啊，对于一个出生后被养父母虐待，十岁后才知道自己不是亲生的，被送到福利院养大的孩子来说，连有人等自己回家，都是奢侈的享受。

车开进别墅大门，黎昭再一次热情地邀请二人进屋："真的不吃了再走吗？庭庭家的厨师，厨艺特别好。"

两人再次摇头。

"那好吧。"黎昭遗憾地摇头，"那我们年后见。"

"黎先生。"管家听到汽车声，就知道是黎昭回来了，他走到车旁边，掏出两个红包，"感谢二位对黎先生的照顾，祝你们新年大吉，这是我们家先生的心意。"

张小源与大可连连摇头，他们怎么好意思收这个红包。

"只是图个吉利，并没有多少钱。"管家微笑劝说，很快就让两人收下了红包。

离开晏庭家以后,张小源与大可才迷迷糊糊反应过来,他们怎么就把红包收下了?这不科学啊,他们是这么贪财的人吗?怎么别人随便说上两句,他们就厚着脸皮把红包收下了?

"回来了?"晏庭坐在沙发上,面前摆放着平板电脑,见黎昭进来,他关了平板。

"你在看青椒视频的晚会直播?"黎昭换上拖鞋,快步凑到晏庭身边,"有没有看我的表演?"

黎昭靠得很近,晏庭甚至能感受到他身上的热气。"随便看看。"

"我表现得怎么样?"黎昭坐了下来,"是不是特别帅,特别淡定?"

"嗯……"晏庭沉默不语。

"难道不好?"黎昭脸上的笑容开始垮塌。

"很好。"晏庭见不得黎昭沮丧,起身走到餐桌旁坐下,"把外套脱了过来吃饭。"

"庭庭,没想到你也学会逗人了。"黎昭脱下外套,走到餐桌旁,把椅子拖得离晏庭近了一些,"其实上台的时候,我挺紧张的,想到可能有好多粉丝在看,又鼓起了勇气。我如果掉了链子,那些粉我的小姑娘会没面子的。还有,我拿到了神剑大侠的签名。小时候我特别希望自己像神剑大侠那样会飞檐走壁,可是我在院里年纪比较小,大多时候都只能扮演神剑大侠的朋友或是大反派。"

听着黎昭的念叨,晏庭吃了小半碗馄饨,晚上睡觉前,脑子里都是黎昭叽叽喳喳的说话声。

夜半,晏庭再次醒了过来。他的母亲站在床边,悲伤地看着他。忽然,她转身走出门,走廊上传出女人的哭泣声,还有男人不耐烦的低骂声。晏庭走了出去。他看到穿着西装的男人倒在血泊中,浑身不断地抽搐。嘭!回过头,他看到红衣女人躺在冰凉的地板上,她从楼梯的最高处跳了下来。

浑身抽搐的男人,摔得四肢扭曲的红裙女人。寒风从窗户的缝隙穿进来,带起阵阵寒意。忽然,一只温热的手,搭在了他的手背上。

"庭庭，你赤脚站在这里干什么？怎么不开灯？"黑暗的屋子，在刹那间走入光明，"快把外套穿上。"

身上多了一件厚厚的外套，晏庭回头，看到一双明亮、满是关切的眼睛。

"庭庭？"黎昭察觉到晏庭的视线有些模糊，仿佛有些找不到焦点。黎昭听说生活压力大的人，有时候会分不清梦境与现实，难道庭庭陷入了这个状态？想到这儿，他不敢吵嚷晏庭，而是小心翼翼地扶着旁边的楼梯，争取在晏庭摔倒前把人拖回来。

"我没事。"晏庭声音沙哑，眼睛渐渐恢复清明。

黎昭顺着晏庭刚才看的地方望去，那里什么都没有，可是他却觉得，晏庭的眼神……有些悲伤。"你站在这里别动。"黎昭回头取来一双拖鞋，"把鞋穿上。"

晏庭穿上鞋，见黎昭又跑去楼下给他接了一杯水。

"水温刚刚好，喝一口。"黎昭见晏庭接过杯子喝了口水，才彻底放下心来，"早点休息，明天我们去买年货。"

温热的水，温暖到了心里，晏庭看着头发乱糟糟的黎昭，微微颔首。他以为黎昭会继续问下去，可是黎昭什么都没有问。水杯在手里转了一圈，水波轻晃，晏庭说："晚安。"

"晚安。"黎昭想了想，"工作压力不要大，虽说人年轻的时候是该好好拼搏，但你有两栋楼呢，什么都比不上身体重要。"说出这句话以后，他发现晏庭的眼神变得更加幽深，他有些不自在地挠头。

"谢谢，我知道了。"晏庭又喝了一口水。

"哥们间说什么谢？"黎昭用手肘撞了撞晏庭的胸口，打个哈欠道，"我去喝杯水就睡觉。"昨晚夜宵吃得有些多，半夜渴醒，没想到会发现晏庭站在走廊上发呆。见晏庭喝了水，黎昭回到房间，把被子往身上一裹，沉沉地睡了过去。

杯中的水渐渐凉去，晏庭把杯子放到床头。

"先生。"保镖垂首站在晏庭面前，"黎先生只是偶然过来，其他什么都没有看见。"

屋内一片死寂。许久之后，晏庭开口："我知道了。"晏庭闭上眼睛，"你们都出去。"他喜欢安静，讨厌身边的人发出任何声音，保镖们早就习惯了他的爱好，轻手轻脚地离开了屋子。

晏庭睁开眼，眼神清明，没有半点睡意。夜还很长，他静静坐在沙发上，许久没有换过坐姿。直到天光乍亮，晨光爬进窗户的缝隙，晏庭才慢慢站起了身。拉开房门，走廊外面很安静，黎昭的房门紧闭，不知道里面的人睡得有多香甜。

"先生。"管家见晏庭醒来，朝他微微鞠躬，然后把熨烫好的报纸递到了晏庭手中。

晏庭接过报纸，随意扫了一眼，在报纸角落里看到了《风云起》的电影预告。主演刘芬、赵英南。黎昭在这部电影里客串了一个角色。

管家端来一杯咖啡，晏庭接过咖啡端到唇边，忽然想起黎昭唠叨过不让他喝咖啡的样子，把杯子放到桌上，说："端走。"

"是咖啡不合您的口味？"

晏庭还没来得及说话，楼道上传来脚步声，黎昭起床了。他看着黎昭，黎昭看着桌上的咖啡。"庭庭。"黎昭眉头紧皱，"刚起床，怎么能喝咖啡？"

管家注意到先生拿报纸的手指微微颤抖了一下，再看黎先生皱眉的样子，他大概有些理解先生为什么不喝咖啡了。最后，这杯纯手工的咖啡被端回了厨房，取代它地位的，是一杯加了杏仁与葡萄干的热牛奶。

黎昭盘腿坐在沙发上，在平板上刷着娱乐圈的消息。排在热搜上的是春晚节目名单，有自家艺人在上面的粉丝都欢欣鼓舞。没有艺人爆出什么负面消息，看来各大经纪公司也在心疼媒体，不想爆出大料，害他们不能过个好年。

吃完早餐，黎昭戴上口罩帽子，拖着晏庭陪自己去逛超市。大街小巷都在放《新年好》《恭喜发财》，街道两侧挂满了红灯笼，平时拥挤不堪的京市在过年的时候竟然冷清了不少。太多人在这座城市里寻找梦想，只有过年的时候他们才能勉强松一口气。超市里在做各种春节大减价活动，大爷大妈们对货物精挑细选，时不时低声念叨两句，似乎对价格并不太满意。在黎昭的老家春节没有包饺子的习俗,但是年夜饭必须要有鸡鸭鱼,以示来年有富余。

"家里有鸡鸭鱼吗?"黎昭在生肉区转悠了一圈,问身后的晏庭。

"有。"

"那咱们买点零食回去。"大过年的,来都来了,不买点东西回去,总觉得有些不得劲儿,"薯片喜欢什么口味?"

"……"

"算了,原味跟黄瓜味永不出错。"

黎昭最穷的时候,曾经幻想过在超市想买就买的生活,事实证明,想买就买……真的很快乐。两人绕着超市走了一大圈,付钱的时候,黎昭看完总额心口有些疼。穷惯了,总是想要买很多东西,买了又心疼钱。出去的时候,外面开始飘雪了。黎昭看了眼晏庭的风衣,上面没有帽子。

"等等。"把购物袋放到地上,黎昭把晏庭脖子上的围巾搭在他的头顶,然后哈哈大笑起来,"庭庭,你看过超生游击队没有?"黎昭一边笑一边把围巾弄回原位,把自己戴的帽子盖在晏庭头上,然后把自己羽绒服外套上的帽子往头上一搭,"走走走。"

晏庭一把拉住他,说:"去外面会淋雪。"

"今年的第一场雪,我们不在雪中漫步,怎么对得起它的到来?"黎昭理直气壮道,"快快,车就停在那边,我们快跑过去。"说完拎着购物袋就跑,结果没跑多远就踩在湿滑的地上摔了一个大跟头。

"黎昭!"晏庭三步并作两步跑到他身边,把他从地上拉起来,"摔着没有?"

黎昭捂着头傻笑着说:"不疼,衣服厚。"

"你真是……"晏庭想说他怎么像个小孩子,可是想到他才刚满二十岁,正是精力旺盛的年龄,只好掏出手帕帮他擦去衣服上的泥水,"走路小心。"

"先生,黎先生。"司机满脸紧张地跑过来,弯腰捡起掉在地上的东西,"你们没事吧?"

"没事。"黎昭晃了晃脑袋。

## 第13章 过年

"别晃。"晏庭轻轻扶住他的头,不让他乱动。

"啊?"

"风大,我怕你脑子里的海水飞出来。"

黎昭:不是,庭庭,你以前不是这样的啊,究竟是什么时候开始学会了奚落人啊?

"不好意思,三位先生,请问可不可以打扰你们一下?"一个拿着话筒的女记者走过来,她后面跟着摄像师,"我们是春节晚会节目组的,请问三位有时间接受我们简短的采访吗?"司机往后退了一步,晏庭侧首看黎昭。女主持人下意识地把话筒递到黎昭面前,询问道:"请问,你们今天开心吗?"

"开心啊,特别开心。"黎昭目光灼灼地看着话筒上属于央视的台标,他也算是被央视记者采访过的人了,光宗耀祖啦!

"在这新春佳节来临之际,你对新的一年有什么期许?"

"国泰民安,蒸蒸日上。"在央视面前,黎昭觉得自己的愿望应该高大上一点。

"谢谢您。"女主持被黎昭逗笑了,"祝您新年快乐。"

"新年快乐!"

等女主持走远以后,黎昭激动得脸都红了,兴奋地问:"庭庭,你说我们这段会不会上电视?!"

晏庭伸手扶住他手臂,说:"别跳。"免得等会儿又摔了。

上了车,黎昭迫不及待地掏出手机向小伙伴们炫耀这个好消息。

昭昭有好运:啊啊啊啊,刚才在大街上,被央视记者采访了!我要上央视了!

会赚一个亿:真的?!

明天更好:是不是记者认出你是明星了?

昭昭有好运:我一个十八线小艺人,人家央视记者哪能认识我?更何况我还戴着口罩围巾呢。

会赚一个亿:这是好兆头!昭啊,说不定这预示着你明年就能登上春晚舞台了。

　　昭昭有好运：那我就光宗耀祖了！

　　昭昭有好运：完了，我不知道祖宗在哪儿。

　　会赚一个亿：没事，你家祖宗肯定知道你是他们家崽子。

"车上不要玩太久手机。"晏庭神情平静地提醒低头玩手机的黎昭。

"马上，马上，等我炫耀完。"黎昭在聊天群噼里啪啦打下一大段话。

　　昭昭有好运：哥们儿不让我在车上玩手机，对眼睛不好，我先撤退。

　　会赚一个亿：有个新哥们儿，就忘了老伙伴？

　　明天更好：总算有人能管住你了。

回到家，由于大部分家政人员回家过年了，屋子里有些冷清。吃完午饭，玩了一会儿，黎昭闲得无聊，敲响晏庭书房的门。"庭庭，你们京市这边，过年是不是有吃饺子的习惯？"

晏庭放下手里的文件，看着从门后探出来的脑袋，应道："怎么了？"

"出来。"黎昭笑眯眯地朝他招手。

晏庭起身走出书房，问："怎么？"

"我们自己动手包饺子啊。"黎昭拖着晏庭下楼，"大过年的，就不要操心工作了。我刚才去厨房看过了，面已经和好了，馅儿也有现成的，就是还没包。"黎昭期待地看着晏庭，"我们一起包饺子吧。"去年春节，为了多赚点钱，他在超市穿了整整一天的玩偶装，根本没时间好好过年。晚上回到小源哥家里，见他们一家人围坐在桌边包饺子，心里还有那么一点点的羡慕。

"好。"

管家帮他们把包饺子需要的东西放在了桌上。两人洗干净手，挽起袖子，然后注视对方。

"你会吗?"

"你会吗?"

短暂的沉默过去,黎昭掏出手机,安慰晏庭:"没事,我们跟着网上的视频学。"

等等,为什么用刀背可以擀出饺子皮?这不科学!为什么饺子包出来可以晶莹剔透?这一定是面的问题。

"算了。"黎昭收起手机,"还是请厨房的阿姨教我们吧。"

厨房的阿姨听说先生要学着做饺子,不敢置信地看着管家说:"王管家,大过年的,你可别开这种玩笑。"

"先生跟黎先生等着呢。"管家笑道,"过年包饺子有什么奇怪的?"

过年包饺子是不奇怪,可是包饺子的人是先生,那就很奇怪了。阿姨走到客厅一看,见到先生挽着袖子,毛衣上沾着面粉,神情凝重地盯着桌上的那团面,仿佛想用眼神把它们变成饺子皮。

"阿姨。"见到她出来,黎昭笑眯眯地开口,"快来帮帮忙。"

"哎,好嘞。"阿姨毫不犹豫答应下来。看着这样漂亮的小伙子对自己笑,谁能抵挡得住?

央视新闻部正在剪新传回来的新闻素材。今天是大年三十,《新闻联播》会剪辑一段老百姓讲春节祝福的内容,所以他们在紧急筛选内容。

"这个好,这个戴着口罩的小伙子,眼睛长得挺精神,祝福语也好。"

"国泰民安,一听就很大气。"

"把他说'国泰民安,蒸蒸日上'这一段剪进去。"

事实证明,黎昭与晏庭都没有包饺子的天分。阿姨见两人把饺子皮擀得一边厚一边薄,圆不圆方不方的,只好把擀饺子皮这个重任接过来,让两人取馅儿包。两人包的饺子都很丑,但是丑出了风格,丑出了水平。黎先生包的饺子又胖又大,恨不得在一个饺子皮里包进两个饺子的馅儿;先生包的饺子扁扁干干,恨不得把一个饺子的馅儿拆成五份包。唉,不知道的话还以为先生是因为家里缺肉吃,才在包饺子的时候节省成这样。

饺子包得七七八八,两人的新鲜劲儿也过去了。洗干净脸上手上的面粉，换了身干净衣服，黎昭抱着平板玩游戏，晏庭开着黎昭送他的笔记本处理工作。天色渐渐暗下来，黎昭因为在游戏里表现得太菜，被小学五年级的"萝卜头"嘲笑了，他退出游戏，扭头看窗外，说："天黑了。"

晏庭抬头看他，问道："饿了？"

"不是，今天我们要开着电视，看春晚守岁。"把平板往旁边一扔，黎昭打开电视。

现在刚过七点，电视上还在放《新闻联播》。新春佳节，连《新闻联播》都透着一股喜意，女主持穿着红色西装，很是应景。

"新春来临之际，记者在街上走访了很多市民，听听他们对新春佳节的祝福。"

"团团圆圆，心想事成。"

"家庭美满，幸福安康。"

"国泰民安，蒸蒸日上。"

嗯？！黎昭看到自己的脸在《新闻联播》里出现了两三秒的时间，整个人愣了半分钟。"庭庭！！！"

这声暴喝，惊得晏庭敲错了一行数据。

"我上《新闻联播》了！"黎昭高兴得手舞足蹈，"是《新闻联播》！"

晏庭见他高兴得像是狗子撒欢，把笔记本放到安全的地方，怕他一时控制不住情绪把笔记本摔坏了。

"我能吹嘘一辈子了！"黎昭很想在沙发上打滚，狂喜的情绪无处发泄，他只能扑过去抱住晏庭的脖颈，"等下我让工作室的剪辑师把刚才那几秒做成动图，留着传给我的子孙后辈看！"

子孙后辈？晏庭眼神暗沉，他低头看着黎昭搭在自己脖颈上的手，说："小事不用麻烦别人，我帮你做动图。"

"对了，那几秒视频里，你露了半边脸。"黎昭的兴奋劲儿还没过去，"以后咱们都有吹嘘的了，四舍五入，咱们就是《新闻联播》盖章认定的好哥们儿。"

晏庭微垂眼睑，沉声说："即使几十年后，所有人也会记得，你是我的……"

"什么？"黎昭没听清晏庭说了什么。

"我是说，"晏庭缓缓开口，"所有人都知道我们是关系亲密的好兄弟，我很高兴。"

"我也高兴。"

黎昭的超话里，有个粉丝小心翼翼地发了一条消息："刚才陪着爸妈看《新闻联播》，发现有个被采访的路人，长得好像咱们家崽崽。"怕其他家粉丝看到这条消息说他们黎粉得了妄想症，小粉丝措辞很小心，生怕一个字眼不对就给自家崽崽带来麻烦。

【默默+1，我当时差点儿尖叫，露在口罩外面的眼睛真的跟我们家崽崽一模一样。】

【刚才一直不敢说，但我觉得好像真的是我们家崽崽。】

【口罩小哥旁边只露了半张脸的男孩子帅得惨绝人寰，口罩小哥说话的时候，我注意到他的眼神一直注视着口罩小哥。】

【我、我想到了崽崽说过的土豪好哥们儿。】

【都别瞎猜，让其他家看到又要趁机黑我们家崽崽，千万别出去说这事儿。】

【道理我都懂，但为什么口罩小哥那么像崽崽？】

有粉丝特意截了图放到超话里，央视对采访的路人有个统一称呼，那就是热心市民，不过口罩小哥的颜值，明显吊打其他热心市民。

【不仅长得像，声音也像。】

【如果只露了半张脸的帅哥真是崽崽的土豪哥们儿，我觉得自己可能嗑到了。】

【楼上的自重，现在还不确定口罩小哥就是昭昭，不要乱说话给昭昭招黑。】

罗荣正在家陪老婆孩子过春节，忽然收到黎昭的微信说他上《新闻联播》了，吓得罗荣浑身冒冷汗。这是违反了法律，还是出了什么大事故？微信群的所有团队工作人员都吓了一跳，他们真的不想在大年夜里加班啊！

等黎昭把一张"热心市民"的动图发到群里，大家都沉默了。罗荣盯着这张动图足足看了一分钟，才不得不相信黎昭是真的走了狗屎运，捂着口罩逛街都能遇到央视的记者采访。遇到采访就算了，竟然还真能被剪进《新闻联播》，这不是祖宗保佑都说不过去。在这个圈子里，有时候不得不相信命运，连这种小概率事件都能遇到的艺人真是命里该红。

团队里有人在问需不需要买个热搜，把这件事营销一下。

罗荣：不用，今晚大家都等着吐槽春晚节目，其他消息比不过春晚的热度，先等几天。

更何况就算他们不营销，以粉丝的眼力，也能认出《新闻联播》里的热心市民之一就是黎昭。

黎粉确实是被认出来了，她们既激动又有些……啼笑皆非。靠着这种方式上《新闻联播》的艺人，除了他们家昭昭大概没有别人了。大概是因为心情好，他们家崽崽的傻乐劲儿几乎从屏幕里透出来了。

宋喻听说黎昭上《新闻联播》时，已经是晚上十点多了。他一边开着微博小号吐槽春晚节目，一边开着微信群给工作室的员工发红包。等他吐槽完一个节目回来再看微信群，发现聊天重点已经变成了黎昭上了《新闻联播》。黎昭这种小艺人，凭什么上《新闻联播》？宋喻不信，可是他把聊天记录往上一拖，在看到那张动图以后，瞬间沉默了。

这都是命啊！当初他做了一个预知后事的梦，就以为自己有红的命，然后现实狠狠给了他几巴掌。什么红？红什么？即使是角色换了，该红的还是红，该挨骂的还是挨骂。就算他擅自改了黎昭的角色，让黎昭的星途与梦中有所差别，但是黎昭逐渐走红的命依然没有变。

不过……宋喻仔细盯着动图看了几眼，黎昭旁边的人应该是他的朋

## 第 13 章 过 年

友晏庭？为了保证自己能掌握先机，宋喻把梦境里的内容记得清清楚楚，他可以肯定的是，梦里的那个黎昭根本没有晏庭这个土豪朋友。梦里的黎昭拍了很多戏，主角配角都演过。他记得梦里有则报道称，在《霸道女总》走红以后，黎昭在一部小成本武侠剧里演男二号，摔断了腿还坚持拍戏，时间刚好就是春节前。但是，现在的黎昭不仅没有摔断腿，还在杨导的《天歌》里演上了男二号，压了宋喻的番位，整个人活蹦乱跳得像是蚂蚱。想到这儿，宋喻忍不住开始怀疑，自己能做这个梦，该不会是因为老天觉得黎昭原本的走红命运太苦，所以让他来送吉祥吧？一切命运的变化，都是从他调换黎昭的角色、想要喂胖黎昭开始的。最终的结果是黎昭红了、没胖，挨骂的只有他自己。还有这个晏庭，究竟是从哪个角落里钻出来的？梦里的黎昭如果有这个土豪朋友，也不用在娱乐圈拿命去拼了吧？

"唉，关我屁事。"反正不管在梦里，还是在现实中，他都是逃不过被人骂"资源咖"的命。还是让经纪人去打听打听《我的妖精女友》黎昭有没有接吧。预知梦里，这部剧原本没人接，黎昭接演以后，这部剧火得一塌糊涂，不少女孩子闹着要做黎昭的女友。现实中，黎昭的星途已经改变了，如果黎昭不接这部剧，他就去捡漏。这次他只是捡漏，不是去抢黎昭的机会，应该不会被命运报复……吧？

黎昭并不知道宋喻在命运面前瑟瑟发抖，他此刻偷偷回到自己房间，把早就准备好的钞票装进红包，红包上印着三个烫金大字——压岁包。红包很大，装的钱也很多，鼓鼓囊囊像是怀着宝宝的孕妇。他拿着红包蹑手蹑脚地准备进晏庭房间时，被走廊上的管家碰个正着。"嘘，"黎昭把食指放到嘴边，朝管家使了个眼色，偷偷看了眼楼下，晏庭并没有察觉到他的举动。黎昭三步并作两步进门，把红包放在枕头下。

"黎先生，先生已经成年了。"管家并没有错过红包上的"压岁包"三个字。

"谁还不是宝宝了？"黎昭小声道，"没有结婚就是宝宝，枕着压岁包过年，新的一年无病无灾。"

管家笑道："原来是这样。"

"黎昭？"晏庭抬头看站在走廊上的两人。

"马上来。"黎昭跑回楼下,看了眼墙上的时钟,"快十二点了。"可惜京市不允许放烟花爆竹,在黎昭老家那边,到了这个时间段,仿佛整座城镇都被爆竹声淹没了。

春晚节目的主持人已经开始准备新年倒计时了。

"新年快乐。"黎昭盯着秒针,在它跳到"12"这个数字时,扭头对晏庭说了新年的第一个祝福。

两人的手机在此时有很多消息涌进来,在桌上嗡嗡地震动着。

"新年快乐。"晏庭想,这双眼睛真亮啊——他想这双眼睛永远只看着自己,世界上谁也不能夺走。

两人又在沙发上坐了一会儿,等到电视上开始唱《难忘今宵》,黎昭才终于有了守岁的真实感。没有轰轰烈烈,没有寄人篱下的不安与局促。黎昭扭头看晏庭,对方穿着浅色毛衣,乌黑的头发打理得整整齐齐,好看得像是漫画中的人物。

"明年……"黎昭想说,明年咱们继续一起守岁。可是话还没说出口,他就咽了回去,朝晏庭咧着嘴角笑了。人不能奢望太多,珍惜当下,有一件开心的事,就能多开心一点。寄希望于未来,若是失望了该有多难过啊?没有希望,就没有失望。

"明年,能不能陪我一起守岁?"晏庭问他。

"好啊。"黎昭脸上的笑容变得更加灿烂了。意外之喜,总是让人更加高兴的,所以今年的他也是幸运的。

夜已深,晏庭回到自己房间,看着漆黑的窗外。这是黎昭亲口答应的事,若是明年他不在……就算是把他关在这栋屋子里,也要让他陪在身边。

晏庭看了眼床,枕头有移动过的痕迹。掀开枕头,下面藏着一个撑得快要裂开的红包。"压岁包"三个烫金字,在灯光下散发着璀璨的光芒。红包静静地躺了很久,终于有只白皙的手把它拿了起来。翻过背面,写着一排小字:"祝庭庭平平安安,无病无灾,百邪不侵。"小字下面,画了个笑脸,两只眼睛眯起来的弧度,像极了黎昭笑起来的样子。

这小孩儿,还是如此迷信。

## 第 14 章 心 疼

一夜无梦。

黎昭拉开窗帘,世界已经被白雪覆盖,银装素裹。他推开窗户,把阳台上的积雪捏成了一个矮墩墩的小雪人,掏出手机拍了一张照片。

@黎昭:新的一年大吉大利。【图】

黎粉见自家崽崽终于出来营业了,纷纷出来点赞、评论、转发一条龙,有比较调皮的粉丝还问他第一次上《新闻联播》有什么特别感想。

黎昭回复:"没什么感想,也就是把动图存了下来,准备五十年后还拿出来吹牛。"

黎粉:"哈哈哈哈哈。"看得出他们家崽崽对能在《新闻联播》里当热心市民感到很高兴。

在黎昭跟粉丝微博互动的时候,晏庭发了一条只屏蔽黎昭一个人的朋友圈。

晏庭:家里的小孩儿竟然还给我发红包,真是胡闹。【图】

大年初一的早上,高层们看到这条朋友圈,纷纷点赞。虽然他们都知道,老板口中的"小孩儿"并不是真正的小孩儿。反正老板想炫耀,他们就配合着炫耀,其他并不重要。

吃完早餐,黎昭懒洋洋地靠在沙发上,琢磨今天是在家里蹲着呢还是带晏庭出去玩。手机呜呜震动着,他拿起手机,发现自己被拉进了一个微信群——《风云起》的剧组群。

这部电影，是黎昭加入草莓娱乐以后友情出演的第一部作品。虽然他只是个十八线小演员，但草莓娱乐仗着自己是投资方，硬是让他成了这部电影的特邀出演。进了剧组后，他总共就拍了十天左右的戏，虽然导演组都客气地称他为黎老师，但并没有拉他进剧组群。都已经结束拍摄几个月了，剧组怎么这时想起把他拉进群了？

"欢迎黎老师。"

"欢迎、欢迎。"

群里大概有二十多个人，大清早的，大家欢迎黎昭的热情不改。

"谢谢各位老师，大家叫我小黎就好。"黎昭注意到，出来欢迎他的有拿过影后奖的刘芬、拿过影帝奖的赵英南，虽然不知道他们为什么这么热情，但是谦虚肯定没错。

"黎老师，今天凌晨咱们的电影上映了，剧组打算在京市做一场线下宣传，不知道你明天有没有时间？"

《风云起》近来一直在做宣传，不过宣传这一块不是草莓娱乐在负责，剧组那边也没有和黎昭聊过宣传方面的事，所以黎昭对这部电影的宣传工作是半点都不了解。

    昭昭有好运：恭喜恭喜，祝票房大卖。

他看了眼时间，电影已经上映八个多小时了，也不知道观众对这部电影的评价怎么样。

    导演：借您吉言，这部电影预售票房就有一亿多，只要大家在宣传上再努力一把，票房会更好的。

黎昭不知道剧组怎么突然带他一起宣传，正在考虑怎么回答导演的邀请时，刘芬发了一条消息。

## 第14章 心疼

　　刘芬：小黎是我们公司的签约艺人，工作方面他自己不好安排。导演你拿这事儿来问小黎，不如去问他的宣传经纪人。

　　导演：哈哈哈哈，刘老师说得对。

　　群里的人都能看出，刘芬在护着黎昭。这事儿是他们干得不太厚道，之前他们嫌黎昭咖位不够大，所以上节目做宣传的时候一直没有带黎昭玩。但是，让剧组没有预料到的是，《风云起》上映八个小时后，网上关于黎昭的讨论越来越多，甚至有不少影评家表示，电影结尾处黎昭回头的那个眼神，让整部电影的艺术性升华了。有影评家说，黎昭这个眼神刚刚好，多一分会用力过度，少一分则达不到效果。

　　就像是吃下一份美味，最后发现碗底还有店家准备的惊喜，更会让人对这家店好感度直升。如果满分是十分，没有黎昭最后的那个眼神，这部电影只能打八分，但是导演聪明地加上了这个眼神，增加了观众的想象空间，所以这部电影值得打九分。甚至有观众因为黎昭这个眼神，觉得这部电影还有很多自己没有注意到的点，所以决定二刷。

　　电影上映后，剧组就一直在注意网上的影评，发现不少影评人都对黎昭的镜头表示肯定，他们就想到了新的宣传点。可他们不好意思直接对黎昭说"一开始咱们看不上你，现在发现你挺有用的，我们带你一起玩啊"。想来想去，还是导演厚着脸皮把黎昭拉进了剧组群。导演想着黎昭年轻，面皮薄，只要自己提出来，黎昭肯定不会拒绝。可是，他没料到刘芬会站出来护着黎昭。虽然刘芬跟黎昭都是草莓娱乐旗下的艺人，但一个是双料影后，一个是没什么实绩的新人，实在不像是有多少交情的样子。刘芬为人圆滑，不应该在这个时候出头护着黎昭才对。

　　有刘芬出来说话，黎昭趁机把锅推给了经纪人。应付完导演的热情，黎昭正准备退出微信，刘芬的好友申请就跳了出来。他想也不想就通过了刘芬的好友申请。

　　昭昭有好运：刘老师您好。

　　刘芬：叫什么老师，这也太客套了。都是同一家公司的艺人，你叫我姐就成。

昭昭有好运：芬芬姐好。

刘芬一直都不太喜欢自己的名字，觉得太过俗气，可是算命先生说，以她的命格，必须要用这个名字才能在娱乐圈站稳脚跟。为了红，她忍了。但是，每次别人叫她刘姐或是芬姐的时候，她心里总有种她是街头广场舞大妈的感觉。之前，她跟黎昭在《风云起》剧组只有面上的客套，没有私下交流过，对他的印象不好不坏，只知道这是草莓娱乐力捧的新人，不能得罪。参加苍寰年会以后，她对黎昭的评价，已经由不能得罪变成尽量交好。直到"芬芬姐"这三个字，她才终于对黎昭产生了实质的好感。会说话的男孩子，总是要讨人喜欢一点的。她心里高兴，就跟黎昭多说了几句。

刘芬：《风云起》虽然才上映八个多小时，但是评价很高，很多影评人夸奖你的演技很到位，甚至还有观众因为你的表现买票二刷，所以剧组想要带你一起宣传。你是特邀客串，宣传工作不在你的合约范围，在这个圈里，好说话会变成好欺负。剧组如果需要你配合，让他们跟你经纪人谈，该拿的报酬就拿。

昭昭有好运：谢谢芬芬姐，我明白了。

黎昭工作团队接到剧组的邀请后没有答应下来，而是问了黎昭的意思。

"明天中午我要去你家看望叔叔阿姨，晚上十点那场可以。"黎昭看了眼坐在旁边处理工作的晏庭，拿着电话走到客厅阳台处，压低声音道，"今天不行，今天是大年初一，我要在家陪朋友。"

"加钱？"黎昭咽了咽口水，回头看向晏庭，晏庭正好也抬头看了过来，"加钱也不行。"黎昭很有骨气，"说好了初一陪朋友，我不能言而无信。"

"黎小昭，你再也不是那个曾经为了钱努力拼命的黎小昭了。"张小

# 第14章 心疼

源叹气,"崽,阿爸对你很失望。"

"小源哥,明天中午我会跟叔叔阿姨说,你想要结婚生孩子,迫不及待想给人当爸爸了。"

张小源哑口无言。行,当他什么都没说。

挂了电话,黎昭回头见晏庭还盯着自己看,收起手机走到他身边,问:"怎么了?"

"有人约你出去?"

"没有,公司那边有工作,不过我推了。"黎昭目光落到晏庭的鬓角上,晏庭的头发很黑,看起来很好摸的样子。但是,黎昭只是这么想了想,并没有动手。

两人在家里待了一天,吃完晚饭以后,黎昭实在不想浪费两人宝贵的休假时光,便提议:"庭庭,我们去看电影?"

"好。"晏庭放下手里的笔记本电脑,"想看什么,我来安排。"

"随便吧,就挑今天的票房冠军。"黎昭整日在剧组打转,根本不知道春节档有哪些电影上映。

晏庭微微颔首,把订票的事交给了秦特助。

电影?先生要跟别人去看电影?向来沉稳的秦特助得到这个消息以后,激动得来不及戴上眼镜,就打电话到苍寰旗下的电影院线,让他们给晏庭安排至尊贵宾位置。电影院很快给秦肖提供了很多选择。考虑到晏庭不喜欢人多的环境,秦肖选择了……情侣包厢。包厢这种东西,情侣用叫情侣包厢,家人用可以叫家庭包厢,朋友用也能叫友情包厢嘛。

黎昭跟晏庭坐车到了电影院,才发现晏庭订的电影票是《风云起》。他偷偷看晏庭,庭庭大概还不知道他也在这部电影里露脸了吧。电影即将开场,黎昭发现他跟庭庭被工作人员单独带去了一个小房间。这个房间里有饮料小吃,还有舒适的躺椅。黎昭茫然地看着这一切,是他没见过世面吗,原来电影院还有这样的贵宾室?

"不要多想。"晏庭在沙发上坐下,即使是坐在懒人沙发上,他的坐姿也优雅清贵,"我有钱。"

黎昭:……是啊,你有两栋房、几十个铺面。

戴上3D观影眼镜，晏庭把一大桶爆米花抱在怀里，等着电影开场。

《风云起》的导演，是个十分成功的商业导演。电影一开场，场面就极其炫目，让观众把所有注意力都放在了电影上。电影里俊男美女众多，剧情环环相扣，该幽默的地方幽默，该煽情的地方煽情，节奏掌握得很好，就连看过剧本的黎昭也陷进了剧情中。他饰演的俊美公子，在电影开场一半后才出来。锦衣踏月翩翩而来，美得仿佛月宫仙君下凡。但是，当他被地上的草叶绊倒以后，就成了笑点。黎昭的这个角色一直都像是个误打误撞的"花瓶"，他所有的行为都在衬托男主的伟岸。直到电影结尾处，男女主骑马并肩前行走在前面，风掀起春日的落花，一切就像是美梦的开始，预示着男女主的美好未来。这时，锦衣公子伸手接住一朵落花，缓缓回过头来——他笑了。明明是百花盛开的春天，他的笑容却给观众带来了瘆人的冷意。镜头下移，锦衣公子松开手，任由掌心的花朵掉入污泥中。整个画面陷入了黑暗，至此电影结束。

从电影开场到结束，晏庭的表情就没有变过。

"那个是剧情需要。"黎昭见晏庭不说话，以为他被自己在电影里的眼神吓着了，把装爆米花的桶塞给他，"吃点爆米花压压惊。"

"演得很好。"晏庭扭头看黎昭，"你是很了不起的演员。"

黎昭有些脸红地说："其实演的时候没觉得这么厉害，后期与剪辑把气氛渲染得很好。"

"你是这部电影的亮点。"晏庭说得很肯定，不容他人反驳。说完，他掏出手机，准备发朋友圈。他家小孩儿这么棒，必须夸。

  晏庭：陪小孩儿看电影，他演得很棒。

此条朋友圈，照旧屏蔽了黎昭。

一天炫了两次身边的小孩儿，让看到这条朋友圈的苍寰高层忍不住思索黎昭与大老板究竟是何种亲密关系。

有个高层几天前发了条朋友圈，隐晦地嘲讽了炫娃、秀恩爱的行为。但是，在看到大老板一天之内两次炫耀身边的小孩儿时，默默删掉了这

第 14 章 心疼

条朋友圈。老板的炫耀行为能叫炫耀吗?那叫平易近人、接地气。

为了更好地了解到老板的爱好,这几个有幸加了大老板微信的高层还特意去看了《风云起》。他们薪水高,工作忙,很少有时间看电影。所以突然决定带家人去看电影,竟歪打正着地促进了亲人间的感情。看完电影出来,他们看着高兴的家人,忍不住开始反思自己忽略家庭生活的错误行为。

大年初二早上,黎昭换好衣服,提着管家给他准备好的年礼,磨磨蹭蹭准备出门。结果他从说要出门开始,一直磨蹭到九点半都还没走出别墅大门。

"不要喝咖啡,中午要按时吃饭。"

晏庭点头。

黎昭却不相信他,又说:"让管家伯伯把你吃饭的视频录一小段发给我。"

"嗯。"晏庭点头,"再不走就要迟到了。"

管家笑眯眯地看着两人,说:"请先生放心,出行的车辆与司机我已经安排好了。"晏庭抬头看了眼管家。管家低头退了回去,却没有多少紧张害怕的情绪,甚至连嘴角都还带着笑意。

"那我出门了。"黎昭还是有些不放心,"你要乖乖听话。"

晏庭无奈地说:"……黎昭,我比你大八岁。"

"大八岁怎么了?"黎昭笑嘻嘻地拎起桌上的年礼,走到门口后回头,"放心吧,我不嫌你老。就算大八岁,也能成为忘年交嘛。"说完,不等晏庭反应过来拔腿就跑。

脚步声跑远,晏庭身上凝聚起来的人气随着黎昭的离去散开了。空荡荡的屋子,再次恢复了它以往的冷寂。

黎昭到了张小源父母家里,得到二老热情的接待。他们对娱乐圈不懂,问的都是能不能吃饱、累不累。"不累,不苦。"黎昭耐心地回答着这些问题。在很多年轻人心里显得烦人的交谈,对于黎昭来说却是弥足珍贵。

"我听小源说,你跟二丫合作拍戏啦?"提到"二丫",张妈妈兴致勃勃,"她是不是跟电视里一样漂亮?"二丫是刘芬十几岁时演的一个角色,因为演得太好,这个角色火遍大江南北,就算是八十岁的老太太也能指着刘芬的照片说:"这不是二丫吗?"

"她真人比电视里还要好看。"黎昭看出张妈妈很喜欢刘芬,就说了一些刘芬的好话。张妈妈听得津津有味,连饭都不能安心吃了。

"妈。"张小源把张爸爸做好的菜端到桌上,"你别老拉着昭昭说话,吃饭了。"

黎昭想去厨房帮忙,被张妈妈严肃地拦住了:"你可千万别去,你们明星的脸多重要啊,万一被油烟熏着,把皮肤弄差了,多可惜。这种事交给小源就行,反正他长得不好看,再丑也丑不到哪儿去了。"

"我可真是您的亲生儿子。"张小源苦笑,"妈,虽然我没有昭昭那么帅,但好歹也能看,不至于被您埋汰成这样啊。"

"你要是长得不丑,为什么年过三十还找不到女朋友?"

张小源无语,原来是在这里等着他。

母子俩斗着嘴,看着这一幕,黎昭忽然有些想念晏庭。只有在晏庭身边,他才不会有自己是外人的感觉。血缘天然带来的家庭感,是任何关心都无法比拟的。但是晏庭不一样,他跟自己一样,没有父母,没有血缘兄弟,也没有爱人。他们是最亲密的朋友,是彼此最特殊的存在。虽然晏庭从未这样说过,但是黎昭有着谜一样的自信——晏庭待他的心意如他待晏庭,他们是最好的兄弟。

吃完饭,黎昭在张家坐了一会儿,就提出离开。张家爸妈虽然舍不得,但是想到黎昭是明星,工作安排跟普通人不一样,没有开口留他,只是提了一大堆亲戚朋友送的特产还有自家做的小吃塞到了黎昭手里。

"我开车送你。"张小源拿起车钥匙,送黎昭下楼。

"小源哥,不用这么麻烦。"黎昭见张小源开始换鞋,有些不好意思,"我朋友安排了司机在楼下接我。"

"晏庭?"

"嗯。"黎昭手里提着两个装满食物的塑料袋,点头的时候袋子跟着微微晃动。

# 第14章 心疼

"那我送你下楼。"张小源换好鞋,帮黎昭拎走一个袋子,"看来你这个年过得很开心。"

黎昭眯着眼睛笑。

张小源爸妈住的是老职工楼,没有安装电梯。走道的墙壁被楼里的小孩儿画上了乱七八糟的线条,有些人家里没有关门,站在楼梯里能听到他们放电视的声音。

"晚上大可来接你。"张小源道,"受了委屈别忍着。"

"大不了咱们一起去卖面?"黎昭笑。

"你可别提'卖面'这两个字,我都要患上'开面馆PTSD[①]'了。"张小源苦笑,"最近有个新剧本递过来,不是草莓娱乐的戏,你看了没有?"

"那个叫《我的妖精女友》的剧本?"黎昭对这个剧本有些印象,"好像是个漫改剧本,剧情挺有意思的。"

"对,这部漫画在网上人气很高,有一定的粉丝基础。不过由于题材原因,只能走网播渠道。"张小源解释,"如果你没有参演《风云起》,我会建议你接下这部戏,但现在你在《风云起》里的角色大获好评,再接《妖精女友》这部网剧,对你的长久发展并没有太多帮助。"这部剧播出以后,可能会帮昭昭吸一部分剧粉,但也容易把他定型,以后想要接触其他类型的资源,就要付出更多的努力。如果昭昭没有签草莓娱乐,他肯定想也不想就让昭昭接下剧本邀约,但是现在情况不同了,没必要为了一时的人气牺牲长久的未来。

"我懂。"黎昭点头,虽然很喜欢《妖精女友》的剧情,但他知道小源哥的建议很对,更何况《天歌》这边没有杀青,他没有足够的时间与精力给新剧本角色做人物小传,"帮我推了剧方的邀请吧。"

"好。"张小源笑着点头。

送黎昭来到楼下,张小源看到了停在不远处的豪车,问:"昭啊,那就是来接你的车?"

---

[①] 创伤后精神紧张性精神障碍。

"嗯嗯。"黎昭接过张小源手里的东西,"小源哥,外面冷,你快回去,我走了啊。"

张小源目送着黎昭离去,他注意到,豪车司机看到黎昭朝车的方向走来后,便匆匆走下车,快步迎到黎昭面前,拎走了对方手上所有东西。现在私人司机也不容易,还要帮雇主朋友拎东西。上任老板没有卷款跑路前也请了一个司机,那个司机对老板本人都没有这么殷勤,私下还抱怨老板抠门,总是找借口扣他工资。有钱人就是不一样,连请的司机都与众不同。

在黎昭赶回家的路上,晏庭面对满桌美食毫无胃口。

"先生。"管家劝说道,"你好歹吃点,不然我拿什么拍视频给黎先生看?"

准备放下筷子的晏庭,手微微一顿,问:"几点了?"

"快下午两点了。"管家掏出手机,"要不你随便吃两口,我拍一段给黎先生发过去?"

晏庭抬头看管家,管家笑望着桌上的食物,气氛渐渐凝滞。

外面传出汽车开进大门的声音,管家诧异道:"这么早,难道是黎先生回来了?"收起手机,他走到门外一看,正好瞧见黎昭从车上下来。

"管家伯伯。"黎昭拎着两大包东西,快步走到管家面前,"庭庭吃饭了没有?"

管家答非所问:"黎先生这么早就回来了?"

"嗯。"黎昭走进门,见晏庭正坐在桌边吃饭,"庭庭,你怎么现在才吃?"

晏庭擦了擦嘴角,放下筷子:"中午处理了一点工作,吃饭就晚了。怎么回来得这么早?"

"我担心你没好好吃饭,干脆赶回来看看。"黎昭把东西放到厨房,洗干净手坐到餐桌旁,"桌上的东西都没怎么动。真是拿你没办法,我陪你吃一会儿。"

拿过空碗与干净筷子,黎昭自夸道:"剧组的人都说,看我吃饭的样子格外有胃口,你等会儿多看我几眼,好开胃。"

## 第14章 心疼

站在角落里的管家见先生在黎先生的陪伴下吃下不少东西，默默抹了一把自己的脸。看来不是他的劝法不对，是他这张脸不对。人老珠黄，当然是比不上秀色可餐了。

知道晏庭有不好好吃饭的毛病，黎昭又陪他吃完晚饭才匆忙赶到与《风云起》约好的地方。现场的观众很热情，黎昭上台的时候听到不少女孩子的尖叫声。

"哇，现场的观众好热情。"主持人调侃道，"来，有请我们的无双公子，来跟大家打个招呼。"

"大家好，我是《风云起》里的颜值担当无双公子。"

黎昭刚打完招呼，就听到台下的观众大喊："不，你是颜值加演技担当。"

"谁这么夸我？"黎昭往台下看去，"不管你们是不是糊弄我，反正我是当真了。"

"真的！"现场女观众齐齐大喊，"比珍珠还要真。"

男观众们默默无语。女朋友、老婆当着他们的面对另外一个男人大献殷勤，他们不要面子的吗？他们偷偷打量黎昭，最后不得不承认，这个男演员确实长得好看，精精神神，笑起来很阳光。就算是本性相斥的同性，也很难对这样的男孩子生起讨厌的心思。

路演一结束，刘芬跟赵英南就被记者围得密不透风，一些媒体见挤不过，纷纷围拢到黎昭面前。

"昭昭，《风云起》刚上映两天，票房就已经过了三亿，作为这部电影的特邀客串，你有什么感想？"

"很开心。"黎昭不知道记者为什么会提这么没有营养的问题。

"有影评人说，你的表演是整部电影的亮点，你赞同他的说法吗？"

来了，来了，罗哥跟小源哥提醒过他的记者挖坑环节来了，黎昭有些小激动，说："作为新人，能被夸奖是荣幸。我觉得整部戏都是亮点，不信大家可以买票去看。"

"网传《我的妖精女友》男主一角，由你出演，请问是不是真的？"

黎昭微愣，然后答道："近期我都会在杨导的《天歌》剧组参与拍摄，并没有接下其他工作。"

现场闹哄哄的,记者提的问题虽然稀奇古怪,但并没有出现什么恶意刁钻的问题。就在黎昭准备结束采访时,一个记者突然高声问:"黎昭,《霸道女总》的编剧说你走红以后就翻脸不认人,请问你有什么解释?"

剧组工作人员见情况不妙,走过来维持秩序:"自由采访时间结束,请各位记者朋友让一让。"

"黎昭,你不愿给正面回应吗?"

"采访结束了。"大可挤过来,看了眼记者身上的工作证,把黎昭护在身后,"请大家不要提与电影无关的问题,谢谢大家。"

刘芬察觉到不对劲,示意自己的助理过来帮忙。一起回到后台后,刘芬安慰黎昭:"不要把这些放在心上,每个走红的艺人都会被人指责没良心,不念旧情。那个什么编剧多半是拿你炒作,你如果回应了就是帮他炒热度。对付这种人,最好的办法就是无视他。"

"谢谢芬芬姐。"黎昭乖巧地道谢。

"自家公司的人,不用道谢。"刘芬巧笑倩兮道,"当年我也是这么过来的,即使是现在,只要我过往的合作对象有点儿什么事,就有人来骂我不够关心他们。"说到这儿,刘芬优雅地翻个白眼,"都是些看热闹不嫌事大的,谁拿谁当真了?"

黎昭仍旧只是笑。

刘芬点到即止,然后说:"听说明天你要去给苍时拍宣传广告,加油。"

"谢谢。"


宋家。

"你确定黎昭那边拒绝了《我的妖精女友》邀约?"宋喻接到经纪人的电话,兴奋道,"太好了,你赶紧帮我把这个角色接下来。"

经纪人问:"为什么一定要等黎昭不接你才去争取?这部剧不是草莓娱乐投资,就算黎昭看上了,我们也有争取的空间……"

"你不懂。"宋喻神情沧桑,"主动抢跟捡漏,是不同的。"因为他不敢跟命运发脾气。

经纪人跟宋喻结束通话后,就把电话打给《我的妖精女友》那边,准备帮宋喻把这个角色谈下来。"什么,角色已经定了?"经纪人有些意外,"你们下午不是这么说的。"怎么短短几个小时内就换了说法?

"什么,有人抢我看上的角色?"宋喻听到经纪人的回复后顿时火冒三丈,如果是黎昭,拿走就拿走了,他屁都不敢放一个。但是,其他人敢抢他看上的角色,只要能报复的,他一定报复。"谁,是谁抢走的?"宋喻气得大声咆哮,整栋别墅都能听到他的声音。

"剧方那边不愿意透露,只说是找到合适的人选了。"经纪人怀疑剧组不敢让宋喻这个富二代知道定下的演员是谁,以宋喻的狗脾气,对方肯定没有好果子吃。

"剧组那么多人,总有嘴松的。"宋喻冷哼,"只要钱花得够多,不怕打听不到。"

宋喻说得没错,只要舍得砸钱,打听这种消息再容易不过。很快,他们就打听到了截和这个角色的人是谁。

"徐北?"宋喻脑子里对这个名字全无印象,"东西南得罪他家了,为什么只要北?"

"前段时间有档选秀节目很火,徐北就是那档节目出道的。"

"他是冠军?"

沉默片刻,经纪人回道:"没有,他只拿了第十名。"

"出道的人选有几个?"

经纪人沉默得更久了,过了会儿才说:"九个。"

"一个名落孙山的糊咖也敢跟我抢角色?你们马上去帮我抢回来!"确定这个人自己能够欺负后,宋喻顿时气势大起。

"但是,我还打听到一个消息,徐北跟紫茄娱乐少董关系亲密。《我的妖精女友》这部戏,由紫茄少董投资,并且他点名让徐北饰演男主角。"

"原来是个带资进组的。"紫茄娱乐是仅次于草莓娱乐的大公司,这些年一直跟草莓娱乐不怎么对付，以宋喻家的势力，他……得罪不起，"算了，我不跟这种带资进组咖一般见识。"

经纪人：你自个儿就爱干带资进组这种事，怎么还嘲讽上别人了？

黎昭并不知道《我的妖精女友》的选角风云，初五一大早，他就赶去苍时手表的京市总部，进行拍摄前的准备。

苍时手表总部的部门经理十分热情地接待了他，并且带他参观了手表收藏室。收藏室里摆满了苍时品牌成立以来历任首席设计师最好的作品。即使黎昭是个不懂手表收藏的外行，也从这些手表上感受到了独特的美。他还注意到，苍寰年会上，苍时手表提供给他的那只手表摆在一个很特殊的玻璃柜里。玻璃柜的上方墙壁，挂着一个身着旗袍的女子照片，她唇角带着清淡的笑意，优雅又迷人，黎昭忍不住多看了几眼。

"这是我们苍时手表的创始人徐小姐。"经理见黎昭对苍时手表创始人感兴趣，于是开始介绍，"徐小姐终身未婚，但她才华出众，有很多追求者。徐家……"经理语气一顿，似乎怕提到什么忌讳，笑着岔开话题，"黎先生，这边的收藏室里还有很多徐小姐的作品，如果您有喜欢的，可以挑几只带走。"

黎昭赶紧拒绝，人家收藏室的东西，他如果厚着脸皮带走，那也太不识趣了。不过越看这位徐小姐的照片，黎昭越觉得眼熟，总觉得她的眉眼在哪里看到过。在哪里呢？像这样优雅出众的女性，他如果在哪里看到过，是不可能想不起来的。如果没见过，他为什么又有似曾相识的感觉？

宣传走廊上挂着苍时手表历任代言人的照片，最前面的几张照片是二十世纪初非常有名的演员。一路看过来，黎昭似乎穿越时光，看到了苍时手表在不同年代的璀璨。

到了摄影室，造型师给他做好造型，开始拍摄平面照片。黎昭不是专业模特，所有关于平面照片的拍摄经验都是加入草莓娱乐后平面照老师教给他的。他一开始表现得有些僵硬，但是摄影师非常有耐性，脾气好得让他怀疑自己是在花高价拍艺术照。

"很好，就是这种感觉，我们再来一张。想象你就是这个世界的主

## 第14章 心疼

宰,你就是王。"摄影师越拍越高兴,"对对对,很好!"

夜色降临时,黎昭终于结束了平面拍摄工作。整整一天,他换了好几种妆容,换了十几套衣服,拍摄方案改了一遍又一遍。最重要的是,为了拍摄效果,他只吃了一点点东西。饿,他饿得心里发慌。这让他回忆起八岁那年被人关在地窖里,饿得头晕眼花,最后连指甲都啃掉的经历。

"昭昭?"大可察觉到黎昭的状态有些不对,以为他有些低血糖,掏出放在兜里的巧克力,拆开包装纸,"你先吃点补充能量。"

黎昭一把拿过巧克力,把它整个塞进嘴里。

"昭昭,高热量的东西,你不能吃这么多!"大可在黎昭身边待了几个月,从没见过黎昭这么凶的吃相,有些反应不过来。

甜腻的巧克力,并不能缓解饥饿感,黎昭拧开矿泉水瓶,一口气喝下大半,对担心不已的大可说:"我们回去。"只要回到庭庭家,就能吃饭了。

捂着饿得发慌的胃,黎昭来到地下停车场,靠着柱子等大可把车开过来。一辆黑色汽车停在他面前,窗户缓缓打开,窗户后面是晏庭的脸。

"庭庭?"

"上车。"

黎昭乖乖拉开车门坐进去,头靠着椅背,无精打采。

"这个给你。"

散发着香味的蛋糕,在黎昭眼前晃啊晃,用生命对他的灵魂呐喊——快吃掉我,快吃掉我!这样的诱惑,谁顶得住?黎昭张开嘴巴就咬了下去,蛋糕当即少了一半,他这才从晏庭手里接过蛋糕三两口吃完,又问:"还有吗?"

"有。"新鲜的蛋糕,还有温度刚刚好的牛奶。

"总算又活过来了。"黎昭连吃了三块小蛋糕,才终于有了踏实感,"庭庭,你怎么知道我还没吃饭的?"

"我不知道。"晏庭拿了条干净手帕放到黎昭掌心,"刚好厨房有,就带来了。"

"庭庭，你果然是世界上最好的兄弟。"黎昭擦干净嘴角，伸手抱了一下晏庭，在他后背上拍了拍，"你如果不来，我今晚可能就要啃车椅坐垫了。"

温暖的、带着黎昭独有气息的拥抱。空气中，还弥漫着蛋糕的甜香。晏庭伸出手，缓缓向下，在他的手即将搭上黎昭的脊背时，黎昭的手机响了。

"昭昭，你在哪儿？"大可的声音，从手机话筒里传出来。

"我哥们儿来接我了，你直接开车回去，不用等我。"黎昭松开晏庭，从小冰箱里找出一瓶酸奶，递到晏庭面前。晏庭拧开瓶盖，递给黎昭。大喝两口酸奶，黎昭舔了舔嘴角。"好，明天早上过来接我。我不住那边，我住在隔壁朋友家。"

挂了电话，黎昭发现晏庭盯着自己的嘴角看，赶紧用手帕擦干净嘴边的酸奶。唉，有一个爱干净的朋友，就是这么让人无奈。

黎昭接着为苍时手表拍摄广告。这次拍摄对黎昭的要求是表现出优雅、高贵，还有深情。在广告里，手表拟人化了，所以黎昭要用深情的眼神看向舞蹈演员。舞蹈演员是在校学生，一开始面对镜头有些不自然。可能是因为黎昭看她的眼神太过深情，她渐渐入了戏。结束一个阶段的拍摄以后，小姑娘红着脸走到黎昭面前，小声问："黎、黎哥，我能不能加你微信，跟你做朋友，向你学习镜头表现力？"

"不能。"一个黑影挡在了黎昭面前，"我家小孩儿不早恋。"

小姑娘不知道为什么突然冒出来一个人，听到"早恋"两个字，当场羞红了脸道："对不起，我、我只是想跟黎哥做朋友。"她拿着手机，神情十分尴尬。突然出现的这个男人，看向她的眼神阴郁极了，她觉得自己像是被恶魔盯住，随时都有可能丢掉性命。恐惧的情绪，让她不自觉往后退了一步。

"庭庭？"黎昭惊讶地看着突然出现的晏庭，"你怎么在这里？"这边是内场拍摄，无关人员是不能进来的。

"黎先生，你好。"秦肖从晏庭身后走出来，"我过来办点事，就跟……庭先生一起过来看看。"说完，他转身走到旁边，跟片场工作人员打起招呼来。

"拍完了没有？"晏庭声音有些沙哑，听起来有些奇怪。黎昭抬头看他，并没有看出他有什么不对劲。

"你先坐下，喝点水。"黎昭把水杯递给晏庭，"这杯子我喝过，你不介意吧？"兄弟之间，互相用一下杯子，好像也没什么问题。

晏庭接过杯子，把唇贴在杯沿的那个瞬间，抬头看向站在黎昭面前的女孩子，就像是棒打鸳鸯的恶婆婆。

黎昭见小姑娘红着眼眶，瞧着有些可怜，再看低头捧着杯子默默喝水的晏庭，他赔着笑道："我平时不常用微信，你如果有需要，可以加我助理的微信，有什么需要帮助的地方，可以告诉他。"

小姑娘听出黎昭是在拒绝她，一颗少女心碎成了渣渣，勉强笑道："谢谢，打扰了。"说完，也没有加大可的微信，转身跑远了。

"大可，你跟过去看看，别让小姑娘出事。"黎昭叹口气，扭头对晏庭道，"你这么凶，把人家小姑娘都吓着了。"

晏庭捏水杯的手紧了紧。

"像你这样，不知道哪个女孩子敢跟你在一起。"黎昭见晏庭低着头不说话，以为他已经意识到自身的错误了，也就没有再继续说他，"下次别这样了。"

"你在怪我影响你跟女孩子交好？""谈恋爱"三个字在喉咙里转了几圈，晏庭怎么都说不出口，最后变成了"交好"。

"其实就算你不开口，我也会拒绝她。"黎昭笑道，"人家一个单纯可爱的小姑娘，何必把时间浪费在我身上？"

单纯可爱？单纯……可爱？！是了，年轻的女孩子，在男孩子心中当然是单纯可爱的。晏庭想遮住黎昭的眼睛，捂住黎昭的嘴巴。他不想黎昭的眼睛里有其他人，不想黎昭的嘴里夸奖别人。他甚至想把黎昭关在屋子里，除了他谁也不让见。

"你很好。"晏庭把手里杯子转了一个圈，起身道，"我去外面透气，你继续拍。"

"等等！"黎昭把放在椅子上的围巾给晏庭，"外面没有空调，你把这个带上。"

晏庭盯着黎昭手里的围巾看了两秒，沉默着接了过来。这里的一切，都让他觉得吵闹。他大踏步走出录影棚，寒气穿透衣料，让他喧嚣的大脑渐渐安静下来。手中的围巾柔软又温暖，他紧紧捏着又缓缓松开。意志告诉他，有些事不能做。旁边有脚步声传来，他抬头看去，刚才跑走的小姑娘正站在走廊尽头。他面无表情地看着她，眼中满是冷漠。

"对、对不起。"小姑娘声音里带着哭腔，"我一定离黎哥远一点，不跟他早恋。"

晏庭没有理会她，拿着围巾慢慢走远。

"先生。"秦肖拉开门跟在晏庭身后，"黎先生的拍摄快要结束了，我先带你去休息室坐一会儿。"

晏庭回头看他，眼神仿佛在看陌生人。秦肖见晏庭的唇角动了动。

"先生，你说什么？"

"药。"晏庭脸上的表情消失了，他又变回了没有认识黎昭时的样子。

秦肖心头一紧，把药倒出来放到晏庭手里："我去给您取水来。"

"不用。"把味道怪异的药片吞进喉咙，晏庭面无表情，"拍摄结束后再告诉我。"

休息室隔音很好，晏庭走进屋子，关上门那一刻，整个世界都安静了。他的世界，原本就是这么安静。

闹出微信事件后，参与拍摄的小姑娘情绪有些不好，好在只需要拍她的侧影。折腾了一两个小时后，终于结束了拍摄。来不及卸妆，黎昭走出录影棚找晏庭，发现外面没有他的身影。"去哪儿了？"黎昭拿出手机，准备给晏庭打电话。

"黎哥。"小姑娘追出来，脸色苍白，"刚才那个人，是……你的朋友？"

黎昭点头。

小姑娘脸色变了变，最终小声说了句："你要多加小心。"然后，她低头匆匆跑开，仿佛身后有狗在追。

小心什么？黎昭满头雾水，小心外面天冷吗？

## 第14章 心疼

"黎先生。"秦肖从角落里走出来,他看了眼小姑娘匆匆离去的背影,转头对黎昭笑道,"庭先生在休息室等你,我带你过去。"

"谢谢。"黎昭跟在秦肖身后,"晏庭他是不是身体不舒服?我看他刚来的时候脸色有些不好。"

"这个我不太清楚。"秦肖回头看黎昭,"庭先生平时不爱说话,有什么都埋在心里,我们这些外人实在看不出他有什么不对劲。"

听到这儿,黎昭的脚步加快了些。

"黎先生,庭先生就在这间休息室里,我这边还有点儿事,暂时失陪一会儿。"秦肖推了推鼻梁上的眼镜,"有事您可以叫这边的工作人员。"

"谢谢。"黎昭匆匆道谢,推门进去,看到晏庭斜靠在沙发上,面色有些病态的苍白,但是姿态却格外优雅。这让他想到了苍时手表收藏室墙上挂着的那张徐小姐的照片。庭庭的眉眼与气质,与那位徐小姐有两三分相似。

察觉到有人进屋,晏庭缓缓睁开眼,看清站在门口的是黎昭后,眼中的清冷一点点化去。

"脸色这么差,是不是不舒服?"黎昭大步走到晏庭身边,伸手探他的额头。

晏庭沉默几秒,把头往黎昭身上一靠:"头晕。"

"是不是刚才出录影棚吹了冷风?"黎昭急了,"早知道我刚才就该拦着你,不让你出去。录影棚里虽然有些吵,但也比在外面吹冷风好。吃药了没有?"

"吃了。"晏庭靠着黎昭没有移开,"你不要动,让我靠一会儿。"

"好。"黎昭在沙发上坐下,让晏庭靠在自己大腿上,"我帮你揉一揉太阳穴,可能会好一点。"

"嗯。"黎昭的手法并不算好。晏庭靠在他温暖的大腿上,闭上眼睛问,"刚才我拦着你跟女孩子交换微信,你是不是在怪我?"

"我们是好哥们儿,我怎么可能因为这点小事跟你生气?"黎昭用手指把晏庭的头发往后拢,"更何况我才二十岁,离法定结婚年龄都还差两岁，谈什么恋爱？"

屋子里安静极了，晏庭睁开眼，问："以后……你会喜欢什么样的人？"

黎昭的手停顿了一下，随即轻笑出声，说："大概，会喜欢给我家的人吧。她的心里有我，我的心里有她，她不嫌弃我放屁磨牙穿背心，我不嫌弃她蓬头垢面睡衣拖鞋。她回来晚了，我去接她；我回家晚了，她能给我留一盏灯……夫妻之间大概就是这样？"黎昭不知道普通夫妻之间究竟是怎么相处的，在他的想象中，最完美的大概就是这种模式。

"孩子呢？"晏庭声音再次变得沙哑。

"没有想过。"他十岁以前的记忆，全是虐待与毒打，十岁后就是福利院的生活，他不知道温馨的家庭里父母是怎么对待自己的孩子的，"不要孩子也没关系，我们可以一起养猫养狗，或是养花钓鱼，怎样都好。"

"这些我都……"晏庭把未说出口的话咽下去。

"什么？"

"没什么。"晏庭再次闭上了眼睛。

"你怎么突然关心起谈恋爱这种事？"黎昭眉头一抬，眼中满是八卦的光芒，"难道是……有了喜欢的人？"

晏庭说："除了你，我身边从来没有其他人。"

"那倒也是哦。"黎昭点头，"算了，反正我们都是光棍，就让我们两个光棍相依为命吧。"

晏庭没有说话。

"嗯？"黎昭用手轻轻戳晏庭脑袋，"晏光棍，你说是不是？"

"我打一辈子光棍，你陪我一辈子？"

"好啊。"黎昭笑嘻嘻，"等我们七老八十的时候，就一起去钓鱼，也挺好。"

"不养狗种花？"

"你如果喜欢的话，我们也可以种花。不过你身体不好，就不要养狗了，狗会掉毛，对你呼吸道不好。"

"好，我们一起种花钓鱼。"晏庭坐起身，看着黎昭的眼睛，"昭昭，你的话,我记下了。"

黎昭一边点头,一边在心里疑惑,总觉得哪里怪怪的。

秦肖站在门外,手里端着的温水早已经放凉,但他没有敲门进去。特意赶过来,想跟他打招呼的苍时高层还没走近,就见秦肖对他们做了一个噤声的动作。见状,他们停下脚步,不敢再往前。他们既不想走,又不敢留,干脆就找了个角落等大老板出来。不知过了多久,休息室的门打开,他们看到庭先生跟黎昭并肩走出来。他们站得远,不知道黎昭跟大老板说了什么,大老板一直在点头,两人之间的举止亲密极了。亲密而又不轻浮,他们原本以为黎昭是大老板一时新鲜的玩伴,现在再看,反而不像那么回事儿。

"经理?"黎昭见到几个穿着工整的男女过来,其中一人他认识,是昨天带他参观苍时的部门经理。

秦肖快步上前,恰到好处地拦住这几人前进的步伐,说:"我有些事想要跟你们商量一下,你们跟我来。"

几个高层不疑有他,朝晏庭点头致意后,跟着秦肖去了楼上的会议室。只是他们心里有些犯嘀咕:刚才他们在旁边站了那么久,秦特助怎么也不出声?

"他们好像都认识你?"黎昭察觉到了这些人对晏庭的尊重。

"嗯。"晏庭揉着额头,神情看起来有些痛苦,"最近调到总裁办工作,各分公司的管理层都跟我见过。"

"是不是头不舒服?"黎昭没心情关心晏庭跟这些高层熟不熟了,扶住晏庭的手臂,"咱们回家去。"

"你的工作,还有妆……"

"已经拍完了。"黎昭摸了摸脸上的妆,"回去再卸,走,我陪你回去。"

黎昭不由分说地扶着晏庭往外走,刚走到正门口,就与刚才向他要微信号的小姑娘迎面碰上。看到黎昭,小姑娘先是有些害羞,可是当她发现黎昭身边的晏庭后,脸上的血色消失得无影无踪,微微往后退了一步。

"再见。"黎昭没有多想，笑眯眯地跟小姑娘道别。

小姑娘抿着嘴，退让到一边，目送他们走远。就在她准备离开时，黎昭扶着的男人突然转头看了她一眼，这个眼神绝对称不上友好，甚至还带着……主角看炮灰女二号的专有气场。她打了个寒战，偷偷看了眼无知无觉的黎昭，脑子里闪出无数个念头。可是在这个冷漠男人的眼神下，所有的想法都变成了无穷的恐惧。她只能愣愣地看着他们慢慢走远，默默送走了自己的第一次心动。

回到家，黎昭把晏庭哄到床上，给他盖好被子，才回自己卧室的洗手间卸妆。镜头前的妆容重，黎昭废了半天的劲才把脸上的妆卸干净。擦干净脸，他听到走廊上有脚步声，拉开门见管家端着托盘站在门外。

"管家伯伯？"黎昭侧身让管家进门，"怎么？"

"先生说您最近工作辛苦，所以让厨房给您熬了汤。"管家把托盘放下，笑着问，"黎先生在这边住得可习惯？"

"大家都很好，我在这边住得挺舒服。"黎昭端起碗喝汤。

见他胃口这么好，管家笑得更和蔼了。习惯了先生什么都不吃，终于来了个吃啥都有胃口的年轻人，管家觉得自己的胃口都跟着好了起来。"您住得开心就好。"管家双手递上干净毛巾，"既然住得习惯，还请您日后常来这边住。自从您来了，先生开心了很多，以前经常不吃不喝，让我们旁边人看着十分担心。"

"谢谢。"接过毛巾，黎昭抬头看管家，"你们……不是庭庭房子拆迁以后，才请的家政人员吗？"

"我跟其他家政人员不同。"管家笑容不变，神态自然地拿过黎昭擦过嘴角的毛巾放进托盘，"我在先生小时候就认识他了，去年雇主家嫌我年纪越来越大，就把我辞退了，先生知道以后，就把我接回了家。"

"原来你看着庭庭长大的。"黎昭好奇地问，"庭庭小时候是不是很可爱？"

"先生从小……"管家笑了一声，"先生长得好，小时候就像是城堡里的小王子，我那里有先生小时候的相册，您可想看看？"

"想想想。"黎昭猛点头。

## 第14章 心疼

"黎先生等我一会儿。"管家端着空碗离开黎昭的房间，偷偷松口气。也不知道先生平时怎么跟黎先生交流的，他刚才差点儿说漏了嘴。他把空碗交给帮佣，取了钥匙到储物间找到了尘封许久的相册。相册已经很久没人翻开过了，样式看起来有些老旧。管家颤抖着手打开相册上的封扣，里面只有寥寥几张照片。

"庭庭小时候只有这么几张照片？"照片上的庭庭比黎昭想象中还要好看，只是每张照片中他都绷着脸，从没有笑过。唯一一张笑脸照上，晏庭穿着婴幼儿小熊连体装躺在婴儿床上，咧着没有长牙的嘴，朝镜头笑得天真无邪。给他拍照的人，一定是庭庭最亲近的人。黎昭几乎可以想象，拍照的那个人一定亲昵地叫着庭庭的名字，惹得他笑出声来，然后拍下了这张珍贵的照片。

"先生从小就不喜欢拍照片。"管家语气一顿，"后来渐渐再也没人给他拍照了。"

黎昭听得心疼。失去了父母的孩子，还有谁会关心他是不是开心，能不能留着儿时的照片做纪念？他独自地长大，独自地面对寂寞。

"瞧我这嘴，年纪大了就爱胡说八道。"管家歉然一笑，"按理说，我这种专业管家，是不能透露雇主隐私的。可黎先生你不一样，这些年来，我从没有见过先生像孩子一样包饺子，还守在电视机前看春晚。作为一个看着先生长大的老人，我想对您说一声谢谢。"

"你千万不要这么说，庭庭是我的朋友，我陪他也是应该的。"黎昭承受不住一个老人如此郑重的感谢，"该说谢谢的是我，这些天一直麻烦你们照顾我。"

"黎先生说笑了，您是世上最好养活的孩子，哪需要我们照顾？"管家笑容如菊花，"既然您与先生是好友，下次您拍完戏回来，还是住这边吧，人多也热闹点。"

"这样不太好……"

"您跟先生是好朋友，好朋友之间，哪用得着顾忌这些？"管家摇头，"年纪大了，就不在乎什么虚假客套，只要你们年轻人在一起住得开心，比什么都强。"

"我、我会好好考虑的。"黎昭没有马上答应下来,他可不是什么随便的男孩子。至少、至少要等庭庭开口邀请他,他才能厚着脸皮继续在这边蹭吃、蹭喝、蹭住。

短暂的假期很快过去,大年初八早上六点多,黎昭就从被窝里钻了出来。丧丧地吃完早餐,收拾好硕大的箱子,他趴在沙发上不想走。堕落了,他真的堕落了。庭庭家的床太软,饭太好吃,水果太甜,日子太舒适,他一点都不想去拍戏。

"怎么了?"晏庭见他趴着不动,"不舒服?"

"庭庭啊!"黎昭哀号一声,趴在晏庭肩膀上假哭,"我不想去拍戏,我想天天待在你这里当咸鱼。"

"好。"黎昭身上的温度,就像他的性格,永远是炙热的,闻着淡淡的洗发水清香,晏庭微微侧首,在他耳边道,"你做咸鱼,我养你。"

"真爷们儿,怎么能让你养?"黎昭哼哼唧唧地站起身,"我出门赚钱了。"

"等等。"晏庭叫住黎昭,把一顶鸭舌帽戴在他头上,"机场人多,别被人认出来。"

"哦。"黎昭拉了拉帽檐,"那我出门啦。"

走到门口,他转身对晏庭眨了眨眼:"庭庭,别忘了想我。还有记得按时吃饭,我会让管家伯伯监督你的。"

"好。"晏庭站在原地不动,谁也不知道他承诺的是什么——是会想黎昭,还是会按时吃饭?

汽车声渐渐走远,管家站在门口,踮着脚远眺,直到再也看不到车灯的光芒,才转身回到屋里。"先生,黎先生已经走了,要不您先用早餐?"

"我不饿。"晏庭起身往楼上走,"没事不要来打扰我。"

管家:……如果现在打电话给黎先生告状,还来不来得及?

## 第15章 打 架

新年后开工第一天，拍摄任务并不重，黎昭只有两场戏。

"小黎，你的戏份还有半个月就要杀青了，后面有没有其他的工作安排？"男主演陆昊走到黎昭面前，"有没有打算接个综艺节目填档？"

黎昭回答："不知道，要等公司的安排。"

陆昊摇头道："我这边有个综艺资源，是去年很火的《假如我们恋爱》，今年要开始新一季的录制。你如果感兴趣，我可以帮你拿这个资源。"

陆昊一直想往大银幕发展，但是现在的公司舍不得他在电视剧市场的人气，从不帮他争取电影资源。眼看着合约快到期，他有意跳槽到草莓娱乐，所以先向草莓娱乐重点培养的新人示好。

"是那档明星假装恋爱的节目？"这档节目确实很火，就连不怎么关注综艺的黎昭都听说过，他摇头，"算了，我还没到法定结婚年龄，不能早恋？"

陆昊一头雾水。什么鬼？早恋？！要不是黎昭的表情很认真，眼神很真挚，陆昊差点儿以为黎昭在耍他。"这档节目很多一线艺人都在抢名额，你真的不去？"陆昊觉得自己还能再抢救一下。

黎昭摇头："谢谢陆哥，但我不适合参加这种节目。"

"行吧。"陆昊点头，"其实不去也好，上了综艺节目，就会被观众评头论足，挨骂更是常态。"现在的年轻人对恋爱对象的要求高得很，像黎昭这种愣头青，大概会被观众从第一期骂到最后一期。

过了没一会儿，陆昊接到朋友的电话，说是《假如我们恋爱》的嘉宾名额全部占满了。

"不是说好给我留一个？！"陆昊有些冒火，幸好黎昭没有答应这件事，如果答应了，他怎么跟黎昭交代？"谁抢了这个名额？徐北？什么三十八线开外的不要脸玩意儿！"

自己不要是一回事儿，被人在背后使阴招，把自己打过招呼的资源偷偷抢走又是一回事儿。陆昊这些年在娱乐圈稳扎稳打，积累出不少人脉，就算打算跟现在的公司解约，也没有闹出太多的不愉快。若是以往遇到这种事，他不会大动肝火。这次不一样，他准备拿来换人情的资源被人抢了。幸好黎昭刚才拒绝了他推荐的这个综艺资源，如果黎昭同意了，他却没法帮黎昭争取到，就不是换人情，而是得罪人，还是自己上赶着去得罪的。越想越气，越想越觉得没面子。圈里是没有秘密的，他怎么也算是圈内超一线实力派演员，被小后生这么打脸，不知道会有多少人在背后嘲笑他。

前几天，紫茄娱乐那边还在主动与他接洽，想用一个大投资的电影资源作为与他签约的条件。他原本想着如果跟草莓娱乐谈不妥的话就去紫茄，现在这个情况……一个紫茄的三十八线艺人都能打他的脸，他如果签进去，不知道还有什么恶心人的事等着他。陆昊想得比较远，越想越觉得自己如果签到紫茄娱乐，处境会很危险。身为电视剧圈的收视金牌男演员，他也是有脾气的。想通这一点，陆昊就把拒绝紫茄娱乐的事交给经纪人去处理了。"今天就回绝紫茄娱乐。我以后就算退圈开火锅店，也不会跟紫茄签约。"

黎昭见陆昊出去一圈后，脸色有些不好看，以为是自己拒绝他让他心里有些不痛快，于是在剧组给陆昊当了两天跑腿小弟。宋喻在旁边看得直翻白眼，如果马屁精有个圈，黎昭绝对是这个圈内的佼佼者。再看陆昊，黎昭对他客气，他对黎昭更客气，一天让助理给黎昭送十几次东西，就差没跟黎昭拜把子称兄道弟了。

"小黎，这场戏你可以表现得稍微收敛一些。"陆昊看出黎昭不是科班生，演戏的时候全靠悟性，缺乏相应技巧，这种演技演配角是够的，但却不能担纲电视剧的主演。在圈内忌讳好为人师，有时候就算是好意，在别人眼里也可能成为炫技。陆昊轻易不教后辈演戏，但黎昭是个

# 第 15 章 打架

实诚孩子，一个能把剧组分发的盒饭扒拉干净的年轻演员，心眼坏不到哪里去。

"这样？"黎昭收敛了一下脸上的表情。

"对，这场戏最重要的就是你的眼神。"陆昊点头，"如果面部还有其他微小动作，在特写镜头下，就显得浮夸了。真正的悲伤，不是靠面部的抽动与眼泪，而是让观众一看到你的眼神就被悲伤的情绪感染。"陆昊把剧本在手里一卷，"成功的演员，会让观众身临其境，对你表演的角色感同身受。你的眼睛长得好看。"聊着聊着，陆昊转了话题，"你近视吗？"

黎昭摇头。

"不近视好。"陆昊还想跟黎昭大谈眼睛不近视的好处，就听到导演叫他，只好意犹未尽道，"等会儿再跟你聊。"小黎同志真是一个适合聊天的对象。

陆昊刚走，宋喻就坐了过来，问："黎昭，你听说过徐北吗？"

"谁？"黎昭满头雾水。

"一个浑蛋。"宋喻见黎昭的表情不似作伪，"你真不认识他？"

"怎么？"黎昭注意到宋喻满脸不高兴，"你的粉丝，跟他家吵架了？"

"他算什么东西，跟我家吵架，都是抬他的咖。"宋喻冷笑，"反正我跟你说，这不是个好东西，你最好注意着点，我担心他踩着你炒作。"

"为什么要踩着我炒？"黎昭反问，"难道我很红？"

宋喻沉默了。不得不说，黎昭最近人气挺高的。《风云起》票房持续走高，最高的单日票房将近三亿，对同档期的电影进行花式吊打。春节假期虽然已经结束，但是《风云起》的票房仍旧单日过一亿，已经进入全国电影总票房前二十名。按照现在这个趋势，进入前五名也不是没有可能。草莓娱乐赚得盆满钵满，黎昭在这部电影里的表现也是可圈可点，刷了不少路人好感度。虽然票房实绩算不到他头上，但是凭借他在这部电影里的表现，以后进入电影市场会比一般的流量演员容易。命啊，这都是命啊！宋喻神情复杂地看着黎昭，突然站起身："不行，我不能面对你这张脸。"只要看到黎昭,他就会想到命运的不公。

黎昭:……孩子脑子老不好,是不是该揍一顿?

结束当天的拍摄,黎昭回到酒店,打开手机就看到自己上了热搜。

#《我的妖精女友》导演称,确实有邀请黎昭参与拍摄,但徐北更合适#

#漫粉心中最好的徐北#

#徐北黎昭#

这个剧组怎么回事儿,有钱不是这么花的。看来他真的有人气了,竟然有剧组愿意花这么多钱踩着他做宣传。一时间,黎昭都不知道这个剧组是跟他有仇还是在帮他做慈善。他只是在上星剧都担不了主的三线演员,这个剧组竟然还带他一起上热搜。这是什么样的精神?这是舍己为人的大无畏好人精神啊!

黎昭的工作团队也很迷茫——《我的妖精女友》剧组是不是脑子进水了?圈内这么多演员,怎么踩着他们家昭昭做宣传?他们家昭昭……还没红到这个份儿上吧?

"那现在的话题热度我们不管?"团队的工作人员有种啼笑皆非的感觉,这都什么跟什么啊?

"管他们做什么?"罗荣冷笑,"随便他们炒。那个徐北是紫茄娱乐签的新人?"

"对,听说他跟紫茄少董关系……格外密切。"

"难怪敢买这么多通稿,原来有充足的宣传费在手,走遍天下不愁。"正规娱乐公司的艺人是有宣传预算的,超出预算的部分,艺人如果想买通稿可以自掏腰包。

虽然上了热搜,但黎粉这边也没开心的。反观另一边,卢仁易家的粉丝最近几天也有些憋屈——被他们骂的艺人转头被正主夸了,让他们不得不沉默;没过多久,被他们骂的这个艺人竟然当选为热心市民,在《新闻联播》里露了几秒钟的脸。看在自家哥哥的份儿上,他们勉强按

# 第15章 打架

捺住自己想要搞事的情绪，这口气一直憋着，直到有关黎昭的几个话题上了热搜，他们才终于能抱着幸灾乐祸的心态围观起最新出炉的瓜。

吃着吃着，卢粉们就觉得不太对劲了，这分明就是教科书般的碰瓷。之前，网传《妖精女友》定了黎昭为男主演，漫画粉们有反对的，也有支持的，轰轰烈烈闹了好几天，导演才出来表示，黎昭不符合角色形象云云。

有事吗？人家黎昭有说演这部剧吗？分明是这个导演自己给自己加戏。这么能演，还当什么导演？直接去台前当演员算了。蹭粉还踩在人家脑袋上炒作，就算他们卢粉是圈中一霸，也干不出这么不要脸的事。

各大论坛有关黎昭的帖子如雨后春笋般出现。比如"怎么看待黎昭红了以后就不与《霸道女总》主创人员联系的行为"，又比如"从什么时候开始讨厌黎昭的"，还有现场表演粉转黑的，十分热闹。

卢粉看着这一场场闹剧，都忍不住替黎昭感到生气。这么明显的水军下场黑人，黎粉都不成立反黑组？黎昭要这样的粉丝有何用？徐北是什么东西，竟然踩着黎昭营销自己？他们虽然骂过黎昭，但黎昭好歹也是他们哥哥写小作文夸过的新人演员。徐北算哪棵葱，也好意思碰瓷黎昭？徐北家水军这么踩黎昭，岂不是显得哥哥的眼光很差？那很没面子的。哥哥的面子，由他们来守护，先掐死徐北那边的粉丝再说。

其他家粉丝见撕遍天下无敌手的卢粉突然就气势汹汹冲向徐北，靠着一己之力把"徐北碰瓷咖"这个话题送上热搜，纷纷一脸蒙——卢粉跟黎粉成为和和气气的一家了？

别说粉丝，就连黎昭的工作团队也很意外，这种情况简直就是娱乐圈奇迹。

"昭啊。"张小源看着网上的舆论情况，问黎昭，"你给卢粉灌迷魂汤了？"

"不要迷信。"黎昭打个哈欠，刚结束完拍摄，他想好好休息一下。

罗荣近期在帮黎昭谈一部外戏，这部戏的剧本很好，已经筹备了两年，不久前定好的男主演辞演，罗荣听说这个消息后就主动与导演组联系了。不过，这事儿他不能擅自做主，要黎昭跟导演沟通以后才能定下来。

黎昭收到罗荣的消息，主动加了沈导演的微信，两人没有聊两句，导演就直接拨通了视频对话，看起来有些性急。

　　"黎老师，不好意思，这么晚还要耽搁你的时间。"沈导胡子拉碴，身上穿着一件灰扑扑的夹克，头发乱糟糟地挤在一起，瞧着已经好几天没有洗头洗澡了。

　　"沈导叫我小黎就好。"黎昭注意到沈导的身后放着一个书架，书籍摆放得格外整齐。

　　"小黎啊，听到你的经纪人主动来与我们接洽，我们很高兴。"沈导挠着头，看起来有些不好意思，"但是我们剧组现在……一时半会儿拿不出钱，你的片酬能不能分期付给你，我能给你打欠条。"

　　黎昭沉默了。人生第一次收到欠条，竟然是因为片酬拖款吗？

　　"今天我已经把剧本看了一遍，这部电影的世界观很宏大，不管是从内涵、剧情还是人设来说，都非常棒。但是……"你们穷得连演员片酬都付不起了，有足够的钱做后期吗？这种电影对后期要求很高，后期做得好，就成功了一半；后期做得不行，演员演技再好也没用，只会让人觉得这是儿童搞笑剧。

　　沈导表情变得更加尴尬，他搓着手小心翼翼道："那您能不能尽量空出档期，三个月……不，两个月，两个月后如果这部电影开不了机，你就去拍其他的戏，好不好？"说到最后，他脸上的表情几乎称得上是在请求。这部电影前后定了两三位男主角，最后都因为剧组资金问题辞演了。能遇到一个主动找上来，还有些名气的演员，对他们剧组来说，就是意外之喜。

　　"好。"黎昭点头，"我等你们两个月。"《天歌》还要拍半个月左右，剩下的一个半月，他可以专心在公司学台词、演技还有仪态，也算是给自己充电。脑子里闪过某个念头，但很快被他压了下去。

　　"谢谢，谢谢。"沈导连说了好几个谢谢，眼眶微微发红，但是当着黎昭的面，他不好意思露出自己狼狈的一面，匆匆挂断了视频。

　　第二天一早，宋喻哐哐砸响黎昭的房门："黎昭，快开门！"

　　"宋哥……"黎昭打开门，"大清早，你干什么呢？"

"你接了《苍穹之影》这部电影？！"

"对。"黎昭刷着牙，"我看剧本挺不错，导演对电影也挺认真，就接下了。"

"你接个屁！你知不知道这部电影……"宋喻语气一顿，深呼吸两口气，"猪脑子！"

黎昭无言以对。大清早敲开他的房间门，就为了对他进行人身攻击？算了，天大地大，吃饭最大，为了夜宵也不是不能忍的。

接下《我的妖精女友》后，徐北一直在打听与黎昭有关的消息，他迫不及待地抢走黎昭的机会，甚至想趁黎昭还不够红的时候把对方踩死在地上。

"你说什么，黎昭接了《苍穹之影》这部电影？"听到这个消息，徐北难掩心中的喜悦之情，"真的？"

"真的。"经纪人幸灾乐祸道，"业内很多人都在嘲笑草莓娱乐，给自家力捧的艺人接了部注定被嘲笑的电影。不过以黎昭现在的咖位，想进主流电影圈有些难，接下《苍穹之影》大概是为了试水。"不过刚进电影圈担主，就拍一部注定是大烂片的科幻片，简直就是作死的最佳选择。

徐北没有说话。在他的预知梦里，这部电影根本没有成为大烂片的机会，它在拍了一半的时候，就会因为资金不足半路夭折，事后参演这部电影的演员还会出来谴责导演拖欠艺人片酬。后来事情越闹越大，导演跳楼自杀了，谴责过导演的演员被网友骂得退了圈，最后与这个剧组有关的事，渐渐也被吃瓜网友遗忘了。黎昭接这部电影就是自掘坟墓。他这几天为了防止黎昭爆红还用尽了手段，没想到黎昭竟然自己作死。

"对了，前几天我听艺人在瞎猜，说你姓徐，跟苍寰大老板一个姓，你们会不会是亲戚关系。"经纪人给徐北倒了一杯养生茶。他也不知道，自家艺人年纪轻轻为什么如此迷恋养生茶。

"怎么可能？不是不是。"徐北赶紧否认，连脸色都变了。事实上，他家往上数三辈，确实跟徐晏庭同宗，但他不敢认。外面的人不知道，但是作为徐家远支，他知道徐晏庭非常厌恶"徐"这个姓，对徐家人也格外冷漠无情。在他的预知梦里，徐晏庭没死之前，他是不敢拿这个姓氏炒作的。不过也快了，如果他没有记错的话，徐晏庭会死在明年春天，死因不明。有人猜测是自杀，也有人说是急症发作没人发现。不管是什么原因，笼罩在徐家头上的阴影，明年就会散开了。

此时，苍寰总部的一个高层正在电视台接受金融节目的采访。当记者问到他平时有什么消遣方式时，他提到了健身、看电影、旅游等等。说到电影时，这位高层顿了顿，特意提了一句："最近那部《风云起》我们全家都去看了，都很喜欢里面一个年轻演员，好像是叫黎、黎昭？"

记者内心呐喊道：不是，大佬，咱们这是金融节目，不是追星现场啊！您是苍寰总部的高管，不是追星少男啊！

高层管理面带微笑地回望记者，深藏功与名。论如何隐晦地拍大老板马屁，他绝对是专业的。

《震惊！苍寰高管竟然说出这样的话！》
《什么电影连苍寰高层都为之疯狂？》
《大佬的最新追星方式——在金融节目上说欣赏他》

【抱着围观不要脸艺人如何低端炒作的想法进视频，抱着跪软的膝盖爬出来！】

【点开视频的那个瞬间，我迫不及待地想口吐芬芳，但是视频的内容让我打下了一串"厉害"！】

【搜索完大佬的身份回来了，我觉得自己不配追星。】

【不配追星+1。】

【要不是看了一遍节目，我会以为这是后期恶意配音。】

【别家粉，表示十分羡慕……】

【楼上黎粉不要假装别人家粉在这里慕来慕去，黎昭刚接了一个外星科幻电影，注定要扑成狗，先想想到时候怎么哭吧。】

【楼上不要瞎说，我家昭昭虽然不是草莓娱乐亲儿子，至少也是半个养子，草莓娱乐不会给他接这种烂戏的。】

# 第15章 打架

众所周知，国内只要拍与外星人题材有关的电影，有一部算一部，都扑得亲妈也不认识。但凡打着科幻星球、外星生物、异形旗号的国产片，十部中有一部会在国家电视台的电影点评节目中被主持人语言幽默又犀利地嘲讽一番，至于剩下的九部都会扑得无声无息，因为它们烂得让人没有任何吐槽的欲望。

【再告诉黎粉们一个噩耗，据说这部剧的主题是爱与和平，外星人与地球人共发展。】

这是什么乱七八糟的剧情，百分之百的烂片王预订啊！黎粉们哀号一片，顾不上自家崽崽被商圈大佬夸奖了，纷纷跑到工作室跟经纪人微博下激情抗议！他们要崽崽有好资源！他们不要崽崽演烂片！垃圾经纪人请独自滚出娱乐圈，不要祸害他们家昭昭！

被骂的张小源很冤枉，他只是一个无助、可怜的宣传经纪人而已！黎昭听说张小源被骂，打开微信给他发了一个九块九毛九的红包，以示对他的安慰。张小源内心的委屈之情，瞬间被这个九块九毛九的红包抚平了。

刚安慰完张小源，黎昭就接到了大老板助理的电话。一通寒暄慰问以后，曹嘉终于说明了意图："昭昭，如果《苍穹之影》这部电影你不喜欢，我们可以给你换个电影资源。"

"不用，我觉得剧本很好，特别有意思。"黎昭解释，"我已经答应导演，等他两个月。"最近沈导每天给他发早安、晚安短信，就算找不到话说，也要问一句"吃了吗"，面对如此盛情，他觉得自己就是宫里的老太后，天天等着"沈贵人"来请安。

"你的戏份快要杀青了，回来后休息两天。"

"嗯，这几天有陆哥帮我分析剧情和人物情感，我拍摄很顺利。"黎昭语气轻快，"能提前两天杀青了。"

陆哥？作为娱乐公司大老板的助理，曹嘉很快反应过来，黎昭口中的陆哥，应该就是陆昊。挂了电话，他回到总裁办，见老板正在挠脑门。

"小曹，你来得正好。"孙总见助理过来，把两份艺人资料放到曹嘉面前，"公司有位艺人合约快到期了，陆昊那边又在主动接洽我们，你说我们是提高签约优惠条件留下原本的那个，还是好聚好散，转而签陆昊？"

曹嘉没有直接给建议，而是说："老板，我刚才跟黎昭通了电话，他跟陆昊相处得很好，陆昊在剧组也很照顾他。"

孙总微微点头："我会考虑的。"

黎昭的最后一场戏，是徐大人的死亡——才谋双全的他，躺在床上，睁着眼，似乎想用眼神穿透时空，看向未来。摄像老师扛着摄像机，站在他的上方，黑洞洞的镜头照着脸直拍过来。每当这个时候，演员就需要忘记摄像头的存在。

剧组所有人都抱着这场戏要拍很久的打算，因为黎昭太年轻了，根本不明白死亡是什么。开拍前，杨导跟黎昭讲了很多，但是正式开拍时仍旧没能放心。可让所有人都意外的是，黎昭这场戏拍得格外好，那种想要继续活着，却又不得不接受死亡的矛盾，在他的眼神戏里展示得淋漓尽致。

结束拍摄后，黎昭躺在床上没有动弹，其他工作人员也不敢轻易去打扰他。这种重要的戏份，演员一时之间出不了戏是正常的。几分钟后，黎昭从床上慢吞吞起身，笑眯眯地看向导演，问："导演，我是不是杀青了？"

"是是是，恭喜杀青。"杨导在兜里掏啊掏，掏出一个红包塞给黎昭，"拿着，压惊红包。"

几个跟黎昭相熟的工作人员，也笑容满面地送上了红包与鲜花。等他回到化妆间拆开一看，最大的红包里装了六十六块，最小的只有十二块。蚊子腿再小也是肉，算了算了。现在大家都用手机支付了，能凑齐六十六块的现金也挺不容易。

在剧组吃了顿杀青宴，第二天一大早黎昭就赶回了京市。他回去的第一件事，就是把晏庭推上电子秤。屋子里气氛是凝重的，众人的表情是严肃的。

## 第15章 打架

"外套脱了,还有鞋,也不能穿,必须都脱掉……"

秦肖拿着文件刚推开晏庭家的门,就听到这样一段对话,他脚步顿住,忙道:"抱歉,打扰了,你们继续。"

黎昭及所有在客厅的家政人员,齐齐扭头看向门口的秦肖,并且露出"你思想为什么如此污秽"的表情。

秦肖冷静地推了推眼镜,从容不迫地踏进大门,说:"黎先生,您跟庭先生在干什么?"

"称体重。"黎昭见秦肖半点不自在都没有,把眼神收回来,指着屋中间的电子秤,对晏庭道,"不要犹豫,上去吧。"

晏庭一小步,又一小步,慢慢挪到了电子秤上。

"哇哦。"黎昭咧嘴轻笑,"我离开家里两周,你瘦了五六斤。"

晏庭平静地从电子秤上下来,回道:"过年的时候长肉,年后瘦下来,很正常。"

"但是,初五晚上你才称过体重。"

"可能是秤坏了。"

"都是借口。"黎昭转身往沙发上盘腿一坐,低头玩平板,不再理晏庭。

晏庭走到黎昭身边坐下,黎昭扭头换了个方向继续玩游戏。

"新出的巧克力蛋糕,吃不吃?"晏庭学着黎昭的样子,有些僵硬地把手搭在黎昭肩膀上,"厨房里还有很多你喜欢吃的菜。"

黎昭伸出一根手指。

"什么?"晏庭看着这根手指在自己眼前晃啊晃。

"一碗饭。"

"嗯?"

"跟我一起吃饭,吃一碗。"

"好。"

秦肖默默看着这一切,也许从一开始他就不该进来,不进来的话,就不会看到老板如此"卑微"的一幕。世界上除了黎昭,大概没人能做到了。黎昭威武!

碍于有外人在，黎昭放下平板，起身跟秦肖打招呼，顺便留他吃饭。

"不用，不用，我帮公司送份文件过来。"秦肖想也不想就拒绝，跟老板一起吃饭是不可能的，只有赶紧消失，才能得到心灵上的净化。

黎昭看了眼坐着不动也不知道送送同事的晏庭，无奈地把秦肖送到大门口，道："秦先生，欢迎下次再来做客。"

"有空一定来。"世界上最敷衍的话，就是"有空来"或是"下次来"。

黎昭刚把秦肖送到大门口，就有一辆跑车如利箭般划过，停在了黎昭面前。按照经典套路，车主人酷炫地下车了。然而，比车主人动作更快的是黎昭，在车停稳的瞬间，他先坐在了地上。

"你想干什么，碰瓷？"车主走下车，取下戴在脸上的墨镜，居高临下地看着黎昭，"长得跟个小白脸似的，难怪他会养着你。"

秦肖皱了皱眉，停下脚步没有继续往前走。

黎昭没有理他，掏出手机就对着车头拍了几张照片，然后把手机揣进衣兜，才开口："这位帅哥，你在幼儿园的时候，是不是很调皮？"

"你想说什么？"

"幼儿园里，乖乖听老师讲话的小朋友，都知道骑儿童车时，遇到行人要慢行，你开着一辆能撞死人的汽车还不知道？"黎昭正在为晏庭在两周时间里瘦了五六斤而郁闷，就有人撞到了他的枪口上。而且这个人他见过，就是春节期间，被管家伯伯说脑子不太好的那个人。

"闭嘴，你一个戏子知道个屁！"姚宇光不屑地看着黎昭，点燃一支烟慢慢吸着，"今天来，我是想告诉晏庭那个疯子，他如果让我妈生意做不下去，那我就跟他同归于尽。"

"骂谁是疯子？"黎昭脸色顿时沉下来，"你全家长辈，没教你人是怎么说话的？"

"我骂的就是晏庭那个神经病！"开口骂了第一句，姚宇光仿佛有了无限勇气，他扯着嗓门大喊，"晏庭，你不得好死。总有一天，你会像你那个疯子妈一样，死……"

姚宇光骂人的话还没说完，就被黎昭一拳揍翻在地，手中的烟头掉落，刚好烫在他手背上，疼得他抽搐了几下。

## 第 15 章 打 架

"呜呜呜……"

黎昭十分有经验地把姚宇光外套脱下来,蒙头盖在姚宇光脸上,趁他没有反应过来,摁在地上就一阵猛揍。

"黎先生,请冷静一点,黎先生。"等黎昭揍得差不多以后,秦肖才假意上前拉开挣扎不休的姚宇光,"有话慢慢说,别打疼了自己的手,这种卖力活,交给保安去做就行。"

姚宇光一把推开秦肖,把蒙在脸上的衣服扯了下来,他疼得龇牙咧嘴地喊道:"你身为公众人物,竟然敢打人,信不信我马上报警,让你在娱乐圈再也混不下去?"他挨打就算了,旁边的人竟然还担心戏子的手打疼,三观呢?

"你如果敢再骂,我就继续打。"黎昭脱下自己的外套,吓得姚宇光往后退了一大步,以为黎昭又要蒙脑袋揍人。

"你这么骂我哥们儿,我打你都是轻的。不混娱乐圈就不混,大不了回去开面馆。"黎昭想起对方刚才说的那些话,觉得面前这个人恶心到极点。

"你说得这么好听,还不是看上了晏庭的钱?"姚宇光不屑冷笑,"可惜我怕你有命赚,没命花,你知不知道疯子会杀人的?你知道晏庭的爸爸,是怎么死的?"他在脖子上比画了一下,"他的疯子妈,拿着刀,一刀砍了他爸的脖子……"

"闭嘴!"黎昭把外套往姚宇光脑袋上一套,再次摁在地上打。垃圾!拿别人的痛苦当谈资的人渣!父母干的事,跟孩子有什么关系?

秦肖往后退了几步,让出足够的空间,好让黎昭尽情发挥拳法。

"黎昭。"晏庭站在门口,面无表情地看着在地上哭爹喊娘的姚宇光,"回来吃饭,不用管他。"

没有看到晏庭的时候,姚宇光骂得很痛快,可是当晏庭出现在他面前时,他控制不住自己内心的恐惧,开始全身痉挛。什么狠话脏话,在晏庭的注视中都化作了胆怯。

"那个什么,庭庭,"黎昭把手背在身后,努力让自己看起来乖巧又无害,"其实我是一个反对暴力的人,真的。"说完,他睁大亮闪闪的眼睛,力图让晏庭看到他眼神里的真挚。

"我知道。"晏庭安静地看着黎昭,良久后再次开口,"昭昭,你跟我回去。"他眼神灼灼,能看到的,只有黎昭一人。

黎昭看了看他,又看了看被揍得鼻青脸肿的神经病男人,转身往自己住的别墅跑去。看着黎昭跑得越来越快,似乎迫不及待地想要逃离他的身边,晏庭的眼神幽暗起来。昭昭在害怕他,想离开他。他的目光渐渐下移,落到了姚宇光身上。

"你、你……"姚宇光害怕了,他从没见过这样的眼神,晏庭想杀了他……一定是想杀了他。晏庭是个疯子,跟他妈一样的疯子!姚宇光想要逃跑,可是他的腿被吓得发软,只能用手撑着地,一点点往后挪。"徐……不,晏庭,杀人是犯法的,你不要乱来。"

"你让他离开了我。"晏庭走到姚宇光面前,弯腰伸手掐住他的脖子,"你这种多余的人,应该去死。"

"不不不……"

"先生!"管家与秦肖见势不对,冲上前去,想把晏庭拉开,"黎先生一会儿就回来。"

"你骗我。"晏庭冷漠地看了秦肖一眼,声音异常冷静清醒,"他不会回来了。"没有人会接受一个不正常的疯子。所以,黎昭不会再回来。知道真相的黎昭,会迫不及待地从他身边逃离,离他远远的。自己在黎昭的记忆中,也许只会是个疯狂又变态、让人厌恶的……疯子。

"庭庭?"黎昭拎着一个硕大的行李箱飞奔回来,气喘吁吁地站在不远处,看着晏庭拎着垃圾的脖子,一双眼睛瞪得溜圆,"你竟然在打架?"冷静优雅的庭庭,竟然会打架?一定不是庭庭的错!全怪这个垃圾太欠揍。

看到黎昭手里拖着的硕大行李箱,姚宇光不仅腿软,全身都开始软了。他想到了不久前看到的社会新闻——清洁工在湖底发现了一个巨大的行李箱,打开以后就发现,里面竟然藏着一具尸体。"你、你不要胡来。"姚宇光恐惧地看着晏庭,晏庭想杀了他,黎昭想帮着处理尸体……"表、表哥,我错了,你饶了我。"姚宇光吓得眼泪鼻涕一大把,恶心得不行。

晏庭却顾不上看他狼狈的样子，手一松，姚宇光的后脑勺就砸在了地上，疼得他当场学鹅叫。"你要走？"看到黎昭手里的行李箱，晏庭往前迈出的脚收了回来，甚至往后退了一步，"这么急？"

"当然急。"黎昭走到晏庭面前。

晏庭忽然转过身，说："我书房还有事。"他怕自己再多看一眼，就不想放黎昭离开。

"啥？"见晏庭头也不回，大步走回大门，黎昭紧皱眉头，低头看向躺在地上的姚宇光。是他刚才揍姚宇光的样子，让庭庭觉得粗鲁了？都是好哥们儿了，竟然还见不得他动手打人的样子，他们的兄弟情，是塑料做的？

"你别过来，你别过来。"姚宇光发现黎昭看自己的眼神不对劲，"你放过我，我以后再也不找你麻烦了，求你放过我！"吼到最后，他的嗓子已经破音了。

黎昭扭头看了眼晏庭家的大门，把箱子扔到地上，开始开箱子。

"不要，不要……"姚宇光已经号啕大哭，一米八的大老爷们儿哭成了大尿货。

"秦先生。"黎昭把箱子里放的特产拿出来，递给秦肖，"上次庭庭说，你跟你的同事都很喜欢我带的特产，所以这次我又买了一些回来，这些你都拿回去吧。"

秦肖看到行李箱里塞满了各种土特产，很多还是肉干等物，这么一大箱算下来，应该也不便宜。秦肖不知道，黎昭此刻的心里正在滴血。有时候在剧组点外卖，黎昭都要选免配送费的，这一箱可花了不少钱。但是为了庭庭的未来，他只能大方几回。上次去苍时拍广告他就看出来了，秦先生不仅是苍寰总部的精英人才，在各分公司领导面前也有说话权。庭庭刚被调到苍寰总裁办，讨好秦肖这样的人是很有必要的。而且人家还亲自给庭庭送文件过来，多好的同事啊。

"谢谢，够了够了，这么多我也吃不完。"秦肖见黎昭一袋又一袋地往他手里塞东西，直到他两只手差点儿抱不下以后才停下来，也不知道是不是自己的错觉，总感觉这次见面黎昭对他更加热情了。

"吃不完就送朋友，这些都是纯天然无污染的好东西，可以放心吃。"黎昭内心在哭泣，它们还有个最大的缺点，就是死贵死贵的，贵得他自己一包都没舍得吃。

"这么多东西，我帮你拿着上车。"黎昭见秦肖穿着西装打着领带，抱着这堆土特产也不太像样，把箱子合拢靠大门墙角放着，利索地把秦肖怀中的土特产都揽了过来，笑容灿烂道，"秦先生，走吧，我送你。"

见黎昭走了，姚宇光看了眼墙角那个散发着寒光的行李箱，从地上挣扎着爬到车上，结果腿软得开不了车。他哆嗦着打开手机，呼唤代驾。这一刻，在姚宇光的心中，代驾软件是世上最伟大的发明。

小区里有专门的访客停车区，只是离别墅区有一段距离。秦肖见黎昭独自抱着这么大堆东西，有些不好意思地想去分担。

"没事，没事，我从小就干这些事，习惯得很。"黎昭笑容满面地说，"再说了，只有这么几步路，又不累人。"

"谢谢。"秦肖察觉到黎昭对他的态度过于殷勤，殷勤得近乎讨好了。秦肖看着这个紧紧抱着土特产跟在自己身后的年轻人，想问他为什么要这么热情，可是面对着他灿烂的笑脸，秦肖什么都说不出口了。

"那个……秦先生，庭庭刚调到总裁办，工作得还习惯吗？"黎昭观察着秦肖的表情，如果秦肖脸色不好看，他就换话题；如果秦肖没有不耐烦，他就厚着脸皮继续问下去。

秦肖脚步微顿，看着这个笑容近乎讨好的男孩子，微微移开自己的视线，道："庭先生工作能力一直很强，各部门领导对他都很……欣赏。"

"贵公司是国际大企业，在总裁办做事，会不会很忙？"如果不忙，庭庭也不会瘦这么多。

"总部工作量确实不是很轻松。"秦肖隐隐猜到了黎昭如此讨好的用意。

"这、这样啊。"黎昭眉头皱起又舒展开，"秦先生，晏庭他不爱说话，平时没人管着，连饭都会忘了吃。您有空的时候，我是说您有空的时候，能不能叫上他一起去吃饭？"

## 第15章 打架

大男孩脸上的青涩未退，眼底有着对国际大公司精英人才的尊敬。这一次，秦肖是彻彻底底明白，为什么先生对黎昭珍而重之，甚至让他在自己生命中占据了特殊的地位。真情难得。一个年仅二十岁的人，愿意为了朋友低声下气地放下明星身段弯下腰说好话，说明他对先生的情谊，已经超越了自己的面子与明星架子。半大小伙子，正是最要面子的时候，可他却过早地学会了弯腰。

"你放心，我会好好照顾庭先生的。"秦肖对黎昭露出真心的笑意，"如果他在公司不好好吃饭，我就发消息告诉你。黎先生若是方便，可以跟我交换一下联系方式。"

"好。"黎昭脸上的笑容几乎控制不住，"谢谢，谢谢你。"

把土特产放进后备厢，黎昭掏出手机，跟秦肖加上微信好友，向他告别："秦先生，你慢走。"

秦肖的目光扫过黎昭的手心，那是装土特产的袋子勒出来的红印，可是黎昭满不在乎，只是高兴在公司有人能照顾晏庭了。"谢谢，下次见。"秦肖想，也许这个孩子，能把先生从悬崖边拉回来，"刚才那个人说庭先生的话……"

"那种疯子的话，你千万不要信。"黎昭脸上露出急色，"庭庭好着呢，什么事都没有。"不管庭庭父母的事是真还是假，绝对不能传出去！

"我知道，员工进公司前，是要进行体检与心理健康检查的。"秦肖见黎昭眼底似乎还有担忧，补充道，"也请你放心，这种无凭无据的事，我不会出去说。"他怀疑黎昭一路送他到停车场最主要的目的就是这个。

"谢谢。"黎昭感激地看着秦肖，心头最后一块大石落地。

秦肖被他如此信任的眼神看得有些心虚，匆匆道别，开车离去。纵横商场，面对竞争对手时撒谎不眨眼的秦特助，在小年轻面前难得地心虚了。

"管家，黎昭……还在门口吗？"

"先生。"管家面色为难地看着晏庭，不知道该怎么开口，"先生，黎先生还小，也许只是有些误会，等晚上他就会回来了。"

晏庭缓缓摇头："他不会回来了。"

屋里渐静,坐在椅子上的人,仿佛被无尽的寂寥包裹,整个人都散发着毫无生气的颓唐。

"我听说他要参演一部电影。"过了许久,晏庭抬头看管家,"你去安排,让这部戏好好拍下去,就当是……"我送他的礼物。

他说不出口。只是暂时拥有了一抹亮色,便开始觉得灰色的世界如此难挨。是他忘了,他的世界本来就是灰色的。

# 第16章 和 好

"老沈，又有一个投资商撤资了。"朋友看着在纸上写写画画的沈导，"要不，咱们算了吧。"

"怎么能算了？"沈导紧紧捏着笔，"为了这部电影，我花了几年时间，房子车子都卖了，现在你让我算了，我不甘心。"

"可是这部电影耗资太大了。"朋友有些不忍，"要不，你先去接部其他的戏，找到合适的投资方后，再继续这部戏？"

"兄弟，我知道你是好意，可它是我这些年的心血。更何况我好不容易找到一个有名气也有演技的演员，让他同意担任男一号。错过他，我不知道还能不能找到比他更合适的演员。"

沈导曾经有个女儿，他答应过年幼的女儿，一定会给她拍一部外星人与地球人做朋友的电影。女儿说，地球人长得像王子一样，外星人受到他的感染学起了种植，最后跟地球人做了好朋友。可是，这个可爱的小姑娘在几年前忽然患上了重病，沈导为了给孩子治病，跑遍了大半个国家的医院都没有将她救回来。夫妻二人无法接受孩子离去的事实，最后选择了离婚。从那以后，沈导就发了疯似的筹备这部电影。先是卖手表、卖奢侈品，然后是卖车、卖房，现在他一无所有，挤在这个出租屋里，还是没有放弃拍电影的事。

"我跟你弟妹商量了一下，这些钱就当是我们给你的电影投资。"朋友从兜里掏出一张银行卡，"钱不多，密码我写在卡上了。"

"不行，我不能拿你的钱，你跟弟妹还有两个孩子要养。"沈导说什么都不同意，养孩子有多花钱他是清楚的，"老李，说什么我都不能拿你跟弟妹攒下的教育金。"

"我这不是送你，是投资。等你电影票房大卖，是要给我分票房利润的。"老李看着沈导瘦得脱相的脸，这么多年的朋友，自己总不能眼看着他饿死。电影拍不拍不重要，人总要好好活着。

两人把这张银行卡推来推去，手机响了起来。沈导赶紧放下银行卡，接通了电话："什么，您说的是真的？有时间，什么时候都方便。谢谢，谢谢！"沈导声音有些哽咽，挂断电话后他红着眼眶对老李说，"老李，这部电影有大投资商了！"

"真的？！"老李高兴地问，"是谁？"

"苍寰总公司大老板，他的私人助理打来电话说，他们老板十分欣赏黎昭在《风云起》里的表现，得知他要出演这部电影，所以决定以私人的名义投资这部电影。"

"苍寰老总？！"老李大喜，"老沈，这是好事啊！"

"对！好事。"以为前路是绝望，谁知又有了新的希望。黎昭，黎昭……黎昭就是他们剧组的金娃娃，有了苍寰大老板的投资，根本不用等两个月，一个月后就能开机！

"这个苍寰大老板简直是宇宙第一好人，祝他永远有钱，长命百岁。"颓废的沈导脸上有了光彩，他把银行卡塞回老李手里，"走，我请你到楼下喝酒！"

"先生，事情已经安排好了。"管家挂了电话回来，"厨房熬了汤，我给您端一碗上来？"

"不用。"晏庭摇头，"你出去吧。"

管家欲言又止，转身出了门。

"刘管家。"一个保镖手里拎着只大箱子进来，"这是我们在门口发现的，可能是黎先生遗落下来的。"

管家接过箱子拎了一下，箱子里的东西应该没有装满，拎起来并不是特别沉。"你在门口看到黎先生没有？"

保镖摇头。

管家叹了口气："我知道了。"

"要不调出门口的监控……"

## 第 16 章 和好

"不行。"管家想也不想就拒绝,"先生不会同意。"黎昭对于先生是不同的,先生绝对不允许别墅里的保镖去监视黎昭的一举一动。尽管……先生恨不能把黎昭永远禁锢在这栋房子里。

送完秦肖回来,黎昭发现自己放在晏庭家门口的箱子不见了。那么大一个装着土特产的箱子,刚才还在这里呢,怎么转眼就不见了?!黎昭觉得自己快要窒息了,他垂头丧气地蹲在大门口,觉得自己该回去了。想起晏庭刚才头也不回就走开的行为,他起身踢了踢围墙。塑料哥们儿,也不想想他是为了谁才动手揍人的,亏他还打算搬过去跟晏庭一起住!哼!他也是有脾气的!等他问清楚管家有没有看到他的箱子,他就走!

黎昭气冲冲地冲进大门,直接朝主屋走去。

"黎先生?"在院子里修剪花枝的花匠,见向来笑容满面的黎先生竟然怒气冲冲的样子,心中十分惊讶。难道是跟先生吵架了?

黎昭冲进主屋,就看到管家跟一个陌生男人围在他心爱的行李箱旁边。

"黎先生?"管家脸上挤出笑,"您来了?"

"我来拿行李箱。"黎昭拿过行李箱,板着脸道,"拿了就走。"

"黎先生,您不要生气。"管家见黎昭脸色难看,开口劝说,"您跟先生是好朋友,有什么话可以慢慢说,不要为了一些小事闹得不开心。"难道黎先生真的信了姚宇光的话,要远离先生?不应该啊,黎先生不像是这样的人,如果他轻而易举就听信了姚宇光的话,也不会冒着被曝光的危险把姚宇光按在地上打。

"又不是我想闹得不开心。"黎昭小声嘀咕一句,拿过行李箱,把箱子里的土特产全部拿了出来,没有把气撒在管家身上,"管家伯伯,我先回去了。这些东西是我买给庭庭还有大家的,你们拿去吃。"

"等等。"管家叫住黎昭,"晚上厨房准备煮火锅,到时候我去叫您?"

火锅?!黎昭眼神一亮,随后恢复如常,拒绝道:"不用了,怎么好意思打扰你们。"

"您跟先生是朋友,怎么能叫打扰?"

黎昭抬头看了眼楼上，楼上一点动静都没有。他收回视线，低头拖着空荡荡的箱子，说："不用了，晚上……我还有事。"虽然舍不得，但是不能让自己成为让人讨厌的对象，"谢谢你们这段时间的照顾。"黎昭转身往门口走，行李箱轮子在地板上划出声响。

"黎先生，晚上还有小龙虾。"管家开口，"先生听说年轻人都喜欢吃小龙虾，所以让厨师学了这门手艺，蒜蓉、麻辣、五香都有，您真的不吃？"

"不、不吃。"黎昭，要忍住，你是个有骨气的男人，不能为了几口吃的折腰。

"黎先生，吃了饭再走。"管家苦口婆心，"先生还在楼上等着您回来呢。厨房里还有新鲜的大闸蟹，虽然现在不是吃蟹的最好季节，但这些都是国外进口回来的，口感还不错。您跟先生坐着聊一会儿天，很快就能蒸好。"

"庭庭真的在等我回来？"

看黎昭这个表情，管家就知道，先生跟黎先生之间肯定有什么误会，便说："当然，先生没有别的朋友，唯一的朋友就是您，您如果走了，先生该有多难过？"

"那他刚才怎么转身就走，理都不理我？"

管家笑着说："刚才先生正在处理文件，听您跟人打架，担心您吃亏，就想出来帮忙。见您人没事，才又急着回来继续工作呢。"

"这样啊。"黎昭有些不好意思，"那我上去看看他。"

踩在楼梯上，黎昭渐渐缓过神来。真是奇了怪了，如果是小源哥或是福利院的小伙伴这样，他肯定厚着脸皮问他们为什么不理他，但是到了庭庭这里，他怎么就矫情上了？难道是因为庭庭对他太好？想到这儿，黎昭在心里谴责自己：黎昭啊黎昭，没想到你竟然是这么渣的朋友！庭庭为了你，都要挽着袖子跟你一起打架了，你竟然还怀疑这是塑料兄弟情？越想越愧疚，越想越心虚，黎昭一步一小挪，一蹭一犹豫，蹭到了晏庭的房间门口，然后悄悄地、缓缓地把房间门推开一道缝。房内窗帘拉得很紧，几乎看不到一丝光芒。黎昭往屋里看了好久，才适应

## 第16章 和好

屋内昏暗的光线，勉强看到了坐在单人沙发上的晏庭。

"庭庭？"黎昭担心晏庭太累在睡觉，所以小声喊，"庭庭？"

晏庭睁开眼，看着在门口探头探脑的小孩儿，猛地站起身。不，不对。他往后退了几步，直到靠上落地窗。这一切都是他的幻想。

"你怎么了？"黎昭顾不上开灯，走到晏庭面前，"是不是睡迷糊了？"

晏庭看着他不说话。其实是幻想也好，今天过后，只有幻想中的黎昭，才会对他笑得这么亲近。

"怎么不说话？"黎昭心虚，难道庭庭知道自己刚才误会了他？不能够啊，他家庭庭不会这么小心眼的。

黎昭转身去开灯，被晏庭一把抓住："别走。"

"不走，不走。"发现晏庭的声音有些不对劲，黎昭更加小心翼翼了，"庭庭，你是不是做噩梦了？"平时高冷的庭庭做了噩梦会抓着他的手不放，还挺、挺可爱的。

"不是噩梦。"晏庭看着黎昭，"是美梦。"梦见黎昭回来了。

"大白天做美梦，不就是白日梦？"黎昭任由他抓着自己的手，伸出另一只手拉开了窗帘。

唰！屋内恢复了光明。晏庭松开抓着黎昭手腕的手，缓缓地伸出手指点他的额头上——暖和的。"你没走？"

"什么？"黎昭听着这话不对，"你想我走？！"

世界上有一种题，答错了不会扣分，但会送命。虽然晏庭没有恋爱过，不知道"送命题"的存在，但是在与黎昭眼神交汇的那个瞬间，他突然无师自通地领悟了可贵的求生技能。"我以为你听了姚宇光的话，害怕我……"晏庭低下头，手却拽着黎昭没有放开，"我不想你走，可如果因为我的存在，让你生活在恐惧之中，我宁可、宁可让你走。"

见晏庭嘴上说着让他走，手却拽得更紧，黎昭早就开始心疼了，哪还顾得上跟晏庭生气，安慰道："我没走，也不会走，你不要胡思乱想。"

"那你刚才……"

"刚才我去堵你同事的嘴。"黎昭拉着晏庭坐下，"苍寰那么大个公司，你升迁的速度又快，我怕你同事嘴不够严，把今天的事传出去。有些流言不管真假，只要背后有人嫉妒你，假的渐渐就会变成真的。"娱乐圈里每天都有真真假假的流言传出，想要当事人不受任何影响，只有一个办法，那就是让流言没有机会传出去。庭庭是不擅社交的性格，别人在背后编派他，他也不会主动解释，加上他平时沉默寡言，谣言只会越传越夸张，越传越荒唐。

"你是为了这个，才突然离开的？"晏庭看着黎昭，眼中似有万千情绪翻涌，又仿佛什么都没有。

"不然还能为了什么？"黎昭避开晏庭的眼神，不想让他看到自己微笑的背后有世俗的一面，"庭庭，你性格太单纯，不知道人心有多险恶。"

屋子里安静片刻。

"对不起。"道歉的话，在晏庭嘴里转了一圈，缓缓流淌出来，"你是世上最好的昭昭，我误会了你。"

"现在知道我是最好的了？"黎昭挑眉哼哼一声，"走吧，下楼吃饭。"

"你不问什么？"

"问什么？"黎昭看他，"问你为什么不乖乖吃饭？"对于童年不幸的人而言，每一次讲述过往都是自揭伤疤。伤口撕开后变得血肉模糊，除了更加痛苦与不甘，毫无用处。

晏庭沉默地看着他，黎昭笑着回看。晏庭走到他身边，轻声说："昭昭……"我给过你离开的机会了。从今天开始，你将再也不能离开我的身边。

"什么？"

"没事。"晏庭微垂眼睑，敛起眼中所有疯狂。

"你有没有觉得，我们两个像幼儿园小班的孩子？"黎昭挠了挠头，"莫名其妙地闹不开心，再莫名其妙地和好？"

"就算是小孩儿，你也是幼儿园小班里最可爱的小孩儿。"

"庭庭，你变了，你再也不是以前的庭庭了。"

晏庭脚步微顿。他，发现了扭曲的自己？

"你变得嘴甜了。"黎昭伸手搭上晏庭的肩膀，"嘴甜好，嘴甜的男孩子讨人喜欢。"

"不用别人喜欢，你喜欢就行。"

"喜欢，喜欢，我最喜欢你。"黎昭歪头，"庭庭，你有没有觉得，我们的谈话奇奇怪怪的？"

"不觉得。"晏庭的表情一本正经，浑然不觉刚才的聊天有哪里不对，"只有思想污秽的人，才会胡思乱想。"

黎昭沉默了。是他错了，怪他太污秽，玷污了庭庭正直又纯洁的心灵。

管家见两人勾肩搭背，笑容满面地下楼，就知道两人和好了。他转身让厨房把蒸好的螃蟹还有其他菜端上来，假装不知道两人闹过小矛盾。

跟庭庭和好了，又吃完了饭，黎昭心情愉快地回房间睡午觉。可是当他躺在床上，回想起姚宇光的话时，心头的那点喜悦全部化作了心疼。如果庭庭的童年真是这样，年幼的庭庭该有多难过？裹着被子在床上来回翻滚了几遍，黎昭的睡意彻底飞走了。

掏出手机，点开小伙伴群。

昭昭有好运：伙伴们，在吗？在吗，伙伴们？【知了趴树上"滋儿哇"乱叫的配图】

会赚一个亿：爱卿有何事？

昭昭有好运：我有个朋友，最近遇到点麻烦事。

会赚一个亿：……

明天更好：……

花开的声音：……

昭昭有好运：省略号是几个意思？

明天更好：我们都保持沉默，听你说话的意思。

昭昭有好运：行吧，我那个朋友是个挺随和的人，很多小事都不放在心上。

明天更好：然后呢？

昭昭有好运：但是他因为小事跟朋友生气了，他平时不爱生气的。

明天更好：嗯，然后呢？

昭昭有好运：你们说，他是不是有点儿渣？

会赚一个亿：……

花开的声音：大概是因为他知道那个朋友在乎他，所以他才会放心地生气。我猜，你朋友的朋友，对你朋友肯定很好？

昭昭有好运：特别特别特别好。

花开的声音：昭昭，你知道吗，被爱着的人，是有权利生气的。只有不被爱的人，才会逼着自己永远豁达，永远不计较。你的朋友很幸运，他拥有了一段真挚的感情。我想，他的那个朋友也不会怪他的。只要两人多沟通，一切矛盾与问题都能迎刃而解。

看着霞姐发来的这段话，黎昭怔住，愣神了很久后，他匆匆在小伙伴群回了几个字，从床上翻身坐了起来。原来，他是被庭庭惯坏了。

小伙伴群再次安静下来。黎昭不知道，三位小伙伴偷偷拉了个讨论组，一起研讨"黎昭的朋友"。

花开的声音：我觉得自己就像是个老妈子，看着崽崽终于找到了自己的生活，既高兴又难过。

昭昭搬入福利院后，一直都很懂事，被大孩子欺负了不会哭，还会很勤快地帮着院里的员工做事，在学校如果有人刁难他，也只会笑嘻嘻地去解决。他从不任性，仿佛不会生气，也尽量不给任何人带来麻烦，懂事得不像个小孩子。可是如果有人珍而重之地捧着照顾着，谁又愿意在小小年纪就做一个乖巧听话又懂事的小大人？

花开的声音：还有，你们谁也不要拆台，既然昭昭说那是他朋友，我们就当是他朋友。

明天更好：好的，老婆大人。

会赚一个亿：好的，大姐大。

花开的声音：对了，你跟你女朋友的婚礼，已经定好三月八号了？

会赚一个亿：嗯。

花开的声音：我跟你周哥已经商量好了，等你结婚的前几天，我跟他过去帮你搭把手，那些杂七杂八的事情交给我，咱们要尽最大的努力，给你女友一个完美的婚礼。

会赚一个亿：谢谢霞姐、周哥。

明天更好：我们兄弟姐妹之间，说谢就过分了。霞霞的病，如果不是你跟昭昭，恐怕就治不好了。

会赚一个亿：好，都不说客气话，咱们四个就是异父异母的亲兄妹。

"这俩孩子，一个比一个熊。"朱霞笑着对丈夫周明说，"皮孩子。"
"也都是好孩子。"周明笑着把朱霞拥进怀里。

他跟霞霞离开福利院后，一直赚钱资助院里的孩子，可是在霞霞患了重病，需要很多钱治病时，只有黎昭与陈晓军站了出来，拼命攒钱救霞霞的命。患难见真情，黎昭跟陈晓军在他们心中就跟亲弟弟一样。

晚上，黎昭终于吃上了丰盛的海鲜火锅。他胃口好，桌上大部分菜都是他吃下的，吃完饭他揉着肚子站起身："我该回去了，庭庭，明天见。"

晏庭动作一僵，抬头看他："你要走？"

"我不是走，我是回隔壁，明早就过来。"黎昭没想到晏庭反应这么大，解释道，"明天早上开始，我每天都会起来跑步，住这边我怕吵到你。"

"家里隔音很好，而且一个人跑步，没有两个人有意思。"晏庭仍旧盯着黎昭,"留在这里。"

"那怎么好意思?"黎昭嘴上说着不好意思,双腿却很诚实地走到沙发边坐下了。

"只要你愿意留下来,什么都好。"

"那我明天早上拉着你一起跑步?"黎昭笑眯眯地看着晏庭,"男子汉大丈夫,说话要算数。"

"好。"晏庭已经反应过来,黎昭是故意逗他,想要带他一起跑步。娱乐圈真是复杂,好好的小孩儿,也变得狡猾了。

早晨,黎昭从睡梦中醒来,换上一身清爽便利的运动装,打开窗户呼吸了一下外面的新鲜空气,忍不住哆嗦了一下,又在身上套了一件外套。拖着晏庭开始跑步后,黎昭发现,腿更长的人跑步的时候更占优势,要不是他体力好,差一点跑不赢庭庭。身上的厚外套早已经脱了,绕着别墅跑了几大圈,黎昭喘着气道:"今天跑到这里差不多了,你刚开始跑步,不能跑太久。"再跑下去,他就要输了,男人不能认输。

"好。"晏庭从管家手里接过温盐水,递给了黎昭。

黎昭"吨吨"喝了几口,晏庭极其自然地从他手里拿走杯子,也仰头喝了几口。

"这杯子……"

"好哥们儿之间彼此用下杯子,不是很正常?"晏庭偏头看他,"有什么问题吗?"

"没有。"黎昭仔细想了想,好兄弟在一起搓澡都没关系,喝一杯水好像确实不算什么,"早知道我就给你多留点水。"

"不用,这些够了。"晏庭喝完杯底的水,把杯子递还给管家,"我去洗澡换身衣服。"

"我也要洗,差点儿忘了等下还要去公司。"黎昭没有细想,没心没肺地回到房间,一边哼着歌,一边冲澡。

黎昭心想,庭庭天天坐在电脑前办公,自己以后要经常带着他运动。没事跑一跑,健康活到老。于是,在接下来的一段时间,黎昭每天早上都拖着晏庭跑步,然后赶去公司上课,为自己充电。

## 第16章 和好

"昭昭。"形体课结束后,罗荣拿着个文件袋走进来,"最近有个综艺节目想请你做特邀嘉宾,录两期节目。"

"什么节目?"黎昭接过文件袋,"罗哥,你不是说,演员参加太多综艺节目,会减少他表演的角色的神秘感吗?"

"你最近没有什么作品上,需要一些曝光。"罗荣道,"这是央视第九频道举办的一档节目,让明星到农村体验生活。节目开播以后,收视率虽然不如专业做综艺的电视台节目高,但是好评度很高,有利于提升你的形象。"

"央视?"听到"央视"两个字,黎昭想也不想就点头,"好好好,我答应。"

"编导组提前跟我说了,这档节目没有详细台本,而且不会作假摆拍。"罗荣把丑话说在前面,"条件非常艰苦,出场费也不高。知道为什么拍到最后两期会临时邀请新人加入节目吗?"

黎昭摇头:"不知道。"

"上一位嘉宾被老乡家的狗追了两条街,最终因为体力不支,腿陷狗嘴,这让他产生了巨大的心理阴影,哭着喊着结束了与节目组的合作。"

黎昭无言以对。

"还有个嘉宾被几只鹅啄得爬上了树,表情包传得全网都是。"罗荣拍了拍黎昭的肩膀,"你如果决定接下来,我就给节目组那边答复。"

黎昭心想,难道因为他最近没有工作,所以罗哥终于对他下狠手了吗?

央视旗下的综艺节目,主打的口号是"不求噱头多,但求真实"。不管大咖还是小咖,只要进了他们的节目组,都要接受编导组的安排。不化妆、在泥里打滚都是轻的,打扫牛粪、杀鸡宰牛都有可能让艺人去干。所以真正的一线大咖不愿意上这档节目,不够有名的艺人又够不着机会。最后,草莓娱乐凭借着在业内的知名度,帮黎昭抢下了这个名额。

节目正式开拍那天,天还没有亮摄制组的车就开进了黎昭居住的小区。当车子开到别墅大门口时,摄像师给漂亮的雕花大门来了个特写,很多观众对嘉宾的居住环境还是很好奇的。

叩叩叩。摄制组的工作人员敲了好一会儿的门，门才缓缓打开。黎昭穿着睡衣，顶着乱糟糟的头发，不敢置信地看了眼门外的夜色道："你们这么早就过来了？"

工作人员笑道："只有起得早，才能探寻最真实的嘉宾。"

黎昭看了眼手腕上的表，早上四点过五分。所以，这个节目组的人都是魔鬼？

"请先进来坐。"黎昭打了个哈欠，有气无力地穿着拖鞋往厨房走，"你们这么早过来，应该都没吃早饭吧，我们吃了饭再去机场。"节目组订的航班是上午十点，没想到他们竟然这么早就过来，简直就是丧心病狂。

"昭昭，我们可以拍摄一下你的房子吗？"

"你们请随意。"黎昭熟练地熬粥、煎蛋、热牛奶，这段时间没有住这边，食材还是昨天临时让管家伯伯帮着准备的。

工作人员带着摄像师拍完屋子，走到厨房门口，见黎昭做饭这么熟练，便问："昭昭很会做饭？"

"能做一些家常的菜，以前一个人住，又不能天天吃外卖，只有学着做饭。"黎昭把餐具从消毒柜里拿出来，把早餐盛好放到餐桌上，邀请大家坐下来一起吃饭。

"你家房子很漂亮。"工作人员主动找话题。

"这不是我的房子，是朋友借给我住的。"黎昭从冰箱里拿了一兜水果洗干净，放到桌上，"我的那点钱，连一间房都买不到，更别说这么大栋房子了。"

工作人员有些意外，这是他第一次见到艺人如此耿直地承认自己贫穷。有些艺人为了不让自己露怯，在拍摄节目前会提前租别墅或是大豪宅，让观众以为他们本身就是有钱人。像黎昭这种的不是没有，但是很少见。最重要的是，对方还亲自给他们工作人员做饭吃。饿着肚子拍摄是他们的常态，有些嘉宾自己都不吃饭，更别提会给他们做饭了。然后他们就看到，黎昭一个人吃了两碗粥、四片吐司、两个煎蛋，还吃了不少水果。正在吃饭的摄像师有些后悔，早知道黎昭这么能吃他就该继续拍，放在节目里也是一个小亮点。

吃完饭，等黎昭换好衣服，节目组录制了问答环节，才准备出发赶往机场。打开大门，他们看到一个穿着西装、举止优雅的老人站在门口，手里还拿着件外套。

"管家伯伯。"

"黎先生，先生说山里冷，让你把这件外套带上。"

"好。"黎昭接过外套，"回去帮我提醒他，电子秤，他会懂的。"

"打扰了。"管家对摄制组的人笑了笑，转身优雅地离开。

工作人员在心中暗暗感慨，没想到高档别墅区的邻里关系也这么好。

节目组的车缓缓开进晨雾中，没有人知道有道身影站在楼上，目送着他们的车辆远去，直到车子再也看不见，直到晨光照亮薄雾。

黎昭刚下飞机，就接到了节目组的任务卡。

"请用节目组为您提供的资金，赶往清溪村。"

"五十块？"黎昭把绿色的五十元纸币从信封里掏出来，"行吧。"

节目组：惨叫呢？痛苦的哀号呢？听不到嘉宾凄惨的抗议的节目是不完美的！

"来录制节目前，我的经纪人还说会很苦。我觉得你们挺厚道的，"黎昭把五十块揣进衣兜，"竟然给了我五十块路费。"

节目组：年轻人，要不是你的表情很真诚，我们会怀疑你是在反讽。

可是当他们跟着黎昭东拐西拐，看着黎昭打听到卖猪市场，花十五块钱挤上前往清溪村的运猪车，一路蹦蹦跶跶往村里赶时，他们的灵魂都跟着在颤抖。谁说他们节目组丧心病狂的，这里还有个更狠的嘉宾！他们节目组的车跟在运猪车后面，被令人窒息的气味熏得都不敢开窗户了，为什么黎昭还能跟买猪的农户在又脏又破的车上讨论什么样的小猪肯吃肯长？年轻人，你是来下乡吃苦的，不是技术员下乡进行养猪知识宣传的！节目组不要面子吗？猪市场离清溪村足足有七八十公里的距离，节目组的车就这样一直跟在运猪车后面，闻着令人窒息的气味。等上了乡村土道后，原本就颠簸的运猪车更是在凹凸不平的路面上一蹦三尺高，节目组的人甚至怀疑黎昭会被蹦出来。

"狠，实在太狠了。"工作人员见黎昭扶着车上的栏杆，头发在风中凌乱，却还能保持微笑跟农户谈笑风生，佩服之情油然而生。

"哥，我很担心这期节目播出去，观众会骂我们心狠手辣。"虽然这事儿真的跟他们没关系，但观众会信吗？不，他们不会，他们只知道骂节目组是周扒皮、容嬷嬷。

"我就不信，去了村里以后，他还能应付自如。"工作人员不气馁、不放弃，为了节目组的颜面与地位，他要坚强！

清溪村是个贫困村，虽然经济条件近几年渐渐好转，但是跟大城市的乡镇比起来还是相差甚远。

买猪的农户姓张，快六十岁了，儿女都在外面打工。这些年他待在村里，很少见到像黎昭这样清俊又斯文的男孩子。出门前，村主任就通知过大家，近几天会有明星来他们村录节目，没想到他运气好，买两头猪的工夫，人就被他碰见了。一路上两人聊得很开心，车子停到村口时，张大爷还有些意犹未尽。

"昭昭，这是你的任务卡。"工作人员递上一张卡片。

黎昭打开卡片一看，念道："带两个工作人员，到老乡家吃饭。"

"去谁家啊，就去我家。"张大爷熟练地给两只猪崽套上草绳，乐呵呵道，"今天我家里炖了腊肉，特别香。娃子，走，大爷包了你的伙食。"说完，他看向制作组的工作人员，"你们是娃子的同事？走走走，一块儿走！"

不是，现在已经过了饭点，工作人员想象中的拍摄画面，应该是黎昭羞着一张脸，到各家各户问老乡有没有吃的，艰难地讨生活。老大爷，你这么热情节目很难做的啊。工作人员拿眼睛偷偷瞅黎昭，希望他能拒绝。

可是黎昭在听到"腊肉"两个字时，眼睛已瞪成了皮卡丘同款，脑袋点得像是被狂风吹来吹去的树梢："好啊好啊，大爷，我帮你牵猪。"刚买回来的猪胆子小，也不会乖乖跟着人走，需要费力拖回去。草绳结实又不容易勒伤猪崽,黎昭接过绳子一拖,猪仔的四蹄就在泥地上留下长长几道痕。

节目组:为了去老乡家蹭一顿腊肉吃,黎昭这是在玩命啊!好好一个年轻小伙子,偶像包袱不要了?

"昭昭,你怎么想到搭运猪车回来的?"工作人员跟在黎昭后面问,"是碰巧?"

"清溪村比较偏远,几乎每家每户都有自己养猪吃肉的习惯,开春后很多老乡家都会养猪崽,所以我就去猪市场碰运气。"说到这儿,黎昭还有些遗憾,"最近,二师兄价格持续上涨,担心大爷不愿意搭我,我还出了点路费,不然就能多省几块钱下来了。"

工作人员:不,你真的已经够省了。

拖着猪走过田埂,爬过小土坡,大家终于来到张大爷家门口。

"老头儿,来客人了?"一位剪着短发,腰系围裙的大妈走出来,目光一下子就锁定在了黎昭身上,"这孩子长得真好看,是咱们丫头的男朋友?"爱美之心人皆有之,不分年龄。即使是大妈,也有欣赏美色的权利。

"胡说八道什么呢,这是城里来的大明星。"张大爷老脸发红,对老伴说,"你去地里再弄点新鲜菜,炒上几盘,娃子跟他的朋友中午在我们家吃饭。"

"好好好。"大妈笑脸如花,热情地招呼黎昭进屋坐。

"谢谢大娘,我帮大爷把猪崽关进猪圈里就来。"黎昭拖着哼唧直叫的猪,问张大爷,"大爷,您家的猪圈在哪儿?"

"猪圈里脏,哪能让你去?"

"没关系,出门前我带了衣服,等会儿大不了换身衣服。"黎昭见张大爷家没有青壮年在,干脆先帮他把事情做完。

张大爷见黎昭如此坚持,只好带着他往猪圈走。农村的猪圈做得结实,为了不让猪那么容易跑出来,圈门很不好打开。黎昭看张大爷开了半天都打不开猪圈的入口,就弯腰单手夹住猪耳朵,把它们脖子上的草绳一解,一手一只把猪崽抱进了猪圈。

抱进了猪圈！抱进了猪圈！跟拍的摄像师腿都在抖，这真的是拍偶像剧出身的演员吗？真的是吗？！

猪崽在吱吱嗷嗷地叫，它们用最凄厉的叫声，祭奠自己根本就不存在的自由。把两只猪崽关进猪圈后，大妈热情地带着黎昭去洗手洗脸，还特意把主卧空出来，让黎昭进去换衣服。换完衣服跟鞋，黎昭看到大妈在门后朝他招手。他小跑过去，大妈把他拉到厨房，然后……端给他几片巴掌大小的瘦腊肉，小声道："来，尝尝合不合胃口。"

厨房门吱呀一声打开，黑洞洞的镜头对着黎昭手里装肉的碗。黎昭与摄像师的目光在空中交汇，在这一刻，空气中似乎弥漫着淡淡的尴尬。

"我叫娃子过来帮我尝一尝菜的咸淡。"大妈从碗里找了一片最大的肉塞进黎昭嘴里，然后又挑了一小片肉，撕下半截朝摄像师递了递，"你也来点？"

摄像师无话可说。大妈，你很像家庭伦理剧里偏爱小儿子，把好东西都偷偷给小儿子吃的反派妈，这种人最后是要被打脸的，知不知道？

大妈不知道，也不想知道，她只是担心来客太多，腊肉不够这个长得好看的小伙子吃。

"好吃，咸淡适宜。"在镜头下，黎昭厚着脸皮把腊肉吃完，还在碗里多摸了两片，一片给大妈，一片给自己，然后帮着大妈烧柴灶。

大爷大妈家的炒菜锅很大，柴火烧得旺，菜一下锅，满屋子都弥漫着烟雾。

"大妈，火还要旺一点吗？"

"对呢，火要旺旺的，炒出来的菜才好吃。"

炒完菜，黎昭兴致很高地帮大妈端菜拿碗，满脸写着对午饭的期待。这让节目组不得不怀疑，这孩子是不是平时在经纪人的严格监督下没有吃饱过，所以现在经纪人不在身边，他终于放飞了。

饭菜上桌，张大爷想要拿出自己珍藏多年的药酒，给黎昭倒上一杯，黎昭赶紧拒绝了："大爷，我不喝酒。"

张大爷劝了几次，见黎昭是真的不喝，才没给他倒。"我这酒，都是纯粮食酒，外面喝不着的。"见黎昭不喝，大爷内心还有些小遗憾，"娃

## 第 16 章 和 好

子,你多吃点。年轻小伙子要多吃肉,才能长高。"说完,拿干净筷子给黎昭拨了小半碗腊肉。

节目组的几个工作人员忽然有种被大爷大妈排挤的错觉。

吃完饭,黎昭帮张大爷喂了猪、喂了狗,这才提着大爷大妈送的花生,依依不舍地往村主任家走,与导演组汇合。一路上,黎昭帮老乡家的玉米营养团盖上被风吹走的塑料膜,瞅了瞅新嫁接的果树,还在路过鱼塘时帮钓鱼的大爷网起了一条大草鱼。工作人员怀疑他们是在拍《致富经》。赶到村主任家时,陪行的工作人员松了口气,再跟黎昭待在一起会影响他们折腾艺人的成就感。

导演组的人早在监视器里看完了黎昭的所有表现,内心对这个新嘉宾的战斗力表示十分敬仰。等黎昭一进门,导演组就立刻起身跟他打招呼,能单手扛起猪崽的小伙子,或许也能扛起他们中的一个人。

"欢迎黎昭加入我们的小家庭。"导演跟黎昭握手,"来之前,想必你的经纪人已经跟你提过,咱们节目条件有些艰苦,请你克服克服,等回去以后,我亲自掏腰包请你们嘉宾组吃大餐。"

"谢谢导演,这里挺好的,不苦。"黎昭在屋子里找了一圈,没有看到其他嘉宾的身影,"其他几位老师,都已经到了吗?"

"他们都已经到了。"导演没说出口的是,在黎昭帮大爷扫猪圈、吃腊肉的时候,其他嘉宾还挨家挨户敲门讨吃食呢。

"这是你住的地方,根据路标去找。"导演递给黎昭一张任务卡,"你现在已经对村子熟悉了,除了摄像,我们不会再特意安排工作人员陪行。"想了想,他补充一句,"来之前,我已经拜托村主任让老乡们把家里的狗系上了绳,你不要害怕。"

导演不提醒还好,一提醒,黎昭就想到了上一位被狗咬的嘉宾。他默默看了眼导演,小腿有些发凉。

山里的早春很冷,黎昭穿上外套,手里拿着用简易线条绘成的地图找自己的住处。

"奶奶,这里有大明星!"有小孩儿看到黎昭,大喊道,"快出来看明星。"

"小朋友好。"黎昭朝几个跑出来围观他的小孩子挥挥手,"吃了没?"

面对摄像机镜头,小朋友们有些不好意思,朝黎昭羞涩地笑。黎昭上前摸了摸为首小男孩的脑袋,从外衣口袋里掏出一袋没有拆开的饼干,说:"来,见面礼。"

小孩子想接,又不好意思接。

黎昭把饼干放到小孩儿手里,说:"下次见。"

摄像师小声提醒:"昭昭,你已经走了快二十分钟了。"

黎昭再次朝小朋友们挥手,拖着行李箱继续往前走,问:"摄像老师,你知不知道,要想在村子里混得开,需要做什么?"

摄像师:不不不,我一点都不想知道,我只知道我们是来录制节目的,不是来参加村委会评选的。

"首先就要做孩子们的领头人,得孩子者得村里最灵通的消息。"黎昭得意扬扬,"来之前我看过你们节目了,好多活动都需要本地人的提醒。"

摄像师:我看你是想当孩子王。

黎昭找到住处时,里面已经入住了另一位嘉宾。这位嘉宾就是在节目里被几只鹅追得爬树,最后表情包传遍全网的实力派演员向震。自从参加了这个节目,向震的严肃、高冷包袱就碎成了渣,捡都捡不起来。

"向老师好。"黎昭朝向震鞠了一躬。

"叫我向哥就行。"向震见黎昭长得白白嫩嫩,连行李箱都是奢侈品牌里的流行款,在心中暗暗叫苦——节目组分给他这样一个队友,是打算让他们拿倒数第一名?不管了,反正友谊第一,比赛第二。

两人握了手,向震带黎昭进了房间。不到十平方米的屋子里,放着两个钢架床,被褥放在床上,还没开始整理。不等向震开口,黎昭就放下行李箱,迅速套好棉被,把床铺好,然后问:"向哥,您睡哪张床?"

向震没想到黎昭手脚如此利索,激动地拍着黎昭肩膀,说:"节目组终于派了个大将给我,感谢节目组全家!"

此时,坐在监视器旁的导演沉默了。不,这跟他们的计划完全不同。

第 16 章 和 好

向震性格爽朗,对黎昭这种拍网剧出名的流量新人也没有偏见,尤其是当他听说黎昭还会做饭时,看黎昭的眼神就像是在看亲生弟弟。

收拾好房间,嘉宾有一小时休息时间,黎昭赶紧掏出手机给晏庭发消息。

昭昭有好运:中午在老乡家吃了腊肉,超级香,要不是有镜头在拍我,我还能吃两碗饭。

虽然节目组已经对他的饭量感到震惊。

昭昭有好运:节目组的人都挺好,没有刻意刁难。这里空气很好,就是天气有些凉,幸好你让管家伯伯给我多带了一件外套。

过了一会儿,晏庭才回他的消息。

晏庭:好,注意身体。

下午四点,所有嘉宾在晒场集合,黎昭终于与其他四位嘉宾正式见面。这些嘉宾里,有歌手、戏曲演员、小品演员、主持人,黎昭是唯一的流量担当。对于黎昭的到来,大家表现出了极大的热情,并且一点都不含蓄地问黎昭能不能干农活。

"年轻人好,年轻人体力好。"

"对对对,手脚也麻利。"小品演员钱多喜敲着肩膀,"向震,不如咱换队员吧,我拿张奎跟你换。"

"不久前还叫我小奎奎,今天就拿我换年轻帅气小伙子?"张奎抹泪,"钱哥,你好生无情。"

"欢迎各位嘉宾来到我们《归隐山林》录制现场,现在我们鼓掌欢迎本期新嘉宾,本节目的颜值担当,黎昭!"

"谢谢大家。"黎昭双手合十。

主持人高声问:"一段时间不见,大家有没有想我?"

现场一片静默。

"没事,我想大家就行。"主持人抹了一把脸,"咱们节目组的口号是?"

"活下来就行!"

"不要放牛!"

"不要杀羊!"

黎昭默默退后一步,这个节目组……是玩命模式。

他们的第一项任务,就是帮村里年迈的老人挖地除草。众人认命地扛着锄头,来到田地里,就见黎昭架势十足地挽起袖子,举起锄头,开始除草挖地,还时不时把大土块用锄头敲碎。五位嘉宾齐齐张大嘴。

"我错了,我不该骂节目组是狗,其实他们还是有人性的,至少把昭昭安排到了我们身边。"

"大刘啊,不是我们嫌弃你,是昭昭实在太能干了。"大刘就是那位被狗咬的倒霉嘉宾。

向震拖着背篓捡杂草,好奇地问黎昭:"小黎,你怎么连这个都会?"

"这个挺简单,只要找准拿锄头的位置,就能事半功倍。"黎昭指着锄头把手,"比如说,这里是着力点,我们考虑到土壤的柔软度,还有扬起锄头的高度……"

向震表示,每个字他都能听懂,但是合在一起好像听不太明白。摄像师朝茫然、无知又无助的向震来了一个全方位无死角的大特写。

挖完地,众人已经精疲力竭,但是导演组又安排他们帮村里的老大娘找还没回笼的鸡。在一片哀号声中,大家拖着沉重的步伐,开始漫山遍野地找鸡。对于贫穷的农户而言,一只鸡已经算得上重要财产,但是几位嘉宾都是从小在城镇里长大的,实在不知道该从哪里找起。没走出多远,黎昭就听到一声惨叫,扭头看去,见张奎连滚带爬地从草丛里转出来,一只红冠大公鸡张着翅膀追在他身后,对他的屁股图谋不轨。

看到黎昭,张奎就像是看到了亲人,扑过来求救道:"小黎,世界上最帅的大帅哥,救命。"

哪知黎昭不仅没有救他,反而转身就跑。

你跑什么啊!"张奎很绝望。

"公鸡会飞!"黎昭一边跑,一边大喊,"我打不过它。"

"连一只鸡都打不过,你身为当红艺人的尊严呢?"

"你行你上啊!"

张奎他不行。

两人拼命地奔跑,直到这只公鸡的主人发现不对劲,把公鸡给唤回去,才救了两人一命。

"为什么老乡家的鹅厉害、狗厉害,连鸡都这么厉害?"张奎扶着腿,不断地喘气,"想我张奎,小时候也是小区一霸,今天竟然输在大公鸡的手上。"

"张哥,你怎么惹到它的?"黎昭靠着树站好,"像这种羽毛鲜艳、鸡冠厚大的公鸡,战斗力非常强悍。"

"我看到它跟只母鸡在一起,就想看看那只母鸡是不是大娘家丢的那只……"张奎越说越小声,"好像,我确实做错了什么。"

"走吧,我们继续找。"黎昭体力比张奎好,喘得也不厉害,两人顺着小道走了一段路,见几个小孩儿正在地里,身披塑料布,手拿黄荆棍扮演武林高手。

"各位大侠!"黎昭朝小孩儿们抱拳,"在下有要事相求,请各位大侠鼎力相助。"

"完了完了!"监视器后面,导演拍着大腿道,"这里面有个孩子,看到我们把鸡放在了哪个地方。"谁能想到黎昭竟然如此"卑鄙无耻",连小孩子都要利用!

"我知道,我知道。"其中一个小孩子举起手,把黄荆棍往腰上一别,"我带你们去。"

"多谢大侠,你们真是正义之士。"黎昭严肃地跟他们行了一个江湖抱拳礼,小孩子们嘻嘻哈哈地跟着回礼。

"孩儿们,随我来。"这是从武侠片场跳到《西游记》片场了。最后,他们在一片枯草地里，找到了被绑住腿的大母鸡。

"呔，是哪个恶人，竟然把此鸡绑架至此？"黎昭倒拎起大母鸡，对"大侠们"道谢，"多谢诸位大侠，我们后会有期。"

"壮士慢走！"小孩儿们演得很开心。

"此次一别，还请诸位多多保重，在学堂好生念书。"

"大侠不用念书。"

"谁说大侠不用念书的？"黎昭挑眉，"不好好念书，武林高手写一首骂你们的诗，你们都看不懂；卧底给你写密信，你们也看不懂。写不出一手好字、没有才华的大侠，当不了一流的大侠，懂不懂？"

"真的？"

"那当然。"黎昭把鸡塞给张奎，把手背在身后，摆出一副高人的架势，忽悠着这些几岁大的小屁孩，"你们在电视剧里见过不会读书写字的大侠吗？"

小孩儿们摇头。

"这就对了。"黎昭满意一笑，"欲练神功，必先看得懂武林秘籍啊。"抬头看了眼天色，黎昭摸了摸孩子们的头，"大侠们，天色已晚，你们该回家了。我也要带着这只被绑架的鸡去见官府。"

监视器后面，导演喝着可乐，抖着二郎腿说："这次的新嘉宾，挺有意思。"能跟这些熊孩子玩这么久，还玩得跟孩子一样开心的嘉宾，除了黎昭大概也找不出别人了。

找回大娘的鸡，嘉宾们终于得到了奖励——红薯晚饭一顿。

"清溪村盛产红薯。"在大家吃得开心时，主持人又出现了，他假装没有看到嘉宾们嫌弃的眼神，"红薯浑身是宝，但是由于清溪村种植的人太多，导致红薯很难卖出去，所以明天请各位嘉宾帮助老乡卖出一千斤红薯。"

"一千斤？"向震受到严重惊吓，这个节目组，不是人！

第二天早上，向震从睡梦中醒来，看到黎昭趴在地上，对着一个纸板写写画画。他起身一看，只见纸板上写着："黑心节目组，强逼艺人卖红薯。最好吃的红心红薯，八毛一斤，通通八毛。只要您献出一点爱，就能让我们挣到回家的钱。"

向震默默坐回了床上。年轻人,厉害!

京市的早晨,晏庭在管家的监视下,板着脸喝完一小碗粥。

"先生,您今天很棒。"

"不要学黎昭说话。"晏庭放下碗,拿起手机。黎昭刚刚给他发了一条消息。

　　昭昭有好运:庭庭,我今天要去菜市场摆摊!好激动,感觉有点儿好玩!【图】

照片上,黎昭穿着一件从老乡家借来的破衣服,手里拿着一块纸牌,活像大街上向人讨钱的骗子。差别在于,他手里的牌子上没有写他要上大学或是家里谁谁患了癌症。晏庭沉默许久,面无表情地回了两个字:"加油。"

节目组把一千斤红薯堆在晒坝,才告诉嘉宾一个噩耗,节目组不会帮他们把红薯运到城里,一切都需要他们自己想办法。

"这里的村民,去城里卖东西,大多都是靠自己挑进县城,县城离这儿也就十公里的路程。"主持人露出善解人意的微笑,"当然,如果你们能够想到其他办法,也可以不用自己挑着去。我想顺便提醒大家,不能用自己的钱叫车。"

"一千斤红薯,平摊给我们每个人,就是一百六十六斤多一点……"向震当场猛烈摇头,"不行不行,我都是中年大叔了,带这么多东西走不了十公里。"

嘉宾队伍里最年轻的是张奎与黎昭,两人默契地交换了一个眼神,打死也不主动开口。黎昭穿着从村里借来的破旧外套,看起来像是被拐卖到山村的娇小孩童。向震看了眼黎昭,说:"兄弟们,我们来想个办法。"然后,他神情凝重地拍着黎昭的肩膀表示,"小黎,作为咱们队伍的颜值担当,需要你的时刻到了。"说完,他扒下黎昭身上借来的外套,"兄弟们,把他抬到大路上去,万一有女货车司机看上他的脸……"

"不不不，我卖艺不卖身！"黎昭转身抱住晒坝旁的石磨，惨叫道，"我不去，我不去。"

其他嘉宾七手八脚地过来帮着向震抬人，结果……没有抬动。

节目组怀疑他们请的嘉宾是几个幼儿园小朋友。导演在监视器后面小声说："看来向震老师挺喜欢黎昭这个小朋友的。"黎昭中途加入节目录制，又是圈内新人，跟另外几位嘉宾还不熟，向震此举不仅给节目添了梗，还帮黎昭加快了融入嘉宾团队的速度。

"这孩子实诚，做事的时候，劲头很足。"导演助理端着饭碗过来，"导演，我觉得这期有了黎昭，精彩的素材很多。"

导演叹息："就是咱们编导组的风评，被他祸害得差不多了。"

"嗐。"导演助理咬了口大菜包，"咱们编导组什么时候有过那玩意儿？"

导演无言以对，他怀疑这个叛徒助理是嘉宾组派过来的。

笑闹完，六个嘉宾毫无名人包袱地盘腿坐在晒坝的水泥地上，抓耳挠腮地想办法。

"要不我去打听打听，村里谁有拉货车？"

"现在已经八点半了，等我们一家一户打听过去，时间就太晚了。节目组肯定提前跟村民通过气，不让他们随便告诉我们这些消息。"

"那可咋整？"某位嘉宾太心急，连老家方言都飙出来了。

"我有办法。"黎昭一拍大腿，"大人不能随便告诉我们，可以找小孩子帮忙嘛。"

见识过黎昭忽悠小孩的手段，张奎心中有了点期待，他提议："那去试试？"

很快他们就找到几个在田边玩耍的小孩儿，不等其他嘉宾开口，黎昭率先道："两位大侠，我们又见面了。"

两个小孩儿见到黎昭，立刻围了过来："壮士，你怎么来了？"这个年龄的孩子，父母都在外面打工，没有时间陪伴他们。所以，他们对愿意陪着他们一起玩的年轻人很容易产生好感。

"近来囊中羞涩，想去城里卖点货物，可惜没有运输车。两位大侠可知道哪家有运货车？"

"囊中羞涩是什么意思？"

"大侠，你上课是不是偷偷走神了？"黎昭蹲在两个小孩儿面前，笑眯眯地从兜里掏出两根棒棒糖，这是他在村口小卖部买的，"囊中羞涩就是没钱的意思，没钱我就回不了家，你们说我可怜不可怜？"

"确实挺可怜。"其中一个小孩儿同情地看着黎昭，"你家住得远吗？"

"很远。"以前独自生活，不知道想家是什么滋味。自从他有了晏庭这个连吃饭都要他操心的哥们儿，就开始有了恋家的习惯。

"我爸爸妈妈打工的地方，也好远好远，他们只有过年才能回来。"小孩儿有些难过，"你的家人，是不是也在等你回去？"

黎昭笑了笑，把棒棒糖剥开分给两个小孩儿，说："这个吃完，记得回家用水漱口，不然牙齿会变丑。"

"我们知道，老师讲过。"两个小孩儿吃着糖又开心起来，"你跟我们来，我们知道谁家有车。"

黎昭一左一右牵住他们的手，边走边陪他们聊天。

"壮士，你的爸爸妈妈在你小时候也会出去打工吗？"

黎昭脚步顿了顿，说："他们很忙很忙。"

"过年也不回家吗？"

"是啊，过年也不回。"

"那你好可怜。"一个小孩儿在兜里掏了掏，从里面掏出一张小红花贴纸，贴到黎昭手背上，"这个送给你。"

"小红花！"黎昭惊喜地看着孩子，"真漂亮。"

"我考了双百，老师奖励我的。"小孩儿被夸得有些脸红。

"原来你还是一位文武双全的大侠。"黎昭感慨，"你真了不起。"

"我上次考试，也考了双百。"另一个孩子不服气。

"原来你们都是深藏不露的高手，真是失敬失敬。"

路过一段有些泥泞的田边小路，黎昭弯腰一左一右把两个小孩儿抱起来。两个小孩儿趴在黎昭肩头笑，天真又满足。摄像师拍着这一幕，忍不住给两个小孩儿的笑容拍了个大特写。孩子的世界，总是容易满足的。见两个孩子很开心，黎昭没有放下他们，开始给他们科普遇到骗子、坏蛋该怎么办，还讲了不要跟陌生人说话之类的小故事。

"还有陌生人的东西，也坚决不能吃。"黎昭笑眯眯道，"下次遇到我这么好看的小哥哥，你们可不要随便吃他送的东西。"

"我们只遇到过你这么一个好看的小哥哥。"

"两位大侠好眼光！"

村里的房子，很多会比邻而建，但是大多房子已经荒废很久，看不到半点曾经有人居住的痕迹。有两位小朋友帮忙，黎昭终于来到一栋两层楼房前，找到了这户有小货车的阔绰人家。车主人是个四十多岁的中年人，平时靠短途货运赚钱，听黎昭说明来意后，这位大叔很爽快，没怎么犹豫就答应了下来。不过大叔拉来全家，围着黎昭拍了张合照，乐呵呵地表示，要把这张照片洗出来，挂在自家客厅。

搞定了运输问题，六人厚着脸皮蹭上了节目组的车，赶往了县城。到了县城以后，他们找到人流量最大的菜市场，各自占了一块地摆摊，黎昭还把偷偷摸摸藏起来的纸牌摆了出来。节目组看清牌子上的字以后，感觉他们的风评似乎再一次受到了伤害。

几个嘉宾都是被节目组磋磨过的老油条，即使在人来人往的菜市场，也能神情自如地吆喝。黎昭把大清早做好的牌子捧在面前，叫卖起来："走过路过，好吃的红薯不要错过。不要八块八，也不要一块八，只要八毛，通通八毛。正宗红心甜红薯，小伙子吃了更帅，小姑娘吃了更美，老人吃了长命百岁，小孩子吃了健壮又聪明。"

"小伙子，你这是虚假广告，我们可以去市场监督管理局举报你的哦。"一位大妈见一个白白嫩嫩的小伙子，居然穿着老式的蓝布衣服，被他的样子逗笑，走过来问，"红薯在我们这里又不是什么稀罕玩意儿，你怎么卖这个？"

"大姐姐，你有所不知，我本来是个演员的。"黎昭叹息，"可惜我被录节目的坏人骗到这里，说不卖完这些红薯，就不给发工资。"

节目组：这是谁请来的嘉宾，青天白日的，怎么凭空污人清白？

# 第 16 章 和好

"你这小孩儿,我比你妈妈年龄都还大,叫什么姐姐?"大妈被一句"大姐姐"哄得笑颜如花,已经开始弯下腰挑红薯了。

"女性的美,在于灵魂,不在于皮相。"黎昭殷勤地拿来塑料袋,帮着大妈撑开袋口,"您心态年轻,那就是姐姐。"

"是吗?"大妈笑得更开心了,"做人嘛,就是要心态好,才能显得年轻。"大妈被黎昭哄得眉开眼笑,当场买了十块钱的红薯,还说介绍自己的牌友过来买。十几斤的红薯,大妈提着一点都不费劲,她开心笑起来的样子犹带着几分年轻时的靓丽。

其他嘉宾还没开张,黎昭就卖出去了十多斤。向震摸了摸自己的脸,感慨:"十几年前,我也是大姐大妈心中的帅气小伙子呢。"才说完,他就看到黎昭已经在接待第二位客人了,买红薯的是个老大爷。

"大爷,您真懂养生,隔三岔五吃些五谷杂粮,就是对身体好。瞧您的相貌,今年大概也就五十出头?"

"什么,您六十五了?看来我要向您学习,注重养生才行。"

……

黎昭那边卖得热火朝天,其他几个嘉宾却被买菜的大爷大妈挑三拣四。什么个头儿太小、个头儿太大、太圆、太扁……

"姐姐,你怎么在这里买?"一位在黎昭那里买了红薯的大妈来到张奎摊子前,自以为小声地对唯一的买家道,"这家的红薯不行,前面有个小伙子卖的红薯特别好,斤称也足。"

"真的?"买家无情地把挑了一半的红薯扔回地摊,转身跟随大妈去找那位可靠的小伙子了。

张奎目送着两位大妈走过拥挤的人群,最后停在黎昭的摊位前。都是一辆车运来的红薯,怎么他的就不行了?大妈,说话要讲良心啊!不能因为小年轻说几句甜言蜜语,就觉得他的东西最好。你们睁大眼睛看看,好好看看啊,我的红薯哪里不好了?!

苍寰总部,助理部的员工今天格外严肃。

魏甜放下包,小声问同事:"今天怎么回事儿?大家好像很严肃。"

"嘘。"同事道,"今天是季度报告会,分公司的总经理都会过来开会,你还没过实习期,今天不要往总裁办那边走,出了事你兜不住。"

魏甜连忙点头。过了一会儿,等大家开始说话,她才小心地问:"前几天我看新闻报道,没想到我们公司高层也会有喜欢的演员。"

"你说黎昭?"同事笑,"他长得好看,演技也不错,我也挺喜欢他。就连秦特助也在偷偷看黎昭拍的戏,这都是咱们部门公开的秘密了。"

魏甜点了点头,把带来的零食分给了同事们。

季度报告会结束,晏庭坐在原位没动。秦肖见他像是心情不好,小声问:"先生,是不是会议内容有问题?"

晏庭摇头道:"家里小孩儿要出摊卖东西,兴致非常高昂,该怎么让他玩得尽兴?"

"安排人装买家?"秦肖道,"半大孩子对没做过的事,都特别有新鲜感。先生如果担心他玩得不尽兴,可以雇人扮演买家,让黎先生玩得开心。"

晏庭点头:"马上去安排。"

没过多久,秦肖回来了,表情有些奇怪地说:"先生,事情安排下去以后,发生了意外。"

"怎么回事儿?"

"我安排的人赶到市场时,黎先生已经把东西卖完了,还有两位大妈为了争抢最后几斤红薯,吵起了架。现场围满了看热闹的人,我们的人挤都挤不进去。"为了安慰晏庭,秦肖特意补充两句,"黎先生做买卖还挺有天分,连挑剔的大爷大妈都能征服。"

"他做什么都很优秀。"晏庭调整了一下坐姿,莫名有点儿……得意。

黎昭自己也没料到,两位大妈会为了自己卖的红薯吵架,他想上去劝架,却被两位大妈齐吼:"大人吵架,小年轻一边去。"他被吼得打个哆嗦,乖乖蹲回原位,捧着下巴听两位大妈吵架。

"东西是我先看上的!"

"是我先动手去拿的!如果先看上就是你的,我还看这小伙子长得帅,他能是我大孙子吗?!"

黎昭托下巴的手,变成了捂脸。眼见着两位大妈越吵越激烈,黎昭担心她们身体出问题，去旁边店铺借了两张塑料凳，还给两人买了两瓶水。"两位阿姨，有话慢慢说，你们长得这么好看，可不能因为生气影响你们的颜值。"等两位大妈喝了几口水，火气没有那么重以后，黎昭才敢凑上去，笑眯眯道，"整个市场卖红薯的摊主那么多，阿姨愿意来我这里买，一看就是同情我的遭遇，对不对？"

两个大妈没有说话，这么好看的小伙子笑眯眯地跟她们说话，她们怎么好意思说她们并不是什么善良，只是因为看到别人都在买，所以才来凑热闹。

"你们长得好看又有同情心，不该为了这点小事闹得不愉快嘛。"黎昭双手一揣，架势像极了村委会的调解员，"能被你们看重，是这些红薯的福气。要不这样，我把这些红薯分一分，免费送给你们。"

"小伙子，大妈可不是占年轻人便宜的人。"

"呵呵，难道我是？"

眼见两人又要吵起来，黎昭赶紧打断她们的话："我送你们，是因为你们善良，当然不是因为你们占便宜。一看二位的气质，就知道你们是家境殷实、有素质的人，哪会贪我这点，对不对？"两位大妈脸色好看了一点，黎昭拿了两个塑料袋，把红薯分开装好："您两位再休息一会儿，我有个表哥也在市场摆摊卖红薯，我帮他看摊去。"

"你表哥在哪里，我去买！"

"我也买，我买二十斤！"

"我也买二十斤！"

"阿姨，这么多红薯不好拿，你们买一点回去够吃就行。"黎昭带着两位阿姨跟看热闹的路人们往向震的摊位走。

市场上很多人都跑到黎昭的摊位上看热闹了，向震摊位前连个愿意多看他一眼的老爷子、老太太都没有。自诩"实力派演员""师爷师奶杀手"的向震，终于在大爷大妈无情的嫌弃中翻车了。等黎昭带着两个气势汹汹的大妈过来，他吓了一大跳，黎昭惹到市场上最不能惹的人物了？在两位大妈一口气买走他二十多斤红薯，其他看热闹的人也三三两两买走了不少红薯以后，向震忙得差点儿来不及收钱。送走最后一个顾客，向震终于松了口气，蹲在地上开始数钱。以前不觉得一块、五毛有多金贵，但到了今天，他觉得赚一毛钱都不容易。

"小黎，你是怎么说服这些大爷大妈买你东西，还把客人带到我这边来的？"他刚才可是看见了，有位大爷一个小时前还嫌弃他的红薯不是正宗红心红薯，等黎昭过来后就乐呵呵买了五斤走。

"这些大爷大妈很可爱的，只要热情招呼他们，他们很大方的。"黎昭把一元、五元、十元的钞票分开放好，"不知道张哥他们卖得怎么样了？"他跟向震是队友，两人全部卖完才算任务完成。

可爱？！买他两个大红薯还让他送一个小的，也能称为大方？向震有些怀疑自己的耳朵，他觉得黎昭可能对这两个词有什么误解。

"昭昭，向老师，这是你们接下来的任务。"工作人员把任务卡递到了两人手里。

"在不动用卖红薯款和私人金钱的前提下，解决温饱问题。"向震看完内容，"这不就是让我们去讨饭？节目组抠成这样，连嘉宾伙食费都不包，传出去会被别人笑话的。"

"导演说了，我们是黑心节目组，用不着给嘉宾准备午饭。"工作人员邪恶一笑，"两位老师加油找到吃饭的地方，节目组订了一只烤全羊，我要赶着回去吃。"

向震咽了咽口水，早知道刚才就不该把红薯卖完，饿了还能啃两口。

"我有钱。"黎昭在衣兜里掏了掏，掏出皱巴巴的三十五块钱。

工作人员看到这三十五块钱，似乎想起了什么不美好的回忆，连脸都绿了。

"哪儿来的？"向震眼神亮了起来。

"昨天节目组给我的路费，我没有花完。"

监视器后面，导演后悔得直拍大腿。由于其他五个嘉宾的路费都用光了，他们竟然忘了黎昭还剩下三十五块钱，早知道就该把这钱要回去。

"早上来的时候，我就看到市场旁边有个面馆，最大份的素汤面才八块。"黎昭把钱揣到最里面的衣服口袋里，再扣上外套扣子，"走，向哥，我请你吃面。"

向震感动得热泪盈眶。那可是面,热腾腾的面!不用去讨饭,实在是太好了。

中午正是吃饭的时候,面馆坐满了来赶集的村民。黎昭跟向震也不嫌弃店面小,找了两个空位就坐了下来。

"除了我们,还有哪个节目嘉宾有这么惨?"向震闻着面香,心酸地抹了一把脸,"当初节目组说得多好啊,什么带我体会田园风光,享受大自然,没想到套路这么深。"

"节目组没骗你,有很多地方的农村就是这个样子。"面端了过来,黎昭把碗推到向震面前,帮他掰开一次性筷子,"现在还不是农忙的季节,如果是农忙,老乡们天亮就要起床,天黑才回家。"

"你这么了解农村生活,是在乡下待过?"喝了口面汤,向震觉得自己终于活了过来。

"小时候在乡下待了十年。"黎昭没有细说,刚好他的面上桌,他低头开始吃面。

一碗面下肚,黎昭根本没吃饱,可是想到还有四个嗷嗷待哺的嘉宾等着他,他立马买了一袋菜包子和四袋豆浆回去投喂他们。等黎昭找到张奎的时候,张奎正蹲在地上,满脸的生无可恋。一个小孩儿走过,犹豫了半响,在兜里掏了掏,把一袋小饼干放在他面前。张奎看了看饼干,又看了看小孩儿,觉得这个善良的孩子可能误会了什么。

"哈哈哈哈哈哈。"黎昭与向震看到这一幕,对他发出了无情的嘲笑声。

"你们……"张奎谴责的话还没说出口,就看到了黎昭手里的食物,顿时换了嘴脸,"你们一定是来救苦救难的大好人。"想他张奎,曾经也是戏曲社的角儿,吃啥挑啥,直到……他参加了这档节目,为了几口包子,面子都可以扔掉不要了。

很快其他几个嘉宾也围拢过来,心满意足地蹲在市场角落,啃着几毛钱一个的素菜包子,喝着一块钱一袋的兑水豆浆。

"看到没,不好好读书,就只能像他们一样,蹲在菜市场吃包子,连肉都吃不起。"一位妈妈牵着孩子经过,小声教育着不愿意上辅导班的孩子。

　　正在啃包子的嘉宾一阵沉默。他们也想吃二师兄的肉，可他们没钱啊！

　　"哈哈哈哈哈。"节目组的工作人员在监视器后面发出了快乐又恶劣的笑声，整个房间充满了愉悦的气氛。

　　到了下午两三点的时候，菜市场几乎没有多少人来买菜了，几人看着剩下的两百多斤红薯头疼。

　　"要不我们摆到大街上去卖？"张奎提议。

　　"这个可行，现在菜市场都没多少人。"向震对张奎的提议表示赞同，其他几位嘉宾也有些跃跃欲试。

　　黎昭啃完最后一口包子，说："可是，在外面摆摊会被城管抓，明天娱乐版块的消息就是我们占道经营被城管罚款了。别的艺人都是因为太帅、太美或是演技好上新闻，就咱们几个被城管抓，丢不丢人？"

　　"那确实挺丢人的。"几位嘉宾完全无法想象那个场面。

　　"剩下这些红薯，我们该怎么办？"

　　刚说完，就有人过来问："你们卖红薯？"

　　"对对对，卖红薯。"张奎来了精神，"你要买多少？"

　　"这些红薯，个头儿有些小。"来人挑挑拣拣一番，"便宜点，便宜点我全要了。"

　　张奎刚想点头，黎昭就把他一把抓到身后，然后问："老板，您要买红薯？"

　　"对。"来人三四十岁，肚子微凸，腰上挂着一个腰包，看起来像是个生意人。

　　"不瞒您说，整个市场，就我们这里的红薯最便宜。"黎昭弯腰捡起一根小红薯，随手掰断，"随便挑一根都是红心的，怎么看都是口感甜软的上等红薯。老板您瞧着就很阔气，还能缺这几块几毛？为了把这些红薯从村里搬出来，我们几兄弟天还没亮就起床，一路上气都没歇，您看着给个实诚价。"

　　"昨天上午我买的一块，这会儿都已经下午了，你算我便宜点，九毛一斤。"听到"九毛"两个字，几个嘉宾齐齐站在一起，把写着"八毛一斤"的牌子拼命往身后藏。

"大哥您是个爽快人。"黎昭笑弯了眼，"我这里还有二百二十来斤的红薯，您这么耿直，我也不能让您吃亏，剩下的二十斤零头我给您抹了，您按两百斤的钱给。"按原价，二百二十斤只能卖一百七十六块钱；现在，"二九一十八"，能卖一百八十块钱，这么算下来，能多赚四块钱呢。这可是四块，不是四毛，也不是四分，是巨款！

"那可不行，整条街上，谁不知道我李老二从不占人便宜。"中年男人从包里掏出两百块钱，放到黎昭手里，"这钱给你，你们帮我把红薯搬到车上，不用找了！"

"那怎么好意思？"

"这几毛几块的，多点少点又怎么了？"中年人拍了拍自己的包包，"走，你们给我抬。"

"好嘞。"六位嘉宾，为了多出来的二十块钱，屁颠屁颠地跟在中年男人身后，把红薯抬到了面包车上。

"你们是明星吧？"中年男人注意到他们身后有摄像机跟拍，怜悯地看着他们，"听说明星没出名之前，日子过得很苦，你们加油，等红了以后，日子就能好过一点。"

嘉宾一个劲儿点头："承您吉言。"

节目组不服，他们是正经电视综艺节目，怎么在这个路人眼里，他们像是虐待艺人的黑心节目？风评再一次被害。

把卖红薯的钱收好，六人站在稍显冷清的菜市场门口，看到有人买别人挑剩下的便宜菜，甚至还有年迈的老太太在地上捡菜贩不要的菜叶。众生百态，幸福与悲伤，总是同时进行着。一个驼背的老太太提着一个脏兮兮的蛇皮袋，艰难地找寻着地上的塑料瓶。几位嘉宾看着有些不忍，帮老太太买了肉，让老太太带回家吃。

卖调味料的大姐乐呵呵看着一幕，等老太太拎着肉走远，才跟他们说："小伙子，要买火锅料吗？"

"谢谢，我们不买。"黎昭摇头。

"你们年轻人就是好心,别看这个老婆子现在这么可怜,年轻那会儿厉害着呢。"大姐表情里有不屑,有同情,还有几分复杂的幸灾乐祸,"她逼得自己儿媳妇跳河自杀,儿媳妇被发现的时候,遗体都泡涨了。"

黎昭注意到这位大姐,说的是"遗体"而不是"尸体"。

"年轻时候做了恶,老了会有报应的。"大姐呸了一声,"只有你们这些不知情的外地人,才会同情这种人。"

听到这些话,嘉宾们心情有些复杂。导演叹了口气:"这段掐掉。"导演组安静了片刻。人性,往往经不起细究。这些过于敏感的事,节目是不能播出的。

回去的时候,节目组终于良心发现,安排了一辆面包车送他们。面包车有些陈旧,车内弥漫着一股怪异的铁锈味加汗味,如果晕车的人坐进来,大概会当场吐出来。

黎昭坐在最后一排,看着窗外飞掠而过的风景,忍不住想,也许他的亲生父母,不是不小心丢掉他,而是……不要他。世上有逼死儿媳妇的婆婆,自然也有不爱孩子的父母。

"小黎,怎么了?"向震见黎昭兴致不高,"是不是累了?"

黎昭摇头,打起精神道:"我是在努力地认路,万一节目组不让我们走,我们还能徒步逃出来。"

摄像师忍不住笑。

"记不住也没关系,我们还有手机地图。"向震掏出手机,"给你看看我闺女。"

向震有个十岁大的女儿,长得像个小天使,所以他没事就爱炫耀孩子,是个名副其实的炫娃狂魔。黎昭好奇地看过去,照片上的小姑娘非常可爱,尤其是一双眼睛,清澈干净,有着孩子独有的童真。

"向哥,你家小公主比你还要好看。"黎昭夸奖道,"小姑娘是不是遗传了你跟嫂子所有的优点?"

"那可不是嘛。"向震兴致上来,说自己女儿会拉小提琴、考了班上第一名,甚至连女儿给他剥了一瓣橘子这些小事都记得清清楚楚。

黎昭听得很认真,眼中满是星星的亮光。

"向哥每天跟我们炫耀一百遍孩子,现在有了你,终于又有了新的炫耀对象。"张奎笑哈哈道,"也亏得你听得这么感兴趣。"

"向哥一家挺好玩的。"黎昭眯眼笑,这种完美的家庭,听着就很幸福的样子。

天快黑下来的时候,嘉宾们终于回到了村子。节目组做了一回人,没让他们去乡亲们家里讨饭,而是给他们准备好了饭菜。红薯稀饭甜软香糯,黎昭一口气吃了三大碗,要不是有镜头在拍,必须保持小仙男人设,他还能再吃两三碗。

"感谢各位嘉宾为乡亲们卖掉红薯,这些钱节目组会交给村主任。还有感谢飞飞牛奶、白云汽车对本节目的大力支持。由于赞助商对各位嘉宾本期的表现很满意,所以他们愿意捐赠给当地一百万善款,用于乡村公路的修建。"

"感谢赞助商,祝你们生意兴隆,业绩月月上涨。"黎昭端起茶杯,对着镜头喝了一杯。

"咱们的赞助商是世界上最善良的赞助商。"张奎凑到黎昭旁边,跟黎昭抢起镜头来。

吃完饭,大家开始往回走,不知道哪家的狗听到他们路过的动静,狂吠起来。张奎吓得哆嗦了一下,下意识地缩到黎昭身边,害怕道:"小黎,你有没有听到狗叫声?"

"有啊。"黎昭指了指墙角,"它不是在那儿吗?"

"啊!"张奎惨叫一声,整个人都蹦到了黎昭身上。当初,老刘被狗咬的时候他目睹了经过,对这种生物已经有了心理阴影。

"张哥,你很沉的。"黎昭无情地把张奎丢下来,"狗拴着,咬不着你。"

"万一绳子断了怎么办?"张奎躬身抱着黎昭胳膊,"黎哥,黎大帅哥,我的人身安全就交到你手上了。"

黎昭斜眼看他。他朝黎昭讨好一笑,面子事小,被狗咬事大。

"汪汪汪!"狗叫得更厉害了。

"安静,乖乖坐着!"黎昭见张奎是真的害怕,扭头朝狗厉喝几声原本还叫得厉害的狗，竟然哼哼唧唧地夹着尾巴，缩在角落，警惕地看着他们，不敢上前。

等离开有狗的危险路段，张奎才松开黎昭胳膊，问："昭昭，你怎么做到让狗怕你的？"因为一条狗，张奎对黎昭的称呼已经变成了更加亲近的叫法。

"假话是它发现我们没有闯进主人的大门，所以放我们一条生路。"

"真话呢？"

"它发现我叫起来可能比它声音还要大，觉得有些没面子，所以缩回去，故意装作'我不跟你一般见识'的样子，维持它的狗面子。"

"我不信。"张奎觉得这个理由更假了，"你唬我。"

"好吧，真正的真相是……"黎昭停下脚步，指了指岔路，"张哥，你的住处到了。"

"不，我叫你哥，你送我回去行不行？我记得旁边的乡亲家也养了狗。"张奎朝黎昭讨好一笑，"你再跟我说说狗怕你的真相。"

"唉。"黎昭叹息，"别人都是送美人回家，为什么到了我这儿，就是送抠脚大汉回去？"

"嘿嘿，我不介意你把我当成美人。"

"我的眼睛跟大脑都拒绝。"

"算了，我们还是回到狗这个话题吧。"

"小时候，有个小孩儿故意放狗吓我……"

"你那时候才多大？"张奎惊呆了，他不敢置信地看着黎昭，不明白世界上怎么会有那么讨厌的孩子。

"不记得了，八岁或是九岁？"黎昭仔细回忆了一会儿，"不过那不重要，当时我见跑不过狗，干脆跟它对着汪汪。"

"后来谁赢了？"

"当然是我凭借着强大的毅力赢了它。"黎昭笑，"张哥，听完这个故事，你有什么感想？"

"什么？"

"八岁小孩子都不怕狗了，你难道还怕？"

## 第16章 和好

"我就知道你在编故事骗我，还是不是兄弟，是不是兄弟？！"张奎原地蹦了起来，十分气愤又坚决，"我不管，反正你要送我回去。"

黎昭笑道："走吧，走吧。"

第二天早上，嘉宾们又被节目组弄到地里劳作了一天。黎昭因做得一手好农活，受到了其他嘉宾的强烈喜爱。结束录制后准备回家的那天早上，众人还纷纷邀请他去自家做客。六位嘉宾住的城市不全一样，黎昭、向震、张奎都住在京市，节目组给他们定了同一个航班。

"昭昭，前天晚上，你说小孩儿放狗咬你的事，真的还是假的？"张奎对这件事还有些耿耿于怀，感情上他希望这是假的。

"当然是……"黎昭笑，"假的。"因为那时候他不仅跟狗对叫，还拿着棍子跟它打了一架。狗仗人势，他早早就明白了这个成语的意思。不过他从小就机智，打得了狗，斗得了鹅，简直棒棒哒。

下了飞机，各自的助理来接他们，张奎与向震朝黎昭挥手告别："昭昭，下次见。"

"下次见。"黎昭拉上口罩，推着行李车在四周找了一圈，没有看到大可，反而看到了秦肖的身影。

"秦先生。"黎昭把鸭舌帽的帽檐往下拉了拉，"你在这里接人？"

"不接别人，就是来接你的。"秦肖笑，"庭先生知道你今天回来，所以特意跟我一起来接你。"

"谢谢。"黎昭脚步加快，"麻烦秦先生了。"

"说谢谢就太客套了。"

秦肖带着黎昭来到停车场。打开车门看到坐在后座的晏庭，黎昭就钻进车，说："庭庭，不是跟你说不用来接我吗？"

"刚好没事，就跟同事顺路过来看看。"晏庭把早就准备好的酸奶递给黎昭，"回去好好休息，"

黎昭美滋滋地喝着酸奶，整个人往晏庭肩膀上一靠："还是回家好。"

晏庭伸手扶着他，沉默不语。

开车的秦肖在后视镜里看到晏庭小心翼翼护着黎昭的动作，把目光收了回来。

## 第17章 送饭

《归隐山林》这档节目,在众多综艺节目中收视率并不算高,加上节目组不喜欢胡乱炒作,所以嘉宾倒霉的表情包都比节目本身有存在感。周六晚上八点半,《归隐山林》节目组官方微博按照老规矩发了一条节目预告。

@归隐山林:在美丽平静的清溪村,嘉宾们会以何种方式体验田园生活呢?请大家晚上九点,准时收看央视九套的《归隐山林》。@向震@张奎@章叁@李实@钱多喜@黎昭

官博的粉丝不到两万,还有一半是微博平台塞的僵尸粉,平时就算发了微博也没有多少网友搭理。但是今天不同,它终于有了些许的存在感。

【黎昭?是我知道的那个黎昭吗?】

【哈哈哈,不是,央视的乡村节目,跟黎昭完全不搭嘛,这是什么神奇的搭配?】

【我妈很喜欢看《归隐山林》,她年轻的时候可是向震的迷妹,我记得节目嘉宾里好像没有黎昭吧?】

【楼上一看就是不爱陪妈妈看电视的,嘉宾大刘在录制节目的时候被狗咬了腿,已经退出节目录制了。】

【这个节目挺有意思的,没有台本,内容很真实,嘉宾没架子。像黎昭这种演偶像剧的演员,去了只会给其他嘉宾拖后腿,节目组

# 第 17 章 送饭

【就算想找个流量小鲜肉来提升节目名气,也不要找这种年轻人啊。】

【楼上真是好笑,不是年轻人还能被称为小鲜肉?】

　　网友的争吵为节目带来了前所未有的关注度。管理微博的工作人员激动得热泪盈眶,节目官博终于不再冷清了,他终于体会到了粉丝在评论区吵架是什么感觉,真是令人感动。

　　晚上九点,节目正式开播。黎粉还有黎黑,都坐在了电视机前或者打开了央视的网播平台。节目一开场,就是漆黑的街头还有面带困意的工作人员,后期贴心地在屏幕下方标注了时间——凌晨三点半。弹幕区顿时热闹起来。

【凌晨三点,节目组一如既往地没人性。】

　　当看到节目组的车开进一个豪华小区,小区名字还被打上马赛克后,网友们再次激动起来。

【能住在这个小区里的人非富即贵,听说里面还有别墅区,价格非常昂贵。】

【前面说别墅区的朋友别走,节目组把车开进别墅区了!这是哪个嘉宾,竟然这么有钱!】

　　即使是凌晨四点左右,小区里仍旧有穿着制服的巡逻保安,四周安静得可怕。

【我觉得节目组工作人员的呼吸声都变小了。】

【哈哈哈哈,这个狗节目也有心虚的时候?】

　　当他们看到豪华别墅的主屋大门打开,走出来的人是穿着睡衣、头发乱糟糟的黎昭后,瞬间把整个弹幕区刷满了感叹号!

【！！黎昭家竟然这么有钱？】

【！！！】

【一看黎昭就没录节目的经验，不知道节目组有半夜突击的尿性。】

【啊啊啊啊，节目组好懂观众的好奇心，竟然给别墅内部来了大特写，贫穷的我献上了想要抱大腿的膝盖。】

当发现黎昭在镜头面前否认自己对别墅的拥有权，还说这是朋友借给他的以后，网友们心情很复杂。无论什么圈子，高富帅人设总是讨人喜欢的。

【好耿直的嘉宾，这么好的炒作机会，竟然都不用。】

【我只是想拥有这样一个愿意送我别墅居住的朋友，可惜的是，我朋友也这么想。】

节目一开始还很正常，但播到黎昭花十五块钱挤上一辆运猪的破旧火三轮的画面时，弹幕区瞬间炸了。密密麻麻的弹幕几乎把整个屏幕都遮住了，网友们只能调整弹幕字体的透明度才能继续看下去。

【丧尽天良的节目组，为了省钱，把嘉宾都逼成什么样了？】

【运猪车有多臭一般人肯定想不到。】

【看到黎昭还能跟大爷又说又笑，我要收回之前嘲讽黎昭是娇气小白脸的话，这不是小白脸，这就是泥石流。】

【母猪产后护理？黎昭是不是忘了自己是节目嘉宾，而不是兽医？】

【后期似乎已经放弃拯救了，竟然只配了一串省略号。】

【我就想知道，节目组的车跟在运猪车后面，空气是不是特别香甜？】

## 第 17 章 送饭

【前面几期都是他们折磨嘉宾,现在终于有个嘉宾能够折磨他们,苍天饶过谁,哈哈哈哈。】

节目穿插着播放几个嘉宾的画面,大家被嘉宾们去乡民家讨饭的样子逗得哈哈大笑,忽然画面一转,黑漆漆的画面上,出现了"然而……"的字幕。屏幕亮起来的瞬间,传出了小猪惨叫的声音。镜头渐渐向上,猪崽的四蹄在泥地上留下长长的痕迹,然而拖猪的人却像是一个无情的杀手,拉着它继续往前。镜头对着这个"无情的杀手"来了个大特写——竟然是黎昭?!镜头回放,大爷邀请黎昭吃腊肉,黎昭高兴地答应,然后就是拖着猪崽往大爷家走的画面。后期配字:"为了腊肉,我愿意穿过山,踏过水,把你关进猪圈里。"

"哈哈哈哈哈哈哈哈。"弹幕区笑疯了。

节目组也疯了。因为他们眼睁睁看着网播平台点击率上涨、电视收视率上涨,甚至还超过了同时段某个很红的综艺节目。《归隐山林》整个节目组都疑惑了:谁家买收视买错了?

当观众看到黎昭直接把小猪崽抱起来放进猪圈时,再也控制不住自己澎湃的笑意了,笑得满地打滚。

【陪我妈一起看节目,我妈说这是谁家的孩子,真勤快,还跟我说以后找男朋友要找这样的,说得好像我能高攀得上似的。】

【说实话,看节目前我是黎昭的路人黑,靠着一部网剧混出点名堂,就傍上了苍时手表的大腿,对他莫名其妙地看不惯。但是,看到他神情自然地在运猪车跟大爷聊养猪知识、聊家常,我突然觉得,这是一个特别实诚、特别讨人喜欢的年轻人。】

【前面+1,看得出这位大爷很喜欢黎昭,大爷看他的眼神像是看自家的幺儿。】

网友们一边追节目一边讨论,当他们看到大妈把黎昭悄悄叫到厨房,准备给他开小灶,结果被摄像师拍个正着的画面,再次被逗得哈哈大笑。

　　【我的妈,大妈好可爱,竟然偷偷塞腊肉给昭昭吃,昭昭捧着碗,扭头看向镜头的画面,我可以看一百遍。】

　　【不要拦着昭昭,让他吃,让他吃。崽崽为了吃口腊肉,连猪都抱了,牺牲大大的。你们谁也不能拦着他吃,就让他吃啊啊啊啊!】

　　【我一个大老爷们儿,看综艺节目竟然操心男嘉宾能不能吃上肉,这个小可怜嘉宾叫什么名字,是演员还是歌手?】

　　观众看得无比激动,大有不让黎昭吃肉,他们就要钻进电视里跟节目组算账的架势。

　　晏庭家,黎昭坐在沙发上,默默遮住了自己的眼睛,对自己急于吃腊肉的嘴脸无法直视。

　　"乡下的腊肉好不好吃?"

　　"好吃。"黎昭条件反射地回答,放下手扭头看晏庭,"庭庭,我怀疑你在嘲讽我。"

　　"不要怀疑。"晏庭把桌上的果盘塞到他手里,"我让厨房煮了腊肉。"

　　"所以你就是在嘲笑我。"黎昭化悲痛为食欲,咔嚓咔嚓啃着水果,继续盘腿看节目。

　　很多他觉得很普通的事,经过后期制作以后,就变得格外搞笑。他觉得自己准备吃腊肉被摄像师发现时还挺尴尬的,但是播出来后,就是好笑与可怜。六个嘉宾的镜头在节目中所占的时长相差不多,黎昭以为自己是颜值担当,没想到节目组把他弄成了搞笑担当。

　　晏庭看黎昭在田埂上蹦下跳,一会儿去看果树苗嫁接,一会儿帮菜园子赶走偷菜吃的鸡,欢乐得像是放出狗圈的二哈。"去乡下玩得很开心?"晏庭从盘子里挑了一块水果自己吃了。

　　"还挺好玩的。"黎昭挑了一颗又大又甜的提子,喂到晏庭嘴边,"张嘴。"

　　黎昭指尖的温度透过空气传到了他的脸上,有些暖热。晏庭低下头,

## 第17章 送饭

把提子咬进嘴里，舍不得嚼碎它。

"村里挺好玩的，就是现在村里的人太少，几乎看不到年轻人的身影。"黎昭叹气，"等后面有了空闲时间，我带你去乡下玩。"

"好。"电视又开始放与黎昭有关的镜头，晏庭的目光再次回到了电视上。

嘉宾们正在挖土，在几个叫苦连天的嘉宾中，干得十分起劲儿甚至兴致勃勃的黎昭显得非常特别。后期配字："你以为我们开了加速吗？其实我们没有。"

《归隐山林》这档节目的老观众一开始对更换嘉宾是拒绝的，把频道调到央视九套也只是因为习惯。可是不看不打紧，看了就陷进去了，他们时不时被嘉宾的"沙雕行为"逗得哈哈大笑，甚至开始觉得这期节目比前面几期更精彩——什么，你说前几期的嘉宾大刘？过去的就让他过去吧，我们更想看"沙雕"。

【我的妈呀，小葵花胆子好大，竟然敢去招惹恋爱中的大公鸡，我看他是不知道大公鸡的真实战斗力。】

【小葵花用自身证明，人类，在逃跑的时候，可以发挥出无限战斗力。】

【哈哈哈哈哈，前面的黎昭表现得像是王者，然而在大公鸡面前也反成了青铜。他们狼狈奔跑的背影，像极了我们偷懒时快速流逝的青春。】

【只有我在佩服摄像师？这种时候，还能一边扛着摄像机逃命，一边拍摄嘉宾。】

【我发誓我是黎粉，但是看到昭昭被公鸡追得四处乱窜的样子，我还是笑出了眼泪，实在是太好笑了，哈哈哈。】

【楼上一定是假粉，因为真粉在此刻已经开始截图做表情包了。】

【朋友们，需要表情包的可以去黎昭超话，管理员把与表情包有关的超话微博加精了。】

【黎粉都是些什么生物，怎么活得跟黑粉似的？】

【以前我怎么会觉得黎昭是个娇气流量小生的？粉随正主，这分明就是粉随正主啊。】

【看到他跟几个小屁孩一起玩大侠游戏时，我就对他黑转粉了。不知道该怎么形容，就是觉得他看小孩子的眼神很温柔，就像是……就像是眼里有光。】

【我妈妈也这么说，她说这个叫黎昭的男孩子，心眼一定很好。这样的男人，以后结婚的话一定是好丈夫、好爸爸。所以昭昭老公，你什么时候来娶我？】

【楼上别光喝酒，吃点菜啊，醉成啥样了？】

第一天结束，节目组对每个嘉宾进行了采访，其他人接受采访时都在吐槽节目组毫无人性，只有黎昭笑得一脸灿烂。

"红薯稀饭好吃。腊肉也好吃。其实我平时吃得没这么多的，今天太开心，所以才胃口大开。"

观众们无言以对。为了一口吃的能扛起猪的人，也好意思说自己吃得不多？

【大家给昭昭留点面子，假装相信他的话吧。】

【对对对，我们家昭昭是吃得很少的小仙男，吃得多都是节目效果，与他无关。】

【对对对，昭昭是喝露水就能饱的小仙男。】

【黎粉……是真的有毒。】

《假如我们恋爱》上一季的成功，给节目新一季拉来了很多财大气粗的赞助商。上一季的嘉宾靠着节目翻红，得了不少好处，所以这一季还没播出，就有很多观众在期待。《恋爱》节目组很自信，近期根本没有能打的综艺节目，新一季的第一期播出去，就算没有上一季那么火，至少也能给广告商交一份满意的答卷。节目开播的两周前，节目组已经开始了预热，等到正式播出的这天晚上，他们认为自己收视登顶已经是毫无悬念的事情了。《恋爱》开播后与他们想象的没有差别，收视果然来了个开门红。虽然网播平台上有很多粉丝吵架，但是没有争吵哪儿来的热度？粉丝撕得越厉害节目才越有存在感。

"这个徐北很懂得该怎么跟女孩子相处，他的所有表现都符合女孩子心中的完美男友形象。"导演原本对紫茄娱乐硬塞过来的嘉宾不满意，不过看完录制效果以后，他对徐北的意见小了很多。本来这个嘉宾名额陆昊已经跟他打过招呼，要介绍个朋友来。紫茄娱乐半路插进一脚，不仅打乱了他的计划，还让他跟陆昊闹得不愉快，他心里多少有些不痛快。

时间一分一秒过去，节目组发现，节目的有效观众渐渐开始流失，就连弹幕数量的增长速度也在降低。《恋爱》栏目组看着流失的数据，却找不到原因。节目风格延续了上一季，就连后期工作人员也没有更换，开门红的成绩怎么突然开始下滑了？观众半路抛弃他们节目，难道是有更好的节目出现？近期明明没有能打的综艺节目啊？

"这周有新综艺开播？"

"导演，我已经查过了，其他台都没有新综艺播出。"

"那这些数据是怎么回事儿？"

工作人员欲哭无泪，他们也想知道究竟是怎么回事儿。

"去查查同档期节目，谁家数据开始上涨了。"

没过一会儿，工作人员回来了，表情有些梦幻地说："导演，查出来了，有档叫《归隐山林》的节目收视在不断上涨。"

《归隐山林》？一听名字就是火不起来的三流综艺节目。节目导演皱眉道："他们在偷我们的收视？"

工作人员一脸"你想多了"的表情看着导演说："导演，谁家都有可能干这种事，只有这家电视台绝不可能。"

"为什么？"

"因为这是央视的节目？"

"什么？"导演以为自己的耳朵出了问题，"哪个频道？"

"第九套。"

导演打开电脑，在网播平台搜到这档节目，一打开就看到六个大老爷们儿蹲在地上，衣服穿得乱七八糟，顶着一头乱头发，妆没化，光没打，从头到脚毫无时尚感。这种节目也能红？导演在六个嘉宾里找了一圈，终于发现了一个年轻俊俏的小伙子，即使他身上穿着破旧土气的外套，什么造型都没做，也不能遮掩他容貌上的出众。可惜了，长得这么好看的男孩子，应该来他们这档节目，一定能吸引不少女观众。央视的节目既不会炒作，又不会搞宣传，连出场费也给得低，但凡有点儿理想的流量演员，都不会选这种节目参加。

　　导演一边在心里吐槽，一边忍不住继续往下看。哦嚯，嘉宾之间的相处很自然，没有矛盾，连掐点都没有，不能提高观众的黏性。嘉宾竟然真的扛红薯？不愧是央视，竟然敢真的把嘉宾当苦力用。唔，这个年轻嘉宾抱小孩子时可以多来几个慢镜头、特写镜头啊，也能当宣传点。太死板了，这么多好的炒作素材，竟然就平平淡淡地拍过去了，究竟会不会做综艺节目？简直浪费了这么好的嘉宾。为什么这个嘉宾不是他们节目的？可惜，太可惜。

　　"导、导演，您已经看了十分钟了。"工作人员提醒道。作为《假如我们恋爱》节目组的导演，您不能给敌军送点击率啊。

　　"垃圾节目，不值一提。"导演关掉视频播放窗口，"你们去联系节目嘉宾，让他们再发一条宣传微博。"他就不信，他们节目里这么多美女帅哥，会打不过那种土气综艺节目。

　　可惜观众就是喜欢这种土气、傻气、没有偶像包袱的节目，他们看到黎昭被汽车司机全家围在中间，还要配合司机全家做剪刀手时，笑得惊天动地。

　　【黎昭真是个宝藏，他抱着两个男孩子走在田埂上的时候，让我为他的温柔感动，现在又让我为他的傻气大笑。世界上怎么会有这么有趣的人？】

　　【我好惨，我奶奶让我去找个黎昭同款男友，我上哪儿找去？】

　　【哈哈哈，前面的你去跟奶奶说，黎昭已经在我家沙发上了，

## 第 17 章 送饭

你没有机会了。】

【前面的这些妄想症患者，记得吃药，要进口的。】

从经纪人口中得知，自己参加的《假如我们恋爱》的收视率被其他节目赶超了，徐北不敢置信，问："怎么可能会有节目比《恋爱》火，是不是他们买收视了？"《恋爱》有雄厚的观众基础，而且宣传得也很到位，怎么可能被其他节目反超？

"这是真的，节目组那边让你们嘉宾再发一条宣传微博。"经纪人同情地看着他，"前段时间我跟你提过，央视有档综艺节目缺了个嘉宾，但你想去《恋爱》，所以那档节目就被草莓娱乐的黎昭拿了。"

"你说谁？"听到这个名字，徐北心跳如擂鼓，仿佛遇到了晴天霹雳，"你再说一遍。"

"央视《归隐山林》的收视率超过《恋爱》了，赞助商那边对《恋爱》的数据非常不满意。"为了拿下《恋爱》的节目冠名权，有家企业花了九位数。现在，《恋爱》被央视没有什么存在感的节目反超，不仅台里不满，赞助商更加不满。

"不，我是说……黎昭也参与了《归隐山林》的录制？"

"对。"经纪人怜悯地看着徐北，如果当初徐北接的是《归隐山林》而不是《恋爱》，说不定效果会更好。央视的观众，整体平均年龄偏大一点，能得到这群观众的认可，就等于得到了观众缘，这比在网上炒人设、买营销实用多了。

徐北已经看不到经纪人怜悯的眼神了，他脑子嗡嗡作响，胸口闷得喘不过气来。黎昭，黎昭，怎么又是黎昭？

见他脸色难看，经纪人安慰他："你别多想，虽然蹿出《归隐山林》这匹黑马，但是《恋爱》节目的观众也不少，网上有关你的评价也很正面，有不少观众都夸你是城堡里走出来的贵族王子。"

无论经纪人说什么，徐北都已经听不进去了，他脑子里能想到的就只有黎昭这个人。徐北不甘心地说："不能任由黎昭这么火下去。"黎昭越火，就越证明他做的一切都是无用功。

经纪人看着徐北的脸,心道:"黎昭火不火跟你有什么关系?你们的颜值根本不在一个梯队。你把人家当作竞争对手,人家黎昭的团队都不稀罕搭理你,你能不能有点儿数?"

很可惜,徐北骨子里并没有这种东西。他打开手机,看到各大营销号为了蹭热度,争相发黎昭在综艺节目中的视频片段,心脏仿佛泡进了柠檬汁,酸得他恨不能让黎昭马上消失。

但是黎昭没有消失,一夜之间,徐北眼睁睁看着黎昭的微博涨了几十万粉丝,无数网友跑到《归隐山林》官博下留言,要他们把一些没剪到节目正片里的花絮也放出来,还有不少人催下集。更让徐北气不过的是,《恋爱》中有男嘉宾暗嘲徐北是"关系户",靠走后门才进的节目,而在《归隐山林》中,黎昭却跟其他几个嘉宾打得火热,所有嘉宾都对黎昭亲热极了。为什么?这都是为什么?!

黎昭连吃三顿腊肉了,就连早餐时,桌上都摆着一盘瘦腊肉。大概是因为他在镜头里偷偷吃腊肉的样子实在太可怜,让庭庭对他产生了不少误会。不仅是晏庭,就连张小源的爸妈还有福利院的三位小伙伴都说要给他送腊肉。

"庭庭,我们晚上别吃腊肉了吧。"午餐时,黎昭看着面前的炒腊肉,"再好吃的东西,也不能顿顿吃,是吧?"

晏庭愣住,他就像是不知道怎么对孩子好的父母,听孩子说喜欢什么,就一个劲儿地给孩子同样的东西,笨拙又不知变通。

"其实,我很喜欢吃这个的。"见晏庭愣住,黎昭赶紧夹了两片肉放到自己碗里,"只是腊肉用盐腌过,你身体不好,不能经常陪着我吃这些食物。"

"好。"晏庭顿住的手再次动了起来,喝下黎昭给他舀的小半碗汤。

"庭庭,你这几天都没怎么去公司。"黎昭问,"你现在的职位,不去公司可以吗?"

"我的工作内容很多不需要去公司,电脑远程操作就可以。"晏庭放下汤碗,没有抬头看黎昭,"不用担心我。"

"嗯。"黎昭对高级白领的真实生活环境的了解全部来源于想象,所以对晏庭说的话深信不疑。

下午,两人坐在阳光房里看书,晏庭看的是外文书,黎昭看的是业内时尚杂志。为了培养黎昭的时尚感,公司给他订购了很多一线时尚杂志。可能是黎昭身上没有多少时尚细胞,他觉得这些模特还没有晏庭穿一身西装有时尚感。还有红配绿的花布裤子,简直让他怀疑人生。翻来翻去,他发现竟然只有一张模特手拿电脑,穿着西装的照片最好看。

"看什么?"见黎昭停止翻页,晏庭放下手中的书,靠过去看了一眼。

"果然还是工作中的男人最帅。"黎昭把杂志朝晏庭移了移,"是不是?"

晏庭看着照片没有说话。

第二天早上,黎昭带着晏庭跑完步后,换了衣服下楼,就发现晏庭西装革履地坐在餐桌旁。

"庭庭,你今天要出门?"

"公司有紧急会议,需要我出席。"伸手拉了一下领带,晏庭道,"中午厨房给我炖了养身汤,你如果有空的话,能不能帮我送到公司?"

"好的,没问题。"黎昭答应下来,"听说你们公司管理非常严格,我能送进公司吗?"

"没问题,我是总裁办的人,让家属送个饭只是小事。"晏庭顿了顿,"算了,你等几天就要出去拍节目了,还是在家好好休息,我让司机送过去就可以了。"

"这有什么?反正我闲着也是闲着。"黎昭拍着胸口,"你放心,我绝对按时给你送到。"

不就是送饭?让他给好兄弟做饭都没问题。不过,哥们儿也能被称为家属?他偷偷看了眼晏庭,决定放弃纠结这种小事。

还不到中午,黎昭就提上厨房里准备好的保温盒出发了。他运气好,一路上没有遇到堵车,到苍寰总部大楼下时,还不到中午十二点。路过大门,帅气的保安大哥只是多看了他两眼,并没有拦下他询问。踏进金碧辉煌的大厅，黎昭控制住自己想要多看两眼的冲动。一二三四，抬头挺胸，帅气、优雅、冷静。今天的黎昭可不是普通的黎昭，是要给庭庭送饭、给庭庭挣颜面的黎昭。走到前台，黎昭摘下脸上的口罩："不好意思，打扰一下，我是……"

"黎先生。"身后响起秦肖的呼唤声。

"秦先生？"看到西装笔挺的秦肖，黎昭脸上露出笑容，有熟人好办事嘛。

"黎先生是来给庭先生送饭的？"秦肖看了眼黎昭手里的超大号保温饭桶，怀疑黎昭对先生的胃口有误解，"你跟我来，我带你上去。"

"这样会不会影响您的工作？"黎昭犹豫了一下，"如果对您有影响，我就不上去了，您帮我把饭盒拿上去就行。"

"当然不会。"秦肖轻笑出声，"您放心吧，公司高层人员的待遇很好的。"

"那麻烦您了。"

黎昭道了谢，跟在秦肖后面进了一间电梯，心想不愧是全球知名家族企业，连电梯内部的装修都这么讲究。

从头到尾都没机会开口说话的前台，愣愣地看着秦特助把人带走，好半晌才对同事说："你有没有觉得，刚才那个年轻人长得很像你家昭昭？"

"不像，一点都不像。"同事连连摇头，内心却在尖叫——啊啊啊啊，我家崽崽好乖好有礼貌，素颜好好看！竟然给公司的人送饭，还跟秦特助很熟，我家崽崽为什么如此优秀！

"你们在说黎昭？"一个穿着职业套装，胸口戴着助理部胸牌的年轻女员工走过来，"你们刚刚看到黎昭了？"

"没有，她刚才看错了。"前台的黎粉连忙否认，"不是黎昭。"这个女职员一看就不是崽崽的粉，难道是黑？不行不行，坚决不能让她知道崽崽送饭的事，万一她编黑料到网上抹黑崽崽怎么办？崽崽那么可爱，黎粉要保护世上最可爱的崽崽。

"不好意思，我以为是黎昭，所以情绪有些激动。"女职员不好意思

# 第17章 送饭

地笑了笑，"都怪我太喜欢他，听风就是雨。"

"没事，喜欢一个人，有这样的反应很正常。"前台的黎粉微笑着说，多扫了几眼女职员的胸牌，把她的名字记在心底。等人一走，这个黎粉脸上的笑容顿时消失得无影无踪。呸，什么粉丝！黎粉根本舍不得叫黎昭全名，平时都是叫"崽崽"或是"昭昭"。明明就是个黑子，装什么粉丝，臭不要脸！

魏甜走到电梯口，偏头看了眼拐角处的管理层专用电梯，脸色变了几变。她刚才绝对没有听错，秦肖叫那个戴着鸭舌帽的年轻人"黎先生"，那个年轻人的背影也很像黎昭。走到洗手间，她掏出手机，发出了一条信息。发完消息，她删除痕迹，拉开厕所隔间的门，与刚走进来的同事迎面碰上。同事对她笑了笑："丽丽休年假回来了，还给我们带了伴手礼，你再不回办公室，丽丽带回来的美食都要被他们吃光了。"

"我马上过去，谢谢。"魏甜神情自然地把手机揣进包包，走到水龙头旁洗手。她看着镜子，用眼角余光观察同事，对方拿着粉饼在脸上拍来拍去，好像这样就能变美几分。这位同事是刚从分部调过来的员工，据说工作能力很强，看来也不过如此。

抽了一张擦手纸，魏甜擦干手，笑着对同事道："霞姐，我先回办公室了。"

"好呢，你记得让他们给我留两口吃的。"这个叫"霞姐"的女人，在厕所里也还在惦记那口吃的。

"好。"魏甜勾起嘴角甜甜一笑，心里却觉得这个年近三十岁的老女人，性格跟脸一样俗不可耐。

脚步声渐渐走远，霞姐继续拿着粉饼补妆。忽然，魏甜从门口探出半个身子，正在认真补妆的霞姐吓了一跳："甜甜，你不是走了吗，怎么一惊一乍的？"

"我以为口红忘记拿了，没想到被我随手塞到外套口袋里了。"魏甜确定这位新来的同事没有怀疑她以后，不再模拟脚步声渐渐走远的声音，真的离开了。

"咔哒"，霞姐合上粉饼盒，打开魏甜刚才待过的厕所间。魏甜出来的时候没有冲水,垃圾桶的垃圾袋刚更换过,里面没有半点垃圾。公司有专用的更衣间跟吸烟室,所以魏甜不可能是在这里抽烟或是换衣服。魏甜出来的时候,眼神里有警惕,照镜子时也在偷偷观察她,甚至还假装离开,突然杀个回马枪,来观察她的反应。霞姐觉得自己猜得没错,这个魏甜果然有问题。

电梯不断上升,黎昭看着电梯显示屏上不断更新的数字,说:"贵公司的办公大楼真漂亮。"

"公司原来的办公大楼在西城,后来因为国家规划需要,西城的旧址拆除,总部大楼就修建在了这里。"秦肖调侃地笑道,"这样算起来,我们公司也算得上是拆迁户。"

黎昭无言以对。

"到了。"电梯门打开,秦肖下意识地往旁边退了一小步,帮黎昭拦住电梯,"黎先生请。"

"您太客气了。"黎昭觉得,这位秦先生对自己似乎格外殷勤。难道对方也是自己的粉丝?黎昭偷偷瞥了一眼戴着眼镜、从头到脚都散发着精英气质的秦肖。对方就算追星,也不该追自己这样的吧?

来到晏庭办公室外,黎昭发现办公室的窗户开着,站在走廊里能看清晏庭的一举一动。

穿着西装、打着领带的晏庭,看起来很严肃、很认真。坐在下首的两个中年男人不知道在说什么,晏庭偶尔微微颔首,充满了成功人士的魅力。看到这样的晏庭,黎昭忽然觉得《霸道女总》里,姚莎莎扮演的女总裁过于浮夸与油腻,庭庭这才是教科书级别的总裁气场。

正在与高管们交谈的晏庭忽然停下动作,偏头看向内窗方向,身上的气势柔和下来。

"我家小孩儿来给我送饭了。"晏庭合上文件,"你们说的这些,我会考虑。"

"谢谢先生。"高管们知道大老板有个特别稀罕的小孩儿,起身告辞。开门出来时,他们对秦肖,还有秦肖身后的黎昭友好地笑了笑,大步离开。

## 第17章 送饭

"庭庭，你们公司的人都挺随和，我还以为能在你们这种知名企业上班的人都很高冷。"黎昭把保温盒放到桌上，秦肖过来帮晏庭收拾桌子，免得饭盒里面的水蒸气滴出来，打湿桌上的文件。

"秦先生，怎么能让您来？"黎昭推了推晏庭，"收拾桌子吃饭。"

秦肖看了眼被黎昭推了一下、乖乖自己收桌子的晏庭，退后两步。晏庭看他一眼。他识趣地开口："黎先生，你跟庭先生慢慢吃，我先回办公室了。"

"要不一起吃点？我带了很多饭菜过来。"

"不了，我已经点好了餐。"秦肖觉得自己现在的工作挺好，不想被老板炒鱿鱼。开门，关门，走人，一气呵成。作为一个成熟的助理，他要严格遵守"招手来，挥手去"的基本行为准则。

"快来，快来，今天的汤特别好喝。"黎昭打开保温盒盖子，从里面小心翼翼端出一碗汤，小声道，"幸好秦先生没有答应，不然这碗汤我还真舍不得分给他。"不是黎昭抠门，其他的都可以，但是庭庭的这份养身汤，黎昭不想给别人。在黎昭的灼灼目光下，晏庭忍着药味，把这碗汤喝得干干净净。

"庭庭真棒。"黎昭对晏庭竖起大拇指，然后把菜跟饭端出来，把筷子、勺子都准备好，才兴致勃勃道，"庭庭，你们公司真漂亮，地板都在发光，大公司就是气派，我进来的时候都不好意思多看。还有你的办公室，又大又宽敞。"看到晏庭的办公场地，黎昭终于相信庭庭在公司的待遇是真的好，再也不用担心他会被同事孤立了。有单独的办公室，对于庭庭这样的性格来说，实在是太合适了。

"我带你去看。"晏庭看着黎昭趴在窗户上，小心翼翼地看外面的模样，"你想看哪儿都可以。"

"那怎么行？在公司上班，最忌讳恃才傲物。"黎昭想也不想就拒绝，"大公司应该都一样，我只是好奇你的工作环境而已。"

晏庭手里的筷子停住，喉咙里的东西难以下咽。

"怎么了？"黎昭见晏庭表情不对，伸手轻拍他的背，"噎住了？慢慢吃，不要急。"

晏庭握住黎昭手腕，说："昭昭，对不起。"我用卑鄙的谎言骗了你。可是只要能够留下你，我不怕卑鄙。

"瞎说什么，好好吃饭。"黎昭伸手在晏庭脑门上戳了一下，走到沙发旁坐下，"快吃吧，吃完我把保温盒带回去。"

黎昭懒洋洋往沙发上一靠，掏出手机准备玩一会儿游戏，发现小伙伴群有很多消息。点开群聊，黎昭发现里面的话题从中午吃什么跳到了婚礼，又从婚礼跳到了同事关系。看完聊天记录，黎昭也加入了对话。

  昭昭有好运：霞姐，你调岗了？@花开的声音

  花开的声音：刚调到总公司没几天，还有你周哥的岗位调动申请也通过了，以后我们几个见面就方便多了。

  昭昭有好运：太好了，晚上有没有空？我请你们吃饭。

  花开的声音：今晚不行，听说今天大老板来了公司，整个部门都要留下来加班。

  昭昭有好运：那你们的大老板挺周扒皮的。你们总公司在哪儿呀？

  花开的声音：就是业内非常有名的大公司，苍寰。

  昭昭有好运：……

世界为什么这么小？黎昭抬头看了眼坐在办公桌边细嚼慢咽的庭庭，没想到霞姐跟庭庭成了同事。霞姐跟周哥都是名校毕业的，这些年钱赚得并不少，但是大多都给院里的孩子花了。如果不是因为之前那场重病，以霞姐的工作能力，也许去年就能调到总部这边了。真没想到苍寰旗下的产业这么多，连霞姐原来工作的地方也是它的。

  花开的声音：省略号是什么意思？

  昭昭有好运：如果我说，我这会儿就在苍寰总部，你相信吗？

看到黎昭发的这条消息，朱霞愣了愣，下意识地偏头看了眼坐在角

## 第17章 送饭

落的魏甜，低头继续发消息。

　　花开的声音：什么时候来的？你现在是大明星，我们办公室有不少女孩子都很喜欢你，别让人认出来了。
　　昭昭有好运：十几分钟前到的，放心吧，没人认出我。我的好哥们儿也在苍寰上班，我过来看看他。
　　花开的声音：那个跟你一起过年的哥们儿？
　　昭昭有好运：对，他身体不太好，我不经常盯着他，他都不知道怎么照顾自己。

　　朱霞想，原来男孩子之间关系好了以后，连对方有没有好好吃饭都要操心？以前她跟周明谈恋爱时，两个人周末都要出去打工赚钱，如果哪一天赚得多，就给对方买个鸡翅或者鸡腿来补充营养。原来，不止情侣间会关心这些啊？

　　会赚一个亿：你这哥们儿挺大方，京市房子那么贵，都舍得白借你。
　　昭昭有好运：他不仅为人大方，性格也特别可爱，虽然不爱说话，但是脾气特别乖。

　　朱霞心底咯噔了一下。一个人觉得另一个人性格好、脾气好没问题，但是当他用"可爱、乖"这种词来形容时，就代表事情严重了。朱霞深吸一口气，继续回复黎昭的消息。

　　花开的声音：我觉得我们也很可爱，对不对？
　　昭昭有好运：对对对对，霞姐是世上最好看、最美丽、最可爱的人。

　　"霞姐是谁？"

黎昭扭过头,与晏庭充满求知欲的眼神对上。"以前在院里很照顾我的大姐姐,最近几天她调到你们公司上班,算起来你们就是同事了。"

大姐姐?有多大?大多少?同事?昭昭给他送饭,只是为了他,还是为了看望这个大姐姐顺便给他送饭?

"她跟她老公要在京市这边定居,等我录制完下期节目,我打算请他们吃饭,到时候你跟我一起去?"黎昭还在跟小伙伴聊天,也没注意晏庭脸色变了,"我想把你介绍给他们认识。"

拨云见日,雪后初晴,阳光普照,万物回春。

"多年的朋友,是该请吃饭。你对京市不够熟悉,接风洗尘这种事情交给我来办。"晏庭在听到"介绍给他们认识"这几个字时,眼神就已经亮了起来。

"他们喜欢吃什么餐?我可以预约顶级厨师……"

"打住,打住。"黎昭摆手,"预约什么顶级厨师?他们一顿火锅就能搞定,一顿不行就两顿。我们刚认识不久时去的那家火锅店就很不错,食材新鲜,收费合理。"黎昭拍掌,"就这家了,怎么样?"

"好。"晏庭沉默了片刻,"他们平时有什么爱好?需不需要……"

"庭庭,你是我的哥们儿,他们是我的小伙伴,你只需要开心地去吃饭,然后开心地跟我一起回来就好。"黎昭忽然意识到,晏庭身边几乎没有其他朋友,只有他。所以,庭庭重视他,甚至在这段友谊中显得有些小心翼翼。这对庭庭来说是不公平的。

"好。"晏庭垂下眼皮,只要他们不把昭昭带离自己的身边,怎样都好。

"你是不是又要去录节目了?"晏庭问。

"明天一早就要出发。"黎昭解释,"原计划本来是三天后再去,可是有几位嘉宾时间安排不过来,所以提前了两天。"

"我让管家帮你把行李收拾好。"晏庭沉默片刻,"无论在外面遇到什么,都不要让自己受委屈。"

"节目组跟嘉宾很好相处,放心吧。"黎昭想,谁逼疯谁,还不一定呢。

月下蝶影 著

下册

中国·广州

图书在版编目（CIP）数据

美滋滋. 下 / 月下蝶影著. — 广州：广东旅游出版社，2021.9
 ISBN 978-7-5570-2572-4

Ⅰ. ①美… Ⅱ. ①月… Ⅲ. ①长篇小说 – 中国 – 当代 Ⅳ. ①I247.5

中国版本图书馆CIP数据核字(2021)第160714号

出 版 人：刘志松
总 策 划：刘运东
责任编辑：江丽芝
责任校对：李瑞苑
责任技编：冼志良
出版监制：王兰颖
特约编辑：草　木　夏君仪
封面设计：卷轶设计

美滋滋. 下
Mei Zi Zi Xia

广东旅游出版社出版发行
（广东省广州市荔湾区沙面北街71号首、二层 邮编：510130）
联系电话：020-87347732
天津鑫旭阳印刷有限公司
（地址：天津宝坻经济开发区宝中道北侧5号2-3号厂房）
联系电话：022-22458633
880毫米×1230毫米　32开　22.75印张　650千字
2021年9月第1版第1次印刷
定价：69.80元（全2册）

本书如有错页、倒装等质量问题，请直接与印刷厂联系换书。

# 目录 contents

| | | |
|---|---|---|
| 第1章 | 借 钱 | 001 |
| 第2章 | 家 人 | 026 |
| 第3章 | 发 现 | 048 |
| 第4章 | 过 往 | 066 |
| 第5章 | 礼 物 | 093 |
| 第6章 | 成 绩 | 107 |
| 第7章 | 真 相 | 130 |
| 第8章 | 预 言 | 161 |
| 第9章 | 苍 黎 | 190 |
| 第10章 | 长 久 | 215 |
| 第11章 | 反 击 | 239 |
| 第12章 | 偷 闲 | 252 |
| 第13章 | 入 学 | 263 |
| 第14章 | 检 测 | 286 |
| 第15章 | 回 家 | 302 |
| 第16章 | 幸 福 | 316 |
| 第17章 | 团 圆 | 333 |
| 番外一 | 苍黎的面馆 | 348 |
| 番外二 | 梦的小剧场 | 355 |
| 番外三 | 一直都很好 | 362 |

# 第1章 借 钱

晚上陪晏庭吃了晚饭,一直磨蹭到十一点,黎昭才拖着收拾好的行李箱,回到自己家里。

早上五点左右,节目组又敲响了黎昭的房门。这次他有经验多了,招待他们吃完早餐,就提着行李箱出门了。

"黎先生,一路平安。"管家站在大门外,对车里的黎昭微笑。

"谢谢管家伯伯。"黎昭抬头看了眼晏庭的房间,房间里亮着灯,窗户前站着一个身影。黎昭探出头,朝人影挥了挥手。

节目组的车缓缓开出小区,工作人员满脸是笑,看黎昭的眼神像是在看一个金娃娃。"昭昭,这次的节目很成功,虽然只播出了上集,但很多观众已经开始期待明天晚上的下集内容了。"

黎昭问:"观众都很喜欢看嘉宾有多惨吗?"这是人性的沦丧,还是道德的……

"观众们都很喜欢你在节目中的表现,你有什么感想?"

黎昭拿出赞助商提供的牛奶,往胸口一摆:"早起喝杯牛奶,就能像我一样,提着小猪不费劲儿。"

工作人员觉得,赞助商大概会很喜欢黎昭的回答。

"这次我们去的地方,有上次好玩吗?"黎昭对新的旅程充满了兴趣,甚至有些迫不及待。

工作人员觉得,前面几期折腾其他嘉宾带来的乐趣,在黎昭这里被消耗干净。上次哪里好玩?是卖红薯好玩,还是被鸡撵好玩?

"一定不会让你失望的。"节目组一定会让黎昭明白,什么是规矩,什么是体统!他们的目标是——让嘉宾苦着脸来,哭着回去!

很快，黎昭就知道了节目组的安排。这次他们的目的地竟然是黄土高原。大概是害怕黎昭又去搭运猪车或是运驴车，节目组直接替换掉这个环节，告诉黎昭只有在机场外面捡够三十个饮料瓶，才能乘坐节目组的车赶到村里。三十个饮料瓶？黎昭觉得完全没问题。可是等他走到机场外面一看，一群戴着红领巾的小朋友正在外面做保卫环境的小志愿者，别说饮料瓶，就连纸条都没一张。

"你们是魔鬼吗？"黎昭目瞪口呆地看着这一幕，好半晌才回过神来，"人性呢？"

节目组也惊呆了，他们真没想到会发生这种意外，这些孩子不是他们安排的。看到黎昭崩溃的脸，工作人员强忍着笑，拍拍他的肩膀安慰道："发生这种事，我们也不想的。爱护环境，人人有责嘛，看到这些祖国的美好花朵，你是不是更加有动力了？"

黎昭面无表情地说："骂你们的动力。"

"好演员是不能说脏话的。"工作人员微笑，"加油哦，我相信你。"

"你以为这样就能难得住我？"黎昭走到花坛旁边，脱下外套把地上的灰全部擦了一遍，然后把灰扑扑的衣服穿上，把口罩往脸上一戴，"你们给我等着。"节目组完全不知道说什么了。这个嘉宾对自己太狠了，实在太狠了。没必要，真的没必要。

五分钟后，大街上出现了一个穿着灰扑扑的年轻人。他手里拎着一个破蛇皮袋，看到塑料瓶就捡起来放进蛇皮袋中，看到其他垃圾就扔进垃圾桶里。

有两个小姑娘从他身边经过，其中一个小声对伙伴道："我一定是太爱我家崽崽了，看到拾荒的人，都能想到他。"

"瞎说，我们家崽崽哪里像拾荒的？我看你是思念成疾，看谁都像黎昭。就像是单身太久的人，看见猩猩都觉得眉清目秀。"

在后面偷偷跟拍的节目组工作人员心道："小姑娘，这个在街上捡破烂的，就是你家昭昭。"

人生总是充满意外的，就连拍摄节目时也不例外。就在黎昭弯腰捡起地上的垃圾时，一个做网络直播的网红来到了他的面前。

# 第1章 借钱

"您好，我是青椒直播的播主土豆炒蛋。刚才我看到你不断地把地上的垃圾扔进垃圾桶里，甚至顾不上拾荒。"土豆炒蛋没有把直播镜头直接对着黎昭，"我的粉丝对您的行为非常感兴趣，请问您能回答他们几个问题吗？"

黎昭把口罩往上拉了拉，侧首看了眼跟拍的节目组工作人员，见他们微微点头，才道："可以。"

黎昭一开口，播主有些惊艳，没想到这个拾荒者的声音……还挺好听。"您是一位拾荒者吗？"

黎昭犹豫了一下，点头。现在的他，确实是。

"但是，您似乎更在意地上那些垃圾。"

"因为爱护环境，人人有责。"

土豆炒蛋是青椒直播的红人，每次直播都有十万以上的观众。他来采访黎昭，也是因为在直播的时候，有粉丝注意到了这个不走寻常路的拾荒者。听到这位拾荒者的回答，粉丝们在评论区哈哈大笑。

【哈哈哈，这是一个很有社会责任感的拾荒者。】

【不过听他的声音，年纪应该不大。年纪轻轻，做什么赚不到钱，为什么要做拾荒者？】

【人家不违反法律，也没危害社会，做什么都行。再说了，路上那么多光鲜亮丽的路人，也没见他们顺手把路边的垃圾捡起来，反而是个拾荒者做到了，究竟该谁瞧不起谁？】

【只有我觉得这个拾荒者声音有些耳熟？】

【我怀疑这人根本就不是什么拾荒者，他的帽子是某牌高定，价值五位数。身上的外套，是某一线品牌春季最新款，不仅价格高还限量。要不是相信炒蛋的人品，我都要怀疑他联合其他人炒作了。】

"那你有什么想对直播间观众说的吗？"

"地球是我家，爱护环境靠大家。"说完这句话，黎昭把蛇皮袋往肩上一扛，走出了六亲不认的步伐。

土豆炒蛋被他的气势震住了，拿手机拍着他的背影，久久不能回神。这不仅仅是个拾荒者，他还是个哲学家啊。

直到拾荒者的身影再也看不见，直播间才有粉丝突然发消息刷屏。

【啊啊啊啊，这个拾荒者的声音，好像最近某个非常红的艺人啊！】

【是不是两个字，综艺节目里的那个泥石流？】

【原来不是我一个人这样觉得吗？】

土豆炒蛋看着粉丝的刷屏，被这种荒诞的猜测逗笑："当红明星怎么可能跑来街头拾荒？如果他真是黎昭，我就直播啃键盘。"粉丝们笑作一团，谁也没把这事儿当真。

当嘉宾开始不要脸时，节目组工作人员都不好意思跟他走在一块儿，因为脸皮厚不过他。

三十个饮料瓶黎昭早已经凑齐，但是路上有辆水果车翻了，他帮司机把水果全部捡回来，才提着两兜司机硬塞给他的苹果，乐呵呵地往回走。半路还遇到一个拾荒的老奶奶，黎昭把自己捡来的瓶子全部给了她。

黎昭脱下脏外套坐进节目组的车里，工作人员看他的眼神充满了复杂。节目组给黎昭的出场费是不是低了点？像这么不要面子的年轻演员不多了，万一被其他节目组抢走了怎么办？

"分你们一个？"黎昭从袋子里拿出一个苹果给工作人员。工作人员心情复杂是复杂，但是分过来的苹果还是要吃的。

《归隐山林》新一期开始录制时，《恋爱》节目组正在为收视率发愁。导演躲在小屋子里，把《归隐山林》上周的节目来回看了好几遍。《归隐山林》的口碑与收视，都是从这期开始上涨的，就因为节目里多了一个完全不按套路出牌的黎昭。越看他心里越难受，如果黎昭是他们这档节目的嘉宾，肯定也能弄出不少看点。唉，这么好的苗子，怎么就被《归隐山林》捡漏了呢？正懊恼着，手机响了，一看来电显示，导演有些心虚，磨磨蹭蹭接通了电话："陆老师，恭喜你的新剧杀青，还签了一个好东家。黎昭？"听陆昊主动提起黎昭，导演嘴里有些泛苦。

"唉，看到昭昭那孩子在《归隐山林》里受苦，我瞧着挺心疼的。"陆昊笑呵呵地在电话那头开玩笑，"要是你之前能帮我把名额留着，他就不用这么辛苦了，你说这是不是你的错？"

"你说什么？"导演脑子嗡嗡作响，"你之前让我留着的名额，是想推荐给黎昭？"

"除了他，我身边也没其他合适的人选。"陆昊叹息，"可惜他跟贵栏目没缘分……"

陆昊还说了什么，导演已经听不到了，此时此刻，他只听得见自己心碎的声音。

"导演，徐北的工作团队那边要求……"

"提个屁的要求！"导演没好气道，"要求那么多，就不要拍节目了！人家《归隐山林》的嘉宾，挖土扛红薯都没提过要求，他有什么脸提要求？"如果不是徐北，他又怎么会错过黎昭？！导演助理心想，导演兼制作人终于被收视逼疯了。

《恋爱》的导演现在就是后悔，非常后悔。早知道陆昊想要给他推荐的嘉宾是黎昭，给他十个徐北都不换。唉，做人要往好处想，也许下一期里黎昭的表现就不好了呢——自我安慰了一番之后，导演站起身说："赶紧通知徐北那边进入拍摄，不要以为有紫茄少董撑腰，就能不懂规矩。"

都是圈内人，谁不认识三五个朋友？撕破脸对谁都没好处。他是知名节目制作人兼导演，没必要处处看新人的脸色。以前他看在紫茄娱乐的面上，对徐北还有三分容忍，但是看到黎昭在《归隐山林》的精彩表现后，容忍就变成了抱怨与不耐。《恋爱》是他一手打造出来的，为了这档节目，他喝酒喝成胃穿孔，在电视台领导面前低声下气。好不容易把节目打造成功，又怎么愿意它在第二季就口碑下滑？

徐北见《归隐山林》里，黎昭住的别墅引起不少网友的讨论与关注，也想炫耀一下自家的别墅。可是节目组那边根本不理会他的提议，只知道一个劲儿催他录制。

在徐北的那个预知梦里,根本就没有《归隐山林》这种节目的存在,为什么黎昭参加后就火成了这样?只要打开网络媒体平台,就能刷到黎昭在节目中的剪辑视频。网友们一个劲儿地夸黎昭可爱、耿直或者形容他是"泥石流",圈了不少路人粉。

大街上、地铁站、公交站、商场都铺满了黎昭代言苍时手表的海报。随便打开一个电视台,就会有黎昭的广告跳出来。还有各种社交软件的开屏、报纸……都出现了黎昭的身影,可见苍时手表有多看重黎昭这个代言人。如果不是因为苍时的大老板是晏庭,徐北大概会怀疑有哪个大老板看上了黎昭,才舍得花这么多力气推他。因为世上谁都有可能干出这种事,唯有晏庭不可能。一个对生命都没有敬畏的人,又怎么懂得如何去对一个人好?

可是徐北不明白,自己明明抢走了属于黎昭的机会,为什么最后黎昭还是这么红?他所有的努力,在黎昭的人气面前就像是一场笑话。他不甘心。

宽阔的公路上,几乎没有多少车辆。黎昭看着车窗外的黄土地,哼起了一首《黄土高坡》,兴致好得让工作人员嫉妒。

"昭昭,我们快要到达目的地了。"工作人员把任务卡递给黎昭,"今天中午,需要你自己去村民家借食材,给自己做午餐。"

"不去蹭饭了?"黎昭有些遗憾。

工作人员说:"不去了。我们怕你太能吃,把村民家的米吃光了。"

"我就知道,你们一定不会善待我。"黎昭拿出手机,拍了几张黄土高原的风景,想等下车后找机会发给庭庭看。

"作为一个黑心节目组,对嘉宾仁慈,就是对自己残忍。"车子缓缓停下来,工作人员微笑,"走吧,开始我们这次的黄土高原之旅。"

黎昭戴上帽子,拖着行李箱下车,看到窑洞以后,发出惊喜的叫声:"我们嘉宾晚上也住窑洞?"

工作人员斜着眼看黎昭——他们安排嘉宾住窑洞是想让他们吃苦,不是让他们高兴的。

"我还从没住过窑洞,这次终于能够过过瘾,太棒了。"黎昭加快了脚步，往村子跑去。

黎昭真的是个小怪物，拎着这么大的箱子，还能跑这么快。摄像师认命地跟在他后面追，心道：请你牢记，你是流量小生，小鲜肉！给自己留点偶像包袱不好吗？

嘉宾们这次来的村子名叫瓦红村。这里的气候条件比不上清溪村，昼夜温差大，紫外线强烈，来之前大可一个劲儿地提醒黎昭千万不要忘记防晒。村子里与嘉宾预想的漫天黄沙不同，尽管现在还是早春，他们已然能在山上看到点点绿意。黎昭刚走进村子，就看到张奎手里拎着一小袋米，其他的什么都没拿。

"昭昭。"看到黎昭，张奎几乎用飞奔的速度来到他面前，"你也没吃饭吧？"

黎昭默默点头。

"那我们搭伙做饭。"张奎更加热情了，"先在村里要些食材，然后我们一起做饭。"

黎昭对"一起"这个说法存疑。面对张奎可怜巴巴的眼神，他叹了口气："走吧。"

张奎喜滋滋地跟上，对黎昭进行花式夸奖，为了吃上一顿饭，张奎也不容易。

走到一户人家门口，黎昭正准备去敲门，张奎一把拉住他，阻止道："别去了，我刚才去敲门，话都还没说完，大妈就把门关上了。"

"再试试嘛。"黎昭指了指这家的房子，"他们家房子修得这么好，肯定有多余的食材。"

张奎心想，有是有，人家不一定给呀。

大铁门吱呀一声打开，开门的正是刚才不给张奎面子的女人。女人阴沉着脸，看起来心情不是很好。张奎被女人的脸色吓得往后退了一步，藏在了黎昭身后。

"不好意思，打扰了。"黎昭朝女人露出一个灿烂的笑容。

"什么事？"女人绷着脸看黎昭。

"大姐姐，是这样的。我们刚来村子，想做一顿午饭吃，但我们现在没有食材,您家里有没有多余的食材,随便给我们一点。"黎昭见对方仍旧阴沉着脸,连忙补充几句,"如果没有的话也没关系,祝您生活愉快,我们就不打扰您了。"

女人见黎昭与张奎准备离开,嘴唇动了动,犹豫着开口:"等等,你们跟我进来吧。"

竟然同意了?!张奎惊讶无比。

"谢谢。"黎昭笑得眼睛都亮了。

女人看了眼跟在他们身后的摄像师,把门打开一道缝,带他们进了屋。院子里收拾得很干净,几株月季花种在墙角,绽放着美丽的花朵。房子里安静极了,仿佛除了这个女人外没有住着其他人。女人带他们进屋,打开老旧的冰箱,把里面所有肉跟菜都拿了出来。"这些,你们都拿走。"

"太多了,太多了,您全给了我们,您吃什么?"黎昭跟张奎把值钱的鸡和鱼往回塞。

"你们不吃,这些东西也只会放坏。"女人拦着不让他们把食材塞回去。

"您要出远门?"黎昭这才发现,屋里很多家具都蒙上了防尘的塑料布。

"对。"女人点了点头,她看着黎昭,透过他怀念着另外一个人,"我要去把我的孩子找回来。"

"您的孩子?"张奎满头雾水,为什么要找孩子?

黎昭却是想到了什么,他看着女人疲惫的脸,问道:"您的孩子,他去了哪儿?"

"我不知道,他被人偷走的时候,才五岁大。"女人的眼神满是麻木又疲惫,她已经流不出眼泪,"他胆子小,这些年没有我陪着,我担心他会害怕。"

张奎呐呐不成言,不知道该说什么。

节目组也没料到会发生这样的变故,摄像师犹豫着要不要关掉摄像机。"继续录。"摄像师戴的耳机里传出导演的声音。

"你会找到他的。"黎昭很认真地看着女人,"有你盼着他回家,他一定会平安地等着你,等你带他回家。"

"真的吗?"女人眼里有了希望,她紧紧拽住黎昭的手腕,仿佛在寻找一个坚持下去的理由,"他真的还平安?"

"真的。"黎昭说,"被妈妈爱着的孩子,一定是个幸运的孩子。"

"谢谢,谢谢……"女人干涸的眼睛里流出了眼泪,"谢谢。"

节目组的工作人员走进来,找女人要了她孩子的相关资料。通过工作人员与女人沟通,黎昭与张奎才知道,原来她的孩子是被人从院子里抱走的,从那以后她便变得不爱给陌生人开门,甚至对陌生人的到来充满敌意。黎昭跟其他陌生人不同,因为黎昭跟她的孩子年龄相仿,在黎昭微笑的时候,她差点儿以为是她的孩子找回来了。可她心里很清楚,黎昭不是她的孩子。她的孩子鼻子上有一颗痣,黎昭的脸却白白净净。

离开这户人家,黎昭拎着女人塞给他的大包食材,心情说不出的复杂。

"开心一点,有节目组帮忙,她找回孩子的希望会变得更大。"张奎察觉到黎昭情绪不对,"你这张脸是怎么长的?简直就是男女老幼通吃。"

"大概是专挑好的长。"黎昭摸了摸自己的脸,"这种事,一般人羡慕不来的。"

"叔叔阿姨肯定也是俊男美女,不然生不出你这么好看的孩子。"

黎昭眯眼笑。张奎只当他是默认,摸着肚子喊饿。

到了做饭的地方,他们看到一个积满灰尘的土灶、一口没有洗的大铁锅,还有一堆没有劈的柴。好在旁边有口压水井,不需要他们去挑水。

"为了找这么个破旧的地方,节目组肯定花了不少心思。"黎昭拿起节目组早就准备好的扫帚,开始扫地。

"你怎么知道?"

"好几年前,国家就开始建设新农村,拨款对旧房进行翻新,对危房进行拆除重建。"黎昭唰唰扫着灶台上的厚灰,"这样的房子,村民们早就不住了。"

张奎憋了半天气，说了一句："垃圾节目组，不是人。"

"去打水。"黎昭找到节目组早就准备好的干净水桶，"等我把锅洗干净做饭。"

张奎拎着桶走到井边，扭头问摄像师："这个井，怎么用？"

摄像师笑而不语。

"昭昭！"摄像师是靠不住了，张奎认命地向黎昭求救，"这个井怎么打水？"

黎昭嫌弃地看了他一眼，说："算了，你还是扫地吧，打水这种粗活交给我。"

黎昭走到井边，压了几下井，发现能够正常出水，不用引水。接满一桶水，黎昭又开始劈柴，劈一下，念叨一句"黑心节目不是人"，摄像师忍不住往后退了两步。

好不容易折腾出一顿饭，黎昭跟张奎顾不上说话，端着饭就拼命扒饭。两人把满满一锅饭吃完，黎昭微笑道："其实我平时吃得很少，今天实在太饿了。"不管吃多少，喝露水长大的小仙男人设不能倒。

"好巧，我也是。"张奎摸了摸凸起的肚子，跟着黎昭一起笑。

铺完床，收拾好屋子，黎昭与张奎坐在屋檐下，终于有了偷得浮生半日闲的惬意。可惜这份惬意并没有维持多久，节目组就送来了任务卡。

"种树？"张奎张大嘴，"我们要去种树？"

"为祖国绿化建设做贡献，是我们每个年轻人应尽的义务。"黎昭念了念任务卡下面的小字，看来他们这一期的主题是环保绿化。

"在这个环节，你们需要按标准栽够一定数量的树。只要你们在规定时间内，答对足够多的题目，就可以减少任务量。"

"这简单，我读书的时候，一直是班上的智商担当。"张奎拍胸口，"你们尽管问，答不上来算我输。"

"第一题，螃蟹壳是干垃圾还是湿垃圾？"

张奎张了张嘴，沉默三秒后，扭头看黎昭，他认输。

黎昭不太确定："湿垃圾？"

"确定吗？"

"确定……吧?"

"第二题,某天早上,喜欢熬夜的小白起床发现自己头发没了,这是为什么?"

张奎说:"因为熬夜有害身体健康?"

"回答错误。"

……

十道题,黎昭跟张奎只答对了六道,其中五道都是黎昭答对的。

"智商担当?"黎昭神情复杂,"张哥,你们班上是不是只有你一个学生?"

张奎说:"我怀疑你在对我人身攻击。"

黎昭说:"没有。"

"你有。"

"二位嘉宾,另外两队的成绩出来了,恭喜你们,拿了第三名的好成绩。"

总共三个队,他们只拿了第三名,很值得骄傲吗?

"答不答对题无所谓,主要是我们就喜欢种树的那种感觉。"黎昭扛起锄头,微笑道,"张哥,你说对不对?"

"对对对。"张奎点头,"为地球母亲植发,这是多么高尚伟大的行为。"

两人一路嘴硬到种树的地方,一看见前方的茫茫黄山,就齐齐闭上了嘴。摄像机对着他们的脸来了个大特写。

"哈哈哈哈哈。"黎昭干笑几声,"秃顶是个世界性大难题,对吧?哈、哈、哈。"笑声中充满了无助、弱小与可怜。

"哟,你们也来了?"章叁跟向震分在一组,见黎昭跟张奎两个年轻人过来,幸灾乐祸地问,"听说你们拿了第三名的好成绩?"见张奎与黎昭不说话,他哈哈大笑着指向远处一片空地,"去吧,那里就是需要你们打下的江山。"

"没事,不要沮丧。"黎昭安慰地拍了拍张奎的肩膀,"我们年轻体力好,多种点树是好事。"

年轻体力好？章叁的笑声戛然而止，想起自己比这两个年轻人大十几岁，他哀叹一声："岁月不饶人啊。"

嘉宾到齐以后，就有专业的老师教他们如何种树。实际操作起来比他们想象中要复杂很多，不是挖个坑把树放进去埋起来就可以。节目组给主持人准备了躺椅与遮阳伞，让他坐在后面监督六位嘉宾种树。主持人桌上放着两杯果汁，一杯都没动过，装在玻璃杯里，诱人极了。

"曾经这里全是荒漠，但是经过这些年的不断治理，很多荒漠已经变成了绿洲。"主持人拿着大喇叭，边喝茶边跟嘉宾科普这些年绿化事业遇到的困难，科普完以后，他慢条斯理地喝了一口果汁，"大家加油，我相信你们一定会完成任务的。"

"哥，种树是对的，但是我觉得重点应该是果汁能不能共享。"

"当然是不能啊。"主持人端起果汁喝了一口，啧啧赞道，"好喝又解渴，人间美味。"

张奎："灭绝人性！"

向震："麻木不仁！"

章叁："心冷似铁！"

黎昭："丧心病狂！"

钱多喜："人面兽心！"

李实："……"不是他不想骂，是他想不到合适的成语了。这就是小时候不好好读书的坏处了，连个骂人的成语都想不出来。

"你们骂吧，就算你们骂破喉咙，也不会有人来救你们。"主持人摆出恶棍的形象，"赶紧做事，做不完今晚别想睡觉了。"

"真的？"黎昭眼角余光瞄着桌上那杯还没动过的果汁，然后以迅雷不及掩耳之势，飞速奔到主持人面前，端起杯子咕咚喝下了肚。

主持人愣愣地看着杯子里的果汁全部进了黎昭的肚子，半天没缓过神。为了杯果汁，这么拼？不等他回神，其他嘉宾一拥而上，把主持人"绑架"了，并且与节目组谈判：不提供果汁，他们就"撕票"。

"我们录的是田园综艺，不是对抗赛，对不对？"导演组被嘉宾们的操作弄得无言以对，就算他们这档节目没有刻意立人设的台本，嘉宾也不能太不要脸。为了几口果汁，居然还跟节目组斗智斗勇，可真够有出息的。

因为"人质"在嘉宾们手中，导演组不得不给他们每人提供了一杯饮料。这么多综艺节目，从没有哪个节目里的嘉宾有他们节目里的嘉宾这么"不要脸"的。喝了一杯饮料后，嘉宾们没有偷懒，继续扛着锄头种树。唱歌、喊号子、唱戏曲，欢闹成一团。

没过多久，村主任带着几个青壮年慌慌张张跑上来，担忧地问："刚才有村民说，山上有野兽出没，我们就来看看，你们没事吧？"这可是来拍节目的大明星，出了事村子里可赔不起。不过也奇怪，他们这儿很久没有凶猛的动物出现了，今天咋闹出这么大动静？

嘉宾："野兽，什么野兽？没有野兽啊。"

村主任："真没有？刚才村民跟我说，听到山上有野兽在呜呜乱嚎。可能是风刮过山谷的声音，他听错了。"

嘉宾："……"

等村主任带着村民离开，主持人与摄像师们已经笑得不能自制。"鬼哭狼嚎，魔音穿脑，不堪入耳。"主持人无情地还给他们三个成语。

"我是演电视剧的，唱歌水平是差了点。"向震立刻甩锅。

"好巧哦，我也是演戏的。"黎昭跟着甩锅。

"这段掐了，这段掐了。"张奎与章叁都要靠嗓子吃饭，"这不能怪我们，怪只怪他们唱得太难听，把我们带沟里了。"

"我觉得吧，你们种的这些树，存活率一定不会太高。"主持人摇头感慨，"知道为什么吗？"

嘉宾们不搭理他。

"因为你们歌声太难听，把它们给吓死了。"

"我觉得他们会长得格外健壮，不经历风雨，怎么能见彩虹？"黎昭理直气壮，"经历过挫折的小树，求生欲会格外强烈。其实，我们的歌声非常优美，但是为了培养这些小树，我们抛弃了所有形象。这是什么？是对地球母亲浓烈的爱。"

嘉宾们呱唧呱唧鼓掌："昭昭说得对。"

"垃圾节目组,我们都这么牺牲了,你们是不是该给我们加工资?"

"加工资是不可能的了,但是今晚允许你们看两个小时的电视,跟家人通话十分钟。"

"抠门。"

"吝啬。"

"葛朗台。"

今天,又是嘉宾与节目组互相伤害的一天。

种完树,天已经黑了。嘉宾们累得说不出话,洗完澡换好衣服,挤在一块儿吃晚饭、看电视。今晚播放"清溪村一行"的下集。上一集结束在他们把红薯拉到市场,观众们很关心他们能不能把红薯卖出去。所以,今天节目还没开播,已经有不少观众跑到官博下面打卡催更了。

"我跟你们说,你们看完昭昭卖红薯,就知道他为什么能把东西卖得这么快了。"张奎摆摊的地点离黎昭最近,他卖不出红薯的时候,就偷偷跑去看黎昭的战况,结果每次去,都能看到黎昭把买家哄得眉开眼笑,心甘情愿掏钱买一大袋红薯回去。

节目开场,就是熙熙攘攘的市场,宰鸡杀鱼的,卖瓜果蔬菜的,卖各种食材调料的,热闹非凡。然后,节目组就给写着"黑心节目组"的纸牌来了一个大特写,再配上黎昭身上那件破旧过时的外套,几乎称得上人间惨剧。后期配字:"这口锅,节目组背不起。"

"哈哈哈哈哈。"其他五个嘉宾拍桌子大笑,纷纷对黎昭制作的这个纸牌给予了最高的赞扬。黎昭对着镜头眨了眨眼,笑得满脸无辜与单纯。

"来来来,我给大家念几条热门评论。"主持人拿着手机站起来,"网友们的评论,很有意思。"

"第一条,'虽然我很想说,我家昭昭穿什么都好看,但是为了卖红薯,真是够拼了。节目组,对我家崽崽好一点'。"主持人放下手机,对着镜头抗议,"观众们,讲话要凭良心的,你应该对昭昭说,'昭昭呀,节目组也不容易,你对他们好一点吧'。"

"哈哈哈哈哈哈。"嘉宾再次捧腹大笑。

"第二条,'小葵花偷偷去看黎昭卖了多少红薯的样子,像极了考试时想要抄同桌答案的我'。"主持人摇头,"这位同学,作弊是不对的。更何况,就算抄到了答案又能怎样?不好好学习,就还不是考不过学霸。你们看节目里,张奎卖红薯的能力,比得上昭昭吗?"

"哈哈哈哈。"嘉宾们笑得几乎喘不过气。

"难怪这次节目组把我们两分到一组,原来是想让你这个学霸拯救我这个学渣。"张奎捂着脸,不想看自己在镜头里鬼鬼祟祟的样子。

"张哥,你想多了。"黎昭无情地往旁边挪了挪凳子,"你这样的,我带不动。"

"郎君,你好生无情。"张奎掩面,"后期,这段记得给我加个二胡音。"

虽然是自己参加的综艺,嘉宾们却看得津津有味,并且都觉得除自己以外的其他五位嘉宾都是沙雕。尤其是看到两位阿姨为了买黎昭的红薯当街吵起来,而另外五人的红薯还在备受挑剔时,他们自己都忍不住笑出眼泪了。后期在一堆看热闹的群众里,圈了一个小红圈,备注是"吃瓜群众张奎先生"。

"葵花同学,你红薯卖不出去,还有心情去看热闹呢?"

"昭昭如果不进演艺圈,可以去居委会当调解员。这架势,真的太像调解员了。"

"昭昭,你嘴巴怎么长的?不仅让两位阿姨停止了争吵,还让她们跟着你去向哥那儿买了红薯。"

"难怪你演的无双公子那么多人喜欢,这嘴这脸太招人稀罕了。"

"说起来,还没恭喜昭昭参演的电影,进入了国内票房排行榜总榜前五名。"向震带头鼓掌,"恭喜恭喜。"

"谢谢。"黎昭耿直道,"电影能获得成功,全靠整个剧组的努力,我有幸能参与这部电影,最多只能算锦上添花。"

"你不知道,电影大结局那里,你回头拈花一笑的镜头,看得我鸡皮疙瘩都出来了。"张奎拍了拍黎昭的肩,对他竖起大拇指,"我不该说你是偶像派演员,其实你是偶像实力派的。"

"对,一看昭昭就是跟我一个派系的。"向震朝黎昭端起饮料杯,

"来,为我们的颜值与实力干杯。"

"这两人太不要脸了。"钱多喜嫌弃地摇头,"像我这样的偶像派相声演员,都不屑跟他们说话。"

节目组无言以对。这几个嘉宾,没一个是心里有数的。

《归隐山林》的播出时段,与《恋爱》的播出时段几乎是重合的。《恋爱》的播出引得各方粉丝混战,官博下面全是粉丝的控评与争吵:有骂女嘉宾作的,有骂男嘉宾"直男癌"的,还有骂节目组给某某的镜头少的。《归隐山林》的观众们则是都在"哈哈哈",官博下面也全是各家粉丝对自家正主的调侃,一点都不给偶像们面子。

【男人的嘴,骗人的鬼,我家崽崽是个大猪蹄子①啊。】

【小葵花你怎么了,天黑竟然让比你小的弟弟送你回家,你的尊严呢?】

【为了有人陪他走夜路,还要什么尊严?】

【对不起,姐妹们,我对这两人有点儿上头。】

【楼上的姐妹,我也……】

【对不起,我家昭昭只有三岁,所以才会跟狗吵架。】

【哈哈哈,跟狗吵架,竟然还吵赢了,崽崽你好狗哦。】

【我翻开了楼上几个人的资料,确定他们真的是黎粉。】

【不好意思,怪我没见过世面,第一次见到粉丝骂自家正主的。】

大概是六个嘉宾之间的气氛太融洽,观众们没有讨论谁有心计,或是谁在刻意针对谁,一期节目看完,全程都在哈哈大笑。

【强烈要求节目组把未剪辑的花絮也放出来!】

【实在不行,出盘也行,我们可以买的。】

---

① 网络流行语,表示"男人没一个好东西"。女生用来吐槽男生变心、说话不算数的常见用语,也可以用来吐槽男生不解风情、钢铁直男。

【节目组,有钱你就赚,不用为我们省钱的。】

【每天工作很累很丧,看完《归隐山林》后心情就能好很多,大概因为看到明星比自己惨,心理变得平衡了吧。】

【隔壁某节目,竟然能影射这个沙雕节目偷他们收视。也不看看节目的播出平台是谁,央视做节目虽然死板了点,内容过于正能量了一点,但他们绝对不会买收视的。】

【恐怕是某家自己买了收视,所以看谁都觉得像是买的。】

【节目好不好看,观众说了算。我家八十多岁的奶奶,现在是昭昭的粉,前两天还让我搜《霸道女总》给她看,看到昭昭在电视里吃苦,老人家心疼得不行,让我买吃的给昭昭送去。】

【我妈也是,为了黎昭,竟然学会了玩微博,每天在超话签到。】

【为了给黎昭打榜,我妈还调了闹钟。】

【为什么我感觉黎昭的阿姨粉、妈妈粉,比女友粉还要多?】

【你想想啊,如果你有个不听话又长相普通的儿子,你说什么都不爱搭理你,转头电视上有个人乖巧嘴甜又长得好看,完全符合你心目中的完美儿子形象,你会不会喜欢他?】

【所以说,黎昭就是妈妈们心目中的别人家孩子?】

【谁不爱城堡里乖巧的小王子呢?】

城堡里乖巧的小王子?徐北冷笑,黎昭那种从孤儿院出来的穷酸土狗,怎么配得上这么美好的形容?

看完节目,嘉宾有十分钟的通话时间。

"你们可以打给朋友,也可以打给亲人。"主持人微笑,"不过有一个要求,你们要让电话那边的亲人或是朋友说出'我喜欢你',或是答应借钱给你。"

"哥,这种套路其他综艺节目都用烂了。"黎昭举手抗议,"我觉得我们节目组是不一样的烟火,没必要走这种套路。"

"套路不在老,有意思就行。"主持人无情地驳回黎昭的抗议,"来来来,向老师先准备,您德高望重,您先来打。"

"什么德高望重,不就是我最大吗?"向震这种实力派演员也不在乎年龄了,当场拨通妻子的电话。

"老婆,我早上起床,最喜欢跟你说的是什么?"

电话那头沉默了几秒,然后说:"老婆,今天早上吃什么?"

"哈哈哈哈哈哈哈哈!"

"安静点,安静点。"向震像赶小鸡崽似的在空中挥了挥手,让其他五个人闭嘴,"你再想想,我们出门的时候,互相拥抱那会儿,会说什么?"

电话那头声音小了许多:"我爱你?"

"对对对,老婆,我爱你。"向震眼里满是柔情,跟电话那头的妻子又说了一会儿话,才挂断电话。

嘉宾们鼓起掌来。

"向哥跟嫂子感情真好。"

"模范夫妻。"

这让黎昭想到,如果自己结了婚,跟爱人在一起的时候也会是这样吗?

等其他嘉宾打完电话,就轮到黎昭了。

"昭昭,你是让人对你说'我爱你',还是让人答应借你一百万?"

"借钱吧。"除了粉丝,哪有人对他说"我爱你"?可他也没粉丝的联系方式呀。拨通晏庭的电话号码,刚响了一声,电话那头就被人接通了。

张奎小声对章叁说:"这是咱们几个里面,电话接得最快的。"快得仿佛电话那头的人就是在等待这个电话。

"哥们儿,工作结束没?"

"快了。"

"我有件事想跟你商量。"

"什么事?"电话那头,那人的语速开始变快,"你是不是遇到什么麻烦了?"

"我想向你借一百万。"

电话那头沉默下来。现场的气氛，也因为电话那边的沉默变得尴尬。张奎不忍黎昭在镜头前丢脸，正准备开口缓解僵局，电话那头再次传来陌生男人的说话声。

"已经让人安排转账，走的极速通道，应该很快就能到账。"男人顿了一下，"昭昭，你不是乱花钱的性格，是不是遇到什么事了？"

想到庭庭可能会在电话那头担心自己，黎昭有些后悔，赶紧解释："你别担心，我什么事都没有。其实……我这会儿在录节目。"

"人没事就好。"电话那头，男人的语速再次慢下来，"要照顾好自己。"

"嗯。"黎昭有很多话想跟晏庭说，可是当着镜头他不想把生活中的私事暴露出来，所以闲聊几句后就挂了电话。

晏庭看着提示通话结束的手机屏幕，指腹轻轻摩挲着上面的名字。没有谁比他更清楚，昭昭不会轻易向他借钱。可是，他就是想要所有人知道：昭昭身边，有那么一个人，只要昭昭愿意开口，那个人就愿意给。昭昭的身后，不是孤立无援的，谁也别想欺负他家小孩儿。

挂了电话，黎昭就收到了一条银行卡到账提示短信。

"到账两百万？！"张奎不小心瞄到短信内容，顿时发出鸡叫声，"你借一百万，你朋友竟然二话不说，直接给你转账两百万？！世界欠我一个这么好的朋友！"

"我是一个讨厌吃柠檬的人，可是此时此刻，柠檬却无情地往我嘴里塞。"张奎趴在桌上，仿佛受到了天大的刺激，"昭昭，要不你再去打个电话问问，你的哥们儿还缺不缺好朋友？"

黎昭把手机捂住："这么好的朋友，那必须是不能分享的。"

"做人不能这么自私。"

"自私令人快乐。"

实际上，最快乐的莫过于节目组，他们就喜欢嘉宾闹出让人羡慕又没有负面影响的爆点。摸着良心说，谁不想拥有这样的朋友？

"我想起来了。"张奎问，"这个随随便便就转给你两百万的哥们儿，是不是你那个家有两栋楼的土豪朋友？"

黎昭笑着默认。

"这个节目我录不下去了。"张奎敲桌子,"再录,我真的要嫉妒了。"

"小葵花,你人年轻,未来还很长。"其他嘉宾劝道。

"你是说,未来我也会遇到这么大方的朋友?"

"我的意思是说,早晚你会习惯,命没有别人那么好。"

"再见!"张奎假装生气,起身的时候不忘抓起黎昭陪他一起走。

瓦红村早晚温差太大,走出门的时候,张奎冻得打了个哆嗦。他扭头看到了黎昭脖子上的围巾。黎昭捂着围巾摇头。张奎也不想拍完节目转头就收获一堆他跟黎昭的兄弟粉,于是把手揣进衣兜,说:"昭昭,如果我是女人,像你这样会注孤生的。"

"你要是女人,我也不敢跟你走这么近。"黎昭很耿直地说出真相,"容易传绯闻。"

张奎拿眼睛瞥他,在心里吐槽:你以为现在两个男人走在一起,就不会了吗?你实在太小瞧网友的想象力了。那些网友凶残得很,连和大人跟纪大人都没逃过他们的脑洞。

两人走在村中小道上,皎洁的月光洒下,很容易让人放下心防,产生谈心的冲动。

"虽然节目组没人性,其实能来山村里种树种地挺好的。"张奎脸上露出惬意的笑,来到这里,他可以避开所有事业计划,放下所有包袱,让疲倦的生活得到喘息。

黎昭跟在他身后没有说话。

"你呢?"张奎问黎昭,"我看你每次来拍摄都玩得挺开心。"

"节目组包吃包住送我们来体验生活,还给我们钱,我当然开心。"黎昭说,"挺划算的。"

张奎心想:我想跟你谈哲学、谈人生理想,你却跟我提钱?!这种时候,就该煽情卖惨了啊,究竟懂不懂综艺节目套路?

"你新剧定了?"

"嗯,两周后进组。"黎昭只录制《归隐山林》的最后两期,这次录制结束,他就要回去全心全意地啃剧本了。

"有空的时候，就出来喝两杯。"

"我不爱喝酒，喝茶行不行？"

"又不是未成年，还喝茶？"

"喝酒伤身。"黎昭反驳，"能不喝酒的时候，喝什么酒？更何况，你的嗓子需要好好保养，喝这些刺激性的东西干什么？"

张奎欲言又止。道路前方，出现一个模糊的身影，张奎吓得往后一蹦，躲在了黎昭身后。

"谁？"

待人走近，黎昭认出是那个丢了孩子的女人。看到她，黎昭就想起她提到找孩子时，眼中亮起的光芒。

"黎先生，谢谢您。"女人朝黎昭鞠躬，"谢谢你们这个节目。"节目组的人跟她谈了一下午，给她提供了很多渠道的帮助，她麻木沧桑的脸上多了希望。

黎昭赶紧也鞠躬："您不用这样。"

"这些年我找过太多次了。"

女人太想向人倾诉了，村里的人已经听腻了她的悲惨故事。她想要倾诉，却又不想让村里人厌恶自己，她不想让孩子回家时，以为她是个讨人厌的妈妈。每天，她把院子收拾得干干净净，幻想孩子会在某一天敲响院门，对她说："妈妈，我回来了。"她找啊找，等啊等，得到的却总是失望。

"如果这次还找不到……"她喃喃低语。如果这次有电视台帮忙，还是找不到，她也许该学着放弃——这句话，在她嘴里打了好几个转，却怎么都说不出口。

"会找到的。"黎昭加重语气道，"一定会的。"

"谢谢。"已经很久都哭不出来的女人，在这个与自己孩子年龄相仿的年轻人面前，终于流出了痛苦的眼泪。

黎昭脱下身上的外套，披在女人的身上，安慰道："您的孩子如果知道，妈妈还爱着他，还在找他，一定会很开心，很开心。"

"会吗？"

"会的。"黎昭帮女人把外套披好，把纸巾递给她，"别哭别哭，笑起来的妈妈更漂亮。"

女人抬头看他，又哭又笑，最后哭得更伤心了。"孩子，我的孩子……"在这个寒冷的夜里，一件带着体温的外套，给女人带来了无限的勇气。她要找到她的孩子。如果连她都放弃了，世界上还有谁惦记着那个孩子？

等女人终于停止了哭泣，黎昭送她回了家。女人站在大门口，目送黎昭打着手电筒走远。她抱着怀中的外套，眼瞳也被手电筒上的光照亮了。

第二天一早，黎昭从节目组那里得知，女人离开了村子，开始了又一次寻找孩子之路。

"你怎么了？"中午休息时，向震特意找到黎昭，"是不是在担心那个去找孩子的大姐？"不知道是不是他想多了，他总觉得黎昭对这件事过于在意了。

"向哥？"黎昭没想到向震会特意来找自己，对他笑了笑。

"别担心，现在我们节目收视这么高，节目组把找孩子的消息插播在节目后面，肯定会有很多人关注，说不定孩子就找回家了。"向震拍了拍黎昭的肩膀，"生死别离，有时候并不是个人能够决定的。我们这些拍戏的演员，压力本来就大，你不要再给自己增加烦恼了。"

"谢谢向哥，我不会的。"午休时间，摄像师没有跟进来拍摄，黎昭跟向震提到《苍穹之影》选角的事。

"这个剧本挺有意思，不过国内拍的外星科幻题材电影，口碑好像都不太行。"向震语重心长道，"昭昭，这个角色我很感兴趣，接下来也没关系，电影成功与否并不会对我有太大影响。但是，你不一样，这部电影如果失败，对你的负面影响是巨大的，你现在接下这个角色，风险太大了。"

黎昭知道向震是好意，他笑道："只要您对这个剧本感兴趣就好，等下我就给沈导打电话，说我帮他逮住了一个好演员。"

向震哈哈大笑。他这些年主要在一些家庭伦理剧里打转，很多年轻人根本都不知道他是谁,也不看他演的剧。《苍穹之影》资金已经到位,根本不缺演员,黎昭推他去,其实是在帮他的忙。如果这部电影遭遇口碑滑铁卢,扛骂的是黎昭;如果侥幸成功,担配的演员也能跟着沾光,是稳赚不赔的买卖。黎昭把向震推荐给剧组,沈导那边当场就答应了下来,连半分犹豫都没有。对于沈导来说,只要黎昭不辞演,提什么要求自己都会答应。向震失笑,他原本是来开导黎昭的,怎么三言两语就让黎昭介绍了一个资源给他?

"向老师,昭昭,你们两个躲在屋子里偷懒呢?"工作人员敲门进来,手里拿着任务卡,"一年之计在于春,两位老师,动起来吧。"

黎昭接过任务卡,上面要求嘉宾一起做饭,宴请整个村子的村民。

"就我们六个人,一下午是不是来不及?"黎昭站起身,觉得这个节目组越来越没有人性了。

"怎么来不及?"工作人员微笑:"只要动作够利索,就没有老师们做不到的事。"

黎昭与向震翻了一个优雅的白眼。

当天下午,整个村庄都回荡着嘉宾的惨叫声。

"啊啊啊啊啊啊,为什么这只鸡被割了脖子还能跑!昭昭,救命啊!"这是张奎。

"昭昭,土豆切片还是切丝?"这是章叁。

"昭昭,干蘑菇是不是要用水泡一泡?"这是钱多喜。

"啊,这条鱼挣扎得好厉害,我不敢下刀!昭昭,快来帮个忙。"

……

黎昭不断地在嘉宾中间来回奔跑,体力很好的他,最后奄奄一息地坐在小木凳上,开始想念庭庭家的美食。嘤嘤嘤,他想回家。

天色快黑的时候,节目组见他们实在太可怜,请了几个擅长做席面的村民来帮忙,最后终于把饭菜都做好了。热闹过后,等待的就是分别。这是《归隐山林》第二季最后一期的拍摄,节目主持人感谢了村民与嘉宾后,还不忘提一下被狗咬出心理阴影的大刘。

"这段时间以来,很高兴与你们相遇,希望下季再会。"

"干杯。"

"干杯。"

酒宴散场，灯火未灭。地上点起了火把，村民们围着篝火又唱又跳，热闹极了。

"走。"黎昭站起来，喊上其他嘉宾，"我们也去。"

向震说："我只会跳广场舞。"

"没事，反正大家跳得都丑。"黎昭蹦跶着挤进村民中，学着他们一起甩胳膊踢腿，玩得像是一头傻乐的狍子。

"年轻就是好。"向震看着累了一天还有精力去跳舞的黎昭，"我这老胳膊老腿的，可受不了。"

钱多喜笑道："这孩子讨人喜欢，可惜不是学相声的，不然我就收他做徒弟。"

"得了吧，录第一期节目的时候，你也是这么说小葵花的。"向震站起身，"走吧，我们也要让他们年轻人看看，什么是中年男人的魅力。"

所有人都沉入了欢乐中，就连胖胖的导演也被张奎与黎昭拖进了跳舞的人群。看着导演笨拙的舞姿，黎昭掏出手机，给自己以及身后欢乐的人群拍了一张照片，发给了晏庭。

昭昭有好运：真希望你也在这里。

黎昭想，庭庭面无表情地挤在人群里跳舞，一定格外有意思。

晏庭从孙医生那里出来，打开手机，点开了黎昭发来的照片。在欢乐的人群中，唯有昭昭的笑容，比那丛火焰更灿烂。

昭昭有好运：你现在在干吗？

晏庭举起手机，对着天空的月亮拍了一张。

晏庭：看月亮（尽管我们不在一起，但是我们看的同一个月亮）。

昭昭有好运：城里的月色不好看，等我给你拍一张。

昭昭有好运：【图】

昭昭有好运：是不是很漂亮？

晏庭：嗯。

昭昭有好运：拍摄这么快就结束了，我有些舍不得（等到了跟庭庭分开的那一天，我一定难过得连饭都吃不下）。

晏庭：回来给你做好吃的。

昭昭有好运：好（我跟庭庭约好了，老了还要一起钓鱼种花，肯定不会分开的）。

昭昭有好运：【开心表情包】

有点儿吃的就傻乐。晏庭把黎昭发过来的那张自拍存了起来，希望这个世界上，除了自己，再也不会有人知道他的傻。

昭昭有好运：明天我就回来啦，准备好电子秤，你懂的。

晏庭：好。

收起手机，晏庭抬头看着天空上挂着的月亮，明晚的月色，一定会比今晚好看。

## 第2章 家人

在黎昭赶回家，吃上晏庭特意给他准备的午餐时，网上突然出现了一个热搜话题——"细数那些家境贫寒，却喜欢立贵公子人设的男艺人"。

在这个热搜话题里，很多被夸过贵气优雅的男艺人都榜上有名，尤其是因为无双公子一角，受到无数影评人甚至是苍寰高层夸奖的黎昭，莫名其妙就成了提名次数最多的人。黎粉被这奇异的走向弄得满头雾水，甚至感到荒诞。他们家昭昭什么时候卖贵公子人设了？只要是黎粉，还有谁不知道昭昭是个穷小孩儿？曾经在节目上亲口说自己穷得要跟经纪人去开面馆的崽崽，什么时候说自己贵公子了？黑起人来不讲基本法的吗？

【作为路人都看不下去了，水军要黑谁也太明显了。说谁炒贵公子人设，都别提黎昭好吗？我从没见过哪个贵公子坐运猪车，抱猪崽，蹲在大街上卖红薯卖得这么高兴。】

【我是《归隐山林》的综艺粉，看到这个话题觉得有些搞笑，黎昭那么接地气的娃，都躲在厨房里偷偷吃腊肉了，卖什么贵公子人设？】

【黑人黑得太难看，该不会是某些节目见《归隐山林》火了，心理不平衡，就开始用某些见不得人的手段吧？】

【何必呢，《归隐山林》只剩下最后一期了，吃相不要这么难看。】

网上的争争吵吵，几乎没进黎昭的耳朵，他中午陪晏庭吃完饭，下午洗完澡睡了一个美美的觉。起床后趴在窗台上一看，前几天自己随手撒在花盆里的葱籽，已经开始长出绿芽了。他高兴地拿出手机，对着葱头拍了一张照片，迫不及待地发到微博分享。

@黎昭：我的小葱，终于发芽了。【图】
【贵公子昭昭种的小葱，一定不是普通小葱。】
【对，这一定是带着极其的神秘力量的小葱，贵族才吃得起的那种。】
【还有那个花瓶，晶莹透亮，一看就是天然琉璃宝石，价值连城。】

黎昭一看评论，就知道他家粉丝又在胡扯。于是回复网友："什么琉璃宝石？就是吃完黄桃罐头留下来的瓶子，十二块钱一罐，买三罐还能送一罐。"

【哈哈哈哈哈哈。】
【崽崽你别这样，你的贵公子人设怎么办？】

黎昭一脸蒙。什么贵公子人设？他穷得连房子都买不起，贵公子跟他有半根头发的关系？

张小源的电话打了进来，刚一接通，张小源的笑声就传了出来："昭昭，你这招回击绝了。不过也亏你想得出来，在黄桃罐头里养葱。"

"这是怎么回事儿？"

"还不是有人故意在网上黑你卖贵公子人设。"张小源忍不住笑，把事情前因后果跟黎昭说了一遍，"团队这边正想帮你解决，你就凭实力完美地击碎了这种谣言。"哪个贵公子在自家阳台上养葱啊，应该说，有几个当红流量艺人会炫耀自己养的葱发芽？偏偏黎昭敢炫耀，黎粉敢吹，简直就是娱乐圈的奇葩。

"养葱怎么了？"黎昭小声嘀咕，"养葱经济、环保又实用。"

"对对对，你说得对。"张小源憋笑，"要不我给你寄几个大盆过去，你还能养点蒜苗、小青菜啥的。"

黎昭思索片刻说："还是算了，我怕庭庭知道后，会把整个花园的花都扒了，让出空地给我种菜。"

张小源无话可说。这个朋友，对昭昭是不是太好了点？自己跟昭昭认识这么多年，都不可能为他做到这一步。这是何等感人的兄弟情！不过，自己家好像也没花园可以折腾。

"明天晚上，我叫上了霞姐他们一起吃饭，你也一起吧。"黎昭想起了正事。

"明晚不行，明晚我还要写宣传策划。"张小源叹气，现在收入涨了很多，不过工作也忙了很多。

"那我下次单独请你。"两人已经熟悉到不用讲客套话，"我跟你说，明晚去的地方，火锅特别好吃，你不去就是损失。"

"黎小昭，我可是你的宣传经纪人，你可千万别得罪我，不然我在宣传渠道上坑你。"张小源故作生气。

"坑了我就去开面……"

"不要提后面那个字！"张小源打断黎昭的话，"崽崽进入叛逆期了，阿爸对你很失望。"

"小源哥，你又做梦了，你生不出我这么帅的儿子。"

两人互相调侃了一场，张小源忽然问："晏庭会跟你一起去？"

"嗯。"黎昭伸手轻轻摸了摸罐里长出的小嫩芽，"我想介绍庭庭给他们认识。"

张小源听着这话，莫名觉得有些不对味？他晃了晃脑袋，把满脑子荒诞的想法从脑子里摇出去，张小源干咳一声："行，出去的时候，注意做好伪装，你现在可不是以前那个小透明了。"

"放心吧，我已经预订好包厢了。"

"那成，我先挂了，网上那些营销号的话，你看看就算了，别去搭理。"

跟张小源通完电话，黎昭下楼的第一件事，就是让管家找来电子秤摆在晏庭面前。晏庭看黎昭，黎昭看他。屋子里安静了几秒，最后还是晏庭屈服了，他默默站到了电子秤上。

"不错，我不在的这几天，你竟然还胖了两斤……"突然，黎昭止住了话头，他弯腰观察了一下电子秤，自己也站了上去，"庭庭，我们不愧是好哥们儿，你长两斤，我也长了两斤。"从电子秤上下来，黎昭往沙发上一坐，双手环胸，"来，我们讨论一下'坦白从宽，抗拒从严'这件事。"

晏庭默默扭头看管家，他就说调电子秤这种方法不好用。管家硬着头皮上前解释："黎先生，可能是秤坏了，不过先生这两天有好好吃饭，真的。"

"真的？"

"真的！"管家莫名有种自己是无底线溺爱孩子的爷爷，而黎昭是科学养娃的严格爸爸的错觉。

"好吧。"黎昭站起身，拉了拉晏庭的袖子，"走，我们去院子里散散步，然后吃晚饭。"

晏庭跟着黎昭起身，两人走在开满鲜花的院子里，晏庭侧首看着黎昭，此时此刻，即使昭昭什么都不说，他的心灵也能得到片刻的安宁。夜风徐徐，晏庭从未像此刻这般，想要生命一直停留在这里。

"庭庭，再等十天我的新戏就要开机了，不过这次的拍摄场地基本上都在京市，我晚上应该能赶回来。"

"赶不回来也没关系，一切以身体为重。"

"我不回来，谁能盯着你按时吃饭？"黎昭用手肘撞他，"你如果能乖一点，我就不用这么担心了。"

黎昭撞他的动作很轻，晏庭听到了自己的心跳声。咚、咚、咚咚咚。心脏在跳跃，仿佛迫不及待地想跃出胸膛，让眼前的人看到它的颤动。可是他不敢，他甚至不敢让黎昭知道他说不出口的心思。他甚至阴暗地希望昭昭为他操心一辈子，永远顾不上别人。

"怎么不说话？"黎昭继续用手肘轻轻撞他，"不想我管你？"

晏庭垂下眼皮："让你管，管一辈子都行。"

黎昭只是笑。庭庭早晚是会有爱人、会有孩子的，自己哪能管他一辈子？

花园里再次安静下来，花骨朵挂在枝头，在微风中轻轻摇晃，等待着属于它的绽放时刻。

刚到下班时间，朱霞就匆匆收拾好办公桌，准备下班。

"霞姐，今天这么早就下班，不要加班费了？"同事见她这么早下班，有些意外。朱霞调到助理部门后，工作特别拼，每晚都加班到晚上十点过后。

"我弟弟请客吃饭。"朱霞笑着说了一句，背上包就大步离开了办公室。

朱霞走出大楼，就看到周明骑着摩托车在楼下等她，她小跑着坐到车后座上，说："走，别让昭昭等久了。"

京市的春天骑车有些冷，周明把外套给朱霞裹上，然后提醒："坐稳了。"

"小明，昭昭说他会带朋友过来，你说我们要不要准备个见面礼啥的？"

"又不是见弟媳妇，准备什么见面礼？"周明没有多想，"都是兄弟，大家吃好喝好就行，弄得太客套，反而让人家不自在。"

老实说，朱霞还真怕那是，但这话她没法开口。

"不过，等会儿见到昭昭的那个朋友，还真要多敬他两杯。"周明说，"这大半年来，人家可照顾咱们家昭昭不少。"

朱霞想，也许再过段时间，昭昭就不是"咱们家"的了。

"你咋不说话呢？"

朱霞道："累，不想说。"最累的，还是心。

在车辆拥堵的京市，摩托车的优势就显现出来了，夫妻二人很快到达了目的地。现在正是用餐高峰期，可是吃饭的地方一个客人都没有，安静得有些诡异。偏偏整家店灯火辉煌，不像是关门大吉的样子。难道他们走错地方了？

"请问是朱女士跟周先生吗？"

"对。"周明点头。

"黎先生在包厢等二位,请二位随我来。"

周明与朱霞对望一下,同时瞪大了眼睛:这熊孩子竟然包场?有钱也不是这么花的啊!两人下定主意要矫正黎昭的消费观,可是进门看到黎昭的笑脸后,什么火气都没有了——自家孩子包个场怎么了?没偷没抢,好不容易靠自己的能力包一次场,做家长的怎么能苛责孩子?

"霞姐,明哥,你们快坐。"黎昭有一段时间没见到他们了,对他们亲热极了,"今晚我们运气好,遇到火锅店闭店,而我又刚好提前预订了包厢,经理讲诚信,没有退我的订单,所以今天在这里吃火锅的只有我们几个。"

说来也巧,上次他跟庭庭来吃火锅,遇到这家店服务升级。这次带庭庭来,这家店又闭店,让他们花普通消费者的钱,就能享受包场的服务。这是什么好运气?他扭头看晏庭,果然只要带庭庭出门,就会有幸运的事情发生。

黎昭给两边互相介绍完,火锅就开煮。然后朱霞就看到,平时爱吃火锅的黎昭,几乎顾不上自己的嘴,拿着公筷一会儿给晏庭烫这个,一会儿给晏庭煮那个,时不时还要提醒晏庭注意烫,不要吃太多辣。朱霞觉得自己此时此刻就像是家庭伦理剧里的恶婆婆,看着自己养大的崽饿着肚子照顾别人,心里有些不是滋味。

"你也吃。"晏庭学着黎昭的样子,给黎昭烫了毛肚。

朱霞的心情终于畅快了一丢丢。

"手艺有进步,没有煮老。"黎昭吃下毛肚,不忘夸奖晏庭。

才怪!朱霞想,明明就煮得有些久。

"昭昭,你跟晏先生平时吃饭,也是这样?"朱霞身上的恶婆婆之魂几乎按捺不住了。

"哪样?"黎昭把白锅里煮好的牛肉丸分给了三位福利院的小伙伴,然后偷偷多给了晏庭一颗。小伙伴们都喜欢吃火锅里的菜,庭庭不太能吃辣,所以多分一颗牛肉丸很公平。黎昭偷偷瞥了眼小伙伴们,嗯,非常公平。

朱霞说:"就是互相照顾着吃饭。"她盯着晏庭碗里多出来的那颗牛肉丸,恶婆婆之魂在咆哮。

"那倒不需要。"黎昭摇头,"庭庭家有家政阿姨跟家政姐姐,我在家吃饭,只需要动口就行。"

家政阿姨?家政姐姐?想到对方是家里有两栋楼的阔绰人,朱霞心中的恶婆婆之魂顿时蔫巴了。头一次见昭昭的好朋友,他们做家长的,可不得小心翼翼赔笑?火锅吃得差不多了,气氛也热闹了起来,朱霞主动跟晏庭聊天:"昭昭经常跟我们提起你,只要是跟你有关的话题,那肯定就是赞不绝口。"

"昭昭比我更好。"晏庭扭头看了黎昭一眼,心情变得出奇地好。原来昭昭的这些朋友,早就知道他的存在。即使跟他们在一起,昭昭也没有忘记他。

"对了,听昭昭说,你跟我是同一个公司的?"朱霞笑得更加亲切,"我刚来总部上班没几天,对总公司还有很多不了解的地方,要不我们互相加个联系方式?"

"好。"晏庭拿出手机,加了朱霞的微信。

朱霞建了一个名为"相亲相爱一家人"的群,把晏庭、黎昭都拖了进去。

"欢迎我们家庭来了新成员。"朱霞在群里发了一个红包。

"欢迎。"陈晓军和周明也跟着发红包。

黎昭提醒晏庭:"庭庭,赶紧抢红包。"

晏庭打开群,发现这个群总共就五个人,但硬生生被他们刷出了有五十个人的效果。

"对了,晏先生在哪个部门工作?"朱霞随口问。

晏庭没有说话,黎昭先帮他答了:"总裁办。"晏庭点红包的手在那个瞬间可疑地停顿了一下。

"总裁办?"朱霞眼神微变,凝神盯着晏庭。

晏庭不动声色地在群里发了一个大红包。"大包!"黎昭点开红包,"快快快,点。"他凑到晏庭手机屏幕前,帮晏庭也点开了红包,"比我的还多。"晏庭伸手虚扶着黎昭,不让他摔到地上。

朱霞抢完红包,抬头就看到黎昭的脑袋几乎挤到晏庭的胸口,两人熟络的样子让她不好意思多看。

"霞姐,你是哪个部门的,跟我们家庭庭离得远吗?"

我们家庭庭?知道是你家的,没人跟你抢。霞姐笑道:"我现在工作的部门,严格算起来也隶属于总裁办,我是助理部的。"在一般的公司,整个总裁办大概都不到十个人,但苍寰不一样,光是总裁办都分了好几个办公小组,她只能算偌大机器里的一小颗螺丝钉。

"晏先生的办公点,应该在我们助理部楼上?"虽然刚来公司几天,但是朱霞已经把同楼层同事的容貌记在了心里,她可以肯定地说,从来没有见过晏庭。或者应该说,像晏庭这种气质、容貌都出众的男人,她不可能注意不到他。

"我工作比较自由,不用天天坐班,上班时间也不用太固定。"晏庭见黎昭点红包点得这么开心,又在群里发了一个红包,"所以我们见面的机会很小。"

"原来是这样。"霞姐恍然大悟,总裁办有些高精尖特殊人才,不用像她这样天天打卡上班。

有钱、有貌、有房、有能力,对他们家昭昭也好,没什么地方可挑剔的。最重要的是,昭昭信任他、亲近他,甚至在他们面前也毫不掩饰这一点。这些年,昭昭结交过不少朋友,但是朱霞从没见过昭昭会对这些朋友亲近如家人。她看得出,晏庭的眼里、心里都是昭昭,只是……昭昭呢?他跟晏庭在一起,是因为类似亲人般的信任与依赖,还是出于习惯?朱霞不敢问。像他们这些从院里出来的孩子,能够拥有这样一份信任不容易,她不忍心也不舍得去破坏——即使陪伴昭昭的这个人她并不是真的了解。

吃完火锅,黎昭起身去付钱。

晏庭对三人道谢:"这些年,谢谢你们对昭昭的照顾。"

周明想开口说话,被朱霞在桌子下拧了一把,她抢先开口道:"晏先生这话说得就太客气了，孤儿院是我们童年的家，昭昭是我们的家人，家人之间互相照顾是应该的。"

"晏先生，昭昭这孩子……从小就苦，比我们几个都要苦。"朱霞红着眼睛道，"也许他不太懂得亲人之间该怎么相处，有做得不好不合适的地方，请你不要生他的气，至少他对你的心意是真的。"不管是什么时候，朱霞都没有怀疑过黎昭的品性。

"我知道，我会好好照顾他。"晏庭停顿了一下，"请你放心。"

"谢谢。"朱霞笑了，"你们能过得开开心心最重要。"说完，她从包里拿出一个红包，郑重地放到晏庭手里，"按照老规矩，长姐如母，长兄如父，今天是我们第一次见面，这个红包你收下。"

晏庭看着这个鼓鼓囊囊的红包，不知道该收还是不该收。昭昭老家那边，带朋友回家长辈也要给红包？

"本来这见面礼都该给更多的，只是我去年生病做手术，把钱用得干干净净。"朱霞怕晏庭看到红包钱少，以为他们这边的亲友对他有意见，解释着，"红包是小了点，但绝对不是对你有意见，我们都很喜欢你，是不是啊，大明，晓军？"

"是是是。"周明与陈晓军满头雾水地点头。他们确实对晏庭没有意见，反而觉得对方不是一般人，但他们不明白朱霞为什么要给晏庭见面红包。他们也不敢说，他们也不敢问，反正女王大人说了算。

"霞姐，你这是干什么呢？"黎昭推门进来，就看到晏庭手里拿着个大红包，而霞姐还劝着晏庭收下。

"霞姐，庭庭的压岁红包我早就给了，这会儿不年不节的，你给他红包干什么？"黎昭笑嘻嘻地凑上去，"你实在想给，可以给我嘛。"

"一边儿去，别来捣乱。"朱霞恨铁不成钢地瞥了黎昭一眼，心道我在这儿给你长脸，你还拖后腿？"这红包是我跟你明哥给晏庭的，你别跟人抢啊。"朱霞吼完黎昭，扭头对晏庭道，"你如果不收，就是对我们有意见啦。"

晏庭只好把这个厚实的红包揣进衣兜，说："谢谢。"

"自家人说什么谢谢？"朱霞热情一笑，"我看着你应该比我小两岁，

## 第 2 章 家 人

我以后就叫你小晏？"

"霞姐想怎么叫都可以。"

看着晏庭身上被红包撑得鼓鼓囊囊的衣兜，又看了看霞姐脸上过于热情的笑，黎昭莫名觉得有哪里不对劲。这样的笑容，他好像在哪里见过。在哪里呢？他想啊想，忽然想到了。晓军哥带女朋友见霞姐与明哥的时候，霞姐好像也是笑得满脸热情，唯恐对方不高兴。原来他带好哥们儿庭庭来，也能享受晓军哥带女友回家的待遇？

走出包厢，总经理一路热情地把他们送到大门外："欢迎下次再来啊。"

"时间还早，我们找个地方坐坐。"朱霞看了下时间，"商量一下晓军婚礼的事，小晏跟昭昭如果时间安排不过来，就先走。"

黎昭看晏庭，晏庭开口："霞姐说过，我跟大家都是一家人，自家人的婚礼，我也想出一分力。"

黎昭在旁边点头。霞姐在心底偷偷叹气，瞧她家昭昭这副模样，注定了只能当耙耳朵。

"前面一百米左右有家咖啡店，我们去那里。"晏庭伸手把黎昭的帽檐拉得更低，免得被人认出来。

黎昭靠近晏庭，小声问："那家店该不会是你开的吧？"不然以庭庭不爱出门的性格，怎么会知道前面一百米有咖啡厅？

"嗯。"晏庭点头。

五人走进咖啡馆，里面装修得十分雅致。店长看起来并不像认识晏庭的样子，不过对他们格外恭敬，带他们去了楼上。楼上的包间非常安静，临窗的位置，可以欣赏外面的夜景。黎昭下意识地挑了离窗户远的位置。

"窗外看不到里面，不用担心。"晏庭拉住黎昭，让他坐了窗边，自己挨着黎昭坐下。

"真的看不见？"黎昭趴在窗户上看了看。

晏庭点头。黎昭赶紧摘下帽子与口罩，往晏庭身上一靠，一副懒洋洋的模样。晏庭调整了一下坐姿，让他靠得更舒服。

朱霞瞥了黎昭一眼，心想果然被偏爱的人有恃无恐，昭昭这孩子都被小晏惯成什么样了！眼不见心不烦，她收回自己的视线，转头跟陈晓军说婚礼的事。婚礼在即，婚纱照、酒店、婚庆公司都准备好了，但是女方父母那边似乎对婚车跟酒店不太满意，逼得女孩儿哭了好几次。

"婚礼是人生大事，琳琳是个好女孩儿，哪个女孩子不想有一场风风光光的婚礼？"朱霞见陈晓军心情有些难过，劝说，"婚车这个好办，大不了我们多花些钱，请个好的婚车队。"

"我那里有一辆好车，是公司安排给我的。"黎昭开口，"结婚当天，给你开过来。"

"好。"陈晓军有些不好意思，为了自己结婚的事，弄得几个小伙伴都不得安宁。

"酒店这件事有点儿难办，时间这么紧，我担心订不到更高级的酒店了。"朱霞想了想，"要不你再给丈母娘送两样金饰，让她在酒店这件事上通融通融。事情闹得太僵，最难过的还是琳琳，这么好的姑娘，你舍得她伤心？"酒店是去年订的，现在离婚礼只剩下几天时间，恐怕来不及更换。

"晓军哥，你可以跟你丈母娘说，还请了明星来助阵。"黎昭道，"这样肯定有面儿。"

陈晓军问："我上哪儿请明星？"

"我啊。"黎昭指着自己的鼻子，"我不是明星？"

"跟你太熟，我都忘了这事儿。"有了小伙伴们的出谋划策，陈晓军脸上有了笑意，"昭啊，够义气。"

"哥哥娶嫂子的事我如果都不够义气，还算什么兄弟？"黎昭嘿嘿一笑，"只要你跟嫂子能顺顺利利结婚，日子过得和和美美，比什么都强。"

"车子跟酒店的事，都交给我。"一直没有说话的晏庭，把手搭在黎昭的肩膀上，念了几家酒店的名字，问陈晓军，"你比较喜欢哪一家？"

陈晓军端杯子的手都在抖，不管哪一家，都不是他去得起的地方。

"我觉得这家就好。"黎昭选了一家最有名的酒店，"军哥，这家酒店庭庭有熟人，可以给你开内部价。"他偷偷抛给晏庭一个眼神，让晏庭不要说漏嘴。

晏庭接收到黎昭的视线，道："我在这家酒店有股份，内部亲友价只有市面价三分之一。"

黎昭给了晏庭一个赞赏的眼神，不愧是庭庭，果然跟他心有灵犀。至于其他三分之二的钱，黎昭打算自己付。如果直接跟军哥说，军哥肯定不会同意，不如用这样的方式来帮忙。

想到自己心爱的女孩子，陈晓军咬了咬牙："好，就这家。"婚礼只有一次，琳琳开心比什么都强。他感激地看向晏庭，不断地道谢，眼眶泛了红。虽然没有亲人，可是他这辈子有这些兄弟姐妹，也没有遗憾了。

商议好婚礼大事，朱霞掏出手机看了下时间，说："时间不早了，都回去休息，有什么事可以在群里聊。"

"好。"黎昭把帽子口罩戴上，"我跟庭庭也该回家睡觉了。"

"昭昭，你现在还跟小晏住一起？"周明有些诧异，他才看了《归隐山林》，昭昭分明是一个人住啊。

"我跟庭庭是邻居，有时候从外面工作回来太累，又不想收拾屋子，就直接在庭庭家住下了。"黎昭笑，"反正庭庭家很大，多我一个人也住得下。"

周明愣愣地点头。他觉得有哪里不对劲，却又说不出来。等大家分开后，周明把安全头盔递给朱霞："老婆，我们老家什么时候有给弟弟朋友红包的规矩了？"

"一般的朋友当然不用给红包。"朱霞把安全帽戴上，"但好朋友是必须要给的。"

"你说什么？！"周明很庆幸自己还没有发动摩托车，不然肯定要出车祸。

"昭昭跟小晏之间的那种劲儿，你没看出来？"朱霞坐到后座上，"我就说你这个人半点眼水都没有，从我们吃饭到喝咖啡，小晏的眼神一直都留在昭昭身上，还帮着晓军准备车、准备酒店，这些都是要欠人情的事，一般朋友能做到这个份儿上？"

"可、可、可他不是认识没多久吗?"

"那又怎么了?"朱霞拧周明腰间的肉,疼得他嗷嗷直叫,"你凭什么嫌弃人家?"

"我不是这个意思,可昭昭他是明星……"周明捂着被拧疼的地方,"虽然昭昭一直不说,但是我们都知道,他内心还是希望找到亲生父母的。万一有一天,他真的找到了父母,可是他的父母却不能接受他,那又该怎么办?"

人行道上,小情侣们牵着手低声说笑。朱霞取下头盔,看着街道上来来往往的车流,说:"未来的事我不知道,但我知道昭昭现在很快乐,他需要晏庭。"在晏庭身边,昭昭可以偷懒,可以摆出最放松的姿态,他不再是最乖巧、最讨喜的懂事孩子,而是一个开心的、没有太多顾忌的年轻人。这样的昭昭太开心了,她舍不得去破坏一丝一毫。"未来的路,交给昭昭自己走。"朱霞抿了抿嘴,"我们能做到的,就是尊重他的选择,不要成为让他左右为难的绊脚石。"

"如果他因为名利,就把别人抛弃……"朱霞再次把头盔戴了回去,"我打断他的腿!"

周明抖了抖:"老婆说得对。昭昭敢三心二意,不负责任,就打断他的腿。"

"快给我看看,霞姐给了你多少红包钱。"黎昭刚坐上车就打了个喷嚏,他伸手在晏庭衣兜里掏了掏,把红包掏了出来。

"一、二、三……"黎昭一张一张数,晏庭帮他把帽子跟围巾取了下来,"八十八……"黎昭被这个数额惊呆了,霞姐是不是拿错红包了,竟然给庭庭这么大的红包?上次军哥带女朋友过来,霞姐也装了个八千八百元的红包。那时候,霞姐刚出医院不久,手上没什么钱,那八千多块还是黎昭跟霞姐一块儿凑齐的。男孩子第一次带女朋友上门,男方亲戚为了表示尊重,给女孩子一个大红包,没什么问题。但是给庭庭这么大的红包,就不对了。难道……是因为自己老在庭庭家蹭吃蹭喝,所以霞姐在想办法帮他贴补庭庭?把钱装回红包,黎昭把红包放回晏庭的衣服口袋。手机震动了一下,黎昭收到了朱霞发来的消息。

花开的声音：本来讲究一点，应该给一万二的红包。不过琳琳来的时候，我们手头紧，只包了八千八，这次给小晏，也只能包这么多，一碗水要端平。你跟小晏说说，让他不要介意。

昭昭有好运：他能介意什么？该介意的是我，我长这么大，你给我的红包最多就两百块！

花开的声音：昭啊，你可长点心吧。

朱霞不理黎昭了。黎昭把聊天记录给晏庭看："在霞姐眼里，我已经没有地位可言了。"八千八还担心庭庭介意，庭庭跟他关系这么好，怎么可能会介意？

晏庭看着这几条聊天内容，眼神越来越亮，喜悦与渴望交织，最后都化为眼瞳中无限的黑暗。

"昭昭，霞姐是个很好的女人。"

"那当然。"黎昭看他，"不过你不要多想，霞姐是明哥的，他们已经结婚了。"

"不会。"晏庭伸手拂过黎昭的肩膀，"我不会喜欢其他人。"在这个世间，唯有你是最特殊的色彩。

"等军哥结婚那天，我们一起去。"黎昭不知道自己脸上的笑容变得更加灿烂了，"结婚只有这一次，必须风风光光才行。车跟酒店的钱，我转给你。"虽然黎昭把那两百万还给晏庭了，但他自己卡里也还有一笔钱。

"不用钱。"晏庭说，"车是我的，酒店也是我的。他是你的家人。你是我……最好的朋友。自家人，不收钱。"

汽车在街道上缓缓驶过，黎昭看到晏庭盯着街边的棉花糖推车出神，对司机说："师傅，在前面路边停一下。"

司机赶紧在路边停下车。黎昭小声对晏庭说："你在车里等我一下。"

黎昭打开门下车，大步往后跑去。晏庭的目光随着黎昭的背影移动，看着他跑过一个又一个路人，身影渐渐变得模糊起来。过了没多久，晏庭看到黎昭手里拿着两大团东西，步伐匆匆地往车边跑。车门被拉开的那个瞬间,寒意裹着甜香飘进车里。

"给你。"黎昭把棉花糖分给晏庭一个,"尝尝?"

棉花糖轻飘飘没有重量,就像晏庭的童年般虚无。他从很小开始,就有记忆。犹记得幼儿园里,小孩子们坐在一起,说自己吃了多大的棉花糖,还说糖像云一样柔软。那天,他坐在台阶上,看了很久的天空,想象白云是什么味道。如果不是看到街边那辆棉花糖推车,他也许不会再想起幼时的这段经历。拆开罩住棉花糖的充气保鲜袋,晏庭轻轻舔了一口。并没有幼时想象中那么柔软,也不会带来飞翔的感觉,甚至还有股香精味。

"棉花糖就是白糖做的。"黎昭用干净的竹签撕了一块棉花糖,喂到晏庭嘴边,"我这个是草莓味的,尝尝。"

黎昭第一次吃到棉花糖,是十岁那年。送他去福利院的叔叔阿姨担心他路上害怕,特意给他买了棉花糖。他不知道怎么吃,一口咬下去,糖霜沾了满脸,连衣领都沾上了白糖的黏腻。他怕得要命,害怕叔叔阿姨会打他。没有人打他,阿姨温柔地帮他擦干净脸,教他唱歌,给他讲故事。那时候他不懂事,下车的时候,他小声问那个阿姨,可不可以叫她一声"妈妈"。阿姨哭得很伤心,不断地点头,最后把他拥进了怀里。那个怀抱温暖极了,又甜又暖。后来他渐渐明白,那位阿姨的眼泪,是同情、心疼以及善良。

"很甜。"棉花糖并不算甜,但晏庭的心里很甜,连他自己都没发现,自己对棉花糖车有多注意,昭昭却发现了,"昭昭……"

"嗯?"黎昭嘴角沾着糖渍,抬头看晏庭。

"没事。"晏庭伸手,轻轻擦去他嘴角的糖渍,"谢谢。"童年的小遗憾,在这里得到了弥补。

"棉花糖而已,有什么好谢的?"黎昭笑,"真要这么算,该说谢谢的人是我。"

"那我们都不说谢。"晏庭收回目光,也藏起了眼底所有的光。他想,我不需要你任何感谢,只要你永远留在我身边。

黎昭无意识地摸了摸嘴角,心里想,他们是好兄弟,好兄弟之间亲密一点，好像也没什么问题？

吃了一顿宾主尽欢的火锅，晚上睡觉之前，晏庭又在"相亲相爱一家人"微信群发了几个红包，五个人欢乐得像是过年。事实上，黎昭微信上还有个名为"亲亲热热一家人"的微信群，里面除了他跟三位小伙伴，还有陈晓军的女朋友琳琳。幸好他没有女朋友，不然霞姐说不定还要建一个"和谐友爱一家人"的群。

跟小伙伴们聊了一会儿天，黎昭迷迷糊糊睡了过去，第二天照旧带着晏庭跑步吃早餐，然后去公司上课。

作为业内有名的娱乐大公司，草莓娱乐内部就像是快速旋转的陀螺，各个团队二十四小时把控网上的舆论，力争在第一时间为艺人解决网上的各种问题。与公司那些练习生不同，黎昭享受的是一对一教导，就连练习室也是单人独享。上完课出来，黎昭看到公共练习室里有很多打扮时尚的年轻男女。

"这些都是公司今年年初培养的新人。"大可把水端给黎昭，"他们走的是爱豆路线。"

"他们跳舞真厉害。"黎昭认真看了会儿，由衷夸奖，"想要成为一名合格的爱豆好难。"

"没办法，现在竞争激烈。"大可小声抱怨，"紫茄娱乐见我们这边培养年轻爱豆，也开始跟着弄了。"铁打的粉丝，流水的偶像，每家娱乐公司都想抢走更多的粉丝，占据更多的市场。草莓娱乐这边，请了各种大师级别的老师来教这些年轻爱豆。至于紫茄娱乐那边，爱豆的业务能力不见提高多少，营销倒是买得满天飞，表面看着风光，实际根本没有为那些年轻爱豆的前途打算。"算了，不说这个了。"大可带着黎昭往休息室走，"刚才我在楼下碰到陆昊老师的助理，陆昊老师想请你吃午饭，你去不去？"

"昊哥今天来公司了？"黎昭脚步一顿，"我去跟昊哥打声招呼。"

陆昊今天是来跟草莓娱乐签约的，草莓娱乐给他开出的条件很优厚，并且给了他极大的自由。这些条件列出来，比他心里预想的还要优厚。

"陆老师能与鄙公司合作，是鄙公司的荣幸。"孙总签完字，跟陆昊握手，"预祝合作愉快。"

"合作愉快。"两人的手握在一起，气氛十分融洽。

"说起来，能成功签到陆老师，还要多亏昭昭帮忙。"孙总温和一笑，"昭昭常跟我们说，在剧组很受你的照顾。有了这层关系，我们公司才好意思厚着脸皮跟陆老师谈合作，幸而陆老师愿意赏脸。"

"哪里，孙总您太客气了，能成为草莓娱乐的艺人，才是我的福气。"听到孙总这么说，陆昊顿时明白了过来，草莓娱乐愿意给他这么优厚的条件，是因为有黎昭这层关系在。外面都传，草莓娱乐很看重黎昭这个新人。依陆昊看，这何止是看重，简直就是把黎昭当亲生儿子对待。以陆昊在圈内的地位，都还没到让草莓娱乐诚惶诚恐的地步，甚至一开始，陆昊都不敢保证草莓娱乐会足够重视自己。幸好自己在剧组里，对黎昭释放了善意。

"陆老师太谦虚了，能签下你这样的大咖演员，咱们公司上下都很高兴。为了欢迎你的到来，公司决定在三天后举办媒体见面会。"孙总再次跟陆昊握手，"像你这样的好演员，该有的排场可不能少。"

陆昊跟上家公司是友好解约的，草莓娱乐愿意在和他签约后为他举办盛大的媒体见面会，等于是在给他做脸面，他当然不会推辞。"多谢孙总，让公司上下受累了。"

"这怎么算受累，这是高兴。"孙总拍了拍陆昊肩膀，"走，中午我们一起去吃顿便饭。"

"孙总，这可不凑巧了，之前我让人跟昭昭的助理联系了，想请他一起吃饭……"

"昭昭今天也在公司？"孙总的笑容变得更加灿烂了，"那可真是太好了，走，我们一起去吃饭。"

陆昊觉得，听到黎昭在公司后，孙总的眼睛好像在发光。

黎昭原本是打算请陆昊吃饭的，没想到孙总亲自找到他，异常热情地邀请他跟陆昊一起用餐。见孙总这么坚持，黎昭只好答应下来。唉，一不小心又省了顿午饭钱。进了餐厅，陆昊就见识到了草莓娱乐大老板的慈祥与和蔼。

"昭昭，可有什么忌口的？这边的红酒还不错，尝一点？不喝酒？年轻人不喝酒好。"

亲眼见到孙总与曹助理对黎昭的热情，陆昊觉得自己刚才的判断有些失误。黎昭不是草莓娱乐的亲儿子，更像是他们的亲爹。他心里暗暗生疑，孙总在娱乐圈是跺跺脚就能让无数大咖害怕的人物，怎么会对黎昭如此客气？这只老狐狸是在讨好黎昭，还是在讨好黎昭身后的某个大人物？

再看黎昭，连餐厅送的餐前配菜都能吃得很开心的半大孩子，实在不像是有后台的样子。圈内那些有大背景的演员，哪个不是有大导演、大制作捧着？黎昭参演个上星剧，连担主的资格都没有。在剧组的这些天，黎昭老老实实拍戏，也没人来跟陆昊这个男主演商量改戏或是加戏。黎昭好不容易接了个电影资源演男主，还是个绝世大毒饼，据说题材是什么外星人科幻。国内外星人科幻电影的水平，大致能分为两类，一类是烂到极点，一类是烂得不算太厉害。这像是有大后台的演员会拍的电影？

唯有苍时手表的代言，让黎昭看起来像是有后台的样子，但是自从苍寰高层在电视节目里公开表示欣赏黎昭后，陆昊就觉得，这个代言是黎昭凭着个人魅力拿到的。就连陆昊自己都觉得，黎昭是同期年轻演员里最讨人喜欢的。

"我听罗荣说，你的新电影快要开机了？"孙总道，"公司这边给你安排了专属妆发师，等你进剧组的时候，就把他们带上。"

"孙总，剧组里有化妆师……"

"那哪儿行，以你现在的人气，没有专属化妆师，传出去是要被同行笑话的。"孙总笑，"你只需要安心拍戏，其他事情有公司帮着解决。"

"孙总说得对。"陆昊端起酒杯跟黎昭碰了碰杯，"以你现在的地位，没有足够的随行人员，别人只会觉得你不受公司重视，然后肆无忌惮地欺负你。"

"谢谢孙总。"黎昭答应了下来。

一顿饭吃完，陆昊还发现，孙总对黎昭虽然热情，但是极有分寸，不会让人产生任何不好的联想。对于久居高位的人而言，做到了这种地步，只能说明他对黎昭的尊敬到了讨好的地步。陆昊默默看了黎昭一眼，黎昭在吃餐厅送的免费果盘。他忍不住想，真是薛定谔的背景。

黎昭的手机响了起来，正在说话的孙总，立刻停止了所有动作。

"抱歉。"黎昭对二人小声致歉，接通电话朝洗手间走去。

陆昊隐隐约约听到黎昭称手机那头的人为"婷婷"。"哐当"，孙总手里的筷子掉在碗沿上，发出刺耳的声响。"手滑。"孙总礼貌一笑，只是捏杯子的手有些颤抖。陆昊不清楚，孙总却知道这个"庭庭"是谁。这个电话是庭先生主动打进来的，可见两人私下的关系有多亲密。前段时间，孙总就听人说，庭先生搬进了年幼时住过的别墅里，但是消息并没有得到证实。直到前几天看《归隐山林》，他发现黎昭住的地方正是传言中庭先生现在住的地方。如果还猜不到两人的关系，他就是白活这么多年了。神秘、无情、冷漠的庭先生，竟然跟草莓娱乐的艺人感情这么好，他当然是死死捂着这个消息，盖着被子偷乐了。想要抱庭先生大腿的人太多，他靠着黎昭，终于看到了当大腿挂件的曙光。

"我在外面跟孙总、陆昊老师吃饭。"黎昭说清自己的行程，"你饭吃了没有？……好，晚上我来接你下班。"

挂了电话，黎昭回到餐桌旁，致歉道："不好意思，朋友的电话，耽搁大家时间了。"

"没事，自家公司私下吃饭，不用讲究虚礼。"孙总笑得更加热情，"是不是你这个朋友找你？如果着急的话，我让曹嘉开车送你过去。"

"没事，他还在公司上班，下午我去接他下班就可以了。"黎昭拿起筷子，"我们继续吃饭？"

"对，吃饭吃饭。"孙总点头。

陆昊跟黎昭在剧组待了几个月，彼此间已经很熟悉了，他见黎昭又是唤对方昵称，又是接人下班的，忍不住问："昭昭，你谈恋爱了？"这么年轻就谈恋爱，对事业发展很不利，"昭昭，你现在还小，谈恋爱的事，尽量不要太早考虑。"若是别人，他是懒得劝的，说不定还会得罪人,但是黎昭不同。

"咳咳咳咳!"孙总捂着嘴拼命地咳嗽,看着陆昊的眼神带着几分惊恐与焦急——陆昊,我劝你求生欲强一点,你今天说的话万一传到庭先生耳朵里,是要闹出人命的。

"孙总,你没事吧?"陆昊见孙总咳得脸颊通红,也顾不上劝黎昭,伸手拍孙总的后背。

"我没事,我没事。"孙总开口笑道,"陆老师,我们公司并不干预艺人的私生活,谈恋爱也没关系。"

陆昊惊了,身为娱乐公司老总,你说这种话合适吗?对得起你的身份吗?"但是我觉得……"

"只要昭昭觉得合适就好。"孙总扭头看黎昭,"我说得对不对?"

不知道孙总在问什么的黎昭茫然地点头,不管老板说什么,只要鼓掌说对就行了。

陆昊看了看黎昭,又看了看孙总,开始思索草莓娱乐是靠什么成为业内一流大公司的。靠着老板支持年轻艺人谈恋爱吗?这家公司有毒。

苍寰的员工福利很好,中午有足够的用餐时间。作为分公司来的新人,朱霞一直没有机会接触公司的重要文件。实际上不仅仅是她,其他两个实习生来公司一两个月,也没机会接触核心文件。她倒是能够理解,苍寰这么大的公司,任何一项决策出了问题,都有可能给商圈带来极大的震动。

"霞姐。"一个老员工把文件盒放到了朱霞桌上,"马上把这份文件打印出来,注意核对一下数据,半小时后跟我去楼上交给秘书处。"

朱霞接过文件,发现这是她之前所在的分公司的新产品策划方案。快速核对完数据,朱霞去了打印室。

"霞姐。"魏甜跟在她身后,"需要我帮忙吗?"

"没事,打印的资料不多。"资料打印好后,背面向上,朱霞拿起文件盒,见魏甜还站在门口,微笑着问,"你工作做完了?"

"我是实习生,工作量不多。"魏甜羡慕地看着朱霞,"霞姐虽然是分公司调上来的，工作能力却不比总公司的人差。"

"什么总公司、分公司，大家在一起工作就是同事。"朱霞把资料用文件盒装起来，"你的实习期马上就要结束了，放心吧，以你的能力，考评成绩肯定不错。"

"谢谢。"魏甜看了眼关得严严实实的文件盒，转身回了自己的座位。朱霞这个老女人，简直就是办公室里的老油子，办公的时候滴水不漏，她根本没有半点机会接触到核心资料。

等魏甜离开，朱霞快速整理好文件，走到同事身边，说："文件打好了，给。"

"你跟我一起上去。"同事抱着厚厚一沓资料，小声嘀咕道，"你来总公司一周多了，还没去楼上看过吧？"

朱霞摇头。

"我跟你说，咱们总裁办这边，有个很严重的禁忌，你千万要记住。"同事声音小得几乎听不见，"千万千万别在大老板面前，称他为徐先生。"

"为什么？"朱霞不解，老板不就是姓徐？

"我们也不清楚，好像跟他童年有关。"同事摇头，"反正你记住，千万不要称他徐先生。"

"那大家平时怎么称呼他？"

"称他老板或是庭先生都行。"同事按下电梯，在朱霞耳边道，"听说秦特助跟秘书处那边都称老板为先生。"

看着电梯里的光芒，朱霞突然觉得，总公司仿佛是一盘解不开的棋，处处都充满了神秘。电梯到了董事长办公楼层，朱霞看着走廊上白惨惨的光，还有光可鉴人的地板，不自觉屏住呼吸，浑身都拘谨起来。在这里，她感觉不到半点活气，仿佛整个楼层都没有活人存在，安静得吓人。

"你们是来送文件的？"一个头发后梳，穿着职业套装的女人从办公室出来，目光在朱霞身上扫了一遍，接过朱霞手里的文件盒，"你是从分公司调来的新同事？"

朱霞看了眼她的胸牌，是秘书处的人，答道："是。"

"欢迎你来总公司，祝你工作愉快。"她弯起嘴角，笑容标准得挑不出半点瑕疵。

"谢谢。"朱霞道谢，正准备跟同事离开，就听到走廊尽头有脚步声传来。

"先生，苍时手表销量很好，市面上的评价也很高……"

朱霞抬头望去，看到秦特助跟在一个男人的身后，态度十分恭敬。但是当她看清这个男人的脸以后，膝盖一软，差点儿当场跪在冰凉的地板上。

"你这是怎么了？"同事察觉到朱霞不对劲，伸手扶住她的手臂。

"我膝盖有点儿软。"朱霞也不想这样，可是膝盖它不听使唤。

秘书处的员工皱眉，这个朱霞怎么回事儿，进总公司前她的个人综合能力评分很高，怎么见到先生会有这种反应？

在推开门的瞬间，晏庭忽然停下脚步，转头看向走廊另一头。隔着灯火璀璨的走廊，他的视线与朱霞的目光对上。朱霞身体晃了晃，扶着墙勉强站稳了。这个世界一定有什么不对，她是谁？她在哪儿？她在干什么？

"先生？"秦肖见晏庭毫无预兆地停下脚步，而且有了明显的情绪反应，顺着他的目光看过去，只看到一个秘书处的职员，还有两个助理部的职员——其中那个叫朱霞的是刚调到总裁办的。秦肖纳闷，这个新来的朱霞，难道有什么地方不对？不应该啊，这个朱霞他彻彻底底查了一遍，背景干净，工作能力强，最重要的是品行非常好，在福利院长大，考入名牌大学以后，也一直在回馈养大她的福利院。她没有任何可疑的地方，跟先生也没有任何交集。

晏庭在门前站了几秒钟，转过身朝朱霞所在的方向走了过去。名校毕业、吃苦耐劳、坚强勇敢的朱霞，在这个瞬间终于体会到什么叫"风在吼，马在叫，脑子在咆哮"。她家昭昭的好朋友，怎么会是神秘高冷的大老板？那么大一个活生生的拆迁土豪，怎么就变成大老板了？她真的不是穿越进了反转剧里面吗？想到自己还给大老板塞了个八千八的见面红包，朱霞觉得自己厉害极了。她这是要上天啊！

## 第3章 发现

哒、哒……脚步声渐渐近了，气氛凝滞得让人无法呼吸。见大老板朝她们这边走过来，不仅是朱霞腿软，同事跟秘书也觉得大事不妙，齐齐往后退了一步。助理部的同事脑子里嗡嗡作响，浮现出许多猜测：难道朱霞有问题，是商业间谍？不对啊，朱霞的身份考核已经通过，内部甚至还打算重点培养她。大老板为什么会有这么大反应？就在她脑子里杂七杂八乱作一团时，大老板已经站在了她们面前。

"霞姐。"

霞、霞姐？同事与秘书也算是见过世面的人，但是大老板这声"霞姐"，仍旧吓得她们没能绷住，露出了诧异与惊恐的表情。同事扭头看朱霞，心情万分复杂。平时上下班都骑电动车的同事，竟然是大老板都要称"姐"的人物，这么荒诞的事电视剧都不敢拍——你上面有人就早说啊，知不知道整个部门为了排查你的身份花了多大的力气？

气氛似乎在晏庭喊出那一声"霞姐"后变得更加凝滞了。

霞姐很想哆嗦着坐到地上。当所有人都把目光投向她时，她竟然出奇地冷静了下来，原本乱糟糟的脑子里只剩一个想法：她是昭昭的姐姐，任何人，都不能仗着地位或金钱伤害昭昭。朱霞嘴角微动，一声"小晏"怎么都喊不出口。是啊，谁能想到，传说中神龙见首不见尾的大老板，会跟她弟弟是朋友呢？

秦肖察觉到事情有些不对劲，他对秘书说："你们先去工作。"

秘书与同事缓过神来，匆匆离开了现场。在工资面前，所有的好奇心都显得微不足道。

等同事与秘书处的人离开，朱霞终于开口了："昭昭他知道吗？"

晏庭沉默了片刻，才说："霞姐，我们去办公室慢慢说。"

踏进大老板办公室，朱霞发现自己没有半点激动，甚至开始怀疑晏庭靠近昭昭的目的。像晏庭这种级别的大人物，什么样的人不认识？他对昭昭抱着什么样的态度？晏庭的办公室风格跟他的人一样，充斥着冷淡与疏离。唯一与这个办公室显得格格不入的，是办公椅上的靠枕——可爱版靠枕娃娃看起来很可爱，霞姐一眼就认出，这是昭昭的形象。

"霞姐，请坐。"晏庭从秦肖手里接过水杯，亲手摆在朱霞面前，"昭昭不让我喝咖啡跟茶，所以要暂时委屈你喝白开水了。"

"喝白开水健康。"朱霞深吸一口气，尽量让自己的姿态更加自然。

秦肖看了两人一眼，退出办公室，帮他们掩上了门。

"大老板，虽然现在是上班时间，但是请您原谅我以私人的身份，跟您谈论与工作无关的事。"朱霞端起水杯大口喝水，消减心头的紧张，"我想弄清楚，昭昭是否知道您是苍寰的大老板。"

晏庭垂下眼皮看着杯中蒸腾的热气，说："对不起，他不知道。"

"你为什么要骗他？"朱霞不明白，"难道是担心昭昭知道你的身份后，贪图你的钱？"就算是大老板也不能这么看待她家昭昭！

"如果钱能让他死心塌地留在我身边，我又怎么会一直瞒着他？"晏庭的手很好看，修长干净，长着这种手的男人，即使什么表情都没有，也容易引起女性的怜惜，"昭昭与我的初遇，源于误会。"水杯里的水，不小心抖了出来，撒在晏庭手背上，水滴顺着手背滑落，像是两行眼泪，"你不知道，他笑起来的眼睛有多好看，像温暖的小太阳。"晏庭看着朱霞，"我想让他留在我的身边，仅此而已。"

这双眼睛太真诚，真诚到让朱霞觉得，不管昭昭让晏庭去做什么事，晏庭都会答应下来。"在看重的人面前，很重要的一点就是坦诚。"朱霞放下杯子，"你应该明白，谎言总有拆穿的一天。"

"霞姐，我不敢赌。"晏庭掏出手帕，慢慢擦去手背上的水，"在很多事上，我都能豪赌，唯有在昭昭的事上，我是个输不起的懦夫。"

"难道你想瞒昭昭一辈子？"朱霞忍不住提高声音，"可你能瞒一辈子吗？"

晏庭说:"我会找个机会告诉昭昭,霞姐,希望你能……"

"我不能。"朱霞打断晏庭的话,"昭昭是我的弟弟,是我看着长大的孩子,不是被你欺骗的对象。晏庭,不管你是真情还是假意,都要知道朋友之间最不能容忍的就是欺骗。"朱霞摇头,"我知道你想说什么,我不会同意。"

晏庭的眼瞳暗黑一片,像是看不到底的深渊,潜藏着无数危险。女人的尖叫声,男人的怒吼声,忽然从四面八方奔袭而来。瞳孔微颤,晏庭声音变得沙哑:"霞姐,我唯一在乎的,只有昭昭。"谁也别想把昭昭从他身边带走。谁都不能。

"我第一次见到昭昭的时候,他才十岁。"朱霞不知道自己为什么要跟晏庭说这些,可能是黎昭小时候太苦,苦得让她不忍心看到他受到半分伤害。

"十岁的孩子,长得却像个七八岁的小孩儿,身上还带着被养父母虐待过的旧伤。"朱霞语气有些沉重,"到福利院的第一天,生活阿姨给他夹了一个鸡腿,他狼吞虎咽往嘴里塞,即使噎住了也舍不得往外面吐。你知道他为什么会这样吗?"朱霞眼眶微红,"因为他在养父母家里,常常吃饭吃到一半,就会被养父养母或是弟弟打,总是吃不饱。后来为了吃饱,只要一开饭,他就拼命往嘴里塞东西,这样就算被打也能吃饱肚子。他来到福利院后,也有好心人提出收养他,可是他却不同意。"

朱霞紧紧握着茶杯,平缓自己的情绪,"他说,他要等亲生的爸爸妈妈来接他。央视台有一档寻亲的节目,每次这档节目开播,昭昭就早早做好作业,守在电视前面,不愿意错过任何父母寻找亲生孩子的消息。渐渐地,他不再看这个节目,也不再提起爸爸妈妈。"

朱霞有些哽咽地说:"像他这么大的年轻人,本该在大学好好读书。结果因为我的病,他放弃了学业,跑到陌生的城市拼命攒钱。我说这些,不是想让你同情昭昭,而是想让你明白,"朱霞站起身,她的腿不再抖,声音也变得坚定,"即使你是无人敢得罪的大老板,我也不会帮着你去伤害他。"

"世上最不想伤害昭昭的,是我。"晏庭见朱霞准备走,起身拦在门口,"霞姐,我不想伤害昭昭,请你给我一点时间。"

朱霞看着他不说话。

"昭昭,是我的命。"晏庭声音平静,仿佛在阐述一件简单的事,"霞姐,我无法承受任何让昭昭离开我的可能。"

朱霞悚然一惊,她的直觉告诉她,晏庭说的都是真的。可是究竟要达到怎样的程度,才会把对方看得像命一样重要?朱霞承认,她有些心软了。她知道晏庭对昭昭的重要性,更不想昭昭伤心难过,但这一切都不该建立在欺骗上。"一个月。"朱霞无奈叹息一声,"晏庭,我给你一个月的时间,希望你能自己跟昭昭说清楚,在这个月内,我不会跟昭昭主动说起这件事,但如果昭昭问我,我会据实相告。"

"谢谢。"

"你不要谢我,我只是舍不得昭昭难过。如果不是昭昭重视你到连你喝什么水都要操心,我即使拼着工作不要,也要立刻把这件事告诉昭昭。"

"能不能请你再跟我说一说昭昭小时候的事。"晏庭请朱霞坐下,"我想知道更多有关他的事。"

"以你的身份地位,有什么是查不到的?"

"在你这里听到的东西,比冷冰冰的调查报告更鲜活。"晏庭缓缓摇头,"我也不愿意以那种不尊重昭昭的方式,去得知他的过往。"

朱霞脸色缓和很多,道:"你想知道什么?"

"他喜欢什么,讨厌什么……"

朱霞盯着晏庭看了几秒,忽然就笑了,她说:"老板,在福利院长大的孩子,没有选择喜欢或是讨厌的权利。"他们穿的衣服、背的书包,都是福利院工作人员买的或是善心人士送来的,质量很好,只要完好干净,他们都喜欢。

晏庭无法想象黎昭是怎样长大的。

"如果,我是说如果……"朱霞的笑容变得极其苦涩,"昭昭很喜欢读书,如果有机会的话,就让他读完大学吧。"就连她都不知道,昭昭最喜欢的是什么。

"昭昭很喜欢吃甜食，讨厌吃胡萝卜跟魔芋。"晏庭说，"他喜欢吃有绿叶的蔬菜，不喜欢扁豆、四季豆、秋葵这类蔬菜，但是又很喜欢吃番茄。"

朱霞愣住，在她的记忆里，扁豆、四季豆这些常见的蔬菜福利院常常吃，每次昭昭都吃得干干净净，从来不剩下。

"番茄……"她想起来了，昭昭从小胃口就大，放学回院里时还不到晚饭时间，但他肚子饿，做饭阿姨就常常把他叫到伙食团，给他塞个饭团子或是番茄垫肚子。每次昭昭都乖乖蹲在伙食团，把东西吃得干干净净，然后帮工作人员扫地或是洗菜。每次院里买了番茄，昭昭就特别喜欢去伙食团转悠，原来是为了多吃一个番茄。那时候的她忙着参加高考，忙着上大学，从没有认真观察过昭昭的爱好。

"昭昭还讨厌芋头。"晏庭低着头，显得有些落寞，"可是他太好了，无论家里的厨师做什么他都说好。有时候，我希望他对我任性一点，可以闹脾气跟我说，想要买车或是买房。别人家小孩儿有的东西，我想昭昭也能有，无论是经济上的还是精神上的，他都要有。"

朱霞无言以对，心道：幸好黎昭已经长大了，不然就要被你养成熊孩子了！咋的，你还挺骄傲？

吃完饭，孙总本来打算请黎昭与陆昊去娱乐场所放松放松，可是想到黎昭跟庭先生的关系，他又打消了这种想法。虽然他只是想带两人去纯洁、干净的地方玩，但就怕事情传到庭先生耳朵里变了味儿，到时候这口黑锅他不背也得背。算了，算了，还是带他们回公司正经一点。

回到公司，孙总把草莓娱乐自家投资的大制作电影剧本拿了出来，对陆昊说："这部电影公司筹备了两三年，制作团队基本都已经定了下来，你如果感兴趣，男主演很适合你。"

陆昊接过剧本，看了一下简介。这是部偏现实题材的商业电影，无论是配置还是剧本都让人心动。他刚一签约，草莓娱乐就送上这么一份大礼，看来确实很有诚意。

"还有部大投资的历史题材电视剧，不过这跟你在《天歌》里的人物定位有些相似，对你后面的事业加成并不大。"孙总实话实说，"陆昊你的演技很稳，大多时候稳是优点，但是对于当下竞争激烈的环境而言，一直稳就稍显无趣，会减少观众对你的期待性。未来是属于年轻人的，娱乐市场的未来，当然也属于他们。"孙总从抽屉里拿出另一个电视剧的剧本，"要不要尝试一下轻松一点的题材？"

"这是部双男主电视剧。"孙总扭头看黎昭，"昭昭也可以看看。"在决定签下陆昊后，孙总就觉得这个剧本很适合黎昭跟陆昊。

黎昭没有马上翻开剧本，解释道："孙总，电视剧什么时候开拍？"

"这部剧应该要等到下半年了。"孙总笑，"等你们拍完电影再开机。"

黎昭点头："我会好好考虑的。"

"行。"孙总笑容温和，"你们好好考虑，在你们没有明确拒绝前，这两个角色都给你们留着。对了，昭昭，你不是要去接朋友下班？"孙总看了眼时间，"从公司到那边，很容易堵车，你早点出发过去，免得迟到。"黎昭得有多大的胆子才敢让庭先生等啊。

"好。"黎昭站起身，走到门口突然停下脚步，转头看着孙总，"孙总，你怎么知道我去哪里接朋友？"

"你不是去接庭先生吗？"孙总察觉到自己露了马脚，面上不见半点慌乱，侧首看旁边的助理，"小曹，是谁提过昭昭的这位朋友在苍寰上班？"

"孙总，我也记不太清楚了。"曹嘉皱眉，"大可还是小源来着？"

"难道是我记错了？"孙总对黎昭笑了笑，"年纪大了，记性不好。"

"您没有记错，我的朋友确实在苍寰工作。"黎昭笑，"那我先走了，孙总、昊哥、曹助理，再见。"

"再见。"孙总亲自把黎昭送到走廊上，"有什么事，尽管给我或者曹助理打电话。"

陆昊看着孙总与曹助理对黎昭的热情态度，在心中暗暗感慨：草莓娱乐高层还真礼贤下士。

孙总的提醒非常有用，车还没开到苍寰，就堵在半道上了。这时，侧面突然有辆车加塞，吱呀一声，两车擦剐在一起，黎昭不用下车就知道车被刮得有多严重。剐蹭到他们这辆车的是辆红色名牌跑车，开在大路上普通车都恨不得离它远一点的那种。

"怎么开车的呢？"红色跑车上走下来一个戴着墨镜的男人，他伸手拍着黎昭这辆车的车窗，"下车。"

黎昭打开车窗一看，脸色顿时沉下来。是上次那个跑到庭庭家大门口，说庭庭坏话还闹事的浑蛋。

看清车里人是谁后，姚宇光的脸色也变了。他想起了那个足以装下他的硕大行李箱，还有黎昭揍他时的疼痛，以及晏庭想要杀死他的疯狂眼神。头疼、脚疼、全身都疼。大街上的车那么多，他怎么就招惹上黎昭了？

"误会，都是误会。"姚宇光害怕黎昭二话不说就跳下车把他按在地上打，赶紧掏出钱包，把所有现金都掏出来，递到黎昭手里，"都是我不懂开车，所有赔偿都算我的。要不咱们加个微信，我用微信给你转账，现金可能不太够。"

开车的大可，心情从害怕、震惊变成茫然。跟豪车发生刮擦的那个瞬间，他内心是绝望的，可是他万万没想到，刚才气势汹汹的车主在看到黎昭的脸后态度会发生一百八十度的大转弯。难道这人是故意跟昭昭的车刮擦，好引起昭昭的关注？咦，好心机。

黎昭在手机上点了几下，把手机伸到窗外。

"这是什么？"姚宇光觉得这个页面看起来不像是加微信好友的二维码。

"收款码。"黎昭面无表情，"你不是要给我转账？转吧。"

姚宇光沉默了，他只是想抱一下晏庭朋友的大腿而已，没想到这么难。可他不敢不转。老老实实转了一笔钱给对方，车窗就无情地在他面前关上，汽车喷了他一脸尾气。姚宇光心想，这哪是小白脸，分明就是小白莲，晏庭什么眼光，竟然跟这种人交朋友。

手机响起来，有人给姚宇光发了条短信："我可以跟你合作，帮你对付晏庭。"姚宇光翻白眼，回复："傻子，滚！"让他去对付晏庭，他是哪块料？傻子才会这么看得起他。

紧赶慢赶，黎昭终于赶在下班时间前到了苍寰楼下。

"昭昭，我先走了啊。"大可小声叮嘱黎昭，"千万别让人认出你来，你现在可是当红人气偶像。"

"娱乐圈的当红人气偶像，没有一千也有五百。"黎昭戴上口罩，"又不是什么值得骄傲的称呼。"

"水货能跟你相比吗？"大可很得意，"你在《归隐山林》里的综艺表现，所有综艺节目制作人都看在眼里，这两天公司收到了大堆的综艺邀约，价格还开得特别高。知道这代表什么吗？"大可骄傲极了，"代表你的身价涨了。"

"大可，你又无脑吹。"黎昭把帽子翻出来戴上，打开车门，"早点回去，辛苦了。"

目送黎昭小步跑下车，大可小声念叨："这年头做助理真难，说真话还没人相信。"

黎昭刚走到门口，前台就看到了他，热情地朝他鞠躬："先生，您好，请问您是来接朋友下班吗？"

前台小姑娘长着可爱的苹果脸，黎昭朝她笑了笑，才想起自己戴着口罩，对方也不知道自己做了什么表情："是的，谢谢。"

"不用谢。"前台小姑娘看了眼时间，"离下班时间还有几分钟，要不您给朋友打个电话，让他知道您已经到了？"

"没事，我已经给他发消息了。"黎昭看着前台小姑娘，"你认识我？"

"上次您给朋友送餐，也是我在值班。"前台小姑娘努力压抑着内心的激动之情，"还是秦特助带您去的楼上，所以我记得很清楚。"她的内心在尖叫——啊啊啊啊啊，我家崽崽好有礼貌！虽然隔着口罩，但是我看得出，他在对我微笑。我家崽崽，果然是世界上最好的崽崽！最好的！

"秦特助？"黎昭若有所思，"原来秦先生是特助？"

"对，秦特助非常厉害，是大老板的特别助理。"同事的职位不是商业机密，前台小姑娘说得毫无心理压力。

黎昭这才知道秦肖竟然是苍寰大老板的亲信。难怪不管是在年会上还是在苍时手表公司里，高层对秦肖都很尊重。

"哎呀。"一个穿着职业套装的年轻女人不小心摔在了地上,包里的口红、镜子等物品撒了一地。她摔倒的地方,离黎昭只有两三步远。

"我来!"前台小姑娘一个箭步冲了出来,拦在黎昭前面,把这个女人扶了起来,帮她把东西通通塞进包里,"你没摔疼吧?"前台瞥了眼这人的胸牌,助理部魏甜——果然是那个看起来很可疑的黑粉。

"我没事,谢谢。"魏甜没想到会冒出个多事的前台,她捂着被摔疼的膝盖,身体一个踉跄,即将再次摔倒。

眼见这个心机女摔倒的方向是崽崽站的位置,前台伸手把魏甜拉了回来,说:"没事就好。"当黑粉还想占她家崽崽的便宜,这么不要脸?!

魏甜揉了一把被拉疼的手臂。这个前台是牛变的?力气怎么这么大?"这位先生看起来好眼熟。"魏甜仍旧没有放弃靠近黎昭,"好像在哪里看过你。"

"小姐姐,我跟你一样,只要看到帅哥,都觉得眼熟。"前台小姑娘拦在黎昭面前,就是不让魏甜靠近半分,"这是公司的客人,你别开这种影响公司形象的玩笑,传到高层那里是要被开除的。"

魏甜觉得这个前台好像在故意跟她作对。一个小小的前台,也敢对助理部门的人指手画脚?魏甜装作不小心推了前台一下,想要给对方一个教训。

"小心。"眼看热情的前台小姑娘即将摔倒,黎昭伸手扶了她一把,等她站稳才收回自己的手。

"谢谢。"前台小姑娘往旁边退了一步,免得别人以为自家崽崽是占小姑娘便宜的人。崽崽扶住了她,在她站稳后就收回了手,善良又礼貌!她愿意为他下海摸鱼,为他跳沙漠捞金!世界上为什么有这么可爱的男孩子?!

魏甜深深吸了一口气,忽然用不轻不重的语调问:"我想起来了,你好像是黎昭!"

黎昭?!大堂里的人纷纷停下脚步,扭头看向戴着口罩帽子的年轻人。苍寰总部大多职员都认识黎昭或是听过他的名字,毕竟是公司高层在电视节目里亲口夸过的演员。这个人,真的是黎昭?

第 3 章 发现

　　前台小姑娘恨不得一把挠花魏甜的脸。她是故意的，一定是故意的！

　　就在大堂里其他人走过来查看究竟是不是黎昭时，有人匆匆走了过来。"先生，您在这里？"来人也是助理部门的职员，她看也不看魏甜，上前对黎昭笑道，"秦特助让我下来接您，请您跟我来。"

　　"先生，这是助理部门的同事，您跟着她去见秦先生就好。"前台小姑娘的小身板拦下想来看热闹的同事，示意黎昭赶紧走。

　　"谢谢。"黎昭对她道了一声谢，转头看了魏甜一眼，然后跟在助理身后进了高层专用电梯。

　　"我是庭先生的同事，他正在开一个内部会议，所以暂时不能下来。"助理按下电梯楼层，"我先带您去休息室坐一会儿？"

　　"好的，谢谢。"黎昭有些后悔，早知道会带来这么多麻烦，他就该在外面等。

　　"霞姐。"助理部门办公室，一位同事对朱霞说，"贵宾室那边来位重要客人，你去帮着招呼一下。"

　　"部门这么多小姑娘小伙子，怎么叫我这个快三十岁的大姐姐去？"朱霞站起身，准备去茶水间取待客的茶点。

　　"秦特助交代了，不让小姑娘小伙子去。"同事在她耳边小声道，"说不定是秦特助的心上人，所以不让年轻人靠近，像你这样的已婚姐姐比较让他放心。"

　　朱霞端着茶点走到贵宾室外面，敲了几下门，等推门进去看到坐在里面的人是谁后，她瞬间无语。难怪不让小姑娘小伙子过来，原来是怕大老板。

　　"霞姐？"黎昭看到朱霞，吃了一惊。

　　"刚才同事说有贵客，让我过来陪着，原来是你。"朱霞把茶点放到桌上，"难怪同事还特意交代我，贵客不喝茶，喜欢喝饮料。"

　　"谢谢霞姐。"黎昭端起饮料喝了一口，"不愧是霞姐亲手端来的饮料，真甜。"

　　朱霞欲言又止。这熊孩子，就没想过他为什么会被助理部同事称为贵客。

"我刚才好像被你的同事认出来了。"黎昭吃了口蛋糕,刚好是他最喜欢的口味,"霞姐,你怎么知道我最喜欢这个口味的蛋糕?"

朱霞一时无语,心道,孩子,你想得有点儿多,我根本不知道来的人是你。这个口味的蛋糕是同事让她带上的,说这是秦特助的嘱咐。现在看来,哪是秦特助的嘱咐,分明是晏庭的意思。

"你们公司待客真热情,我只是旗下分公司的代言人,都有贵客级别的待遇。"黎昭已经开始吃第二块蛋糕,"难怪是全球知名企业。"

朱霞在心里吐槽:崽儿,请你清醒一点,你有这个待遇,不是因为你是代言人,而是因为你是大老板好朋友。

"等等,我忘记给庭庭说我在贵宾休息室等他了。"黎昭掏出手机,给晏庭发了一条消息。

朱霞沉默不语。

发完消息,黎昭收起手机,把一块草莓味的蛋糕推到朱霞面前:"霞姐,草莓味的给你,我记得你喜欢这个味道。"

朱霞神情微变,昭昭知道她喜欢什么味道的蛋糕,可她对昭昭的口味偏好却一无所知。应该说,昭昭从不在她这个姐姐面前说自己喜欢什么。他怕她为了他的一句喜欢,花很多的钱跟精力。记忆里,他一直都这么懂事。直到今天,他才开始轻松地在她面前提到"最喜欢"这三个字。他终于可以没有顾忌地说出喜欢什么,但这份从容不是他们这些福利院小伙伴给的,而是晏庭给的。昭昭终于拥有了偏食的自由,真好。

"霞姐,你怎么了?"黎昭放下手里的蛋糕,"是不是工作太累了?"

"没事。"朱霞笑,"刚刚处理完一份报表,头昏脑涨的,幸好能来你这边躲闲。"

"刚才我在楼下,遇到一个跟你同部门的女孩子,我觉得她……有些奇怪。"黎昭听朱霞提工作的事,就想起刚才在楼下发生的事,"因为她的行为怪异,所以我特意把她的工牌记下来了。"

"谁?"朱霞隐隐想到一个人,因为只有她提前下班。

"魏甜。"

"果然是她。"朱霞半点都不意外,"这个人确实有问题。她曾试图混入总裁办公的楼层,还偷偷搜索过与你有关的新闻?"

"我?"黎昭诧异,为什么跟他还有关?

"一开始我以为她是你的粉丝,但我很快发现,她对你的黑料更感兴趣。"朱霞冷笑,"原来她不仅有可能是商业间谍,还是你的黑粉!"

黎昭更加迷茫。这两件事有什么必然联系吗?

面对黎昭求知的眼神,朱霞不知道该怎么解释。难道要跟他说,商业间谍不仅想要套出内部资料,还想探知大老板的私生活吗?在网络大数据时代,从私生活方面抨击对手,只要掌控得好,同样是一种好用的手段。可问题是,昭昭并不知道晏庭就是苍寰的大老板。能一眼看出魏甜不对劲的聪明人,怎么就不去怀疑一下晏庭?灯下黑?还是在晏庭面前昭昭从不带脑子?

贵宾休息室的门被匆匆推开,晏庭出现在门口,胸口微微起伏,像是匆匆赶过来的。

"昭昭。"晏庭走到黎昭面前,"让你久等了。"

"反正我也没什么事。"黎昭拉着晏庭在身边坐下,"你跑过来的?"

"嗯。"晏庭看了朱霞一眼,喘息声重了一点。

"要不要喝点饮料?"黎昭把自己的饮料端给晏庭,指了指杯沿,"不过我喝过几口,这边不要碰。"

"你不是说,我们之间不用讲究这些吗?"晏庭端起杯子,毫不在意地喝了一口。

黎昭点头。哥们儿间不拘小节,确实不用太在意这些。朱霞看着两人,觉得自己可能有些多余。

"你工作结束没有?"

晏庭点头。

"那我们回家。"黎昭扭头看朱霞,"霞姐,今晚去我们家做客,我让厨师阿姨做你喜欢的菜。"

"不了,我跟你明哥约好,今晚一起去过二人世界。"朱霞赶紧拒绝,"就不去打扰你了。"她又没疯,为什么要跑到老板家自虐?

"周五是晓军哥的婚礼,周日怎么样?"黎昭道,"庭庭家外面有很宽敞的草坪,我们可以自己弄烧烤。"

晏庭跟着开口:"昭昭一直很期待你们的到来,你们都来吧。"

朱霞默默腹诽:来来来,天上落刀子都要爬着来!大老板说了算。

魏甜离开公司回到家里以后,就拨通了男友的电话。两人甜言蜜语一番后,魏甜提到了黎昭:"你猜得没错,黎昭跟苍寰某个高层有关系,我怀疑是……晏庭。"

"不可能是他!"男友在电话那头斩钉截铁,"谁都有可能,唯独晏庭不可能。"

魏甜问:"为什么?"

"不用问为什么。"男友语气有些急躁,但是很快又恢复了平静,"甜甜,除晏庭以外,你觉得黎昭跟谁最有可能?"如果没有苍寰内部管理者看上黎昭,苍寰的高层绝对不可能在电视节目里直言不讳地表示欣赏黎昭在电影中的演技。

"我……我……"魏甜舍不得男友不高兴,仔细想了很久,"秦肖,还有秦肖。"

"上次有个很像黎昭的人来送饭,是秦肖亲自下来把人接到楼上。"魏甜把知道的消息通通说了出来,"还有苍寰年会上,据传秦肖知道黎昭的名牌被卢仁易私自换走后,直接把黎昭带到自己旁边坐下。为了哄黎昭高兴,他甚至亲自掏腰包买下一台高端笔记本电脑,假装让黎昭中奖。"

"对,那时候你发消息跟我提过这事儿,我怎么把他给忘了?"男友在电话那头念念有词,"这些年,他一直都是晏庭的传话人,除了他,还有谁能让苍寰高层拍一个艺人的马屁?"

"可……为什么不能是晏庭?"魏甜犹豫着开口,"谁敢在晏庭眼皮子底下,以权谋私?"

"你以为现在的晏庭,会管苍寰的死活?"男友冷笑出声,"秦肖当然敢。"除了知道晏庭现状的秦肖,还有谁敢做这种事?

"什、什么意思?"魏甜隐隐觉得不妙。

"很快你就会明白了。"男友笑声中似乎带着某种期待,"最近几个月,晏庭是不是经常不来公司?"

"晏庭所在的办公楼层,平时不让人走动,他几乎没有在助理部这边露过面,我无法判定他有没有来公司。"魏甜咬牙切齿道,"助理部的这些老员工,看起来都很好相处,实际口风紧得很,什么有用的消息都打听不到。"

"亲爱的,辛苦你了。"男友在电话那头温柔地笑了,"我的事不重要,首先要照顾好你自己,不然我会心疼的。"

魏甜红了脸,说:"你放心,我一定会帮你查清楚的。"

但是,当魏甜第二天到达公司时,发现自己已经没有机会查清楚了。她刚走进办公室,就接到人事部的通知:由于她在实习期间违反公司条例,予以辞退。接到人事部这个通知,魏甜觉得实在太可笑了——她是名校优等生,懂得多国语言,获得过多项竞赛大奖,苍寰竟然在实习期间把她辞退了?!

平时对她笑容满面的同事,得知她被辞退以后,没有一个人挽留或是打算帮她说情,只是假惺惺地祝她生活愉快。她甚至怀疑,自己被辞退跟这些同事有关。是谁?是那个跟她一样新来的实习生,还是从分公司调上来的朱霞?

不,都不是。这两个人看她的眼神都没有闪躲,甚至还带着诧异,显然也是刚得知这个消息。突然,她想到了一个可能——黎昭!昨天下午,在大堂里发生的小插曲,被秦肖知道了!是秦肖!一定是他,只有他才能做到随口说一句话就辞退总裁办的员工。

找来纸箱,把私人物品都放了进去。走到门口,她回头看这个待了几个月的办公室,同事们都在低头忙碌,没有人来给她送行。这些同事,就跟这家巨大的公司一样,看着出众,实则毫无人情味。

等魏甜离开以后,原本还在忙碌的同事们都停住了手里的动作。

"她好几次想偷看我手里文件的内容。"

"几天前那个错误文件,我让她看到了。"

"好巧,我前两天也不小心让她看了一份数据有误的文件。"

能留在苍寰总裁办的人,都是精英中的精英,他们对实习生如春风化雨,体贴温柔,让实习生不自觉就忘记他们的精英身份,把他们当作普通的知心哥哥、知心姐姐。只有这样,别有用心的人才会露出马脚。魏甜自以为聪明绝顶,但是同事们早在两个月前就开始怀疑她了。

另外两个实习生没想到魏甜竟然是商业间谍,吓得脸都白了。尤其是跟魏甜同一所学校毕业的女孩子,不安地敲打着键盘,不知道该怎么证明自己跟魏甜无关。看到这一幕,朱霞在心底摇头,刚毕业的年轻人心理素质还是比不上在商场摸爬滚打过的老油条。老员工敢当着他们的面说这些,就已经证明在这些老人心中,他们是没问题的。就像昨天同事叫她一起去楼上送文件,就是她已经被内部信任的暗示。

中午吃饭的时候,朱霞打开微信聊天群,圈了黎昭。

　　花开的声音:昭昭,那个形迹可疑的魏甜被公司辞退了。@昭昭有好运

黎昭很快回了信息。

　　昭昭有好运:这么快?昨天下午在回去的路上,我才刚跟庭庭说过这事儿。@晏庭

昨天在休息室跟霞姐聊过魏甜不对劲这件事,回家的路上,黎昭又提醒了晏庭一次。办公室的雷霆风雨他不太懂,但是发现谁可疑,一定要告诉庭庭,至少让庭庭有个防备。多少电视剧里主角们被反派坑,都是因为明明怀疑反派了也不互相吱声,最后折腾得半死,才能解决掉麻烦。

看到昭昭在群里圈晏庭,朱霞才发现自己点错了聊天群,"相亲相爱一家人"的群里是有晏庭的。群开多了的坏处就在这里,一不小心就把消息发错群了。朱霞很想撤回自己刚才发出的消息,当作一切都没有发生过。可是老板他出现了,带着一个微笑的表情出现了!

晏庭：昨晚跟秦特助通了电话，经过连夜调查，决定辞退她。
【微笑】

朱霞看到那个微笑表情，有种大老板在辱骂她的感觉。

昭昭有好运：这种人被辞退也好，我就不用担心你跟霞姐被坑了。【微笑】

朱霞心想，原来大老板是被昭昭带歪的。仔细看看，这个微笑脸也挺好的，朴实憨厚，还带着几分天真可爱。

星期五，是朱琳琳与男朋友陈晓军结婚的日子。尽管背后有人嘲笑她要嫁给一个没房的外地人，她仍旧选择了陈晓军。在她遇到危险的时候，这个男人愿意用生命去保护她；每到节日，他都会为她精心准备礼物，而不是要求她为他吃苦。

伴娘是她的大学室友。凌晨三点左右，她从床上醒来，伴娘们围着她问："琳琳，陈晓军说给你安排了化妆师跟婚纱，会不会迟到？"

"不会的。"琳琳很相信自己的男朋友。

"我听说一些化妆师，为了多讹钱，故意在结婚当天，迟到或是……"话还没说完，门铃声响了。她们一打开门，就看到几个穿着精致，手里提着化妆箱、服装箱、首饰盒的男女走了进来。

"朱女士您好，我们是陈先生安排过来给您做新娘造型的形象设计师。"为首的化妆师把首饰盒打开，里面摆着琳琅满目的新娘头冠，还有耳环、项链等。

伴娘们瞪大了眼睛，心道："陈晓军这是花了多少钱，竟然请了这么专业的化妆师来？"等伴娘们看到琳琳换上漂亮婚纱，听说这些人是明星专用造型团队时，她们对朱琳琳的羡慕几乎化为了实质。

所有人都在羡慕朱琳琳，唯有她在担心陈晓军花太多钱。趁着妆发师给她弄头发的空当儿，她打开霞姐建的聊天群，发现群里热闹非凡。再看聊天时间，原来晓军的这几个伙伴为了安排好这场婚礼，几乎通宵没睡，包括晓军的那个大明星朋友。

"朱小姐真漂亮，您一定会是最幸福的新娘。"发型师给她选了一顶头冠，"祝您跟陈先生白头偕老，百年好合。"

"谢谢。"朱琳琳给他们发了红包跟喜糖。

"哎呀，我们今天收了双份红包，蹭了不少喜气。"这些人都是黎昭安排过来的，他们又说了一串的好听话，才带着东西离开。

等他们离开以后，伴娘们都乐疯了，围着朱琳琳问东问西。谁说琳琳嫁得寒酸？明星专用的造型团队，也能叫寒酸？

当朱家亲戚看到庞大的豪车迎亲队以后，都惊呆了。朱家嫁女儿的这个排场，也太讲究了，光是这个车队都要花不少钱，这些豪车的租用费都是按小时算的。

"你们看排头的那辆车，像不像某款价值千万以上的限量车？"

"不是像，那就是。"一个拿识车软件扫描过排头车的年轻人神情呆滞，"就是有钱也租不到那种车，懂吗？"朱家的这个女婿，这是啥人脉背景啊？酒宴在全球知名豪华大酒店办，婚车队全是豪车，听说还请了明星当伴郎？

原本对陈晓军还有些不太满意的朱家父母，早就在一堆艳羡的目光中对陈晓军这个女婿满意到了极点。愿意为女儿花这么多精力准备婚礼的男人，对她的女儿一定是真心的。

为了陈晓军这场婚礼，黎昭等人一晚上没睡。婚礼现场，他们还陪着新郎一起给新娘跳了一场舞。等新郎新娘牵手后，黎昭默默退了场。为了避免引起骚乱，黎昭跟朱家长辈那边打了招呼后，就躲到了包厢里。晏庭早在包厢里等着他了，他在晏庭身边坐下，忍不住打了个哈欠。兴奋劲儿过了以后，他就开始犯困了。

"靠着我睡会儿，等新郎新娘过来，我再叫醒你。"

"好。"黎昭往晏庭身上一靠，"霞姐跟明哥互相陪伴，晓军哥有了琳琳姐以后，就再也不用孤单了，真好。"

晏庭缓缓伸手，犹豫着搭在了黎昭肩膀上，没有说话。

"当人结了婚有了家庭以后，家庭就会成为他心中最重要的存在。"

黎昭没有睁开眼睛,"这样真的很好。"

搭在黎昭肩上的指尖微微颤抖,只听晏庭说:"我陪伴你,就算你不结婚,也不用害怕孤单。"

黎昭睁开眼,坐直身体问:"真的?"

"我不结婚,也不会有其他重要的朋友。"晏庭看着黎昭,"在我心里,再也不会有人比你更重要。"

霞姐有明哥,明哥有霞姐,小源哥有他的父母,晓军哥有琳琳姐。他们每个人都很关心他,爱护他,但黎昭知道,自己不是他们心里最重要的人。他喜欢他们,感激他们,却不想因为自己打扰了他们的生活。从没有人对他说过"你是最重要的",而他也从不会在任何人身上奢望这种独一无二的地位。

黎昭怔怔地看着晏庭,忽然就笑了。就算不是永久,但至少这一刻,他知道庭庭说的是真的。人生第一次,他做了别人心中的第一位。好像是高兴,又好像有些恍惚。晕晕乎乎的脑子,像是喝多了酒,有些发飘。

# 第4章 过往

朱霞与周明回到包厢的时候，黎昭靠着晏庭睡着了。周明看着相互依偎的两人，不好意思去打扰，便坐到角落假装玩手机。朱霞准备开口说话，晏庭竖起食指，放在嘴边："嘘，小声些。"同样熬了通宵的朱霞无言以对，默默坐到椅子上，假装自己不存在。

桌上摆着精致的菜肴，还没人动过。"你们先吃。"晏庭小声说，"不用等昭昭。"

朱霞与周明是真的饿了，所以也没有假客气，拿起筷子就夹菜。两人吃饭都很快，却不会让人觉得难看。这源于福利院的教育，院里的老师会教他们有礼貌的吃饭姿势，教他们怎么成为社会上有用的人。福利院里像他们这样健康的孩子并不多，因为大多健康的孩子都已经被领养走了。他们几个都是记事时被送到福利院的，并不想再去其他陌生的家庭。有好几盘菜周明跟朱霞都没有动，虽然他们没有说，但晏庭知道，这些菜是他们留给黎昭的。

吃完饭，朱霞看到黎昭动了两下，晏庭极其自然地伸出手，轻轻拍着他的背，像是在哄难以入眠的孩子。很快，黎昭整个人都靠在了晏庭的腿上，晏庭脱下西装外套，盖在了他的身上。周明心里一直很别扭。这个晏庭看起来有钱又有人脉，比他家昭昭大上好几岁，俩人的关系会不会一直这么好，谁也说不准。万一有一天，晏庭欺骗了黎昭，那要怎么办？虽然现在晏庭的一举一动，仿佛是真心的。然而，人言可畏，世事易变，他不想昭昭伤心。屋子里安静极了，周明不知道怎么开口，朱霞不太敢开口，而晏庭的所有注意力都在黎昭身上，根本没有开口的打算。直到敲门声响起，才打破室内的寂静。

晏庭下意识想伸手去捂黎昭的耳朵，但是黎昭已经先一步醒来。这两年在剧组拍戏的生活，早已经养成他遇事马上就醒的习惯。"好困。"他趴在晏庭的膝盖上，想起睡着前晏庭对他说的话，心情顿时明快起来。

朱霞看了晏庭一眼，对黎昭笑："总算醒了，吃点东西。"

房门推开，穿着西装、打着领带的陈晓军领着漂亮的新娘子进来，露出松了一口气的表情："可算把客人都送走了，我跟琳琳上来扒几口饭。"结婚当天，新郎新娘是最忙最累的，送完客人才有闲暇时间吃上饭。

黎昭见晏庭碗里干干净净，便问："庭庭，你怎么也没吃？"他拆下筷子的卫生套，摸了一下菜盘的热度，"等等，这些菜有些凉，我让服务员重新送两道菜进来。"

"用不着这么讲究，我们随便吃点就行。"陈晓军拿起筷子就给琳琳夹了她喜欢的菜。

"不行，庭庭身体不好，不能吃太凉的东西。"黎昭拿来电子点菜单，加了几道热菜。

"呸，我就说你怎么突然变得讲究了。"陈晓军狼吞虎咽吃了几筷子菜，擦干净嘴巴，给自己倒了满满一杯酒，"霞姐、明哥、昭昭还有晏先生，谢谢你们，给了我跟琳琳一场完美的婚礼。"哪个男人不想给心爱的女人准备一场梦幻般的婚礼？他运气好，拥有了这些伙伴，让他没有在婚礼上留下遗憾。"琳琳，我给你介绍一下，这是昭昭过命的好哥们儿，晏庭。"想起琳琳还不认识晏庭，陈晓军做了一个介绍。

"晏先生好。"琳琳很喜欢陈晓军这些朋友，这场婚礼花了他们多少工夫，她看得出来。那些说她闲话的朋友参加完她的婚礼后，全在朋友圈或是聊天群炫耀这场婚礼有多豪华。

"你好。"晏庭对两人颔首。

朱琳琳早就听陈晓军提过，黎昭有个很好的朋友，但是不喜欢说话，也不爱笑，不过为人很好，酒店场地与婚车都是他帮着安排的。

服务员上菜的速度很快，没过多久就把黎昭点的菜端了进来。

"吃饭。"黎昭用公筷给晏庭夹了几道菜，这些菜都是晏庭平时愿意多看几眼的菜式。

朱霞小声跟朱琳琳聊着家常,由于两人是同一个姓,所以格外亲热,陈晓军与周明被无情地遗忘在旁边,毫无存在感。

"霞姐好厉害,都调到苍寰总部上班了。"朱琳琳看向朱霞的眼神,带着明显的崇拜,"我们班上有个男生进了苍寰分公司上班,恨不得一周发三条朋友圈炫耀。"

朱霞咽了咽口水,扭头看了眼被黎昭盯着吃饭的晏庭,心想,她有什么厉害的,他们这一桌还坐着苍寰的大老板呢。

吃完饭,黎昭他们没有闹洞房,而是帮着小两口招呼没有离开的女方亲戚。黎昭不想晏庭遭这些罪,劝他先回去。

"我等你回来。"晏庭知道自己帮不上忙,留在这里还要让黎昭分心照顾,伸手帮他整理了一下帽子,才坐车离开。

此时此刻,黎昭给朋友当伴郎的照片已经被宾客发到了网上,引起了不小的关注。

《归隐山林》火了以后,任何与黎昭有关的消息都能引起路人好奇。

【看完黎昭在婚礼上跳的舞,我只能说,幸好他只是个演员。】

【这腰、这腿,如果去当爱豆会要人命的。】

【给素人打马赛克,给素人打马赛克,垃圾营销号不做人?】

【听说新郎是黎昭从小一起长大的好伙伴,为了准备这场婚礼他一夜都没睡,一点架子都没有。】

【黎昭身边的人好像都很有钱。我看这个爆料的博主发了新郎新娘的婚车队,每辆车都是限量版豪车,新郎是家里有矿啊?】

【除了自己穷,所有朋友都很有钱,这是悲剧还是喜剧?】

【也许这个新郎就是黎昭口中的拆迁土豪,不然他一个大明星,犯得着牺牲到这个地步?不就是为了抱土豪大腿?】

【楼上的黑粉不要假装路人了,没看到爆料博主已经澄清新郎不是拆迁土豪?想黑就黑,不要藏着掖着。】

【谢谢黑粉的努力,请大家今晚九点,准时收看央视九套的《归

第 4 章 过往

隐山林》。】

【我们家昭昭就是一个穷穷的小孩儿，给朋友当伴郎赚几个红包钱也不容易，请大家高抬贵手。】

"黎昭当伴郎"这个话题挂在热搜榜前十，让打开微博想假装这一切不存在的徐北根本无法忽视。在他的梦里，黎昭确实因为给朋友当伴郎上了一次热搜。那段时间，黎昭因为参加了《恋爱》这个综艺节目火遍全网，不少女网友都说，希望黎昭不要当伴郎，而是当她们的新郎。这一次黎昭没有参加《恋爱》，取代黎昭的是他，可黎昭还是靠着另一档综艺节目火了。而《恋爱》的制片人却因为收视不佳，遭到不少业内人士的嘲笑，就连广告赞助商也频频表现出不满。不仅制作人不高兴，他们这些嘉宾费尽心力进了这个节目，结果讨论度比不上隔壁的《山林》，心里也不舒服。

手机响起，接通以后，就传来一个女人哭哭啼啼的声音。

"被辞退了？"徐北诧异极了。在他的预知梦里，魏甜会因为工作能力出众被秦肖看重，最后还在晏庭葬礼上出现过。如果不是因为这点，他何必费心费力搭上魏甜与她谈恋爱？娱乐圈什么美女没有？像魏甜这种清粥小菜，有什么滋味？能获得秦肖信任的女精英，怎么会连实习期都没通过就被苍寰辞退？

"你先别哭。"徐北内心犹如惊涛骇浪，面上却没有显露半分，"以你的能力，去哪个公司都有人抢着要你，苍寰又算什么？就算你不愿意上班，我也能养着你。"

魏甜被男友哄得眉开眼笑，挂了电话以后，愁绪再次渐渐染上心头。这两天她投了不少简历都石沉大海，偶有通知她去面试的，面试官看她的眼神也不太对劲，仿佛她做了什么见不得人的事一般。难道是她被辞退以后，苍寰人事部那边对外说她坏话了？

电话那头的徐北，心情糟糕到了极点。不能当秦肖心腹的魏甜毫无用处，可他现在不能马上翻脸，反而要哄着她、依着她，免得她闹出事来。

到底哪里出了问题？徐北心里隐隐有些不安，靠着预知梦得来的优势，在一场场变故中，仿佛全都化为了泡影。冷静，冷静。还有《妖精女友》这部网剧，等这部剧拍出来，他相信自己一定能火爆全网。黎昭有一时的人气又如何？接了《苍穹之影》那个拍到一半就停工，最后连导演都跳楼自杀的烂资源，迟早会把人气耗干。对，他还有翻盘的机会。

一开始《恋爱》节目组的嘉宾粉丝还在网上踩《归隐山林》，但是随着《山林》获得越来越多的观众喜爱，他们不敢再去招惹《山林》，只能继续内部互撕。A 嘉宾的粉丝撕 B 嘉宾，B 嘉宾的粉丝撕 A 嘉宾和 C 嘉宾，几乎是《恋爱》播出后的日常。嘉宾的一个眼神、一句话都有可能别有用心，各方粉丝到其他嘉宾微博下进行辱骂，弄得乌烟瘴气。路人听到《恋爱》这个节目，想到的只有一场又一场的争吵，上一季度积攒下来的好感，渐渐被粉丝间的争吵还有越来越无趣的节目内容耗光了。

晚上九点，《山林》准时播出，开场仍旧是无数观众百看不厌的敲嘉宾家门的戏码。

【昭昭终于学聪明了，提前收拾好了行李箱。】
【节目组蹭早饭蹭得理直气壮。】

节目播到节目组让黎昭去机场外捡塑料瓶，结果他出门就看到戴着红领巾的小朋友把地上的垃圾捡得干干净净的画面。

【爱护环境的小朋友好棒！】
【哈哈哈哈哈哈，昭昭那呆滞震惊的眼神，太真实了。】
【我听到摄像大哥幸灾乐祸的笑声了。】
【后期不是人，竟然配了一段二胡，我家崽崽不要面子的吗？】

就在大家以为这已经是节目的搞笑巅峰时，就看到黎昭穿着灰扑扑的外套，拎着破蛇皮袋走在大街上，开始捡起破烂与垃圾来。

【一时间，我竟不知道究竟是节目组狠，还是嘉宾狠。】

【我觉得……这个画面似曾相识。】

【楼上的姐妹，我也这么觉得。】

当大家看到一个脸上打了码的男人，走到黎昭面前，问黎昭是不是拾荒者，黎昭竟然还敢点头时，都笑得拍大腿。

【一个敢问，一个敢点头。上次昭昭顶着热心市民的称号上了《新闻联播》，这次又以高素质拾荒者的名义上了网络直播。这是什么神奇体质？哈哈哈哈哈。】

【哈哈哈哈哈，地球是我家，爱护环境靠大家，哈哈哈哈哈哈哈。】

【这个直播播主，知道自己采访到的是个装拾荒者的明星吗？】

【这个问题我来回答，他不知道！】

【他不仅不知道，还在粉丝猜测这个拾荒者声音像当红明星黎昭时，斩钉截铁地表示，黎昭怎么可能来拾荒，如果真是黎昭，他愿意直播吃键盘。】

【为这个博主点蜡。】

【点蜡+1。】

土豆炒蛋正开着直播跟粉丝们闲聊，忽然发现直播间涌入很多路人，评论区全是"点蜡"跟"哈哈哈哈"，弄得他满头雾水。他跟粉丝聊如何成功养死仙人球很好笑吗？这些点蜡的，都是植物保护者？这时闲置的手机响起来，是青椒直播的工作人员。怎么连青椒直播的工作人员都给他打电话了，难道他犯了事？有些紧张地接通电话，土豆炒蛋还没开口说话，就听到工作人员带着笑意问："你什么时候直播吃键盘？公司这边可以免费提供键盘。"

"啥？"土豆炒蛋茫然，好好的，他为什么要吃键盘？

"之前你去外地，是不是在直播的时候，采访了一个拾荒者？"

"好像有这件事。"

"当时还有粉丝说,这个拾荒者有些像黎昭,你是怎么说的?"

"我说……"土豆炒蛋结结巴巴道,"他不会真是黎昭吧?"

"恭喜你,答对了。"青椒直播工作人员毫无同情心道,"恭喜你采访到正在录节目的黎昭,现在全网都知道你要直播吃键盘了。"

土豆炒蛋:我是谁,我在哪儿,我要干什么?不是,什么节目组这么狠,竟然让嘉宾扮拾荒者?土豆炒蛋匆匆结束直播,到网上一搜,发现原来是最近正火的《归隐山林》。本来他只是想了解一下节目风格,谁知道一不小心就看了下去。短短五分钟内,他就笑了好几次,原来央视的综艺节目这么会玩,嘉宾这么拼。

当那个丢了孩子的母亲出现以后,所有的欢乐都变成了沉默。

【小葵花被甩在门外,而昭昭却能拿到整冰箱的食材时,我还在哈哈大笑。听到大姐说完事情原委,我哭得像条狗。】

【年纪大了,眼窝浅,关不住水。】

【《归隐山林》官博发走失的那个孩子的信息了,六位嘉宾还有被狗咬的大刘,都转发了这条微博。】

【我不知道该怎么形容自己的心情,就是觉得不愧是央视的综艺节目,尽管知道这段内容跟节目整体风格不符,但是为了帮助这位母亲,他们还是剪辑出来放在了节目里。】

【全国人民都看到了这位妈妈的思念与坚持,她的孩子一定能够找回来的。】

【人贩子原地爆炸!】

【昭昭说得没错,被妈妈爱着的孩子,一定是个幸运的孩子,他一定会平安回到妈妈身边的。】

【昭昭看大姐的眼神好温柔啊,真的特别特别温柔,我有些明白大姐防备心那么重,为什么还要给黎昭开门了。也许在她眼里昭昭就像是她的孩子,尽管她知道那不是。】

【楼上是眼泪收割机,好想哭。】

## 第4章 过往

【关注贫困村，关注弱势群体，爱护环境，虽然表现的形式不一样，但是内核还是央视的内核。年纪越大，我就越爱看这种有责任、有担当的节目了。】

【我是00后，也喜欢看这种节目。】

【00后来报道。】

节目仍在继续，就在这个时候，有个狗仔营销号突然爆了一个大料。

@××爆料：十年前被养父母虐待，被送往福利院的孩子，凭什么一跃成为当红明星？是上天的保佑，还是靠山的扶持？

这条微博一出，无数吃瓜路人都激动了。这是什么惊天大瓜？

黎昭在陈晓军家吃完晚饭，正准备赶回家监督晏庭吃饭，刚走到玄关，连拖鞋都没换下，就接到了张小源的电话。

"昭昭……"张小源声音听起来有些不对劲，"你在陈晓军家等我，我马上过来接你。"

他还没来得及挂断张小源拨来的电话，敲门声又响起。黎昭打开门，看到拿着手机、气喘吁吁的晏庭站在外面。"庭庭？"

"我来接你回家。"晏庭的目光扫过屋子里的朱霞等人，最后落到黎昭身上，"我们走。"

"你怎么知道我在这里？"黎昭笑呵呵地弯腰穿鞋。

晏庭站在门口看着他，道："霞姐告诉我的。"

黎昭穿好鞋，对手机那头的张小源说："小源哥，我哥们儿来接我了，你不用来。"

"我去你家里找你。"张小源匆匆挂了电话。

"这么急，难道是有重要合作？"黎昭转身跟小伙伴们道别，"那我先回去了，明天来我家烤肉，别忘了啊。"

"好好好。"朱霞等人点头答应。

等晏庭与黎昭离开后，周明问朱霞："你啥时候跟小晏联系的？"

朱霞干笑不语。

"昭昭出事了。"朱琳琳正拿着手机回朋友们的祝福消息，忽然跳出来一条推送新闻，她随手点进去一看，脸色都吓白了。

"什么？！"

几个小伙伴吓了一大跳。昭昭不是刚出门吗，怎么就出事了？

"昭昭他以前的事……被狗仔挖出来了。"

以前的事？朱霞抖着手接过朱琳琳递来的手机，看到了一张让她心痛的照片。那是十年前，黎昭刚被爆出被虐待时记者拍的照片。虽然眼睛部位打了马赛克，但她一眼就能认出这是黎昭小时候的样子。文章里，洋洋洒洒地描写了黎昭被虐待的经过，甚至还拍下了黎昭十岁前居住过的老屋子。

没有读过书的黎老汉不知道打孩子也犯法，他被关进牢里后，这个贫穷的家庭失去了劳动力。他的两个亲生孩子也因为父亲坐牢被同学嘲笑，连高中都没上，就去了大城市打工。

记者问黎老汉，对当年的事有没有感到后悔。这个苍老疲倦的男人沉默了很久才说，早知道会惹出这么多事，当年就不该因为一时心软，把那个孩子捡回家……

"这群畜生，这些畜生，怎么能这样颠倒黑白，不分是非？！"文章没有看完，朱霞已经气得掉泪，破口大骂，"为了这点破流量，连人都不做了？！这些浑蛋怎么不去死！"骂完以后，朱霞捂着嘴哽咽，"这种文章被昭昭看见，他该有多难过，这些人都没有心，不是人。"

网上已经有不少人扒出十年前化名为小明的孩子获救的新闻，有学校老师、村民的采访视频，还有小孩子被打得浑身青紫、脑袋肿胀、满头伤疤的照片。黎粉不想承认这个"小明"就是他们家崽崽，他们无法想象，被他们捧在心里的崽崽幼年时竟然遭遇了这些。可是熟悉黎昭的他们，一眼就可以认出眼睛部位打了马赛克的小孩儿是缩小版的昭昭。

世上总有一些看到别人惨就忍不住发散圣母思维的人。有人看到曾经虐待黎昭的一家人过得惨，就觉得对方好歹救了黎昭一条命，而且已经受到了惩罚，黎昭应该学着放下和原谅。

放下？原谅？小小一个孩子，差点儿被虐待得丢了性命，这些圣母凭什么让人原谅？那是一条人命，是个十岁的小孩子！黎粉心疼得眼泪都掉下来了，这些圣母竟然去同情加害者？他们家昭昭只是差点儿被打死，加害者却坐了一年牢，所以加害者可怜？平时活得像黑粉的黎粉，在今天晚上彻底发了疯，几乎全军出动，不仅把爆料的狗仔骂得狗血淋头，连那些慷他人之慨的圣母一起骂了。他们不怕别人怎么看他们，但是他们无法忍受崽崽受这种委屈。

无论是网络上还是现实中，三观正常的到底是大部分。就连路人网友都看不下去了，觉得黎昭的粉丝做得对。平时自诩黎粉、对家粉的粉丝，看完狗仔的爆料后，都不忍在这个时候落井下石。他们虽然有粉籍，但他们还是人。尤其是在采访视频里，村民说黎昭经常被打，还被弟弟放狗追着咬，被养父从土坡上踹下来摔断腿等等。

"我们都看不下去呢，那个娃娃乖得很，村头好多人偷偷拿吃的给他。"

"黎老汉又凶又不讲理，大家都惹不起他。"

有人想到在《归隐山林》里，黎昭曾对张奎说自己小时候被人放狗追，最后吵赢了狗。那时候，黎昭说这是开玩笑，观众也从未当真，甚至还被黎昭的话逗笑。现在回想起来，却满满都是心酸。七八岁的小孩子，在谁家不是宝贝，昭昭小时候过着什么样的日子？说什么救了黎昭一命，这又不是福利不健全的封建时代，正常人看到有孩子被遗弃，第一反应就是报警，这个黎老汉怎么就不声不响偷偷抱回去了？一开始还说是自己老婆生的，没两年有了亲生孩子后，才说黎昭是捡来的。有网友甚至怀疑，黎昭是被黎老汉拐卖的。

网上为了黎昭的事，已经闹翻了天。黎昭这个当事人还什么都不知道，被晏庭带去游湖了。船上挂着仿古的灯笼，湖水两旁是灯火辉煌的咖啡店、茶坊和酒吧，有种别样的惬意。黎昭打个哈欠，小心地打量面色如常的晏庭："庭庭，你心情不好？"不然怎么跑到这里来游湖？

晏庭摇头。

黎昭扭头看了眼跟着一起上船的司机，对方坐在船尾，没有上来打扰的意思。船桨划动湖水，发出哗哗声，黎昭掏出手机，想要对着湖面的夜景拍一张照片。一只手伸过来，拿走黎昭的手机。

"庭庭？"黎昭觉得晏庭今晚有些奇怪。

手机被收进了晏庭外套口袋里，晏庭与黎昭并肩坐着，眼神像是安慰高考失利的儿子的老父亲。"陪我坐会儿。"晏庭掀起船上挂着的纱帐，湖面波光粼粼，湖边的热闹与喧哗却与他们无关。

"你怎么了？"黎昭眼含关切地凑到晏庭面前，"有什么不开心的告诉我，我哄你开心啊。"

晏庭扭头看着他，看了他很久很久，忽然伸手把他拥进了怀里。

莫名其妙被抱了满怀，黎昭愣了愣，随后伸手轻拍晏庭背部，安慰道："不难过，不难过，有什么事我陪着你。"做人嘛，都有脆弱的时候，好哥们儿之间要互相理解。

这具散发着青春活力的躯体，在年幼的时候不知道遭受了多少苦痛。那些伤痕，那些淤青……在看到那些照片的瞬间，晏庭就疯了。他小心翼翼地捧着，舍不得伤害半点的小孩儿，为什么要遭受这么多苦难？"昭昭。"他想就这样永远保护着他，可他不敢。他怕自己放出内心的那个疯子，让小孩儿本就苦难的人生再增添一份伤害。

"嗯。"黎昭还在有一下没一下地拍着晏庭后背。

"不管过去发生了什么，你的未来……会有我。"尽管这个世界是如此嘈杂与无趣，但是他舍不得留下昭昭独自一人面临世间恶意。他想护着昭昭，护着这缕唯一的色彩。"我陪着你。"晏庭松开黎昭，与黎昭双眼对视，"不管有什么事，我都陪着你。"

"哗……"船桨划破湖面，打碎水上的月光，散开点点星光。晏庭的眼睛很好看，黎昭在他眼里看到了月光与自己。自己就在他眼瞳中的月光里，像是被世间最温柔的光芒包裹，夜色不侵，寒风不进。"是不

# 第4章 过往

是出事了？"

晏庭眼睑微垂，不说话。不会撒谎的人，就是这样。

黎昭笑道："拿来。"

"什么？"

"手机。"黎昭伸出手，勾了勾手指。

黑金色的手机，放到了黎昭掌心。

"不是你的手机，我的。"

晏庭摸着黎昭的手机，有种想把手机扔到湖里的冲动。可是在黎昭的目光中，他还是把手机放到了黎昭手里。热搜他已经安排人撤了下去，关键搜索词也被封锁，甚至连各大网络平台也都不再推送与这件事有关的消息。但是这件事扩散得太广了，即使晏庭封锁了各个渠道的消息，都无济于事，他无法阻止别人@黎昭、给黎昭留言。

黎昭打开微博的瞬间，微博卡顿了。"又卡？"黎昭纳闷，又是哪个艺人结婚或是离婚了？重复了两三次，才成功进入微博，黎昭看到自己微博下有无数安慰他、拥抱他的留言。再点开@他的一条微博，他脸上的笑意慢慢消失了。

画舫划进了一块阴影区，手机的屏幕仍旧亮着。

"昭昭。"晏庭伸手搭在了黎昭的手腕上。

"我没事。"黎昭放下手机，轻笑一声，"既然是已经发生过的事，我也不怕被人知道。你不要担心，我不难过。"

画舫停了下来。晏庭再次把黎昭揽进怀里："可是我难过。"

晏庭身上有股很干净的淡香，黎昭听到了晏庭的心跳声，扑通、扑通、扑通。黎昭的心情出奇的平静，大概是因为身边有人陪伴，过往旧事就像是隔着一层透明玻璃，尽管他能看得清清楚楚，却无法被伤害到。

苟二是圈内有些名气的狗仔，这些年爆过不少小艺人的料，也得了不少的好处。由于近来没有什么大料，网友对他的关注度开始降低。没有关注度就没有流量，他还拿什么挣钱？狗仔靠什么立足？当然是有吸引力的大料。

挖到黎昭的料，纯属是意外。如果不是帮着父母收拾屋子，翻出十年前的老报纸，他都不知道黎昭还有这样一段经历。不查不知道，一查吓一跳。十年前，这桩虐待案在当地闹出了不小的动静，听说当地政府为了保护这个孩子，不仅给他改了名字，连户籍都迁走了。谁会想到，当年那个可怜的受虐儿童，会成为当红的明星呢？

苟二托人查了一下黎昭的背景，发现黎昭虽然受草莓娱乐重视，但确实没什么大背景，就算爆黎昭的料也不会得罪大人物。苟二几乎没有犹豫，就把黎昭小时候的事爆了出来。实际上，他这也算是帮黎昭圈粉，有这么凄惨的童年经历，肯定会引来无数人的同情与关注，多好啊。

这个消息爆出去以后，想找他打听消息的人几乎把工作室的电话打爆了。苟二把一些照片与消息卖给他们，又赚了不少的钱。就在得意扬扬地走出酒吧后，他被人拖进了一辆车里。

"你们想干什么？！"苟二惊恐地看着这些穿着西装的男人，难道这些人知道他就是那个微博上有名的爆料号？不可能，他一直很注重保护生活中的隐私，就是担心被爆料对象报复。这几年，他的日子一直过得很顺利，他不相信会有人查到他的真实身份。

然而，这些人根本没有搭理他，直接把他拉到废弃工地上，就开始了拳打脚踢。"你该庆幸我们老板是奉公守法的人。"戴着墨镜口罩的西装男冷漠道，"不然你连命都没有了。"

苟二躺在地上，不敢还嘴，他怕这些人真的把他做成水泥柱子。等这些人一走，他听着四周呼啸的风声，看着破破旧旧的烂尾楼，赶紧掏出手机报警。警察来得很快，苟二还没来得及开心，就因为敲诈勒索被抓了起来。这些年，他拍到料后就让艺人花钱来买，如今终于得到了反噬。虽然他不明白，为什么这些艺人宁可冒着消息被泄露的风险，也要把他关进牢里。难道是有大佬在背后撑腰？是谁在整他？

徐北看到黎昭小时候被虐待的消息被爆出来，气得砸碎了屋子里所有的杯子。要不是他知道黎昭不可能自曝这种消息，几乎都要怀疑这是黎昭自炒卖惨。《归隐山林》刚播出妈妈找孩子的内容，就爆出黎昭实际是个被遗弃的孩子，小时候还差点儿被养父母虐待致死。美强惨，黎昭全占了，草莓娱乐还力捧黎昭。这要同期演员怎么玩？全都成了黎昭的陪衬!

徐北想起自己做过的那个梦,梦里关于黎昭是孤儿的消息,在黎昭从事演艺事业时从没有曝出来过,直到黎昭死亡,他的好友才在为他做的回忆录里提起了这件事。想想梦里风光的黎昭,徐北不准备在现实生活再看一遍黎昭是如何换着花样走花路的。点开那段黎昭被救治的视频,徐北忍不住骂:"小时候怎么没被打死!"

据报道说,发现黎昭被虐待的是学校的老师,因为黎昭发烧严重,老师想给黎昭用酒精物理降温,才发现他全身都是伤,整只小腿都是肿的。那顶脏兮兮的帽子下面,掩盖着血淋淋的伤口。黎昭被送到医院后,院方发现他身上的伤口全是人为,最后学校与院方选择了报警。有看不下去的人在网上发帖爆料,引起不少人的关注以后,这件虐待儿童案就闹大了。当地相关部门得知后,对黎昭进行了救助,并且把黎昭的养父送进了监狱。轰轰烈烈的虐童案,以受害儿童被送到福利院为结局。

当年在网上声援过受害儿童的网友,大多都已经人过中年,差点儿忘记了这件事。旧事重提,无数人的记忆被唤醒,在他们心里,黎昭不仅仅是个艺人,还是他们发动舆论保护过的孩子。那些要求黎昭原谅的言论,被这些事业有成、逻辑思维出众的大哥哥、大姐姐们喷成了渣。

【一言不合就原谅,雷怎么没把这种人劈死?】
【我把你打个半死,你能不能原谅我?】
【你这个人怎么如此不大度,说你两句竟然还嘴?】

中年人大多成熟稳重,一般情况下不会轻易跟人撕。当他们跟人撕的时候,你才知道什么叫"你大哥大姐始终是你大哥大姐"。那些让黎昭应该学着原谅的人偷偷删去了微博,不敢再冒头。骂完了这些网络圣母,这些大哥哥、大姐姐们来到了黎昭微博下,瞬间又变成了温柔的哥哥姐姐。

【小弟弟有健康长大哦,真棒。】

【弟弟身高有一米八啦,看来每天都按时吃饭了。】

【继续开心生活下去,未来会更美好的。已经扔掉的垃圾,就不要管它是怎么腐烂的。弟弟,要开心哦。】

【弟弟十岁的时候,我在念大学,现在我已经是位孕妇了。我把弟弟的照片挂在了墙上,如果宝宝是男孩子,就让他像你这么帅;如果是女孩子,就希望她多看看帅哥,以后眼光高一点。】

【弟弟,看看我养的猫,是不是很可爱?】

【小弟弟,继续努力,哥哥姐姐都保护着你。】

一条条温柔、饱含着祝福的留言,汇成了一条最温暖的小溪,把黎昭小心翼翼地保护了起来。

【看到这些留言,我真的哭了。黎昭好棒,这些曾经帮助过黎昭的人也都好棒。】

【世界,真的很美。】

【昭昭崽崽,你不要难过,当年那些关心过你的哥哥姐姐还在保护着你。虽然我不曾参与过你的过去,但是你的未来,我们陪你一起走。】

【崽崽,开心起来,我们一起陪你走这条星光璀璨的路。】

【之前看《归隐山林》有多开心,我现在哭得就有多伤心。大家还记得清溪村那期吗?昭昭抱着两个小孩儿,小孩儿问昭昭的爸爸妈妈过年是否也不回家,昭昭说不回时眼神里明明是难过啊!因为他没有爸爸妈妈,没人陪他过年。】

【还有向震跟昭昭提起自己孩子那里,昭昭听得特别特别认真。那时候我以为他是喜欢孩子,现在回想起来,也许他是在幻想,如果他有爸爸妈妈,他们也会像向震对自己孩子那样对待他吧。】

【还有今晚这期,昭昭特别特别认真地安慰那个大姐,说孩子一定能找回来。我真的好难过,比失恋了还难过。昭昭的爸爸妈妈在哪里,有没有一直在找昭昭?】

# 第 4 章 过往

【兄弟姐妹们，你们千万不要在评论区提这些，我怕昭昭看到了难过。大家发一些开心的事到昭昭评论区吧。】

【好。】

无论是粉丝还是路人，都开始在黎昭的微博评论里努力营造什么事都没有发生、世界很美好的氛围。就连不少对家粉也偷偷摸摸跑到评论区下面监督，看有没有自家不懂事的粉丝跑去胡言乱语。哪怕他们能做的事有限，但是只要能够让那个受尽虐待、认真长大的孩子多一点点开心，也是值得的。

画舫里，黎昭珍惜地看着评论区里的一条条留言，脸上露出了笑。

"庭庭。"他收起手机，对晏庭说，"我们回家吧。"

晏庭伸出手："把手给我。"

"啊？"

"我牵着你，免得你看手机把自己走丢。"

黎昭无言以对，他一个成年的大老爷们儿，被人牵着像什么事？

晏庭直接抓起他的手："走，我带你回去。"

想到平时不爱出门的庭庭，为了安慰他都跑来游湖了，黎昭只能乖乖让晏庭牵着。

"庭庭。"

"嗯？"

"其实我真的不太难过。"

晏庭回头看他。

"世界这么美好，可爱善良的人也那么多，我真是一个幸运的人。"

晏庭不说话，只是紧紧地牵牢了黎昭的手。

回到家，黎昭发现桌上摆着满满当当的美食。平时管家伯伯不让他在晚上吃的食物，全部都出现在了桌上。满满一桌菜，称得上中西合璧，满汉全席。"昭昭，饿了没？先吃点东西。"管家伯伯带着黎昭在餐桌旁坐下，恨不得亲手给黎昭喂饭。满屋子的阿姨们都围着黎昭打转，连晏庭这个正主都被遗忘了。

张小源赶到的时候，看到的就是黎昭坐在桌边大快朵颐，满屋子人站在旁边笑得满脸慈爱的画面。活像爷爷、奶奶、姥姥、姥爷无底线宠孩子的大型现场。他还没开口说话，晏庭先开口了："等昭昭吃完东西。"张小源下意识地点头，总觉得在晏庭面前不点头会有大事发生。

晏庭看黎昭的眼神温柔极了，像是无限包容孩子的熊父母。张小源小声问晏庭："庭先生，昭昭……是不是还不知道网上的事？"

"他知道了。"晏庭从沙发上站起身，走到黎昭身边。张小源看了看晏庭，又看了看黎昭，总觉得哪里不对劲。

吃完美食，黎昭坐在沙发上，张小源看着他，思索着该怎么开口。跟黎昭有关的热搜话题，刚上去不久，就莫名其妙地被撤了下去，他们这边还没来得及出手呢。按照一般公司的思路，肯定会在这件事上大肆炒作，尽量提升观众对黎昭的同情与宽容。草莓娱乐是一家成熟的公司，肯定也明白这件事能够带来的利益。但公司那边什么都没做，甚至还明言，尊重黎昭的一切选择，公司会全力配合团队的工作。

"热搜话题已经撤了下去，你不用太在乎网上的那些。"张小源知道，任何语言在这种时候都是苍白的，"晚上早点休息，再过几天，热度就渐渐没了。"

"我知道。"黎昭塞了袋干果给张小源，"边吃边说？"

张小源没话可说了，还有心情劝他吃东西，看来是真的没受影响。

"给我安排个谈话节目。"黎昭剥着南瓜子，"很多人都在关心我的生活，我不能让他们担心。"

"可是……"张小源实在不想黎昭再去回想过去那些日子。

"过去的事，总要过去。"黎昭把剥好的南瓜子放到晏庭掌心，"只有放下过去，才能面对未来。"

张小源微微一愣，忽然又笑了。是啊，当年那个坚强的孩子已经长大，现在的黎昭已经比以前更加强大。"好。"

商议好谈话节目的事，黎昭送走张小源，坐回晏庭身边。晏庭面前的南瓜子已经堆成了小山，这都是黎昭一边跟张小源聊天一边剥的。

"吃啊。"黎昭掏出手机，"你不知道剥出一粒完整的南瓜子有多难。"

第 4 章 过往

晏庭想说"那下次我们就买去壳的",可是看到黎昭露在外面的脚趾头,他又把话咽了回去,转而拿了条毛巾盖在黎昭身上。

"吃了南瓜子就高兴一点。"黎昭靠着晏庭,"心情不好,容易老得快。"

晏庭不说话。

"还在不高兴?"黎昭放下手机,轻笑出声,"过去的事我早就忘了,你怎么反而生上闷气了?"

"十年前,我十八岁。"晏庭揉着太阳穴,"本来可以帮你。"

"说什么傻话?那时候我们素不相识,你都不知道有我这个人,怎么帮?"黎昭拍了拍肚子,"我这里又没有哆啦Ａ梦的口袋,不能拿出时空任意门。"

晏庭伸手在黎昭头顶揉了揉,像是在哄三岁的小孩子:"那我给你的兜兜装满。"

"男人的头摸不得。"黎昭反手挠了挠晏庭的头发,"我现在生活得很好,不要为已经过去的事生闷气,不值得。我都不气了,你还在气,傻不傻?"

晏庭不知道自己傻不傻,只知道若是能回到十年前,自己会把昭昭接走,给他穿最好的衣服,让他接受最好的教育,为他买最有意思的玩具,不让他受半点委屈。"还有几个月就是高考,你要不要去试试?"

晏庭的这个问题,让原本还笑着的黎昭愣住。黎昭问:"怎么提起这事儿?"

"读书什么时候都不晚。"晏庭不擅长劝人,但是在黎昭面前,却显得格外小心翼翼,"你这么聪明,一定会考出很好的成绩。"

黎昭摸着手机没有说话。他抬头看晏庭,晏庭正看着他,好像要把包容他的一切。"好。"黎昭笑了,"总要试试。"

"那我让人安排参加高考的各种手续。"晏庭想了想,"明天开始,你记得每天早上喝一碗鱼汤。"

"为什么?"

"补脑。"眨眼间,晏庭就化身为家有高考生的严肃家长了。为了做一名合格的家长,他还在朋友圈发了一条消息,这条朋友圈照旧屏蔽了黎昭。

晏庭:家里的小孩儿今年要去参加高考,家长需要怎么做?

这天晚上,晏庭收到了公司高层发来的营养餐配方表、各种模拟卷以及各种家长注意事项。把所有的模拟卷做成了表格,晏庭眉头皱得死紧。这么多卷子,哪个才是最好的?他默默把这个表格删除,东西贵精不贵多,先多收集一些其他家长的建议,再决定买什么卷子。

第二天一大早,朱霞等几个小伙伴就赶了过来,管家热情地接待了他们。朱琳琳小声在陈晓军耳边说:"昭昭朋友家好讲究,我看他们连报纸都要拿去熨。"在当下这种网络信息时代,已经没多少人看报纸了。再说熨报纸不是小说里有钱的讲究人家干的事吗?朱霞扭头对朱琳琳笑了笑,内心却在咆哮:因为这是苍寰老板的家,讲究才是对的。

四人小声说着话,没过多久,晏庭从楼上下来了。"昭昭昨天睡得晚,所以我没让人去叫他。"晏庭走到他们面前,"欢迎你们来做客。"

"是我们来得太早。"朱霞对晏庭笑,"老……小……"叫老板或是叫小晏都不合适啊,她太难了。

"霞姐叫我小晏就行。"晏庭知道他们是担心黎昭,才会来得这么早,"你们不用担心,网上的热搜话题已经全部撤了下去,昭昭并没有受到太大的影响。"

"晏庭,谢谢你陪伴在昭昭身边。"朱霞苦笑,"昭昭这孩子太懂事,就算受了什么委屈也不说,幸好有你在,我才能放下心来。"

"这些都是我应该做的。"晏庭不喜欢别人说谢,这让他觉得昭昭跟这些人更熟悉、更亲密。

过了没一会儿,朱霞听到楼上传来脚步声,她抬头看去,见黎昭穿着睡衣,头发乱糟糟的,一副没睡醒的样子。再看家政人员见怪不怪的样子,朱霞几乎可以肯定,黎昭平时不拍戏的时候都住在晏庭这边。

"霞姐、明哥、晓军哥、琳琳姐,早啊。"黎昭走到晏庭身边,极其自然地打着哈欠,"昨天睡得太晚,今天连步都没有跑。"

四人见黎昭神态正常,都松了口气,人没事就好。

"跑什么步,不是要去弄烧烤?"朱霞伸手拍他脑门,刚拍下去,晏庭的手比她还要快,拦在了黎昭脑门上。

"我去楼上换身衣服。"黎昭起身,"庭庭,等我五分钟,下来跟你一起吃早餐。"

朱霞默默地收回手,假装什么都没发生。崽崽有人疼,她这个长姐也就放心了。怎么跟昭昭的朋友相处是个大难题,她一定要好好钻研学习。

吃完早饭,院子里的烧烤架已经搭好,黎昭拉着笨手笨脚的晏庭,教他怎么做烧烤。管家站在不远处,看着晏庭被黎昭指挥得团团转却又手足无措的样子,脸上的笑意几乎掩饰不住。

"黎昭小时候……真的这么惨?"化妆间内,宋喻翻着与黎昭有关的消息,心情变得十分复杂。在《霸道女总》剧组的时候,宋喻还嘲笑黎昭穷酸,现在良心挣扎得十分厉害。难怪自己买高热量食物,黎昭总是吃得干干净净,就算自己对他冷嘲热讽,黎昭也假装听不懂,甚至在他下一次买食物回来时,仍旧笑吟吟地接过去。黎昭那么小就被虐待,差点儿连命都没有了。自己却想靠着预知梦夺走原本属于黎昭的资源,简直就是个人渣。他不红,最多就是回家继承财产。黎昭如果不红,就什么都没有了。那张全身都是伤的照片,宋喻看了一遍不敢点开看第二遍。他开始庆幸,虽然自己调换了角色,但黎昭还是红了起来。

"小鱼儿,节目组那边要准备开拍了。"助理进来提醒宋喻。

《恋爱》收视不佳,有位嘉宾半途退出,宋喻就来补了这个空缺。

"不用管,让他们进来随便拍。"天天被网友骂,宋喻已经没什么偶像包袱了。他看也不看摄像师,把黎昭的名字从微信黑名单里放出来,然后开始疯狂地给黎昭发红包。嘘寒问暖,不如打笔巨款。

昭昭有好运:???

朕的这片天下:精神补偿金。

昭昭有好运：说吧，又想让我在网上帮你澄清什么谣言？

朕的这片天下：没事就不能发红包？我钱多，我愿意。

发完这条，宋喻有些后悔，别别扭扭地把这条消息撤回，然后说："发了你就领，问这么多干什么？"噼里啪啦又发了一大串红包过去，宋喻内心的愧疚感，终于消减一些。

"小鱼儿，参加我们这档节目前，有看过我们的节目吗？"

"看过一点。"

"那你对其他嘉宾有什么印象？"

宋喻敷衍地夸了一番。

"那徐北呢？你们是同龄演员，网上还有不少网友拿你跟徐北做对比。这次录制节目，你们会不会成为朋友？"

徐北是什么玩意儿？也配跟他比？他糊是糊了点，但还没糊到这个地步吧？前段时间，徐北买通稿拉踩黎昭，结果因为颜值差距太大，引来路人的疯狂嘲笑。黎昭的工作室还没出手，徐北就先被网友踩死了。在宋喻的梦里，《恋爱》这个综艺节目里应该有黎昭没有徐北，而且节目播出以后，收视一路走高，这季节目结束后，黎昭就成了妈妈们心中的国民女婿。结果现实里黎昭这个国民女婿没了，《恋爱》的收视率也一路下滑，连嘉宾都跑了一个，还要拉他来凑数。按照这种老天亲儿子不能得罪的规律，《妖精女友》可能也会扑。这个徐北，好像对他预知梦里原本属于黎昭的资源格外感兴趣？难道徐北也做梦了？

"做朋友是需要缘分的。"宋喻对着镜头笑了笑。呵，他绝对不跟作死的蠢货做朋友。

黎昭的身世曝光后，后续的发展让很多人看到了人性"善"的一面。有官媒夸奖这件事见证了人性的闪光点，也有人夸十年前的当地部门做得好。尽管不少人对黎昭年少时期的生活好奇，但是为了不揭黎昭的伤疤，几乎没人提起这些。所以，当黎昭做客青椒娱乐的谈心直播间时，引来了无数网友的关注，把青椒娱乐的服务器挤得卡顿了好几次。

客气寒暄结束后，谈话内容渐渐严肃起来。

"近来网上有很多与你有关的消息，网友们也很担心你，你有什么想对粉丝还有网友说的吗？"

黎昭站起身，对着直播镜头深深鞠躬："谢谢大家，当年那个被你们保护着的孩子已经好好长大了，你们不要再担心他，他过得很好。"

琪琪今年三十出头，有自己的房子，有稳定的工作，还有猫。她原本不爱追星，可是得知黎昭就是当年那个让她心疼万分的小孩儿后，她不自觉就关注起了他的动态。得知黎昭会参加谈话直播节目，她下了班就打开手机，进入了直播间。胖猫咪趴在她的膝盖上，懒洋洋的像是个大爷。当看到黎昭站起身，弯下腰鞠躬时，她又想笑又想哭。十年，已经过去了。他过得很好，身上没有淤青，头上有着浓密的头发，看不到任何伤痕。真好。

主持人问："这些年过得苦吗？"

黎昭摇头："不苦，这十年我过得很开心。尤其是近一年，我常常觉得自己是个十分幸运的人。"

"为什么会这么说？"主持人有些诧异，这种时候，嘉宾应该极力渲染曾经吃过的苦、遇到的难处，才能让观众产生情感共鸣。

安静的书房，晏庭坐在椅子上，看着屏幕里的黎昭。

"十年前，跟我坐在一辆车上的阿姨特别好，一路上她都在安慰我，让我不要害怕，还给我讲了小虫子的故事。"黎昭回忆着十年前的事，脸上的笑意不散，"她告诉我苍鹭的腿很长，巨嘴鸟的喙很大。"主持人眼眶有些红，她没有打断黎昭的话。

"大家不要觉得我日子苦，其实福利院里很好，每个季度都有新衣服，还有很多志愿者来陪我们玩。"黎昭笑眯眯地伸出两个手指，"而且每周能吃两次鸡腿，伙食超好的。"每到周末，做志愿者的哥哥姐姐会教我们画画、做游戏、剪纸。"黎昭说着福利院的生活，看不出半点委屈，"院长特别厉害，不仅能写漂亮的毛笔字，还会吹排箫。"

看直播的黎粉想起，在《霸道女总》播放期间昭昭曾在电视节目中表演过排箫，当时他说是院长教的，他们根本没往福利院长这方面想。可笑的是，不久前还有营销号说昭昭假装有钱人。明明昭昭总是说自己穷，连住的房子都是朋友借的，可这些黑人的营销号就是不愿意放过他。

"我住到福利院后，有很多人给我写信寄贺卡，好心人担心我看不懂复杂的汉字，就给我画很可爱的小人。"黎昭眼眶微红，嘴角却上扬着，"我真的……觉得世界美好的人、美好的事，太多了。大家给我的评论，我都有看，在这里请大家放心。"他看着镜头，"过去的事已经过去了，那时候的我很幸运，被无数好心人保护着，所以大家不要担心我会因为这些伤心。"

黎昭笑得越开心，黎粉就越心疼。

【傻乎乎的昭昭，为了两根鸡腿就高兴成这样，我小时候却在嫌弃鸡腿不好吃。】

【崽崽傻得心疼，太让人心疼了。】

【他一定是怕我们担心，才上了这个谈话直播节目。昭昭，其实我要感谢你，感谢你给我带来的快乐。】

【我终于明白，为什么当所有人都在黑宋喻的时候，昭昭会为他澄清，因为宋喻每天都给昭昭准备好吃的。对于昭昭来说，只要对他有一点点好的人，就是好人。】

【楼上的姐妹越这么说，我就越难过。我的崽崽，以后一定要过得开开心心，不要受委屈啊。】

谈话直播还在继续。主持人问："从《霸道女总》到《归隐山林》，你受到越来越多的观众喜爱，这对你的生活有什么影响吗？"

"工作机会变得更多了，关心我的人也变多了。"黎昭笑，"如果我半夜发微博，肯定会有很多粉丝劝我早点睡觉，不要熬夜，虽然他们自己也都在熬夜。"

"熬夜已经成为当下很多年轻人的大难题，你平时熬夜多吗？"

"除了拍夜戏，其他时候我睡得挺早。"

"晚上没有其他娱乐活动？"

"这个……"黎昭笑，"大家都知道，京市的消费水平挺高的，晚上出去玩挺花钱的。"

刚刚还在难过的黎粉，被黎昭逗笑，果然穷才是最大的问题。主持人没想到会是这样的答案，她以为黎昭会说"自己不爱出去玩"或是"生活一直很规律"，没想到他是因为没钱才不出去玩。"啊……"主持人愣了愣，"那你平时不拍戏的时候，都干什么？"

"就在家里看看电视，祸害一下朋友花园里的花，跟朋友一起煮火锅、看剧本之类的，"说着说着，黎昭反问主持人，"这样的生活，好像有些无聊？"

"挺好的。"主持人笑，"看来你头发这么浓密，还有按时睡觉的功劳。"

"穷才是关键吧。"黎昭挠了挠脑门，"没钱令人没心情出门玩。"

主持人沉默片刻，才说："现在你有了很多工作机会，生活条件是不是好了很多？"

"确实好了很多。"黎昭点头，"不过不是因为挣了钱，而是朋友见我过得太惨，经常带我去他家蹭吃蹭喝。"

"是那位把价值好几套房的首饰借给你的朋友吗？"主持人对黎昭的土豪朋友很感兴趣。

"值不值几套房我是真不知道，反正当天晚上回去，我就赶紧把首饰还回去了。"黎昭大笑。

"是怕弄丢弄坏？"

"不是，是怕我戴久一点他就要送给我。"黎昭道，"我的这个朋友，平时性格有些闷，对金钱一点都不看重。大家都知道我穷嘛，为了不让他送我东西，我已经绞尽了脑汁。"

"天啊，这么好的朋友，我连做梦都不敢想。"主持人神态夸张地说，"我也好想有这样的烦恼。"此刻的弹幕区，网友们也纷纷表示自己需要这样的烦恼。

"大家不要开他玩笑啊，我这位朋友性格有些害羞，对娱乐圈流行词汇也不了解，我担心他此刻正在看直播。"谁知这话一出，弹幕刷得更厉害了，网友们纷纷请求土豪朋友看到自己。正在看直播的晏庭，见这些密密麻麻的字影响了自己看黎昭，当即无情地关闭了弹幕。

"看得出，你跟这位朋友感情很好。"

"当然，我们算得上穿同一条裤子的好哥们儿。"

"豪礼"粉：穿同一条裤子的不仅仅是好哥们儿，还有可能是……

纯粉：我家昭昭有这样的好朋友真棒。

直播结束后，黎昭与工作人员告别。主持人送黎昭到门口，说："昭昭，欢迎下次再来直播间做客。"

"谢谢。"黎昭向主持人礼貌道谢，才坐上车离开。

"姐，咱们直播间在线观看人数，创下历史新高了。"编导走到主持人身后，小声说，"而且有很大一部分都是新增用户，他们都是为黎昭来的。"

主持人目送汽车远去，回头对编导说："黎昭跟咱们平台八字挺合，《霸道女总》为青椒视频赚足了关注，新年晚会又帮我们添了不少热度，这次他又选择了跟我们合作。"

编导笑道："后天的青椒欢乐夜，黎昭会来？"

"应该会。"主持人小声说，"前两天紫茄娱乐那边是不是递消息说，想让徐北压在黎昭前面走？"

"这个……"编导摇头，"我不太清楚。"

"徐北当初参加选秀，连出道小队都没有进，又没有什么作品，压着黎昭走是什么道理？"主持人挑了挑好看的眉毛，"做事要按规矩来，还是新人呢就这么不懂事，等以后有了点名气，眼里还容得下谁？"主持人在青椒娱乐的地位很高，她说了这话，就算别人有心把徐北的走红毯顺序往前提一提也无法开口了。

随着网络的发展，网络视频平台举办的晚会也越来越受到明星重视。尤其是刚走红的艺人，如果没有受到相关邀请，还会被其他家粉丝嘲笑。

## 第 4 章 过往

黎昭原本不打算参加青椒娱乐的青椒欢乐夜,但是见粉丝们都很期待他走红地毯,团队这边也建议他参加,他只好答应下来。他总不能让粉丝为他担心。造型团队跟服装都已经准备好了。管家伯伯听说他要去走红地毯,兴致勃勃地拉他去挑选首饰。就连苍时手表都给他送来一块新的限量版。所有人都期盼他在红地毯上露面。

走红地毯的当晚,各家粉丝举着灯牌为自家艺人应援。媒体早就占据好了位置,时尚博主也瞪着大大的眼睛,盯着直播屏幕,等着开扒艺人的服装。

拿到最终的红毯名单以后,徐北的表情非常难看。他摸了摸胸口处的钻石领夹,压抑住心底的怒火。青椒视频究竟是什么意思,故意让某个组合走在他前面?这个组合,就是徐北参加的那个选秀节目最后选出来的出道人员。他跟这个组合的成员关系不太好,让他们走在他前面,简直就是在他心口扎针。更让他生气的是,黎昭走在他前面就算了,宋喻凭什么走在他前面?上次录《恋爱》,他跟宋喻闹得非常不愉快,整个节目组都看出宋喻看他不顺眼,可他为了保持温和的人设,只能一次又一次地容忍宋喻的挑衅。虽然他早已经恨不得把宋喻按在地上揍。

红地毯开场,先是一线大咖,然后就是当下正走红的艺人。轮到黎昭的时候,现场的黎粉发出欢呼声。

"昭昭,加油!"

"昭昭放心飞,黎粉永相随。"

"昭昭,冲呀。"

黎昭笑着朝他们挥了挥手,现场快门声不断。时尚博主们早已经十指翻飞,搜索起黎昭身上的衣服与配饰是不是品牌高定。果然,手表是苍时限量手表,服装是 A 家最新款,配饰暂时还看不出是哪家的。但是,由于上次在配饰方面嘲讽黎昭的人最后被重重打脸了,所以这次没人嘲讽黎昭穿山寨,而是纷纷反思自己见识不够广,没能认出黎昭的配饰是什么。

走完红地毯,黎昭进了内场找自己的座位,他的座位在 B 区的第一排。坐下的时候,他抬眼看了眼后方的椅子,上面的名牌写着"徐北"。

徐北？黎昭眉梢微动，落了座。艺人们陆续入场，跟在后面入场的是一些有内场票的粉丝跟媒体。黎昭低头玩着手机，身后伸来一只手。

"黎前辈，你好，我是徐北。"

"你是去年参加的选秀？"黎昭看着徐北伸出来的手，"算起来我们是同年出道，我担不起你一声前辈。"

徐北脸上的笑容微僵。去年他选秀出道失败，后来签了紫茄娱乐才勉强出头，所以黎昭这话是什么意思？"哪里，黎前辈两年前在剧组做龙套锻炼自己的时候，我还在念大学。"徐北冷笑，"闻道有先后，我称您一声前辈是应该的。"

"原来是这样。"黎昭笑着点头，"后辈好，乖。"

徐北没料到自己敢这么叫，黎昭竟然也好意思厚着脸皮应。徐北心头憋了一口气，谁说黎昭单纯无害的，分明就是假装无辜的白莲花。

这种晚会会有颁奖环节，虽然权威性不算太高，但是重在热闹。《霸道女总》作为青椒视频独家播出的网剧，在这种分蛋糕的颁奖典礼上肯定能有一个获奖名额。但是，让人感到微妙的是，这部网剧的女一号、男三号都没有在晚会上出现，仿佛剧组跟平台方都把他们给忘了。最后，黎昭拿到"最佳新人男主奖"时，所有人都不意外。《霸道女总》给青椒视频带来了多大的利益，业内都知道，黎昭在这部剧里的表现可圈可点，加上青椒视频跟黎昭团队的关系也不错，这个奖颁给他再正常不过。

徐北差点儿没绷住脸上的表情，勉强抬起手鼓掌。

"在这里，首先感谢两位颁奖老师，还有《霸道女总》剧组所有人。当然，重点要感谢的有两个人——感谢我的经纪人张小源没有带我去开面馆，感谢宋喻宋哥送给我的美食。"

镜头扫向宋喻，宋喻默默捂脸，他真的不想以这种方式获取存在感。

现场发出善意的哄笑声，徐北掏出手机给紫茄娱乐的少董发短信："航哥，你不是说，保证黎昭拿不到奖？"消息发出去后，一直没有回复，以往对他大献殷勤的陈航仿佛死了般，连发几条消息都没有回。

# 第5章 礼 物

环境清幽的茶楼里，身着西装、戴着金丝边眼镜的秦肖，为坐在对面的父子倒好了茶。茶倒得有些满，秦肖斯文一笑："抱歉，太久没有出来安安静静地喝茶了，请陈老先生见谅。"

茶满欺客，陈老板活了六十年，哪会不明白这个道理？"哪里哪里。"陈老板端起茶杯喝了一口有些烫的茶水，面色如常地咽下，"好茶，秦先生不愧是庭先生的特别助理，泡的茶都要比别人香。"这一口下去，茶水不多不少，刚好七分满。

陈航看着父亲小心翼翼的样子，面上的表情有些不耐烦，可是却不敢发作。衣袋里的私人手机震动了好几下，他知道是徐北给自己发消息了。他动了动身躯，准备找借口出去回消息。

"看来陈小先生对我的茶很不满意？"秦肖用毛巾擦着手，似笑非笑地看着陈航。

"没有，没有。"不等陈航开口，陈老板先说话了，"这孩子是个坐不住的性子，还请秦先生不要见笑。"

"年轻人活泼好动很正常。"秦肖推了推眼镜，"不过太好动，得罪了人就不是好事了。"

陈老板心中咯噔一下，这臭小子怎么会招惹到秦肖？

"近来我很欣赏一位年轻演员。"

陈老板纳闷，他儿子竟然敢跟秦肖抢人？

"说来也巧，这个年轻演员还是我们苍寰旗下产品的代言人。"秦肖端起茶杯，轻轻吹了两口，"不过陈小先生跟我们公司这位代言人似乎有什么误会，前两天还跟青椒视频打招呼，要取消这位代言人的奖项。

年轻人之间有摩擦很正常，我请二位出来，就是想了解陈小先生的意思，如果是误会，就早一点解开。"秦肖抿了一口茶，"不然闹得太过，大家面上都不好看。"

陈老板的一口气提不上去也下不来，差点儿打个哆嗦。这小兔崽子可真行，没跟秦肖抢人，却去欺负秦肖的人。啪！陈老板一巴掌打在陈航脸上，这一巴掌用了十成十的力道，陈航被打得趴在了地上。

"爸？！"陈航捂着脸，不敢置信地看着陈老板。外人随便说了两句话，他爸就动手打他，这是疯了吗？

"别叫我爸，我没你这样不听话的儿子。"陈老板偷偷观察秦肖脸色，见秦肖低头喝茶不为所动，狠了狠心，对陈航继续拳打脚踢，"我平时怎么教你的？要与人为善，不能为难别人，你怎么连苍寰旗下的艺人都欺负？"陈老板虽然心疼，却不得不在秦肖面前表现出态度，不然这小兔崽子就不单单是挨一顿打了。

见陈航已经被打得脸颊红肿，掉下了眼泪，秦肖才缓缓开口："陈老先生，你这是做什么？孩子不听话可以慢慢教育，打可不行。"

"看在秦先生的面子上，我就饶了他这一次。"陈老板又踹了陈航一脚，"还不给秦先生道谢？"陈航不吭声，陈老板举起手又要打。

"哎，陈老先生，有话慢慢说，暴力要不得。"秦肖微微勾起嘴角，"年轻人吸取了教训就好。"

"是是是，秦先生说得是。"

"我跟陈老先生也算得上有交情，所以这次也只是提前跟您说一声。"秦肖把茶一饮而尽，"不过没有下次了。"

"请秦先生放心，我回去一定好好教育他。"陈老板脑门冒出冷汗，却不敢擦。

陈老板拖着肿着一张脸的陈航走出茶楼，说："你说你招惹谁不好，为什么要去招惹秦肖那边的人？"

陈航捂着脸道："爸，你怎么能为了一个外人这么打我？"

"我这是在救你！"陈老板把陈航推进车里，"两年前，有个徐家人得罪了秦肖，你猜这个徐家人最后怎么样了？"

## 第 5 章 礼物

"怎么样?"

"公司倒闭,还牵扯到经济犯罪,被关进去了。"

"我只是想收拾一个男艺人而已,谁知道会是秦肖那边的?"陈航也有些怕苍寰的人,"他身为苍寰老板的特别助理,难道还敢明着为了一个艺人,跟我们紫茄过不去?"

"你以为紫茄很了不起?"陈老板苦笑,"去年草莓娱乐一个徐姓的艺人,炒作自己是苍寰老板的远房亲戚,苍寰那边什么都还没说,姓孙的就亲自登门去道歉。难道草莓娱乐比我们差?"

"说明他的性格跟他的姓一样,是孙子呗。"

"呸!"陈老板骂,"老子还是打死你这个败家子算了,免得家中基业都毁在你手上。"

"爸,爸,有什么慢慢说,别动手!"

挣扎间,陈航口袋里的手机掉了出来。陈老板一捡起来,就看到了最新的微信消息提醒。

> 徐:航哥,我好害怕,是不是连你都对我有了意见,不想回我消息?

"这是谁,男的还是女的?"

"男的,男的!"

"男的这么说话一看就不是好人!"

"嗷!"陈航抱着头,接受着陈老板爱的铁拳,"爸,有话好好说。"

"老子没什么好说的,只想打死你!"

"先生。"秦肖走近一辆停在路边的黑色汽车,里面有个人拿着手机,面无表情地看着直播,"陈家那边我已经警告过了。"秦肖看了眼时间,"晚会快要结束了,您要赶在黎先生回家前到家吗?"

晏庭微微颔首。

"我刚才看娱乐新闻,黎先生好像拿奖了,恭喜先生。"

"昭昭拿奖,你恭喜我?"

"黎先生是您家的小孩儿，恭喜您有什么不对？"秦肖笑，"先生想好怎么给黎先生庆祝了吗？"

晏庭："嗯。"秦肖暗暗放下心来，先生在这方面，情商还是正常的。

黎昭捧着金灿灿的奖杯回来，就见晏庭端端正正坐在沙发上，他的面前还放着硕大的礼盒。

"你回来了？"晏庭起身，"恭喜你拿奖。"

"谢谢。"黎昭换了鞋，抱着奖杯小跑着到晏庭面前，"这里面是什么？"

"祝贺你获奖的礼物。"晏庭往旁边退了两步，示意黎昭自己开礼盒。

"送给我的？"

"嗯。"

"谢谢。"黎昭把奖杯塞给晏庭，好奇地捏住蝴蝶结，"那我拆了？"

"好。"晏庭摸了摸奖杯，发现奖杯竟然镀金，而不是纯金的。他家昭昭演技这么好，怎么能只给镀金的奖杯？

黎昭拉开蝴蝶结，礼盒瞬间打开，露出了里面的东西——《七年高考五年模拟》《绿冈密卷》《前雄解题大全》《十年高考模拟》？黎昭咽了咽口水，问："这、这些都是给我的？"这礼物是不是太朴实了些？

"我相信你一定会考出优异的成绩。"晏庭用手帕轻轻擦拭着奖杯，"我让管家收拾了一间屋子，以后只放你的奖杯。"

黎昭沉默了。庭庭对他是不是有着谜一样的自信？他才拿一个没什么含金量的奖杯，庭庭就已经觉得他以后需要拿屋子装奖杯了？

"等等。"晏庭从抽屉里拿出一个红色的盒子，"这个，也是送给你的礼物。"

黎昭打开，里面是一支钢笔，金色的笔尖在灯光下散发着耀眼的光芒。

"好好学习，天天向上，拍戏的时候也别忘了看书，高考加油。"

在这个瞬间，黎昭突然有了高考生被家长关爱监督的紧迫感。三年前不曾体会到的紧张，黎昭终于在今天体会到了。

距离《苍穹之影》开机只剩两天，黎昭整天在家……做卷子，厨师阿姨变着法儿给他熬鱼汤。晏庭下班回来的第一件事就是翻开他做的卷子，给他讲一道题的十八种解法。黎昭这才明白，能在苍寰总裁办工作的人，做学生的时候一定也是学霸。

"这道题很简单，只需要一条辅助线，就能找到解题的思路。"晏庭唰唰在解题稿上写下解题过程，"你已经很棒了，两年没有看书练题，还能做这么多题。"给黎昭讲题的同时，晏庭还不忘鼓励黎昭。现在流行鼓励教育，他要紧跟教育潮流，不让自家小孩儿在学习的道路上跌跟头。

"庭庭，你真厉害。"黎昭按照晏庭的解题思路重新做了一遍，"我觉得你去给人做家教，家长肯定会开高价。你当初怎么会去酒店做服务员的？"还差点儿被喝醉酒的油腻中年男欺负。

晏庭翻卷子的手微顿，突然伸手指向某道题："这道题是经典题型，这类题都有个万用公式，一题通，题题通，你把这道题解一遍。"

"哦。"黎昭认命地解题，脑子瞬间被各种数学公式填满，其他的事情也顾不上了。

高考生的苦，只有高考生自己明白。做了数学作业，晚饭的时候，黎昭还要经受英语的洗礼。整个家里所有人都跟他讲英语，包括院子里修剪花苗的园艺师。"庭庭，给你家做园艺师，是不是还要英语过专八？"还有管家伯伯那口标准流利的英语，更是让黎昭吓了一跳。

"这种氛围比死记硬背更有效。"晏庭解释，"英语考试，听力题的比重很大。"

黎昭无话可说了，学霸说什么都对，他选择乖乖听话。一个愿意教，一个愿意认真学，一时间，家里的学习氛围十分浓厚。

早上，秦肖去晏庭办公室送资料，见晏庭坐在办公桌上翻看历届高考考题集锦，便问："先生，你怎么看这些？"

"昭昭在家里做题，我担心他有些题不会做，先自己过一遍。"看高考题的晏庭，比看文件时还要认真。

眼看着老板终于找到了生活的乐趣，秦肖很开心，但是带着小孩儿做高考题就……"您之前不是说，黎先生的身体最重要，不给他做这些卷子？"晏庭近来的状态越来越好，秦肖也敢跟他多说几句调节气氛了。

"我原本是这样想的，可是李经理说，高考前痛苦一阵，可以幸福后半辈子。放纵一时，却要痛苦一生。"晏庭解着题头也不抬，"我觉得他的话很有道理。"最重要的是，李经理的女儿，去年考上了全国顶级的水木大学。

秦肖心想，果然天下家长都一样，嘴上说着不会给孩子太大压力，买卷子的时候却从不手软。"您什么时候买的？"

"前两天晚上。"卷子翻了一页，晏庭放下笔，"昭昭拿了奖，我就买了这些卷子奖励他。"

秦肖一时语塞，心想我知道黎昭拿了奖，但我没想到，你竟然拿卷子给人家做礼物。秦肖问："黎先生……喜欢你的礼物？"

"他这几天一直在认真做题，还打算把卷子带到剧组。"晏庭故作淡定，实则炫耀，"不过几份卷子而已，其实用不着那么珍惜。"

"黎先生……心胸真是宽广。"秦肖无话可说了。二十岁的年轻人，高高兴兴拿了奖杯回来，得到的礼物却是一堆卷子，心态差点儿的可能当场就爆发了。如果这都不算爱，世界上就没有真爱了。"先生，您一定要好好珍惜黎先生这样的年轻人。"秦肖觉得，世界上能接受这种礼物的人真不多。

《苍穹之影》这部电影，虽然是业内所有人心中的烂片，但是由于主演是黎昭，开机仪式当天还是有不少记者到现场采访。不过，记者感兴趣的并不是《苍穹之影》这部电影，而是黎昭的一些私事。

"昭昭，据说这部电影里没有感情戏，那你本人会喜欢哪种性格的人呢？"

"现在谈这个问题，实在是太早了，我还没到法定结婚年龄呢。"黎昭笑，"感情这种事很难说的，如果遇到对的人，大概性格长相都不重要吧。"

"外界关于这部电影有很多讨论，据说现在也有很多剧组给你递剧本，是什么让你选中了这部电影？"记者其实很想问"你脑子里进了多少水，才会在一堆剧本里选中了这个大烂片"。

# 第 5 章 礼物

"剧本很好，很有新意，并且剧组也很有诚意。"黎昭笑，"所以我想突破一下自己。"

记者怜悯地看着黎昭，大多数这么说的艺人，最后都扑得很惨。

"昭昭，对于小鱼儿跟徐北在《恋爱》节目组不和这件事，作为小鱼儿的朋友，你是怎么看待这件事的？"在场所有记者屏住呼吸，怕错过黎昭的回答。

"大家都知道，我跟宋哥是朋友，我能怎么看？"黎昭笑，"当然是希望他能在录制节目的时候开心快乐。"

"那对于徐北呢？《妖精女友》节目组传出消息，说因为你外形不符合漫画原著才转而邀请徐北担任主演，请问是真的吗？"

"《妖精女友》这部优秀的漫画竟然要改编成电视剧了？"黎昭的笑容更加温和，"恭喜原作者，祝电视剧能完美地呈现出漫画里的精髓。"

记者震惊了。黎昭这话几乎是在明晃晃地说，他根本就没有关注过这部电视剧的事情，所以换角这种说法是《妖精女友》剧组跟主演碰瓷啊。在黎昭接受的所有采访中，这几句话算得上非常不客气了。

采访视频出来以后，鱼粉们觉得，黎昭是知道他们家小鱼儿与徐北关系不好，所以才格外不给徐北面子。黎粉同样觉得解气，什么阿猫阿狗都跑来碰瓷，也不照照镜子，看几眼自己的脸清醒清醒。《妖精女友》的原著粉丝同样高兴，没见人家黎昭在媒体面前夸原著是优秀作品吗？最重要的是，原著粉对剧版选角并不满意，之前剧方放消息出来，说徐北比黎昭更适合男主时，不少原著粉都在骂剧方眼睛瞎，还有骂徐北带资进组的。但凡长了眼睛的人都能看出，黎昭比徐北更适合原著角色。

【原以为剧方只是瞎，没想到是不要脸，天天踩着黎昭炒作。】

【看到徐北那张丑脸都辣眼睛，青椒欢乐夜过后，徐北的团队还买通稿说他的造型艳压了黎昭。我的个老天爷，团队买这种通稿的时候都不觉得脸红吗？】

【青椒欢乐夜的红毯图一出来，几乎所有时尚博主都在夸黎昭的造型，徐北也能厚着脸皮踩？】

【不仅是青椒欢乐夜,就连参加综艺徐北都不忘拉踩黎昭,说什么'徐北是清贵王子,黎昭是山里来的娃,苍时手表选黎昭代言,是不是错误选择'之类的。】

【营销号发的稿子,跟我们家北北有什么关系?】

【楼上是北粉?我劝你们这些审美异常的粉丝心里有些数,别学你们家正主脑子不清醒。我虽然不是黎昭的粉丝,但是平心而论,你们家正主颜值、身材、演技没一样够得着黎昭脚后跟,歇了碰瓷、捆绑、拉踩的操作,路人们眼睛还没瞎呢。】

【黎昭参加的那两期《归隐山林》,收视吊打《恋爱》,徐北也敢拉踩?这是多厚的脸皮?】

早就被徐北买的各种通稿烦透的路人,也都在评论区下面开口嘲讽起徐北来。徐北的粉丝,就算想控评都控不住。

《妖精女友》的剧组里,徐北被网上的言论气得面色铁青,可是公司给他的宣传预算他早已经用光了,陈航又不接他电话,他只好自掏腰包买水军控评。但是徐北忘了,当路人对某个艺人的观感并不好的时候,这个艺人越是控评,路人就越讨厌他。这种讨厌一时半刻或许不会发泄出来,但是一旦积攒到某种程度就会爆发,到时候对艺人的演艺生涯而言是致命的。

"不用管网上那些舆论,网友都是健忘的。"助理安慰徐北,"等你演的剧火了,他们就会转头去骂黎昭或是宋喻,有他们难过的时候。"

徐北深以为然,等《妖精女友》播出,全网爆红以后,今天的他就是明天的黎昭,也许到时候黎昭还比不上现在的自己。《苍穹之影》那种半路夭折的烂电影,黎昭接得太好了。等这部电影的导演自杀后,他有的是办法让黎昭的名声跌落到谷底。

有了足够投资的《苍穹之影》剧组伙食很好,因为拍摄任务重,沈导时不时给剧组的演员加餐。"昭昭,这是你今天的鸡腿。"打饭的大姐对黎昭格外热情,每天都把最大的鸡腿给黎昭。这位大姐大概是看过黎昭的谈话直播,所以在饭菜方面格外厚爱黎昭,没有鸡腿的时候,就用其他的补上，反正黎昭碗里的肉是最多的。向震看了看自己碗里的菜，再看黎昭的碗，怀疑打饭大姐给他打饭时手抖，掉下去的肉全进了黎昭的碗里。

吃完饭，要是没到黎昭的戏份，黎昭就打开自己的高考模拟试卷刷题或者背剧本。在剧组里不会做的题，黎昭晚上回家的时候就让晏庭讲给他听。就这样过了两三个月，离高考还不到一周的时候，管家天天安排司机到剧组给黎昭送各种补脑的食物。

整个剧组的气氛非常友好。剧组里除了黎昭，其他演员都是没什么名气的，凑在一起也没什么攀比心，最大的爱好就是一块儿喝茶聊天，顺便打赌黎昭参加高考能拿多少分。就连沈导想骂人的时候，都下意识地看看黎昭是不是在背诗词——关爱高考学子，人人有责。

"热闹一家人"聊天群。

花开的声音：@晏庭 一百天过去了。

说好了一个月，谁知一个月又一个月，昭昭就要高考了，晏庭还没有把自己的真实身份告诉昭昭。这个大个老板，说话怎么还好意思不算数？晏庭平时只要被黎昭提到，就会立刻回复黎昭的消息，这次时隔两小时都没有在群里出现过。朱霞知道他在有意避开自己，但是她的勇气不足以支撑着她去找晏庭私聊。

明天更好：@花开的声音老婆，什么一百天？你是在说昭昭高考的事？离高考只剩下一周，小晏天天陪着昭昭一起做卷子。知道你操心昭昭的考试成绩，但你不能这样给他压力。

先赚一个亿：对，霞姐，我们做家长的，不能给考生太大的心理压力。

琳琳：霞姐，临近高考了，庭先生可能在陪昭昭写作业，没有时间看群消息。

"热闹一家人"聊天群是在那次烧烤聚会后建的,六个人凑在这个群里,每天聊一些鸡毛蒜皮的小事,从不缺话题。早上他们聊猪肉的价格,晚上就有可能聊到汽车的性价比,十分热闹。等黎昭看聊天群的时候,霞姐圈晏庭的那条消息早就淹没在了几百条聊天记录里。

"霞姐又在跟琳琳聊新出的口红色号。"黎昭实在分不清什么胭脂红、晚霞红,把模拟题往桌上一放,"我再做会儿题。"这几天配角戏比较多,黎昭怀疑沈导知道他要参加高考,所以故意把他高考前的时间空下来了,但是他没有证据证明这种猜测。

晏庭向黎昭点了点头,趁着黎昭不注意,点开了朱霞的聊天框。

晏庭:等高考结束。我不想因为一些不太重要的事情,影响昭昭在考试中的发挥。

天大地大,高考最大,晏庭给出的理由无懈可击,朱霞无法反驳。更重要的是,天天在群里听黎昭说晏庭做题有多厉害,朱霞隐隐觉得,其实不这么早摊牌也好。万一昭昭因为这事儿跟晏庭闹翻,上哪儿找这么好的免费家庭教师?为了孩子的成绩,霞姐变成了一个不择手段的家长。

六月五号晚上,黎昭只拍了两三场戏就被沈导赶回了家,而且沈导还让他十号再回片场。

"昭昭,等等。"向震叫住黎昭,趁剧组其他人不注意,塞了一块橡皮擦给他,"拿着,这是我让助理在文曲星观买的。"

黎昭凝神一看,橡皮擦上用劣质的颜料印着"高中状元"四个字。"谢谢向哥。"虽然迷信了点,但心意最重要。

"昭昭,加油。"沈导走过来,拍了拍他的肩膀,"不要太有心理压力,你演技这么好,前途无量。高考成绩这种事,只是锦上添花。还有,你放心,你要参加高考这件事,只有剧组的人知道。"言下之意就是,就算考砸了,外面也不知道这件事,不要怕丢脸。

"谢谢沈导。"带着剧组上下的祈祷与祝福,黎昭回了家。

这天晚上,晏庭没有让黎昭做卷子,而是让他早早休息。到了第二天,他吃的所有饭菜,口味都偏清淡。

"天气热,吃味重的东西,容易引起肠胃不适。"厨师阿姨极其富有创意,给黎昭做的饭菜全都寓意吉祥,任何与"差"或者"落第"有关的菜,通通从桌子上消失了。最夸张的是,家里一位姓孙的家政人员请了假,原因是名落"孙"山的寓意不好。

全家上下紧张成这样,让黎昭哭笑不得,他甚至怀疑不是自己而是他们要去参加高考。跟这些人比起来,庭庭就正常多了,既没有给他弄奇奇怪怪的东西,也没有带着他去求神拜佛,称得上最冷静、科学的家长。

高考前一晚,朱霞去请假,很快就批了下来。

"霞姐,你竟然要请两天假?"自从目睹老板称朱霞为霞姐后,这位同事对朱霞就格外亲热和热情,看到工作狂朱霞主动请假调休,她有些意外。

"我弟弟明天参加高考,我想去考场外守着。"

"秦特助说,老板明天、后天也不会来公司。"同事小声说,"你跟老板都是送同一个人去参加考试?"朱霞笑了笑,没有说话。

同事没有再问,笑着说:"祝令弟金榜题名,考出好成绩。"

六月七日,全国各地严阵以待,迎接一年一度的高考。汽车经过各大考场附近的时候,连汽笛声都不敢按,还有热心司机免费送考生到考场。媒体四处蹲守消息,看今年有没有什么奇葩考生出现。段子手们已经坐在电脑前,开始编写与高考有关的段子,以便在流量场上的厮杀中夺得高地。

早上刚起,黎昭就被管家伯伯念叨着检查了三四遍考试证件,免得遗落重要的物品。吃完早餐,晏庭亲自送他去考场。

"今天的车好像有些不一样。"

"嗯。"

等到了考场外,黎昭下车看了眼车牌,发现竟然有三个6,而且汽车品牌还是红旗。旗开得胜,六六大顺?他错了,他以为庭庭是这场高考里唯一的正常人,没想到人家只是不正常得很低调,让他一时半会儿没有发现。

送考生的家长很多,来往车辆急停急走,晏庭下了车以后,就淹没在家长大潮中。

"庭先生。"拥挤的人群中,传来朱霞的呼喊声。

循声望去,晏庭在角落里,发现了朱霞的身影。

"庭先生,昭昭已经进考场了?"朱霞踮着脚尖,试图在无数考生的背影中找出谁是黎昭。

"嗯。"

"那我们先到旁边坐一会儿。"

朱霞带着晏庭到街对面的茶水吧里,茶水吧的装修带着明显的学生风,平时的主要消费群体应该是学生。但是今天,这家店里坐着的几乎全是神情不安的送考家长们。"周明没有请到假,晓军两口子中午才有时间过来。"朱霞帮晏庭点了一杯热牛奶,"昭昭不想你喝茶或是咖啡,所以我只能帮你点这个。"

"没关系,都可以。"在吃喝方面,晏庭并不挑食,因为他对吃食并不渴求。

"谢谢你鼓励昭昭来参加高考。"沉默了一会儿,朱霞再次开口,"谢谢。"

"不用感谢我。"晏庭说,"是我自己想做这件事。"

"昭昭参加过高考。"朱霞喝了一口水,"他读书的时候,成绩一直很好,每次摸底考试,都是年级前三。如果不是因为我生病,他现在应该还在大学里念书。这三个月以来,我一直都在想,也许一切都是上天注定的。"朱霞自嘲一笑,"每个人的相遇与缘分,都是注定的。"如果不是缘分,身份如此悬殊的两人又怎么会像今天这么亲密?

晏庭听到铃声响起,这是高考预备铃,提醒考生考试即将开始,老师要检查考生的证件了。

黎昭进入考场的时候戴上了口罩,理由是感冒不想传染给其他考生。监考老师在检查证件时,需要对照考生长相与准考证是否相符,所以预备铃响起,所有考生都要摘下遮挡五官的东西。监考老师盯着黎昭的脸看了好几秒,确定这个考生就是电视上的演员后,深吸一口气,继续检查下一位考生的证件。幸好现在考生进考场可以戴口罩,黎昭也无心引起其他考生的注意,不然今天这个考场里不知道有多少学生会受影响。

第一场考语文,考生不管会与不会,都努力把卷子写满。

监考老师偷偷看戴着口罩、低头答题的黎昭,忍不住在心底猜测:黎昭这个大明星,怎么跑来参加高考了?今年参加高考的年轻艺人有几个,但是记者提到的名单里并没有黎昭。难道是怕考得太差,所以不敢声张?

语文考试交卷结束,黎昭刚整理好口罩,坐在他旁边的考生就靠过来说:"哥们儿,你刚才答题好快,是哪个学校的学霸?"

黎昭摇头,起身匆匆往外走。

"哎,等等,我们可以对一下答案……"话没说完,人已经走远了。考生想,看来这位同学考得并不太好,他还是不要去打扰了。

黎昭刚走到大门口,就被记者拦下了。大概是他戴着口罩,在一群青葱的高三生当中显得格外不合群的原因。当过热心市民、热心拾荒者,再多当一次热心考生也没什么大不了,黎昭适应良好。

"这位同学,不好意思,打扰一下,请问您是参加高考的学生吗?"

黎昭看了看手里装高考文具的透明袋,又看了眼记者,觉得对方问了一个十分没有营养的问题。

"有不少考生说,这次的作文题很难,阅读理解也容易弄错中心思想,你怎么看?"

"我觉得还好,主线挺明朗。"戴着口罩的黎昭微微颔首,"如果今年高考题都是这个难度水平的话,拿高分应该很容易。"

记者无言以对,心想,年轻人,你这个牛吹得让人无法反驳。好在记者顾忌到考生的心态问题,不敢问太多,很快就结束了采访。

黎昭隔着人群,看到了站在烈日下的晏庭,还有朱霞与陈晓军。三人站在日头下,也不觉得热,见到他出来,朝他挥了挥手。在这个炎热的时刻，黎昭看到他们，一点都不觉得热了，朝他们迎面跑了过去。三人没有问黎昭考得怎么样，陪着黎昭在最近的酒店吃过饭，就让黎昭去睡觉。三个人同时在手机上调好了闹钟，免得错过考试时间。

　　下午数学考试还没有结束，就有考生在考场上晕倒，被监考老师背出来，让医生护士抬上了救护车。看着这一幕，不少家长都白了脸。

　　考试结束，陆陆续续有考生离场，有人满脸无所谓，有人一脸沮丧，还有人胸有成竹。电视台记者蹲在校门口，等着询问最先出校门的学生，然后他又遇到了那个戴着口罩的考生。虽然对方下午换了套衣服，就连口罩也换成了白色，但是当他们的目光在空中交汇时，记者还是认出了这个考生。

　　"同学，好巧。"记者来到他面前，"考试刚结束你就从里面走出来，是不是急着回家复习？"

　　"今天的天气热，我的家人还等在外面。"这位考生语气很真挚，"现在复习是来不及了。我只是想走快一点，早点出来跟等在外面的家人一起回去，他们能少遭点罪。"

　　"看来家长们都很关心你，那你对自己的数学成绩有信心吗？"

　　"应该还不错，反正都已经做完了，差不到哪儿去。"考生感慨，"尽人事，听天命吧。"

　　尽人事，听天命？说得出这种话的，不是学渣就是学霸——前者不要脸，后者够厉害。

## 第6章 成绩

晚上吃饭的时候,黎昭见到了最温柔的霞姐,还有最话多的晏庭。直到晚饭吃完,都没人问黎昭题答得怎么样,这让自认答得还不错的黎昭略有些寂寞。"你们都不问我,题做得怎么样?"

朱霞等人互看一眼,小心翼翼地问:"那你觉得怎么样?"

"挺好的。"黎昭点头,"所有题都做完了,题型都是跟庭庭一起做过的。"

"那就好,那就好。"众人笑着点头,又觉得气氛还不够热烈,于是呱唧呱唧鼓起掌来。

"我觉得你们是在哄小孩子。"

"怎么可能?"陈晓军哈哈干笑,"我们是在为你的成绩而骄傲。"

众人寒暄一会儿,怕影响黎昭休息,起身告辞。

夜,安静下来。黎昭躺在舒适的大床上有些睡不着,他伸手摸向手机,就看到晏庭发来的消息。

晏庭:好好睡觉,不要玩手机。

黎昭有些心虚,默默把手缩了回去。脑子里晕晕乎乎,全是各种化学方程、物理公式、英语单词,翻来覆去了好一会儿,黎昭终于睡着了。

黎昭做了一个梦,梦到自己坐在考场上一道题都不会做,最后名字与考号也忘记写了。"幸好只是梦。"他慢吞吞从床上爬起来,吃着厨师阿姨准备的爱心早餐,坐着"红旗666小汽车"赶往考场。

上午考完,为了避开记者,黎昭特意混在大部队里默默往外走。

"这位同学,打扰一下……"四目相对,记者沉默了——怎么还是你?黎昭也沉默了——怎么又是你?"相逢就是缘,随便说两句嘛。"记者认命了,他是市级电视台的记者,每年高考都是国民关注的重点,连续三次都采访到同一个考生也是个话题嘛。

"题做完了,还行,不难。"黎昭惜字如金。

记者也不为难他,说:"祝你下午超常发挥,考出一个理想的成绩。"

下午的英语考试,听力环节开始后,黎昭发现今年的听力题,比他上次参加高考时要简单。当然,也有可能是因为晏庭带着所有家政人员跟他说英语,让他的口语水平有了大幅度的提高。果然什么都要来源于生活,英语也一样。坐在他右边的考生,大概对阅读理解多选题绝望了,在草稿纸上写了几个字母,闭着眼睛点来点去,这一切随缘的态度十分佛系了。

考完最后一场,黎昭戴好口罩与帽子,走出考场,看到有位考生在默默垂泪,旁边有人在安慰她。

黎昭停下脚步,抬头看着枝叶茂盛的银杏树,眼光照进他的眼瞳,刺得眼眶渗出点点泪水。

"走走走,今晚去开黑。"

"明晚全班聚餐,别忘了。"

目送着这几个勾肩搭背走远的男生,黎昭弯腰捡起几张被考生扔在地上的垃圾纸,顺手甩进垃圾桶里。或悲伤或欢喜,年轻稚嫩的脸庞在阳光下充满了饱含希望的鲜活。

为了避免再一次遇到上午的考生,记者这一次特意挑了靠后的时间,采访出来得比较晚的考生。采访了几个人后,他又迎面与戴着口罩的考生碰上。

"碰都碰上了,问吧。"黎昭破罐子破摔,最后一场考完,他心情很好。

记者心想,为什么不管哪个时段都能碰到你?这是什么样的缘分?"那我问个与考试无关的问题,你为什么每次考试出来,都蒙口罩、戴帽子?"

"物理防晒,这样不容易被晒黑。"

"是为了在大学里招女孩子喜欢吗?"

"不,是为了照镜子的时候心情好。"

记者觉得,这个对话快进行不下去了。"既然我们这么有缘,能不能摘下口罩,让我们拍个全脸?"记者觉得自己脑子有点儿发抽,不然为什么要提这个要求。

"恐怕不行。"黎昭看了眼四周的考生还有家长,诚恳地摇头,"我怕这里安保不够。"

记者表示,他知道这个考生喜欢吹牛,没想到会吹到这个地步。露个脸还能引来轰动?他以为自己是正当红的大明星?干笑几声,记者与黎昭握手:"祝你考个好成绩。"

"谢谢。"

关了录音设备,记者对摄像说:"现在的小孩子,一个比一个会装了。"回台里的路上,记者发了条微博吐槽。

@我不想熬夜:连续四场考试结束,都采访到同一个考生,这算是什么缘分?

电视台把这两天采访的素材剪辑了出来。大概编导觉得连续四次采访到同一个考生很有意思,不仅把四段采访放进了节目里,还发到了官方微博上。这档地方节目喜欢播放鸡毛蒜皮的内容,主要目标观众群体是五十岁以上的大爷大妈,所以微博没多少人关注,就连评论和点赞的也都是节目组的内部人员。这次的视频放上去,命运也没有得到改变,大家也都习惯了,谁都没有放在心上。

高考结束,总会有一些段子手考生引来群众的围观。这次同样也有考生火了,不过她靠的是一张侧面照。

@考神保佑:终于考完了,考场外遇到一个大帅哥,脖子以下全是腿!【图】

照片上的男孩子穿着简单的白色T恤衫，戴着口罩与帽子，仰头看着银杏树，金色阳光穿透他的发梢，长长的睫毛都染上了耀眼的金。这张照片没过多久就火了。

【姐妹，我跟这个帅哥同一个考场，他坐在倒数第二排，腿真的超级长，手也好看！】

【这张照片确实很让人动心，不过脸蒙得这么严实，真看不出帅还是丑，眼睛好看，腿也可以。】

【沐浴在阳光下的美少年，我可以！】

【姐妹们，指路@身边那些事的最新微博，有惊喜！】

被帅哥颜值引诱的路人，纷纷跑到了地方台节目组的官方微博。

@身边那些事：两天四场考试，竟然采访到同一个考生。【视频】

看完这段采访视频，网友们哈哈大笑。

【这位小哥好有自信。】

【尽人事，听天命！哈哈哈哈哈，我觉得记者要崩溃了。】

【我表妹也是这届的高考生，回来哭得上气不接下气，说这次的数学题特别难，这位小哥太淡定了。】

【不是学渣就是学霸，只有他们才能有如此高手风范。】

【最搞笑的是第四次采访，小哥说"碰都碰上了"时的眼神好无奈哦，仿佛记者是个无理取闹的小妖精。】

【那个啥，我真的不是找存在感，也绝对不是黎昭的粉丝，但有句话憋在我心里很久了：有没有人觉得，这个小哥的眼睛很像黎昭？】

【确实有些像，我有些理解记者为什么每次都能遇到他，因为这个小哥的气质在一堆萝卜头里太显眼了。】

【黎昭不是在拍电影？今年参加高考的艺人名单里，没有他吧？应该只是恰巧长得像吧？】

本来只是爬过来看热闹的黎粉，看完这段采访视频后，没怎么敢说话。他们左看右看上看下看，都觉得这个戴着帽子和口罩的小哥哥像他们家崽崽。工作团队一直没有爆出过昭昭要去参加高考的消息，他们也不敢说话，怕给昭昭带来麻烦。黎粉不说，营销号却没那么多顾忌，他们纷纷转发了采访视频，制造了一堆热门话题。

＃黎昭高考＃
＃考场惊现形似黎昭的帅哥＃
＃最帅考生＃
＃黎昭：尽人事，听天命＃

跟罗荣、张小源关系好的媒体纷纷打来电话询问消息的真假，都被两人打太极似的挡了回去。参加本届高考的艺人的风头瞬间被黎昭抢光，连花钱营销都比不过。他们只能服气，这都是命。

考完试当天，黎昭拉着晏庭与所有小伙伴一起去吃了顿火锅，这几天吃得太清淡，他都快忘记辣是什么滋味了。几个小伙伴凑在一起，兴致上来，不爱喝酒的黎昭忍不住多喝了几杯，下桌子时走的已经是Ｓ型路线了。

"昭昭的酒量一直不行。"朱霞帮黎昭把帽子搭上，对扶着黎昭的晏庭道，"辛苦你送他这个醉鬼回去了。"

"应该的。"晏庭小心扶着黎昭上车，对朱霞等人开口，"你们都回去吧，昭昭有我照顾。"

朱霞欲言又止，沉默半晌笑着说："昭昭今天很开心。"晏庭弯腰帮黎昭整理好帽子跟外套，面色一点点柔和下来。注意到他看黎昭的眼神，朱霞音量变小："好好照顾他，让他体会家的温暖。"

"我会的。"晏庭收回手，"别人拥有的，我都能给他。"

朱霞笑出声来："这对我们来说，并不重要。"没有被父母爱过的孩子如今能有人陪着，已经很好很好了。

朱霞等人离开了，晏庭坐进车里，他默默看着黎昭，伸手揽着黎昭的脑袋，让他靠在自己的身上。司机把车开得很慢，车内弥漫着淡淡的酒味。黎昭意识有些许清醒，不用睁眼，他就知道自己靠着的人是晏庭。"庭庭，我们要回家去了？"

"嗯，回家。"

黎昭动了动，说："这样真好……"

晏庭微微侧首，等着黎昭继续说下去。可是，黎昭却叽里咕噜说了一堆剧本里的一段台词。"宇宙广袤无边，你我只是沧海一粟，任何分别在时间河流中，都不值一提。我有野心……"黎昭突然坐直身体，双眼愣愣地看着晏庭，"我有野心下一句是什么？"

晏庭没有忍住，伸手摸了摸黎昭有些发烫的脸。他不知道台词下面的内容是什么，但他知道自己有野心。

醉醺醺的黎昭，忽然伸手抓住晏庭的手腕说："这个世界太美好了，它还没放弃你，你不要放弃它！"

晏庭看着握在自己手腕上的手，神情晦涩难明地应道："好。"只要有你在的世界，我就不放弃。

第二天早上，黎昭从床上爬起来，看了眼时间，早已经过了他跟晏庭约好的跑步时间。等他洗漱好跑下楼，却看到穿着运动装的晏庭从外面进来。他瞪大眼睛，庭庭竟然自发去运动了？

"愣着干什么？"晏庭擦干净额头上的汗，"先去餐桌旁边坐着，我去楼上换身衣服。"

黎昭目送晏庭上楼，小声问管家："管家伯伯，庭庭这是怎么了？"

管家笑容灿烂地说："黎先生，我也不清楚。"

黎昭暗暗思索，难道是自己昨晚说了什么，刺激到庭庭了？

吃完饭，黎昭去剧组，晏庭坐车去上班。"晚上我去剧组接你下班。"抛下这么一句，晏庭心情明朗地离开，留下满头雾水的黎昭。

黎昭回到剧组，受到剧组上下热烈的欢迎。拍戏的间隙，黎昭问向震:"向哥,有什么能让人在一夜间有变化?"

向震看向黎昭,眼神怪异:"你做了什么?"

"向哥,你不要在脑子里乱想。"一看向震的表情,黎昭就知道他想歪了,"严肃点。"

"哪里不正经,我正经着呢。"向震意识到自己想歪了,干咳一声,"可能是他身边的人,影响了他。"

黎昭若有所思,努力回想自己昨晚喝醉后,有没有做什么奇怪的事刺激了晏庭。可惜醉鬼是没有理智的,他什么都想不起来。

沈导发现黎昭直愣愣坐在休息椅上,既没有看剧本,也没有玩手机,而是盯着片场的一棵老树发呆。黎昭是剧组的金娃娃,可千万不能出事。于是,沈导拖着凳子在他身边坐下,问:"昭昭,你今天怎么了?感悟人生呢?"

"沈导?"黎昭看到沈导那张大脸,吓得回了神,"你怎么在这儿?"

"怎么心事重重的样子?"沈导以为黎昭在担心高考成绩,伸手拍了拍他的肩膀,"没事,这部电影能在开学前拍完,你放心吧。"

"这个我倒没有担心过。"黎昭诚实地表示,"我感觉这次高考成绩应该不会差。"

沈导默了一瞬,心想,年轻人有自信是好事。"那你现在是为什么发愁?"沈导想说的是,等会儿还有场重要的戏,你可别掉链子。

"我在……感悟人生哲理,物种起源,万物大和谐。"

沈导叹息一声,拍了拍他的肩膀:"好好准备一下,等会儿就是你的戏。"好好的年轻人,就这么被高考逼疯了,真是可惜。

黎昭不知道沈导的心思,他让大可注意他的电话,如果一会儿晏庭来剧组接他,就让大可直接把晏庭带进剧组。

《苍穹之影》这部电影并不是传统意义上的科幻外星电影,而是有着国人式的幽默,以及对和平的理解,甚至有些与主流外星人幻想背道而驰。在这部电影里,地球人会教外星人种地,追求宇宙和平大发展;外星人也不是圆脑袋大眼睛,而是毛球的形象。外星人觉得毛越多的生物越好看,但是还不忘安慰男主说,他们反对歧视,不会以貌取人。黎昭饰演的男主是熊猫保护基地的工作人员，但是家里并不赞同他从事这份工作，想让他回家继承几座山——矿山、果山、粮食山。整部电影里没有杀戮、没有战争，编剧与导演都在努力营造一个完美、温馨的故事。

下午拍的是黎昭去山里拯救被困的熊猫，差点儿连命都丢掉的镜头。毛茸茸的外星人一边陪着黎昭救熊猫，一边吐槽："你那么丑，只有那么几根毛，熊猫是看不上你的。不过勇气可嘉。"

事实证明，有钱也不是为所欲为的。剧组虽然有大佬投资，不缺资金，但是再有钱也请不来国宝做演员。所以剧组用了熊猫玩偶、染成黑白色的狗，还有绿布救场。外星人毛团也是后期制作，所以黎昭从头到尾都是无实物表演。

"昭昭，你要记住，熊猫虽然不是你的爱人，但是你看它的眼神，要比看爱人还要深情。"沈导在黎昭怀里塞了个熊猫玩偶，"来，先跟国宝培养一下感情。"

现场的工作人员忍不住笑出声。黎昭抱着熊猫玩偶，温柔地摸它脑袋说："崽，爸爸爱你。"

"哈哈哈哈。"

晏庭在满场大笑中走进剧组，他看着抱着玩偶絮絮叨叨的黎昭，停下了脚步。

"庭先生，还有几分钟就要开拍，您先坐在这里休息一会儿。"大可带着晏庭在黎昭的休息椅上坐下。

晏庭顺手翻了一下黎昭的剧本，见上面用各种颜色的笔做了批注。片场氛围很好，看得出黎昭跟这些人相处得很愉快。晏庭安静地翻着剧本，看到了一段台词。

你爱它吗？
我爱。
因为它毛多？
不，因为它活着，我爱生命，敬畏生命。

放下剧本，晏庭起身走到取景范围外，看黎昭拍戏。

化妆师在黎昭身上画了伤口，在摄像机打开的那个瞬间，黎昭身上的气势瞬间变了。他看着悬崖处的熊猫，那种焦急的眼神仿佛恨不得以己身相替，时不时还要跟旁边的空气说上几句话。明明看起来是有些可笑的场景，但是在黎昭的演绎下，众人有种焦急到喘不过气的感觉。拍到一半的时候，因为身上的泥水干了，化妆师重新在他身上淋了泥水。拍完整场戏，黎昭躺在地上，对围过来的工作人员开玩笑："孩子，我的孩子在哪儿？"

"你的孩子被道具组拿走了。"沈导上前用剧本拍了他一下，"起来换衣服，你如果不想换也没关系，我们可以再拍几个小时。"

黎昭赶紧从地上爬起来，接过毛巾擦干脸上的泥水，转头见晏庭已经来了，朝他笑道："等我一会儿，我去换衣服卸妆。"

晏庭点头："我不急。"

黎昭换好衣服卸完妆回来，晏庭坐在椅子上看他的剧本。

"我收拾好了。"黎昭脚步轻快，"我们回家。"见晏庭穿着衬衫，打着领带，黎昭把自己的手持小风扇递给晏庭，"吹着凉快凉快。"

小风扇发出呜呜的声音，动静不小，风却不大。晏庭随手接过，递给他一瓶拧开的冰水，说："晚上有你喜欢吃的芝士大虾。"

"那我们快点走！"

黎昭拖着晏庭往外走，刚走到剧组外面，就见到几个小姑娘脸红红地看他，头发都被汗水打湿了。她们的神情看起来有些激动，但是并没有冲上来打扰黎昭。

"你们好。"黎昭停下脚步，有些不确定地看着她们，"你们是粉丝？"

小姑娘们连忙点头。她们几个的家就在附近，听说有剧组在这边拍电影，主演还有可能是黎昭，她们就抱着试试看的心态在片场外走了几圈，也不敢去打扰剧组的工作人员。没想到竟然真的让她们看到了黎昭！小姑娘们有些激动，但是她们怕黎昭把她们当成没有规矩、给剧组带来麻烦的那种所谓的粉丝，所以很克制地没有上前，甚至连尖叫声都强忍住了。

"天气这么热，你们要注意防暑。"黎昭走近这几个小姑娘，见她们最多也不过十七八岁的样子，笑着问，"是不是刚参加完高考？"

小姑娘们点头。

"考完就好好放松一下，待在这里多无聊。"黎昭看到附近有个小卖部，过去买了几瓶水，分给小姑娘，"多喝水，记得瓶子……"

"瓶子不乱扔！"几个小姑娘齐声回答。

"早点回家，不然家人会担心的。"黎昭朝她们挥了挥手，"下次别来了，热得难受。"

不管黎昭说什么，小姑娘们都是点头。"昭昭，我们能不能跟你合个影？"一个小姑娘怯怯地开口，"其实我们都是你的粉丝。"

"好啊。"黎昭接过小姑娘递过来的手机，发现自拍角度不能把他们的脸都拍下来。他扭头看向站在旁边的晏庭，朝对方招手。晏庭看了眼黎昭，又看了眼他身后的几个小姑娘，走到他面前。"给我们拍张照片，记得给小姑娘们开美颜。"

晏庭举起手机。

"蹲着拍，显腿长。"

晏庭举起手机蹲下来，面无表情地拍了几张照片。

司机看着这一幕，默默把头扭了过去。能让先生做这些事的，除了黎先生还有谁？

拍好照片，黎昭笑着和她们告别："再见，回家路上注意安全。"

"昭昭再见。"小姑娘们挥手，等黎昭走远以后，她们再也控制不住内心的激动之情，尖叫出声。

"昭昭真人太好看，太好看了！"

"笑起来也好看，自从有了昭昭，我看学校的校草都觉得是庸脂俗粉。"

"刚才给我们拍照的那个男人，长得也很好看，昭昭跟他好像很亲近。"

"会不会是那个传说中的土豪朋友？"

"有可能，他手腕上的表我在杂志上见过，价值七位数以上。"

"虽然面无表情，但是昭昭叫他做什么他就做什么，我觉得……"

"你快打住，我是纯洁的纯粉！"

"还是车里凉快。"黎昭熟练地在小冰箱里翻出冰激凌，吃得很开心。晏庭注意到他嘴角的奶油，掏出手帕，伸手去擦。黎昭微微一愣，脑子里嗡嗡的。

"怎么了？"晏庭注意到他那片刻的不对劲。

"这个……"黎昭把冰激凌吃干净，干咳一声，"没什么，就是想到一点无关紧要的小事。"

"说来听听。"晏庭把手帕叠好，放进旁边的回收盒里。

"庭庭，你从来没有想过谈恋爱这件事吗？"黎昭好奇地问晏庭。

晏庭抬眼看着黎昭，黑黝黝的眼瞳中掩藏着万千的情绪。

"我、我说错话了？"

"没有。"晏庭垂下眼皮，"怎么突然这么问，是谁跟你说了什么？"

"我就是随便问问，随便问问。"

晏庭摩挲着手腕上的手表，语气平静："人与人之间吸引，本就该抛开外界的束缚。你会怎样想？"晏庭看黎昭，"对这种事……反感？"

"那倒没有。"黎昭连忙摇头，"我就是好奇问问。"

晏庭看了他一眼："那就好。"黎昭觉得，晏庭看他的这一眼意味深长，是他想多了？黎昭看了看晏庭，最后得出结论，谈恋爱没什么意思，还不如跟庭庭待在一起有意思。

"你想谈恋爱了？"

听到晏庭这么问，黎昭下意识开口："谈恋爱干什么，不如跟你一起玩。"

"嗯，我记住了。"

黎昭抬起头，正好看到晏庭微微弯起了嘴角。庭庭……笑了？笑了？！这是他第一次看到晏庭笑！从来不笑的人，笑起来……犹如冬雪初融，春来花开。黎昭拧开矿泉水瓶，咕咚咕咚喝了两大口。才吃完冰激凌，他怎么就口渴了？黎昭一口气把整瓶水喝得干干净净，心情终于平静了下来。

"很渴？"晏庭从小冰箱里拿出一瓶冰镇的饮料递到黎昭面前。

"是、是有点儿渴。"黎昭把冰冷的瓶子往脸上一贴，脑子也跟着清醒了。不过即使是清醒着，他也要在心中大喊，晏庭真的好看！

晚上吃完期待已久的芝士大虾，黎昭洗完澡，躲在房间里敷大可给他买的面膜。大可跟他说了，一个不给自己护肤的艺人是不合格的艺人。所以他想起来时，就会按照大可给他写的步骤在脸上折腾一下。刚把面膜从脸上撕下来，手机就响了。黎昭刚接通，宋喻的咆哮声就从手机那头传出："黎昭！！"

"宋哥，这么晚还没睡……"

"我睡个屁！我问你，你是不是跟苍寰的总裁特助秦肖关系好？！"

"怎么了？"黎昭弯腰到洗漱台把脸洗干净。

宋喻听到黎昭那淡定的声音，气就不打一处来，说："今天有人把你跟秦肖的料，爆到了我们公司的营销号这边，我帮你压下来了。"

"我跟秦特助的料？"黎昭失笑，"谢谢宋哥，不过我跟秦先生只是普通的朋友关系。"

"真的？"宋喻看过爆料内容，还……挺真实，他看着都差点儿信了。

"爆料人说，你背后的靠山是秦肖，所以才能拿到苍时手表的代言。苍寰年会上，秦肖还把你介绍给了苍寰高层，这才有了后来苍寰高层在电视节目里夸你的事。"

"秦先生确实在年会上介绍了人让我认识，但这有什么关系？"黎昭打个哈欠，"宋哥，这种爆料就是一分真，九分假，你不要当真。"

"谁叫你走红得这么快，难怪各家都买水军来黑你。"宋喻酸溜溜嘀咕了一句，"反正这事儿你要心里有数，最好提前跟秦肖那边通下气，做好应对策略。"

"谢谢宋哥，我会小心的。"

"谢就不用谢了，你最近拍的电影有没有什么客串角色，让我去凑个热闹就行。"宋喻是明白了，只要跟着黎昭，就算是打酱油，也能在观众眼前刷一下存在感。

"宋哥，你在跟我开玩笑？"黎昭缩进被窝，"你还需要在我待的剧组客串角色？"

"怎么，看不起我？！"

黎昭觉得这个富二代的脑回路可能有些异于常人，当初有主角不演要去演配角，现在更是要挤到他们剧组来客串角色，图什么？

"宋哥不嫌弃的话，我去问问沈导。"黎昭对宋喻的加入十分欢迎，谁会嫌弃来送零食的人？

"行，我等你的消息。"宋喻挂了电话，得意扬扬地对助理道，"只要我跟黎昭提要求，他绝对不敢拒绝我。"

助理觉得自己如果不是宋喻的助理，一定会骂他不要脸。

"阿北，把消息传到宋喻那边，他真的会帮着爆出来？"温馨的小屋里，魏甜端了一杯果汁到徐北面前。

"当然。"徐北冷笑，"外面的人，都以为宋喻与黎昭是好朋友，实际上他们私底下根本没有交情，而宋喻更是对黎昭讨厌到了极点。现在，他手里有了黎昭的黑料，肯定会想办法爆出来。"

"为什么一定要宋喻爆出来，找其他人不是一样吗？"

"当然不一样。"徐北眼中浮现恨意，"等到后面，所有人都会发现爆出这些黑料的人是宋喻，这样才会在粉丝面前撕破他们所谓的义气好哥们儿的形象。"

"一箭双雕。"魏甜反应了过来，"阿北，你好聪明。"

想到黎昭与宋喻会互相撕起来，然后双双黑料缠身，徐北的内心便一阵畅快。如果说黎昭是他的心头刺，那么宋喻就是他的眼中钉。这两个，都不是什么好东西。

徐北等啊等，等啊等，等了很久都没有等到宋喻那边拿黎昭的黑料做文章。他有些坐不住，以为是宋喻那边没有发现自己爆的料，于是又重新开小号发了好几次。

"这个爆料的小号挺执着，这么劲爆的黑料竟然谁都不告诉，坚持要给我们发消息，"经纪人关掉页面，"也不知道是什么用意。"

"反正是没安好心。"宋喻"切"了一声。让他去对付黎昭？那是不可能的。他还想在娱乐圈好好混，不想回家继承公司。

徐北继续等啊等，可他不仅没有等到宋喻那边有任何动作，甚至还听到了宋喻到《苍穹之影》友情客串的消息。为了立好兄弟人设，宋喻竟然做到了这种地步？宋喻那狗脾气，能如此忍辱负重？

徐北等待的爆黑料没有到来，高考出成绩的时间却即将来临。本届参加高考的艺人受到各媒体平台及营销号的重点关注，这几个艺人的粉丝也针对考得好、考得差以及考得不好不坏这三种结果准备了三套公关应急方案。比如说，艺人考得太差，作为粉丝该怎么给自家爱豆挽尊；对家粉丝如果跑来嘲讽，他们该如何应对。

参加高考的几个艺人都很安静，因为他们大多心里有数。尤其是考砸了的艺人，知道自己的考分跟学霸大概还有十万八千里的距离，恨不得全世界都遗忘高考出成绩这件事。某家艺人的团队突然想起，高考结束那两天，曾有不少媒体说某个考生长得很像黎昭。管那个考生是不是黎昭呢，关键时刻，死道友不死贫道，先把祸水东引了再说。

高考成绩还没出来，"黎昭参加高考"的话题再次蹿上了热搜。此时此刻，大部分参加高考的艺人都在内心默默感谢黎昭，感谢他为他们挡下了火力。唯一不太高兴的是某个成绩还不错的艺人，他的成绩在艺术生里算得上鹤立鸡群，尤其是跟同届的艺人相比，更是充满了优越感，可是在看到黎昭上了热搜之后这位艺人就有些不满意了。经纪人安慰他："那是其他几个人拿黎昭挡枪呢，你先别生气，等高考成绩出来，我们这边再慢慢运作。"

此时，晏庭守在家里的电脑前，打开高考信息网，严阵以待。为了能正常挤进网站不被卡出来，他特意花了几天做了个小程序，争取在第一时间查到成绩。

"先生，还有半个小时，你不要太紧张。"

"嗯，我不紧张。"

管家心想，您是不紧张，只是恰巧把书拿反了而已。

《苍穹之影》剧组里，几个没拍戏的主演也拿着手机不停地刷着网页,时不时抬头看黎昭一眼。宋喻觉得自己跟这个奇怪的剧组格格不入,为什么今天每人手里都拿着一张纸,还时不时瞅黎昭两眼,脸上的笑容慈祥得像是哄小孩子?在好奇心的驱使下,他挤到黎昭身边问:"黎昭,今天大家都怎么了?"

"什么?"黎昭抬头看了一眼,掏出手机笑,"可能大家在帮我查高考成绩吧。"

"高考成绩?!"宋喻惊得嗓音都变了,"你参加了今年的高考?"

"对啊。"黎昭点头,"试试看嘛。"

宋喻无言以对。这么大一件事,整个剧组竟然都没有透出消息,这是什么神奇剧组?

"时间到了,时间到了,快输入准考证号码。"

"哎呀,我这边卡得进不去。"

"我的也是!"

放眼望去,连导演都低着脑袋刷网页,唯一清闲的竟然是黎昭这个当事人。宋喻掏出自己的高端定制手机,默默凑到大可旁边,打开了高考成绩查询网页。他不是关心黎昭的成绩,他只是随波逐流!

就在大家为了查成绩挤破头的时候,黎昭的手机响了。电话是晏庭打来的。

"昭昭,你的高考成绩出来了。"晏庭的声音听起来很轻松,"你考得很好。"

"快给我念念。"看似镇定稳重的黎昭,瞬间坐直了身体。什么风淡云清都是假的,将要得知自己的高考成绩他还是很激动的。

"总分701,非常了不起的成绩。京市高考状元的总分711,你只比她低十分。"

"真的?!"黎昭从椅子上蹦了起来,"全靠你每天辅导我做卷子,帮我分析题型!"

"我只是辅助作用,真正了不起的人是你。"听着电话那头黎昭高兴的声音,晏庭忍不住想,两年前的黎昭,是不是也考了一个优异的成绩?在放弃填写高考志愿的时候,他一定很难过。不然这几个月,他也不会如此拼命地学习。

"我觉得自己是个天才！"

"嗯。"晏庭眉梢染上暖意，"你是世界上最聪明的天才。"

"不不不，我只能排第二。"

"第一是谁？"

"你。"

宋喻焦急地等在旁边，等黎昭挂了电话，迫不及待地问："黎昭，你考了多少分？"

"你猜？"

"不猜！谁稀罕？"

"701。"

"什么玩意儿？"宋喻怀疑自己的耳朵，"黎昭，年轻人有自信是好事，但不能吹牛。"

这时，坐在角落的沈导也大吼了一声："701！昭昭，你是学霸啊！"

宋喻沉默了，当年他的高考成绩……才300多分，只有黎昭的二分之一。

艺人们的高考成绩纷纷爆了出来，成绩比较好的那个艺人总分500多，团队喜气洋洋，通稿买得全网都是。"艺人中的学霸"这个话题也悄悄爬上了热搜榜。

【艺人考500多分真的很厉害了，但我还是想知道那个长得像黎昭，嘴里说着'尽人事，听天命'的帅哥到底考了多少分。】

【好巧，其实我有个朋友也很想知道他究竟是学渣，还是学霸。】

黎昭的团队，很快就得知了黎昭的高考成绩。听到"701分"时，罗荣的第一个想法竟然是，黎昭如果不混演艺圈而去好好读书的话，肯定更有前途。701分，已经不仅仅是靠努力就能拿到的分数。

"罗哥，我们要不要买通稿？"701分，就算是普通人家也要大摆宴席，向亲戚朋友炫耀。高考成绩还没出来时，几家艺人为了转移焦点，集体买通稿把昭昭往热搜上送,这会儿那个考500多分的都已经在隐晦地拉踩他们家昭昭了。

"买!"罗荣把键盘一敲,"这几家都已经把我们昭昭送上了热搜,我们怎么能辜负他们的好意?"

"好嘞!"团队众人喜上眉梢,迫不及待地联系各家媒体。

不怪他们沉不住气,实在是因为高考在国人心中的地位太特殊,自家艺人考这么高的分数,不炫耀一番就等于是富贵不还乡啊!而且还有一点,有部分家长对自家孩子追星是颇有微词的,但是如果他们得知自己孩子追的艺人高考分数超过了700分,心里的接受程度会更高。没办法,成绩好、长得好看、从小吃苦却坚强长大的艺人,总是要更讨社会大众喜欢一点。不就是通稿吗?买,必须买!全网买的那种!

就在高考生们为自己的成绩欢喜或是忧愁时,黎昭的官方工作室发了一条微博。

@黎昭工作室:近来有很多朋友关心@黎昭 参加高考的事情,大家猜测得没有错,《身边那些事》栏目组巧遇四次的热心考生,确实是我们家的昭昭。感谢大家一路以来的关心与厚爱,昭昭在这次高考中,考出了一个还算不错的分数,总分701。谢谢大家,让我们一起期待未来更好的昭昭。

一石激起千层浪,这条微博一出,全网沸腾了,各大门户网站纷纷发出"黎昭高考成绩701分"的通稿。最尴尬的莫过于考了500多分、四处买通稿并暗踩其他人的某艺人。吃瓜不嫌瓜大的热心网友,把这家买的通稿截了图,然后跟"黎昭考得还不错"的通稿并排放在一起,喜剧效果十分出众。

【看到701的时候,我以为自己是在做梦,打了弟弟一巴掌,看他疼得嗷嗷叫,我知道这事儿是真的。】

【工作室这个微博有点儿厉害,701叫还算不错的分数?外地

【朋友可能不知道，今年我们京市的高考状元总分是711，黎昭只比她低10分。高考状元在学校接受系统的教育，黎昭参加高考的前几天还在拍戏。】

【这条微博不能让我妈妈看见，她会打死我的。】

【我的崽崽果然是天才，是天才，妈妈爱你！】

【刚才我妈打电话跟我说："知不知道你喜欢的艺人高考成绩701？你不好好学习，配当他的粉丝吗？"呜呜呜，亲妈，我不配。】

黎昭的高考成绩在整个娱乐圈都掀起了一阵风浪。第二天一早，草莓娱乐发了一条微博。

@草莓娱乐：恭喜我公司艺人黎昭，高考获得701分的好成绩。
【配图】

这张配图中，草莓娱乐大堂的墙上挂着一张红底黄字的横幅，上面写着"恭喜昭昭高考获得701分"，十分喜庆，也十分……接地气。草莓娱乐旗下的艺人跟风转发了这条微博，就连影后级别的刘芬，都凑了热闹。短短半小时，这条微博就转发过万。网友被草莓娱乐这一通操作逗乐了。

【哈哈哈哈哈哈，我差点儿以为草莓娱乐是哪个想要招生的高中，这条横幅实在太邪性了，跟草莓娱乐时尚大气的装修风格完全不符。】

【看得出草莓娱乐对黎昭的高考成绩非常满意了，哈哈哈哈哈哈哈。】

【没办法，谁让草莓娱乐不缺影帝影后，就缺一个高考超过700分的艺人。看人家草莓娱乐多务实，多接地气。看看这横幅，红色为底，象征着蓬勃的生命力；金色的字体，象征着璀璨的未来。这是多么美好的祝福，多么质朴纯粹的喜悦！】

【楼上的同学可以去水木大学读书了,我给你买车票,站票!】

【哈哈哈哈哈,我看到其他家跟黎昭有过合作的圈内人也都发了微博,草莓娱乐的这张横幅火遍了全网。】

【虽然但是,考701分真的很牛啊!!】

【我有个表弟是黎昭的黑粉,他今年也参加高考,得知黎昭考了701分后,他把自己在屋子里关了半个小时,现在已经蹲在电脑前看《归隐山林》了。】

【你们谁有我惨?我是高二生,我妈已经把黎昭的海报贴在了我的书房,说什么人家长得这么好看都懂得努力,我还有什么资格不好好学习。】

【已经大学毕业的我偷偷松了口气,最多也就坐在旁边,眼睁睁看着我妈对着电视里的黎昭喊"妈妈爱你"吧。】

黎昭的高考分数,不仅让他的工作团队喜气洋洋,连带着让整个草莓娱乐都受益匪浅,整个公司的形象在相关部门心中大大提升了一把。草莓娱乐的老板孙总近几天是笑得见牙不见眼,还特意邀请了几个同行吃饭。

几个同行见到紫茄娱乐的陈总竟然也来了,心里暗暗吃惊,紫茄娱乐跟草莓娱乐的关系向来不好,今天明摆着是孙总办的显摆宴,陈总竟然也能忍气前来?天下红雨了?更让同行们觉得神奇的是,孙总夸奖黎昭的时候,陈总不仅没有冷嘲热讽,反而跟着孙总一起夸,弄得大家满头雾水。难道陈总想挖人?那也应该当着黎昭的面夸,而不是在他老板面前夸。

宴会结束后,跟陈总关系还不错的同行问:"陈总,你今晚倒是挺给老孙面子。"

"我哪是给他面子?"陈总停顿片刻,"我那是欣赏黎昭的才华与演技。"

同行满头问号,你一个娱乐公司的老板还追什么星?可醒醒吧,你儿子年龄都比人家大。一个个的,毛病真多。

为了庆祝黎昭高考取得优异成绩,《苍穹之影》剧组聚在一起吃大餐,然后满桌人因黎昭到底念水木大学还是京市大学而吵得不可开交。

坐在黎昭旁边的宋喻目瞪口呆地看着这一幕,半天回不过神。虽然他已经来这个剧组好几天了,但是剧组这种清纯不做作的风格还是让他一时反应不过来。他放下筷子,见黎昭还在埋头苦吃,就说:"吃吃吃,还在吃,你就不怕吃得太胖,影响身材?"

"不会啊。"黎昭挑起一只大虾,"你知道的嘛,我是吃不胖体质。"

吃不胖体质?他差点儿忘记了黎昭的这个讨人厌的体质。宋喻脑子嗡嗡作响,想起自己在《霸道女总》剧组里天天给黎昭塞吃的,就觉得自己在犯傻。他图个啥?图喂饱黎昭的肚子?想到自己多吃几口饭就发胖的体质,宋喻往自己碗里夹了一块酸菜鱼。真酸!

"黎昭。"宋喻看了黎昭几眼,犹犹豫豫地再次向黎昭道歉,"以前的那些事,对不住。"宋大少爷不习惯向人道歉,说完这句话以后,就扭头看向一边,耳朵红成了晚霞。

"你让我当男一号,还给我送吃的,那不叫对不住,叫舍己为人。"黎昭抬起头笑,眼神里干干净净,对宋喻没有半点抱怨,"还有上次发的那些红包,谢了啊。"

面对这样的眼神,宋喻更加心虚愧疚。事实上,这份愧疚在他得知黎昭的过往遭遇后就到达了巅峰。"反正……你以后有什么解决不了的事情,可以来找我。"宋喻别别扭扭道,"我在圈里还有几分面子。"

黎昭笑道:"谢谢。"

"我跟你说正经事呢,你能不能严肃点?"宋喻绷着脸道,"你不要以为我是在说客套话,我说的都是真的。"他宋喻做事,从不讲虚的。

"嗯,我信你。"黎昭点头。

"这还差不多。"宋喻伸手勾住黎昭的脖子,拿起手机合照。

"我来拍,你的手没我……"

"不!"宋喻无情地拒绝了黎昭的这个提议,"我不想在我的演艺生涯中留下更多的黑历史。"就黎昭那种"死亡"拍照角度,没几个人的脸经受得住。

黎昭无语,刚刚还说有什么事就找他,结果连照片都不让拍。城里人的套路,就是这么深。

拍好了,宋喻把照片发给了黎昭,道:"我去发微博,你记得转发。"

@宋喻:热烈祝贺@黎昭黎小昭拿到了701的高分!【合照】

网友们纷纷表示,不愧是小鱼儿,黎昭根本拍不出这么好看的照片啊。

"你快点转微博,我要蹭你的热度。"发完了微博,宋喻不忘再次提醒黎昭。

"哦……"黎昭掏出手机转发了这条微博。

"你就不能多打两个字?再不济也要加个表情,这种转发太没诚意了。"

黎昭默默看了眼宋喻,重新编辑了该条转发,增加了一个微笑表情。宋喻无言以对,蹭黎昭的热度实在是太难了,这个微笑的表情简直就是对他的无情嘲笑。

见宋喻的表情还是不满意,黎昭只好再加两个笑脸,然后问他:"这下你总该满意了吧?"

全程围观黎昭编辑微博的鱼粉跟黎粉在评论区笑翻了天。

【虽然我是鱼粉,但我还是要说,太好笑了,哈哈哈哈。】

【对不起黎粉,你们就原谅我们家小鱼儿吧,他蹭点热度实在太难了。】

【鱼粉不要生气,我们家昭昭绝对没有嘲讽小鱼儿的意思,他就是……太直男,跟不上网络潮流。】

【在昭昭心中,微笑就是礼貌,所以……你们懂的。】

【懂懂懂,我们懂。】

鱼粉与黎粉之间,并没有因为微笑的表情产生误会,反而在评论区里互相嘲笑起自家正主来。鱼粉说宋喻蹭兄弟热度；黎粉说黎昭年纪轻轻，却是个不懂网络的无敌直男。这种友好的氛围，反而让路人对两个艺人都产生了好感，宋喻蹭热度的愿望也算是达成了。

吃完饭，剧组众人摸着凸出来的肚子，心满意足地往外走。他们隔壁的包厢很热闹，虚掩的门里，传出了笑闹声。

"姚宇光，有本事你干了这瓶。"

"呸，我没本事。不行了不行了，我不跟你们几个喝了，我先走一步。"

"别走啊，酒还没喝尽兴呢。"

"对，不要仗着你有个厉害的表哥，就不把我们放在眼里了啊。"

这话说出来，包厢众人像是被点了穴，陷入死一般的寂静。

姚宇光看了眼说话不过脑的人，起身冷笑："我现在是落魄了，但还没沦落到谁都敢嘲笑的地步，什么东西！"说完，他踹了一脚说话的这个人，拉开门就往外走，然后来了一个急刹车。"黎、黎先生，您怎么在这里？"姚宇光往后退了一步，膝盖有点儿软，甚至还小心翼翼地看了眼黎昭的手。那次实在被揍得太狠，死亡的威胁在他的心里留下了大片的阴影。

"姚哥，这谁啊？"追出来的几个年轻人把黎昭从头看到脚，"这不是那个演戏的小子吗？"

"呸，别胡说八道。"姚宇光吓得脸都白了，"人家黎先生是正经的年轻演员，高考700多分，你们几个的高考成绩加在一起也没人家高。"

"高考成绩好有什么用，还不是个戏子……"

"子"字刚说出口，姚宇光就把这个人踢到了一边，朝黎昭讨好一笑："黎先生，其实我跟这个人不太熟。"

"姚宇光？"跟黎昭一起出来的宋喻认出了姚宇光，他们两家在生意上有过来往，但是近两年姚家好像惹上了事，就连姚宇光的爸爸都被送进了牢里。虽然都是富二代，但宋喻跟姚宇光走的不是同一个路子，两人最多也就称得上点头之交。"刚才谁骂演员是戏子？"作为一个想要演戏不想继承家产的富二代，宋喻听到"戏子"两个字就火大，他瞥向姚宇光身后几个人,"有本事站出来说,不要躲在后面。"

姚宇光身后的几个年轻人见宋喻这么嚣张,面上有些过不去,挽起袖子就想跟宋喻对骂。"你们都给我消停点。"姚宇光扭头瞪了几人一眼,"黎先生是那位的好友!"刚准备对骂的几个年轻人,顿时偃旗息鼓,就连看黎昭的眼神都变了。能跟姚宇光表哥做朋友的男人,那是纯爷们儿,惹不起,惹不起。

"黎先生吃过饭了?"姚宇光赔笑,"恭喜你高考拿了好成绩。"

黎昭冷着脸没有说话,只要想到姚宇光当初骂晏庭的话,他就无法对姚宇光生出任何好感。他皱了皱眉,问:"你们刚才提到的表哥,是晏庭?"

"不是,不是。"姚宇光吓得连连摇头,"我哪配叫他表哥?"他如果敢当着黎昭的面叫,晏庭就敢让他去死。姚宇光也没盼着黎昭给他好脸色,就殷勤地帮黎昭他们这一桌结了账,笑眯眯地把黎昭送到门口,就看到门外站着一个熟悉的身影。晏、晏庭?!他吓得往后一缩,不敢让晏庭发现自己的存在。

"昭昭。"事实上,晏庭的眼里根本没有其他人的存在,他看着跟宋喻并肩走出来的黎昭,"我来接你回家。"

看到晏庭,黎昭满脸是笑地走到他面前,问:"你怎么来了?"

"刚好路过附近,就来了。"晏庭抬头看了宋喻一眼,"饭吃得开心吗?"

"嗯。"黎昭点头。

难怪会跟其他人合照。晏庭垂下眼皮道:"外面热,我们先去车上。"

"好。"黎昭跟剧组众人道了一声"再见",跟晏庭上了车。

车里开着冷气,比外面舒服多了。黎昭没有跟晏庭提遇到姚宇光的事,提这种晏庭不喜欢的亲戚只会影响庭庭的好心情。只是……姚宇光跟他的那几个狐朋狗友对庭庭的恐惧似乎有些不寻常。

## 第7章 真相

没过两天,黎昭就接到《天歌》剧组的消息,《天歌》几日后将在央视播出,并且有三家网播平台购买了网播版权,剧组办了庆功宴,邀请黎昭参加。

黎昭团队对《天歌》很重视,所以大可早早就把黎昭送到举办庆功宴的酒店。没想到刚一上楼,黎昭就目睹了一场恶霸调戏小姑娘的恶俗戏码。小姑娘黎昭认识,是当初跟他一起拍苍时手表广告的舞蹈演员,恶霸黎昭也见过,几天前这个人就站在姚宇光身后。

小姑娘在电梯门口哭得很伤心,见到从电梯里走出来的黎昭,想也不想就冲了过去,躲在了黎昭背后。喝得醉醺醺的富二代眯眼看着黎昭:"黎昭?"他呸了一声,"你给我滚远一点,这个妞是我看上的,别多管闲事。"

"法治社会,猥亵女性是犯法的。"黎昭伸手把小姑娘护在身后,"酒店下面,有很多蹲守新闻的记者,你是想上法治新闻,还是上娱乐新闻?"

小姑娘哭得上气不接下气地说:"我的经纪人跟我说好了,只是带我来谈合同,没想到……没想到……"她只是一个还没从学校毕业的小姑娘,遇到这种事已经慌了神,黎昭的出现就是她唯一的希望。

"谈合同是需要诚意的,你连这点规矩都不懂?"富二代想伸手去拉小姑娘的手,被黎昭推开了。

"黎昭,我再跟你说一遍,不要多管闲事。"富二代打了一个酒嗝,"别以为你攀上徐晏庭,就可以在圈内横着走。我告诉你,像你这样的戏子,就是一次性筷子,用了就能丢,徐晏庭会护你多久?"

# 第 7 章 真 相

"徐……晏庭?"黎昭突然笑出声,看着醉醺醺、连站都站不稳的富二代,"他护我多久不重要,至少今天之内他还会护着我。"

富二代讥笑:"靠脸上位的不要脸玩意儿。"

"知道我有人护着,这个人你还惹不起,你还在我面前嘴贱?!"黎昭推开试图上前拉扯的富二代,"是不是脑子不好?"

本来还在害怕的小姑娘听到黎昭这句话,差点儿没忍住笑,又哭又笑的样子,让她看起来有些滑稽。"竟然敢笑我……"酒壮怂人胆,富二代清醒的时候不敢招惹徐晏庭身边的人,但是酒精给了他无限勇气,"给你脸了是吗?"富二代嘴里骂骂咧咧,火冒三丈,抬脚踹向挡在小姑娘前面的黎昭。

"哎,你干什么?!"大可见状冲了过去。

可是黎昭的动作更快,他一脚踹在富二代肚子上,富二代就像是灌了水的山耗子,咕咚一下滚到地上。"嗷。"富二代发出惨叫声。

黎昭没有收手,反正踢一脚是得罪,揍一场也是得罪,不如打了再说。"君子动口不动手,我一般不爱跟人动手。"黎昭把富二代摁在地上,打得他哭爹喊娘,"但我看不惯调戏女孩子的人渣!"

电梯门还没打开,姚宇光就听到外面传来惨叫声,他皱着眉想,那几个狐朋狗友又在欺负人了。想到这儿,他觉得有些没意思,决定等会儿跟他们打个招呼就走。电梯门缓缓打开,姚宇光第一眼就看到躺在地上哀号的苟盛,把苟盛按在地上打的人背对着他,他看不清对方的容貌。但是这个画面,与他心中的某段恐怖记忆重合了。如果是冬天,苟盛脑袋上应该再蒙一件外套,这样打起来更顺手。

"姚哥,姚哥!"看到姚宇光,疼得掉下眼泪的苟盛赶紧号叫,"快来帮忙!"

正在揍苟盛的人回过头,看向刚来的姚宇光。姚宇光膝盖一软,转身就去按电梯。他要离开这里!立刻!马上!

"姚哥!"

别喊老子,老子要去逃命。姚宇光疯狂地按电梯,可是电梯一直没上来,他快绝望了。

"姚宇光？"黎昭心中的憋闷散了大半，起身整理身上的衣服，"你跟他是一起的？"

"不是，不是，我就是路过。"姚宇光连忙摇头，"真的只是路过。"

以为自己终于获救的苟盛惊呆了，就算是酒肉朋友，也没必要无情到这种地步吧？然而此时此刻，姚宇光已经顾不上他跟苟盛之间稀薄的友情了，他贴着墙根站着，久等的电梯已经到达，但是在黎昭的眼皮子底下，他连走进电梯的勇气都没有。

"我记得，你跟他是朋友？"黎昭走到姚宇光面前，被揍得哭唧唧的苟盛想偷偷溜走，却被大可拦住了。

"朋友？什么朋友？"姚宇光摇头都快摇出残影，"我跟他只是吃过几顿饭，喝过两次酒，算什么朋友？"

"姚宇光，你还有没有种，连个小白脸都怕？！"苟盛被姚宇光的态度气得火冒三丈。

姚宇光没吭声。跟苟盛一个包厢的人，察觉到苟盛久出未归，拉开门往外看了一眼，顿时被走廊上的情况惊呆了。刚才还耀武扬威的苟家大少鼻青脸肿，草莓娱乐的当红艺人把苟少看中的妞护在身后，明显是跟苟少闹翻了。苟少脸上的伤……该不会是黎昭打的吧？这个人往后缩了缩脖子，轻轻掩上门，对屋内其他人说："苟少好像跟人起了冲突。"

"今天这层的客人，只有我们跟《天歌》剧组，谁敢跟苟少过不去？"一位有钱少爷吊儿郎当地走到门口，拉开门看了一眼，脸上的笑容僵住，然后把门死死关上了。

"怎么回事儿？"其他人见他这种反应，都有些好奇。

"姚宇光也在外面。"有钱少爷干咳一声，"苟子跟黎昭好像闹了点不愉快。"只不过这个"不愉快"明显了点，苟子脸上带伤了。

听到"黎昭"二字，众人沉默了片刻，谁也没说要出去看看。

"那个什么，宇光不是在外面？有他在肯定不会有事。"

"对，还有宇光在呢。"

只有带小姑娘过来的经纪人有些坐立不安，他当然知道苟少对小姑娘有意思，不然也不会特意把人带过来。他有心想出去看看，但是在座其他人都不想出去，他只能老实坐着，心里希望别闹出事来。

"你带来的那个艺人，跟黎昭有过合作？"有钱少爷问经纪人。

经纪人仔细回忆了很久，才说："黎昭拍摄苍时手表的广告时，佳佳是广告里的舞蹈演员。"虽然广告在电视台上播出时，佳佳的镜头剪得只剩下半个背影。

苍时手表？那不是苍寰旗下的产品吗？众人再次沉默。他们前几天才听姚宇光提过，黎昭是徐晏庭的人。谁敢去招惹徐晏庭？他们彼此间交换眼神，打定主意不出去招惹黎昭。

狐朋狗友不出现，苟盛挨了一顿揍，脑子虽然还没清醒过来，但是脾气被揍没了一半，他缩在角落里不出声。姚宇光知道自己今天是走不了了，他朝黎昭挤出一个笑："黎先生，你今天来这里，是吃饭？"求求你，赶紧走吧。

"刚上来就见这位先生在非礼女性。"黎昭语气平静了很多，"我一阻拦，这位先生就骂我是小白脸……"

"他那是在胡说八道！"姚宇光把苟盛骂了一顿，然后朝黎昭讨好笑道，"你跟庭先生，那是情同手足……"

"姚先生，我跟晏庭只是朋友。"黎昭皱眉。

"对对对，你们是好朋友。"同住一个屋的好朋友而已。

"什么事都讲究你情我愿。"黎昭懒得理会姚宇光的挤眉弄眼，他对苟盛道，"希望苟先生不要强人所难。"

苟盛张开嘴刚想说话，被姚宇光一把捂住。姚宇光保证道："请黎先生放心，我一定好好看住他，不让他对这位小姐动手动脚。"

黎昭转身按下电梯，面色柔和地对小姑娘说："回去好好休息，等明天醒来，就什么事都没有了。"

"黎昭，谢谢你。"小姑娘眼眶发红，"对不起，连累你了。"恐惧过后，孙佳佳渐渐反应过来，她给黎昭惹了大麻烦。黎昭是家里没有背景的孤儿，这些富二代如果要报复他，简直是轻而易举的事。想到这儿，她停下脚步。"黎昭，我……"

"不要胡思乱想。"电梯门缓缓打开，黎昭把小姑娘推进电梯，"我不会有事，女孩子不要为不可能发生的事操心，会老得快。"

电梯门在小姑娘面前缓缓合拢，想起被苟盛调戏的恐惧、在走廊上大喊大叫也没有人来帮忙的绝望，还有最后被黎昭护在身后的安心，她蹲在电梯里抱着膝盖大声哭了起来。

看着电梯逐层下降，黎昭看向挤在一块儿的姚宇光跟苟盛，说："姚宇光，你跟我谈谈晏庭。"

"谈、谈谁？"听到"晏庭"这两个字，姚宇光就忍不住结巴。

黎昭看了他一眼。

"好好好，你跟我来。"

姚宇光跟酒店老板关系好，让经理单独开了一间房。

"大可，你去跟剧组那边说一声，就说我遇到苟少与姚少，暂时走不开，半个小时后再过去。"

姚宇光一时语塞。这话听着怎么有些不对味？好像是他们强迫黎昭留下似的。莫名其妙就背了一口锅，姚宇光什么都不敢说，什么都不敢问。

"好的。"大可看了看姚宇光与苟盛，"昭昭，有什么事记得给我打电话。"

姚宇光心想，真闹出矛盾，有事的也只会是我们。也不知道这个黎昭是吃什么长大的，看起来纯良无害，揍起人来拳拳到肉，怎么疼怎么下手。苟盛已经被黎昭揍怕了，见姚宇光在黎昭面前都这么怂，自个儿也不太敢开口了。虽然他被人称一声"苟少"，实际上跟真正的豪门比起来，差了十万八千里。

真正的豪门少爷，现在也没有谁敢跟姚宇光在一起玩。苟盛这些人只知道姚宇光跟徐晏庭关系不好，却不知道徐晏庭对徐家人深恶痛绝。姚宇光身上流着一半徐家人的血，只要晏庭活着，就没有哪个豪门少爷会跟姚宇光交好。

"黎先生想要聊什么？"明知晏庭不在这里，姚宇光仍旧不敢大声说话。

"什么都行。"黎昭神情平静，"只要是我不知道的。"

## 第 7 章 真 相

"其实上次我说的那些都是胡话，真相不是这样的。"姚宇光想起小时候的事情，"我跟表……庭先生来往并不多，他从小就不爱说话，也不爱跟人玩，一点小孩子的样子都没有。家里其他孩子也不喜欢跟他玩，所以大家常常在背后说他……说他跟他妈一样，是个神经病……"

"好了，你别说了！"黎昭忽然站起身，打断姚宇光的话，"你们走吧。"

姚宇光觉得黎昭的表情很奇怪，似心疼又似生气，最后所有的情绪都化为了心疼。姚宇光小心翼翼地问："你真的不想再听了？"

黎昭没有理他。

"那、那我们先走了。"姚宇光拽起已经清醒了大半的苟盛往外走，速度快得像是在飞奔。

出了门，姚宇光松了口气，扭头看苟盛说："你是不是找死，怎么惹上他了？"

"不就是个小白脸……"

"屁的小白脸！"姚宇光赶紧捂住他的嘴，小心翼翼地回头看了眼关上的门，确定黎昭不会突然从屋里出来，才小声开口，"知不知道黎昭住在哪里？"

苟盛摇头。

"他跟晏庭住在一起，上次黎昭打我，晏庭还帮着他一起打。"姚宇光没好气道，"你会这样对小白脸？"

苟盛吓得面色惨白，彻底清醒过来，问："徐晏庭跟黎昭真的那么好？"

"谁让你这样称呼晏庭的？"姚宇光死死捂住苟盛的嘴，"你是不是想死，知不知道晏庭最讨厌别人叫他全名？"姚宇光觉得这个狐朋狗友救不了了，还是让他等死吧。越想越觉得这几个狐朋狗友脑子不好，姚宇光决定以后要离他们远一点。他现在的生活已经是艰难模式，他不想再进入地狱模式。

独自坐在安静的屋子里，黎昭的大脑前所未有地清醒。也许他早就该发现不对劲，都是因为在生活中从未接触过真正的有钱人，才让他忽略了很多细节。虽然在这座繁华的城市待了两三年，但是黎昭的内心还是那个小城市的少年。苍时手表收藏室里那张照片上徐小姐的眼角眉梢有些许像晏庭，这并不是巧合，而是因为她本来就是晏庭的先辈。得知自己被骗的那个瞬间，黎昭发现自己的第一个念头竟然是伤心，而不是动怒。甚至连姚宇光讲晏庭的过往，他都不忍心听下去。也许那些过往，就是晏庭极力想要在他面前隐藏真实身份的原因。

虽然被兄弟骗了，他却不想兄弟难堪。打开手机，黎昭点开晏庭的微信，盯着输入框看了好久，最后叹息一声，把手机锁了屏。

来到剧组的包厢，黎昭开口就道歉："各位老师，对不起，我来晚了。"

"自罚……"

有人起哄，准备让黎昭自罚三杯，但是刘芬开口了："没事，没事，遇到那些不讲理的富二代，你一时走不开也正常。来，先坐下来吃点东西。"

见刘芬都开了口，也没人敢起哄了，大家转口安慰起黎昭来。包厢里摆了两张桌子，不知道是不是刘芬与陆昊有意照顾，黎昭的位置留在了他们这桌。两人现在都是草莓娱乐力捧的大咖，旁人没想到他们会对黎昭这个新人这么照顾。

"谢谢芬芬姐。"黎昭挨着陆昊坐下来。

陆昊给他倒了一杯果汁，说："还没到法定结婚年龄的小孩子，不要跟我们大人凑热闹，乖乖喝果汁去。"众人笑出声来，取笑陆昊欺负小孩子，不过有了陆昊这话，也没人会不识趣地去灌黎昭酒了。

导演举起酒杯，道："感谢大家前段时间的辛苦，几天后电视剧就要在央视播出了，还要辛苦大家配合一下剧组的宣传。来，大家碰个杯。"

"祝咱们这部剧收视长虹。"刘芬优雅地端起酒杯，"口碑大爆。"

"祝《天歌》收视长虹！"

大家兴致都很高，这部剧拍摄的时候很苦，但是成片效果很不错，大家对这部剧的期待值挺高。剧组成员之间也没有什么矛盾，所以这顿饭大家吃得很开心，就连最近正在减肥的刘芬都多吃了几筷子肉。

宋喻坐在黎昭另外一边，他见陆昊在跟导演说话无暇顾忌这边，伸手戳了戳黎昭，小声问："哎，你怎么又跟姚宇光碰上了？"

黎昭擦干净嘴角，扭头看宋喻，问："怎么了？"

"你离姚宇光远一点，我听别人说，姚宇光他妈跟徐家掌权的侄子早年有旧怨，去年她那个侄子把她老公送进牢里，姚家的生意一落千丈，有头有脸的人都远离这一家子了。"宋喻一心只混娱乐圈，两耳不闻商圈事，对商圈的八卦知道得并不多，"反正稍微知道点内情的家族都吩咐了晚辈，不要跟姚家走得太近，免得惹来麻烦。"

黎昭突然觉得，桌子上的菜没了滋味。

"不过也不怪这个侄子对姚家狠。"宋喻小声念叨，"听说这个侄儿的亲妈，就是被这些徐家人逼疯的。反正这些顶级豪门内部的阴私说出来都让人感到害怕，难怪处在那种环境的人会被逼疯。"

喉咙有些发哽，黎昭端起果汁喝了一口。果汁甜得发腻，黎昭有些反胃恶心。

"你脸色怎么这么白？"宋喻见他突然白了脸，"该不会被我说的这些事吓住了吧？"不对，黎昭什么时候变得这么娇气胆小了？"不是吧你，反应这么大？我还没跟你说，这个侄儿目睹亲妈发疯杀了他亲爸，最后亲妈扎了他一刀，又扎了自己一刀，要拉着他跳楼自杀呢。"徐家的这个故事太过惊悚，二十几年前还曾上过报纸。

"那他后来……怎么样了？"

"能怎么样，不愿意跟他妈一起死，最后亲眼看着他妈从楼上跳下去了呗。"对于宋喻而言，这只是一个二十多年前的豪门血案，"当年很多人都在传，徐家人是中了邪，所以才发生了那种血案。要我说，徐家……"

黎昭猛地打断宋喻的话："你别说了。"

"你、你这是怎么了？"宋喻见黎昭的脸已经难看得毫无血色了，哪里还敢说下去，"感冒了？"

黎昭勉强一笑，起身对剧组众人道："对不起大家，我有急事需要马上赶回去。"

众人见他脸色实在难看,没有挽留他,只是嘱咐他路上小心。

刘芬看着黎昭匆匆离去的背影,柳眉轻皱,她打开手机在网上看了一下,并没有黎昭的黑料传出来。倒是《苍穹之影》官方微博发了几张黎昭在剧组里做卷子的照片,让不少网友感慨好成绩不是从天上掉下来的。她刷了一下评论区,网友对黎昭的评价很友好,可见路人对黎昭的好感度很高。不是事业上的问题,就是生活中的私事了?

刘芬端起酒杯,三言两语就把众人的注意力吸引到了自己身上,让大家忘记了黎昭提前离席的事。这么可爱的小弟弟,多卖点人情给他,总是没错的。

坐进车里,黎昭掏出手机,拨通了晏庭的电话。办公室里,晏庭正在跟两个高管讨论新一季的产品问题,见黎昭打电话过来,他抬了抬手暂停了谈话,然后按下通话键。

"庭庭,你在哪里?"

"我在公司开会。"晏庭示意两个高管先等一会儿,他拿着手机往外走,"你声音有些不对劲,怎么了?"

"在酒店遇到富二代调戏小姑娘,就多管了一下闲事。"黎昭看着窗外来往的车辆,"对方骂我是戏子,我没忍住跟他打了一架。"

"谁?"

"什么?"

"欺负你的人是谁?"

"一个叫苟少的富二代。不过没关系,我也没吃亏,已经揍回去了。"

"没吃亏就好。"晏庭看着窗外的夜色,"聚餐结束后早点回去休息,我今晚回来得会比较晚。"

"好。"黎昭挂了电话,对开车的大可说,"大可,去苍寰总部办公大楼。"

电话这头,晏庭安排了人去调查黎昭口中的"苟少"是谁。他连一句重话都舍不得说的小孩儿,竟然被人骂戏子?!

两位高管见大老板回来以后,面色不好看,互相交换了一下眼神。

最近也不知道怎么回事儿,老板突然对公司加倍上心,情绪也变多了。联想到老板朋友圈经常出现的某个"小孩儿",难道……跟这个"小孩儿"有什么关系?两人被这种猜测吓到了,齐齐收回互望的眼神。原来老板对自己的朋友那么认真吗?

黎昭踏进苍寰总部办公楼时,看见在前台值班的小姑娘,是上次那个保护过他的女孩子。"晚上好。"他对小姑娘打了个招呼,观察着她脸上的表情,"晏庭让我去办公室找他。"

前台小姑娘瞪大眼睛,愣了好几秒才开口:"好、好的。"崽崽的好朋友,竟然是大老板?!难怪第一次来的时候是秦特助带他上楼,都不用走访客登记程序。

"谢谢。"黎昭道了一声谢,"我自己上去就行。"

"不用客气,不过高管专用的电梯需要刷卡……"

"没事。"黎昭摘下口罩,对这个前台小姑娘微笑,"坐普通电梯也一样,不然每次都麻烦秦特助或是秘书处的人,我也不好意思。"原来他每次过来乘坐的电梯都是高管专用,难怪从来都没在电梯里遇到过其他员工。

苍寰总部是个巨大的永不停歇的机器,即使是晚上,仍旧有不少员工在等电梯。他们穿着讲究的职业套装,从头发丝到脚底都散发着精英的气息。他们步伐匆匆,电梯门刚打开,就沉默地往里面走。黎昭跟着他们一起往里面走,当最后一个人进来的时候,电梯发出了"嘀嘀"的声响。黎昭看了一眼神情有些窘迫的最后一个人,默默退出了电梯。算了,这些都是给晏庭赚钱的人,对他们好点。等来下一班电梯,这次黎昭不用让了。电梯里的人进进出出,到后面的时候,只剩下他跟一位穿着西装的中年女性。

"您不是公司里的人吧。"中年女性见黎昭把脸蒙得严严实实,指了指黎昭要去的楼层数,"这里,我劝你最好不要乱闯。"

"为什么?"黎昭感兴趣地问。

"苍寰有最专业的保镖。"女子看了眼黎昭的装束,确定他不可能在身上藏危险品,才继续开口,"还有最厉害的律师团队。"有什么事非要这么想不开呢？上一个偷偷摸摸闯进高层的人，现在每天过着啃馒头喝凉水的日子。"

"谢谢提醒。"黎昭哑然失笑。

女子叹息一声："长了双这么好看的眼睛，可惜了。"她掏出手机，准备通知保安处有外人混进了高层。

"你不要误会，我是贵公司秦特助的朋友。"黎昭比她先一步拨通秦肖的电话，电话很快被接通。

"黎先生？"

"秦先生，庭庭是不是还没下班，我等下来公司接他下班。"

女子诧异地看着黎昭，把偷偷拿出来的手机又放了回去，等黎昭挂了电话，她歉然一笑："抱歉，是我误会您了。"

"没关系，你也是为公司着想。"

秦肖挂了电话，心里隐隐觉得有些不对劲。他推了推眼镜，起身准备去告诉先生，黎昭等一会儿会过来。不对。在黎昭心里，他只是先生的同事，就算黎昭要来找先生，也不可能提前告诉他。这不符合黎昭一贯的行事作风。难道是先生跟黎昭吵架了？想想也对，谁受得了朋友送给自己的礼物全是试卷考题？要是他，他也受不了。

秦肖到晏庭办公室时，晏庭刚跟两位高层谈完工作，正在聊其他的事情。"我家小孩儿做什么都认真，这次高考拿701分，我也很意外……"

秦肖心道：先生，黎先生的高考成绩，您已经在朋友圈炫耀三次了，没必要继续在大家面前显摆，真的没必要。

"先生。"秦肖走到晏庭身边，小声道，"黎先生跟我通电话说，他要过来接您下班。"

"这小孩儿真是的，我不是让他早点回去休息吗？"晏庭假装抱怨，"你安排人去前台接他，我去隔壁办公室等他。"他嘴上在抱怨，脸上的笑容却很诚实。

"先生放心，我已经安排人下去等了。"

下楼去接黎昭的人乘坐的是专用电梯。她在大厅没有找到黎昭的身影,就去对前台小姑娘说:"等下黎先生过来,你记得告诉我。"

"昭……黎先生已经到了呀。"前台小姑娘诧异道,"几分钟前,他已经上去啦。"

"几分钟前?"接待秘书下意识感到不对,赶紧给秦肖打电话。

总裁办公室里,晏庭放好文件,起身往外走。秦肖的手机响起,晏庭看了眼秦肖,示意他接电话。

"黎先生几分钟前,就已经上楼了?"秦肖话音刚落,晏庭已经拉开了办公室的门。门外,黎昭摘下帽子与口罩,与晏庭四目相对。楼道上,一盏照明灯闪闪烁烁,大概是线路出了问题。眼下,秦肖莫名感到一股寒意。该怎么跟黎昭解释,先生只是从这个办公室路过,而不是这间办公室的主人?两名高管察觉到气氛异常,都坐在沙发上不说话。年轻人嘛,偶尔吵架斗嘴也是正常的。

"工作结束了?"黎昭盯着晏庭看了几秒钟,率先开了口。

晏庭的手指贴着衣服布料,颤抖了两下:"嗯。"

"结束了就回家。"黎昭转过身就走。这是黎昭第一次没有主动跟秦肖打招呼,跟着晏庭一起骗人的秦肖默默往后退了几步。然而,黎昭并没有放过他,走了没几步,黎昭忽然回头看了他一眼,说:"秦先生不愧是大老板特助。"

从业多年,秦肖第一次感受到了职业危机。得罪了老板最看重的人,就等于得罪老板。老板很有可能为求朋友展颜,就给他这个助理小鞋穿。人生真是太难了。

"秦特助辛苦了。"

"不辛苦,为老板服务。"秦肖下意识接了一嘴。

黎昭笑了笑。秦肖不知道这是友好的笑还是笑里藏刀。

黎昭二话不说,带着晏庭往员工电梯走,晏庭默默跟在他身后,没有吱声。电梯门口,只有他们两人。黎昭看着显示屏上不断变换的数字,神情看不出喜怒。煞白的灯光,投在光可鉴人的地板上,给整个楼层染上了寒意。眼见电梯就快要到了,黎昭忽然叹息一声,转身往高管专用的电梯走去。身后传来很轻的脚步声,他知道晏庭跟在自己身后。

来之前,黎昭有很多想法,想质问晏庭为什么要骗他,为什么要做戏。可惜当他站在门口,看到晏庭发现他时,瞬间变得惨白与惊惶的脸色,心就软了。这时的晏庭,就像是做了坏事不知道怎么弥补,却又怕被人厌恶的孩子,让他说不出重话。

走到高管专用电梯门口,不用黎昭提醒,晏庭就用指纹打开了通道。两人走进电梯,黎昭闻到了淡淡的血腥味。他皱了皱,扭头看了眼晏庭,说:"手拿过来。"

晏庭没有动。

"大老板装拆迁户的游戏被拆穿,不想跟我玩了?"黎昭心里到底有火气,"也对,我一个拍戏的,哪有资格跟堂堂苍寰老板做朋友……"

话还没说完,一双手就递到了他面前。好看白皙的双手掌心,沾满了血迹,是被指甲硬生生扎破的。晏庭的指甲修剪得圆润干净,用这样的指甲掐破掌心,不知道要用多大的力气。

"你干什么?"看着血肉模糊的掌心,黎昭内心的火气噌噌往上冒,"你是不是傻子,不知道保护好自己?我又没骂你,又没打你,你伤害自己干什么?!"

晏庭黑黝黝的眼睛看着他,平静的脸上看不出半点痛色。

"看我干什么?!"身上没有消毒的药品,电梯又慢吞吞的,黎昭忍不住骂道,"做错了事就道歉,觉得自己不对就要去弥补,伤害自己有用吗?啊?!我问你有用吗?!"

电梯门缓缓打开,等在外面的一个高层听到骂声,再一看被骂的竟然是大老板,默默往后退了一步,不敢进电梯。等电梯门关上,黎昭继续骂:"别闷着不出声,说话!"

"对不起,我错了。"沙哑的声音里满是忐忑,"昭昭,你不要离开我。"晏庭的手在微微颤抖,明显处于极度的不安状态,双眼紧紧地盯着黎昭。

黎昭心里有再大的火气,面对这样的眼神,也说不出话来了。他想起了宋喻的话——"这个侄儿目睹亲妈发疯杀了他亲爸,最后亲妈扎了他一刀,又扎了自己一刀,要拉着他跳楼自杀呢。……最后亲眼看着他妈从楼上跳下去了呗。"

"知道自己错了，就好好反省。"黎昭越看血肉模糊的掌心越难受，语气温和了不少，"痛不痛？"

晏庭摇头。

电梯到了停车层，晏庭的司机已经将车停在外面了。黎昭打开后备厢，把医药箱拿出来，抬眼看晏庭，道："手伸出来。"用医用酒精棉签擦干净掌心的血迹，黎昭眉头紧皱，"怎么掐这么深？"

晏庭没有说话，他看着小心翼翼为自己处理伤口的黎昭，眼瞳中暗沉一片。只要昭昭不离开他，这点皮肉伤算什么？

处理好伤口，黎昭脸色好了很多，他问："为什么会骗我？"

"一开始……只是不想让你尴尬。"晏庭低着头，"你那么勇敢地帮了我，笑容那么好看。"

黎昭心想：原来是我的错吗？

"都怪我，我有很多机会可以说明白，可是……"晏庭垂下眼皮，"昭昭，你知道外面都怎么评价我吗？"

"我太想留下你……跟我的友谊。"晏庭把手搭在黎昭的手背上。

黎昭怕弄疼他的手掌，没有推开他的手。

"太多人骂我冷血无情，他们骂我是疯子，是没有人情味的怪物。"晏庭声音微颤，"昭昭，我不敢让你知道。"

"胡说八道，那些人就是嫉妒你！"黎昭没想到晏庭竟然背负着这么多骂名，气得脸都红了。他家庭从小遭遇不幸，好不容易坚强长大，管理这么大的公司，本来就不容易，竟然还被人在背后中伤？"你在想什么，我怎么可能因为别人的话误会你？"黎昭恨不得马上找到那些骂过晏庭的人，跟他们当场打一架，"你脑子里在想什么？"

"昭昭，你是唯一真心待我的朋友，我赌不起，也输不起。"

"你是傻子吗？"什么愤怒都没了，黎昭脑子里只剩下无尽的心疼，"别人眼里的晏庭与我无关，我只相信我眼里的你。你就因为这种小事，瞒我这么久？"

"对我来说，这不是小事。"晏庭握住黎昭的手，"昭昭，对不起。

也许他们说得对,像我这样的人,根本不配获得别人真心的友谊……"

"那是他们胡言乱语,谁说你不配了?"黎昭心疼到极点,"你就配,你最配!"那些胡说八道的垃圾,没一个好东西!

"昭昭,你是不是因为同情我,才这么说?"晏庭松开黎昭的手,苦涩地移开自己的视线,仿佛是在强迫自己离开黎昭,"如果跟我在一起,会让你难受,我会……我会……"

"会什么会,会个毛线。"黎昭握住晏庭的手腕,"不要去管别人说了什么,我跟你在一起很开心,跟同情有什么关系?"

"真的?"

"真的。"黎昭重重点头,"谁会拿自己的友情开玩笑?"

坐在前面开车的司机大气都不敢出,他第一次知道,先生原来这么会卖惨。他现在有些害怕,怕自己看到先生这样的一面会被先生杀人灭口。

"昭昭,谢谢你。"晏庭把黎昭的手包裹在自己掌心,伤口带来的刺痛并没有让他感到难受,反而带来了安心。只要能让昭昭心甘情愿留在自己身边,他什么都可以做出来。这样丑陋的自己……他垂下眼皮,即使自己如此丑陋,也要不择手段地留下昭昭。

《天歌》剧组聚餐结束后,在官方微博上发了一张合照。照片上,每个主创人员都笑容满面。还有人发现,杨导这一桌,有个演员杯子里的东西跟其他人不一样。

【导演,我在你们中间发现了一个叛徒,他在喝果汁!】

【对,我也发现了!】

【真不敢相信,说出这种话的竟然是黎粉,比黑粉还要狠。】

【不是真粉也不会这么快发现黎昭喝的东西跟大家不一样,哈哈哈哈。】

【我要被笑死了,你们看到陆昊转发的微博内容没?陆昊说,果汁是他跟芬芬给的,因为黎昭没到法定结婚年龄,不宜喝酒。】

【哈哈哈哈,没到法定结婚年龄,哈哈哈哈哈哈哈!】

# 第 7 章 真相

【对哦,我们家昭昭崽今年才二十岁,喝点果汁好像也不是太丢人。】

【这个剧组看起来气氛很好,不过没听说刘芬在这部剧里担任女主演啊。】

【刘芬跟导演关系好,在剧组友情客串了一个角色,帮导演撑场子。】

《天歌》还没播出,官博的这张照片就因为"桌上不喝酒的叛徒"在网上刷了波存在感。陆昊与黎昭都是有路人好感度的演员,所以不少人开始期待这部剧的播出。

徐北看到刘芬和陆昊转发微博时,都特意提到了黎昭,眼睛都嫉妒红了。近来,陈航疏远了他,好几个他知道必火的资源都没能争取到手。转头见黎昭去参加剧组聚餐,连杯酒都不用喝,徐北的心态顿时崩了。刘芬那种审时度势的女人,怎么可能这么护着公司的新人?分明是知道黎昭背后有秦肖捧,才会对黎昭这么殷勤。还有那些黎粉,整天"崽崽"地喊,知道黎昭是小白脸吗?更让他生气的是,宋喻的团队像是死了一样,有关黎昭的黑料一个都没放出来,反而隔三岔五炒宋喻跟黎昭的兄弟情。呸,不就是蹭黎昭的热度?既然宋喻不愿意爆料,那他就换人来爆料。不能一石二鸟也没关系,反正宋喻浑身上下都是黑料,收拾完黎昭,他再收拾宋喻。

半个小时后,网上突然爆出大料。

@不知名八卦:某励志年轻演员,背靠某知名家族企业的总裁特助,住豪宅开名车不算,还签进了圈内一流经纪公司,享受一线知名演员的待遇,拿下时尚资源。美色当前,就算业界有名的精英,也要犯糊涂。据说这位特助为了给他撑场子,带着他与公司高层一起吃饭,吓得某个与励志年轻演员有矛盾的一线流量大咖,连夜写小作文夸奖励志年轻演员。这位流量大咖也算可怜,那天过后,大牌代言掉了不少,今年一直流年不利,谁知道他是不是得罪了什么人呢?

这个爆料出来后,一开始没人当真,但是卢仁易的粉丝却隐隐察觉到不对劲,他们越看越觉得……这个倒霉的流量大咖好像是他们家哥哥。卢仁易夸黎昭的那篇"小作文"还没有删,看完爆料的网友回头再看这篇微博,在字里行间看到了满满的求生欲。励志新人演员是黎昭?那知名家族企业特助是谁?有网友提出质疑:一个总裁特助怎么可能有这么大的能力?

@不知名八卦:有瓜友说我在撒谎,还说总裁特助没有这么大的能力。我想说的是,其他家的总裁特助可能做不到这一步,可是这位不同。据说这家公司的老总,平时深居简出,对特助非常信任,很多事都交给他处理。瓜友们不相信也没关系,反正一个既没钱又不是科班毕业的年轻人,一时走了错路也可以原谅。

@不知名八卦:有不具名的网友,提供了励志演员去公司找这位特助的照片。【图】

照片上只露出了黎昭的半边侧脸,穿着西装的男人走在他前面,身姿挺拔,看起来年纪并不大。有好事的网友找到了这位特助的照片,发到了网上。

【虽然不知道爆料的真假,不过这位特助长得特好看,戴着眼镜的样子很斯文。】

【对,特别符合漫画里那种表面看起来斯文,其实很腹黑的设定。】

【……也许人家是真的好朋友呢?】

【一张照片能说什么?营销号编料博眼球是没有底线的。】

【《天歌》的炒作?】

【前面的姐妹想多了,《天歌》在央视播出,不需要这种套路

的炒作。】

【黎粉不要自欺欺人了，你们家还没到法定结婚年龄、只喝果汁的正主，此刻说不定正在跟人一起喝酒聊天呢。】

看到这个爆料的秦肖吓得腿都软了。黎昭跟他是好朋友？不，他不配。黎昭跟他一起喝酒聊天？不，他不敢！完了，他这次真的要被先生穿小鞋了。是谁，究竟是谁？！他跟这些营销号无冤无仇，为什么要这么残忍地害他？

汽车无声地开进别墅大门，黎昭走下车，回头看了眼老实跟在自己身后的晏庭，停下脚步："这么小心干什么？"

晏庭沉默片刻，板着脸说："这样会让你心情好一点。"

黎昭无语。他又不是喜怒无常的性格，用得着这么哄？

管家伯伯看到两人回来，问道："黎先生，今晚夜宵吃清淡点……"

"做昭昭喜欢吃的。"晏庭打断管家的话，"清淡的有什么味道？"

管家纳闷，不是先生自己说，睡前吃味重的东西对肠胃不好吗？怎么转眼间态度就变了？他看了先生两眼，希望对方能给他一个眼神暗示。然而，晏庭所有的注意力都在黎昭身上，别说暗示，连一个眼神都没有给他。管家只能走到厨房，让厨师做黎先生喜欢吃的东西，顺便把客厅的空间让给晏庭与黎昭。多年的管家生涯告诉他，此时此刻不能留在那儿。

屋子里安静下来，黎昭看着坐姿像幼儿园乖宝宝的晏庭，突然就笑出了声："坐过来。"

晏庭起身坐到黎昭旁边，见黎昭脸上笑意没变，往他身边挪了挪，又挪了挪。

"行了。"黎昭伸手勾过晏庭的脖子，"咱们还是好哥们儿，我不跟你计较，不过下不为例。"

勾在脖子上的手臂温暖有力，晏庭紧绷的全身终于放松下来。

"记住没有，下不为例，"黎昭拍晏庭后背，"不然还怎么做兄弟？"

那个年纪尚小就目睹了惨烈家变的晏庭，黎昭怎么舍得让他再次面临分离。父母抛弃了他，亲人抛弃了他，作为庭庭的朋友，如果他也离开……

伸手抱住晏庭，黎昭在他的手背上拍了拍。晏庭彻底放松下来。

等夜宵上桌，秦肖的电话打了进来："先生，网上那些都是胡说八道，我会尽快处理的。"

"网上？"晏庭心情正好，好到左右手打来一个没头没尾的电话，也没有影响他的情绪，"网上说了什么？"

电话这头，秦肖摘下眼镜，看着"黎昭小白脸"这个话题后面多了一个"爆"的标志，寒意从脚底板冲到脑仁："就是那个……网上有营销号造谣我跟黎先生……"

"昭昭跟你？"晏庭面无表情，"呵。"

秦肖心想，您可千万别"呵"了，再"呵"下去，我要少活几年。"先生，我已经跟草莓娱乐那边取得联系，会配合黎先生的工作团队做澄清工作，您放心，我绝对会证明我跟黎先生的清白。"

"嗯。"晏庭脸色仍旧难看。

晏庭电话刚挂，就听到黎昭嘀咕："现在这些营销号越来越会编故事，连我跟秦先生都能扯到一块儿，他们怎么不造谣我跟你呢？"

晏庭眼睑动了动。

团队这边，罗荣一看这么多营销号齐齐下场，就知道背后有人黑黎昭。现在事情闹得沸沸扬扬，直接花钱把话题压下来，反而有心虚默认的嫌疑。可是造谣对象是苍寰的总裁特助，他们也没那么大的脸让秦肖配合团队的澄清策略。娱乐圈里，谣传谁跟谁有关系，是常见的抹黑手段，也是炒作手段。黎昭这次直接把大公司的高层精英牵扯出来，可就是个大麻烦了。普通人只要听说大公司的高管跟艺人出现在一起，就容易想歪，把他们想成不对等的关系。秦肖没有结婚，这种消息传出来，对秦肖而言只是付之一笑的不实风流韵事，可对于艺人的名声而言就是抠不掉的污点。

"罗哥，最先下场制造热度的是几个单打独斗的营销号，不隶属其他公司。不过事情爆出来以后，其他公司都跟着踩了几脚。"工作人员道，"爆料号没有指名道姓，如果我们这边想要起诉他们造谣，在取证方面会有一定的困难。"

"哪几家公司跟着下水了？"罗荣冷笑，"拎一家出来，挑个他们家的艺人爆黑料，帮咱们昭昭分担火力。"这就像是打群架，虽然一时不能揍所有人，但是逮过一个人来狠揍是没错的。

"好的。"工作人员心里有数，于是挑了一个料爆了出去。不是喜欢看热闹吗？那大家一起热闹好了。

正在对黎昭落井下石的艺人团队还没看够热闹，就发现自家的房子好像塌了。知道这是草莓娱乐对他们的警告，他们悻悻地撤回了自家的水军。他们心里隐隐有些诧异，草莓娱乐究竟有多看重黎昭？为了保住黎昭，竟然把这种料都抛出来用了。在舆情处理方面，草莓娱乐的战斗力向来很强，逮住一个浑水摸鱼的揍了以后，就开始引导言论了。

【凭借着一张背影图就能编一个故事出来，爆料的人做什么营销号，去写小说算了。我一个黎昭的路人黑都觉得看不下去了。黑人都不会？不会就跟我们学着点啊。】

这位网友确实是黎昭的黑粉，他的微博不是挑剔黎昭的长相，就是挑剔黎昭的演技，唯一没黑黎昭的时候，就是黎昭身世被爆出来的那段时间。甚至在黎昭高考成绩出来那天，这个黑粉还吐槽说："身为演员不好好比演技，比什么高考成绩？一点都不敬业。"

【哈哈哈哈，连黑子都看不下去的黑料，这是怎样的无脑黑？】
【黑粉：昭昭，看到这片黑漆漆的天下没？全是我黑的。】
【黑粉：守护世上最糟糕的黎昭，我讨厌的艺人，只有我能黑！】

每当黑料来临时，路人好感度就是艺人最有力的保护伞。没有路人好感度的艺人被黑，路人们不仅会开心地吃瓜，而且还恨不得更热闹些；但是，有路人好感度的艺人被爆出黑料，路人第一反应都会是：真的还是假的？会不会是最近表现得太好，被人故意抹黑？黎昭刚好就是路人好感度高的艺人,所以尽管营销号炒得厉害,但是舆论并没有达到营销号想要的效果。

【其实这样的照片我也有,只不过是我跟昭昭的合照。既然事情已经闹到这个地步,这件事我也就不瞒大家了,我跟昭昭在一起了,请大家今晚来我梦里参加婚礼。】

【楼上不要光喝酒,再来点头孢啊。我老公明明还在厨房给我做饭,怎么可能跟你举行婚礼?】

【惨,实在太惨了。别人家艺人传出绯闻,好歹也有个亲密照或是牵手照。就我家昭昭待遇差,竟然只有张一前一后的背影照。】

【我怀疑营销号看不起我家昭昭,照片都舍不得多放一张,动图、视频更是没有,我家昭昭不配拥有一段视频?】

【你们不要这么说,营销号其实还挺有良心,你们看他们给昭昭安排的绯闻对象,长得还挺好看。】

营销号以为黎粉们会崩溃,没想到他们的重点竟然是"爆料再多来点""绯闻对象长得好不好看"。这都是群什么粉?这是营销号带过的粉丝中最差的一届。

团队这边见主流舆论都偏向黎昭,都松了口气,看来昭昭在粉丝心中的形象还挺正面的。

"罗哥,昭昭真认识秦肖?"有工作人员问。

"昭昭的朋友是苍寰总部总裁办的员工,跟秦肖有几面之缘很正常。"罗荣倒不认为黎昭跟秦肖有什么。如果两人真有什么,黎昭不会瞒着他,反而会早早告诉他这件事,让他做好舆论准备。"查出是谁放的料没有?"罗荣也觉得奇怪,近来昭昭有没有跟谁家起资源冲突,谁会花这么大精力来对付昭昭?

"罗哥,卢仁易发微博了。"

在营销号口中连夜给黎昭写"小作文"的卢仁易,转发了《天歌》剧组的聚餐微博,并且圈了黎昭,调侃他"高考成绩这么好,什么时候请哥几个吃饭"。这条微博语气亲近自然,仿佛他跟黎昭是常在一块儿玩的好兄弟。

团队的工作人员有些意外,卢仁易怎么主动跳出来帮昭昭说话?营销号暗示卢仁易是迫于压力才会发微博夸奖黎昭,但是卢仁易却用这条微博告诉所有人他跟黎昭是哥们儿,就差没直接说营销号胡说八道了。卢仁易是这么好心的艺人?去年为了抢一个资源,这位可是把某个师弟往死里黑,现在怎么转性了?

当事人卢仁易此时此刻只后悔自己没有早点发现网上的消息,不然他就能早一点帮黎昭澄清了。这半年来,他的代言一个接一个地掉,可他却一个字都不敢说。怪只怪他眼瞎手贱,调换黎昭的座位牌,得罪了苍寰。这个时候别说让他发一条微博,就算让他开直播澄清都行。只要苍寰能原谅他在年会上犯的傻,让他做什么都行。一个成熟的艺人,要懂得能屈能伸。

卢粉吃过被打脸的亏,这次黎昭的黑料爆出来,大多粉丝都没有站出来说话,现在见哥哥出来发了这样一条微博,粉丝心里隐隐有种"果然如此"的感觉。也有不懂事的小粉丝在评论区里闹,问卢仁易是不是被黎昭威胁云云,被其他粉丝齐齐按了下去。他家哥哥可是当红一线流量,怎么可能为了黎昭这种三线艺人卑躬屈膝?哥哥站出来澄清,说明真相只有一个,那就是他们是好朋友。如果不是朋友,怎么会吆喝着一起吃饭?

【垃圾营销号,胡乱编料!】
【顺手点了举报,不用客气。】

营销号很生气,甚至还有点儿恨铁不成钢的心态。卢仁易,你好歹是一线流量演员,能不能有骨气一点?摆在眼前的报仇机会都不珍惜?尿货!

就在大家以为闹剧到这里就结束了的时候,苍时手表官方微博发了一条微博。

@苍时手表：恭喜我家可爱帅气的代言人@黎昭 先生，获得701的高分。珍惜每分每秒，勤奋前行，苍时手表伴你走过每一刻。转发本条微博，抽一位网友，赠送苍时手表秋雨款一块。

　评论区里，苍寰旗下其他品牌也都跟风加礼品。

　　@苍云酒店：苍云酒店，让你宾至如归。加赠苍云海景酒店豪华双人间三天体验卡。

　　@苍寰：加赠8888元现金红包。苍寰公司，有人的地方，就有我们的服务。

　　@苍易支付：你购物，我付账，加赠6666元现金红包。

　　@苍行汽车：车我送不起，送10000元购车代金券。苍行汽车，您出行的最好选择。

　还有苍寰旗下的各种电子科技产品、日化品等等，简直五花八门。网友被评论区里凑热闹发奖品的品牌惊呆了，第一次知道原来苍寰旗下有这么多产品。

　　【不用说了，这些奖品都是我的。】

　　【第一次知道苍寰旗下有这么多品牌，难怪我邻居家的小孩儿在苍寰总部上班，邻居天天出来吹嘘。】

　　【苍寰是良心企业，我刚才去查了一下，他家每年都会资助很多扶贫项目，几个月前，苍寰的老板还以个人名义捐了一大笔钱，用于走失儿童基因库的建设，并且还提供了技术支持。】

　　【送代金券的苍行汽车是认真的？我缺的是那一万块吗？我缺的是除开一万块的其他买车钱。】

　晏庭看着苍时手表的那条发出去不到十分钟就有了几万转发的微博，安排秘书给自己的微博账号开通了认证。这次抽奖活动弄得这么热闹，网友会不会猜测他跟昭昭有关系？

网上，网友们一边转发抽奖微博，一边感慨苍寰对自家旗下的代言人还真是爱护。不惧流言，端正态度，不愧是良心企业。黎粉也很感动，买不起苍时手表的就去买了一拨苍寰旗下的日用品，感谢苍寰对他们家昭昭的信任。

晏庭：这届网友是真的不行。

列出来的奖品实在太诱人，黎昭一个没忍住，转发了苍时手表的这条抽奖微博。黎粉发现后，纷纷谴责黎昭抢粉丝福利的行为，并且要求他把这条微博删除。

【哈哈哈哈，黑粉谴责营销号乱黑黎昭，黎粉却让黎昭删掉抽奖微博，不要跟粉丝抢福利。】

【这是什么沙雕偶像与粉丝，这家不仅正主与粉丝不正常，就连黑子都是奇葩。】

【哈哈哈哈哈，黎昭真的删除微博了，然后发了一个委屈的表情。结果没有粉丝去安慰他，反而夸他做得好。大半夜的，我在被窝里笑出猪叫声。】

黎昭团队也没想到，黎昭竟然会厚着脸皮转苍时手表的抽奖微博，这是什么奇葩操作？不过也算是歪打正着，现在谁也不会觉得黎昭是靠关系上位了。哪个靠关系上位的能混得这么惨，连品牌方的抽奖微博都不放过？

家里，黎昭捧着手机，耷拉着头叹息："连一个中奖的机会都不给我。"这届粉丝太冷酷无情了，嘴上说着爱他，却害怕他抢他们的奖品。收起手机，他用手肘轻轻撞晏庭，问："那些抽奖是怎么回事儿？"

"我不太清楚，可能是公司的宣传策略。"晏庭连忙装傻。

"真的不是你安排他们帮我造势？"黎昭很怀疑。

"昭昭，你小看了自己的商业价值。"晏庭打开评论区，"严格说起来，是公司在蹭你的热度，以便在年轻网友心中树立一个正面形象。"

黎昭看了眼抽奖微博下的评论，网友们果然在拿苍寰旗下的数家公司调侃，甚至称呼它们为"苍苍们"。

"近年来，网络销售占的比例越来越大，各大品牌都在挖空心思争抢网络消费者，苍寰也不例外。"网络销售所占的比例确实越来越大，但是苍寰旗下有很多产业并不需要这种销售手段，这个就不需要让黎昭知道了。

但是让晏庭没有想到的是，抽奖微博发出短短一小时内，苍寰旗下的很多日用品销量急剧增加，销售部门连夜安排工作人员打包发货，都没能赶上客户的需求。宣传部门心情挺复杂的，他们邀请黎昭担任苍时手表的代言人，没想到他把其他产品也一起"代言"了。谁能料到还有这种意外收获呢？有员工调侃："我们是不是该给黎昭那边发个大红包？"

秦肖听到秘书处那边说先生注册了微博，还进行了微博认证。他心想，先生这是看到微博上的评论，准备发疯的节奏啊。秦肖打开自己几百年没用的微博，怀抱着最强大的求生欲，转发了晏庭的认证微博。刚松口气，微信就跳出先生发给他的信息。

晏庭：外面传你跟昭昭的谣言，也就有可能传我跟昭昭的谣言，对吗？

对不对？这当然是对的。就算不对，他这个助理也要想办法让它对。想了想，秦肖找到几个没有公司背景的营销号，希望他们把话题往"黎昭跟苍寰大老板有关系"上引。

营销号："兄弟，这个真不行，我只赚卖良心的钱，不赚卖命钱。虽然我没有签公司，但是业内有谁不能碰的规矩我还是懂的，你别害我。"

秦肖："我可以加钱。"

营销号："加钱也不行。兄弟，看在你开头就给我发红包的份儿上，我可以提醒你几句。你要想黑黎昭可以，从哪方面入手都行，就是千万别跟苍寰大老板扯上关系。去年草莓娱乐有个女艺人不懂事，炒作自己是徐家的远房亲戚，出身豪门，你看她今年还有姓名吗？"

秦肖无言以对。这事儿其实跟先生没关系，先生根本没把事情放在心上，是其他人揣测太多，自己吓自己，断了那个女艺人的资源。这种关头，他也不好说自己就是苍寰老板的助理，目的就是想让老板跟黎昭上热搜。如果真这么说，传出去老板的脸面就没了。他叹了一口气，作为一名优秀的助理，他从没想过自己竟然要跟网络营销号打交道。再厉害的人物，进入自己不太理解的领域，都会有才华无法施展的憋屈感，尤其是摊上这种不能交给其他人办，只能自己偷偷处理的事情。秦肖准备再跟这个营销号谈谈时，发现自己已经被对方拉黑。

身为一个合格的助理，就算前面有困难，也要迎难而上。秦肖花钱买了两个粉丝数几十万的微博号。

【为了黎昭，苍寰旗下所有品牌都来发奖，看来他不是跟苍寰总裁助理有关系，而是跟苍寰大老板关系非同一般。】

【我也觉得黎昭可能跟苍寰老总交情很好，不然苍寰旗下这么多产品，也不会这么给面子。】

两条微博发出去后，很快就有人搭理秦肖了，但好像不是他想要的结果。

【黎昭如果真能搭上苍寰老板的路子，还拍什么戏？】

【黑人要讲基本法，前面传秦肖，现在又传苍寰老板，你怎么不说黎昭是万人迷，整个苍寰都迷恋他？】

【别舞了，没人会信这个。】

【我发誓，我真的是黎粉，但是对这种黑子，我半点都恨不起来。因为我对他智商的同情已经超越了我对他的恨。】

【黎粉果然心地善良，宽容大度，对这种智障都能报以宽容。】

秦肖：先生，我真的已经努力了。

黎昭工作团队这边，罗荣看到有人把黎昭跟苍寰老板扯到一块儿，向来沉稳的他吓得脸色都变了。他赶紧让工作室联系对方，删除不实谣言，不然将以法律手段起诉。

收到黎昭团队警告信的秦肖：……算了，这种事早点放弃会比较开心。

第二天一早，秦肖见先生精神奕奕地来了公司，就知道黎先生没有因为先生隐瞒身份而生气。他还没来得及松口气，就听到先生问："网上有没有人讨论我跟昭昭的关系？"

秦肖沉默两秒，才回答："黎先生的粉丝都是理智粉，不会因为别人说了什么就怀疑黎先生。"

"原来没人相信。"晏庭似是失落，又似放心，"这样也好，能减少昭昭的麻烦。"

"其实也不是没有人讨论，网上有些网友，还是很支持拆迁土豪跟黎先生这对兄弟的。"秦肖趁机挽救了一下。

晏庭的脸色却变得更加难看。"万一被昭昭看见，等于是在提醒昭昭，我骗过他。"晏庭摇头，"这个不好，花钱把话题封了。"

秦肖无奈，从来不任性、不多事的老板，多起事来让人头疼。行吧，人生总要有点儿乐趣，天天想跟黎昭成话题也算！秦肖这边刚把事情安排妥当，草莓娱乐孙总的电话就打了进来。秦肖把电话拿给晏庭。

"庭先生，昨晚网上有营销号故意炒作您跟昭昭的关系，我知道您行事低调，所以已经安排法务联系对方删除了微博。"

晏庭沉默了。

"这绝对不是我们公司的意思，您跟昭昭的真挚友谊，我都看在眼里，绝对不会让网上那些乱七八糟的谣言来玷污这份真情。"

晏庭沉默了很久，才说："嗯。"

"您能理解就好，我就怕网上那些乱七八糟的谣言，影响你们的友谊……"

"网上的言论，确实不用太在意。"晏庭平静开口，"以后网友如果拿我跟昭昭调侃,你们也不需要刻意压制,如果玩笑开得太过火,影响了昭昭的事业发展,再去解决。"

孙总挂了电话,心情十分复杂,他转头对助理说:"曹嘉,我们要对黎昭再好点。"晏庭都愿意让他们拿他给黎昭炒作了,这是何等感人肺腑的……友谊。

曹嘉把孙总的意思,传达给了罗荣。

"不用管?"罗荣有些不满意,以为高层是看了网上的谣言,打算放弃黎昭,"曹助理,不是我想管,但是如果惹得苍寰那边不满,我担心会影响昭昭后续的发展。"

"这个你不用担心。"曹嘉笑,"当然是孙总跟庭先生那边交流过,才敢这么说。"

罗荣挂断电话,眉头轻皱。苍寰大老板如果真这么给面子,去年公司里的那个女艺人就不会那么倒霉了。他隐隐觉得这事儿有点儿奇怪,甚至在心里生出一种荒诞的想法:也许……昭昭真的跟苍寰老板有交情。不不不,他怎么会有这么大胆的想法呢?

"罗哥。"穿着普通T恤衫,头戴鸭舌帽的黎昭走进来,手里拎着一大袋营养餐,分发给团队的宣传工作人员,"昨晚大家连夜加班,辛苦了。"

"昭昭,你还记得我们在连夜加班啊。"一位工作人员打开餐盒,大口吃起来,"我还以为,你心里只有转发抽奖。"

黎昭干笑两声:"奖品太诱人,我一时间没忍住。"

罗荣以为黎昭是故意转发抽奖,好活跃气氛,没想到是真的看上了苍寰旗下的那些奖品。身为当红新人流量演员,黎昭怎么好意思?吃着黎昭送来的早餐,罗荣给昨晚上夜班的工作人员放假,留了两个昨晚没有加班的同事值班,然后对黎昭说:"昭昭,苍时手表那边并没有因为昨晚的绯闻对你产生不满,还给你送来了秋季最新款手表,等下我拿给你。"

"谢谢罗哥。"黎昭摘下鸭舌帽,往沙发上一坐,"最近有没有什么不错的剧本?"

"公司这边，想安排你跟陆昊一起拍部电影，编剧跟导演都是业内一流的，不过陆昊的番位会在你前面。"罗荣将电影剧本交给黎昭，"电影一个月后才开机，所以我帮你接了刘芬新电影的男配角色。"说着，罗荣又扔给黎昭一个剧本。

第一个剧本，是爱国战争题材电影，黎昭跟陆昊的人设都很出彩，只要班底靠谱，电影上映后就有基本盘，不会扑到哪里去。刘芬的新电影名叫《七个男友》，刘芬扮演的是个大龄未婚女精英，因为救下了一只猫，被猫强行赠送了七个风格各异的男友。黎昭的角色是个"豪门黏人小狼狗"，经常对女主说出各种霸道的宣言，女主对他有过片刻动心，但最后女主觉得两人并不合适，拒绝了他。

"圈内竞争很大，任何绯闻在新的作品面前都不值一提。"罗荣担心黎昭不想接这个角色，劝说道，"刘芬很有观众缘，票房运也不错，这个角色演好了，能帮你吸引不少女友粉。"

"这个角色挺有趣，我接了。"黎昭对罗荣笑，"谢谢罗哥。"

谈完了正事，罗荣带黎昭去公司的餐厅吃饭。草莓娱乐的员工餐荤素搭配，很是健康，可惜大多艺人没时间回公司用餐。餐厅里，除了公司工作人员及一些还没正式出道的练习生，找不到一个有咖位的演员。黎昭的出现引起了练习生的注意，他们看向黎昭的眼神充满了艳羡与向往。娱乐圈的艺人太多太多，能像黎昭这样被公司力捧还有观众缘的实在太难得了。

拿着餐盘取完食物，黎昭发现旁边有个穿着时尚的男孩子，满脸惊恐地看着他餐盘里的东西。黎昭笑道："不好意思，天生吃不胖。"男孩子的眼神从惊恐变成了嫉妒，为了能在镜头前显脸小，他们饿得睡不着，黎昭却是天生长不胖的体质，连皮肤都那么好。老天爷造人的时候，是不是偏心眼了？

罗荣看到黎昭盘子里的食物后，本来想提醒黎昭注意饮食，可是一看黎昭的体形，又把话咽了回去。公司餐厅的自助餐只算得上能吃，少油少盐，跟美味是没关系的，但是罗荣还是眼睁睁看着黎昭把盘子里的饭菜吃得干干净净。想起黎昭年幼时的经历，罗荣心软了，说："下午

第 7 章 真相

早点回去休息,《七个男友》那边拍得差不多了,你后天就要进组。拍摄地就在京市,吃住都方便。"

黎昭点头。

"对了,网上有人传你跟苍寰老板有关系,团队这边已经处理干净了。"罗荣观察着黎昭的表情。

"他们不是在传我跟秦先生有关系吗,怎么又变了个对象?"

"想要黑你的人是不会讲道理的。"罗荣低头喝了口咖啡,"网上的人,披着虚拟的马甲,很容易把人性中的丑恶发散出来,你不要在乎网上的恶言。"

"谢谢罗哥,我不会在乎的。"黎昭弯下腰,小声说,"罗哥,其实我跟苍寰大老板真的认识。"

罗荣手一抖,问:"是你认识他、他不认识你的关系,还是互相认识的关系?"

"是朋友关系。"黎昭有些不好意思,"还记得去年苍寰年会,我戴的那些首饰吗?"

罗荣点头,但仍旧不解:"可那些,不是那个拆迁土豪朋友借你的吗?"

黎昭笑得更加不好意思,道:"对,拆迁土豪就是苍寰老板。"

罗荣的手抖得像是食堂大妈在打饭,杯子里的咖啡差点儿直接喂进鼻子里。"苍寰老板……就是那个借你房子、借你首饰的人?"

是他冤枉营销号了,原来黎昭真的跟苍寰老板有关系。拆迁得了两栋楼?对,前几年苍寰总部旧址拆除,又分别修建了现在的总部大楼跟东城的分部大楼。门面几十套?全球大小分公司,加起来大概都不止几十家。现在的有钱人都这么谦虚低调?难怪孙总与曹助理常常给他电话,让他好好安排黎昭的工作,不能让黎昭累着,也不能给黎昭不好的资源,更不能强迫黎昭拍不喜欢的剧。能跟苍寰老总称兄道弟的人,整个草莓娱乐谁不想捧着?

还有刘芬那边,每次有了不错的资源都主动告诉他们团队,对黎昭亲切友好得不行,恐怕是对昭昭的背景有所猜测。这才对,这才像刘芬的做事风格,不然他会怀疑刘芬对他们家昭昭有不良企图。

等黎昭走了以后,罗荣晕晕乎乎地回到办公室,负责监督网络舆情的工作人员小心翼翼地对罗荣说:"罗哥,网上又有几个小营销号暗指昭昭与苍寰老总有关系。"

"没事。"罗荣摆了摆手,眼神沧桑,"随他们去。"

"万一苍寰那边……"

"你们放心,苍寰那边绝对不会有意见。"

罗荣心想,他傻,他真的傻。在苍寰旗下所有产品的官博都跳出来为黎昭搞抽奖时,他就该感到不对劲的,为什么完全没往那方面想?大概……几乎所有人都默认,苍寰老板是不可能与任何人产生交集的。在外界眼里,这位神秘的老板是机器,是雕像,是没有感情的物件,拥有千万亿家产,唯一不会拥有的就是活人的情绪。偏见、刻板印象会欺骗人的眼睛,蒙蔽人的大脑,让人失去正常的判断能力。金牌经纪人罗荣同样犯了这种错误。

昏暗的屋子里,徐北看着网上的舆情已经转向了利于黎昭的那一面,气得把屋子里能砸的东西全部摔得干干净净。不,他还有机会。还有一个弄死黎昭的办法。

他找到营销号,说:"去网上炒黎昭和苍寰老板有关系,明着夸黎昭跟苍寰老板关系好,两人是朋友。"他就不信,晏庭身边的人会容忍小演员拿晏庭炒作。

营销号:"有病?"

徐北:"什么意思?"

营销号:"我跟你无冤无仇,你为什么要害我?"

徐北再发消息过去,发现自己被对方拉黑了。徐北气得把电脑也砸了。为什么预知了所有事情,他仍旧干什么都不顺,甚至比梦里还要倒霉?

## 第8章 预言

"老板,近期与那些爆料营销号有过经济来往的人全在这里。"下班之前,秦肖把一份名单放在晏庭面前,"这六个人全是艺人,四男两女。"

晏庭一眼扫过名单,留意到了"徐"这个字。徐北?晏庭的目光,在这个名字上多停留了几秒。

秦肖介绍了六个艺人的身份,介绍到徐北时,没有直接说他的名字:"这个艺人我查过,是紫茄娱乐的艺人,之前与陈航有些关系,不过自从上次请陈航父子喝过茶以后,陈航就跟他疏远了不少。此人多次买通稿抬高自己,踩低黎先生,不过由于能力不够,每次都被黎先生狠狠压住风头,反倒是他丢了好几次脸。"

晏庭把名单交给秦肖,吩咐道:"你去处理。"

"好的,先生。"秦肖收起名单,不让晏庭再看到"徐"这个字。

黎昭临进《七个男友》剧组的前一天,草莓娱乐的一位男艺人得了急性阑尾炎,住进了医院。这个男艺人本来要去某个综艺节目做嘉宾,现在却没办法去现场了,而这个资源男艺人也不想让给别人。最后他的经纪人跟罗荣商量,想请黎昭帮男艺人顶一期。找黎昭帮着顶一期最安全:首先,他们是同一家公司的艺人;其次,黎昭马上就要进剧组,男艺人完全不用担心黎昭会抢走这个资源;最主要的是,黎昭虽然只在《归隐山林》当过几期的救场嘉宾,但是黎昭的综艺感在节目中表现得淋漓尽致,不少综艺制作人都向黎昭递出了邀约,可惜黎昭全都推了。如果推黎昭去参加这个节目,节目组那边肯定没有意见,就是不知道黎昭这边会不会同意。

黎昭同意了,因为他待在家里没事做,晏庭给他来过电话,说要很晚才回来。晏庭不在家,他不如去录一下午节目,赚点小钱。

这档节目是京市电视台的室内综艺节目,每季都有固定嘉宾,收视率与口碑都不错。黎昭到的时间不早不晚,节目组的工作人员接待了他,还给了他台本。看完台本,工作人员带黎昭去见其他嘉宾。嘉宾休息室里,嘉宾们都在闲聊,主持人跟他们打完招呼,笑着解释道:"各位老师,由于王老师急性阑尾炎发作,所以本期安排了一位临时嘉宾,大家猜猜这位艺人是谁?"

嘉宾们关心了一下王姓艺人的身体状况,开始猜测临时嘉宾的身份。

"老王是个男人,所以这次的临时嘉宾,肯定是个男的。"

"老王是个帅哥,所以这次的临时嘉宾,长得一定很帅。"

"徐北,你怎么想?"旁边的摄像机还开着,其中一个艺人见徐北在发呆,开口引回他的注意力。

"这个……我也猜不到。"徐北心里隐隐觉得有些奇怪,这个艺人在镜头外与他关系并不好,为什么会突然帮他找话题?

提醒徐北的艺人叫岑汉,年过而立,喜剧演员出身,家庭和睦,性格随和,跟宋喻是同一家公司。岑汉跟宋喻有交情,早年受过宋喻父亲的恩惠,所以对宋喻这个小弟弟一直比较照顾。哪个哥哥会喜欢欺负自家弟弟的人?徐北在《恋爱》里没有吸到多少粉,就想办法进了这个室内综艺节目。虽然岑汉从没有在节目里刻意针对他,但是岑汉在镜头外对他的冷淡态度,几乎所有人都看得出来,这让他在节目组里很尴尬。

"看来大家都没有猜到。"主持人笑,"来,让我们鼓掌欢迎本期的临时嘉宾。"

众人齐齐鼓掌看向门口,当房门推开,临时嘉宾走进来的那一刻,徐北脸上的笑容变得僵硬——怎么会是黎昭?

"欢迎昭昭。"屋子里的几台摄像机同时工作,捕捉着每一位嘉宾脸上的表情。

"谢谢大家。"黎昭走进屋,朝嘉宾鞠躬问好。

"欢迎欢迎。"岑汉起身招呼黎昭在自己旁边坐下,对黎昭说,"看到你，我就想起了一个人。"

"谁？"黎昭有些好奇。

"十几年前的我。"岑汉感慨，"当年的我跟你一样帅。"

"岑哥您谦虚了，您十几年前比我还要帅。"黎昭对岑汉笑，"您在《影侠》中的公子形象，现在还有很多女孩子喜欢。"

"可惜生活对他无情了点。"另一位女谐星朝黎昭招手，"来，昭昭到我这里来坐，我可以保护你这张英俊的脸，不受岑汉的传染。"

"去去去去，我看你分明是垂涎我们家昭昭的脸。"岑汉说笑间就把黎昭介绍给了其他嘉宾。也不知道是不是巧合，介绍别人时岑汉都有很多说辞，介绍到徐北时他就只是客套地说了几句。黎昭看得出岑汉跟徐北的关系冷淡。

"你好。"黎昭微笑着与徐北握手。

"黎哥好。"徐北皮笑肉不笑地与黎昭虚握了一下。

"徐哥客气了，您比我大两三岁，让您叫我哥，我多不好意思。"黎昭笑容不变，"您叫我名字就好。"三天两头被碰瓷，黎昭对这位叫徐北的艺人已经自带警惕雷达。

徐北脸上的笑容变得更加僵硬，两人松开手，再无交流。面对黎昭，徐北既觉得心虚，又觉得厌恶，这种复杂的情绪，在黎昭与他共处一室时几乎达到了顶点。然而，活动环节正式开始时，他跟黎昭竟然分在了一个组。

"徐哥，求带。"

看着黎昭脸上的笑意，徐北莫名有种自己被盯上的错觉。难道黎昭已经知道他是幕后爆料人了？

游戏环节，徐北很快就累得气喘吁吁了，可是看到精神饱满的黎昭，他还是咬着牙继续坚持。在他掉下充气陷阱的那一刻，黎昭忽然扑过来抓住了他的手。"徐哥，你不要担心，我一定不会松手的。"

"不，你不要管我。"徐北愣了愣，见到就在旁边的摄像头，才开口说，"你先走，不要让对手发现你。"

但是徐北话音刚落，黎昭就硬生生把他从坑里拖了出来。把一百多斤的他从坑里拖了出来……徐北看了看黎昭白净的手臂，后背有些发凉，一定是室内冷气太足的原因。

"徐哥，这样的坏结果，我不会让你如意的。"黎昭对徐北露出灿烂刺目的笑容，"走。"

坏结果？什么坏结果？黎昭在暗示什么？

仿佛没有看到徐北恍惚的神情，黎昭指着一间屋子说："走，我怀疑真相就在里面。"

徐北愣愣地跟在黎昭身后，看他翻着书架上的书，念叨一些搞笑的梗，徐北有种无法融入的心虚感。

监控室里，节目导演对徐北的表现非常不满意："徐北究竟在干什么？我们这里是综艺节目拍摄现场，不是衣橱展示，他站在那里干什么？"综艺节目不怕嘉宾话多，就怕嘉宾像傻子似的戳在那里当木桩子。"早知道就不该把他跟黎昭分在一组。"节目导演小声骂人，"幸好黎昭的梗多，不然这一组根本没法看。"提到黎昭，节目导演有些遗憾，"可惜他不是常驻嘉宾，不然咱们这个节目的看点更多。"

黎昭的表情很有感染力，很容易让观众代入他的情绪，不由自主对他产生好感。演员如果拥有了这种特质，等同于老天爷赏饭吃。再看监视器里，黎昭还在努力给徐北递梗，但是徐北一副不情不愿、不愿意搭理黎昭的样子，气得导演连喝几口冰水，才把火气压下来。早知道，他就不该同意《妖精女友》那边的请求把人安排进节目。就这木头木脑的样子，做事不认真的样子，拍出来的剧恐怕也好看不到哪儿去。

晚饭时间，嘉宾们停止拍摄，节目组给他们准备了豪华工作餐。嘉宾们坐在一起，一边吃饭一边聊天。黎昭听到几个女嘉宾在夸彼此的口红色号好看，他偷偷看了一眼，实在分不出这几种红有什么区别。女嘉宾注意到黎昭茫然的眼神，从包里掏出几支口红拧开，问："昭昭，你分得清这些色号吗？"

"不都是红色？"黎昭认真地盯着这些口红看了好半晌，"有……区别吗？"

"番茄红，胭脂红，大正红。"岑汉看了一眼，伸手拍了拍黎昭的肩膀,"别看了,像你这种没有女朋友的男孩子,是看不懂的。"

黎昭恍然大悟:"岑哥好像很了解。"

"那哪能不了解。"岑汉喝了一口汤,"你嫂子每次买了新口红,都要问我好不好看,我当然要说好看。光说好看不行,还得说出好看在哪里,我如果连颜色都分不清,还怎么哄你嫂子高兴?"

黎昭看向岑汉的眼神,瞬间充满了敬仰。他在心中暗暗感慨,谈恋爱比高考还要难,他是真的不懂这些红色有什么区别。要不,以后……还是别谈恋爱了吧?

晚上录制节目的地点在京市有名的鬼屋。徐北跟黎昭走进门,黎昭还没反应过来,就听徐北惨叫一声,一阵风似的跑进旁边的岔道。摄像机给黎昭茫然的脸来了一个大特写,然后把开着绿色灯光、只摆了几样道具的屋子也拍了一遍。

"徐哥,你别害怕,鬼屋里都是骗人的。"黎昭只好沿着徐北跑走的路线追过去,刚跨过一道门,一个披头散发、穿着红裙的"女鬼"就出现在他面前。两人默默对视了三秒钟,黎昭往旁边挪了两步,女鬼姐姐跟着挪了两步。"美丽的小姐姐,我来找一个活人,请问你知道他去了哪里吗?"这间屋子里有三条通道,黎昭也摸不准徐北去了哪儿。

女鬼小姐姐看着黎昭。黎昭也看着她。就这样沉默了半分钟以后,女鬼小姐姐为了避免自己笑场,伸手指了其中一道门。

"根据我看恐怖小说的经验,女鬼指的路一定是错的,所以我选这条。"

黎昭走了两步,发现一个"吊死鬼"伸出了长长的舌头。他把舌头道具卷起来,塞到演员手里:"舌头不要伸出来,外面灰尘重,不卫生。"

扮演吊死鬼的演员捧着舌头道具:年轻人,你能不能尊重一下我的职业,害怕一下。

黎昭踏进黝黑的通道,里面只有点儿绿色荧光,摄像师小声问:"昭昭,你不害怕这些?"

"我读书那会儿,思想政治课经常考全班第一名。"

摄影师不解:"所以?"

"所以我是一个优秀的社会主义接班人，"黎昭认真表示，"能够推倒一切牛鬼蛇神。"

摄影师无言以对，只能在心里默默吐槽：那你可真是厉害坏了。

"啊！"

黎昭听到了徐北的惨叫声，快步跑过去，就见徐北抱头站在角落。

听到身后传来脚步声，徐北脸上露出狠意，把早就藏在怀里的骨头道具朝黎昭砸去，然后狠狠一踹。哐当，骨头砸空。在徐北的脚挨到黎昭的衣角时，黎昭摔倒在了地上。

"昭昭！"摄像师在黎昭后面，只看到徐北狠狠踹过来，黎昭就捂着肚子倒在地上，吓得摄像机都抓不稳了，赶紧一手扛机器，一手去扶黎昭。突然发生这种变故，扮演鬼怪的工作人员还有跟在嘉宾后面的安全员都拥了过来，关切地询问："昭昭，你没事吧？"

徐北看着神情痛苦、面色惨白的黎昭，一时没有反应过来。他刚才根本就没有踹到黎昭！他本来打算借着受惊过度的借口让黎昭吃个暗亏，可他刚刚根本就没有伤到黎昭，黎昭怎么会一副痛得喘不过气来的样子？

"我……"

徐北的话刚开一个头，黎昭就抢先开口："我没事，我没事。徐哥也不是故意的，他刚才肯定是害怕过度，才会条件反射地做出自保动作。"

大家见黎昭疼得话都说不利索了，就知道黎昭这一脚挨得不轻。他们担心嘉宾出事，于是提议暂停拍摄。

"没事，继续拍。"黎昭摇头，"不能因为我一个人影响拍摄进度。大家早点拍完，也能早点回去休息。"

节目组的工作人员很感动，黎昭实在太敬业、太善解人意了。

监控室里，节目导演与其他几位工作人员表情有些难看。他们都是制作综艺节目的老手，嘉宾之间暗中较劲的手段见过不少，徐北刚才的反应……分明就是故意的。如果他真的害怕"鬼"，在黎昭倒地，扮鬼的工作人员拥过去时，会有害怕的表现，可是他在踹了黎昭之后，看到那些扮鬼的工作人员并没有避开或是不敢目视的行为。

"导演，这段……要不要留着？"

"留着，一部分放进宣传花絮，一部分放进正片里。"导演被徐北的手段恶心得够呛，如果每个嘉宾都像徐北这么搞事，他们这个节目还怎么拍？

徐北从没有像现在这么憋屈过，可是在黎昭唱作俱佳的表演下，就算他说自己根本没有伤到黎昭，也不会有人相信，恐怕这些人反而会觉得他不识好歹。听着黎昭在工作人员面前帮自己说"好话"，还笑着安慰他说"没事"，徐北恨不得撕下黎昭脸上的面具。他根本就没有踢到，当然没事！

"徐哥，你不要自责。"黎昭伸手搭在徐北肩膀上，笑眯眯地说，"我皮糙肉厚，这么一脚不算什么。"跟拍的摄像师想起黎昭小时候被人虐待，天天被打得鼻青脸肿，徐北这一脚比起他年幼时的遭遇确实不算什么，可越是这样，才越显得心酸。

其他几组嘉宾拍完鬼屋环节，坐在休息室里休息。岑汉看了眼时间，说："昭昭跟徐北两个年轻小伙子竟然是最怕鬼的，现在都还没出来。"工作人员走出来小声给几位嘉宾道歉，说明了事情原委。听完前因后果，嘉宾们脸色都有些不好看。又是拿道具砸人又是踹人的，真的是不小心？

结束拍摄，在摄像师盖上镜头盖的瞬间，徐北沉下了脸。他面色阴沉地看着黎昭，小声道："黎昭，算你狠！"

黎昭微笑："徐北，您在说什么呢？"

"你就是靠着这种无辜笑容博得秦肖关注的？"徐北咬着牙，一字一顿道，"等着吧，你得意不了多久了。"

黎昭笑而不语。

徐北被他的笑容激怒："你等着吧，等苍寰易主，有你倒霉的时候。"说完，推了黎昭一把，转身就走。

"昭昭，你没事吧？"一个从鬼屋出来的工作人员扶了他一把。

"我没事，谢谢。"黎昭朝工作人员道谢，心里隐隐觉得奇怪。

苍寰易主？苍寰不是庭庭的公司吗，为什么要易主？徐北……徐。难道徐北是晏庭的亲戚，想瓜分庭庭的公司？黎昭脑海里浮现出无数关于豪门斗争的电视剧情节。回到休息室，黎昭与其他嘉宾拍完结束镜头，匆匆赶回了家。

夜色已深，黎昭回到家，发现晏庭还在公司没回来。

管家伯伯给他准备好了夜宵，见黎昭竟然不急着吃，感到十分意外。"黎先生，是夜宵不合胃口，还是身体不舒服？"

黎昭摇头，他问管家："管家伯伯，庭庭家有没有一个叫徐北的亲戚？"

"徐北？"管家的笑容变得有些奇怪，甚至带着些许轻蔑，"徐家那些人算不上什么亲戚，如果有人对你说了乱七八糟的话，你不要放在心上。"

黎昭懵懂地点头。

"徐北这个人，确实是徐家那边的一个后辈。"管家说，"不过先生从不与那些人来往，也不喜欢别人在他面前提起徐家人。"

"好，那我以后也不在他面前提。"黎昭心想，难怪庭庭不愿意跟徐家的人来往，连他都觉得徐家恶心。做亲戚的，天天盯着人家的公司，恨不得取而代之的嘴脸实在太恶心了。

黎昭给张小源打了电话，说了今晚录制节目时发生的事。

"干得好，对付这种小人，就要用小人手段。"张小源深感痛快，"工作室这边已经查清楚了，花钱买营销号黑你的就是徐北。这个人长得尖嘴猴腮，丑得跟猩猩是一家，还好意思来黑你，也不知道是谁给他的勇气。"

"这么快就查出来了？"今晚徐北把他跟秦肖牵扯在一起的时候，他就怀疑爆料跟徐北有关，没想到果然如此。

"曹嘉那边得到消息就告诉了工作室这边。"张小源也不知道上层走了什么路子查到了这些消息，不过上面愿意花精力帮昭昭讨回公道就是好事，"算了，不要为了这种垃圾影响心情。"张小源岔开话题，"再过几天就要填高考志愿，你有没有心仪的大学？"

"水木大学跟京市大学都挺好。"黎昭微微一怔，他似乎从没认真想过现在是演员的他选哪个专业更合适。

"京市大学有与影视相关的院系，水木那边去年也开设了与演艺方面沾边的专业，都挺适合你。"张小源心情有些复杂，当年他高考完，焦虑的是自己的分数能去什么大学，而昭昭焦虑的却是几所顶级大学究竟选哪一所。人与人之间的差别，真是大得让人没有力气去吃柠檬。

晏庭回来得很晚，他回来的时候，黎昭盖着薄被，靠着沙发睡着了。晏庭走到沙发边，看着黎昭安静的睡颜，弯腰闻到了他身上淡淡的沐浴露清香。他睡着了，什么都不知道。

"庭庭？"黎昭睁开眼，迷迷糊糊地看着晏庭靠得极近的脸，"你在看什么？"

晏庭盯着他看了几秒，缓缓站直身体，声音平静："看你脸上，有没有长痣。"

"我脸上没有。"黎昭解开睡衣最上面那颗扣子，指着脖子侧面，"这里，这里有一颗。"

看着细长白皙的脖颈，晏庭赶紧把他的衣领拉上，道："解开扣子干什么，扣上！"

"你不是想看我有没有长痣？"黎昭打个哈欠，"公司的事情是不是很多，你今天这么晚才回来？"

"嗯，我要好好赚钱。"晏庭看黎昭。

庭庭还不够有钱？有钱人的世界，黎昭真的不懂。已经是深夜，黎昭没让晏庭吃夜宵，而是到厨房给他热了一杯牛奶，告诉他："喝完牛奶早点睡，明天我去剧组报到。"

"新戏？"

"女主电影的七个男配之一。"黎昭笑，"最近的档期比较宽松，所以去电影圈混个脸熟。"

近两年大众对流量演员的排斥感越来越强，年轻演员如果想要在娱乐圈长久地发展下去，就需要更多的努力与机缘，不然会变成路边十块钱一把的烟火棒，燃烧完自身就被当作垃圾抛弃。草莓娱乐给他安排的发展路线,是很多年轻艺人想要拥有却无法拥有的——跟影帝、影后搭戏,接高端品牌代言,不轻易接对他的发展没有帮助的合作。

"明早就走?"晏庭端牛奶的手微微一顿。

"对。"黎昭点头,"不过大部分戏都在京市拍。"

"好。"晏庭看着黎昭的嘴角,悄悄移开视线,"你早点去休息,我看会儿电视。"

"都这么晚了,还看什么电视?"黎昭笑,"快去睡觉。"

"今晚《天歌》更新到第五集,你要出场了。"晏庭打开电视,"我明天早上不去公司,可以熬夜。"

黎昭就不同了,为了明天的上妆效果,他不能熬夜。

等黎昭回到房间,晏庭调出电视机的回放功能,播放《天歌》的第五集。作为一部大型历史题材电视剧,陆昊扮演的皇帝在剧中可圈可点,挑不到半点错处。黎昭表演的名臣刚出场时,扮相与外形都很符合史书上描写的"美姿仪",导演似乎也有意突出这一特点,给了黎昭一个很美的慢镜头——唇红齿白的文雅公子,掀起马车帘子展颜浅笑时,足以让天地间的一切失色。晏庭按下了暂停。他静静看着宽大屏幕上的年轻俊美公子,从外套口袋里掏出药瓶,面无表情地吃了下去。

"庭庭。"

晏庭抬头,黎昭趴在二楼栏杆上,上半身探了出来。晏庭突然脸色一变,猛地站起身,手里的药瓶摔落在地,药片滚了一地。"回去,别趴在那里。"晏庭声音沙哑,他怔怔地看着黎昭,声音变得小心翼翼,"昭昭,你往后退。"

黎昭从未见过晏庭露出这种惊恐的表情,他乖乖往后退了一步,问:"庭庭,你怎么了?"

"我没事。"晏庭弯腰把药片装进瓶子,在黎昭走下楼之前,把药瓶放进了外套口袋里,"管家说,栏杆那里有些松动,趴在那里不安全。"

屋子里太安静,晏庭取消暂停,让电视剧继续播放。

"我忘了拿手机。"黎昭走到沙发边,把手机拿起来,盯着电视上的自己看了几眼,笑着说,"当时拍掀帘子的镜头,试了好几个角度,没想到用的还是第一组镜头。"

"很好看。"

"真的？"黎昭摸了摸下巴，"导演说我是这部剧的颜值担当，戏服跟男主一样多。"

"真的。"晏庭点头，伸手帮他理了一下睡衣的肩膀，"早点去睡。"

"那我先去睡了，你也不要熬太久的夜。"黎昭走到楼梯口，转身回头看了眼晏庭的外套口袋，沉默地回到了房间。管家伯伯跟他说过，这栋房子里的每样物件都会有人定期检查，以确保屋子每个地方的安全性。他再次想起宋喻说过的话——庭庭曾目睹妈妈从家里的高处跳下。以后……他尽量不在庭庭面前趴到围栏上。

《天歌》在央视一套与八套黄金时段播出，收视率有基本盘，只要片子没有烂到惊天动地，就不会砸锅。大概是近期的剧实在太烂，无剧可看的年轻观众在看了几集《天歌》后，开始自发安利——服装道具都很严谨，女演员的妆容也不是千篇一律的现代式妆容，演员的演技全程在线，就连龙套都很认真。一些观众看了第五集后纷纷感慨，黎昭饰演的徐大人刚一出场，就足以让女人发出尖叫，很符合历史书上"面如冠玉，美姿仪"的描写。还有人夸杨导"神选角"，就连宋喻在剧里都抛弃了霸总式风格，演技像是乘电梯似的飞升。鱼粉们感动极了，自家小鱼儿第一次不被吐槽演技，还被夸奖了，这是跨时代的进步。当然，网友转发最多的还是徐大人掀开马车帘子微微一笑的动图。无数人在这张动图面前体会到了心动的感觉。

第五集播出后，第六集的收视率有明显的增长，网络指数也开始上升。一些娱乐八卦论坛上，有人给《天歌》创建了剧情专楼，黎昭在剧中的动图引来了几百层楼的回复。

1531L：一开始《天歌》剧组官宣演员时，我还吐槽草莓娱乐为了捧新人什么剧都敢去凑热闹，现在我想忏悔，我不该怀疑男朋友的演技与颜值。

1542L：前面几楼都矜持点，男人不能光看脸，还要看内涵，我看上了黎昭的内涵,我可以。

1653L:好的导演真的能让演员进步,跟《霸道女总》里面相比,黎昭的演技跟镜头感都强了很多。

1710L:宋喻在这部剧里看起来都顺眼了很多,这就是好剧组的魅力。

《天歌》播出后好评如潮,收视率稳步上涨,六集刚播完,收视就已经破了2点。这样的收视放在十年前不值一提,放在网剧占据半壁江山、电视收视整体都很惨淡的当下,《天歌》刚开播没几天能有这么高的收视率,几乎能预订今年的收视年冠了。而且这部剧几乎给全员带来了红利,不仅是主角,配角们也获得了极大的关注度,尤其是黎昭,风头比主角差不了多少。不过陆昊家的粉丝都知道,陆昊跟黎昭关系不错,又是同一家公司的艺人。陆昊签到草莓娱乐以后,就拿下了两个一线代言、一部名导的电影,时尚资源也好了不少。所以陆昊的粉丝并没有因此反感黎昭,反而跟黎粉之间关系融洽,有时候甚至还帮黎昭打投做数据。

黎昭进入《七个男友》剧组,全组上下对他都很友好,虽然剧组的气氛比不上《苍穹之影》自在,但拍得很顺利。

为了符合黎昭在剧中的人物设定,他身上的所有服装均由大品牌提供,车也是剧组花巨资租的限量名车。为了让他找到豪门阔少的感觉,剧组里的人天天喊他"黎少"。有个八卦记者混进剧组,听到剧组上下,包括女主演都叫黎昭"黎少",心中惊讶万分,回去就洋洋洒洒写了一篇文章——《落魄孤儿原是豪门走失公子》。在这篇文里,记者以目睹现场所有经过的知情者口吻,写了一个可歌可泣的坚强孩子如何成为当红明星,又如何被豪门发现,最后父子相认,走上了人生巅峰的故事。文章发出来以后,被一些营销号发现并转发,理由是奇文共赏。没人相信这篇文章的真实性,不过却被八卦记者神奇的脑洞逗笑了。大家纷纷劝这位记者改行,这么好的编故事天分,当八卦记者太浪费了。比如说,有人提到有名的绿江文学城,里面有着各种缠绵悱恻的故事,说他不去那里发展简直就是可惜。

《七个男友》剧组也没想到他们靠着一篇胡编乱造的文章上了一次热搜。刘芬跟黎昭开玩笑说:"昭昭,你让剧组省了一笔宣传费,等会儿让制片人给你发红包。"

黎昭哭笑不得,这故事编得有头有尾,如果他不是当事人,看完文章都差点儿就要相信了。拍完《霸道女总》走红了大半年时间,连央视都开始放他参演的电视剧,收视率和口碑都不错,可一直没有人站出来相认。大概……他注定要一个人在这个世上行走。手机震动了一下,黎昭打开手机,是晏庭发来的消息。

晏庭:今晚什么时候回来?家里空运了一些新鲜食材,等你回来做给你吃。

黎昭心中的那点失落瞬间消失得无影无踪。已经无所谓了,他现在有了庭庭。

"黎少。"场务笑着走过来,"准备一下,下场是你的戏。""黎少"现在是剧组的笑穴,只要有人这么叫就会引起一阵笑声,就连导演都有些忍不住。

刘芬私下里对黎昭很和蔼,但是在拍戏的时候却是高要求。黎昭跟她演了几天对手戏,学到了不少有用的东西。拍完今天所有镜头,晚霞已经染红了整个天空,黎昭跟剧组工作人员告别。

"昭昭,听说你明天请假了?"刘芬还要拍两场夜戏,神情看起来有些憔悴。

"嗯。"黎昭点头,"明天填高考志愿。"

刘芬神情恍惚了片刻,笑了:"真好。"

"高考"两个字,让她回忆起了少女时代,那个时候的她暗恋着班上瘦瘦高高的班长,后来她考进了电影学院,这些年在娱乐圈摸爬滚打,早已经忘记那个男孩子长什么样了。那时候喜欢了什么人不重要,那种懵懂少女心却是值得怀念的。

"想好了填什么学校吗?"刘芬风情万种地笑了,"你现在还年轻,在学校里千万不要谈恋爱,会影响你事业的发展。"

"芬芬姐,你别开玩笑了。"黎昭不好意思地笑道,"谈恋爱这种事,我还没有想过。至于学校……我大概会选京市大学,他们学校有好几个专业不用每天到学校报到,跟影视方面又挂钩,可能更适合我现在的情况。"

"唉,以你的成绩,如果不进娱乐圈,也会是个高智商精英。"抛开黎昭跟草莓高层还有苍寰高层的交情,刘芬对黎昭也很有好感,她点了点头,"填好专业后,暂时不要透露给媒体,不然会有很多麻烦。"

"我知道的,谢谢芬芬姐。"

网上志愿填报开始以后,黎昭跟晏庭坐在电脑前,仔细比对了好几次学校与专业的编号,才提交了信息。看着提交成功的提示,黎昭有些恍惚,他看了看电脑桌面,又看了看晏庭,问:"庭庭,我真的要去上大学了?"曾经无奈放弃的梦想在今日得到实现,他有些喜悦过后的恍惚。

晏庭伸出手,在他耳垂上轻轻一捏:"有感觉吗?"

"有点儿……痒?"黎昭怔怔地看着晏庭。

"那就是真的。"晏庭的手轻轻从黎昭肩膀上划过,在他手臂上轻拍,"你拍戏的这两天,京市大学跟水木大学给我打过好几次电话,两所学校都在争取你的加入。"

高考生的信息档案中,不仅有考生的联系方式,还有监护人的电话。黎昭没有监护人,平时拍戏又忙,所以监护人信息那里填了晏庭的电话。每年,全国各地排名靠前的考生都是名校争抢的对象,有时候水木跟京大两所大学争抢学生的行为都能成为网友们围观的热点。能被两所学校同时积极争取的学生,在大部分人的眼里已经称得上是人生赢家了。

"等录取通知书下来,我给你办一场升学宴。"晏庭很认真地考虑着这个问题,"把你的好朋友都请来。"

"这个……没必要吧。"

"有的。"晏庭解释,"全国各地高考生获得好成绩以后,家里人都会为他办宴席。所以这场宴席我来给你办。"

黎昭觉得自己的心脏有些不听使唤，蹦跶得快了几下，他说："好。"曾经不敢拥有的东西，庭庭正在一点一点帮他补回来。

填完高考志愿的当天下午，黎昭救场参加的综艺节目的官方微博放出一些宣传片花，黎粉与观众在片花里看到黎昭忽然遇袭，整个人重重摔在地上，节目组的工作人员惊慌失措地跑向了黎昭。这档节目的死忠观众都知道，一位固定嘉宾生了病，由临时嘉宾来补空位。但无论是他们，还是其他路人都没有想到，临时嘉宾是黎昭，并且好像在节目中受了伤。

【我把这段片花放慢了看，发现让黎昭受伤的是一条腿，是有人重重踹了他一脚。】

【嗯……就算是做游戏，也不用踹得这么狠吧？】

【黎昭只是去做救场的临时嘉宾，又不是抢别人的资源，哪个嘉宾下手这么黑？】

【结合其他片花里各位嘉宾穿的裤子与鞋子，我们已经锁定了怀疑目标。】

徐北看完节目组公布出来的宣传片花以后，气急败坏地让经纪人联系节目组那边，问他们这么做是什么意思。节目那边却说："我们只是用镜头忠实记录下拍节目时发生的事情，并没有针对哪位嘉宾。"

徐北勃然大怒："我看他们是想让我死，拿我祭天赚收视率。"他明明没有伤到黎昭一分一毫，为什么要背这种骂名？"去告诉节目组，我是徐家人，让他们掂量着做事。"这种时候，只能用这一招了。尽管他内心对徐晏庭害怕到了极点，可是除了苍寰老板远房堂弟这层身份，已经没有什么能让节目组退步了。

节目组确实有拿徐北祭天赚收视率的打算。官博评论区里，节目粉、路人粉都在骂徐北，反而是黎粉表现得似乎十分克制，说着"相信官博肯定会给出一个真相"的话。徐北的粉丝是最着急的，他们情绪激动地在评论区刷屏控评,要求节目组还给徐北一个公道。但是,官博发了宣传片花以后,就没有再回复任何问题,任由网友把脑洞开到天边。

之前有紫茄娱乐少董护着,徐北抢了好几个当红艺人的资源。现在见他倒霉,紫茄娱乐又没出来保他,脾气比较暴躁的艺人便迫不及待地开始落井下石。一时间徐北的黑料满天飞,什么徐北仗着有后台欺压新人、耍大牌、抢资源啦,不尊重前辈、满口谎言啦,爱买艳压通稿、碰瓷吸血其他艺人啦。某家正主被徐北抢走代言的粉丝,甚至做了一张列满徐北黑料的长图。吃瓜网友一看,这些艳压拉踩通稿里,有将近三分之一的内容都是在踩黎昭。网友们被徐北的操作惊呆了,不管是比演技、比长相、比咖位,徐北都比不过黎昭,究竟是谁给他的勇气,让他以为自己能拉踩黎昭?心里没点数?最可笑的是,徐北上蹿下跳拉踩黎昭,黎昭那边却从来没有给过他眼神,包括黎粉都没有把他看在眼里。"心比天高,命比纸薄"说的就是徐北。

徐北这边还在努力地联系节目组的负责人,好不容易联系到节目组的导演,沟通结果却不太理想。经纪人无奈之下只好解释:"我们家徐北从小都怕鬼,惊恐之下才有那么大的反应,做出让人误会的事情,绝对不是故意伤害黎昭老师。要不今晚我们做东,请黎昭老师跟节目组的几位老师一起喝一杯,解除误会?"

导演声音里带着笑意,说出来的话却是在拒绝:"不好意思,今天下午可能没有太多的空闲时间,节目组这边还要最后审核一次今晚要播出的内容。"

"那就喝一会儿下午茶,我们这边安排车来接您跟黎昭老师。"经纪人心里一紧,等今晚节目播出,节目组又不帮着解释,这事儿就没有挽回的余地了,"不瞒您说,我们家徐北从小在豪门长大,别的什么都行,就是胆子有些小,绝对没有什么坏心眼。伤害到黎先生,徐北也很内疚,愿意赔偿他所有的损失,还请导演您帮我们牵牵线,帮着说和说和。"

豪门?导演有些诧异,在京市这个地方,有几个人敢自称豪门?经纪人故意提什么豪门,是想让他知道徐北身份不普通?他没有说话,经纪人已经迫不及待地说穿了徐北的身份。

"您应该知道，苍寰老总姓徐。"经纪人见导演不说话，只好把这场戏继续唱下去，"徐北这孩子脾气倔，不想靠家里的背景，我这个当经纪人的是劝都劝不动，除了顺着他的意思隐瞒他的身份，也没有其他办法。"

听到徐北跟苍寰老板沾亲带故，导演终于愿意搭理徐北的经纪人："这是你们跟黎昭之间的矛盾，我可以试着帮你们联系黎昭那边，但他愿不愿意出来，能不能原谅徐北，就是你们自己的事了。"

挂了电话，导演叹息了一声。助理给他换了一杯茶，问："老大，怎么唉声叹气，徐北那边又托人来说好话了？"

"是徐北那边想要跟黎昭见面。"

"那让他们自己联系黎昭经纪人去，你何必去做恶人？"

"你当我愿意？"导演心里对徐北更加不满，"可人家说了，他跟苍寰老板是亲戚，我就算不给他面子，也要给苍寰老板面子。"

"也不知道是真亲戚还是假亲戚，现在圈内有些人为了曝光度什么谎话都敢说。"助理对徐北意见大得很，"也不知道怎么想的，在节目里对其他嘉宾下黑脚，又不是拍宫斗剧。"敢在镜头下玩这种手段，是觉得黎昭好欺负，还是觉得节目组好欺负？

"不管真假，今天下午就要走这一趟。"导演端起茶缸喝了两口，"我们有电视台撑腰倒是无所谓，就怕徐北跟苍寰老板真是亲戚，事情闹大以后，转头跑去报复黎昭。人家黎昭一个无父无母的孤儿，好心来咱们节目组救场，结果却因为救场影响了前途，这事儿说不过去。"

导演联系到黎昭，黎昭听了导演的意思，捂住话筒问晏庭："徐北……是你的亲戚？"

那个造谣黎昭跟秦肖关系的玩意儿？晏庭面无表情地说："不认识。"

黎昭松开捂住话筒的手，对导演说："谢谢导演，您把地址报给我，我按时赶过来。"

等黎昭挂断电话，晏庭转头问黎昭："发生了什么事？"

"一位自称是你亲戚的艺人，要请我讨论人生哲理。"黎昭懒洋洋窝在沙发上,"我跟他发生了一些不愉快的事。"

"我没有亲人,最在意的……只有一个你。"晏庭把桌上削好的水果端到黎昭手里,"不想去就不去,我帮你解决。"

食不知味地把一块苹果塞进嘴里,黎昭隐隐觉得自己这两天有些不对劲。庭庭的话……太熟悉了。因为黎昭现在扮演的富家少爷对女主说的台词里,也有这样一句:"我心中最在意的,只有一个你。"这段戏还没开拍,但是导演跟他说过,这是他这个角色的重头戏,所以一定要好好揣摩,找到最完美的表现方法。男配对女主的表白,由庭庭对他说出来,让黎昭有种怪异的错乱感。

"出门记得换一身衣服。"晏庭站起身,伸手拍了拍黎昭的肩膀,"晚上早点回来,我让厨房做你喜欢吃的东西。"

"哦。"黎昭抱着果盘站起身,走了几步才想起自己把果盘捎上了,转头把果盘放回桌上,看了看晏庭,干咳一声,"你也是我最在意的人。"心中在乎,就不要怯于说出口,只是这话题再继续下去,好像会变得不对劲。黎昭挥了挥手,匆匆往楼上跑去。

晏庭看着黎昭跑走的背影,弯腰拿起一块水果,放进嘴里。昭昭知道这两份"在意",不一样吗?

从导演那边得知黎昭会赴约的消息,经纪人有些得意地跟徐北说:"像这种福利院出来的孤儿,听到你的身份说不定腿都吓软了,哪还敢不来?"

徐北心里七上八下,甚至有些后悔。节目组放出的那些片花,他以后还能花钱洗白,只需要再忍半年就行了。可是如果让晏庭知道他在外面自称苍寰老板亲戚,那他真的就全完了。不仅是他,连家里人都要受到牵连。再看经纪人得意的神情,他勉强笑了笑:"这事儿不要宣扬出去,我家里人很不喜欢我拿家世说事。"这倒是真的,豪门望族内部都知道徐晏庭跟徐家决裂了,家里人平时在外面都不敢自称与徐晏庭有亲戚关系。

"记者我都安排好了,只要黎昭跟我们同时在茶餐厅出现,我们就可以买营销号炒作你跟黎昭私下是朋友,片花里发生的事,都是你害怕过度的意外反应。"

"好。"徐北根本不在意黎昭究竟原不原谅他，只要拍下他跟黎昭的同框照片，事情就能迎刃而解，除非黎昭公开跟他撕破脸。

徐北与经纪人的算盘打得好，可惜他们却在临出门时收到了导演的电话，说是把约见的地点改在了节目导演的工作室。计划好的事被突如其来的变故打破，徐北的脸色再度变得难看，可是人在屋檐下，他只能按照导演的意思办。明明已经跟导演确定了见面的地方，现在对方突然变卦，肯定是黎昭那边从中作梗。不愧是从福利院出来的，心眼比谁都多。难怪被人夸演技好，因为人家平时在生活中也没忘记演戏。

徐北赶到导演的工作室时，黎昭已经坐在桌边跟导演喝茶了。导演见徐北来了，招呼着他一起坐下，给他倒了一杯茶。寒暄片刻后，徐北端起茶杯敬黎昭："黎昭老师，拍摄节目时因为我的失误，闹得有些不愉快，请您见谅。"

黎昭拿着茶杯在手里转了一圈，却没有喝，而是把茶杯放在了桌上。见黎昭这么不给自己面子，徐北脸上的笑意几乎绷不住。导演假装没有看到两人间的冲突，拿着茶水浇自己的茶宠，一副置身事外的神态。

"黎昭老师到底要怎么才能原谅我？"徐北把这口气忍下了。

"我只是有些奇怪，为什么所有的事情都必须要原谅。"黎昭用茶巾擦干净面前的水渍，"当着导演的面，我也不说那些撒谎的场面话，有话就直说了。"

导演一听黎昭这语气，眉梢微动，这是瓜熟了的味道。

"几天前，徐老师买营销号故意散播我跟秦肖先生关系暧昧的消息，你忘了？"

导演刷茶宠的动作顿住，没想到这两人还有这层恩怨。

"黎老师可能对我有误会，这与我有什么关系？"

"其实我也很奇怪，圈内那么多年轻演员，徐老师为什么偏偏要与我过不去？"黎昭不理会徐北的辩解，"我这个人说话直，徐老师不要介意。这段时间以来，徐老师无论是拍戏还是参加综艺节目，都喜欢拿我来比较。我们往日无冤，近日无仇，你却要在拍节目时故意找机会伤害我。"黎昭若有所思地看着徐北,"你还说等苍寰易主,我就风光不了多久。是看不惯我拿下苍时手表的代言,还是因为你姓徐,所以想对晏庭取而代之?"

"你胡说八道!"听到晏庭的名字,徐北脸色大变,"你不要含血喷人,挑拨关系。"

"挑拨关系?"黎昭嗤笑,"挑拨你跟晏庭的关系?"

"你到底想说什么?"徐北觉得黎昭态度有些古怪,仿佛在为晏庭打抱不平似的。真是可笑,黎昭以为在这里替晏庭打抱不平,苍寰那边就能高看他一眼?去抱一个几月后就会死亡的人的大腿,能有什么好处?

黎昭在徐北眼里看到了轻视与嘲讽,这种嘲讽不像在针对他,更像是在瞧不起晏庭。一个混圈全靠炒作,没颜值、没演技,在庭庭那里不配拥有姓名的人,凭什么瞧不起他家庭庭?黎昭心头的火气噌噌往上冒。徐家人欺负小时候的庭庭不说,现在还想抢庭庭的家产?什么东西!"我说你不要脸,姓了徐就说自己是苍寰老板亲戚。"黎昭脸上的笑意消失殆尽,"天底下姓徐的那么多,像你这么不要脸的可不多。"

"黎昭,你不要给脸不要脸。"徐北被激怒,他重重放下手里的杯子,"你以为你现在有点儿人气,就能在娱乐圈横行霸道?"

"我不拉踩不艳压,谁横行霸道谁糊到三十八线。"黎昭反唇相讥,"我敢说,你敢应?"

"黎昭,你别太过分!"徐北一拍茶桌,桌上的茶宠晃了晃。

导演默默地把茶宠茶具都收进柜子,然后继续围观年轻人吵架。唉,年纪大了,难免染上点喜欢看热闹的毛病。年轻人之间有了矛盾,他也不好去劝,只能倒腾出足够的空间来让他们发挥。

"我又不吹牛自己跟豪门有关系,我过分什么?"黎昭掏出手机,"你不是喜欢造谣我跟秦肖关系不清不楚吗?"

徐北见黎昭在打电话,心里隐隐有些不安,问:"你想干什么?"

"给我传说中的靠山打电话,问他苍寰老板有没有你这个亲戚。"

一股寒意从徐北脚底升起,黎昭这是要他死。"不许打。"他脑门一热,想也不想就去夺黎昭的手机。

围观一切的导演看到这一幕哪还不明白,徐北根本不是苍寰老板的亲戚。唉,年轻人太虚荣不好。

"你爸妈没教过你,抢劫犯法?"见徐北要过来抢自己的手机,黎昭单手拧住徐北的胳膊,膝盖一顶,就让他单膝跪在了地上。

从小就娇生惯养的徐北,在黎昭面前连一战之力都没有。等在外面的经纪人见黎昭跟徐北动起手来,急得想往里面冲,大可拦在了他面前。"艺人之间的交流,我们做助理经纪人的,怎么好去插手?"大可长得人高马大,因为有丰富的拦私生粉的经验,拦住一个经纪人简直就是轻轻松松。

经纪人瞪着大可说:"挨打的不是你家艺人,你当然不急。"

"男人嘛,"大可微笑,"某些问题,可以用拳头解决。"

"你让开!"经纪人伸手推大可,大可纹丝不动,还贴心地帮黎昭关上了门。

"你这又是何苦?以我们家昭昭的身手,就算你进去,也只有挨打的份儿。"大可笑眯眯地表示,"到时候我只能勉为其难地拍一张照片,说你跟艺人一起欺负我们家昭昭。"

到底谁欺负谁?分明是黎昭单方面吊打他们家徐北!经纪人想骂人,可是先动手抢手机的是徐北,便只能克制。但他又怕黎昭真的把徐北打出事来,只好高声表示:"黎老师,有话好好说,你也不想把事情闹到派出所吧?"

黎昭把徐北摁在地上以后,并没有停手,反而踹了他两脚。坐在旁边的导演听到徐北的经纪人有报警的意思,这才开口:"昭昭,徐北,坐下来慢慢说,大家都不要动气。"万一打得太严重,闹出去不好听。

徐北被黎昭的一连串操作给弄懵了,只感觉到全身一阵剧痛,然后就是毫无招架之力地挨揍。等黎昭松开他,他才反应过来。"你敢……"

"看在导演的面子上,我可以不打你。"黎昭看着徐北,言下之意是他如果敢再多嘴,那就继续挨揍。

徐北很生气,很没面子,但是面对黎昭狼崽子似的眼神,硬生生地把所有怒火都咽了回去。

"看来徐先生情绪已经稳定了。"黎昭嘲讽一笑,早在徐北上次说苍寰会易主时,黎昭就已经想把他按在地上揍了。平时徐北发通稿拉踩也好,碰瓷吸血也好,黎昭都可以不放在心上,反正在娱乐圈里这种事也不少见。但是,忍耐也是有底线的。徐北蹭他的热度可以,说他在乎的人的坏话不行。还说什么苍寰易主,这不是诅咒是什么?绕了大半圈,不过是盯住了庭庭的财富,想去当吸血虫却又不愿意摆正姿态。这种吸血鬼,连狗都不如。

徐北确实已经缓过劲儿来了,他怎么都没想到,身为娱乐圈正当红的艺人,黎昭竟然敢当着节目组导演的面,说动手就动手。黎昭不怕事情传出去对他的名声有碍,影响他后续的资源?不怕事情闹大,影响他在粉丝心中的形象?"黎昭,我看你是疯了。"徐北揉着被揍疼的地方,"你这么做,是不是不想在娱乐圈混了?"

"我的粉丝都知道,如果我在娱乐圈混不下去,就去开面馆。"黎昭笑,"所以徐先生以后千万不要跟我开玩笑,我这个人脾气直,容易当真。"

徐北沉默了一会儿,才又开口:"话已经说到这个份儿上了,你是不是不打算帮我解决这次的舆论危机?"

黎昭笑而不语。

"当初宋喻在《霸道女总》剧组为难你,给了你多少好处,你才帮他澄清?"徐北犹豫了一下,"我可以按照五倍给你。"

"哦,他给了我一亿。你是打算给我五亿?"

"你今天根本就是毫无诚意。"徐北反应过来,黎昭在耍他。

"什么才叫有诚意?你说什么我就答应什么?"黎昭嗤笑,"徐先生,别说你自称苍寰老板的亲戚,就算你真的是苍寰老板的亲戚,我也不会轻易答应你的要求。"说完,他当着导演跟徐北的面,拨通了秦肖的电话。

徐北看到手机屏幕上显示着"秦先生"三个字,脸上的血色消失殆尽。

## 第 8 章 预言

秦肖觉得自己最近的运气有些不好,刚过来给先生送文件,还没来得及离开,私人手机就响了起来,来电人还是黎昭。

"怎么不接?"晏庭见秦肖盯着手机不动,"怎么了?"

"先生,是黎先生的电话。"秦肖推了一下鼻梁上的眼镜。他该怎么让先生相信,他跟黎先生私下几乎没有交流过?

晏庭文件不翻了,电脑不看了,面无表情地盯着还在响的手机,道:"接。"

在先生的凝视下,秦肖按下了通话键。

"秦先生,不好意思,打扰到您了。"

"没有,没有。"秦肖想,只要黎昭不记恨他帮着老板隐瞒身份,不迁怒他,就阿弥陀佛了,他看了老板一眼,继续说话,"黎先生怎么有空给我打电话,可是有什么用得着我的地方?"

"没什么,你是……庭先生的特助,对他的生活应该也很了解。"黎昭见徐北的表情越来越惊恐,越来越慌乱,隐隐觉得哪里有些不对,"一位名为徐北的先生,自称是苍寰老板的亲戚,威胁我必须给他面子。"黎昭瞥了眼徐北,"所以我想向您打听一下,庭先生身边有没有这个亲戚?"

"没有。"秦肖斩钉截铁地回答,"先生没有这样一个亲戚。"徐家的那些亲戚,活着不如死了。

"好的,谢谢您,秦先生。"黎昭挂了电话,转头看徐北,"看来徐先生今天的这个谎,撒得有些大。"

徐北脸色难看,内心混乱到极点,他害怕秦肖把这件事告诉晏庭。晏庭厌恶徐家人,更恨徐家人拿自己的身份出去借势。黎昭这个举动,等于把徐北在演艺圈的事业毁了大半。徐北恨恨地看着黎昭,气得双唇发抖:"好,黎昭,算你狠。"

"徐先生又在开玩笑了,我只是想知道你是苍寰老板哪个亲戚而已。"黎昭神情十分无辜,仿佛看不到徐北的愤怒与不甘。

"不好意思,二位,我去一下洗手间,你们慢慢聊。"导演怕自己听到一些不该听的豪门秘辛,赶紧找借口溜出品茶室。看热闹虽然重要,但是不能把自己搭进去。

见导演拉开门走出去，徐北内心有些害怕，没有导演在场，他怕黎昭会继续打他。更重要的是，他看出黎昭是真的不在乎外面的人说什么，甚至对开面馆还有些跃跃欲试。这个疯子！这种脑子里想着开面馆的艺人都能红，高考还能考700多分，为什么他的预知梦占尽先机，还是处处不顺？

徐北的经纪人趁着导演开门的空当儿趁机冲了进来。大可跟着进门后，反手把房门锁上了。听到锁门声，经纪人与徐北吓得齐齐看向门口。黎昭跟他的助理想干什么？关上门慢慢揍他们？

"黎老师，您、您可别乱来，不然我真的报警了。"经纪人声音有些发抖。

"您随意。"黎昭微笑，"大不了到各大平台的热门话题走一圈，我不在乎。"

徐北无言以对，可他在乎！"黎昭，你到底要怎样才肯放过我？"徐北嘴上说着狠话，身体却很自觉地往后挪，离黎昭更远了一些。

"放过你？"黎昭是真不明白徐北为什么有这种想法，"一直以来，不都是你在针对我？"

徐北的表情变得奇怪，每次都是他先针对黎昭的，但是每次都能转为帮黎昭炒热度。在一次又一次的打击下，他甚至开始怀疑自己的预知梦究竟有什么意义。就算能提前得知一些东西，也无法改变自己的命运。不，其实是改变了。变得越来越糟。

"其实有件事我很感兴趣。"黎昭看着徐北的双眼，"你为什么会那么笃定地认为苍寰会易主？"

经纪人吓了一大跳，不敢置信地看向徐北——是谁给他的勇气说这种话？徐北有些心虚，暗想："黎昭……是不是发现什么了？"

正是徐北闪躲的眼神，让黎昭更加怀疑他。黎昭问："你们这些所谓的亲戚有针对苍寰的阴谋？"

"没有！"徐北赶紧否定，"有徐晏庭在，谁敢打苍寰的主意？"

"请称他为庭先生。"黎昭沉下脸，"他不想冠上你家的姓。"

"你在《天歌》里的角色,不也姓徐?"徐北小声抬杠,"别以为有秦肖撑腰,你就可以无法无天。说不定晏庭看到你演的角色姓徐,也会一样讨厌你。"

"他讨厌的是你们这家徐姓人,不是天下所有姓徐的人。"黎昭呵了一声,"哪儿来的脸以为自己能影响全天下徐姓人?脸是个好东西,希望你能有。"

"什么?!"在旁边一直没有作声的大可就像是被掐住脖子的大鹅,抬高声音,"你说苍寰的老板叫什么?"晏庭?那不是昭昭的拆迁土豪好友的名字?什么时候,晏庭这种名字也跟小明、小红、小花一样,重名率这么高了?总、总不能是同一个人吧?大可看了看黎昭,又看了看被昭昭揍得吓破了胆的徐北,开始怀疑起人生。

黎昭却是知道大可在想什么,扭头对他笑道:"你没猜错,就是那个晏庭。"

大可腿一软,感觉自己好像听到了什么旷世大秘密。想到前几天有几个营销号爆料,说昭昭不是跟苍寰总裁特助有关系,而是跟苍寰大老板有关系,他们团队还发律师函给这几个营销号。没想到……营销号有多大胆,地就有多大产,是他们的想象力还不够丰富。大可同情地看了一眼徐北——这个傻子凉了。

徐北看着大可神情震惊的模样,脑子里有了一个荒谬又不想承认的猜测。他暗自否认道:"不,不可能。黎昭不可能与晏庭有交集,不可能!"

"看你的表情,好像对我认识晏庭这件事,很意外?"黎昭拍了拍徐北的肩膀,"没事,我懂你不想承认的心情。但有时候真相就是这么无情,你虽然不是晏庭的亲戚,但我跟晏庭是真有交情。"

徐北双唇颤抖,半天说不出话来。难怪,难怪……难怪草莓娱乐这么捧黎昭,给他安排的资源也都是圈内新人顶配。就连原本只拍了一半的《苍穹之影》现在也顺利拍摄完成了,据说连后期制作都是顶级团队操刀。他原本以为是黎昭加入了这部电影,为片方拉到了新的投资人,没想到黎昭背后的人是晏庭。

怎么会是这样呢？黎昭不是应该拼了命拍戏，身上留下一堆暗疾，年过三十就病重入院，最后病逝在医院吗？黎昭没有亲人，就连葬礼也是经纪公司与朋友举办的。他死了以后，就成了无数影迷心中的白月光，曾经不喜欢他的人也开始说他的好话。直到朋友为黎昭写了一本传记，大家才知道黎昭幼年过着什么样的日子。黎昭短暂的一生中赚来的钱大部分都做了慈善，最值钱的遗产就是京市的住房，直到去世他也没有找到亲生父母。

徐北怔怔地看着黎昭，不明白黎昭的命运为什么会有这么大的变化。是因为他做梦之后的所作所为改变了原本的轨迹？不，不对。一切的起因都在于《霸道女总》——黎昭跟宋喻在剧中的角色发生了调换，还是宋喻主动调换的。宋喻……难道宋喻跟他一样，也知晓了未来发生的事？不，不会的，这一切都太荒唐了。明明上天偏爱的是他。什么黎昭，什么宋喻，都不可能赢过他。徐北的心态崩了，他机关算尽，什么都没有得到，结果还得罪了晏庭。怎么会呢？怎么会呢？……

黎昭见徐北的脸色越来越难看，仿佛看到了什么恐怖的东西，害怕到了极点。这个害怕的表情，倒是比在鬼屋里看起来真实。

"你……你背后的人竟然是晏庭？"徐北声音沙哑，伸手紧紧拽着黎昭，"真的是晏庭？"

"有话就说，不要拉拉扯扯。"黎昭推开看起来有些发疯的徐北，心想现在的年轻人情绪真不稳定，就不能正常点？

见黎昭没有反驳，徐北的心态彻底崩盘，毫无形象地坐在地上，也不管身边还有经纪人看着，喃喃自语："怎么可能，晏庭、晏庭不是快要死了吗？"

经纪人听到这声念叨，吓得腿软，扑上前捂住徐北的嘴："黎老师，徐北他中午喝多了，在胡说八道，您千万别放在心上。"

黎昭面无表情地看着经纪人，道："让开。"

经纪人捂着徐北的手在发抖，祈求地看着黎昭说："黎老师……"

但是，黎昭却没有理会经纪人哀求的眼神，硬生生把他从徐北身边拖开，拎起徐北的衣领，一拳揍了下去。

## 第 8 章 预言

"你说谁死？！有本事你给我再说一遍。"

"昭昭，昭昭，冷静一点！"

"黎老师，我代徐北向您道歉，您别再打了，再打就出事了！"

见黎昭下了狠手，大可也吓了一跳，跟经纪人双双上前拦住黎昭，劝道："冷静，冷静。"

疼痛让徐北清醒过来，趁着黎昭被拦住的空隙，他爬起来拉开门就往外跑。黎昭的眼神太可怕了，可怕得让他有种被饿狼盯住的感觉。他的脑子里什么都不敢想，只想逃命。有晏庭给黎昭撑腰，就算黎昭真把他揍出问题，晏庭也能把事情无声无息地处理了，倒霉的只有他。捂着被黎昭揍歪的鼻梁假体，徐北慌不择路，连滚带爬扑进电梯，甚至连电梯里站了不少人都顾不上。

有不少导演、编剧把工作室开在这栋大楼里，看到一个神情狼狈的年轻人跌跌撞撞爬进电梯，他们都吓了一跳。仔细一看，这不是紫茄娱乐的徐北吗？哎哟，这脸上做的填充怎么凹下去了？还有那畸形的鼻子，是假体歪了吧？

电梯里刚好有位紫茄娱乐的小艺人，她怯怯地看着徐北："徐哥，发生了什么事，要不要我帮你报警？"

"不能报警！"徐北吓了一大跳。他这才注意到电梯里站了很多人，这些人看他的眼神怪异极了，仿佛都在看他热闹。他伸手捂住脸，等电梯门一开，就忙不迭地挤在第一个出了电梯。

"徐北这是被人揍了？"

"这人贱得很，喜欢截和别人的资源，录节目还喜欢玩阴招，可惜人家有紫茄娱乐的少董撑腰，一般的艺人拿他没办法。"

"哪个英雄把他揍成这样？这是在为民除害啊。"

"好像《娱乐行》节目组导演的工作室，就开在他刚才进来的那层？"

"难道是被节目组工作人员揍的？"

"打听到了！"一个编辑说，"听说今天下午，黎昭跟徐北在楼上谈话。"

"这么说来，徐北是被黎昭打的？"

众人你看我，我看你，纷纷一副"别人的事，与我无关"的表情。等各自下了电梯，纷纷把手机掏了出来，把这个瓜分享给好友。

徐北抢资源、写通稿拉踩其他艺人的行为早就得罪了不少人。现在徐北有难，八方都想点赞。不过碍于黎昭背后有草莓娱乐，加之黎昭在圈内风评好，所以这些放料的知情人士只说"徐北犯贱太多，终于被人打，连假体都打歪了"。这个消息传到营销号那里时，已经变成"徐北惹的人太多，被人找机会揍了一顿，假体被打飞了，整出来的脸也歪了"。营销号手里还有几张徐北捂着脸，像狗一样连滚带爬地扑进电梯的动图。但是，他们没有马上放料，还在等今晚《娱乐行》的播出效果。

黎昭揍完徐北，跟导演告别以后，心里还是不舒服——好好的，徐北凭什么说他们家庭庭会死？呸呸呸，这些不好的话，通通反弹。

"昭昭。"大可从未见过黎昭发这么大的火，他小心翼翼看了眼坐在后座不说话的黎昭，"你现在先回去休息，我去公司商量这件事的对策。"

"有什么好商量？"黎昭绷着脸，"把他给我往死里黑。"

大可咽了咽口水，应道："好好好。"平时总是面带微笑的人，黑化起来真可怕。上次揍那个调戏小姑娘的富二代，昭昭都没发这么大火。

一路无话，大可把黎昭送到了别墅门口。回去时，大可的心情极其复杂，说起来，他也是跟苍寰大老板同桌吃过饭、说过话的人物，只可惜这事儿说出去谁信呢？

黎昭走进大门，下午四五点的阳光仍旧很烈，他看着在阳光中怒放的玫瑰，脚步停了下来——庭庭背着他吃的药是什么？难道庭庭的身体真的出了问题，只是他不知道？犹豫了一下，黎昭转身出了别墅，他觉得也许有个人知道。

宋喻刚跟剧里的女主拍完情话镜头，就接到了黎昭的电话。

"谁？姚宇光？"宋喻疑惑，"你要他的联系方式干什么？"

"有点儿事找他。"

听出黎昭的语气有些严肃，宋喻不敢多话，赶紧托人要到姚宇光的电话，给黎昭发了过去。

"谢了。"

听到电话那头的忙音，宋喻挑了挑眉，开始玩游戏。

"宋哥。"助理美滋滋地靠过来，在他耳边小声说，"听说徐北被人打了，连假体都打飞了出去，像狗一样逃命，我这里有好友发来的视频，你看看。"

"真的？"宋喻来了精神，把助理的手机拿过来一看，视频里的徐北几乎是滚进电梯的，蹲在电梯角落里捂着脸，活像一只丧家犬。视频里似乎有人打算帮他报警，但是他却很害怕地拒绝了。

"我有个朋友在一个工作室里当编剧，这个工作室就建在那栋楼里，电梯里有六七个人，全看见了。"

"揍得好！这种人就是欠揍。"宋喻见到徐北的狗样，心情大好。

"这个视频，传得小半个圈的人都知道了。丢这么大个脸，徐北接下来的半年会老实不少。"

"是啊，还要花钱去恢复他那张整容脸。"在打击对手这方面，宋喻向来不客气，"人丑还戏多，观众做错了什么，要面对这样一张丑假脸？"

助理无言以对。

## 第9章 苍黎

姚宇光近几天的日子过得挺滋润，苟盛家的公司出了状况，他家的公司却没什么风波，最近还拿下了两批利润不错的订单。他怀疑在酒店发生的事被晏庭知道了，不然苟盛家不会那么惨。放着好好的日子不过，偏偏要去惹晏庭的人，这不是作死吗？姚宇光作过一次死后，就深深体会到了生命的可贵，秉持着绝对不得罪黎昭的原则，为家里续了一命。心情好，胃口就好，他正准备邀上三五个狐朋狗友到酒吧热闹热闹，手机里就有个陌生号码打了进来。

"谁？"他有些不耐烦地想，谁这么没眼色，打他的私人号码？

"我，黎昭。"

"黎昭先生啊，您好，您好。"姚宇光不自觉地点头哈腰，"请问您有什么事吩咐？"

"下午有没有时间，我想约个地方跟你见面。"

"有有有，您在哪儿，我马上过来见您。"外面就算下刀子、掉硫酸，他也要穿上盔甲找过去。

姚宇光赶到黎昭说的地方，找了好一会儿才看到黎昭戴着墨镜、帽子，坐在一个不起眼的小包厢里。咖啡店的保密性很好，很适合艺人。他小跑到黎昭面前站定，道："黎先生。"

"姚先生请坐。"黎昭按了服务铃，"想喝什么你自己点。"

"您太客气了。"姚宇光小心翼翼地在黎昭面前坐下，确定他没有动手的意思，才赔着笑脸问，"黎先生找我来，是有事要吩咐我？"

"我想知道晏庭的身体状况。"

姚宇光愣住，迟疑道："他的身体……一直都很好，没什么问题。"

吃了一口蛋糕，冲淡了口中咖啡的苦味，黎昭放下银叉，说："跟我说说晏庭小时候的故事。"

姚宇光回忆了一下，决定多说一些晏庭的优点："他从小就很优秀，学什么都快，几乎称得上过目不忘。而且他还会钢琴与小提琴，不过自从他成年以后就没有再碰过。这个世界上，好像没有什么能难住他。"说到这儿，姚宇光苦笑，"说实话，我们小时候最讨厌的就是这种小孩子，偏偏大人最喜欢的也是这种小孩儿。舅……他的爸妈过世以后，他就由外公外婆抚养，但是没过几年，外公外婆也相继离世。外公离世前，把公司的继承权交给了他，不过他那时候没有成年，所以由我妈我爸代理。"

现在他常常想，如果当年他妈没有跟舅舅一起刁难晏庭的妈妈，逼得晏庭的妈妈患上精神病，也许一切悲剧都不会开始。如果当年外公外婆过世，徐家的人没有处心积虑、用尽手段地对付一个十岁出头的孩子，吃相难看得近乎丑陋，也许晏庭不会对徐家这么无情。

晏庭的妈，是被所有徐家人逼疯的。豪门的人，只要想磋磨一个多愁善感的女人，可以有无数的办法。对于她的死亡，除了晏庭，整个徐家没有一个无辜的人，包括后来想要弥补晏庭的外公外婆。

事情发生的时候，姚宇光还很小，他只知道某一天妈妈突然离开了几天，回来的时候表情很怪异。"宇光，你的舅妈死了，舅舅也死了。"

年幼的他，不懂死亡，只是愣愣地看着又哭又笑的妈妈，不知道该说什么。

"苍寰，会是我的。"他妈紧紧拽住他的手臂，力气很大，大得他想逃开，"很快你就会成为苍寰的太子。"

可惜梦想很美好，现实很惨淡。当晏庭成年踏进公司后，他的爸妈在晏庭面前节节败退，最后他爸还被关进了牢里。把他爸关进牢里之前，晏庭还给他跟他妈看了一大堆他爸出轨的证据，这就是杀人还诛心了。姚宇光觉得自己是个孝顺儿子，他曾经想过替他爸报仇，可是……实力不允许。他这不是怕，而是识时务。

"晏庭他，还会钢琴与小提琴？"黎昭没想到晏庭如此多才多艺。

见黎昭没有问他爸妈代管苍寰期间发生的事，姚宇光偷偷松口气，他怕黎昭问了以后，会控制不住又揍他一顿。"对，而且还弹得特别好，当时学校的女生都说他是什么童话里的王子。"姚宇光掏出手机，找到某个女同学的社交账号，在里面翻出一张像素不够高的照片，"就是这张。"

照片上，晏庭脸上还有婴儿肥，他穿着白色西装，系着红色领结，双手放在琴键上，可爱得像是个天使。世界上怎么会有这么好看的少年！这么好看！凝神盯着照片看了好几秒，黎昭抬眼看姚宇光，说："把照片发给我。"

姚宇光连忙点头，顺便狗腿地表示，他还能去其他女生那里找到很多晏庭的照片。

"他在学校特别受欢迎，是无数女生心中的白月光。"姚宇光跟黎昭加上了微信好友，抬头小心翼翼地观察了一下黎昭的脸色，连忙解释，"不过他从没有搭理过，这些年，我从没见他对谁多看一眼，所以除了你，没人入他的眼。"

黎昭啧了一声，这些人都是什么毛病，个个都这么高看他。

"黎先生请放心，三天内我绝对帮你搜集到足够多的照片。"姚宇光为自己加上黎昭的联系方式欣喜不已，四舍五入，那就等于抱上了晏庭的大腿，"他身体一直很好，这点你可以放心。"姚宇光掰着指头解释，"徐家人往上数五代，都是高寿之人，除了……"除了那个把老婆逼疯，最后被老婆砍死的舅舅，"所以你不用担心，晏庭一定会长寿的。"姚宇光最后还不忘夸晏庭，"晏庭跟我不一样，我是见到漂亮的妞儿都喜欢。他绝对可靠可信。"为了拍马屁，自黑算什么？

黎昭忍无可忍地问："谁跟你说，我跟晏庭是那种关系？"

"这种事还用说？"姚宇光嘿嘿一笑，"从小到大，我谈过的恋爱没有一百次也有五十次，我一眼就能看出来。"

黎昭皱眉不语。污秽，太污秽，他跟晏庭是清清白白的兄弟情，兄弟情难道不是情了？

见黎昭皱眉，姚宇光一脸"我懂"的表情说："你放心，这事儿我肯定为你保密。你是公众人物嘛，如果被曝光，事业会被毁掉大半。以后如果有人问起来，我保证跟人说，你们是单纯的好哥们儿。"

黎昭无语，果然是谈过五十次恋爱的花花公子，看谁都不对劲。黎昭叫来服务员，让他们打包了一份口感不是很甜腻的蛋糕。

"黎先生，这是给晏庭打包带回去的？"姚宇光屁颠屁颠地跟在后面付账。

"嗯。"黎昭点头，"这个蛋糕味道很好，我带回去让他尝尝。"

姚宇光感慨，吃到一块好吃的蛋糕都要特意带回去，真是感人肺腑。黎昭看到姚宇光一脸"我懂，我感动"的表情，沉默了。庭庭的这些亲戚怎么回事儿，不是傻就是坏？

"黎先生慢走。"姚宇光站在原地向黎昭挥手。

黎昭小心提着蛋糕，以免让包装盒撞坏蛋糕上的花纹，敷衍地摆了摆手。算了，随便他们怎么看，只要他跟庭庭心里清楚就好。

黎昭带回去的蛋糕，晏庭只吃了一半，剩下的一半进了黎昭的肚子。吃了半个蛋糕，晚饭的时候黎昭也没少吃，最后他捂着圆滚滚的肚子，坐在沙发上跟晏庭一起看《天歌》。

《天歌》每晚更新两集，网播平台比电视台晚更新两小时。近几年口碑好的历史题材剧并不少，但是网播点击量却一直上不去，收视率也是平平。《天歌》的高收视率与高点击量，让很多业内人士都感到吃惊。各大影视公司的策划开始加班加点看这部剧，企图找到这部剧如此成功的诀窍。

服化精致，道具考究，剧中角色的礼仪也符合史书记载。选角认真，没有让三四十岁的男人演少年郎，也没让三四十岁的女性演小丫头。剧情合理紧凑，没有乱七八糟的感情戏，主线分明。最重要的是，演员们演得很投入，不会让观众出戏，即使是年轻演员，角色完成度也很高。还有一点就是……这部剧中徐大人的举手投足实在太有魅力，这一点从徐大人动图火遍全网就能看出来，喜爱美色是人性本能。杨导果然擅长培养年轻演员，就连没多少演技的宋喻，在这部剧里都表现得可圈可点，讨人喜欢。

这部剧还没播到一半,嗑"鲤鱼"的粉丝就如同雨后春笋般冒了出来,剪刀手们从《天歌》与《霸道女总》里找到影视素材,给黎昭跟宋喻剪出了无数个或甜或虐的故事。宋喻工作室这边有意蹭黎昭的热度,所以对这些视频睁只眼闭只眼。曾经丢下豪言壮语说打死自己也不会蹭黎昭热度的宋喻,由于太过心虚,时不时给黎昭发红包。这在娱乐圈常见现象,无论是粉丝还是艺人都知道这不是真的,大家只想满足一下心中的幻想。黎昭工作室查明这事儿与宋喻那边无关,是粉丝的自发行为,就暂时没有去管。

黎昭刚跟晏庭坐在沙发上没看五分钟的电视,宋喻的红包又发了过来。黎昭到网上一搜,果然又有他跟宋喻的视频上了热门。黎昭纳闷,他跟宋喻有什么综艺感?嗑他跟宋喻,不如嗑……黎昭下意识地看晏庭,随即有些心虚地收回目光。庭庭把他当兄弟,他却想嗑自己跟庭庭,难道他纯洁的心灵被姚宇光污秽的想法污染了?

"怎么了?"晏庭看过来,"网上又有人传你的负面绯闻?"

"没事,没事。"黎昭摇头,指腹不小心点到视频,视频开始播放——

"你为什么不爱我?"

"他有什么好,你为什么不愿意多看我一眼?"

晏庭微微皱眉,俯身去看视频,恰巧看到黎昭伸手把宋喻搂进怀里。晏庭一脸震惊。

"这都是后期剪辑,我跟宋喻没拍过这种戏。"黎昭下意识觉得不妙,赶紧解释自己跟宋喻之间是清白的。

"我那么爱你,你睁开眼看看我!"

晏庭抬头看黎昭,黎昭干咳一声,赶紧关了视频,解释道:"这些都是网友自发剪的视频,不用当真。"

"他们为什么要剪这些视频?"

"因为他们……"黎昭有些头大。他该怎么跟晏庭解释,这些粉丝是他跟宋喻的剧粉?

"他们想看你跟宋喻一起的视频?"

"不是,不是,他们喜欢的是自己抠糖吃,并不想我跟宋喻真正在一起。"黎昭想了想,"类似于叶公好龙,差不多就是这个意思吧,只是想想而已。"

晏庭沉默不语,黑黝黝的眼瞳里,满是冷意——想也不行,想也有罪!"这个,算不算造谣诽谤?"

"哈?"黎昭没有反应过来。

"宋喻配不上你。"晏庭神情异常平静,"他身高不够,皮肤不行,鼻子太塌,演技也不好,配不上。"

黎昭觉得这话他没法接,宋喻发过来的红包他还没点开,不好说人家坏话的。

晏庭见黎昭不说话,觉得这些粉丝非常没有眼光,就算要嗑,也该嗑他跟昭昭。他扭头看电视——宋喻扮演的角色正在跟黎昭扮演的徐大人嬉笑怒骂,竟然还勾肩搭背、摸头发了!有伤风化!这个宋喻一看就不是什么正经男人!

晏庭站起身说:"我去书房处理文件。"

"不看电视了?"

"不看了。"

黎昭看了眼电视上的宋喻。庭庭是被宋喻丑走的?黎昭的脑子里再一次浮现自己跟晏庭在一起的画面。猛地摇了摇头,黎昭捧脸皱眉。他会出现这种想法是因为近墨者黑?

关上书房门,晏庭掏出手机,拨通了秦肖的电话。

"先生?"秦肖好不容易有空闲跟刚交上的女友出来吃饭,接到晏庭的电话,心里一个咯噔。以前,晏庭不给他打电话,他担心晏庭情绪出问题;现在,晏庭常常给他电话,他开始担心自己的情绪问题了。"网络文章写手?"秦肖看了眼坐在自己旁边的女友,"您忘了,我的女友就是网络写手……谢谢先生。"秦肖一颗心还没有完全放下来,"您还有什么事需要我去做的？鲤鱼？"秦肖愕然，"好的，没问题。"

挂了电话，秦肖看向女友，道："我这边有定制甜文合作，开价很高，你跟你的朋友要不要试试？"

女友点头："有钱一切好说，什么风格的？"

"表面是拆迁户的高冷总裁与当红明星。"

"这是……"女友的眼睛里有光芒闪烁。

"咳。"秦肖干咳一声，"比较流行的那种，如果你不喜欢写这种……"

"写，我写！"女友看秦肖的眼神前所未有的热情，"没想到你竟然跟我是同道中人，看在你的份儿上，我给你打八折。"秦肖跟女友交往不到一个月，平时他很忙的时候，女友既不抱怨，也不会时不时给他发消息黏着他。这还是她第一次用这么热情的眼神看着秦肖。"你放心，我绝对写出一篇又虐又甜、缠绵悱恻的故事。"女友小声说，"对了，前段时间你跟我家昭昭的传闻，是怎么回事儿？"

"你别多想，我跟黎昭没有这种关系……"

"我知道你们不可能是那种关系，我家昭昭多好啊，你怎么可能配得上他？"女友摇头，"我只是想知道，你是不是真的认识昭昭，如果认识，帮我要几张签名照呗。"

"陆雯雯，我是你男朋友。"秦肖无奈地看着女友，哪有这么打击自家男友的？

"就算你是我男朋友，我也不能昧着良心说话。"陆雯雯给他倒了一杯玉米露，"乖，不要生气，我绝对是爱你的。"

秦肖不知道说什么好。

把女友送回家，秦肖开始联系各平台，让他们删除"鲤鱼"的话题。他非常怀疑，这件事过后，他的风评又要变坏，他跟黎昭的"不清白"关系又会在圈内偷偷流传。做大总裁的特助好难。

嗑"鲤鱼"的粉丝忽然发现，不但"鲤鱼"的话题在网上消失了，就连他们建立的超话也消失得无影无踪。

## 第9章 苍黎

【"因不符合法律法规，不予显示"是怎么回事儿？】
【谁这么不要脸，居然举报我们！】
【××超话还是×××超话？】
【会不会是宋喻跟黎昭的纯粉干的？】
【不太像，这两家粉丝平时挺好相处，并没有过激行为。】
【肯定是徐北家粉丝干的！】
【对，除了徐北家粉丝，没人干得出这么恶心的事。】
【姐妹们，《娱乐行》已经开播，我看到了昭昭受伤的前因后果，肺差点儿气炸。徐北这个糊咖，怎么不糊到地心？】

黎昭临时救场录制的综艺节目，播出后果然全网沸腾了。

不知道是不是故意的，在正式播出的节目中，不仅剪出了徐北让黎昭受伤的前因后果，还把黎昭进门跟所有常驻嘉宾打招呼时，徐北的特写表情播了出来。观众们看到，在黎昭出现在嘉宾休息室时，徐北的表情是排斥的。后来，黎昭跟徐北分到一组，黎昭在很认真地做游戏，徐北却全程都不在状态，甚至还有观众发现徐北在背后对黎昭翻白眼。到了鬼屋那一段，观众们先是被黎昭调戏扮鬼工作人员的行为逗笑，后面看到黎昭去找徐北却被徐北重重踹了一脚，整个人痛得蹲在地上爬不起来时，怒火噌噌往上涨。徐北这个小人是故意的吧？！砸东西时分明是照着昭昭的脸狠狠扔过去的，他想让昭昭毁容。一击不成就用脚踹，怎么会有这么贱的人？

对黎昭有好感的路人都觉得看不下去，更别提平时喜欢挤兑自家正主，实际死忠的黎粉。平时走沙雕风的黎粉，突然就进入了狂暴状态，把徐北的个站与微博"屠"得片甲不留。他们言辞犀利，骂得狠却不带脏字，牢牢把控着场面。徐北的粉丝被黎粉打得毫无还手之力，只敢弱弱地喊两声是节目组故意黑他们哥哥，跳跃式剪辑。

黎粉一战成名，其他家粉丝惊呆了，平时黎粉没什么存在感，没想到杀伤力这么强。有人说，黎粉就是熊猫型粉丝，平时只知道沙雕卖萌，看起来单纯无害，等他们爆发起来，就进化成了食铁兽。就在大家以为，黎粉把徐北家粉丝撕得没有还手之力就是最热闹的剧情时，没想到有口碑、有影响力，拿了三金影后的刘芬却发了一条意有所指的微博。

@刘芬：性格好、心地善良的孩子想要获得成功，比出身豪门的演员更不容易。不过，不管身份如何，生而为人，都要善良。

刘芬不是流量型演员，但是咖位在那儿，她突然发了这样一条微博，任谁都能看出她在为黎昭打抱不平。豪门演员？难道徐北是有钱人家的孩子？没过多久，就有八卦号爆出，徐北是苍寰老总的远房亲戚，他家开了几所公司，从小锦衣玉食地长大。他进入娱乐圈以后，好资源不断，只要是他看上的资源，最后都会落到他手里。

【连刘芬脾气这么好的超级大咖都看不下去，看来徐北踹黎昭的那一脚应该是故意的。】
【印象里，刘芬好像很少参与这种开撕的事件，是个十分低调的好演员，她能这么说，看来黎昭被欺负得有些狠。】
【听说刘芬在剧组里把黎昭当亲弟弟看，自家弟弟被人这么欺负，姐姐当然会生气。】
【不过徐北是苍寰老板亲戚，我担心黎粉把徐北撕得太狠，最后倒霉的会是黎昭。如果我没记错，苍时手表也是苍寰旗下的品牌，黎昭的这个代言……可能要掉了。】

看到徐北跟苍寰有关系，黎粉开始为黎昭担心起来。在苍寰这个庞然大物面前，他们家昭昭除了忍下委屈，还有什么办法？原本被黎粉掐得毫无还手之力的徐北粉丝，顿时抖了起来，他们跑到节目组官博下，要求他们澄清"真相"，还徐北一个公道。让徐北粉丝意外的是，《娱乐行》节目组这次的态度格外地刚硬，直接狠狠地回击了一位徐北粉丝的指责。

@娱乐行：节目组从未故意抹黑哪位艺人，艺人在镜头下是什么样，播出来就是什么样，如果有艺人对此不满，节目组愿意为今天的言论负法律责任。

　　网友也没想到节目组连苍寰的面子都不给，纷纷跑到节目组官博下鼓掌，夸节目组"不愧是办了好几年的节目，就是这么有底线、有骨气"。有年纪比较小的粉丝见节目组这么不给徐北面子，跑到苍寰官博下面刷评论，让苍寰帮徐北主持公道。大概是嫌这件事还不够热闹，陆昊、宋喻、向震、《苍穹之影》官方微博、《七个男友》官方微博都转发了刘芬的那条微博。草莓娱乐的官方也发表了支持黎昭的言论。网友们看到这个架势，调侃地表示：这是村里的娃娃被隔壁村村霸欺负，然后全村出动，跑来为自家娃娃出气了。有看热闹不嫌事大的网友跑到徐北的经纪公司，紫茄娱乐的官博下问："要跟草莓娱乐打起来吗？"紫茄娱乐的公关部心情很复杂，虽然徐北是他们家的艺人，但是……他们真的不是很想管这件事，甚至还有工作人员披上马甲用小号跟着路人一起吐槽徐北。就在他们拿不定主意时，高层传来了意见。

　　"头儿，上面怎么说？"公关部的工作人员见经理神情微妙，以为少董还想护着徐北，心情顿时变得糟糕起来。

　　"上面给我发了一张图，让我直接发到官博上。"

　　"什么图？"同事们好奇地凑了过去，只见尿尿的小人，扑通一声跪在地上，旁边配字：对不起，教子不严。"这……这……"工作人员想笑，又强行忍住了，"公司打算放弃徐北？他不是苍寰老总的亲戚？"

　　"就是因为他是苍寰老总的亲戚，公司才不会保他。"公关经理小声说，"我跟你们说一件事，你们不要说出去。苍寰老板对徐家那些亲戚厌恶至极。"

　　众人愕然，看来网上爆料徐北豪门身份的人不是想帮他，是想他死。

　　紫茄娱乐发的表情图一出，网友们哈哈大笑。

　　【这么不听话的孩子，是胎盘长大的？】

【孩子不听话，多半是隔壁老王家的，扔了吧。】

紫茄娱乐回复："好的。"
吃瓜网友表示：这么刺激，这么好说话的吗？这个徐北到底有多讨厌，连经纪公司都公开嘲讽他？

【官博运营的这位小姐姐或是小哥哥，你这样说话……会被老板开除的吧？】
【我发起狠来，连自己人都不放过？】
【徐北平时恶心到什么程度了，连自家公司的人都讨厌他？】

今晚的事闹得这么大，不少艺人都站出来公开支持黎昭，徐北那边却没有一个人帮着说话，平时跟他微博互动、关系亲密的"好兄弟"们，今晚仿佛齐齐断了网，打死也不吭声。

大概是嫌徐北还不够惨，有营销号突然跳出来爆料：徐北因为人品太过低劣，有人看不下去，与他打了一架，没想到徐北是一张假脸，不仅假体被揍飞，做了填充的脸也凹陷了下去。有营销号嘲讽地表示，今晚徐北一直没有出声，大概是忙着去整形医院缝补他的脸，没时间搭理网上的热闹。徐北曾经做过的恶心事，全被爆了出来，还有内部人员出来爆料：徐北在剧组对女演员动手动脚，私生活不干净。

在全网痛骂的情况下，徐北粉早已经没了招架之力，他们唯一的希望就在苍寰这边。只要苍寰官博愿意出来帮徐北说一句话，徐北就能从这个死局里找到一线生机，至少……别人看在苍寰的面子上，不敢踩得太厉害。可是徐北的粉丝等啊等，徐北的黑料越来越多，脱粉的徐北粉丝越来越多，也没有等来苍寰官博的任何动静。就在他们绝望的时候，凌晨十二点，苍寰官博终于发了一条微博。

@苍寰：秋日脚步渐近，恭喜鄙公司旗下苍时手表代言人@黎昭成功被京市大学录取！他是翩翩公子徐大人，也是俊美坚强的黎昭。感谢昭昭愿意成为@苍行汽车的形象代言人,让我们共同努力前行,走向幸福未来。

网友:说好的徐北是苍寰老板亲戚,黎昭身上的代言会掉呢?结果苍时手表的代言没掉,反而还拿下了苍行汽车的高端代言?这可是苍行汽车,苍寰旗下的重量级产品,黎昭拿下这个代言,同年龄段的艺人谁还比得上他的身价?

有好事的网友去问苍寰官博,徐北是不是他们家老板的亲戚。苍寰官博回了一个微笑表情,并表示:"亲,我们不清楚,没听说过呢。"这个微笑意味深长,饱含深意。至少所有人都知道了一件事,那就是不管徐北是不是苍寰老板的亲戚,都不重要。重要的是,苍寰明显更偏向黎昭。苍寰对黎昭,才是真爱啊。

就在大家欢乐吃瓜的时候,有个营销号转发了苍寰官博的微博,调侃着表示:"嗑苍寰跟黎昭干吗?这有物种隔离,不如嗑苍寰老总与黎昭,好歹都是人类,不甜吗?"这个营销号是最近才火起来的,平时喜欢写一些甜甜的恋爱小段子,虽然粉丝数才一百万出头,但活跃度很高。

【笔给你,你快点写,写不好今晚别睡觉了。】
【神秘总裁×当红明星,这都是什么神仙!我敢嗑,你敢写?】

其他混圈比较久的营销号纷纷沉默。真是初生牛犊不怕虎,年少不知账号贵,什么都敢发,什么都敢说,苍寰的律师团会让你明白什么叫体统,什么叫规矩。甚至有人幸灾乐祸地等着这个营销号被封号,结果他们等啊等,只看到这条微博的评论越来越多,转发越来越多,就是没有被封号。

知道内情的营销号细细寻思,觉得这事儿有些不对劲。去年跟黎昭同一个经纪公司的艺人拉着苍寰老板炒作,结果这个女艺人现在还闲在家里抠脚,就连帮着炒作的营销号都被封了一批。苍寰对黎昭这个新人究竟有多满意,连自家大老板都能奉献出来?黎昭哪里是草莓娱乐的亲儿子，分明是苍寰的嫡长子。

　　有胆子大的营销号也尝试着转发了这条微博，他忐忑不安地等了一晚上，也没有收到任何律师的警告。他心头一动，在网上搜了搜，发现竟然还有网络写手以黎昭与苍寰老板为原型写了同人文。还别说，这篇文写得真好，任谁看了文章内容都会觉得这对的兄弟情感天动地，甚至连他这个直男看完文章都被感动了。这个营销号心一横，把这篇文转发到自己首页，同时感慨"世间竟有如此感人肺腑的情谊"。

　　很快，"苍黎"的故事开始在网友中间流传，画手、写手纷纷编出不少萌段子，风头彻底压下了连超话都被封掉的"鲤鱼"。

　　**鲤鱼粉满头雾水**：苍寰老总连张照片都没有，更别提黎昭从没有跟他同过框，这些粉丝究竟在萌什么？萌霸道总裁与俊美明星的人设？呵，肤浅，人家小鱼儿也是很有钱的富二代呢。

　　"先生。"秦肖把网上关于"苍黎"的热门微博截图发给晏庭，"网上关于您跟黎先生的讨论度，已经很高了。"

　　晏庭把截图一张张存起来，回复道："把舆论控制在大家知道这只是脑洞，并没有真正发生的程度上，不要影响昭昭的职业发展。"

　　"您放心，我明白。"秦肖微笑。这对"苍黎"硬生生印证了"你我本无缘，全靠我花钱"的道理。果然能用钱解决的问题，都算不上大问题。

　　接下来一周，黎昭都在拼命拍戏，争取周末能请个假。自从他收到通知书以后，庭庭跟霞姐他们就天天在微信群里商量升学宴的事情，比他这个当事人还要积极。黎昭的圈外朋友并不多，庭庭似乎很想给他办一个风风光光的升学宴，甚至想把圈内顶级的导演、制作人还有演员都请过来，被黎昭无情拒绝了。晏庭却说，两年前某土豪家的小姑娘靠实力考上排名前十的学校，她爸花了一大笔钱，请来不少当红艺人来给宾客表演。他家昭昭比那个小姑娘还要厉害，所以气势上不能输给对方。

　　"唉。"想到这里黎昭就头疼，攀比心理要不得。

　　"叹什么气？"刘芬是个风情万种的美人，她即使随意靠在休息椅上，都能吸引不少男人的目光。

"芬芬姐？"见刘芬坐过来，黎昭立刻正襟危坐，"朋友准备给我办升学宴，但是在邀请宾客方面跟我有些分歧。现在，他虽然听从了我的意见却有些低落，我在想怎么哄他。"

"那他肯定是很关心你的人。"刘芬轻笑出声，"在关心你的人面前，实话实说就好，在他心里肯定你是第一位的。"

黎昭微愣，随后解释："我知道，只是……有些看不得他失落。"

听到这话，刘芬若有所思地看了他一眼，随后神秘一笑："既怕她生气，又怕她累着，还不想她不开心？"

黎昭点头。

刘芬笑容更加明显，她看着仍有些懵懂的黎昭说："小屁孩，你可长点心吧。"

"啊？"黎昭茫然。

"知道吗？"刘芬看着片场忙碌的工作人员，"姐姐我读书那会儿，有个人对我特别好，直到几年前，我翻开他送给我的笔记本，才发现里面有一张向我告白的小书签。后来回想起来，我对那个男孩也是有好感的，可惜那会儿不懂，放走了一个极品小美男。"

黎昭道："你后来……没跟他联系过？"

刘芬笑道："活人与死人，怎么联系？他出国的第二年就发生了车祸。他的朋友说，那天他想从国外赶回来为我庆祝生日。"

"对、对不起。"黎昭没想到会勾起刘芬的伤心事。

"傻小子，姐姐编故事骗你呢，你这也相信。"刘芬站起身，她还是那个骄傲、美艳的娱乐圈女王，"不过别怪姐姐没有提醒你，"刘芬拍了拍黎昭的肩膀，"人生苦短，想去拥有就去拥有，不要给人生留下遗憾。"

黎昭目送刘芬走远，开始在心里反思，自己有没有特别想拥有的东西。好像现在的生活就很完美了。每天跟晏庭住在一起，有空就一起运动健身，没事就出去品尝美食。累了、受伤了、生病了都有人关心，晚上就算回去得再晚，也会有人为自己点亮一盏灯。甚至连唯一的遗憾——读大学，都在晏庭的帮助与鼓励下得到了弥补。如果真说他有什么想要拥有的，那就是跟晏庭一直这样平静地生活下去。

几天后，黎昭的圈内好友收到了黎昭发来的升学宴请柬。有细心的人发现，随着请柬一起发过来的小书签礼物竟然是纯金打造的，礼盒也是由大师特意亲手设计的。举办宴席的地点并不是某个酒店，而是某个私人海岛，由主人家安排包机接送。光是书签与礼盒都要花不少钱，更别提那个私人海岛是花钱都不一定能租赁到的地方，草莓娱乐为了帮黎昭造势，竟然这么舍得花钱？这个升学宴的规格恐怕比好多一线艺人的婚礼还要隆重。谁说黎昭是草莓娱乐的亲儿子？这分明是亲爷爷。受到邀请的人无论有没有空闲，都特意挤出时间坐上了赶往海岛的飞机。

海岛在蔚蓝的大海中犹如一颗珍贵的宝石，上面的花草树木修剪得十分漂亮，建筑更是美轮美奂。饶是见多识广的圈内人也忍不住发出惊呼声：这种风景如画的私人海岛，租金要按分钟算吧？

"孙总，我以后如果要是结婚，你也帮我安排在这个小岛。"刘芬透过窗户看着这个小岛，"在这里举行婚礼，一定很浪漫。"

"这可不是我安排的。"孙总也没想到晏庭竟然这么大手笔，这座岛应该是晏庭名下的私人小岛。

"不是你安排的？"飞机上的十余人十分惊讶，"不是你是谁？"

"当然是这艘飞机的主人。"孙总不清楚晏庭与黎昭的关系究竟到了哪一步，不敢乱说话得罪晏庭，只好说，"这些都是昭昭朋友准备的。"

整艘飞机上的人都起哄，问孙总是不是那个让黎昭戴价值几套房的胸针的朋友？

"哈哈哈哈。"孙总大笑出声，算是默认了。

飞机刚降落到停机坪，就有穿着制服的人特意来迎接他们，周到得让人挑不出半点不妥。踏进金碧辉煌的住宅楼里，大家看到了盘腿坐在懒人沙发上玩游戏的黎昭。这个懒人沙发与整座屋子格格不入，明显是后来才加进去的。

"大家都来了，快坐，快坐。"看到大家来了，黎昭高兴地招呼大家落座，帮佣们端上了可口的茶点。"时间还早，大家先休息一下，等会我陪大家在岛上转转。"黎昭有些不好意思地挠头，"说实话，我对这座岛也很好奇。"

## 第 9 章 苍黎

"你以前没来过这座岛?"一直没说过话的宋喻,终于开了口。

"没。"黎昭摇头,"我以前也没想到他这么有钱。"

宋喻欲言又止,国内有这么大的私人岛屿的富豪并不多,黎昭也不可能跟他们搭上关系。

休息好以后,黎昭带着想要在岛上转一转的宾客出了门。穿着制服的保镖走在前面,一边为他们引路,一边介绍岛上的景色。黎昭手里拎着桶,拿着小铲子时不时捡个贝壳扔进桶里。

宋喻伸手戳了戳黎昭的袖子,小声问:"把徐北假体揍飞的人,是不是你?"

"不要乱信谣言。"

宋喻暗暗放心,徐北被揍得这么狠都不敢出来说话,看来揍徐北的人背景很强大。

"我只是把他的假体揍歪而已。"

"还真是你干的?"宋喻一口气提了起来,"你是不是疯了,徐家虽然不受苍寰老板待见,但瘦死的骆驼比马大,你跟他作对没好处。"

"打都打了。"黎昭还没在海边好好玩过,所以对什么都感到新鲜,还打算等晏庭赶过来时跟晏庭一起海钓。

"还有心思捡贝壳,看来你不着急。"宋喻踢了踢脚边的沙子,捡起一块贝壳扔进黎昭的桶里。

"我给你说一件事,你不要告诉其他人。"黎昭笑眯眯地看着宋喻。

"什么事?"宋喻觉得黎昭可能会告诉他一个惊天大秘密。

"这座岛是苍寰老板的。"

"你就吹牛吧,我还跟苍寰老板是好兄弟……"宋喻干笑几声,但是看着黎昭不像是开玩笑的表情,笑不下去了,"真的?"

黎昭点头。

"那位……就是你口中的拆迁土豪?"宋喻惊得差点儿发出鹅叫声,"那个到剧组探过班的晏庭?"

"对。"黎昭点头,"这次的升学宴也是他帮我办的。宋哥,你一定会帮我保守秘密的,对不对?"

宋喻盯着黎昭足足看了半分钟，最终情绪崩溃地抱住自己的大脑道："你为什么要告诉我这种秘密，为什么？"知道这种惊天大秘密却不敢告诉别人，是何等的痛苦。

"我们是好朋友嘛。"

"呸，谁跟你是好朋友！"宋喻气不打一处来，他看着黎昭脸上的笑，"你是故意的，对不对？"

黎昭笑而不语。

宋喻深呼吸，硬生生忍下了这口气。他错了，他真的错了。从一开始他就不该进《霸道女总》剧组，不进那个剧组，就不会做对不起黎昭的事，不做对不起黎昭的事，他也不会沦落到这个地步。

"那个什么，"自己把自己从气头上安慰好以后，宋喻小心翼翼地问，"那位，知不知道我跟你在《霸道女总》剧组拍戏时发生的那些事？"他怕这位心狠手辣的先生轻飘飘地说一句"天凉宋破"，那他就没脸见宋家列祖列宗了。

"放心吧，我家庭庭不是那么小气的人。"

宋喻仿佛听说了什么笑话。晏庭不小气？黎昭说这种话的时候有没有问过那些凉在晏庭手里的人？他想反驳，但他不敢。"你跟晏庭……"宋喻决定用一个委婉的说法，"感情很好？"

黎昭点头。

宋喻顿时明白为什么"鲤鱼"的超话会消失了，这肯定是那位干的。没想到他活了二十多岁竟然干了这么牛的事，敢跟晏庭的人做兄弟，还没有凉。正想着，经纪人打电话过来："小鱼儿，'鲤鱼'超话解封有些麻烦，我们要不要重新申请一个比较隐蔽的？"

"别别别别。"宋喻一口气差点儿没上来，"不能申请，让工作室的人注意，以后只要看到有人把我跟黎昭凑在一起，就去举报。"

经纪人不解："你不打算蹭黎昭热度了？"

"我宋喻就算是从海里跳下去，喂鲨鱼，也不要跟黎昭炒兄弟情了。"跳进海里最多只死他一个，跟黎昭兄弟情是要害全家的。

经纪人：这是又跟黎昭吵架了？怎么去参加个升学宴，都能闹出事来?

"你不要热度了?"黎昭问。

"不要。"宋喻抬了抬下巴,"我要靠演技征服他们。"

黎昭挑眉,宋喻有这个玩意儿?

明天才是正式举办升学宴的时间,不过宾客们都玩得很开心,自拍发微博、发朋友圈时,都不忘夸一句这座岛有多漂亮。不过,由于黎昭没有对外公布升学宴这件事,所以大家都没有提这个。

娱记们发现圈内好些大咖都去了这座海岛,好奇地搜索这座海岛,却没有找到任何相关的旅游资料,应该是座私人岛屿。他们还发现,不仅有艺人去了这座岛,还有知名导演、制作人,就连草莓娱乐跟紫茄娱乐的老板都过去了。到底是谁这么大面子,竟然能让这么多大人物放下工作聚集在这座岛上?

紫茄娱乐的陈老板并没有受到邀请,他是听到消息后厚着脸皮跟过来的。晏庭亲自为黎昭举办升学宴,亲爹也不过如此了。他家的艺人跟黎昭闹得那么僵,他必须向晏庭跟黎昭赔罪,表明他的态度。

晏庭赶到海岛上时已经是深夜,他走下飞机,看到在远处朝他招手的黎昭。

"岛上夜里凉,你怎么在这里?"晏庭大步走向黎昭。

"来接你啊。"黎昭把一件外套披在晏庭身上,"走,我们回去。"

晏庭看着走在前面的黎昭,伸手握住了他的手。

"庭庭?"黎昭不解地回头,晏庭的手微凉,不像他的手那么温暖。

"晚上我视力不好。"晏庭看着黎昭,"你牵着我走好不好?"

夜里视力不好,是缺维生素 A 还是维生素 BCDE?黎昭脑子乱糟糟一片,他觉得自己此刻的想法有些怪异。想要甩开晏庭的手,可是看着夜色下晏庭温柔的双眼,他犹豫了。在这样的眼神下,他舍不得拒绝晏庭的任何要求。黎昭偷偷移开自己的视线,说:"走吧。"

海浪轻轻拍打着礁石,一望无垠的大海看起来黑黝黝的,瞭望塔上的灯光,变成了海上的一颗星。有海龟偷偷爬到了岸上,听到行人的脚步声,把脑袋往后缩了缩,可又跃跃欲试,想要一探究竟。

"霞姐他们到了吗？"晏庭主动打破了沉默。

黎昭点头："我把他们安排在主楼里，跟圈内的人分开了。"

"好。"晏庭看黎昭，此时月色正好，黎昭的面庞看起来格外柔和。他脑子里忽然出现了母亲跳下楼的那一幕。她总是对他说，世人无情，相信什么都不要相信别人："徐家的人，只要有了心，都会变成疯子。"

"怎么了？"黎昭察觉到晏庭脚步慢了半拍，他回头看晏庭，发现晏庭的半张脸都藏在阴影下。

晏庭摇头："没事。"

黎昭笑，没有继续追问，而是说："小时候，我看到课本上写小朋友在海滩上捡贝壳、堆城堡，特别好奇那是什么感觉。"他松开晏庭的手，掏出手机，点开一张照片，"喏，我给你堆的城堡，是专门给王子住的。"

照片上的沙堆，与其说是城堡，不如说几堆沙。晏庭沉默几秒，才说："很有高贵的意识流风格。"心意难得，夸就对了！

"来。"黎昭朝晏庭伸手。

"去哪儿？"

"带王子去修他的城堡。"黎昭笑出声。

"我是王子，你是什么？"

"我是在王子家蹭吃蹭喝，顺便保护王子的骑士。"黎昭回头对晏庭笑得温和极了，"走吧，王子。"

月色之下，两个成年人蹲在沙滩边玩沙子，随行的保镖们默默站远一点，没去打扰雇主回忆童年的行为。晏庭之前还觉得黎昭堆的城堡丑，自己动手以后，发现这些沙子好像有自己的想法，刚团起来就散开。

"要不要加点水？"黎昭很认真地提出建议，"我觉得加了水以后，黏度会强一点。"

晏庭扭头看保镖，几分钟后，保镖们给两人带来了一整套玩沙子的玩具，还拎来了一桶水。最后两人发现，加水过多的沙子，除了让他们的手变得更脏，并不能提高他们城堡的颜值。建城堡不易，昭昭叹气。

"咱们经验不足，意思到了就行。"最后还是黎昭打破僵局，"重在过程，结果不重要。"

认真堆着城堡的晏庭看到黎昭满手都是沙子，再看自己的手也没干净到哪儿去，干脆学着黎昭的样子，盘腿在沙滩上坐下。黎昭看着两人堆出来的丑城堡，忍不住笑出声来，拖着晏庭的手一起到桶里洗干净。

"擦擦。"晏庭接过保镖递来的毛巾，低头握住黎昭的手，温柔地擦了起来。

"我都这么大了……"黎昭嘀咕一声，事实上从小也没有人这么细心地给他擦手。他进福利院时已经十岁了，生活上的事情已经能够自理，院里的叔叔阿姨们也会尽量培养他们的自理能力。这不是对他们不好，反而是为他们着想。没有父母宠着的孩子，如果自理能力还不强，这辈子只会活得浑浑噩噩，毫无希望。

晏庭抬头看他，道："大什么？大一新生还是小孩儿。"

"这么大的小孩儿，是巨婴吗？"黎昭笑嘻嘻地让晏庭给自己擦干手，整个人懒洋洋地躺在了沙滩上，"庭庭，谢谢你。"

"谢什么？"晏庭胡乱擦了几下自己的手，从小的教养让他无法像黎昭那样无拘无束地躺在地上，他曲起双腿，低头看黎昭。

"其实我想跟你背一篇感谢小作文，不过看到你以后，就不想背了。"黎昭把手枕在脑后，"你肯定也不想听。"

晏庭温柔地看着他，眼眸被月光燃亮。

"有很长一段时间，我都想找到父母。"听着骇浪波涛声，黎昭的心平静极了，"这种想法，在霞姐跟周哥结婚，晓军哥跟琳琳姐在一起后，更是强烈。"说到这儿，他轻笑一声，"大概我真的没有父母缘，所以即使成了当红艺人，他们也没来找我。自从跟你住在一起，我获得了曾经无法拥有的温暖。"黎昭笑弯了眼睛，他坐起身，"庭庭，其实你是老天给我的长腿天使。"

晏庭神情微动，眼前这个男孩青春正好，无论何时都带着蓬勃的朝气，黎昭说他是"天使"，只有他知道，被拯救的不是黎昭，而是他自己。他贪婪地享受着黎昭没有保留的亲近、信任，以及黎昭带来的一切。"不是。"晏庭伸手抚去粘在黎昭头发上的沙子，"是老天见我一个人生活得没意思,所以让你出现在了我身边。我第一次见到你不是在酒店。"

黎昭惊讶地说:"不在酒店?"

"我看到你的时候,你把自己的夜宵分给一个流浪老人,我坐在车里看到你把剩下的一半夜宵吃得干干净净,吃得特别香。"晏庭犹豫了一下,"只是独自一人坐在路灯下,看起来有些可怜巴巴。"

"那是什么时候的事了?"黎昭回忆起来,恍然大悟地看着晏庭,"难怪我在酒店里自以为是帮你那回,你敢跟我走。"

"那天晚上我如果不跟你走,又怎么会跟你……成为朋友?"怎么会看见生命中的色彩?

"是不是我的吃相太可怕,吓到了你,所以你对我格外有印象?"黎昭知道自己的毛病,饿的时候吃饭特别快,这是从小养成的习惯,想要改过来非常难。

"因为你吃饭很认真,很香。"

那天晚上,晏庭连营养片都不想咽下,刚让司机把车停在路边,就看到黎昭拎着一袋打包的夜宵,步伐十分欢快。把夜宵分给流浪老人后,食物明显不够他吃,他埋头吃得很认真,舍不得浪费一点点。橘色的路灯光晕洒在他身上,为他增添了几分暖色。那是鲜活、充满生机的味道。不知怎的,晏庭就这样记住了他的容貌。

"人是铁,饭是钢,一顿不吃饿得慌嘛。"黎昭哈哈大笑,"我见你第一面时,心里还在想,多好看、多有个性的小哥,怎么能让油腻老男人欺负?结果你就瞒了我大半年。"黎昭摇头叹息,"不过如果你当时直接告诉我真相,或是我发现那几个保镖是你的人,我们后来也不可能做朋友。"就像学渣不会想着与学神做朋友一样,人在下意识里就为自己划出了圈子。也许晏庭偶尔会回想起某夜在路边遇到过一个很能吃的小伙子。而黎昭偶尔也会跟朋友提起,原来有些人不仅有钱还有颜。但是他们不会再有交集。

"这是我这辈子撒过最大的谎。"

"要我感谢你这个谎言吗?"黎昭故意朝他翻了一个白眼。

晏庭沉默不语,但是他的表情已经说明,他并没有后悔。

大概是被晏庭的真实身份刺激到了，宋喻有些睡不着，他在床上翻来覆去滚了半天，还是穿起衣服准备在岛上四处转转。他走了没多远，就看到沙滩上有两个并肩坐在一起的人，看起来还有些眼熟。

宋喻正准备过去凑个热闹，就被人从后面一把拉了回去。回头一看，是草莓娱乐的一姐刘芬，便打招呼："刘姐。"

刘芬长发披肩，身上穿着如火焰的长裙，她问："你去干什么呢？"这家伙果然没有昭昭讨喜，昭昭都是称她"芬芬姐"的。

"我看到前面的人好像是黎昭，想去凑个热闹。"宋喻还在往那边张望。

"凑什么热闹，人家两个聊得好好的，你跑去捣乱吗？"刘芬挑眉，"二十好几的人了，还这么不懂事？"

宋喻莫名其妙。你们草莓娱乐的人，不要太过分啊。他忍黎昭，是因为欠黎昭人情，心中有愧，他又不欠其他人。

"没事可以去那边溜达溜达。"虽然孙总没有跟她明说给黎昭办升学宴的人是谁，但她已经大致猜出来了。当初在苍寰年会上，秦肖会那么照顾黎昭是因为苍寰的大老板。难怪卢仁易会连夜写小作文夸奖黎昭，就算身上的代言掉了好几个，前段时间也还在微博上拼命为黎昭说话。

宋喻反应过来，跟黎昭坐在一起的貌似是那位先生。他暗自庆幸，幸好刘芬拦了他一把，不然他现在过去，就是作死。

见宋喻明白过来，刘芬似笑非笑地说："不去了？"

宋喻摇头。

"看来还没有蠢得太厉害。"刘芬点燃一支女士烟，放在自己的唇间，吸了一口缓缓吐出烟雾，"不管看到了什么，都不要出去乱说话，对你没好处。"

"我知道。"宋喻跟在刘芬身后，往另一个方向走。

"看来你也是知道利害关系的。"刘芬拢了一下头发，"这位先生对昭昭很看重，你回去以后，把该撤下去的消息都撤了，不要给自己找麻烦。"

宋喻嘴唇动了动，他沉默了很久，才问："黎昭他……是不是自愿的？"

刘芬轻笑出声，她掐灭烟头，扔进旁边的垃圾桶里，道："你觉得呢？"

"以黎昭的性格……应该是自愿的。"宋喻仍旧担心，"只是……"

"嘘。"刘芬把食指放到唇边，"有时候朋友总会提一些自以为是的建议，但是感情这种事情就像穿鞋，合不合脚只有自己知道，在当事人没有提出前，旁人不需要给过多的建议。"

宋喻盯着刘芬看了一会儿，说："你好像……很喜欢黎昭。"刘芬手段圆滑，看着对谁都不错，但是从没用过真心。她给黎昭操心的这个劲头，已经不是简单的圆滑可以解释的了。

"谁不喜欢可爱又好看的男孩子？"刘芬看了看宋喻，"当然，你是不会有这种体会的。"

宋喻：一言不合就颜值攻击？草莓娱乐没一个好东西。

第二天早上，黎昭去餐厅用饭，远远就看到宋喻一脸纠结地看着他。

"怎么了？"他走近问宋喻。

"那个什么，我尊重你的朋友圈。"宋喻望天望地就是不看黎昭，"你也放心，这件事我不会告诉任何人。以后如果有什么需要的话，可以告诉我。我可以帮一些微不足道的小忙，如果是跟苍寰这种大企业打架就不要告诉我了，我帮不上忙。"

黎昭无言以对，心想那你还挺知道分寸的。"什么朋友圈？"黎昭抓住了这个话题的重点。

"你也不用瞒着我，昨天晚上我都看见了。"宋喻憋了几秒钟，小声说，"祝你们的关系一直好下去。"

"谢谢。"

这声音……不像是黎昭的呀？宋喻疑惑地回头一看，吓得差点儿没绷住脸上的表情。晏庭怎么会在这里？他刚才说的那些话都被听见了？

见晏庭神情温和，宋喻连忙摆手："不客气，不客气，应该的。"说完，像老鼠一样窜了出去。老爸，老妈，我害怕！

什么玩意儿？黎昭看着宋喻做贼似的跑远，扭头看晏庭。

## 第 9 章 苍黎

"走，吃早餐。"晏庭神情如常地拉着黎昭，"吃完饭，我带你去换衣服。"

看着两人的手，黎昭怀疑晏庭是彻底陷入傻爸爸给儿子贺喜的状态了。虽然、虽然有些不好意思，不过……还挺开心的。

宾客们见晏庭与黎昭携手而来，都笑着问好，没人露出不对劲的神情。大家坐在一起开开心心地聊天吃饭，只有刘芬对着精致的食物拍了几张照片，却没有动筷子。为了在镜头上好看，拍戏期间刘芬严格控制自己的饮食，绝不允许自己的身材走形一点点。她看了眼吃得津津有味的黎昭，轻轻叹息一声：这就是命啊。有些人怎么吃都不胖，老天爷都在厚待他。

升学宴举办得很热闹，晏庭全程以家人的身份站在黎昭身边，在场所有人都看得出晏庭对黎昭的保护与在乎。宾客们把早就准备好的礼物送给黎昭。宋喻最朴实，直接送给了黎昭一张金额不小的支票。

"我也不知道你喜欢什么，这些钱拿去自己买。"宋喻顿了顿，"恭喜你考上京市大学，祝你前程似锦。"

"谢谢。"黎昭没有拒绝这张支票。

见黎昭收下这张支票，宋喻心中的愧疚感终于消失干净。他看了眼站在黎昭身边的晏庭，压低声音说："也祝你跟晏先生都好好的。"说完，也不等黎昭反应，转身走入宾客中。

黎昭看了看晏庭，又看了看脸上犹带祝福微笑的宋喻，感觉自己好像影响了晏庭的名声。

看完晏庭对黎昭的态度，紫茄娱乐的陈总不禁再次庆幸，幸好自己这次厚着脸皮来庆贺，不然哪能知道黎昭在晏庭心中这么重要。徐家似乎都重情重义。百年前，为了早逝爱人终身不婚的徐小姐，她的爱情故事感动了无数人，没想到后辈里又出现了一个徐晏庭。从海岛上这些工作人员对黎昭的态度可以看出：黎昭的地位等同于岛上另一位主人，在这座岛上有绝对的权力。

升学宴结束以后，宾客们先行离开，岛上安排了专机护送他们。刚出机场，刘芬、陆昊等大咖就被蹲守多时的记者围了起来。

"刘老师，听说你们这次是去参加豪门的婚礼，请问是真的吗？"

"陆老师、陆老师，能不能给我们简单介绍一下海岛主人的身份？"

"刘老师、陆老师，外面传你们二人去了岛上结婚，是不是真的？"

"谁这么有想象力？"刘芬摘下墨镜，对着镜头笑，"大家不要多想，我们只是去参加一位朋友家小孩儿的升学宴。"

升学宴在私人小岛上举办，啥家庭啊？家里有矿还是怎么的？有记者不相信，可是很快他们就发现，跟娱乐圈大咖们一起出来的还有紫茄娱乐跟草莓娱乐的老板。有胆子大的记者凑到孙总面前，想要打听出一点有用信息："孙总，请问你们是一起回来的吗？"

"哎呀，主人家好客，用私人专机接送我们，当然是一起回来。"孙总笑呵呵，"不过这位朋友为人低调，所以请各位媒体朋友高抬贵手，不要问我主人家的信息，我怕下次被拉黑。"

记者们友善地笑了，也没有人再追问主人家的信息。连草莓娱乐老板都怕被拉黑的人物，他们也不想去触霉头。大家各自回去写了一些报道，主题无非是圈内哪些大咖跟真正的大佬关系好。还有人感慨，宋喻不愧是富二代，这样的场合也有他的身影。有黑粉故意装鱼粉去挑衅黎粉，说"黎昭再红有什么用，这样的地方一辈子都去不了"。还不等黎粉去骂他，鱼粉就先一步把这些披皮黑按在地上摩擦，让别人再一次见识到娱乐圈真正的友谊。

为了避免外界对黎昭有非议，黎昭是这场升学宴主人的消息并没有透露出去。《七个男友》剧组的主创团队多少猜到点什么，但是谁也不敢乱说话。一时间轰轰烈烈的豪华私人岛屿话题，竟无人牵扯到黎昭这里来。

## 第10章 长久

黎昭和晏庭以及霞姐等人,并没有马上离开岛屿,而是决定留在岛上多玩几天。

穿着沙滩裤,戴着遮阳帽,黎昭带着晏庭在礁石边捉螃蟹,可惜他运气不好,找了半天也只捉到两只小螃蟹。"这么小,吃又不能吃,还是放你们回去找爸爸妈妈吧。"黎昭把桶里的螃蟹倒进海里,正准备叫晏庭给自己拍一张照,忽然脚底一滑,仰头朝晏庭跌去。

海边全是礁石,跌下去肯定全身淤青!脑子刚闪过这个念头,黎昭就倒了下去,但是并不疼。一只手揽在他腰间,把他紧紧地护着,海水漫过他的脚背,有些痒。

"庭庭,你没事吧?"黎昭这才想起,晏庭就在他身后,他摔下去先砸到的不会是石头,而是晏庭。

"没事。"晏庭伸手按了按黎昭头上歪掉的帽子,就像是在宠一个还不懂事的孩子,"礁石上有些滑,别摔下去了。"

晏庭的脸上有几滴海水顺着脸颊滑落,黎昭愣愣地看着,想伸手擦去他脸上的海水。

"吓着了?"见黎昭盯着自己不动,晏庭干脆一个用力,把他从礁石堆抱到沙滩上,转身去捡掉在礁石堆里的桶。

黎昭看着晏庭弯着腰的背影,抓起地上的沙子捏了捏,扭头看向远处。霞姐跟明哥手牵着手踩沙滩,晓军哥跟琳琳姐拥抱在一起自拍,全都散发着恋爱的酸臭味。

"看什么?"晏庭回到他身边,两人的衣角碰在了一起。

黎昭回头看晏庭,摇了摇头,说:"就是觉得他们感情很好。"

"不用羡慕他们。"晏庭随手翻了翻沙子,翻出一个贝壳,"我们感情也很好。"

黎昭一时语塞,拼命在心里对自己说:"黎昭你要冷静,不要因为宋喻的胡说八道就多想!"

"累了?"晏庭对黎昭露出一抹温柔的笑,"靠我肩膀休息一会儿?"

这个笑……这是庭庭第二次在他面前露出笑颜。谁能顶得住?谁能?!黎昭觉得自己心脏大大的不好,快要死掉了。朋友、亲人、伙伴能够这样自在地聚在一起,美梦成真大概就是这个样子了吧。但如果有一天,庭庭和他分道扬镳呢?

接下来的两天,这种因为太过幸福而产生的患得患失,让黎昭一直觉得自己不太对劲,又不想让晏庭看出来,只好发挥自己强大的演技,努力让一切都像平时一样。坐上回程的飞机,黎昭有些庆幸,等回了剧组,离晏庭远一点,也许他就能恢复正常了。飞机起飞,离漂亮的小岛越来越远,黎昭贴着窗户往下望,有些舍不得这个地方。

"喜欢这里?"一只手搭在黎昭肩膀上。

"啊……嗯。"黎昭看着肩膀上的手,抿了抿嘴角。

"等你学校放假,我陪你过来玩。"晏庭把手从黎昭肩膀上移开,"每年都要花钱维护这座岛,不来玩的话确实有些浪费。"

小岛已经越来越远,变成了一个小点,黎昭问:"维护这座岛,要花不少钱吧?"

"还好。"晏庭站起身,"我去一下洗手间,你如果困,就去后面的休息室睡一会儿。"

晏庭起身离开,黎昭愣愣地看着他的背影,半晌都说不出话。

"昭昭。"霞姐走到黎昭身边坐下,关切地看他,"你跟晏庭闹别扭了?"

黎昭摇头:"没有。"

"那你最近两天怎么怪怪的。"霞姐叹气,"虽说我是帮亲不帮理的人,但我还是要说说你,你可别仗着人家什么都顺着你,你就矫情起来。"

"霞姐，我是那样的人吗？"黎昭哭笑不得，"我跟他好好的。"

"别人看不出，我还看不出？这两天你分明不太对劲。"朱霞叹气，"都说被偏爱的人有恃无恐，但是人的真心只有一颗，有什么事好好沟通，不要伤人的心，也不要被人伤害。"

黎昭沉默不语，霞姐已经看出了他态度有些不对劲，那么庭庭看出来了吗？

"有什么事，好好说清楚就行，别闹别扭，听见没？"朱霞见黎昭不说话，伸手敲他的脑门，"仗着别人的好就乱发脾气的人，那是浑人，晏庭舍不得教训你，我来。"

"霞姐。"晏庭从洗手间出来，见霞姐在敲黎昭的头，伸手捂住黎昭被敲的地方，语气平静，"有话好好说，昭昭还小。"

"可不是还小，二十岁的小孩子。"朱霞见晏庭护着黎昭，给黎昭抛了一个"你看看人家"的眼神。

"人家的事，你跑去插嘴干啥？"等朱霞坐回来，周明小声嘀咕，"别越劝越不得劲儿了。"

"你懂什么？"朱霞瞪了周明一眼。

"像我们这样的孩子，不懂得如何去爱，也不懂得该怎么被爱。"朱霞苦笑，"我实在舍不得昭昭再吃苦受委屈。"

周明叹气："我知道你是舍不得昭昭吃苦，可是孩子长大了，总要学着自己去领悟生活。你跑去把他说一顿，难道他就能明白了？"

不懂得去爱人，不懂得被人爱，难道是他们的错吗？一出生就被遗弃，不知道平凡幸福的家庭是什么样子，别人生来便拥有的东西，对他们而言却是奢望。在学校里，所有同学都知道他们是孤儿，所有人的眼神都在跟他们说，他们跟其他孩子是不一样的。

"你也别去瞎教昭昭了，昭昭已经是我们几个里面活得最通透、最明白的一个了。"

黎昭来福利院的那一年，周明跟朱霞都在备战高考，对福利院里多了一个小伙伴并不是特别注意，只是见他长得太瘦弱，常常把自己碗里的肉分给他吃。直到高考的那天早上，他们看到黎昭蹲在福利院门口，手里拿着两面红纸做成的小红旗。

"哥哥姐姐,祝你们旗开得胜,拿好多好多的分。"脑袋大大、身子瘦瘦小小的孩子怯怯地把红旗放到他们手里,"加油。"

"谁教你做的这个？"

"我的同桌说,他姐姐今年参加高考,他爸爸妈妈在家里插了红旗,这样就能考出特别好的成绩。"不大的孩子,把从同桌那里听来的小道消息当了真,所以特意做了两面巴掌大的小红旗。红旗的背面,还画了歪歪扭扭的帆船,字倒是写得挺漂亮——扬帆起航。

那天早上,周明跟朱霞走出老远,还看到小孩儿原地蹦跶着给他们挥手,活泼极了。后来,他们考上京市的大学,国家与当地教育部门给他们拨了一笔教育补助资金,还办了贫困证明。那年暑假,黎昭总是往外面跑,院里的阿姨批评他,他就笑嘻嘻地撒娇。等到他们背上行囊,准备出发去京市那一天,黎昭嗒嗒地跑到他们面前,把一个很大的白色广口塑料瓶塞到他们手里。

"这是秘密,明哥跟霞姐要在火车上才能打开。"小男孩咧着嘴笑,露出豁了口的牙。

等他们上了火车,打开塑料瓶,才发现里面装着厚厚一叠钱。最大面额只有五十,最多的是五块跟一块,不知道他攒了多久。朱霞抱着这个塑料瓶,哭了整整一路。后来,福利院的工作阿姨才告诉他们,黎昭听说在京市读书会花很多很多钱,就每天跑出去捡塑料瓶、纸壳换钱,这些钱黎昭一分都没舍得花,全部给了他们。到了学校,周明跟朱霞咬紧了牙关学习,有空了就去兼职赚钱,撑不下去就看一眼那瓶钱,终于慢慢把苦日子熬了过去。等昭昭长大了,他们才明白他为什么攒钱给他们读书。

"从来没有人把肉让给我吃,但是明哥跟霞姐给了。"

他们只是分给这孩子一点点肉,这孩子却给了他们所有的真心。有人说他们傻,好不容易从福利院爬出来,还把钱拿回去填这个无底洞,可是对方不知道,福利院里有个孩子在用崇拜又热情的目光看着他们。

昭昭今年才二十岁,可周明跟朱霞觉得欠昭昭很多。幸好晏庭帮昭昭弥补了读书这个遗憾，不然他们这一辈子都放不下这件事。对于这么好、这么乖的孩子，他们只有一个愿望，希望他这辈子能够幸福平安，无论什么时候都有人等着他回家。

"也许你说得对。"看着黎昭跟晏庭靠在一起小声说话的样子，朱霞叹息一声，"也许我就是在瞎操心。"

"可不是瞎操心嘛。"周明笑呵呵，"你可别当多事的恶人，会影响人家关系的。"

"你倒是心宽。"朱霞锤了周明一下，被周明逗笑。

回到家的第二天，黎昭就去了《七个男友》剧组。到了剧组，他发现剧组里的工作人员对他好像更加客气了，就连平时喜欢喊他"小黎"的导演，都开始改口叫他"黎老师"。黎昭不讲究叫法，跟导演说笑两天后，导演才对他恢复以前的称呼。

黎昭跟刘芬的角色之间并没有太过亲密的戏份，最亲密的接触就是两人分手时，黎昭要哭着拥抱刘芬。原剧本是两人在雨中拥抱，然后分别。但是导演觉得，在影视剧作品中十对恋人分手，有九对都要遇到下雨，还有一对比较倒霉，可能会遇到下雪，这太俗了。导演是个倔强的老男孩，他决定反其道而行之，他要让两人在风景如画的湖边、夕阳西下之时分手。好在七八月最不缺的就是艳阳天，剧组终于找到了一个合适的拍摄地点。

"昭昭，夕阳取景的时间有限，给你跟芬芬重拍的机会不多。你们两个先走一走场，找到感觉。"导演看着渐渐西移的太阳，"争取在三遍内过。"

"我努力。"黎昭有些紧张，他对爱情理解得并不透彻，以前拍的剧对深情的要求并没有这场戏高。这种泪中带笑、不舍又带着祝福与爱的哭戏，到底该怎么去表现比较合适呢？

为了让两人尽快入戏，导演让两人在湖边慢慢散步，找一找感觉。

"你好像对这场戏不是太有信心？"刘芬看出黎昭有些紧张，"是担心等会儿表现得不好？"

"剧组为了今天这场戏准备了这么久，我担心表现得不到位会拖延进度。"最合适的夕阳景色就那么一会儿，今天如果表演得不到位，有可能拖到明天甚至后天。

"不要紧张，你的演技在同龄演员中已经是最拔尖的了。"刘芬笑，"如果我不能让你代入感情的话，你可以想想自己在乎的人。"

他在乎的人？黎昭脑子有点乱。

"如果你在乎的人最后决定和你分别，而你自己也清楚，离开他才是对他最好的选择。你在乎他，所以不想与他分开，可是又因为在乎他，想他以后过得更好，所以最终决定放他走。"刘芬笑着摇头，"也许我说得有些复杂……"

"我明白。"黎昭停下脚步，看着波光粼粼的湖面，"我大概明白该怎么演这场戏了。"

刘芬有些诧异。这么快就明白过来了？看黎昭这个表情，好像是感悟了某种人生道理。难道是突然开窍了？

整个剧组，不仅黎昭紧张，导演跟制片人都很紧张。这场戏很重要，但是他们担心黎昭太年轻，感悟不到这段感情中的成全与无奈。正式开拍时，整个剧组的工作人员都捏着一把汗，默默祈祷今天的拍摄能够顺利。走位没问题。台词没问题，情绪到位。快要到拥抱了……所有人都提起了一颗心。

"既然已经分手了，你能不能大方一点，送我一个拥抱？"浑身上下都是名牌的年轻公子哥似笑非笑地看着眼前的女人，"就当是离别前，最后的拥抱。"

女人怔怔看着他，随后扑哧笑出声："来吧。"她对他是包容的，就像是姐姐对待弟弟，而不是爱人。他慢慢向前踏出一步，伸手把她拥进了怀中。即使他比她年幼，但是在这一刻，他是个成熟的男人。他的怀抱很温柔，也很暖。在他把她拥进怀里的那一刻，他的眼睛红了，眼泪顺着眼角落下。成熟的男人是不该哭的，可正是因为这份不够成熟，才显得他的爱情真挚又灼热。

"你以后一定要好好的。"他想要笑，却笑不出来，最终只能选择放弃，"对自己好一点，天下没有人值得你委屈自己。那……再见。"他松开女人,背对着女人大步往前走,背影还是那个骄傲的公子哥。

"好,太好了,太好了。"导演激动得连拍大腿,对着监视器连连说好,"这个眼神,还有面部表情处理得太到位了。我如果是个女孩子,在银幕前看到这样一张脸,肯定要心疼得无法呼吸。"

导演助理看了导演一眼,往后退了一步。

"小黎,你这场戏堪称完美!"导演走到黎昭身边,黎昭眼睛湿漉漉的,泪痕未干,看起来可怜极了,"没关系,这个渣女看不上你,是她眼神不好,导演给你介绍更好的。"导演安慰地拍他的肩膀。

"导演,你太入戏了啊。"刘芬走过来,递了一张纸巾给黎昭,"唉,可惜现实中没有这样的男孩子喜欢我,如果真有我还分什么手,当场就把他带回家当宝贝养着了。"

黎昭擦干眼角,让化妆师给自己补妆,后面还有一组镜头,是女主跟他道别,他背对女主,轻松应对却始终不愿回头的一场戏。导演大概是想他从头帅到尾,所以每场戏都把他拍得特别好看。

今天的拍摄比预想中顺利很多,导演心里高兴,大手一挥,请大家吃饭。

饭桌上没人劝黎昭喝酒,黎昭就捧着一杯饮料慢慢喝着,听大家聊一些有趣的话题。放下杯子,他想去洗手间,发现包厢的洗手间有人正在使用,只好去找包厢外面的厕所。这家餐厅主要的顾客群体是圈内的艺人,所以保密性非常好。但是黎昭在走廊上遇到了一个意料之外的人——徐北。

徐北看到他,神情有些闪躲,甚至下意识地往后退了一步。走廊上安静极了,除了黎昭跟徐北,再没其他人。徐北盯着黎昭看了一会儿,才开口道:"黎昭,我惹了你是我的错,我可以向你道歉,你能不能让晏庭别再针对我家的生意?"

"生意上的事情我不懂。"黎昭面色冷淡,"我帮不了你。"

"只要你愿意帮我,我可以告诉你一个秘密。"徐北呼吸变得有些急促,他神情憔悴,看得出这段时间过得很不好。

黎昭嗤笑,说:"不好意思,我不感兴趣。"

"即使事关晏庭，你也不感兴趣？"

黎昭挑眉道："我怎么知道你是不是骗我？"

"这种事情，我没必要骗你。"徐北神情变得焦急，"你如果不想知道也没关系，到时候出了什么事，别怪我没提醒你。"

黎昭带徐北来到一个空的包间，开口道："你说吧。"

"晏庭的身体出了问题。"说完这句话，徐北见黎昭拳头捏了起来，赶紧道，"我不是在诅咒他，这些都是真的。"

黎昭沉默不语，等徐北继续说下去。

"事实上，早在一年前，晏庭就不怎么管苍寰的事务了。"

黎昭眉梢动了动，这个爆料有些不准，庭庭有时候为了公司的事还要加班。

"徐家这边有人发现，晏庭有时候会去看心理医生，他心理上出了问题。"说到这儿，徐北语气里带上了些许恶意，不过当着黎昭的面，他不敢表现得太明显，"身体好治，心病难医，你跟在晏庭身边，就没有发现他有什么不对？"

"不要胡说八道，你们这些生意人，因为羡慕嫉妒恨就对少年英才造谣抹黑。"黎昭转身就准备走，"算了，听你在这里讲故事，我还不如回家看电视。"

"你当然觉得他很正常，晏庭对你那么重视，为了你的升学宴，造了那么大的势。"徐北还是没有忍住心中的恶意，"说不定是准备在死前为你铺路，让你后半辈子过得舒坦点。"

这话说完，徐北又挨打了。这次没人拦着黎昭，徐北被揍得有些惨，最后竟是爬到桌子下面，哭着向黎昭求饶。

"说，我家庭庭会长命百岁！"

"我胡说八道，晏庭会长命百岁，是我胡说八道。"徐北扶着折了的胳膊，说话的声音含糊不清，"晏庭会长命百岁。"

直到徐北嗓门沙哑，黎昭心头的火气才慢慢降下来，他冷冷看着徐北道："不要再让我听见你说晏庭的任何坏话，不然你会后悔的。反正我一人吃饱，全家不饿，你这样的有钱公子哥……"

徐北吓得浑身一个哆嗦。黎昭想干什么，杀人灭口吗？"我错了，你跟晏庭都会长命百岁，谁都不会早死！"徐北伤心地流泪。

老天爷让他做梦究竟是为了什么？就是为了让他挨黎昭的揍，让他眼睁睁看着黎昭跟晏庭这两个毫无交集的短命鬼相携走花路吗？他现在过得还不如梦里，这究竟是为什么？越想越难过，徐北趴在桌子底下，号啕大哭。

黎昭不再管嗷嗷哭叫的徐北，转身拉开包厢的门，发现门外站着刘芬。黎昭看了看刘芬，又看了看徐北，没有说话。

刘芬仿佛没有看见被揍得十分凄惨的徐北，对黎昭笑道："差点儿以为你走错了包间，走吧。"

黎昭沉默地跟在刘芬身后，眉头轻皱。他好像……真的很担心庭庭，庭庭会因为他知道庭庭的秘密而讨厌他，不再跟他做朋友吗？如果庭庭知道了，自己这个所谓的朋友并不是真正地了解他，他会感到难过吗，还是庭庭根本不在乎他这个朋友？

"在想什么？"刘芬问。

"在想……该不该和朋友坦白。"黎昭无意识地说出了口。

刘芬有些诧异。黎昭竟然和那位先生有秘密？只要是有眼睛的都能看出，那位先生对黎昭是好到了骨子里。现在，黎昭竟然还在考虑该不该向他坦白？现在年轻人的世界是这么复杂的吗？

"说来给我听听，姐姐我在这方面还是有点儿见解的。"

"就是我有一个朋友，他跟自己的好兄弟住在一起。"黎昭小声，"他以为自己把兄弟当兄弟，结果他似乎根本不了解兄弟的真实情况，对他不够在乎，我的这个朋友……是不是有些差劲？"

"你的朋友怎么会这么想？"刘芬摇头，"守护一个人是发自于心的本能，美好又干净，怎么会差劲？"

"他兄弟对他很好。"黎昭嘀咕，"还不知道他其实不够了解他，也不够在乎他。"

"也许他的好兄弟不这么认为呢。"刘芬笑，"你的这个朋友应该试着勇敢一些，这样才是对对方的尊重。如果他心里没有底，可以去试探一下,说不定有惊喜。"弟弟始终是弟弟,"我有一个朋友"果然是经久不衰的借口。全世界都以为他们关系够好了,结果当事人却还在犹豫,这个世界没有疯,这个弟弟有点儿傻。瞧着挺聪明一娃,怎么就迟钝成这样?

"试探会不会不好?"黎昭摇头,"万一兄弟不高兴或是难过了,又该怎么办?"万一……他是说万一,庭庭真的没意识到,他却故意去试探,庭庭该有多难过啊。"不好不好,这种办法不好。"黎昭连连摇头,"还有其他更好的办法吗?"

刘芬愣住,她盯着黎昭看了好一会儿,忽然笑出了声。她以为黎昭不懂、迟钝,也许真正不懂的人是她。发自内心地在乎着一个人,哪里又舍得他有半点伤心难过呢?

结束聚餐,黎昭跟剧组众人打过招呼,坐上了回程的车。

大可见黎昭一直沉默不语,问:"昭昭,吃饭的时候,你突然出去了那么久,是不是出了什么事?"

"上洗手间的时候,遇到了徐北,就跟他多聊了一会儿。"

大可心想,这个"多聊一会儿"是不是还有比较激烈的打斗?

"等等。"黎昭看到了路边的花店,他让大可把车停下,戴着墨镜帽子下车。

花店不大,一个二三十岁的女性在打扫地上的枝叶,扎着辫子的小姑娘坐在供客人休息的小桌边写作业。看到黎昭进来,女人赶紧收起扫帚与拖把,说:"欢迎光临。"

店里摆满了花,黎昭被花花草草弄花了眼,不知道该买什么。

"先生,想要买花送给什么人?"女人笑,"长辈、朋友还是爱人?"

"我……"黎昭把帽子往下拉了拉,"在乎的人。"

店主见来客如此羞涩,便问:"对方知道你的心意吗?"黎昭摇头。

店主了然,说:"满天星、向日葵、小雏菊都可以。另外,对方平时喜欢素雅一点,还是艳丽一点的花?"

"素雅一点。"黎昭很肯定地表示,"他不喜欢颜色太过艳丽的花。"

店主用雏菊与满天星扎了一束鲜花,放到黎昭手里,说:"祝你顺利。"

黎昭用手机扫码付了钱，回道："谢谢。"

大可看到黎昭捧着一束花上车，眼珠子都惊得掉下来了。他果然是锦鲤体质，给谁当助理，谁就开始作妖。憋了一路，他也没有问黎昭这束花要送给谁，实际上他心里隐隐约约有个猜测，但是不太敢说出口。

黎昭不在家的时候，晏庭喜欢坐在沙发上等他回来，等到门外响起熟悉的脚步声，他就知道是昭昭回来了。房门打开，他扭头看去，第一眼就看到了黎昭怀里的花，心脏顿时落入冰窟。是谁送给昭昭的花？男人还是女人？昭昭这么郑重地抱着这束花，是不是想讨好对方？他深吸一口气，想要让昭昭把这束花扔掉，不要让他看到。可最终，他只是站起身，若无其事地开口："昭昭，回来了？"

"嗯。"黎昭点头，抱着花走到他面前，"这束花好看吗？"

晏庭盯着花看了几秒，说："好看。"

"送你了。"黎昭把花塞进晏庭怀里，干咳一声，"晚上经过一家花店，见一个妈妈独自照顾女儿开花店，就买了一束。除了你，我也不知道该把花送给谁。"

"谢谢。"冰凉的心就像是被温泉浸泡，晏庭觉得自己整个人都有些发飘，"我很喜欢。"

"你、你喜欢就好。"黎昭看天花板看地板，就是不好意思去看晏庭，"我去洗澡，你早点睡。"

"黎先生，你不吃夜宵了？"管家见黎昭咚咚咚跑上楼很纳闷。以前黎先生回来，第一件事就是问他家里有什么好吃的，怎么今天这么奇怪？他扭头看晏庭，见晏庭怀里捧着一束花，笑道："先生，这花……是黎先生送给您的？"

晏庭沉默了几秒，说："明天问问花匠，怎么让花束保鲜时间长一点。"

管家笑呵呵地应了下来。

晏庭抱着花回到房间，盯着花看了好几分钟，默默掏出了手机，在网上搜索了一下如何拍摄静物，然后对着花束拍了一张照片。

电影院外,秦肖听女友抱怨刚才那部电影有多难看、多么没有逻辑,没有一句反驳。

"还有那个所谓的贵族公子,演得跟个大马猴似的,昭昭当初在《风云起》那部电影里演的贵公子才叫真正的天下无双。"陆雯雯叹气,"早知道这部电影烂成这样,还不如在家写文。"

秦肖更加沉默了。自从陆雯雯开始写定制甜文以后,就灵感大发,恨不得日更一万,就连秦肖这个男朋友都无法令她分心。给女友打开车门,秦肖转身拉开主驾驶的车门,顺手掏出手机看了一眼,整个人愣住。

晏庭:【图】

看到这张带了滤镜的花束照片,秦肖突然就笑了。黎昭真的把先生从悬崖边拉了回来。

"你在笑什么?"陆雯雯探头问,"一脸吃到糖的表情。"

"嗯。"秦肖把手机收了起来,"吃到糖了。"

陆雯雯不敢置信地瞪大眼睛说:"你竟然还懂得'吃糖'的意思,我还以为你是老古董。"

"陆雯雯,看在黎昭签名照片的份儿上,我劝你说话多考虑考虑。"

"我错了,你与时俱进,是时代的弄潮儿。"为了自家崽崽的签名照片,陆雯雯可以没有原则。

第二天,晏庭又收到了一份礼物,一本叫《鲜花物语》的彩图书。他有些不解,难道昭昭对鲜花方面的知识产生了兴趣?

第三天,黎昭买回了两双拖鞋,拖鞋上是两个男孩子手牵手站在一起。晏庭懂,这是兄弟鞋。

第四天,黎昭又买回来两套茶杯,茶杯上两个穿着尿不湿的小孩子,一左一右弯腰嘟嘴,憨态可掬。

第五天,第六天……

黎昭几乎每天拍戏回来都会带一件礼物给晏庭。晏庭私下里有些担心昭昭最近是不是遇到了什么事。

第 10 章 长久

结束了一场戏,刘芬见黎昭垂头丧气地坐在旁边,笑问:"这是怎么了,丧着一张脸?"

"杯、鞋、鲜花都送了,可是我朋友的兄弟一点反应都没有。"黎昭捧着水杯喝了几大口,"不过收了我朋友的一点点礼物他就很开心,这是不是代表着他其实不知道朋友之前对他不够好?"

"精诚所至,金石为开,这种事急不得。"刘芬差点儿笑出声,"也许对方只是天生反应慢,你再多坚持一段时间。"

听到"你"这个字,黎昭脸颊发红地说:"芬芬姐,你都知道了?"

"哈哈哈哈哈。"刘芬再也忍不住,当场笑出声来,"现在谁还不知道'我的朋友'等于'我',你还是太年轻。"

"我也觉得自己太年轻了,没房子没车,也许正是因为这样,他才把我当作弟弟看待,单方面对我好。"黎昭算了一下自己现在的资产,在京市买房的首付是有了,可是想要买好地段的房子却有些难。黎昭越想越觉得自己与晏庭之间的距离就像地球与月球。

"发现差距太大,不敢继续陪着他了?"刘芬问。

黎昭摇头:"觉得自己不够好就选择退缩的主要原因,是不够勇敢。"只要脸皮厚,万事皆在手。不就是脸吗,他不要了!钱可以慢慢赚,房子可以慢慢买,但是庭庭只有一个。他不会放弃庭庭的。

"所以呢?"刘芬觉得自己可能有些跟不上年轻人的脑回路。

"我决定把自己的工资卡交给他,让他知道我的诚意。"

黎昭现在的身价并不低,不过团队对广告代言卡得很严,他也不想因为自己代言某件产品让粉丝掏空钱包。虽然黎粉嘴上对他的态度像是黑粉,但是黎昭知道,他们对他非常好,舍不得他受委屈。这么好的粉丝,他先替他们心疼起钱包来了。现在,黎昭身上的代言只有三个,苍行汽车、苍时手表、老牌国产牙膏。牙膏代言是前两天接的,黎昭开出来的代言价格并不高,今天下午结束拍摄后,他才会去跟品牌方签订正式的代言合同。

品牌方很意外,是他们求着黎昭代言,按理说黎昭这边应该趁机开高价才对。近几年,由于国外品牌大量进入国内,他们这款牙膏的市场份额越来越小,尤其是在年轻消费者群体间,他们几乎毫无立足之地。作为一个传承几十年的老牌国产牙膏,他们面临着被其他品牌收购的命运。找黎昭代言已经是无奈之举,事实上他们心里很清楚,黎昭那边根本不太可能接这个代言。一个势头正猛的当红艺人,怎么愿意自降身价去接一个别人眼里只有老人才用的牙膏品牌?

然而让他们意外的是,黎昭那边很快就回复了他们,并且以支持国货品牌的理由,自动砍掉一半的代言费。牙膏厂上下得知消息以后,几乎高兴疯了,尤其是牙膏厂的老板,当天就让秘书定制了一张黎昭的海报,挂在自己办公室的墙上。

中午吃过饭,牙膏厂老板带着秘书早早就等在了约好的地方,等见到黎昭本人后,他忍不住感慨,不愧是让那么多人喜欢的明星,长得真是好看。合同条款很公平,最后在代言费上,双方起了分歧。黎昭这边坚持要给牙膏老板打五折,牙膏老板坚持要给原价,一番推让,两边差点儿吵起来了。以前都是艺人经纪公司拼命抬价,品牌方尽量压价,到了这里,却反着来了。最后双方各退一步,代言费打了八折。双方签订好合同后,老板忍不住问:"黎先生,我想冒昧问一句,您为什么要坚持给鄙公司的代言费打折?"

"九年前,我所在的福利院里有个孩子患了重病,贵公司捐了二十万。从那以后,每年贵公司都会给我所在的那个福利院免费提供洗漱用品,买新衣服与新文具。我没有打折,"黎昭笑,"这是感谢费。"

老板愣住了,九年前牙膏厂的老板还是他爸,他爸每年都会资助一些孩子与福利机构,后来他爸身体不太好了,他就继承了牙膏厂。牙膏厂近几年效益不太好,他其实并不想像他爸那样继续资助福利机构,但是为了安抚老人的心,他还是按照爸爸的意思在做。事实上,这点钱对于他们家来说只是举手之劳。他怎么都没有想到,父亲的善举在这个时候帮了他。

"谢谢你。"老板沉默了很久,向黎昭道谢。父亲是对的,做人要心存善意。

"是我该感谢你们。"黎昭笑,"我最喜欢贵品牌的柠檬香型牙膏,祝我们合作愉快。"

老板与黎昭的手握在了一起,说:"合作愉快。"

一天后,黎昭收到了牙膏老板发来的一张捐款记录截图,黎昭打折没收的钱,他全部捐了出去。黎昭看着这张截图笑了。

结束拍摄回到家,黎昭拉着晏庭一起吃夜宵。

"庭庭,我跟你说,我们剧组的那个导演竟然怕老婆。"黎昭观察着晏庭的表情,"连请我们吃一顿饭都要向老婆报备,我今天才知道,他的各种消费卡都是给老婆管着的。大家都说他好。"

晏庭点头听着。

黎昭的手在兜里摸啊摸,摸了很久,终于把存钱的卡拿了出来,他说:"庭庭,我、我跟你商量一件事好不好?"

晏庭夹了几片蔬菜到黎昭碗里,问:"什么事?"

"你帮我管卡好不好?"黎昭捏筷子的手,微微用力,"我天天都在家吃饭,也没什么花钱的地方。你做事比我稳重,钱放在你这里我才安心。"黎昭小心思暗戳戳地动了动:拿了自己的钱,庭庭就会相信自己是真的很在乎他了!

晏庭盯着黎昭看了一会儿,才道:"好,想花钱的时候你告诉我。"

黎昭见晏庭神情平静,好像没有往别处想,心情有些低落。他幼时被养父母虐待,年少时又在福利院长大,没有在正常家庭待过,所以当他发现自己真的很在意庭庭这个朋友后,下意识希望,能跟庭庭维持一辈子的友谊。可是庭庭貌似跟他不一样,黎昭忽然想到,也许庭庭根本没想过这些。庭庭也许并不在乎他。想到这儿,黎昭顿时胃口全无,桌上这堆美食已经无法吸引他了。

"怎么不吃了?"看到黎昭放筷子,晏庭有些意外,昭昭今晚才吃了一碗饭。

"没什么胃口。"黎昭擦干净嘴角,整个人就像是被疾风摧残过的花朵。

"是不是生病了?"晏庭伸手去探黎昭的额头,体温正常,"拍戏太累了?"

黎昭握住晏庭的手，说："没有。"

晏庭看了一眼被握住的手，没有挣开，只是声音有些哑："夜宵不合胃口？"

黎昭摇头。

两人只好一起到沙发上看电视。《天歌》剧情已经播了一大半，今天刚好播到黎昭饰演的徐大人成婚。这场戏晏庭还记得，当初他去剧组探班时，黎昭正好在拍这场戏。经过后期剪辑，电视上呈现出来的效果比现场还要好。尤其是黎昭的眼神，深情得让所有人都相信，他所有的喜怒哀乐都会给他眼中的那个人，世人无法再得到他。

晏庭觉得自己快要疯了，这个画面勾起了他心底的不安。他无法想象昭昭有一天会迫不及待地离开他。晏庭从不敢奢望昭昭会一直陪着他，只有这样，他才能平静地对待每一天，假装他跟昭昭幸福快乐地生活在这栋房子里，谁都无法拆开。即使这一切只是他幻想出来的假象。

"庭庭。"黎昭根本没有心思去看自己在剧里演了什么，满脑子都是该怎么让庭庭更了解自己。如果庭庭其实并不在乎自己，他们还能不能做朋友？

"什么？"晏庭平静地看着黎昭，然而他内心在嘶吼、在咆哮，想要撕破自己的伪装。可是，他不敢。

"最近我身边发生了一件事。"黎昭低头把玩自己的手指，"我有个圈内朋友，想跟他朋友坦白，想要知道朋友是不是真的在乎他，可是他怕朋友不开心，所以来找我出主意，你觉得这种事……应该怎么办才好？"

晏庭心中一颤，昭昭的这个朋友，与自己何其相似。想到这儿，他忍不住苦笑道："他看重那个朋友吗？"

黎昭点头："非常看重。"

晏庭沉默许久，摇头："除非他承受得起失败的痛苦，不然……"

黎昭脸上的笑容淡下来，他问："不然只能藏在心里吗？"

"这是对他而言最好的选择。"晏庭面无表情地看着大屏幕，"至少……还能好好在一起，不用分离。"

## 第 10 章 长久

黎昭欲言又止,他看着晏庭,微微垂下眼皮,道:"哦。我回房间洗澡了。"黎昭起身走了两步,转头看晏庭,"庭庭,如果你的朋友和你坦白的事情,会让你不喜欢他,你会继续跟他做朋友吗?"

"除了你,我没有朋友。"晏庭双瞳幽深,他看着黎昭,"所以不会有朋友向我坦白。"

"哦。"黎昭担心,万一庭庭为了不失去他这个朋友,会勉强自己跟他做朋友。他有很多朋友,庭庭只有他一个,这对庭庭不公平,他舍不得。

晏庭静静坐在沙发上,不知道坐了多久,直到两集《天歌》播完他才动了一下,不再保持僵硬的坐姿。打开手机,点开朋友圈。第一条是秦肖转发的一篇公众号文章,题目叫《这些花语你都知道吗》,秦肖不知什么时候起,喜欢转发这些奇怪的文章。他往下翻了翻朋友圈,发现黎昭也转了这篇文章。点进链接,他随意扫了几眼。

白色满天星的花语:默默守望着你,即使你不知道,即使我只能做你生命中的配角,也希望你幸福。

回到房间,黎昭坐在沙发上,默默从抽屉里摸出了《交友宝典》。只要功夫下得深,庭庭一定会开心。书没翻到两页,黎昭收到姚宇光发来的消息。

姚宇光:大佬,我又找到了一张照片,你看看。

点开姚宇光发来的照片,黎昭沉默了。这是一张大家庭合照,坐在正中间的是一对头发花白的老夫妻,站在他们右边的男孩笔直地站着,天使般的脸上看不到半点童真。他的身后站着一对年轻夫妻,男的面带微笑,女人穿着旗袍,微微垂着头,目光似注视着前面的男孩,又似心事重重。

姚宇光：为了找到这张照片，我把我妈房间里的首饰柜都撬开了。

昭昭有好运：谢谢。

黎昭盯着这张照片看了很久，用P图软件把庭庭的图像单独留下保存。他想要的，只有庭庭小时候的模样，那些给庭庭带来痛苦记忆的过往，他不想代庭庭留下来。很多自以为是的关心与多事，只是感动自己而已。

姚宇光：看在我这么努力的份儿上，你能不能收我做小弟？不行的话，我可以下次再来问。

昭昭有好运：滚！

姚宇光：好嘞。

打发了姚宇光，黎昭继续看《交友宝典》，最后得出一个结论，写这本宝典的人肯定没有交到过好朋友。他如果真的敢按照这本书里的方法来做，不用庭庭开口，自己先被恶心死了。敲门声响起，黎昭看了眼自己身上的常服，想起自己上楼时口称洗澡，结果连衣服都没换。他连忙蹿起来换睡衣。

晏庭敲门后等了一会儿，黎昭还是没来给他开门。他平静的脸上出现了懊恼与自责。昭昭生他的气了？晏庭扭头看向楼梯，管家站在那里笑眯眯地看着他，就连厨师阿姨也站在楼下，一副等待结果的样子。屋子里的这些人都被昭昭带坏了，个个都染上了看热闹的性格。一年前，他们在自己面前还不敢多说一句话，现在都学会看他的热闹了。

黎昭换好衣服，拉开房门与晏庭四目相对，让他意外的是，晏庭手里拿着一束满天星。

满天星？难道庭庭终于看到自己转到朋友圈，只开放给庭庭一个人看的花语文章了？所以晏庭拿满天星过来？不，不对。这束花不是他送给庭庭的那一束，这束花看起来是他那一束的两倍大。

"这束花……送给你。"晏庭不敢确定黎昭的心意，是不是自己想的那个意思。可万一是呢？他怕得不到回应的昭昭会伤心。

黎昭接过花，脚尖在地板上点啊点，犹豫地问道："你知道……满天星的花语是什么意思？"

"知道。"

"跟我送你的那束满天星，是一个意思吗？"黎昭眼中绽放出光芒。

晏庭从未像此刻这样紧张过，道："我……"

话还没出口，黎昭已经先抓住了他的手说："你先别说话。"

晏庭停下，看黎昭。

"我觉得……既然我们是一个意思，"黎昭干咳一声，"你又把我存钱的卡都收了，人不能不管，对不对？"

晏庭张开嘴想说什么，可是临到关头却一个字都说不出来。奢望得太久，当它变为现实时，晏庭心里开始害怕，害怕这一切只是他臆想出来的。就像他年幼之时总是在睡梦中醒来，看到早已死去的母亲坐在他的床头跟他说话。他把这事儿告诉爷爷奶奶，他们看他的眼神里充满了厌恶与怜悯两种矛盾的感情。后来，他渐渐明白过来，他早就没有妈妈了。他的大脑像是被分成了两半，一半总是能产生各种虚幻的画面，一半又清醒地告诉自己，世间事大多都是虚假的。也许……此刻主动的昭昭，也是他臆想出来的。

见晏庭只是傻傻看着自己不说话，黎昭笑道："沉默就是默认，默认就是同意，所以其实庭庭你也是在乎我的，对吗？从今天开始，我们就不只是好兄弟，还是比好兄弟更亲，彼此最信赖依靠的家人，对不对？"

晏庭点头。

黎昭把满天星往地上一放，张开手臂道："为了庆祝，是不是该拥抱一下庆祝？"

看着朝自己张开双臂的黎昭，晏庭伸手把人揽进自己怀中。就算这一切只是自己臆想出来的，他也甘之如饴。

以前跟晏庭勾肩搭背不觉得有什么，现在竟然还有些小羞涩。漂泊的帆船终于找到了适合自己的港口，决定在此处停留下来。

黎昭笑眯眯地看晏庭说："真好。"老天果然对他很好，他在意庭庭的时候，庭庭也在意他。黎昭注意到管家伯伯竟然在拐角处偷看，被他发现以后，还竖起了大拇指。黎昭心想，管家伯伯，你调皮了。伸手把晏庭拉进屋里，黎昭关上门，把晏庭按到床上坐下。

晏庭看了看居高临下看着自己的黎昭。"还在发呆？"黎昭伸手戳了戳晏庭的脸。晏庭猛地惊了一下。

"哈哈哈，庭庭，你也太可爱了。"黎昭被晏庭乖宝宝的模样逗笑，"你这样子，我真想把你揣进衣兜兜里装起来。"

晏庭一直都明白，自己跟可爱毫无关联。

"我送你的《鲜花物语》那本书，你是不是没有看？"

晏庭记得自己随手翻了几下，以为黎昭喜欢这些鲜花，所以近几天家里花瓶里的鲜花都是《鲜花物语》上的。

"还有我送你的杯子、拖鞋，你就没有想过有其他含义？"黎昭觉得自己暗示得已经足够明显了。

"年前你也买过两套同样的兄弟装。"晏庭哪里敢往别处想，就怕想来想去一场空，最后控制不住自己的情绪，伤害到昭昭。

黎昭想了想，好像确实有这么一回事儿，原来他是自己坑了自己。

"庭庭，我找过姚宇光，他跟我说了关于你的一些事……"

晏庭的笑容淡下去。

"我担心是我对庭庭你不够好，才不够了解你……甚至担心庭庭你其实并不在乎我，才不跟我说你的秘密，但是……现在这一切都不重要了，我只在乎庭庭你。"黎昭看着晏庭，认真道，"以后，我只想从庭庭的口中知道你的事。"

晏庭愣了愣，点头："好。"

黎昭眼睛笑成了一条缝。

坦白成功，黎昭高兴得大半夜都没睡，把《交友宝典》《攻心三十六计》全部扔进了垃圾桶。照本宣科是没有前途的，实践才能出

## 第 10 章 长 久

奇迹!

晏庭回到自己的房间,从抽屉暗格里拿出医生给他开的药,拧开瓶盖却没有吃下去。即使这一切只是他臆想出来的,他也想这场幻觉持续得久一些,再久一些。把药放回原位,他打开了手机里的录音。

"一只水饺……"

他恍然忆起,他跟昭昭认识将近一年了,这段录音已经陪伴他走过无数个日子,让他夜里能获得一段时间的安眠。这么好的昭昭,他怎么舍得放其离开?

早上醒来,晏庭拉开窗帘,目光落在院子里的黎昭身上。梦,醒了吧。

"庭庭。"黎昭看到晏庭房间里的窗帘拉开,停止跑步朝他挥手,"下来一起跑步。"

晏庭换上衣服,刚走到楼下,黎昭就走到他面前摸了摸他的脸说:"早上好啊。"

脸颊上的触感温软柔和,又真实无比。这一切……不是他臆想出来的?

"又发呆?"黎昭推着他往外面走,心想看来是自己魅力太大,让庭庭被降智光环笼罩,看起来有些傻乎乎的。

晏庭在震惊中与黎昭跑完步,在不敢置信与狂喜中吃完早餐,最后坚持要亲自把黎昭送到剧组,不让黎昭单独去。

"仪式感还是要有的。"黎昭理解地点头,"今天你送我去剧组,晚上我来接你下班。"

"好。"晏庭看着窗外升起来的朝阳,牵起了黎昭的手。

赶往剧组的路上,道路两旁的行道树生机勃勃,花坛里的花开得正艳,跟在家长后面的小孩子蹦跶着小短腿,圆滚滚的有些可爱。原来这个世界这么美。

到了剧组,黎昭趁工作人员不注意,弯腰趴在车窗上,对晏庭小声说:"晚上见。"

晏庭脸有些红,胡乱地点了点头:"好。"

"嘿嘿嘿。"黎昭蹦跶着走远，走出一段距离后，还不忘回头给晏庭挥挥手，整个人就像偷吃到美食的二哈。

"昭昭今天拍戏的状态很好啊，我还担心昨晚拍了分手戏，今天他无法进入状态，没想到恋爱戏拍得这么甜。"导演看着监视器里的画面，"等电影上映，不知道有多少女观众要喊他男朋友。"

"那敢情好，喜欢他的观众越多，咱们的票房越高。"助理打趣，"横竖都是我们剧组赚了。"

这部电影名为《七个男友》，但是只有四个男友有主要剧情，其他三个仅有几个镜头，原本黎昭的戏份在四个男友中排第三，但是拍着拍着，导演跟编剧已经给他加了好几场戏，他的戏份已经可以排到第二了。

拍完上午的戏，刘芬见黎昭吃饭的时候手机没有离过手，脸上的笑容也一直挂着，小声问他："这么开心，是有好事发生？说出来让我也开心开心。"

"嘿嘿嘿。"黎昭挠头笑。

"我懂了。"刘芬双手抱拳，"恭喜恭喜。"

"谢谢，谢谢。"黎昭笑得更加开心。

见黎昭笑得这么开心，刘芬忍不住也跟着笑。她早就看出，那位先生对黎昭的感情不一般，大概只有黎昭这个小傻子还不知道。唉，别人家的糖总是格外香甜，就是容易吃撑。

刚到公司秦肖就收到了一笔转账，转账人是晏庭。秦肖虽然不明白这是什么意思，但还是把钱收了。老板的钱不收白不收，只要不是遣散费就行。到了下午，秦肖就觉得不对劲了。这都快到晚饭时间了，先生怎么还不下班回去陪黎昭一起吃饭？

"先生，已经六点了，您需要我给您安排回去的车吗？"

"不需要。"晏庭抬头看秦肖，"有人来接我。"

秦肖推眼镜的手差点儿戳进自己的眼眶。"恭喜先生，像您这么优秀的男人，您的朋友一定很喜欢你。"

"嗯。"晏庭把文件夹合上，"他说过，要和我维持一辈子的友谊。"

秦肖现在可以肯定，先生是在跟他炫耀。还没来得及继续多夸两句,先生的电话响了起来,一听先生那温柔的语气,秦肖就知道黎昭到楼下了。

这天晚上,秦肖看到先生朋友圈又多了一条内容,这是一张烛光晚餐的照片。谁说成功人士就不爱炫耀的?他们之所以不炫耀,是因为没有遇到他们想要炫耀的东西,当他们遇到了……就会化身炫耀狂魔。

秦肖偷偷摸到先生注册认证后就没有使用过的微博账号。二十几分钟前,这个名为"晏先生"的微博账号更新了第一条微博内容——烛光晚餐照片。秦肖真是一点都不意外。评论区里全是苍寰员工的"彩虹屁",什么"照片拍得很有意境"啊,"看起来很好吃"啊,云云。呸!都是没出息的玩意儿,连马屁都拍不到正确位置。秦肖噼里啪啦评论了一句。

@秦肖:先生,您跟友人用餐的照片拍得真甜蜜、温馨,今天份的晒图有点儿甜。

菜鸡们,学着点!

@晏先生:回复@秦肖:小孩儿喜欢。

老板有小孩儿了?!还是秦特助盖章认证的?他们苍寰有继承人了?众人哗然,当天晚上关于未来老板的猜测,从总公司传到各分公司,就连海外分公司都知道了大老板有小孩儿的消息。能让大老板发照片到微博上炫耀的,这是什么厉害人物?看看老板对他的称呼,这要多甜多宠多舍不得才会用这种叫法?

就连八卦记者都来凑热闹,报道了苍寰即将迎来继承人的消息。可惜苍寰虽然是传承百年的大企业,但是网友对他们老板有了继承人这种事并不感兴趣,他们感兴趣的只有豪门恩怨。倒是偷偷嗑苍寰老板与黎昭的粉丝心碎了一地,这朵"苍黎"之花还没绽放,就要凋谢了。当然,也有善于脑补的粉丝表示:"小孩儿"这个称呼根本无法证实什么,说不定这个"小孩儿"就是昭昭呢?这么一想,好像就更甜了。这个猜测太荒诞,就连苍黎粉都做不到自己骗自己。唉,真是太难了。

想抱黎昭大腿的姚宇光看到这条微博,吓得从床上跳了起来。晏庭竟然主动晒图,这跟太阳打西边出来有什么区别?黎昭,牛啊!再想想前段时间跟黎昭发生冲突,最近家里生意连连受挫的苟盛,他摇头叹息。惹谁不好,偏偏去惹晏庭的人,真是老寿星上吊嫌命长。

宋喻也看到了这条微博,他还发现晏庭的微博只关注了十个账号,其中一个就是黎昭。不知道是不是营销号跟娱乐记者不敢乱传晏庭的绯闻,竟然没有一个人针对这事儿发表新闻。这样也好,免得黑粉说黎昭靠脸上位。他安心了还没多久,黎昭的微博也更新了。

@黎昭:今晚的月色真美。

宋喻的内心在咆哮。这么老土的梗,黎昭为什么要发到微博?现在谁不知道"月色真美"还有其他含义?!这事儿如果闹起来,黎昭就又要被黑了。抖着手点开评论区,宋喻一时有些懵。这些粉丝都怎么回事儿,竟然全在给黎昭发月景照片?也对,除了知情的人,谁能想到黎昭跟苍寰老板认识?

## 第11章 反击

为了有更多的时间陪晏庭，黎昭这几天拍戏特别拼，争取早点拍完，把开学军训前的几天空出来。

在他的戏份即将杀青时，他突然就上了热搜。因为一位特别有名的白富美在媒体面前点名表示想让黎昭当她新戏的男主。这位白富美有钱有势，长得又漂亮，家里还开着一家很大的娱乐公司，圈内很多人都要让她几分。前两年这位大小姐自己投资拍摄了一部电视剧，她扮演的女主倾国倾城，男角色都为她生为她死，为她哐哐撞大墙。只可惜她颜值虽然在线，演技却实在堪忧，所以剧播出后扑得有些惨。即便如此，跟她合作过的男演员也不敢抱怨一个字，在媒体面前还要夸她敬业认真。毕竟除了敬业认真，也没什么可夸的了，总不能夸她演技好。

"这个钱娇做事可真有意思，想要跟你合作，既不给你工作室递剧本，也不跟你经纪人商量，直接在媒体面前放话算什么意思？"刘芬被这个举动恶心得够呛，因为对方连最基本的尊重都没有。也许在这位大小姐眼里，没有背景的演员根本不值得尊重。黎昭如果敢说不合作，她就会让黎昭在圈内混不下去。黎昭如果同意，以后所有人都可能拿这件事嘲笑黎昭。

在剧组众人同情的目光中，黎昭工作室发了一条微博。

@黎昭工作室：昭昭的工作计划已经排到明年。如有合作意向，请与工作室联系，请勿传谣，勿信谣。

钱娇公开在媒体面前说，自己投资的新戏会邀请黎昭担任男主。

消息一出，引起无数人的关注。有记者问钱娇："黎昭万一拒绝邀约怎么办？"

"大家都知道，我投资的电视剧一向对演员很照顾，更何况我家跟草莓娱乐有很多商业上的往来，我相信黎昭不看僧面看佛面，会同意的。"钱娇根本没有想过黎昭会拒绝她，"而且这部剧是顶级配置，黎昭会动心的。"像黎昭这种没有背景的新人，只要开出足够多的片酬，就会让他答应下来。更重要的是，就算不满意，黎昭敢拒绝她？

曾经被她坑过的几个小生的粉丝心情十分复杂，一边是同情，一边又有些幸灾乐祸，自家倒霉的时候，看到别家也跟着倒霉，才能获得心理安慰。可是黎昭长得实在太好看，就算他们不是黎粉，光是看这张脸就觉得可惜。

钱娇是个十分高调的白富美，平时没事就在自己个人账号上炫富，心情不好了就挑几个自己看不顺眼的女明星骂一骂，被骂的女明星往往只忍气吞声。一来二去，反而让一些人觉得她性格直爽、可爱。钱娇的粉丝时不时跑到这些女明星微博下嘲讽，仿佛骂一骂这些漂亮的女明星就能显示出他们的"正义"。

这次黎昭被钱娇"看上"，黎粉没有半点感动，只剩下欲哭无泪。前两年某当红小生在剧组被这位大小姐指着鼻子骂的视频可是传遍了全网。他们家昭昭才二十岁，会被她欺负死的。

钱娇知道自己的做法会让黎昭不高兴，可是那又怎样？他最后还不是要乖乖跟她合作，在她面前点头哈腰像条狗一样？她愉快地观赏着黎粉想要发怒却又不敢的样子，心情极好地炫耀了一款新买的限量包。所有人都看得出她的好心情。钱娇粉丝哈哈大笑，纷纷表示要去围观黎昭那边会用什么样的姿势来跪舔。钱娇的粉丝在等，媒体在等，其他几家被钱娇坑过的小生的粉丝也在等，就连吃瓜网友也在等。在万众瞩目下，黎昭工作室发出来的这条微博无疑是惊天大雷，就差没明着扇钱娇一巴掌，然后大喊"莫挨老子"。

【我想大吼一声，黎昭工作室牛！】

## 第11章 反击

【刚，是真的刚！】

【不要问，问就是大不了退圈开面馆。】

【哈哈哈哈，对，人家黎昭是心怀开面馆梦想的小伙子，钱妖婆这次踢到铁板了，脸疼不疼？】

【不久前还在媒体面前说黎昭一定会给你面子。哈哈哈哈哈哈，可惜你的面子不值钱，被打脸了吧。】

【爽！】

【呵呵，爽是爽了，黎昭等着凉吧，钱大小姐你得罪得起？】

【得罪不起，所以我们粉丝决定集资给昭昭开面馆，不用你们巫婆粉来关心。】

在钱娇粉丝心中，钱娇是高贵大小姐，艺人都是没地位、不干净的戏子，所以他们这些粉丝也比艺人粉高贵。可是他们没有想到，黎昭这边的态度如此强硬，连带着粉丝也跟他们硬碰硬。以往只要拿资源来威胁艺人粉丝，艺人粉丝为了自家心爱的艺人就不得不忍让三分。可是黎昭的粉丝不仅不为黎昭忍让，还说要筹钱给黎昭开面馆。这都是什么粉丝，一点都不合格。

还有一件事，他们也没有预料到，那就是黎昭观众缘好，本身没黑料不说，还有令众人同情的身世。钱娇跟钱娇粉丝的这种行为在普通人看来就是仗势欺人。人家黎昭乖乖拍戏，平时不作妖、不找事，还是成绩优异的三好青年，钱娇凭什么对黎昭指手画脚？现在已经2020年了，封建王朝早亡了，人人平等，跟谁摆千金小姐的谱？大家都是平等的人，黎昭凭什么被这样欺负？不就是看人家黎昭这小孩儿没爹没妈，没人护着嘛。路人缘的好处，在这种时候就体现出来了，无数人去谴责钱娇，顺便安慰黎昭，让他不要怕。短短几个小时内，钱家企业的网售平台退货量激增，遭到无数举报。

【做生意前先学会做人。】

【我等低贱的平民，不配用高贵的钱家物品，是我僭越了。】

【差评！】

钱父接到消息后，匆匆赶回家，见宝贝女儿坐在沙发上哭泣，心一下子就软了，忙问："怎么回事儿？"

钱娇把事情经过说了一遍："他一个小明星，竟然敢这么不给我面子！爸，你要帮我出气。"

钱父皱眉，现在的年轻演员越来越不懂事，连规矩都不懂。他想也不想就拨通了草莓娱乐老板的电话，让对方安排黎昭给女儿道歉，并且答应与女儿的合作。

"钱老板，你的爱女之心我能够理解，但是令千金做事未免太不厚道，你现在还要黎昭给令千金道歉，是不是有些欺人太甚？"孙总语气中带着说和的意思，"依我看，这事儿就这么过去算了，令千金重新去找合作演员，至于网上那些舆论，忍忍就过去了。"

"他一个戏子，我家娇娇跟他合作，是看得起他。"钱父冷笑，"老孙，我们认识这么多年，你要为了一个小演员，跟我过不去？"

"瞧您这话说的，是我跟你过不去吗？"孙总语气不变，反而还带了几分笑意，"您家大业大，黎昭只是个小演员，当然不敢得罪你。但千金小姐也好，演员也罢，大家都是人对不对？做人就得讲理，不然成什么了？"

"你这话是什么意思？"钱父听出孙总在嘲笑自己。

"我的意思是，钱总既然不愿意接受各退一步，那就让钱小姐给我们家昭昭道歉。"孙总语气瞬间冷了下来，"钱小姐在媒体面前制造谣言，给本公司艺人形象带来极大的负面影响，烦请钱小姐在二十四小时内，公开向我司艺人道歉。"

"姓孙的，你……"

孙总没有继续听他的叽叽歪歪，直接挂断了电话，骂道："什么玩意儿，这两年狂得不知道自己姓什么了。"说完，他点了点桌面，"曹助理，致电给庭先生。"

曹助理有片刻茫然，问："给庭先生打电话干什么？"

"他家小孩儿，我家艺人被欺负了，总要找回场子。"孙总端起茶杯呸了一声，"惯得她，天天对艺人们指手画脚。"

钱父没有想到孙总这么不给他面子，愣了片刻才反应过来。难道那孙子疯了？！

晏庭接到草莓娱乐打来的电话，问秦肖："这个月，钱家那边是不是有个项目想跟苍寰合作？"

秦肖点头："法务部那边已经谈好了合同，正准备拿来给您签字。"

"不用拿来了。"晏庭说，"以我私人的名义，给负责接洽这个项目的员工发一笔补偿费，以后任何与钱家有关的合作都不投资。"

秦肖惊讶，先生很少有这么情绪化的时候，但他只是说："好的。"一名合格的特助，不会质疑先生的决定，甚至还同仇敌忾。

"苍寰投资的视频平台，以后不再与钱家旗下的娱乐公司合作。"晏庭想了想，"以后有他家艺人担任主演的剧，都要严格审核，质量如果不够完美，也不能购买播放。"

秦肖心想，先生这是要把钱家坑死，多大仇？"先生，钱家最近干什么了？"

"他家继承人，在网上公开欺负我朋友。"晏庭神情平静，"我这个做朋友的，总不能眼睁睁看着。"

秦肖恍然大悟。先生刚跟黎昭的关系有进一步发展，钱家就跑来欺负人，别说是先生，就算是他心里也气不过。秦肖很快把晏庭的吩咐安排了下去。

负责接洽钱家项目的员工，听说项目停了，还能得到一笔补偿，高兴得当场欢呼。钱家的项目停了下来，他们能多两天假期，谁能不开心？高兴过后，他们又有些疑惑，高层为什么忽然决定停止与钱家的合作，难道是钱家的项目有什么问题？

秦肖回到自己办公室，查了一下网上的最新消息，越看越觉得钱娇是在作死。她提到黎昭时的态度，满满都是轻视，也许在她的眼里，黎昭只是个可以随便欺负的艺人，可她不知道这是先生的死穴——她应该庆幸先生没有看到媒体采访视频，不然先生下手会更狠。

《七个男友》剧组的气氛有些奇怪,从上午黎昭工作室态度强硬地打脸,到现在全网批判钱娇,他们心中的担忧越来越重。外面的粉丝不知道,他们圈内人却很清楚,一般艺人是真的得罪不起钱娇,他们担心钱娇会报复黎昭。

即将结束拍摄时,制片人接到钱家那边的电话,让他们把黎昭的角色删掉,并且暗示他们,如果不按照钱家的意思做,等电影上线,就别怪院线给他们的排片不好。制片人觉得钱家人有点儿神经病,他看了眼角落里跟场务一起收拾东西的黎昭,犹豫着没有答应下来。

刚挂完电话,草莓娱乐那边又打过来了。制片人心里一个咯噔,担心草莓娱乐会放弃黎昭。然而让他意外的是,草莓娱乐不仅提出给剧组追加投资,还说帮他们安排院线。这部电影不是草莓娱乐投资,所以草莓娱乐帮他们安排院线的行为简直就是助人为乐。

"昭昭刚拍戏没几年,有什么不懂的地方,还请多多照顾。"

制片人明白过来,草莓娱乐打定了主意要护着黎昭。他松了口气,有公司扛着,黎昭就不会有太大的事。这种有观众缘、有演技、有颜值的年轻演员是珍稀品,能护住一个算一个。

挂了草莓娱乐的电话,紫茄娱乐的电话又来了。制片人心想,这是见草莓娱乐的艺人倒霉,准备趁机踩一脚?然而他又猜错了,紫茄娱乐不仅没有趁机落井下石,还主动提出帮他们解决院线问题,后面还夸了黎昭几句,说什么期待黎昭的角色云云。这是……给黎昭撑腰的意思?今天的娱乐圈有些魔幻,紫茄竟然主动护着竞争对手的艺人,他是在做梦?

"昭昭。"大可走到黎昭身边,小声对他说,"不要怕那个钱巫婆,公司帮你撑腰,你要是不高兴,就发微博骂她!"

黎昭说:"大可,你真的很像怂恿昏君做傻事的坏太监。"

"昭昭。"

听到晏庭的声音,黎昭下意识转过身。看到了站在不远处的晏庭,他不再理会进献谗言的"大可太监",几步跑到晏庭面前,道:"庭庭,你怎么来了?"

## 第 11 章 反击

"来接你回家。"晏庭把黎昭喜欢的冰激凌递给他,"拍摄结束了?"

"嗯。"黎昭点头,"等我去给剧组的人打声招呼。"

见黎昭心情很好,不像是受到网上舆论影响的样子,晏庭勉强放下心来。

跟剧组的人打完招呼,回到晏庭身边,黎昭拆开冰激凌包装纸,喂到晏庭嘴边,说:"给你尝一口。"

晏庭缓缓俯身,在冰激凌上轻轻咬了一口。很甜,在这个炎热的夏季,甜得让人心情都变得好起来。

两人回到车上,黎昭说:"我这边拍摄快要结束了,你要不要陪我一起度个假?"

"好。"晏庭问,"有没有想去的地方?"

"不知道,跟你去哪儿都行。"黎昭笑,"重要的是人,不是景色。"

"那我来安排行程?"

"好。"

"你今天……是不是遇到了什么事?"晏庭不想让自己成为一个插手朋友私事的人,但又舍不得黎昭被人欺负。

"连你都知道了?"黎昭咔嚓几口把甜筒吃掉,一边擦手一边说,"我正准备回家跟你告状!"

"嗯。"晏庭伸手揉了揉他的头顶,"现在可以告了。"

温柔的手掌在头顶上摸过后,黎昭发现自己不知道要告什么状了,便说:"一点告状的气氛都没有。"

黎昭打开微博,发现钱娇发了一条微博,还艾特了他跟工作室。

@钱娇:好心邀请某人合作,没想到被倒打一耙。年纪轻轻,不要好高骛远,以为什么戏都能拍,什么资源都能拿到,说不定明年这个时候就糊了。@黎昭 @黎昭工作室

这条微博出来,等于钱娇公开跟黎昭撕了起来。黎昭不喜欢跟人吵架,吵赢了只是一时嘴快,吵输了越想越气。他想了想,决定以绅士的

方式来回应对方。

　　@黎昭：哦。

这个回应简短有力。

　　【这个"哦"太灵性了，我几乎可以想象，钱娇看到这条微博后，被气得五官扭曲的样子。】
　　【黎昭一个男人，跟钱娇吵起来失了风度，不回复又会让人觉得他怕了钱娇，回复这个"哦"，真的……杀伤力100。】
　　【哈哈哈哈哈，哦，哈哈哈哈哈哈。】
　　【终于明白，为什么我妈跟我唠叨时，我"哦"一声我妈会怒火中烧了。】

黎昭工作室很快转发了黎昭的这条微博，转发内容："哦。"

　　【太刚了，真的太刚了！黎昭放心飞，瓜友永相随！】
　　【钱娇果然已疯，开始骂人了。】
　　@钱娇：今天早上路过垃圾坑，看到一只又脏又丑的狗，见它叫得可怜，我就打算喂它一点狗粮，没想到这条狗竟然反咬我一口，你们说这种狗该不该打死？

几分钟后，黎昭工作室转发了《国家日报》关于如何正确救助流浪狗的微博。然后又把给野生动物保护机构捐款的记录截图发了出来。

　　@黎昭工作室：只要人人都献出一片爱，世界将变成和谐的乐园，爱护动植物，人人有责。【图】

网友们则是笑疯了，纷纷夸黎昭工作室回击得好。黎粉们也趁机在钱娇微博下贴出流浪动物救助机构的联系方式,呼吁大家为小动物多献出一片爱,不要因为它不合心意就打死。

黎粉言论一:人之所以是人,是因为人类有怜悯心。

黎粉言论二:你可以不爱,但请不要伤害。

黎粉言论三:哦。

钱娇以前嘲讽艺人能占上风,是因为艺人让着,艺人粉丝忍着。可是当有一个艺人不再忍让她时,她才真正见识到粉丝的战斗力。不仅有黎粉,还有其他几个小生的粉丝,也趁机在评论区对钱娇进行了"惨无人道"的围观与嘲讽。热评点赞量排名第一的是一个"哦"字的评论,明显是在故意气钱娇。

【我就喜欢黎昭工作室这种态度,说刚就刚,坚决不惯着公主病。】

【哈哈哈哈,你们看到黎昭经纪人张小源的微博了吗,他拍了一碗面的照片,说自己亲手做的面还不错。】

【嗐,他又想带我们家昭昭去开面馆了。】

【钱粉常常拿资源来威胁艺人,现在终于来了一个不怕威胁的,钱粉怎么不出来了?】

【那个啥,我听一个在钱氏上班的朋友说,钱家某个重点项目好像突然出了问题。钱大小姐有心思在这里欺负人家没背景的小艺人,不如回去问问你爸,这次亏了多少钱。】

【楼上的朋友,真的还是假的?】

【应该是真的,我也听说了,就是不知道事情严不严重。】

【做人不要太钱娇,会有报应的。】

钱父确实没有想到谈得好好的项目会突然中止。他现在已经没有心思管女儿跟小明星的矛盾了。到处求爷爷告奶奶,实在没了办法后,他只能托人把自己带进苍寰老板居住的小区,蹲在门口守株待兔。然而他不知道,原本打算回家吃饭的晏庭被黎昭带去了餐厅,并且还打算吃完饭以后就去看电影。

这次看电影，两人没有去会员专享包厢，而是跟其他人一样坐在大放映厅里。暑期档的电影质量按理说不会太差，但是今年的暑期档看起来有些让人失望，宣传时轰轰烈烈，票房扑得无声无息。黎昭带晏庭来看的这部电影宣称"史上最浪漫爱情"，但是剧情却一点都不浪漫：先是男主角误会女主角，然后又是女主角误会男主角，明明几句话就可以说清楚的事，两人偏偏抱着"他（她）会懂我，不懂就是不够爱"的矫情劲儿，就是不解释。要不是编剧睁着眼睛瞎编剧情，这两个人直到电影结束也不会重新走到一起。被剧情逻辑折磨得大脑发晕的黎昭走出放映厅，捧着自己的可乐狠狠喝了两口压惊。

"我觉得不管是情侣还是朋友，都不用猜来猜去的……"晏庭把爆米花桶递到黎昭面前。

黎昭："……"

"你想知道什么，疑惑什么，都可以问我。"晏庭看黎昭，"不要因为别人误会我。"

"好。"黎昭点头，"咱们两个大老爷们儿，还是别掺和了。"

怕被粉丝认出来，两人出了电影院就直接上了车。晏庭不爱说话，黎昭就跟他讲一些有趣的事，两人时不时交换一下眼神。在前面开车的司机默默想，先生心情好时原来也跟普通人一样。

"明天我只有半场戏……"

"来公司，我带你去参观苍寰总部。"晏庭说，"你上次说对苍寰各部门好奇。"

"会不会影响员工们工作？"

"小老板巡视自家产业，影响什么工作，嗯？"晏庭一本正经，"如果发现有人偷懒，你把他名字记下来，我让人事扣他工资。"

"小老板"是什么奇怪称呼？黎昭拿眼睛瞥晏庭。

"我是公司大老板，你是我的好朋友，他们就叫你小老板了。"晏庭心情很好，"你是我家小孩儿，也就是苍寰的小老板。"

"庭庭，你说我现在……算不算踏入豪门？"黎昭忍不住笑，"我的面馆老板还没当成，就先当苍寰小老板了？"

"等你开了面馆，我来当你的二老板。"晏庭点头，"也挺好。"

"有道理。"黎昭点头，"为了让你做我的二老板，我一定要努力攒钱开店。"他似乎已经想到面馆员工称呼自己大老板，称呼庭庭二老板的热闹场面了。不想不觉得，一想还挺美滋滋。

车子开到别墅大门外，黎昭远远看到花园大门外站着一个人，不知道这个人等了多久，衬衫已经被汗水湿透，头发一缕缕地粘在了脑门上。不管是司机还是晏庭，都像是没有看见他般，连眼角余光都没有给一个。

"庭先生，庭先生。"男人看到黎昭乘坐的这辆车，双眼发亮，甚至不顾车子正在前行中，扑到了车头引擎盖上。

黎昭吓了一跳，这是蹲在别人家门口碰瓷？他扭头看晏庭，对方表情还是很平静，就连司机大哥也是一副"世界和平，岁月静好"的表情。难道他们已经习惯被碰瓷了？中年男人趴在车头大声叫喊着什么，不过这辆车隔音太好了，黎昭一个字都没听清。他瞥了眼司机前方，行车记录仪还在正常运转，放下心来。

"庭先生，请您给我半个小时，不，十分钟，只要十分钟。"钱父知道自己现在形象狼狈，毫无仪态可言，可是苍寰忽然针对钱家的公司，让他方寸大乱。只要能消除与苍寰的误会，让他做什么都行。能当老板的，年轻时谁要过脸？

保镖从大门里走了出来，上前把中年男人拖到一边。这个拖人场面，让黎昭想到一年前他跟晏庭刚在酒店认识时发生的事，当时拖人的保镖好像还把人的脑袋撞墙上了。

"庭先生，求您给我一个机会。"被两个专业保镖制服的钱父毫无抵抗之力，他希望紧闭的车窗能够打开，坐在车里的人能够看他一眼，"庭先生，庭先生……"他拼尽了全力嘶吼，希望能唤起对方的怜悯。

他希望比他厉害的人怜悯他，就像那些被钱娇欺负的艺人，希望钱家能放过自己一样。可是高高在上的钱家人，只会瞧不起这些"戏子"。

"他是钱娇的爸爸。"晏庭担心黎昭以为自己没有同情心，解释，"三个小时前，他还在跟娱乐圈的人打招呼，让他们不要跟你合作。"

"我就知道,你不理他肯定是有原因的。"黎昭按下窗户,看向被保镖拦住的钱父。

见到车窗打开的那个瞬间,钱父内心狂喜,可是很快他就愣住。车里坐着的人不是晏庭,而是一个戴着鸭舌帽的陌生年轻人。这辆车是晏庭的,就连司机也是晏庭常用的那一个,为什么车里坐的会是别人?他不再疯狂大吼,下意识对着黎昭挤出一个讨好的笑。能让晏庭专用司机给他开车的年轻人,身份肯定不简单。

看着这个面相随和、表情有些可怜的男人,黎昭觉得有些可笑。如果他不是被欺压的当事人,在看到此人的第一眼,大概不会相信这是个本性嚣张的人。

"先生您好,我是钱氏集团董事长,鄙人姓钱,请问先生……"

"钱先生。"黎昭礼貌一笑,"我姓黎,只是一个没什么身份的演员,担不起钱先生的尊称。"

姓黎,演员?钱父心头骇然,整个人像是受到巨大打击,半天都回不过神来。

"看钱先生您的表情,似乎听过我的名字。"黎昭脸上的笑容更加温和,"替我向钱娇小姐问好。"说完,他关上了车窗。

钱父浑身僵硬地看着车开进花园,直到花园大门再次在他面前关上,他都没有反应。刚才那个年轻人,是不给娇娇颜面的那个?难怪敢在网上公开与娇娇作对,难怪苍寰忽然停止与钱氏的合作……他跟晏庭是什么关系,晏庭竟然为他做到了这一步?钱父的大脑已经无法冷静思考,满脑子都是"完了,全完了"。晏庭这个人,平时不声不响,但如果他下定决心要对付某个人时,就会化身为毒蛇,冷漠残忍。

"我刚才是不是特别帅?!"黎昭问晏庭,"浑身是不是充满了冷艳高贵、凡人不能冒犯的气质?"

晏庭:"……"

"抱大腿的感觉真好。"黎昭伸手抱住晏庭的胳膊,"庭庭,你要给我当一辈子大腿。以后谁欺负我,我就把你往他面前一放,吓死他。"

一辈子……这漫长的人生,如果有昭昭相陪,也会变得有趣起来。

"好。"晏庭把手搭在黎昭的肩上,"给你当一辈子大腿。"

"你有没有玩过植物大战僵尸的游戏?"黎昭对晏庭的回答非常满意,"我是柔弱的太阳花,你就是最厉害的豌豆荚射手,没有豌豆荚射手保护,太阳花会被僵尸吃掉。"

前排开车的司机偷笑,黎先生哪里是太阳花,分明就是能够一口吞下僵尸的食人花。晏庭虽然不知道什么是太阳花,什么是豌豆荚射手,不过这并不妨碍他点头说好。自家小孩儿说的那肯定就是对的。就算不对,那也是对的。

"答应了就不能反悔。"黎昭眼神格外认真地看着晏庭,"要给我当一辈子豌豆荚射手。"从徐北说出那些话以后,黎昭心里就一直不安,只有庭庭亲口答应,他才能放心。

"不反悔。"

黎昭笑道:"反悔就让你变成臭猪。"

"昭昭对我真好。"晏庭摘下黎昭的帽子,揉了揉他的头发,语气温柔,"知道猪现在身价高,都不舍得让我变其他动物。"

黎昭:庭庭这种自己抠糖的能力,是跟粉丝学的吗?

回到家,趁着黎昭去房间换衣服的空当,晏庭偷偷在网上搜了一下太阳花与豌豆荚。原来在游戏里,太阳花是一种能够生产太阳光的花,太阳光能兑换各种击败僵尸的道具。豌豆荚射手,是所有道具中杀伤力最强的,但它有个很明显的弱点——要有很多很多的阳光,才能召唤出来保护太阳花。昭昭说得对,他就是昭昭召唤出来的豌豆荚射手,昭昭给了他足够的阳光,让他有了想保护的人,有了存活的意义。

"秦特助。"晏庭拨通秦肖的电话,"帮我定做一个豌豆荚射手与太阳花的男士项链。"

"什么?"秦肖感觉自己越来越跟不上先生的思维了。

"游戏里的太阳花与豌豆荚射手,请大师定制,要用最好的材质。"

秦肖感叹:呵,男人,果然毫无逻辑可言。

## 第12章 偷 闲

黎昭公开与钱娇闹翻脸的事,已经是各大娱乐媒体与网友重点关注的热点。短短几小时内,钱娇已经连发三四条微博在线发疯,倒是黎昭本人除了那个气死人的"哦"字之外什么话都没有说。大概见黎昭没有理她,钱娇终于消停了两个小时。可是就在这时,有几个看起来像是富二代的微博账号忽然开始骂她。骂得最狠的是一个叫"宇宙之光"的博主。

@宇宙之光:大晚上的,我还以为是谁在乱吠。钱大小姐天天盯着人家年轻英俊的小伙子干什么,难道是想帮人减肥?天天面对你这张丑恶的嘴脸,有助于节食嘛。

【哈哈哈哈哈,富二代跟富二代撕起来了?】
【这个宇宙之光是什么身份?我看他的微博上不是车就是吃喝玩乐。】
【这嘴挺毒,撕,继续撕,撕得再响些。】
@钱娇:姓姚的,这里没你什么事,滚!我不跟丑人说话。
@宇宙之光:你看你,心胸宽广一点不行吗?这点你就比不上我,我都还在跟你说话呢。
【宇宙之光有十级口吐芬芳技能?】
【这人是谁?怎么突然跟钱娇杠上了?生意对手,还是前男友?】

钱娇看到姚宇光发的最新微博,气得直接给姚宇光打了电话,在电话里骂了起来:"姚宇光,你算什么东西?谁不知道徐晏庭根本不正眼看你这个表弟,没弄死你就算心好,你还敢跑来找我麻烦?"

"你不要羡慕,反正我表哥就算要弄死我,也只会是他亲手弄死我,有本事你抢在他前面弄死我试试?"姚宇光贱兮兮地抖腿,"再说了,你现在有精力来跟我吵,不如提前买点蜡烛回去,给自己多点几支,你很快就能用上了。"

"你什么意思?"钱娇发觉姚宇光的态度有些不对劲。自从徐晏庭跟徐家还有姚家翻脸后,姚宇光一直夹着尾巴当狗,今天竟然敢公开跟她呛声?想到老爸出门前跟她说,公司好像出了什么问题,她眉头皱起。"你是不是听到了什么消息?"

"你想知道?"姚宇光笑嘻嘻地表示,"那我不告诉你。"挂掉电话,姚宇光顿觉神清气爽。想动徐晏庭的死穴不说,还在网上辱骂他,徐晏庭能放过她才是奇怪。

听着电话里传来的嘟嘟声,钱娇再次拨号打过去,发现姚宇光把她的电话号码拉黑了。她气得骂了一声脏话,刚打算给她爸打电话,她爸的电话先打进来了。

"爸,是不是……"

"娇娇,你都这么大了,做事不能任性。"钱父的声音传过来,"你跟黎昭的事,我已经知道了,这事儿是你做得不对,你现在立刻发一条道歉微博,公开向黎昭道歉。"

"爸?!"钱娇瞪大眼,尖叫着说,"你竟然让我向一个戏子道歉?"

"错了就该道歉。"钱父的态度异常坚定,"不仅你要道歉,我也要道歉。最大的错在我,是我教女无方。"

"爸,你疯了?!"

钱娇怎么都没有想到,向来宠着自己的父亲会在这个时候让她在网上公开道歉。现在,全网都知道她跟黎昭撕破了脸。黎昭工作室态度咄咄逼人,没给她留半点余地。如果她给黎昭道歉,就会成为全网的笑话。以后不仅是网上,就连圈子里的朋友都会笑话她。

"不行，绝对不行！"钱娇情绪很激动，"爸，你如果让我去给黎昭道歉，不如让我直接从高楼上跳下去。"

"你……你，唉。"钱父见女儿对这件事十分排斥，只好说，"那个黎昭有背景，是爸爸得罪不起的人物。"

"不可能，我之前已经查过了，他只是个无父无母的孤儿，能有多大的背景？"如果不是提前查了黎昭的背景，她也不会明目张胆地欺负他。

"他虽然是个孤儿，但不代表没人护着。"钱父不敢把黎昭是徐晏庭的人说出来，他怕女儿年轻不懂事，把事情说出去惹怒徐晏庭，那就更加麻烦了。

"有人护着又怎么样？难道他身后的人，还能为了个玩意儿，与我们钱家翻脸？"钱娇悻悻，"行吧，只要黎昭那边不再主动招惹我，我可以不理他。"

钱父叹气，现在已经不是谁理谁的问题了，说道："你以后少在网上惹事，你看看你堂姐，把公司管理得多好。"

"她再好也不是你的女儿。"钱娇见他爸没有逼着她去网上道歉丢人，心情终于好了一点，"对了，爸，公司是不是出了什么问题？"

"公司的事有我，你这几天好好在家待着，哪儿也别去，也不要在网上发表言论。"钱父没有说出口的是，公司的事情她也帮不上忙，能不拖后腿就很好了。只要她不在网上继续为难黎昭，就是帮大忙。

钱娇这个当事人不愿意道歉，钱父却不敢当这事儿不存在。他让秘书给自己开通微博账号，公开道歉。钱父的道歉态度还算诚恳，还在微博后面@了当事人黎昭。不过这篇道歉微博里，有几句话在他看来是身为父亲的服软，在黎粉看来就有些扎心。

"娇娇幼时多病，身为父亲的我，太过娇惯，把她养成了小孩子脾气。"

是，你家孩子娇弱，是被放在掌心的宝贝，他们家昭昭幼时被养父母虐待得半死,后来在福利院长大,没人娇惯,没人宠着,就活该被欺负?因为他没有爸爸妈妈,就这样欺负他?小孩子脾气?她比昭昭大七八岁,需要昭昭这个"大人"忍让她这个"小孩子"吗?钱父的这条道歉微博没有安抚黎粉的情绪,反而让更多的路人同情起黎昭。没爹没妈的孩子,总是容易受欺负的。

【我是黎粉,看到钱家有人站出来道歉,我是高兴的。可是看完道歉内容,我却很难受,为昭昭感到难受。】

【这封道歉信,表面上看着很有诚意,可是字里行间却透露出一个意思:我家闺女是小公举,脾气差应该的。虽然你比我女儿小七八岁,但是你懂事得体,所以不要再计较。】

【如果不是有这么多网友出来给钱家旗下的产品打差评、退货,钱家人会出来道歉吗?】

【更可笑的是,钱应声这个当爸爸的出来道歉了,钱娇这个当事人却装死不吭声。】

【放肆,尔等贱民,本贵族屈尊降贵给你道歉,你还不好好受着。】

【钱家的公关是对手公司派来的卧底吧,这写得什么乱七八糟的道歉信,我如果是黎昭,就让他们一家滚。】

此刻的黎昭在干什么?他盘腿坐在地毯上,拉着晏庭一起玩拼图。有晏庭这个超高智商的帮手在,拼图很快就拼好了大半,最后他干脆把拼图大业交给晏庭,自己捧着果盘吃得津津有味,时不时给晏庭喂上一块。

"拼好了。"晏庭把最后一块放上去,看了看黎昭。

"难得完成拼图,我要发到微博炫耀一下。"虽然黎昭的工作量不到十分之一,但是庭庭拼出来的就等于是他拼出来的,没差别。

@黎昭:我跟朋友一起拼出来的。【图】

这条微博一出来，网友们有些不知道说什么好。每当大家觉得黎昭很惨时，他都会反套路，让所有心疼他的人相信，他过得挺好。在这种时候，故作坚强或是卖惨才是正常操作。他倒好，竟然得意扬扬地炫耀拼图。关心黎昭的黎粉，看到黎昭还有心情玩拼图，担忧不已的心才终于放了下来。只要他家崽崽没有受到钱家人的影响，别说玩拼图，玩积木都行。不过，还是有部分人觉得黎昭可怜，玩拼图都能这么高兴，这说明了什么？说明了黎昭的童年是多么贫乏。

有黎粉问黎昭，跟他一起玩拼图的朋友，是圈内好友还是那位拆迁土豪。黎昭回复："当然是我家的拆迁土豪。"黎粉们哈哈大笑，纷纷表示："是你家的，谁也不会跟你抢这么有钱又大方的好朋友。"

黎粉都知道，黎昭有个大方的土豪朋友，虽然没有见过这位土豪的脸，但是大家看过央视新闻的动图，动图上拆迁土豪露出的小半张脸，已经证明了他的颜值。而且两人做了这么久的朋友，随着黎昭人气越来越高，拆迁土豪也从不出来蹭热度或是彰显存在感。有眼睛的黎粉都看得出，黎昭跟这个圈外朋友关系很好，圈外好友是真心对昭昭的。艺人压力大，昭昭又没有家人，能有真心的朋友陪着，黎粉们很高兴，也很感激神秘的拆迁土豪。所以黎粉们提到拆迁土豪时都带着善意。

一些看热闹的人却忍不住，纷纷在评论区问，黎昭有没有看到钱娇父亲的道歉信。黎昭没有理会这些人，炫耀完拼图，回复了几个粉丝的评论，就把手机收了起来。

"钱娇的爸爸在网上公开向我道歉了。"黎昭的语气没有喜怒。既然能为了女儿，不顾脸面在网上公开道歉，为什么不在她小的时候好好教育？如果没有家长的娇惯与纵容，钱娇做事不会这么高调嚣张。

晏庭用手机看了一眼，表情沉了下来。什么叫"娇惯""小孩子脾气"？就你家女儿有人娇惯，他家昭昭没人惯着？大家都是娇惯孩子还不讲理的大人，那就不用谈原则了。

钱父发现，他的道歉微博根本没有用，苍寰对钱氏的打击不仅没有停止，反而愈演愈烈。钱氏内部高层不明白苍寰为什么会突然针对他们，托人打听了好久，也没有确切的消息，只是隐隐约约有传言说，钱氏现在的董事长的某些行为惹得苍寰老板不满。董事会成员得知后，开始对钱父心生不满，甚至怀疑他现在无法管理好公司，想让他交出管理权。钱父又怎么会让他们如意？于是，钱氏内部开始斗起来。

几天后，听秦肖说起钱氏内部的消息，晏庭神情平静。

"很多人的本性都是贪婪的，一旦利益达不到他们的预想，他们就会开始互相埋怨。"人性丑陋的一面晏庭早就看透了。

秦肖说："那我们这边……"

"不用管。"晏庭语气冷淡极了，"我是正经生意人，不干涉其他公司的内部事务。"

谈完钱家的事，秦肖见晏庭心情还不错，犹豫着开口："先生，你最近……睡眠怎么样？还有医生给你开的药，有没有按时服用？"

晏庭愣住，自从他与昭昭互相坦白后，就没有再产生过幻象，只是他偶尔会害怕现在的这一切都只是他幻想出来的。

见先生不说话，秦肖就知道先生肯定没有遵照医嘱，可是他不知该怎么开口去劝。没有经历过先生幼时的事，永远无法做到感同身受。

"我最近很好。"晏庭看着身后明亮宽敞的窗户，"秦肖，我觉得……那些幻象，很快就要从我生命中消失。"

按照规则，病人的病情，医生不能随意透露给其他人。但是先生身边没有亲人，他这个特助为了照顾好先生才成为知道其病情的特例。医生说，先生因为幼年时受到的刺激过大，产生了精神创伤。有些人在童年受过刺激后，会随着时间慢慢自愈，有些人则会越陷越深。先生的童年经历太糟糕，世界上与他有相似经历的人，有些变成了犯罪分子，有些结束了自己的生命，还有很少一部分遇到了能够温暖他们的人，过上了普通人的幸福生活。秦肖一直都希望，先生是属于很少一部分的幸运者。

在这间办公室里，秦肖看到了很多曾经没有的东西，他甚至在办公桌上看到了先生与黎昭的合照。他笑了笑说："那真是太好了。"

晏庭扭头看他，说："昭昭说要我跟他一辈子，护他一辈子，所以我要好好管理苍寰,护他一生。"

一言不合就开始炫耀,什么破毛病?!秦肖对此表示无语。

黎昭在《七个男友》剧组杀青的那天,剧组特意给他办了杀青宴。

圈内层次较低的人或许只是在黎昭与钱娇的事件中看个热闹,但是混到一定层次的人,却看出很多不对劲的地方。钱氏家大业大,网上的那点舆论,还有网上那点差评与退单,对于他们来说不痛不痒,他们不太可能为了网上的舆论就向黎昭道歉,而且还由钱娇的父亲亲自道歉。虽然那封道歉信的效果并不好,但是钱家的态度是明明白白服软了,平时喜欢在网上炫富的钱娇在那天以后就没有发过微博。

按理说,像这样的大财团,要对付一个艺人实在再容易不过。控制舆论,洗脑式抹黑,甚至只要联动一些艺人出来指责黎昭,在不知情的网友眼里,就会是黎昭人品不好的证据。可是钱家没有这么做。反正他们是不相信钱家有这么善良讲理,所以真相只有一个,那就是钱家不敢也不能这么做。

黎昭跟他的团队态度异常强硬,甚至在钱父公开发出道歉信后,一直没有回应,把钱家直接晾在了那里。更让人没想到的是,事情闹得这么难看,黎昭什么事都没有,反而是钱家频频出现危机。短短一周内,有关钱家的负面消息不断出现,比如钱家资金链断裂,合作投资方撤资云云。这只能说明,黎昭身后有人护着,护着黎昭的这个人势力极大,而且还能为了黎昭跟钱家这样的大财团翻脸。钱家他们都惹不起,黎昭背后的那个神秘人物他们就更惹不起了。

《七个男友》的导演想到当初刘芬极力推荐黎昭,对黎昭十分褒奖,还在网上公开帮黎昭批判徐北,不得不心生佩服——不愧是顶级大花,太会来事,难怪几个大花里她的资源最好。之前,刘芬推荐黎昭的时候,他还嫌黎昭有些青涩,现在导演则暗暗庆幸。别说男配,就算给黎昭定制一个男主都好商量。只要钱到位,一切都好说。

黎昭感觉到了剧组成员们对自己的热情与小心,他心里明白,很多人并不是想在他这里得到什么,只是不想得罪他惹麻烦。大家客气地交换了联系方式,再客气地表示期待下次合作。至于下次是什么时候,谁知道呢？反正结束工作的黎昭快乐得像只小鸟，从酒店出来时都是蹦跶着走的。离开学还有一周多，不能浪费这么好的假期。

大可坐在车里，看到黎昭蹦跶过来，给他打开车门，说："昭昭，你现在的样子好像是放学回家的小学生。"

"这周让罗哥跟小源哥不要给我安排工作。"

大可"啊"了一声，道："可是你马上就要去学校报到，我担心这段时间，你的曝光量会不够。"

"没关系，最近我刚上了热搜，应该降低一下存在感。"黎昭坐进车，"最主要的是，我要陪朋友出去玩。"

大可心想，昭昭，你变了，你再也不是那个为了工作拼死拼活的热血男孩了。

接下来的几天里，黎昭与晏庭偷偷去了国外玩，两人像普通游客那样，拍照晒朋友圈，买纪念品。黎昭的小伙伴们天天都要在聊天群里看黎昭晒图，秦肖每天都要给晏庭的朋友圈照片点赞。如果幸福有实体，他们平均每天能长十斤肉。回来的时候，两人大包小包地拎着，黎昭整个人就像是欢乐的天线宝宝。

"真想天天跟你在一起，不去拍戏不去上课……"

"那可不行。"晏庭严肃地表示，"年轻人，不能活得这么堕落。"

好吧。不过庭庭老干部严肃风格上身时，还是这么帅。

"不过……"晏庭干咳一声，"你现在是学生，戏可以少拍一点，注意劳逸结合。下次想去哪里玩，记得提前告诉我，我陪你去。"

嘴上说着不要堕落，结果已经想到了下一次出游。黎昭心想，身体还是很诚实嘛。

第二天，晏庭去上班了。黎昭中午提着巨无霸保温桶去送爱心午餐，路过前台时，前台小姑娘看到他，眼神都亮了几分。黎昭对她笑了笑，拿着晏庭给他的内部人员卡，直接走进了高层专用电梯。走出电梯，原本空荡荡的走廊上多了几盆盆栽。很快就有秘书处的人发现了黎昭的身影，他们对黎昭友好点头："黎先生，先生正在办公室里。"

"谢谢。"

等黎昭进了总裁办公室,两位秘书才小声笑着说:"自从黎先生常来找先生后,我觉得整层楼都多了几分活气。"

"难道不是我们这些人的酸气?"

黎昭陪晏庭吃完午饭,并没有离开,而是去里面的休息室陪着晏庭上班,等晚上一起走。晏庭专用的休息室,早就有了翻天覆地的变化,里面不仅有拼图、积木,还有年轻人喜欢的游戏机、抱枕。黎昭舒服地靠在躺椅上玩游戏的时候,忽然听到办公室传来吵闹声。跳下躺椅,他把门拉开一条缝——正在破口大骂的男人看起来上了年纪,从面相上来看,这是个久居高位且脾气不太好的人。

"这些年来,你行事越来越狠毒,连自己的亲人也不放过,有时候我真想代替你死去的爷爷好好教训你一顿。"

晏庭坐在办公椅上,黎昭的这个位置只能看到他的侧脸。大概是朋友间的心有灵犀,晏庭忽然转过头,与黎昭的视线对上。见晏庭发现了自己,黎昭朝他咧嘴一笑。晏庭眼中蕴满温柔之色,哪里还听得见其他人在说什么。

"徐晏庭,你听清了没有?!"

听到"徐"这个字,晏庭面色冷了下来,用内部电话叫来秦肖:"秦特助,通知李家后辈来接人。"说完,他看向咄咄逼人的老者,"李老先生,我有尊老爱幼的习惯,从不与老人、孩子一般见识。"

李老爷子神情更加得意:"哼。"

"有什么事,我跟你家的年轻人说。"晏庭面无表情,"你如果对我有什么不满的地方,请多担待,如果担待不了,我也没有办法。"

李家后辈听说家里老爷子跑去找晏庭麻烦,吓得以最快的速度赶了过来。到了晏庭办公室门口,他们就听见自家老爷子中气十足的怒吼声,内容不堪入耳。

"庭先生,对不起,庭先生,家父年事已高,心性变得像小孩子一样不稳定,请您不要跟他一般见识。"李甲走进办公室大门时,腿都是软的,恨不得跪在李老头儿面前,求他不要说话。他爸脾气执拗,又喜欢对晚辈指手画脚,随着年龄的增长,脾气没有变好,反而越来越糟糕。

今天也不知道听了什么乱七八糟的谣言，跑来给钱家求情，还指着晏庭的鼻子骂。晏庭是好说话的人吗？要不是李老爷子年龄大，说不定现在已经被扔出苍寰大楼了。

"老子说话，你一个晚辈有什么插嘴的地方？"李老爷子显然不能体会儿子的苦心，他怒气冲冲地拍着桌子，"我跟他爷爷是多年朋友，代他爷爷教训他几句怎么了？"

晏庭看着匆匆赶过来的李家几兄弟，神情平淡地说："把老爷子带回去，好好照顾。"

李甲擦着脑门上的汗连连道歉。

"无事，我不跟老人一般见识。"今天的晏庭格外好说话。

李甲苦笑，你是不跟老人一般见识，可世上还有个词，叫父债子还。李甲的两个弟弟连哄带骗，把李老爷子带出晏庭的办公室。李甲留在办公室里，跟晏庭说明事情原委。他那个嫁到钱家的妹妹跑回来哭哭啼啼向他爸诉苦，说是晏庭莫名其妙针对钱家，要让钱家破产云云。

"钱家的事与你们李家无关。"晏庭直接开口，"我对钱家并没有意见，让我不高兴的只有钱应声与钱娇父女。"言外之意，只要钱家换一个当家人，苍寰就不会再对付钱家。

"谢谢庭先生。"李甲明白了晏庭的意思，准备离开的时候，发现休息室的门好像动了动。能在晏庭办公时待在晏庭休息室的人会是谁？李甲犹豫了一下，问："庭先生，能否冒昧问一句，钱家父女错在何处？"

晏庭看李甲一眼，说："如果有人欺辱你的家人，你会怎么做？"

李甲心中大惊。晏庭跟徐家闹翻，他的外祖家都在国外，哪还有什么家人？不敢细想，李甲再次为父亲的行为道歉后，匆匆离开了苍寰。

"庭庭。"李甲一走，黎昭就从休息室里走了出来，他弯腰看晏庭，没有在晏庭脸上看到半点愤怒，"你不生气？"黎昭抓住了晏庭的手，夏天的时候摸着庭庭微凉的手还挺舒服的。

"都是无关紧要的人。"晏庭转移了话题，"晚上想吃什么？"

"什么都不想吃。"黎昭扭头看他，"我就是替你生气，他们就是在欺负你性格稳重，好说话。"

"生气老得快,演员要注意保养。"晏庭把头靠在黎昭肩膀上,"不然观众会嫌弃你。"

"没事,只要你不嫌弃我就行。"

跟晏庭在一起后黎昭才明白,自己坚持拍戏,只是为了有人需要自己,期盼亲生父母能在电视上认出他来。现在已经有人爱他、有人需要他了,他不想再抱着这样的期望,不断辗转各种剧组。庭庭已经给了他家的温暖。他被欺负,庭庭会毫无条件地站在他这边。而且庭庭说,他们是家人。家人。

## 第13章 入学

李家老爷子来苍寰闹过没几天，钱氏集团的内部人事出现了变动，掌权十多年的钱应声因为身体原因，让出了总裁职位。不仅如此，就连钱应声一系的高管也因此受到牵连。

一系列的变动普通网友是不知情的。开学季来临，各大媒体开始关注各大艺术学院的新生，还有刚入大学的年轻艺人。

京市大学的大一新生，是强制住校的，所以黎昭入校报道那天，还带上了床上用品。虽然学校就在本市，但是晏庭还是不放心，坚持陪黎昭一起去学校报到。理由是别人家孩子去学校报到，家里人都能陪同，他也要享受同等待遇。黎昭还能拒绝吗？不能。大概是晏庭提前打过招呼，他们的车直接从侧门开了进去，然后就有工作人员带着黎昭去处理报名事宜。

"庭庭，我觉得他们对你比对我热情。"黎昭很快发现，工作人员对晏庭更热情。

"黎先生。"帮着他们提东西的保镖小声说，"先生给学校的教授提供了很多研究资金。"

黎昭恍然，原来是这样。

京市大学的宿舍楼，风格看起来有些古老，屋子里也比较简陋。黎昭到的时候，已经有两位室友入住了。两位室友都是外地人，见戴着墨镜和鸭舌帽的黎昭进来，先是一愣，随后就热情地招呼他吃老家带来的食物。

"谢谢。"黎昭找到贴着自己名字的床位，保镖开始帮他铺床。

"哥们儿，你名字取得挺好，竟然跟大明星……"语带东北腔的室友还没说完,就看到黎昭摘下了帽子与墨镜,这竟然是黎昭本人?"嘿,这下好了,我妹妹特别喜欢你,以后有机会向你要签名照了。"

三人友好地交谈了几句,两位室友很快恢复如常,见陪黎昭来的两个人,一个在铺床,一个在帮黎昭整理柜子,整理柜子的那个人还特别好看,以为这是黎昭的圈内好友,就没有多问。大家正收拾着,宿舍门再次被打开,来人身上穿着闪亮亮的T恤衫,身后跟着好几个陪行人员。

"你们好,我叫钱铎,京市本地人。大家同住一个宿舍,以后就是兄弟了,有什么需要我帮忙的地方,尽管开口。"钱铎一走动,身上的各种链子就稀里哗啦作响,"爸,我就说你们不用陪我过来,你看这几位哥们儿,谁像我这么兴师动众?"说完这句话,他就发现衣柜边整理衣服的男人,还有在床上铺床的男人,都看了他一眼。钱铎默默往后退了一步。他说错话了?

"臭小子,你老子我工作这么忙都抽空陪你来报名,你还不满意?"身材微胖的男人走进来,一边念叨住宿条件差,一边指挥带来的保镖给宝贝儿子铺床、收拾东西。

"在学校好好跟同学相处,别……嗷!"男人忽然叫了一声,不敢置信地看着站在衣柜前叠衣服、挂衣服的人,"庭、庭……"晏庭怎么会在这里?在这里已经很奇怪了,怎么还帮着别人叠衣服?

"钱应民?"晏庭侧首看了胖男人一眼,手上的动作不停,继续把干净衣服往柜子里挂。柜子太小,根本放不了多少衣服。

钱应民揉了揉眼睛,觉得今天的这个世界有些不科学。"庭先生您好。"钱应民在儿子的几个室友身上看了看,"您也是送孩子来上学?"

"嗯。"晏庭挂好衣服,从行李箱里拿出一大包零食放在桌上,"昭昭,跟舍友们坐着说会儿话,东西放着我来收拾。"

黎昭把零食包装拆开,招呼大家吃,他尝着味道还不错,拿了一块喂到晏庭嘴里,说:"怎么带这么多衣服,我还打算晚上没课就回家住呢。"京市大学虽然规定大一必须住校,但是来之前,黎昭已经调查过,学校晚上查寝并不是特别严格。尤其是他现在念的这个专业,允许学生请假外出,只要保证学分能够修满。

第 13 章 入学

"多比少好。"晏庭把衣服分门别类放好,打量了一下寝室的环境,"有空的确要多回家住。"这住宿条件确实有些差,最先进的设备大概就是挂在墙上的那台半旧空调了。

钱应民默默看着晏庭给年轻小男孩叠衣服、收拾书架,内心的情绪从震惊到平静再到狂喜。他默默瞅了一眼拿着零食,吃得正开心的儿子,在心中疯狂呐喊:"抱大腿的时候到了,儿子,你要给力啊!"

"兄弟,你跟你哥感情挺好哈。"钱铎看了眼桌上这些零食,全都是些价格昂贵的产品,"连衣服都给你挂好。"他亲爹都没这么大耐性。

黎昭捧着零食袋,靠着晏庭笑得弯了腰,说:"对啊,我们俩相依为命,我的什么事都是他来操心。"

钱铎想起自家那个一言不合就揍自己的姐姐,扭头对钱应民说:"爸,你看看别人家的哥哥,回去你好好教育我姐。"

钱应民不知道说什么好。这个蠢儿子能考上京市大学,是全靠钱家祖宗保佑吧?还别人家哥哥,这是普通哥哥吗?钱应民想解释,自家儿子从小摔了脑子,智商不太高,但是他见晏庭似乎并不介意,又把话咽了回去。

有了钱应民带来的几个保镖,宿舍很快就被打扫得纤尘不染,最后这些保镖还戴着白手套,把屋子从上到下都摸了一遍,确认卫生合格以后,齐齐离开。两位外地同学见到这个架势,茫然地看着钱铎,看来这哥们儿家里有矿。一个有钱人,一个大明星,都出现在他们宿舍,这间宿舍的风水是不是有点儿好?

中午大家在一起吃了一顿饭,晏庭没有再跟黎昭一起回宿舍。"回去跟舍友好好相处,但也不能相处得太近。"黎昭点头。

"想我的时候,就给我打电话,等军训结束,我就来接你。"晏庭按了按黎昭的帽子,"我先走了。"

黎昭不舍地点头。明天一早,大一新生就会被带到军训基地,进行为期两周的军训。几天前,大可就开始哭着求着让黎昭军训的时候一定不要忘记抹防晒霜。晏庭无奈地看着黎昭,拍了拍他的头。车子已经在旁边等了很久,晏庭转身拉开车门,走了进去。

"等等。"黎昭一个箭步上前,拉开车门坐进去。

不远处,两位室友还在等待两个跟家人告别的同伴。北方来的室友叫陈鹏,他长得人高马大,性格爽朗,还有点儿自来熟,他小声跟南方室友林舟说:"我记得媒体报道过,黎昭从小在孤儿院长大,今天陪他来的这个哥哥不是亲生的?"

林舟摇头:"我不清楚。"他的爱好是电竞,对娱乐圈的八卦一窍不通。

"不过这样也挺好,身边有人照顾,总比在娱乐圈单打独斗好。"陈鹏语带感慨,"娱乐圈压力大,身边还没几个知心朋友或是家人陪着,日子就更难过了。"

另一边,钱应民还在嘱咐儿子不要跟室友发生矛盾。他本来还想让儿子跟黎昭好好相处,可是身为一个父亲,他到底舍不得让儿子低声下气去讨好别人,干脆就没有说出晏庭的身份。

"老爸,你放心,我肯定会跟同学好好相处。"钱铎把钱应民往车里推,"我看这几个哥们儿都挺好相处,与其操心我,不如多防备二叔一家。现在,整个钱氏的管理权在你手上,钱娇看我跟姐姐的眼神都不对了。"他从小就跟钱娇玩不到一块儿去。钱家小孩儿多,逢年过节就特别热闹,只有钱娇格外娇情,动不动就哭,动不动就说别人欺负她。后来,他姐进了公司管理层,钱娇就说他姐女强人、没女人味什么的,气得他泼了一瓶颜料水在钱娇身上。这次黎昭在网上跟钱娇硬碰硬,让钱娇丢这么大的脸,他还挺开心的。敌人的敌人就是朋友,现在他们还住在一个宿舍,四舍五入那就是哥们儿。

钱应民被儿子推进车里,也不生气,只是说:"你放心,你二叔没机会再做钱氏当家人了。"

"为什么?"钱铎只是个十八岁的大男孩,对家族的大事并不了解,只知道短短几天内,整个钱家都开始对二叔表示不满,然后又在眨眼间让他爸做了当家人。

"他得罪了不该得罪的人。"钱应民看了眼停在前面的车,那里面坐

## 第13章 入学

着让无数生意人都害怕的苍寰老板。

"得罪了谁?"钱铎只知道大半个月前,钱娇跟黎昭撕得厉害,弄得很多消费者对钱氏企业不满,严重影响了钱氏口碑。直到他爸上位,花钱运营了一番,才让消费者觉得钱氏是有良心的企业,即使是总裁犯错也要开除。

"这些事,等你毕业后再管。"钱应民摆手,"学生就该有个学生的样子,你在学校好好念书,不挂科我就很欣慰了。"

钱铎沉默了,不知道这个要求是高还是不高。

钱铎走到两个舍友身边,见黎昭依依不舍地从车上下来,嘴唇还有些红,心里想,看来黎昭不太能吃辣。四人回到宿舍,一边打游戏一边闲聊,很快就熟悉起来。实际上,由于午饭的时候黎昭吃得太多,在舍友心中的神秘明星光环早就掉了。

"黎昭,注意上路!"

"秒了他!"

"稳住,推了他们的水晶。"

"多谢三位哥哥带我!"有三位舍友在,菜鸡钱铎几乎是躺赢,这让他终于体会到了一次胜利的快乐。

黎昭看着单纯无害,游戏里却特别黑洞,不知道多少对手被黎昭坑死。短短一个下午,他就收了三个小弟。玩得太开心,直到经纪人打电话过来,他才想起今天应该发一条入校微博。黎昭对着整洁的寝室拍了一张,然后把自己跟室友的战绩截图一起放到了微博上。

@黎昭:顺利报到,舍友们都很热情。【图1】【图2】
【到饭点了,昭昭终于想起发微博了。】
【怀疑是经纪人让他出来营业,但我没有证据。】
【知足吧,能在打游戏时发一条微博,有多么不容易。】
【看来昭昭交到很好的新朋友了,所以才凑在一块儿玩游戏,玩得忘了发微博这种事。】

另外几个刚入校的艺人,都在营销自己的报到美照,只有黎昭格外不同。他整整一天都没有消息,连蹲在报到处的记者都没有拍到他的身影。甚至还有小道消息说,黎昭根本没有被京市大学录取,所以才心虚不敢回应。吃瓜网友讨论了整整一下午,他却在寝室跟室友们玩游戏,还拿游戏成绩出来炫耀。

【一看这个宿舍,就知道肯定是我们京大的风格,所以造谣昭昭没有被京大录取的黑子都歇歇,还孩子一个安静的游戏空间。】

【哈哈哈,还孩子一个安静的游戏空间?学霸黎粉是想笑死人吗?你们应该谴责他,训斥他,让他不要沉迷游戏。】

黎粉:谴责训斥?不存在的,他们都是娇惯孩子、没有原则的粉丝。

京大的学生都是从世界各地来的高才生,尽管对黎昭这个明星有些好奇,但是在他们眼里最重要的还是知识,所以没有什么人特意来围观,或是失去理智地前来打扰黎昭。最多是一些女同学在军训太累时,看两眼黎昭好看的脸蛋缓解压力。军训时,就连教官也知道班里有个叫黎昭的明星,拉歌的时候,就把黎昭叫起来给大家唱歌。黎昭有些无奈,但也不别扭,站起身笑道:"报告教官,我演戏还行,唱歌水平很一般。不过既然大家都不嫌弃,那我也只能污染一下大家的耳朵。"

"大家鼓掌!"教官被黎昭逗乐,"让我们一起见识一下黎昭糟糕的唱功。"

同学们哄堂大笑,黎昭假装咳嗽两声,随后语气一变:"两只老虎,两只老虎,跑得快……"

"哈哈哈哈哈。"同学们的笑声更大了。

"昭昭,你的偶像包袱呢?"

"开始军训,心中只有军令与国家,哪来什么偶像包袱?"黎昭一本正经,"这首歌多好,大人小孩儿都会唱,朗朗上口又好听。"

一开始大家还担心黎昭不好相处,现在整个连都"昭昭、昭昭"地喊他,跟黎昭相处得十分愉快。

# 第13章 入学

黎昭在军训基地与同学们相处得很愉快,网上却曝出一条与黎昭有关的黑料。某个营销号突然称,黎昭的实际商业价值并不高,业内并不看好他。从出道到现在,他身上总共就这么几个代言,新宣布的这个牙膏品牌还是个濒临破产的老品牌。更惨的是,就连这种濒临破产的品牌的代言,也是黎昭开出白菜价才拿到手的。

网友都知道,黎昭最近确实代言了一款国货品牌牙膏。很多人在看到黎昭代言的这款牙膏以后,第一印象就是:原来这种牙膏现在还在售卖?一时间,竟引起无数人对童年的怀念,这个品牌的牙膏在短短几天内销量开始飞速上涨。因为这件事,还有官媒特意出来夸奖黎昭,说他关爱国货,支持国货。能得到官媒肯定,对于粉丝而言是件值得庆贺的事,但是这个爆料一出,事情就变成了:黎昭代言这款牙膏,只是想让人觉得他人气高、代言多,实际上他本身没有什么商业价值。对于一个当红明星而言,没有商业价值是件十分尴尬的事,黎粉当然不同意这种说法。就在粉丝商量应对方法时,苍时手表官博突然更新了一条微博。

这条微博的内容是苍时手表的微博号参与了"最受欢迎男演员"投票后,系统自动同步的。所有人都看到,苍时手表把票投给了黎昭。很快,苍行汽车的官方账号也同步了一条微博,它也给黎昭投了票。

【嗯……前面营销号说黎昭没有商业价值,这边黎昭代言的品牌方就给黎昭投票。】
【我不是营销号,都替营销号感到尴尬。】
【苍时手表,黎昭反黑组的急先锋,世上最贴心的品牌方。】
【我又想嗑了。】

牙膏厂老板也没想到,黎昭给他们代言产品会招来这么多麻烦。是啊,他们这个品牌的牙膏,定价低,消费群体也是最普通的百姓,跟时尚、高档、品位没有丝毫关系,反而是土气落伍的代表。难怪当初合作邀约发出去以后,那些有些人气的明星都当即拒绝;没多少名气的艺人虽然没有拒绝,也要求增加代言费才愿意坐下来谈。黎昭念旧情,自降身价给他们代言产品，让他们这个月销量大涨，他也不能坏良心。

牙膏厂也有一个官方企业微博，不过从来没什么网友关注过。老板亲自写了一封感谢信，放到了微博上，这封信的名字就叫《给黎昭先生的感谢信》。

……在合作邀约被一次次拒绝后，说实话，我已经在心里放弃了。如果这不是父亲多年的心血，我一定毫不犹豫地收手不干。

……决定放弃的那天晚上，我跟老副厂长抽了一整夜的烟，看着老副厂长脸上的皱纹，我不敢与他的眼睛对视。第二天上午，得到黎昭先生工作室的回复，说愿意跟我们合作时，我差点儿以为自己在做梦。

黎昭先生说，他对所有条款都没有意见，只是价格方面不满意。我就想，如果真能签下这么有名的明星，价格翻倍都行。谁知道黎昭先生却说，他只要一半的代言费。那我哪里能答应？咱们正正经经的生意人，不能占年轻人便宜不是？我跟黎昭先生争论了半天，最后各退一步，代言费打了八折。合同签好以后，我问黎昭先生为什么要坚持给代言费打折，他才告诉我真相。

……父亲一直坚持做慈善，也从未想过得到回报，但是黎昭记住了。说实话，这种提供给福利机构的日化礼包，是我们自家产品，花费不了太多钱财，每年父亲都会寄送很多到贫困山区。

我是土老帽儿，对网上的事情不太懂，但我想说明的是，黎昭先生是个很好的孩子，是个很好的演员，希望大家不要因为他代言了我们家的产品，而去苛责他。

牙膏厂老板洋洋洒洒写了几大千字，感情十分真挚，态度比写小作文的学生还要认真。不管是粉还是黑，都是第一次见到品牌方老板亲自出来澄清谣言，而且还是以写信的方式。这种朴实不做作的方式，竟然离奇地拉到了网友的好感。

## 第13章 入学

【看得出来，老板确实是个朴实耿直人。】

【一个国货品牌，这么多年一直默默坚持做慈善，从不宣扬，从不给自己脸上贴金，结果渐渐被消费者遗忘，有点儿虐心。】

【我家以前一直用这个品牌的牙膏，牙膏味道特别好闻。】

【一个诚实做产品，低调做慈善的国货品牌，一个懂得感恩的艺人，在一起合作以后竟然被人嘲笑，真不知道是哪里出了问题。】

【支持国货不是低级，是不忘初心，望周知。】

晏庭知道网上有人黑黎昭，还没来得及大展身手，舆论就已经变了风向，这让他毫无用武之地。点开牙膏厂老板写的那封感谢信，晏庭眉宇间有骄傲之色。他家昭昭，就是这么优秀的小孩儿。

"先生？"秦肖提醒晏庭，"到下班时间了，您该回去吃饭了。"黎昭特意给先生身边所有人都打了招呼，必须监督先生按时吃饭，好好睡觉。

"你看见网上牙膏厂老板给昭昭写的感谢信没有？"晏庭问。

秦肖摇头。

"那你可以看看。"晏庭神情深沉。

秦肖搜到这封感谢信，发现全篇都在感谢黎昭，夸赞黎昭。所以呢？

"家里的小孩儿这么优秀，我该买什么东西鼓励他？"

秦肖：先生，我劝你善良一点，低调一点。

"对了。"晏庭忽然问，"走失儿童基因库计划，还有多久才能完成？"

秦肖愣了愣，沉默片刻，才道："已经快了。"这个计划已经进行多年，但因资金不足，一直断断续续，直到先生投入大笔资金，才让整个计划高速运转起来。

晏庭不知道该买什么给黎昭，最后参考了周围年轻人的爱好，给黎昭订购了一款跑车。他算了算时间，等黎昭军训回来，跑车也送到了，心里很满意。

两人只有晚上的时候，才能在微信上聊一会儿，黎昭给晏庭晒自己的迷彩装照片，晏庭给黎昭发用餐照。躲在被窝里偷偷发语音的时候，黎昭发现自己格外想晏庭，想马上回到家里——晏庭处理工作，他靠着晏庭看剧本或是玩游戏。才离开家没几天，黎昭就已经开始想家了。

昭昭有好运：早点睡觉，如果要做梦，记得梦到我。
晏庭：好。

黎昭捧着手机笑，他家庭庭真是乖，不管他说什么，庭庭都说好。
"昭昭，昭昭。"睡黎昭旁边的钱铎拍了拍黎昭，黎昭把头从被窝里伸出来，"什么？"
"捂得这么严实，你不怕热？"钱铎偷偷从被窝里摸出一袋饼干，塞到黎昭被窝里。教官不让他们吃零食，但是晚上吃完饭以后他们还要训练，到了睡觉的时候大家就开始饿肚子。
"谢谢。"黎昭接过饼干，偷偷给了钱铎一袋牛肉干，两人的床铺位置靠角落，别人也不知道他们在干什么。为了养成他们艰苦朴素、敢于奋斗的精神，所有学生都睡大通铺。黎昭跟钱铎分在了一个班，偷换零食这种行为，升华了他们的友谊。
"你怎么天天晚上都躲在被窝里跟人发消息？"钱铎笑得一脸邪恶，"是不是有什么小秘密？"
黎昭正准备说话，忽然听到谁说了一声"教官来了"。屋子里所有人都吓得噤声，安静极了。半分钟过后，教官果然出现在黎昭他们这个班上，屋子里的汗味加臭丫子味，让他没有进门的勇气。"早点睡觉，如果我发现谁还偷偷说话或者玩手机，就罚你们去楼下站岗。"
黎昭跟钱铎互相交换了一个眼神，默契地咽下零食，闭上了眼睛。
每天的训练量都很大，大家基本上沾床就能睡着。黎昭做了一个梦，梦到他在沙漠里种西瓜，最后他种啊种，西瓜没有种出来，却多了一个小宝宝，宝宝跟晏庭婴儿时期的长相一模一样。他正准备摸摸小宝宝的脸蛋，忽然一阵地动山摇，他从梦里醒了过来。天光乍亮，微光偷偷爬

## 第13章 入学

进窗户，黎昭翻了一个身。如果这会儿在家里，再等半个小时他就会陪庭庭一起在花园里跑步，然后愉快地吃美味的早餐，开始新的一天。唉。离军训结束还有五天。

军训最后两天，会有走方阵表演与学校安排的节目，黎昭靠着颜值当了他们这个连队的方阵标兵。大家练习走方阵时，会有男同学跟黎昭开玩笑，请他给其他男同学留一条生路。

黎昭叹息："看来走方阵那天，我只能在脸上抹灰了。"众人大笑，在大家看来，黎昭是个很好的同学，甚至还有人因为黎昭的身世对他格外照顾。

军训的最后一天，大家拿到合照后纷纷骂黎昭是叛徒，背叛了男人的友谊。大家都晒得黑漆漆，就黎昭这个叛徒在照片里白得发光。

"没办法，大家都知道，我要靠脸吃饭。"黎昭躲在三个室友身后，"兄弟们都息怒，回去以后，我请大家吃饭。"

"这还差不多。"男生们嘻嘻哈哈地扑过来，"回去吃火锅。"

"烤鸭！"

"羊蝎子！"

"吃什么吃，全体都有，立正！"教官打断男孩子的打闹，笑看着他们，"不管你们是军人，还是学生，以后都要好好做人，认真做事，为祖国做出贡献，好不好？"

"好！"

"临近离别，教官们没有什么礼物可以送你们，就送给你们几句话。"教官把手背在身后，"爱国，爱家，爱自己！好了，现在，原地解散，再见！"

有同学红了眼眶。军训的时候，觉得教官太严厉，天天盼着下雨，可是真到分别时，又有了不舍。《军中绿花》《打靶歌》《团结就是力量》等军队歌曲，他们无意识间都能哼唱出来。

"黎昭，等等。"有个教官叫住黎昭，有些不好意思地拿出本子，"我女朋友很喜欢你，你能不能帮我签个名？"

"好。"黎昭接过本子，不仅签了名，还写了两句祝福语，"教官，再见。"

"再见。"教官咧嘴笑开,"祝你早日跟家人团聚。"

黎昭微怔,在军训基地这段时间,他天天满脑子想的都是晏庭,从没想过其他。也许他渴望的不是从未见过的父母,而是一个温暖的家。这个渴望在庭庭这里得到了实现,所以他曾经的执念与不甘,已经在不知不觉间放下了。

"谢谢。"黎昭想,他已经与他的"家人"团聚了。

回到学校后,黎昭请班上同学吃了饭,让班上同学原谅了"他独美"这件事。吃完饭,黎昭迫不及待地冲到学校侧门,看到早就等在了那里的晏庭。他大步跑到晏庭面前,整个人蹦到他的背上。

"庭庭,我好想你。"黎昭抱着晏庭不撒手,"你有没有想我?"

"有。"晏庭小心地把黎昭背进车里。

"有多想?"黎昭继续问。

晏庭不善言语,可是面对黎昭期待的眼神,也舍不得说谎骗他,最后说:"很想。"

"我也很想你。"黎昭继续说道,"我甚至有些后悔来上学,如果不上学,我就有更多的时间陪你。"

"你还小。"晏庭用手轻轻梳理着黎昭的头发,"多读书会让你的精神世界变得更精彩、更丰富。我也想你天天陪在我身边,甚至不想你去拍戏,不想你去社交。"

黎昭蹭啊蹭,从他这个角度能够看到晏庭干净好看的下巴。

"可你还小,未来的路还很长,这样对你不好。"晏庭低头看黎昭,"我们家昭昭,是个浑身闪着光的男孩子。"

黎昭缓缓坐起身,与晏庭双目对视说:"庭庭,你为什么会这么好?"

"我不好。"晏庭看着他。可是只有更好的我,才配得上这样的你。为了你,我愿意放下我的偏执与疯狂,只要你能开心。

两人回到家,晏庭牵着黎昭下车,然后说:"昭昭,我送你一件礼物。"

## 第13章 入学

"什么？"

"跟我来。"

晏庭带他来到一个停车位前，车位上的车被布蒙着，车头上放着一大束花。黎昭抱起花，就准备离开。

"把布拉开。"晏庭哭笑不得，"这才是礼物。"

黎昭拉开车布，这是一辆设计得十分时尚的跑车，黎昭偷偷看了眼车标，忍不住咽了咽口水。

"喜欢吗？"

你在乎的人准备了礼物，问你喜不喜欢？你怎么回答？"喜欢！"黎昭绽开大大的笑容，"等我练好车技，我们一起开车去兜风。"

"这个座位是我的。"黎昭指了指驾驶座，然后又指向副驾驶位置，"这里是晏庭同学的专属座位，谁也不能坐。"

晏庭笑了，他想给昭昭一切，只要他有，只要他能。

国产牙膏代言风波已经过去，但是这场风波过后，牙膏厂的订单大量增加，原本死气沉沉的厂子又活了过来。官媒也因为这事儿又夸赞黎昭了。草莓娱乐这边，已经把电影班底搭建好，等陆昊与黎昭进组开机。这部电影的剧本几经修改，变得更加完美，人物形象与动机也更加合理。黎昭在这部电影里是二番，一番是陆昊。陆昊这边提出要跟黎昭同番位，但是被黎昭拒绝了。黎昭在电影里的角色虽然讨喜，但是真正的核心人物是陆昊，黎昭不在乎这个。

陆昊的工作团队主动提出这个建议，是看出草莓娱乐对黎昭十分重视，怕陆昊压番黎昭，黎昭工作室会不满意。自从目睹黎昭工作室跟钱娇硬碰硬后，其他艺人工作室对黎昭工作室生出了无限敬仰之情，甚至不太敢与黎昭工作室正面交锋。毕竟他们连钱娇都敢惹，还有谁不敢惹的？陆昊工作室没有想到黎昭工作室意外地好说话，甚至主动拒绝共同一番这件事。

"黎昭工作室真有意思，跟钱娇互喷时态度强硬，在番位方面反而好说话。"陆昊的经纪人对陆昊说，"之前我还担心，以草莓娱乐对黎昭的重视态度，你在剧组会受委屈。"

"黎昭那小伙子人很好，你不要多想。"陆昊笑着摇头，"我早就跟你说过，你这是杞人忧天。"

"我能不多想？"经纪人把剧本递给陆昊，"知道外面都怎么说黎昭的吗？"

"什么？"

"草莓子。"

"啥玩意儿？"

"草莓娱乐的亲儿子。"经纪人解释，"据说之前钱娇打电话到《七个男友》剧组，要求他们删去黎昭的角色。结果草莓娱乐这边亲自打电话过去，说愿意给《七个男友》剧组提供院线，但要保证黎昭的角色不受影响。"

陆昊想起那场在私人岛屿举办的升学宴，摇了摇头，没有跟经纪人说这件事。真正为黎昭撑腰的，恐怕不是草莓娱乐，而是那位被称为"庭先生"的男人。一个能让紫茄娱乐老总厚着脸皮去参加宴席的男人，身份肯定不普通。"不管有谁给他撑腰，只要知道他这个人不错就行了。"

电影开机后，黎昭在学校、剧组、家里三头跑。舍友们最喜欢黎昭回家，因为每次他从家里回宿舍都能带很多美食。

近来有新闻曝出，某个刚上大一的艺人不仅没有参加军训，甚至开学后都没去过几次学校，引起不少讨论。于是今年刚上大一的几个当红艺人都成了各家媒体关注的对象，他们的舍友、同学都被采访了。最后大家发现，对上学最积极的竟然是人气最高的黎昭。他不仅去参加了军训，还积极参加班级活动，活跃得不像是明星。网友发现，黎昭跟很多普通的大学生一样，每次回家都给室友们带好吃的，会拉着班上同学一起玩游戏，互相借笔记。这些同学室友提起黎昭时，不是客气的夸奖，而是真心地喜欢。他的室友摸着肚子上的肉，对着镜头感慨："来了学校以后，我胖了整整十斤，至少有八斤肉是昭昭的功劳。你说昭昭来不来上课？他经常来学校啊，教授老师们还喜欢点他起来回答问题，理由是他回答问题以后，班上同学的精神会更好，见到好看的人都不困了嘛。"

## 第13章 入学

他人很好相处,要不是你们记者来采访,我们都忘了他还是明星了。"虽然室友的脸打了马赛克,但是他的笑声非常憨厚,"混得太熟,他又没明星架子,我们大家就把这事儿忘了。"

从这些采访视频可以看出,黎昭跟同学们相处得非常好,而且这种好是真心的,不是在镜头前客气。黎粉们纷纷表示,看到昭昭跟同学们相处得这么开心,他们就放心了。正在念大学的黎粉却在羡慕黎昭的室友,每周都有人投喂的日子实在是太幸福了。

黎昭与陆昊参演的这部电影即将杀青时,大一上学期的期末考即将来临。剧组里的工作人员每天都能看到黎昭跟室友们视频讲题,互相交流复习经验。不愧是能考上京大的人,真有学习精神。他们不知道,黎昭回到家,还有个外援帮他研究往届大一的考试题型,帮他划重点。

离期末考还剩下一天,黎昭特意早早赶回家,赖在晏庭的房间里让晏庭给他讲题。讲着讲着,两人就睡着了。

京市今年的雪来得格外早,黎昭从被窝里爬出来时,外面已经飘起了大雪。他看了看雪,重新缩回了被窝。

窗外的大雪飞扬,雪花飘落在树梢,冬风带着树枝与雪花一起摇晃,整个世界美极了。

管家穿着得体的衣服站在储物室里,用手帕轻轻擦去相册上的灰尘。他翻到相册最后一页,那里多了一张新的照片——穿着浅色毛衣的晏庭坐在草地上,身后背着一个笑容灿烂的大男孩。晏庭虽然没有笑,但是眼里却满是笑意。

"管家,先生与黎先生还没起床,要不要去叫他们?"

"不用。"管家看着窗外在风中晃动的树枝,笑了,"先生与黎先生知道什么时候起床。"

快到中午的时候,黎昭与晏庭才下楼。黎昭趴在沙发上,哼哼唧唧不想吃饭,最后不知道晏庭在他耳边说了什么,黎昭伸手戳了戳晏庭,坐到了餐桌旁。

看着这一幕,厨师阿姨问管家:"我今天做的饭,不合胃口?"以前就算她熬一锅粥,黎先生都能吃下半锅,今天怎么不想吃饭?

"咳咳咳。"管家咳嗽几声,"黎先生在跟先生闹着玩,等会儿他们就会吃饭了。"

"我就说嘛,黎先生一直都是乖孩子,不像先生那样,吃饭还要黎先生哄。"

管家默默看厨房阿姨,心想你怕是忘了,工资是在先生那里领。

不怪家政们对黎昭偏心,黎昭不仅长着一张讨长辈喜欢的脸,性格也好,自从他住进来以后,整个院子都有了活气。现在,大家最怕的就是黎先生离家太久。黎先生离开久了,先生就不爱说话,整栋屋子都会变得死气沉沉。现在好了,期末考试结束就是寒假,有黎先生陪着,先生又能开心了。

吃完午饭,黎昭睡了一会儿午觉,晏庭送他去学校。厨房阿姨把早就准备好的熟食,给黎昭用超大号保温桶装好。黎昭拎起来的时候,怀疑这一桶有十几斤。

路上有积雪,司机特意从车库里开了一辆防滑的车。

"考试这几天,我让司机给你送饭?"

"不用,我跟同学们一起吃就好。"黎昭趴在晏庭大腿上,懒洋洋开口,"晚上我们去自习室复习。"

"好。"晏庭帮黎昭揉着腰,"等你期末考结束,我来接你?"

黎昭没有拒绝。

下车前,晏庭把围巾跟帽子给黎昭戴好,嘱咐道:"外面冷,地上还有积雪,注意别摔着了。"

黎昭点头说:"等我回来。"

拉开门,一股寒风吹进来,黎昭怕冷着晏庭,赶紧关上门,在车窗外对晏庭摇了摇手,转身往宿舍楼的方向跑。晏庭看着他像小鸭子似的在雪地里左摇右摆,把车窗开了一条缝,露出一双温柔的眼睛。

黎昭跑到宿舍楼下,看到花坛旁蹲着两个冻得瑟瑟发抖的人,其中一人看到他跑过来,激动地想要站起身,结果整个人都摔进了雪地里。黎昭认出他们俩是记者,犹豫了一下,叹口气,还是走上前帮另一个记者把摔倒的记者扶了起来。这两个记者看起来很年轻,眼角眉梢还带着青涩。

"谢谢。"被扶起来的记者浑身是雪,他顾不上拍去身上的雪花,匆匆开口,"黎昭,你好,请问你能不能接受我们一个采访?"

"这么冷的天,你们怎么站这儿?"黎昭见这两人冻得面色青紫,不知道在这里等了多久,"你们等了多久了?"

"今天早上就开始等了。"两人哆嗦着笑。

"你们就没有想过,万一我今天不来学校,等明天开考直接入校怎么办?"

"总要碰一碰运气。"两个记者继续笑。

黎昭看了眼四周,指着一个能够遮雪的地方说:"你们在那里等我一会儿,我把保温桶放好就下来。"

两个记者连忙点头,等黎昭上楼以后,激动地给主编打电话,说他们不仅蹲到了黎昭,对方还答应接受他们采访。

"那现在赶紧开录,录一段他在学校的生活。"主编大喜。

"可、可他现在回宿舍了,他说放好东西就下来。"

主编气急攻心地吼道:"这种话你也信?!人家要你们俩玩呢,不信你们就在楼下等着,看黎昭会不会下来理你们俩吧!"

两个记者是刚入职的实习生,他们根本不知道艺人们有这么多骗人的套路,听着主任的怒吼声,他们心里既委屈又难过。黎昭真的骗了他们?真的只是为了脱身,才随便找了一个借口?等啊等,五分钟过去了,他们心里有些发慌。十分钟过去了,他们已经绝望,甚至有些想哭。就在他们放弃希望时,黎昭从宿舍楼大门里跑了出来。

"不好意思,让你们久等了。"黎昭跑到两人面前,"刚才宿舍里的人问了我一道题,耽搁了几分钟。"

看到黎昭出现的那个瞬间,两个实习记者差点儿真哭出来,这种绝望之时又看到希望的感觉让他们格外触动。

"学校里有咖啡厅,但是我们去采访会影响其他同学。"黎昭裹紧围巾,把手揣进羽绒服外套口袋,"二位不介意的话,我请你们在校外的咖啡厅坐一坐,那边有包厢。"

记者冻得鼻涕泡都快出来了,他们连连点头,只要黎昭愿意接受他们的采访,就算露天也行。

"黎昭老师,我们想拍一段您从学校走到校园的视频,请问可以吗?"

"这个你们随便,不过今天路很滑,你们注意不要摔跤。还有请你们尽量不要让其他同学入镜,如果有的话,也请你们后期对他们的脸部进行模糊处理。"

"好的,好的,没问题。"记者把便携摄像机架在了自己肩膀上。

路上积雪有些厚,黎昭走在前面,步伐并不快,偶尔会跟记者介绍一下学校的建筑。一路上,时不时有同学给黎昭打招呼。

"黎小昭,晚上去不去自习室,给你占个座位。"

"晚上我跟宿舍那几个哥们儿一起。"黎昭摘下口罩,"这么冷,你早点回去。"

"成。"同学问,"你是不是又带好吃的了,我去你们宿舍蹭吃的。"

"那你得快点,不然就没了。"黎昭话音刚落,就见刚才还慢吞吞的同学小碎步跑了起来。

前面的同学刚离开,没走两步又有其他同学跟黎昭打招呼。有向黎昭借笔记的,有叫他考完一起聚餐的,还有随手塞给黎昭一袋零食的。这些同学态度很随意,黎昭在他们眼里是哥们儿,不是明星。

"昭昭,你在学校的人缘好像很好。"

"还好吧。"黎昭解释,"主要是大家性格都很好,对我也照顾。"

记者见黎昭拆开同学给的零食开始吃起来,忍不住再次追问:"平时跟同学在一起,吃饭会忌口吗?"

"学校食堂的饭菜挺好,我平时不怎么忌口。"黎昭笑,"以前我在采访中说过喜欢吃鸡腿的事,跟同学们在一起吃饭,他们一言不合就爱送我鸡腿。"

"你经常跟同学吃食堂?"

"不吃食堂,吃哪儿?"黎昭把零食垃圾袋扔进垃圾桶,"平时课业忙,去食堂吃饭可以省下很多时间……"

## 第 13 章 入学

"黎昭。"

记者听到有人唤黎昭,扭头看去,看到图书馆大楼下站着一个五六十岁左右的男人,他戴着眼镜,头发打理得工工整整,看起来十分斯文有气质。

"教授。"黎昭跑到男人面前,笑眯眯地问,"您叫我?"

"下这么大的雪,你去哪儿?"教授伸手拍去黎昭肩膀上的雪,看了眼跟在黎昭身后拍摄的记者,对他们点了点头。

两个记者诚惶诚恐地回了一个微笑,听黎昭的称呼,这个男人应该是京大教授。

"两位记者朋友想对我进行一个采访,我带他们去外面找个安静的地方。"黎昭跺了跺脚,脚尖有些冷。

"去那么远干什么,你不复习了?"教授皱眉,"这样,你带他们来我办公室。"

"嘿嘿嘿。"黎昭没有拒绝这位教授的好意,"谢谢教授,等大二选课,我一定选修您的课程。"

"出息,等你抢到我的课再说。"教授把黎昭另一边肩膀的雪也拍干净了。

"那您给我开个后门呗。"黎昭狗腿地帮教授抱书,"争取让我做您的得意门生。"

"不行。"教授冷酷无情。

"为什么?"

"因为摄像机拍着,我答应你,就留下了证据。"

教授带黎昭往办公室方向走,他是个风趣儒雅的男人,在学校里很有人气,学生们为了抢到他的课,半夜都守在电脑前。两个记者没有想到,京大教授竟然真的带他们去了办公室,还给他们倒了两杯水。

"记者朋友,有什么问题好好问,别把小孩儿往沟里带。"教授把一个马克杯放到黎昭手里,"采访结束,就回去看书。"

"好嘞。"黎昭捧着杯子绽放出大大的笑容,脱下身上的羽绒服外套、围巾、帽子、口罩。

这位教授并不是黎昭的任课老师，两人是在早上跑步的时候认识的。因为两人都有晨起跑步的习惯，黎昭在学校的时候就跟这位教授做了"跑友"，一来二去就熟悉了。教授的妻子是位戏曲家，在戏曲界非常有名，有时候她会来操场上练身段。每次她看到黎昭，都会感叹一声可惜，说他如果从小开始学习戏曲，也许现在已经在戏曲界小有名气了。

"教授？"黎昭发现教授盯着自己的脖子看，以为自己的保暖衣露出来了，赶紧拉了拉毛衣领。

教授笑了笑："知道看书复习就好。"他走到旁边的小休息室，贴心地帮黎昭关上了门。

采访正式开始后，两位实习记者一开始问了两个中规中矩的问题，随着话题深入，他们的问题也渐渐开始八卦起来："网上很多朋友都很好奇您的拆迁土豪朋友，您愿意跟我们聊一聊他吗？"

不知道网友是好奇土豪朋友，还是好奇他跟拆迁土豪的故事？黎昭默默看了记者一眼。记者心虚地避开了黎昭的视线。轻笑一声，黎昭开口："他是圈外人，我不想介绍太多，给他的生活带来麻烦。不过他是个非常好、非常可爱的人。"

记者眨了眨眼，这就没有了？黎昭示意他们问下一个问题。

"还有网友很好奇您跟苍寰总公司老板的友谊，您跟他真像网上传言的那样，是朋友吗？"

黎昭又看了记者一眼。这两个实习记者私下究竟关注了多少与他有关的话题？"你们不要一言不合，就想曝出个大料。"黎昭笑，"你们是实习生？"

"你怎么知道的？"两个记者有些意外。

"因为有经验的记者不会这么直白问出来。"黎昭端起马克杯喝了一口水，"今天下这么大雪，你们还出来跑新闻，冻得脸色都是青的，老记者都有成熟的约采访经验，不会像你们这样傻傻地等。"

记者："……"

"希望以后你们不要再这么做。如果再有下次，别说下雪，就算是下刀子，我也会假装看不见。"黎昭把马克杯放到桌上，"来，想想还有什么其他问题要问的。"

记者说:"那我们谈谈你的新戏吧,外面有传你参演的《苍穹之影》与《七个男友》会在春节档打擂台,你更看好哪一部电影?"

"看来你们是真的想爆大料。"黎昭忍不住笑,"这两部都是很优秀的电影,小孩子才做选择,成年人当然是都要,我两部都很看好,希望大家多多支持。两位记者朋友也会去买票支持的,对不对?"

"对对对。"记者没想到黎昭这么拼,接受采访的时候还要给参演的电影拉票房。

"这次期末考,你觉得自己会挂科吗?"两位记者终于想起了黎昭的学生身份。

"我觉得没有用,要老师觉得才行。"黎昭认真想了想,"我个人觉得,挂科的可能性还是不大的。"

"因为你出勤率比较高?"

"难道不是因为我学习认真和成绩好?"黎昭觉得这两个记者有些不会说话。

记者不好意思地笑,连忙改口夸黎昭。在采访即将结束的时候,记者问黎昭:"昭昭,您跟陆昊老师的电影即将杀青,明年会接电视剧还是电影?"

"如果遇到合适的角色,都可以尝试。"黎昭认真地表示,"配角或者主角都行,只要时间上允许。"

这半年以来,时不时有营销号传谣,说黎昭身上的苍行汽车、苍时手表代言要掉了,但每次都被两家官博打脸,现在所有人都知道品牌方对黎昭这个代言人很满意。但仍旧有营销号表示,黎昭近半年热度减少,眼看是要凉了。对此,黎粉没有太大反应,黎昭走的是传统演员路线,而不是流量路线,天天上热搜不是什么好事。只要他演的电视剧观众爱看,他演的电影别人愿意花钱买票,就是成功。

"谢谢昭昭接受我们的采访。"记者关了摄像机,向黎昭道谢。

黎昭跟他们握手,道:"以后不要再这么做了,如果你们的家人知道你们在雪地里蹲这么久就为了采访一个明星,会心疼的。而且你们这种行为也打扰到了其他同学的生活，希望下次接受你们采访时，你们已经成为正式记者了。"

"谢谢。"两名记者有些不好意思，朝黎昭道谢后又道歉。两人退出办公室的时候，正好看到教授从休息室端着一盘零食进来。这是知道他们要走了，才端出来的吗？两名记者心情有些复杂，又想起黎昭喝水用的是马克杯，他们用的是纸杯。看来京大的教授真的很爱护学生。

"采访结束了？"教授把零食放到桌上，对记者笑了笑，"慢走。"

记者：我们懂，我们马上就走。

"教授，阿姨又做好吃的了？"黎昭一看这些零食，就知道是教授的妻子亲手做的。

"是啊，她知道你今天会来学校，一大早就做好，让我带到办公室里来了。"教授笑着把零食放到黎昭手里，"功课复习得怎么样了？"

"好吃。"黎昭一口吃下两个，"谢谢阿姨。"教授跟着笑。

"我都复习得差不多了，肯定不会挂科。"

"不挂科算什么，争取拿奖学金。"教授戴上眼镜，从抽屉里取了一本书坐到旁边的椅子上，"慢慢吃，吃完了再回去。"

"林教授，学校里学神那么多，你让我拿奖学金，也太看得起我了。"黎昭端着零食凑到教授身边，"你带的研究生都是学霸，哪里知道我这种平凡学生的痛苦？"

"你两年没上学都能考上京大，怎么会是平凡学生？"

"那是因为有真正的学神给我补课，给我押题，还请了好几个名校老师给我远程授课。"黎昭想到高考前的那几个月，就忍不住打寒战，"老师们给我估分680左右，考701那是祖宗保佑。"说不定是老祖宗们见他走丢了，独自生活太可怜，就在他考试的时候保佑他大脑开窍，拿到了高分。

"你的这个学神朋友为人很不错。"教授名叫林绅，据他自己说，祖上出过状元，进士举人更是无数。黎昭不知道真假，但林教授一家学术氛围很浓厚，他家里很多人都是科研大牛，为国争光、为百姓谋福利的那种。

# 第 13 章 入学

"那是,他是世界上最好的朋友。"黎昭听到教授夸晏庭,眼睛笑成了月牙。

林教授看黎昭的神情,就知道这位朋友对黎昭意义不凡,他看了眼自己乱糟糟的书柜,说:"吃完零食要消食,反正你复习得差不多了,就帮我整理完书架再走,晚上我请你吃饭。"

"是阿姨亲手做的吗?"黎昭问。

林教授失笑:"不是我爱人做的,你还不吃了?"

"嘿嘿。"黎昭挠头笑,放下装零食的盘子就帮林教授整理书柜。林教授的目光,再一次落到黎昭的脖子处,眼神中有无法释然的情绪。

## 第14章 检 测

整理完书柜,已经是下午五点。学校给林绅安排了校内住宅,林绅跟他的妻子近一段时间都住在学校里。黎昭跟在林绅身后,手里拎着大包小包的菜,其他老师看到了,都笑着说:"小黎,又来林教授家蹭饭吃了?"

"小孩儿又要拍戏又要学习,我跟爱人担心他身体跟不上,就带他回来补补。"不等黎昭说话,林教授先开口了,"有他陪着,我跟爱人吃饭也热闹些。"

调侃的老师似乎想到了什么,看了看黎昭,复又笑道:"那倒也是,他们这个年龄的孩子吃得最多,我们这些老人看着他们吃饭,也能开胃。"

老师回到家,他的家属问:"老林家是不是有客?我闻到他们家炖的鸡汤味了。"

"哪有什么客,是老林跟他爱人都很喜欢的学生,就是咱们女儿很喜欢的那个明星,黎昭。"老师脱下厚外套,一边换鞋一边叹气,"老林的孩子如果没出事,跟那个叫黎昭的孩子一样大了。"

家属赶紧说:"你小点声,万一让玉书与老林听见,该有多难过?"

林绅与杜玉书两人是自由恋爱在一起的,夫妻俩婚后没两年,就有了一个孩子,当个宝贝似的。谁知道保姆带孩子出去逛街的时候,遇到了人贩子,人贩子抢了孩子就跑。在警察追踪时,人贩子的车子出了问题,人贩子跟孩子一起掉进了河里,最后人贩子的尸体被捞了起来,孩子却不见踪影。那么小的孩子,掉进水里哪还活得了?恐怕连身体都被河里的鱼吃得干干净净了。这些年,夫妻二人每年都会在孩子出事的地方为孩子烧衣服,从婴儿穿的衣服烧到成年人穿的,一年四季从不落下。"

"我知道。"老师小心翼翼看了眼身后紧闭的门,"他们对黎昭这么好,大概是黎昭这孩子眉眼有点儿像杜玉书,两口子想孩子了。"

"唉。"夫妻二人齐齐叹息一声,既为那个刚出生几个月的孩子,也为这对夫妻可惜。

"阿姨,你鸡汤是怎么炖的,为什么闻起来这么香?"黎昭一进门,就闻到扑鼻的鸡汤香味,换好拖鞋就往厨房跑。

"这是我托人买回来的跑山鸡,用砂锅慢慢炖,味道肯定好。"杜玉书看到黎昭,脸上露出温柔的笑,揭开砂锅盖子,给黎昭舀了鸡腿鸡翅,"来尝尝,咸淡是不是合适?"

"谢谢阿姨。"黎昭一看碗里的鸡腿与鸡翅,拿着小板凳坐下,捧着碗一边啃鸡腿,一边陪杜玉书说话,哄得她笑声不断。

杜玉书是个美得让人忘记她年龄的女人,即使是在厨房做饭也像是在翩翩起舞,她的手白嫩细腻,看得出她平时并不常下厨。林绅站在客厅里,看着妻子脸上的笑,心里有些疼。他知道妻子为什么对黎昭好,可他舍不得也不愿拆穿这份美好。

"阿姨,这些放着我来切。"黎昭啃完杜玉书特意舀给他的鸡肉,放下碗洗干净手,"你跟教授去看会儿电视。"

"哪能让你一个人做这些?"杜玉书递给黎昭一条围裙,"你切菜,我炒菜。老林,过来剥蒜。"

平时在学校里深受学生尊重的林绅,在妻子面前只能乖乖剥蒜,顺便闻一闻鸡汤味。

"昭昭,你演的电影,什么时候上映,到时候我跟老林买票支持你。"杜玉书看着黎昭熟练的切菜动作,有些心疼。多好的孩子呀,也不知道他养父母有多狠心,才能虐待这么好的娃娃。

"阿姨,我送票给你,我是主演,有免费的亲友票。"黎昭笑,"而且是内场巡演票。"

"好。"杜玉书想,等看完巡演,就自己多买几张票请家里人一起去看。

在三人的合作下，一桌丰盛的晚餐做好。黎昭拿起手机拍了一张照片发给晏庭，说自己来教授家蹭饭吃了，让他不要担心。

"吃饭都发照片过去，好朋友？"杜玉书笑着把另一只大鸡腿也夹给了黎昭。

黎昭用干净的筷子把鸡腿肉一分为二，一半给了杜玉书，一半给了林绅："嗯，最好的朋友。"或许是因为这里气氛好，又或许是因为黎昭也在想晏庭，所以他点了点头。

杜玉书看看碗里的半边鸡腿，又看在嗦鸡腿骨的黎昭，笑道："你们感情一定很好。"她活了五十多年，什么都见过，见黎昭脸上的表情，她立刻就明白了。

"嗯。"黎昭点头，"他是最好的朋友，也是家人。就连我参加高考，也是他支持帮助我。平时我说什么，他都说好，唯独在学习方面，会对我很严格。"

"爱护不是放纵。"杜玉书笑着感慨，"他一定是个很好的人，你的眼光很好。"

"他的眼光也很不错。"黎昭笑眯眯，"所以我们才天生绝配。"

林绅没说话，只是笑着给杜玉书和黎昭舀鸡汤，舀完后才笑着吃黎昭分给他的半只鸡腿。半只鸡腿刚下肚，敲门声响起。门刚打开，他就听到常年泡在研究所的大哥兴奋的声音。

"老二，我们研究所做了多年的基因数据库，终于成了！家里有客人？"林家老大林宏已经年过六十，他一辈子醉心研究，人际交往能力几乎为零，看到黎昭的第一眼，他下意识开口问，"弟妹，这是你娘家亲戚？"

"大哥，先进来说话，外面冷。"见林宏胡子拉碴，头发也乱糟糟的，林绅就知道他刚从研究所回来。

黎昭不知道来人是谁，不过听教授称他为大哥，便起身去厨房拿了一副新的碗筷。他从厨房出来的时候，林宏已经坐在桌边，正激动地说着基因库什么的。

"基因库建成需要许多数据与软件支撑，耗费不少资金，今年年初的时候资金紧缺，本来研究所打算把这个项目停了。"林宏接过黎昭端来的碗筷，"结果在这个关键时候，有人捐了大笔资金进来，支持这个项目继续做下去，甚至为了项目尽快完成还加大了投资，帮研究所引进了几位能力出众的助手。"林宏喝了两口鸡汤，继续跟弟弟分享好消息，"我听别人说，这位资助人身边有位很重要的朋友，从小与父母分开，吃了很多苦。他是为了这位朋友，才斥巨资帮助项目继续进行下去。"

听到这句话，黎昭动作一顿，不知道为什么，他想到了晏庭。

林宏一口气把话说完，拿起筷子开始吃饭。他吃饭不挑，一口饭一口菜，非常规律。黎昭想，大概这就是科研大佬的神秘之处吧。大概是察觉到黎昭的视线，林宏突然抬头与他对视，然后问："你是弟妹家哪个亲戚？"

"大哥，他是京大的学生，不是我娘家那边的亲戚。"杜玉书无奈地笑，"你吃完饭后，今晚就住在这边，明天再让你的助手接你回去。"

"哦。"林宏多看了黎昭两眼，"他长得跟你有点儿像，我还以为是你家亲戚。"

这句话出口，黎昭感觉教授与阿姨的表情有些奇怪，似悲伤又似无奈，甚至连看他的眼神都带着几分不好意思。这让本来打算吃四碗饭的黎昭，只吃了三碗。

吃完饭，黎昭要去帮着洗碗，被杜玉书拦住，她把脏碗都交给了林绅，说："你陪林叔叔看一会儿电视，我去厨房跟老林说点事。"

厨房门关上，黎昭听到自来水流出来的声音，还有……隐隐约约的哭声。黎昭有些尴尬，坐在他旁边的林宏看起来有些手足无措。

"我又说错话了。"林宏有些坐立不安，两只手抓着沙发垫，沙发垫被他捏得起了褶皱。黎昭不知道该说什么，只好把桌上的果盘朝林宏面前推了推。

没过一会儿，教授出来了，他温和地对黎昭笑了笑："外面雪大，早点回宿舍，明天考试认真点，争取拿奖学金。"

"认真是要认真，奖学金就太为难我了。"黎昭假装没有看出林教授家里的气氛不对，走到厨房门口，跟杜玉书告别，"阿姨，我先回宿舍了。"

"路上小心。"杜玉书装了一兜水果给黎昭,"拿回去跟宿舍里的同学分着吃,晚上不要熬夜。"她的笑容仍旧温柔,只是眼角看起来有些红。

"好。"黎昭知道自己不该开口,所以他对杜玉书挤出一个大大的笑容,提着水果离开了林教授家里。

天色微暗,雪又下大了,黎昭吸了一口凉气,才发现自己忘了把围巾戴上。雪花落进他脖子里,冷得他打了两个哆嗦。

"昭昭,等等。"杜玉书拿着围巾追了出来,她出来得太急连外套都没来得及穿上。

"阿姨,外面冷,别把你冻感冒了。"黎昭跑上前接过围巾,催促着杜玉书回屋。

"好。"杜玉书看了黎昭一眼,笑着转身往教职工楼里走,刚走到楼梯口,就见林绅拿着她的外套跑了过来。

"外套都不穿,你的戏迷如果知道他们的女神没穿外套就跑到雪地里,肯定会骂我没有照顾好你。"林绅揽着妻子的肩往家里走,"冷不冷?"杜玉书摇头。

"玉书,你这么喜欢黎昭那孩子,不如我跟他说说,收他做干儿子……"

"不。"杜玉书摇头,拉开门走进屋子,"韶韶知道后,会以为我们已经忘了他,不喜欢他,他会难过的。"

林绅欲言又止,他轻轻关上门,给妻子倒了一杯热水,说:"喝点水。"

"老林,那孩子脖子后面长了一颗痣,跟韶韶一样。"杜玉书捧着杯子,声音有些发抖,"每次看到他,我都忍不住想,咱们韶韶长大了,应该也像他这么好看。"

可她知道,韶韶的年龄永远停留在了三个月大,他甚至来不及在这个世界上跑一跑,走一走。她知道,把黎昭幻想成自己的孩子是对黎昭的不尊重,她也想控制自己,可是她做不到。当初老林回来说,在操场上遇到一个跟她长得有些像，脖子上还有一颗痣的男孩子，她以为是老林太想孩子产生了幻觉，后来看到黎昭本人，才发现老林没有骗她。可是脖子上长痣实在再寻常不过，身边十个里有两三个人脖子上都长着痣，只是位置或大小略有不同而已。面对黎昭灿烂的笑容，她甚至没脸跟那孩子说，他们对他的好、对他的照顾，都源于对亲生孩子的移情。她心中有愧，却又总想多看黎昭几眼，然后在内心欺骗自己，自己的孩子长大以后肯定也是这么乖巧讨喜。

"二弟，弟妹，你们去基因库采集一下基因数据吧，也许……"林宏想说，也许那孩子还没死呢。但这种希望太渺茫，反而是对林绅夫妇精神上的折磨，就算是情商为零的林宏也有些说不出口。

屋子里安静下来，林绅揽着妻子，扭头看向窗外飘扬的大雪。他忍不住想，刚才应该给黎昭那孩子拿一把伞的。

回到宿舍，室友们全都在看书。见黎昭回来，钱铎道："自习室没座位了，我们没占到位置，就回来了。"

"其他同学大清早就去了，你们占不到位置才是正常的。"黎昭把水果洗干净分给他们，"吃水果，我去厕所打个电话。"话音刚落，手机铃声响起，晏庭的电话先打进来了。

"昭昭。"晏庭的语速比往常快了一点点，"我打扰到你学习了吗？"

"没有，我正准备给你打电话，你就先给我打了。"黎昭走到厕所，把厕所门关了起来，免得影响室友们看书，"晚饭有没有好好吃？"

"有。"晏庭翻着研究所递给他的基因库成立的报告，"昭昭，最近有关部门建立了一个基因库，里面有一项功能是帮助走失儿童及其父母进行基因比对，等你考试结束……"

后面晏庭说了什么，黎昭已经听不进去了，他想起林教授的大哥说，基因库计划差一点就要搁浅了，最后由于有人提供了大量的资金与技术支持，才让基因库计划圆满完成。原来这个人真的是晏庭。

"庭庭。"黎昭觉得此刻突然很想很想晏庭，"我想你了。"

晏庭的话戛然而止，大概过了几秒钟，他才开口："是不是……想念他们了？"

黎昭知道，晏庭口中的"他们"，指的是他的亲生父母。

"不，想你。"黎昭打开厕所的窗户，冷风让他情绪稳定了一些，"庭庭，在我的心里，你是我最重要的亲人，你已经让我拥有了一个家。"

晏庭设想过很多黎昭找到父母后的可能：他们不喜欢昭昭，或是他们不在乎他，抑或是他们已经不在世上。但他从没想过，黎昭会跟他说，他已经给了他一个家。曾经的不安，还有靠着理智才压下来的独占欲，在这一刻全部都消失。

"晏庭，我好像还没有跟你说过。"在这个小小的厕所里，黎昭的语气温柔得像是冬日的阳光，"我最在乎的人是你。无论我未来能不能找到父母，你都是我最在乎的人。"黎昭轻笑出声，"除了你，没有人能够拆散我们。"黎昭舍不得晏庭有丝毫的不安，也舍不得晏庭有任何的难过。

"昭昭。"晏庭说话时带着喘息，他在匆忙赶路，"如果你未来的父母，想带你走呢……"

"那我就跟你走。"黎昭笑，"谁拦着都不行。"

"好。"晏庭站在宿舍楼下，仰头看着黎昭所在的宿舍窗户，"昭昭，你下来。"

"什么？"黎昭想到了什么，大力拉开厕所门，趴在阳台上往下看，楼下站着一个穿着长风衣，发顶与肩头都落满积雪的男人。

"我来带你走。"

"好。"黎昭拿着电话，打开宿舍门跑了出去，"你等我。"

"这是怎么了？"钱铎见黎昭跑得这么急，连门都来不及关，走到阳台上探头往下看。楼下除了一个露天站着吹冷风的"傻子"，没有美女啊。

正想着，他就看到黎昭从宿舍楼大门冲出去，然后整个人蹦到了那个"傻子"身上。"傻子"托着黎昭，伸手帮他把羽绒服帽子盖在头上，把他整个人捂得严严实实，然后弯腰把他背在了身上。钱铎瞪大了眼睛。

"钱多多，你在看什么呢？"陈鹏见钱铎趴在阳台上，准备起身看看。

"没什么。"钱铎神情自然地把陈鹏按回凳子上,走到自己桌子旁,"就看看外面雪停没停。"他下意识选择了帮黎昭隐瞒。幸好天色已黑,没人知道那是黎昭,不然明天的热搜肯定很热闹。

夜色已深,黎昭趴在酒店的床上等着外卖上门。

"吃完夜宵,就刷牙睡觉。"晏庭把水递给黎昭,"早上我送你去学校。"

"好。"黎昭没有接水杯,而是就着晏庭的手,咕咚咕咚喝了几口水,他转头看着窗外,"又快要过年了。"去年冬天,他住进庭庭的家,不知不觉已经过去一年了。

温暖的屋子里,林宏坐在沙发上对情绪已经稳定的弟弟与弟妹说:"这些年,你们的大半收入都投进了基因库里,虽然面上接受了那个孩子……离开的事,恐怕内心还抱着一丝希望,对不对?"虽然所有人都知道,在那种湍急的河流里,就连成年的人贩子都活不下去,更别提只有几个月大的婴儿了。但活要见人,死要见尸,看不到那个孩子的尸体,他们总是不甘心的。

"哥。"林绅苦笑,"明天我就跟你去。"就算是无望的等待,也要拥抱着一丝希望。

当年韶韶跟人贩子一起掉进河里,林绅请水下救援队找了好几天,四处张贴寻人启事,所有人都觉得他们两口子疯了。这些年林绅跟妻子以个人名义资助着基因库,只是希望天下失去孩子的父母都能够找回他们的宝贝,还有多给韶韶积德。孩子若是活着,希望他一辈子无忧,悲伤的时候有人陪,生病的时候有人照顾。孩子若是不在了,希望他来生能投胎到一个好人家,衣食无忧,不受与父母分离之苦。

黎昭参加期末考这几天,两个实习记者把采访他的视频放到了网上,网友们看到黎昭像普通大学生那样,跟校友们打招呼、开玩笑,都有些感慨。有人想到了自己的学生时代,也有人想到了黎昭曾经受到的虐待。

【以前,黎昭在我眼里只是一个路人,可是看到他跟同学说话时简单又快乐的模样,忽然就想哭,可能是我年龄大了。】

【这两个记者好实诚,竟然把黎昭批评他们的话也放了出来。】

【黎昭说得很对,京大是学习的地方,这些记者进进出出,肯定会影响学生们的正常生活。】

【成年人才做选择,我们昭昭全都要,比如说拆迁土豪,比如苍寰的老板。】

【楼上好大的狗胆,连苍寰老板都拿来调侃,不过我喜欢。】

【没人关心黎昭究竟挂没挂科?】

记者放出的采访视频确实获得了一些热度,但是黎昭的工作团队没有配合宣传,所以热度只是一般。

最近几天最受人关注的,是赵君楠与合作女主演不和的消息。双方不知道有多大的矛盾,女主演公开发微博手撕赵君楠,说他是伪君子,抢戏装相还喜欢欺压新人。

赵君楠去年演过《侠君》以后,对外的形象一直都很好。去年下半年虽然他因为某个大牌代言被打脸,但是互联网只有三天的记忆,加上工作团队的运营,赵君楠成熟稳重的老干部人设还是稳稳的,很多小姑娘都很喜欢他。手撕他的女艺人路人缘并不好,她容貌美艳,演技一般,经常被人骂花瓶。事情一爆出来,几乎全网都在嘲讽这个女主演,还有不少人同情赵君楠跟这样的事儿精合作。

赵君楠这边的态度十分大度,只说可能是误会,请大家不要诋毁女主演。然而他越是这么说,网友就越反感女主演,骂女主演的热门评论的点赞数已经超过了十万。大概是被网友骂得太狠,女主演有些气急败坏,又说赵君楠在剧组对其他女艺人动手动脚。不过没人相信她的话,反而骂得更狠了。

黎昭结束考试,准备跟室友们一起出去聚餐,刚走到校门口,就被不知道躲在哪里的八卦记者堵住了。

"黎昭,赵君楠老师与周眉的争端,你知道内情吗?"

"周眉说,赵君楠老师在剧组喜欢欺压新人,你还是新人的时候跟赵君楠老师在《天歌》剧组合作过,你能评价一下赵君楠老师吗?"

黎昭想起赵君楠曾在《天歌》剧组友情出演过,他跟赵君楠还有两场对手戏。这几天满脑子都是复习和考试,他还不知道赵君楠跟谁发生了矛盾。听到记者这么问,他停下脚步,回应道:"抱歉,各位记者朋友,我最近一直在考试和复习,并不了解发生了什么事情。不过有件事你们可能不太清楚,我跟赵君楠老师第一次合作不是在《天歌》剧组,而是在《侠君》剧组。"

娱乐八卦记者听着这话隐隐有些不对,他们怎么不知道黎昭还曾参演过《侠君》?记者们还想再问,可是还没等他们回过神,黎昭跟几个室友拔腿就跑,几步窜进小巷子里,连人影也看不见了。年轻人体力就是好。自诩能跑的八卦记者拿他们也没办法。不过也没关系,反正这段内容他们也能放到网上去暗示黎昭在影射什么。做八卦记者的,就是要搞话题嘛。

聚餐的时候,黎昭把八卦记者堵他的事情告诉了工作团队。工作团队一听,顿时摩拳擦掌——收拾赵君楠的时候到了。赵君楠在媒体面前信誓旦旦地表示在《侠君》剧组没用替身的采访稿和采访视频他们可是收集了无数个。这口气憋了大半年,终于找到出气的机会了。

赵君楠与周眉的事情闹得太大,一些跟赵君楠交好的艺人甚至转发了赵君楠的微博,站队支持赵君楠。支持周眉的就只有一两个没名气、没作品的小配角。在网友看来,这么多艺人站在赵君楠这边,足以证明赵君楠是无辜的。八卦记者们也不想放过这个热度,四处采访其他艺人对这件事的看法。有男艺人因为说话不慎,被网友指责说他肯定是嫉妒赵君楠或是跟周眉有不清不楚的关系,导致许多艺人对这件事避之不及。

当记者们把采访到黎昭的视频放到网上后,网友们有些疑惑:黎昭特意强调《侠君》剧组是什么意思?有好事的网友跑去扒《侠君》的演职员表,找遍所有名单都没有发现黎昭的名字。黎昭这是什么意思?最近没什么热度了,故意出来蹭热度?赵君楠的粉丝对黎昭早就不满了,去年闹出代言事件的时候,本来黎昭跟赵君楠一起遭受网友嘲讽,谁知道黎昭搭上了苍时手表的路子,最后只剩下赵君楠独自面对网友的嘲讽,这让赵君楠粉丝对黎昭有着没有理由的厌恶感。现在,无论是粉丝还是路人,都是支持赵君楠的,所以赵君楠粉丝有种正义全在他们这边的错觉,当下便有人跑到黎昭微博下面骂他"糊星蹭热度"。

赵君楠跟他的工作团队看到这段采访视频,胆战心惊地联系了黎昭工作室那边,表示只要黎昭不说出自己在《侠君》剧组给赵君楠做替身的事,条件都好说。黎昭还不够红的时候,赵君楠还想把黎昭打压下去,现在他除了主动说和,别无他法。黎昭工作室答复他说可以考虑考虑。但是赵君楠与他的工作团队怎么都没有想到,网友有时候是万能的。即使黎昭工作室这边还没有开始运作,已经有网友扒拉出了一些可疑画面。

@吃瓜网友:闲来无事,一帧一帧扒拉《侠君》的镜头,发现了一些有趣的东西,放出来与大家共享。

这条微博里放了几张动图,图里的人穿着同样的服装,但是身材……似乎有差别。

@吃瓜网友:据赵视帝说,在《侠君》剧组从没有用过替身。别的不说,我就羡慕赵视帝的身材,伸缩自如。

赵君楠在《侠君》剧组用了替身?网友们并不相信,他们对这个"吃瓜网友"破口大骂,问他收了周眉多少钱。

【这种脏钱咱们不要赚好吗?】
【《侠君》剧组所有人都夸赵君楠拍戏特别拼,再危险的镜头都不用替身,你不要造谣。】
【别的不说,我就羡慕博主为了钱不要脸地撒谎的样子。】

【嗯……只有我觉得,《侠君》里那个经典的挽扇子镜头更像某个人吗?指路春节档时某部特别火的武侠电影,里面有个公子角色,很多女孩子喜欢的那个。】

【抱走我家崽崽不约,赵君楠跟周眉的事,不要牵扯别人下水。】

就在网友吵得天翻地覆时,快半个月没有发过微博的陆昊,突然发了一条意味深长的微博。

@陆昊:知人知面不知心。

网友们满头雾水。这是为剧组做宣传,还是暗示了什么?赵君楠粉丝却不管那么多,先骂了再说。有粉丝嘲讽陆昊争视帝输给了赵君楠,所以故意在微博上阴阳怪气。

陆昊回答:"是啊,我比不上赵先生,我拍太难的动作还需要替身帮忙呢。"

陆昊的这个回答,就算傻子都能看出是对赵君楠的明褒暗贬。别的都不提,为什么单单提替身?一定有瓜吃。网友们向来是看热闹不嫌事大的,纷纷起哄让陆昊说得明白一点,清楚一点。可惜陆昊没有满足网友们的好奇心,扔下炸雷就跑,完全不考虑网友们有多好奇,有多想看热闹。

当然,最高兴的还是正在跟赵君楠撕架的周眉,她早就被赵君楠颠倒黑白的行为气得眼冒金星,现在见陆昊一通含沙射影,赶紧趁着热度往外面爆料。

@周眉:有些贱人就是贱人,看到性感的女人就想睡,看到清纯的女人就想占便宜。呸,性感只是外表,就算要睡男人,那也是要挑的。

赵君楠这个伪君子,进剧组后觉得她是可以随便玩玩的女人,就对她进行各种暧昧暗示；被她拒绝以后，就在剧组处处刁难她，前几天还当着媒体的面暗示她勾引他、不敬业。周眉忍无可忍才跟赵君楠撕了起来。这么恶心的男人，就算天下男人死光了，她也不会跟他搭一块儿。

原本周眉的话是没人相信的，但是陆昊站出来说话以后，大家的心情就有些微妙了。万一周眉说的都是真的呢？如果是一般的流量小生出来说话，大家是不信的。但陆昊不同，他有地位、有身份，还是草莓娱乐的现任一哥，自从《天歌》播出以后，他的人气比赵君楠还要高，没必要撒这种谎。陆昊没有撒谎的话，那就是赵君楠有问题咯？

陆昊的粉丝为了证明陆昊没有撒谎，四处搜索赵君楠的黑料，不查不知道，一查才发现赵君楠年轻刚走红那会儿，做了很多奇葩的事。放到现在，这些奇葩行为是会被人骂到退圈的。当然，这些老料并没有太多人关心，但是黎昭在《侠君》剧组给赵君楠做武替这件事，却成了大家关注的重点。

《侠君》拍摄于两年前，黎粉们都知道，那时候黎昭还在各大剧组跑龙套，为了讨生活摔得头破血流。黎粉们翻出黎昭做龙套的片段集锦，每看一次这些视频，他们就心疼一次。但他们没有想到的是，黎昭在《侠君》剧组做了替身连个名字都不配拥有，赵君楠还恬不知耻地多次在媒体面前说他拍《侠君》吃了多少苦，遭了多少罪，受了多少伤。结果呢？那些被观众津津乐道的打斗场面，根本不是他自己做出来的，而是替身黎昭！难怪黎昭会在接受采访时说，跟赵君楠第一次合作不是在《天歌》剧组，而是在《侠君》剧组里。也难怪大家翻遍了《侠君》剧组演职员表，都没有看到黎昭的名字，因为他是一个不应该存在的替身。

【视帝不愧是视帝，撒谎的时候都这么理直气壮。】

【敬业人设立得好，结果开机前的剧本围读活动都不愿意参加。哇哦，真是好棒棒呢。】

【黎昭真能忍，一直都没有拆穿过赵君楠的谎言，如果是我，早就跳起来撕开赵君楠的假面，把他按在地上捶了。】

【楼上想什么呢，黎昭现在是很火，但是在圈内的地位比得上赵君楠吗？万一伪君子说几句年轻演员不敬业、不敬前辈，不知道多少人会去撕黎昭。圈内水深着呢，你以为是幼儿园小朋友向老师告状，谁有理谁就赢？】

【一个实锤都没有，都在骂赵君楠，周眉买水军了？】

吃瓜网友、各家粉丝、剧粉、颜粉战成一团，十分热闹。直到《侠君》剧组的内部人员曝出一个长达半小时的视频以后，"赵君楠""赵君楠替身""赵君楠黎昭"等相关话题才引爆整个网络。

这段视频全是没有公开的幕后花絮，爆料人深知吃瓜群众的爱好，所以里面全是与黎昭有关的内容。穿着《侠君》男主戏服的黎昭，有时候拿着剑，有时候拿着扇子，打戏潇洒又利落。大冷的天，他穿着风流倜傥的白色戏服，一次又一次从三楼上吊威亚下来，拍完以后工作人员没有及时给他解威亚，隔着屏幕大家都能看出黎昭当时冷得在打哆嗦。还有《侠君》里最经典的竹林扇武戏，这段打戏是很多剪刀手博主的心头好，近一年更是无数剪辑视频的热门素材。赵君楠靠着这段经典打戏，成了很多女影迷的白月光，心头好。然而这段戏根本不是他本人拍的！那些迷得女孩子尖叫的镜头，全是黎昭，全是！赵君楠只是摆了几个姿势，补拍了需要大特写的镜头。

赵君楠现在的粉丝有很多都是看了《侠君》后才粉上他的，现在这个视频告诉他们，他们粉的是个冒牌货，他们受的刺激有点儿大，一时反应不过来。心理承受能力比较强大的粉丝虽然被这个视频刺激得不轻，但还是坚强地继续把这个视频看了下去。越看他们越同情黎昭，在《侠君》剧组跑龙套的时候黎昭可能才十九岁，脸上稚气未脱，被反弹过来的竹子打到小腿，整个人扑在地上。四周的工作人员看到他狼狈的模样，都哈哈大笑起来，黎昭趴在地上，一边擦着脸上的灰，一边陪着大家一起笑，只是捂着小腿的另一只手一直没有松开过。镜头往旁边扫了一下，赵君楠正坐在椅子上玩手机，看都没有朝这边看一眼。原本还想骂黎昭的理智粉看到这个场景怎么都骂不出来，因为花絮里的黎昭太惨太可怜了。如果黎昭长得难看一点，他们看完视频最多也就多几分同情,但是黎昭他长得好看呀,所以同情就变成了怜爱。观众对艺人起了怜爱之心,离变成粉丝也就不远了。

赵君楠的舆论风评翻车,大批粉丝脱粉。他急得不行,团队这边想尽办法联系黎昭工作室,得到的答复都是"请您稍等,我们一定会好好考虑的"。这种闹得全网皆知的黑料越早解决越好,可是黎昭那边不愿意配合,他们也没有办法。

"赵哥,往好处想,至少……黎昭那边没有落井下石。"助理这样安慰赵君楠。

赵君楠:"……"到了这个地步,就算黎昭不落井下石,其他人扔进井里的石头也足以砸死他了。

黎昭不是不想落井下石,他只是没有时间。身为晏庭身边的关系户,黎昭被带到了研究所,由工作人员提取他的基因信息。基因库建成的消息还没有面向全国宣传公布,但是黎昭知道,当各地相关部门正式启用基因库时,会给很多失去孩子的父母带来新的希望。

工作人员对黎昭客气得甚至到了热情的地步。在黎昭踏进研究所大门那一刻,所有负责这个项目的人都明白过来了,这位就是让资助人掏出大笔研究费的金娃娃。瞧着……有点儿眼熟啊。

"我去,这不是黎昭?"一位平时喜欢看剧的研究员看清来人,激动地对同事说,"是黎昭啊。"为了朋友愿意投入这么多金钱与技术,这是何等感天动地的兄弟情?绿江的写手在哪里,笔都摆好了,快来写!

做完信息登记,研究所的所长亲自接待了晏庭与黎昭。

"黎先生是基因库建成后,第一个正式登记使用的救助对象。"所长想要自己显得幽默一点,可惜显然不是很成功,"前几天我们研究所内部人员的亲戚准备来登记,我都把他们安排在了今天下午。"让资助人的朋友第一个登记是他们研究所最真挚的诚意。

"谢谢。"黎昭愣了愣,"让您费心了。"

"不客气,不客气,是我们该感谢您与晏庭先生才对。"所长摸着光溜溜的脑门,"基因库的建成是一件利民的好事,谢谢二位。"

如果不是黎昭,这个项目不知道还要拖多少年。国家拨下来的资金有限，加上研究所的项目很多，人手不足，技术也存在不成熟的地方，如果不是这位晏庭先生无私相助，基因库计划有可能会暂停，然后拖延到五年后甚至是十年后，才能再次看到成功的希望。十年，不知道有多少父母在无望中死去，不知道有多少孩子一辈子都找不到亲生父母。幸好……看来老天都不忍心看这种残忍的事情发生，所以给他们送来了散发着金光的晏庭。完美！

送走晏庭与黎昭后不久，林宏带着林绅与杜玉书夫妇来了，工作人员提取了基因样本，进行了样本保存及基因数据处理，把数据传入系统以后，系统忽然发出提示声。

"这个声音……"在场所有人都愣住了，甚至有些不敢置信，"是不是咱们系统还没有完善，出现 bug 了？"基因库有一项很重要的功能，就是基因数据输入后，数据库内如果有疑似亲缘关系的基因数据，系统就会自动发出提示。但是现在里面不就只有两个数据？

"是谁？"林宏激动地抓住同事的衣领，"资助人带来的那个人是谁？！"

"林教授，你先别着急。"同事被吓了一跳，结结巴巴说，"按照保密协定，我们不能透露其他人的信息，这个要交给警方处理的。"

林宏才管不了那么多，作为内部员工他是有权限看后台数据的，当下推开同事，挤到电脑前，迫不及待输入自己的工号，点开了系统后台。

黎昭？！林宏呆若木鸡地看着这个名字，神情恍惚得像是在做梦。他的侄子，真的……还活着？！

## 第15章　回　家

研究所的工作室，非研究所人员轻易是不能进入的。

林绅与杜玉书等在接待区，有工作人员看到他们，主动过来打招呼。研究所的人，对林绅杜玉书夫妇很熟悉，自从基因库概念提出来以后，夫妻二人就一直捐助这个项目，这些年不知道砸了多少钱进来。当初项目差点儿难产的时候，他们还想着没脸见夫妇二人，没想到事情出现转机，项目在超级富豪的资助下成功了。

他们都知道，夫妇二人有个三个月大的孩子被人贩子拐走了，后来人贩子开的车掉进河里，人贩子淹死，孩子连尸体都没找到。三个月大的孩子，呛几口水都可能有生命危险，更别提连人带车从那么高的桥掉下去。当年的潜水队如果有现在的精良装备，或许能在几十米深的河里找到孩子的遗体，可惜二十年前……

夫妻二人执拗地给基因库项目捐钱，真不知道是在安慰自己，还是希望能够帮助其他失去孩子的父母，或许两者都有吧。但不论是为了什么，他们都是值得研究所众人尊重的。

"系统故障排除。基因样本提取无误。操作流程无遗漏……"

负责基因库的工作人员一次又一次排查，但是每次得出的结果都一样。他们你看我，我盯你，内心既觉得荒诞，又感到喜悦。

"这、这么说来，黎昭……就是你的亲侄子？"研究所所长愣了片刻，高兴地对林宏说，"你的侄子找到了！"

找到了？找到了？林宏晕乎乎地看着同事们带着笑意的脸，忽然拉开房门，冲了出去。在地上摔了一跤，爬起来继续跑，一口气跑到林绅与杜玉书面前，说："弟弟，弟妹，孩子找到了！"

## 第 15 章 回 家

"什、什么？"杜玉书看着林宏的嘴巴开开合合，脑子却一片空白，"你说什么？"

"韶韶，没有死！"林宏大声说，"他还活着！"

杜玉书看了看林宏，又看了看自己的丈夫，无意识地咧了咧嘴角，道："大哥，你别开这个玩笑，这个不好笑。"

"我没有开玩笑。"林宏急了，"是真的，刚刚基因库的数据比对结果出来了，那个在你们家吃饭的明星，就是你们的孩子！"

杜玉书怔怔地看着林宏，对方还说了什么，她已经完全听不进去。

孩子？她的孩子？她哆嗦着手去开手提包，旁边有人想去帮她，她却把包死死抱住，不让人碰。哗啦一声，包里的东西掉了一地。她忙跪到地上，扑过去把手机拿到手里。简单的图形解锁，她连错了三次。看到通讯录里"昭昭"这两个字，她眼中迸出耀眼的光芒。咯咯。咯咯。杜玉书抖得厉害，就连牙齿都在打战，优雅的她趴坐在地上，毫无仪态可言。可此时的她，脑子里只有"黎昭"两个字，世间所有的人、所有的事，都进不了她的眼。在电话拨出去的那一刻，眼泪已经模糊了杜玉书的视线。

"晚上吃火锅？"黎昭趴在晏庭的肩膀上，整个人懒洋洋的，"后天我的戏就杀青了，我能不能申请一笔钱？"作为一个把工资上交的成熟男人，黎昭花钱之前，都要提前跟晏庭商量。

"好。"

"你都不问一问我拿来干什么？"黎昭戳晏庭的腹肌。

"我相信你。"晏庭握住他不老实的手，"昭昭，在车里老实点。"

黎昭干咳一声，赶紧坐好，道："我想捐助一所小学。"

"钱够吗？不够我这里还有。"

"够的，够的。"黎昭点头，"在偏远乡镇修建小学，花不了那么多钱。"他现在的片酬不低，代言费更是可观，加上没有买房的压力又在消费方面很节约，所以这一年攒了些钱下来。

"好。"晏庭想，既然昭昭在当地捐了一所小学，他就去捐一所初中。

黎昭高兴地扑向晏庭，手机响了起来。"玉书阿姨？"黎昭有些诧异,平时玉书阿姨担心影响他拍戏,只会在休息时间给他电话,今天忽然打电话过来难道是出了什么事?

他赶紧接通电话:"阿姨?"

"昭昭。"

黎昭听着杜玉书的声音有些不对劲,好像是强忍着哭意,忙问:"阿姨,你怎么了?"

"孩子,你在哪里?"杜玉书声音很急迫,像是想马上见到他。

"我在……"黎昭看了眼四周,没有适合停车的地方,"阿姨,你是不是有事找我,你告诉我一个地址,我来找你。"

"不。"杜玉书一把抹去眼眶的泪,"该我们来找你,该我们来找你……"她捂着嘴,无声恸哭,她的孩子,这是她的孩子。

"那……"黎昭越来越觉得杜玉书情绪不稳,担心她出事,连忙说出了家庭住址,"阿姨你跟教授一起来,晚上我们一起吃火锅,顺便……"黎昭扭头看晏庭,"顺便把我最好的朋友介绍给你们认识。"

"好。"杜玉书反复念叨着黎昭说出来的地址,生怕自己忘记,她死死抓住林绅的手,"老林,这个地址,你记住了没有,记住了没有?"

"阿姨,记不住也没事,我把地址定位发给你。"黎昭忍不住补充了一句,"出了什么事你可以告诉我,先不要急。"

"没事,我……"杜玉书哽咽,"我就是高兴。"她嘴角在笑,脸早被眼泪打湿。

挂了电话,黎昭疑惑地对晏庭说:"记得我跟你提过的林教授跟他的妻子吗?他们等会儿来我们家做客,我觉得她今天的情绪有些奇怪。"

"没事。"晏庭握住黎昭的手,"有我在。"

黎昭点了点头。这两天为了复习功课都没有好好睡觉,他懒散地靠着晏庭说:"我先睡会儿,到了家叫我。"

"好。"晏庭伸手揽着他,等黎昭睡着后,打开手机。

手机有一条新内容,是研究所领导发过来的:"晏庭先生,黎昭先生的亲人已经找到,我已经把相关信息发到您与黎先生的个人邮箱,请您与黎先生查收。"

昭昭的父母找到了？晏庭低头看怀里安睡的黎昭，心情变得有些奇怪。在内心深处，他曾阴暗地想过，昭昭身边最重要的人只有自己就好了。可是期末考试前一天晚上，昭昭从宿舍楼里冲出来跳到他背上那一刻，他忽然不害怕了。就算昭昭找到父母，他在昭昭心中依旧无可替代。但他没有想到这一天会这么快。

打开个人邮箱，里面静静躺着研究所发来的邮件。点开邮件，里面是黎昭父母的基本信息。为了保护当事人的隐私，里面没有他们的家庭住址与身份证号码，但是有两人的身份介绍。一个是京大的名牌教授，一个是戏曲界受人敬仰的大师。林家祖上几辈都是读书人，甚至有林家人的文章被编入了教科书。不是显贵，却是书香世家。难怪昭昭补习几个月就能考到 701 分，原来是祖传的学霸基因。

近两个月来，晏庭听昭昭提起过好几次这对夫妻，说林教授学识渊博，说杜玉书唱的曲好听，说夫妻二人感情很好。在他的印象里，这是一对很好的夫妻。也许他们在冥冥之中被血缘吸引，所以才对昭昭那么好。

晏庭低头看着黎昭，默默想："我亲爱的骑士，当你醒来的时候，你的世界将会变得完美。"

迷迷糊糊间，黎昭感觉晏庭抱着他，他睁开眼对晏庭笑了笑，哼哼唧唧道："背。"

"你是黎三岁吗？"晏庭把厚外套裹在黎昭身上，在黎昭面前蹲了下来。

"胡说，我才两岁。"黎昭趴在晏庭背上，搂住他的脖颈，"冲吧，晏庭庭。"

晏庭托住他，轻笑出声："可不就是个小孩儿？"

"先生。"管家走出来，"客人已经到了，他们……"

话音未落，他身后就传来急促的脚步声，林绅与杜玉书匆匆冲了出来，杜玉书双目红肿，不知道哭了多久。他们二人怔怔地看着黎昭，不敢眨眼睛。万一眨了眼睛后，孩子不见了怎么办？就像是二十年前的那个早晨，他们亲了亲宝贝的脸颊，听着他咿咿呀呀的声音，争吵着说宝贝更像自己。孩子穿着小熊连体装，眼睛大大的，在他们出门前还蹬着胖乎乎、白嫩嫩的小脚丫子。可是转眼孩子就不见了。所有人都看到人贩子的车掉进了水流湍急的河里。身边人嘴上什么都没有说，但是每个人的眼神都在告诉他们，他们的孩子死了，死在了冰凉的河里，甚至连尸骨都没有找回来。河水那么凉，他们的宝贝还那么小，那么可爱，他掉下去的时候该有多难受？该有多么难受？

"教授，阿姨。"黎昭没想到夫妻二人这么早就过来了，有些不好意思地从晏庭背上滑下来。

还不等他站稳，杜玉书突然冲过来，把他紧紧搂进了怀里道："孩子，对不起，对不起。"

杜玉书的怀抱，带着淡淡的香味，像是……妈妈的味道。从没有被女性这么抱过，黎昭有些不好意思，他扭头看晏庭，伸出手偷偷勾住了晏庭的手指。

"孩子，妈妈对不起你。"

"阿姨？"黎昭以为自己听错了，他愣愣地看着同样眼眶泛红的林绅，"教授？"最后他手足无措地看向晏庭，心里的慌乱感稍减。

"昭昭。"晏庭看向黎昭，"他们是你的父母。恭喜你，你有爸爸妈妈了。"

当惊喜突然降临的时候，人的大脑第一反应不是狂喜，而是怀疑：这一切都是真实发生的吗？面对情绪激动的林绅与杜玉书，黎昭的脑子嗡嗡作响，下意识地看向晏庭。只要晏庭在，他的心就不会彷徨不安。

晏庭看出黎昭整个人都没有反应过来，舍不得他在外面挨冻，便说："叔叔阿姨，我们先进屋去说。"

"对的，对的。"杜玉书哽咽着点头，"不能把孩子冻着。"

跟在林绅杜玉书夫妇身后的林宏，忍不住多看了晏庭几眼。杜玉书小心翼翼地拽着黎昭的胳膊，既怕自己拽得重了，会让黎昭不高兴，又怕拽轻了，黎昭会眨眼不见。

"我……"黎昭张了张嘴，想问他们真的是自己爸爸妈妈吗。可他问不出口。他年少之时，无数次幻想过父母的样子，他期盼着他们带他离开，可是一直没有等到。等得太久，他几乎已经忘记了继续等待。他想问他们，这些年都去了哪儿，为什么不找他？面对哭得几乎喘不过气的杜玉书，他问不出口。一块柔软的手帕放到黎昭手里，他扭头看了看晏庭。

"别哭了。"黎昭不知道该继续叫杜玉书"阿姨"，还是叫她"妈妈"。这一幕实在太不真实了，他无法叫出口。

杜玉书向来是个优雅的女人，一颦一笑都带着独有的风姿，但此时此刻在黎昭面前，她只是个充满愧疚与爱的妈妈。"昭昭，对不起，妈妈对不起你。"杜玉书泪如雨下。

黎昭犹豫了一下，伸手抱住了杜玉书。在黎昭伸出手拥抱她的那一刻，杜玉书号啕大哭。这个哭声太悲伤，把黎昭从不真实的恍惚中拉了出来。他轻轻拍打着杜玉书的背，动作很温柔。林绅看着这个温柔体贴的孩子，取下眼镜轻轻擦拭着眼眶，半天说不出话来。

坐在旁边的林宏看着黎昭，忽然想起了一件事。十一年前，弟弟林绅无意间在网上看到一篇养父母虐待孩子的报道，当时这篇报道几乎没什么人关注，但是他弟弟却同情那个孩子，当天连夜写了一篇"反对虐待孩子，呼吁社会各界要重视保护未成年儿童"的文章，用笔名发表在了权威报刊《国家日报》上。这篇文章发出去以后，引起了各界人士的关注，纸媒网媒争相报道此事。据说，当地相关部门在舆论发酵后不久，就帮助那个受虐儿童开启了新生活，事情得到了比较圆满的解决。十一年前那个受虐待的孩子……林宏掏出手机，在网上搜索到黎昭的信息，心头一口气久久无法散开。黎昭……就是当年那个孩子。

在黎昭的安慰下，杜玉书的情绪终于恢复了一些正常，她忙乱地解释，说他们当年并没有不要黎昭。"妈妈真不知道。"杜玉书声音已经沙哑，"我们请专业潜水队找了几天几夜，四处发散寻人启事，可是我们就是找不到你。"

那段时间，她整个人都疯了，在大街看看到别人怀里的孩子，都怀疑那是她的宝贝。她半夜常常会听到婴儿的哭声，可是当她打开房门，看到的只有空荡荡的走廊。后来身边所有人都劝她再生一个孩子，有了孩子陪伴就好多了。可她不敢生，她怕生下来以后，她就会渐渐忘记韶韶。如果连她跟老林都忘记韶韶来过这个世上，还会有谁记得他？在韶韶满周岁的那一天，她来到出事的河边，摸着冰凉的河水跳了下去。河水刺骨般寒冷，无情地涌进身体，那是死亡的感觉。在她被救上来的那一刻，她听到老林的哭声。"孩子走了，你也要弃我而去吗？"平时沉稳斯文的老林，在她面前哭得像是三岁孩子。她这才渐渐缓过神来，如果把他独自留在世界上，他该怎么办？

"这些年，你受苦了。"杜玉书想握黎昭的手，却又不敢，"妈妈会好好补偿你，一定会好好补偿你。"

黎昭伸出手，把杜玉书与林绅的手拉到了一起，说："这些年我过得还好，有知心的朋友，还有庭庭。"他转头看晏庭。晏庭伸出手，轻轻搭在黎昭的手背上。"他鼓励我参加高考，陪我一起看书学习，帮我举办热闹的升学宴，为了我偷偷资助基因库工程。"黎昭笑，"所以你们不要难过，一直都有人在爱着我。"黎昭的眼眶有些红，"你们也不要哭了。"

"对，你们都别哭了，今天是大喜的日子，应该高兴才对。"林宏赶紧出来活跃气氛，他从兜里掏出一把钞票，往黎昭手里塞，"乖侄儿，刚才来得急，来不及买红包，这个就当是……见面红包了，收下收下。"这一大把钱，大概有几千到一万的样子，有新有旧，在流行扫码支付的年代能拿出这么多现金也算是难得。这些钱，还是研究所同事临时凑给林宏的，大家都为他们找到孩子高兴。

"不、不用……"

"应该的，大伯欠了你二十一年的压岁钱，还有生日红包钱，等过年的时候，我再补给你。"林宏注意到黎昭旁边的晏庭，想了想，又把塞给黎昭的钱拿走一半放到晏庭手里，"来，你们一人一半，一人一半。"

晏庭把钱叠了叠，收了起来，道："谢谢大伯。"

"不用客气，不用客气。"林宏笑容满面，对黎昭夸奖道，"你的这个朋友真好。"嘴巴甜，又懂事，多好呀。

"先生，黎先生，今晚还吃火锅吗？"管家笑容满面地走了过来。

"吃火锅，人多热闹。"晏庭摸了摸黎昭的头，问林绅与杜玉书，"伯父伯母，你们有忌口的吗？"

"没有，我们都可以，只要是昭昭吃的，我们都喜欢。"林绅与杜玉书连忙点头，他们在黎昭面前小心极了，甚至带着讨好的意思。

黎昭看在眼里，心里有些不是滋味，他起身给三位长辈重新倒了茶，林绅端起来就要喝。

"教授，等等。"黎昭连忙按住林绅的手腕，"茶有些烫，凉一下再喝。"

"好，好。"林绅一个劲儿点头。

黎昭手指弯了弯，那种局促的不自在感稍微少了点。

家政人员很快把餐厅收拾好，一家人围坐在桌子旁，火锅的香味在整个屋子缭绕。林绅与杜玉书尽力地讨好着黎昭，举止与神情卑微极了，黎昭心头渐渐疼了起来。

吃完火锅，夫妇二人看着黑下来的天色，局促不安地看着黎昭说："昭昭，明天……能不能回家来吃顿饭，不用太久的时间，两个小时……不，一个小时就好。如果明天没有时间，后天或是大后天都可以，你跟晏庭喜欢吃什么，我都给你们做。"

"有时间。"黎昭扯了扯晏庭，"我跟庭庭都有时间。"

杜玉书脸上露出大大的笑容，她忙不迭点头："好，好。"她摸了摸包，掏出纸跟笔，"你跟晏庭喜欢吃什么，妈妈都记下来。"

黎昭沉默了，他看着杜玉书拿着笔颤抖得十分厉害的手，伸出双手，把杜玉书的手环在了掌心，道："只要是……妈妈做的饭，我都喜欢。"

杜玉书愣愣地看着黎昭，抖着肩膀哭起来。"孩子，妈妈的孩子。"她伸出手，死死抱住了黎昭。林绅站起身，伸出手环住母子二人，老泪纵横。

晏庭静静坐在旁边，看着黎昭被父母当作宝贝似的护在中间，微微垂下了眼睑。忽然，他的手被紧紧抓住。抬起头，黎昭在父母的环绕中伸出了一只手，把他牢牢地、紧紧地牵住了。两人视线交汇，晏庭嘴角微微上扬，眼中染上一池春暖。

夜色已深，陈教授一家听着隔壁邻居家的响动，有些疑惑。他们住的这栋教职工楼是以前的老楼，隔音效果不太好。林教授一家是斯文人，有时候夜里回来晚了，连走路都轻手轻脚的，怕吵着大家伙。今晚怎么大半夜还听到锅碗瓢盆的声音？

陈教授是京大的美术老师，平时痴迷画画，与林绅一家关系不错，他担心林教授家出了事，就问坐在沙发上看剧的女儿："闺女，你今天回来，在楼梯遇到老林一家的时候，他们有没有不对劲的地方？"

"他们好像哭过，眼睛红红的。"陈教授女儿正在聊天群嗑嗑嗑的动图，听到她爸问，放下手机道，"是一辆豪车送他们回来的，他们手里提着很多东西，看杜阿姨的样子应该是发生了什么大事。"

话音刚落，敲门声响起，陈教授女儿一打开门就看到林教授站在门外，手里拿着一盒新鲜的草莓。林绅把草莓递给陈教授女儿，说："兰兰，我儿子送了很多水果给我们，我想起你喜欢吃草莓，你拿去吃。"

儿子？陈教授女儿倒吸一口凉气，林教授的儿子……不是早就死了吗？她小心翼翼看了眼陈教授的表情，挤出笑容道："谢谢林叔叔。"

"不用客气。"林绅恨不得让所有人都知道他的孩子找到了。他喜滋滋地回到家里，跟老婆一起洗肉洗菜，打扫房间，甚至还给旁边空置许久的房间换上了新的喜字床单。

"爸。"陈教授女儿把草莓放到桌上，小声对陈教授说，"林叔叔……是不是忧伤过度，产生幻觉了？"

陈教授忧心忡忡地叹气："兰兰，你平时有空就去陪杜阿姨说说话，这两口子……不容易。"

"好。"

陈教授女儿拿着手机回到自己房间，发现群里有小伙伴叫自己。她在群里回道："刚才邻居敲门给我送草莓，我去开门了。"

"就是那对男的儒雅帅气，女的漂亮有气质的夫妻？"

"对。"

"有空你就陪他们说说话吧，感觉他们是对很好很优秀的夫妻，可惜……"朋友们也知道林教授一家的故事，所以对夫妻二人很有好感。

陈教授女儿叹了口气，如果他们的孩子还活着该有多好。

杜玉书一夜没睡，一直在洗洗涮涮，但她却一点疲惫感都没有，反而格外有精神。天还没亮，她就去市场买了最新鲜的鱼虾，还买了年轻人喜欢吃的零食。路过一家童装店时，她忽然停下了脚步。如果昭昭从未离开过她身边，她一定会给他买很多漂亮的衣服，让他成为班上最可爱、最帅气的孩子。

"啊啊，看到网上的爆料我真是气死了。"旁边一个等公交车的年轻女孩子，一边看手机一边跟同伴抱怨，"赵君楠真不是人，我家昭昭给他做替身的时候吃了那么多苦，遭了那么多罪，他竟然还能觍着脸在网上说他从不用替身？"

"谁叫咱们昭昭没爹、没妈、没后台，被欺负了也只能忍着？"另外一个女孩子说了一声脏话，"看到昭昭大冬天泡在冷水里，冻得爬不起来却没工作人员拉他一把时，我真的好心疼。"

杜玉书走到两个女孩子身后，她忘了自己从不看别人手机的教养与礼仪，死死盯着手机里正在播放的视频。视频里，黎昭在水池里冻得面色青白，吃力地想要从池子里爬出去，一次两次三次，他一次次滑倒在池子里。周围的工作人员走来走去，谁也没有拉他一把。最后他终于爬上了池子，整个人像死了般倒在池子边。隐约有人在喊着他的名字："黎昭，快点过来准备下一场，不想干就别干了！"

昭昭，她的昭昭！她的孩子在她看不见的地方过着什么样的生活？杜玉书捂着胸口，再也忍不住，蹲在地上崩溃大哭起来。

街头人来人往，热闹又喧嚣。

"爸，林教授家里在做什么好吃的，好香啊。"陈兰兰扒在门口，闻着对门传来的饭菜香味，咽了咽口水。

"多大个人了，还去羡慕人家的饭食。"陈妈妈指了指地上，"赶紧拖地。"

陈兰兰无语。刚放寒假回来的那天，她妈可稀罕她了，连碗都舍不得她端。这才几天啊，就把她当下人使唤了。拖完地，她听到门外走廊上传来说话声，不知道是不是她的错觉，她觉得这个声音特别像她家崽崽。她忍不住打开门，看看声音跟崽崽很像的人是谁。

听到开门声，刚走上楼的两个男人齐齐转头向她看来。走在前面的年轻男人戴着黑色渔夫帽，口罩遮住了大半脸，穿着长款羽绒服；走在他后面的男人，系着同款保暖围巾。他们手里拎着大包小包，东西多得像是在搬家。

四目相对的那个瞬间，陈兰兰瞪大了眼睛。这、这不是她家崽崽吗？陈兰兰在心里呐喊："啊啊啊啊啊啊！崽崽！崽崽怎么会在这里？！为什么昭昭崽崽会在这里？冷静，陈兰兰同学，你要保持冷静，在崽崽面前维持住女神范儿。"

黎昭对开门的邻居友好地点了点头："你好。"

"你好。"陈兰兰的脸红成了晚霞，几乎不好意思跟黎昭对视。

林叔家的房门开了，陈兰兰看到林叔与杜阿姨迎了出来，两人对昭昭特别热情亲切，就算是对几年不见的亲儿子也不过如此。

杜阿姨是戏剧界大佬级的人物，很多大人物都是她的戏迷，很多国际盛会还有春晚活动都会邀请她去参加。她虽然不像当红艺人那般受年轻人追捧，但是在文艺界地位不凡，话语权极大。昭昭崽崽来拜访杜阿姨，难道是有相关的合作？

"兰兰。"杜玉书把两个孩子迎进屋里，见陈兰兰站在门口，笑着跟她打招呼，"在家呢，过来坐一会儿？"

"不了，谢谢杜阿姨。"陈兰兰虽然很想跟自家崽崽相处，但身为合格的粉丝，不能影响崽崽的正事。她关上门，脑子忽然闪出一个念头——跟在昭昭身后的男人是谁？长得那么好看，还跟昭昭系着同款围巾，也不像是昭昭身边的工作人员啊。

黎昭一踏进门就闻到了炖腊猪蹄的香味，林宏与他的妻子也在，两人见到黎昭跟晏庭进来，激动地邀请他们坐下。

"你们一家人坐着说会儿话。"林宏妻子把杜玉书叫过来，"我去厨房看着火。"

林绅今天穿着新衣服，头发打理得工工整整，他把削好的水果端到黎昭跟晏庭面前，里面什么水果都有。"不知道你们喜欢吃哪种水果，就都准备了一些。"

"我不挑食，都吃的。"黎昭站起身，把带来的礼物全部拿了过来，"这些都是庭庭跟我给你们挑的礼物，不知道家里这边有哪些亲人，所以暂时只买了这些。"

"怎么能浪费这些钱？"林绅心疼地看着黎昭的手，"别累着你。"这会儿就算黎昭给他们带来一块石头，他们也会把石头放到展宝架上。

"不累。"黎昭笑，"就是上楼这么点距离，庭庭拎了大半，我累不着。"

"晏庭先生……"

"叫他小晏或是晏庭就好。"黎昭握了握晏庭的手，"外人客气，我们自家人就不讲究这些了。"

"对，一家人不说两家话。"林绅忙不迭点头，他看向晏庭，"那我以后，叫你小晏？"

"好。"晏庭点头。

"你们父子俩慢慢聊，我去厨房看看。"杜玉书一看到黎昭就想起早上看到的那个视频，她怕自己当着儿子的面哭出来，起身往厨房走。

林宏的妻子是大学老师，叫作孟玲，跟杜玉书关系一直很好。她见杜玉书走进厨房就红了眼眶，安慰她："孩子找回来，应该高兴才对，怎么还哭上了？"

"我就是心疼。"杜玉书关上厨房门，她不敢哭出声，怕孩子发现，"大嫂，看到孩子以前的遭遇，就像是在拿刀子割我的肉，我恨不得天下的人贩子都不得好死。"

"你们还年轻，孩子也还小。"孟玲拍着杜玉书的背，"你们还有机会弥补，弟妹，以后就是你们开心的日子了。"

"对。"杜玉书抹了一把脸上的泪，"以后的日子还长。"

"这样想就对了。"孟玲怕黎昭瞧出端倪，"你把眼泪擦擦，我把厨房门打开，免得孩子多想。"刚找回家的孩子会担心父母不喜欢他，心思格外敏感，家人任何一个动作都会让他多想。

杜玉书赶紧擦干眼泪，道："大嫂，谢谢你。"

"说的什么话。"孟玲笑了,"你如果真要谢我,今年春晚给我准备两张现场票,我跟林宏到现场看你表演去。"

"好。"杜玉书笑了,她从厨房门探出头,"老林,带昭昭跟小晏去他们卧室看看,看他们有什么不喜欢的地方,我们好请人重新来装修。"

"好嘞。"林绅从沙发上起身,"知道你找回来,家里的亲戚都很高兴,还想过来看你,我怕人多吓着你,就没让他们过来。等你以后有空,我们再聚一聚好不好?"

"好。"黎昭点头。

林绅脸上露出笑意,他打开房间门,带着黎昭跟晏庭走了进去。"我跟你妈名下有两套房,这套房是你刚出生时住的那套,这些年我们一直没动。"这间屋子有扇很大的窗户,采光很好,屋子打扫得很干净,床是新买的双人床,床单跟床都散发着新物件的味道。"你跟小晏有空的时候,就回来住住。"林绅有些不好意思,"另外一套房,我跟你妈商量过了,写到你们俩的名下。"

黎昭想开口拒绝,可是他看到林绅急于补偿的眼神,拒绝的话吞了回去,只道:"爸爸,谢谢你。"

"这是爸爸应该给你的,应该给你的。"听到黎昭叫自己"爸爸",林绅取下眼镜,擦去眼角的泪,"我知道,以你的本事,也不缺那一套房,只是……爸爸妈妈想给你。"

"缺的。"黎昭眼眶发热,他伸手搭在林绅肩膀上,"爸,我现在没车没房,吃穿住都靠庭庭养着,您送我一套房,我也算是有资产的人了。"

"不是送你的,是送给你跟小晏的。"林绅肩膀有些颤抖,孩子愿意跟他亲近,愿意跟他像普通父子那样相处,他心里满足极了。他知道基因库项目能够成功,全靠晏庭对儿子好,所以他不想因为他们的出现,影响两个年轻人的关系。

"谢谢伯父。"晏庭没想到黎昭父母对自己如此亲近,有些无措。

"要不……"黎昭用指头挠晏庭,"你跟我一样,叫爸爸呗。"

晏庭沉默了几秒,开口道:"爸。"

第 15 章 回家

"哎！"林绅声音洪亮地答应下来，伸手在兜里一掏，拿出一个厚厚的大红包放到晏庭手里，"来，拿着。"

晏庭看着这个红包，想起第一次跟黎昭的朋友见面时，朱霞也给过他一个大红包。

"这是给你的。"林绅又放了一个大红包到黎昭手里。他心里有千言万语，可是看到好好站在自己面前的孩子，他什么都说不出来了。他的孩子历经苦难，已经好好长大啦。

## 第16章 幸福

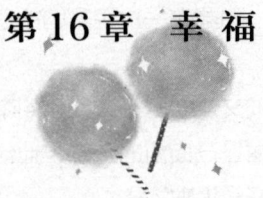

赵君楠的工作团队被网上的舆论弄得焦头烂额。好在周眉说的那些事,她拿不出证据,不然事情会变得更麻烦。

"黎昭工作室那边一直不愿意松口,不管我们开出什么条件,他们都说会考虑,会商量。"赵君楠的宣传经纪气得差点儿喘不过气,"君楠,我担心事情继续闹下去,春晚栏目会删去你的节目。"

春晚是除夕夜收视率最高的节目,能去参加春晚,代表主流对艺人的认可,虽然圈外人还不知道赵君楠接到了春晚的邀请,但是业内都是知道的。如果春晚临时取消赵君楠的节目,业内肯定会重新评估赵君楠的商业价值,明年不知道会丢掉多少合作。今年赵君楠运气本来就不太好,莫名其妙丢掉了好几个重要的资源,明年如果再这么下去,以他现在的年龄想要再爬起来就很难了。

"你不是跟春晚导演组那边联系过,说问题不大吗?"赵君楠神情憔悴,他最近绯闻缠身,已经没心情打理自己。

"那边是这么说过,可是事情闹得太大……"那问题就会变大了。

最麻烦的是黎昭那边,一直不愿意表态。众所周知,遇到这么大的事,如果当事人没有站出来表态,就等于默认。黎昭人气高,又是年轻辈里为数不多有演技、有观众缘的演员,最重要的是,草莓娱乐拿他当亲儿子捧,事情闹到这个地步,他们很被动。更惨的是,黎昭是京大学生,这层身份给他带来很多好感度,也给他带来了很多身份不凡的校友。在这场舆论战里,黎昭什么话都不用说,他们已经输得一败涂地。

"现在,我们只剩下唯一的解决办法。"经纪人看向赵君楠,"公开道歉,取得公众与黎昭的原谅。后续我们再公关一下,争取给你树立一个知错能改的形象,至少能把春晚节目保住。"

赵君楠沉默不语,他不想道歉。

"道歉信由我们来写,但为了表示诚意,我希望你手抄一份,我们把图片发到微博上,争取获得观众最大的原谅。"经纪人劝说赵君楠,"君楠,你现在的资源已经落后陆昊了,难道你想在明年的今天被陆昊彻底踩到脚下吗?"

"好。"赵君楠神情难看到极点,"我抄!"今天这口气,他暂时忍下了,但是黎昭这个小杂种他以后绝对不会放过。

"不好了!"赵君楠的助理捧着手机走进来,"赵哥,戏剧大师在微博上公开谴责你没有艺德,还说你……"

"说我什么?"

"说你身为公众人物满口谎言、不敬业、不诚实,是业界之耻。"

"什么狗屁戏剧大师,也敢在我倒霉的时候落井下石?"赵君楠不耐烦,"别管他!"

"可杜玉书大师是戏剧界的大佬,出生于艺术世家,被多国领导人接见,在文艺界地位十分高。"助理浑身冷汗直冒,"赵哥,我们这下麻烦大了。"

"杜玉书?!"经纪人当然听说过杜玉书的大名,这是位戏曲名家,娘家是艺术世家,夫家也在文学圈子很有地位,"她怎么会突然公开抨击君楠?"

这种大师级人物什么时候搭理过娱乐圈的事?普通人骂一骂问题还不算大,可是这位站出来表态,麻烦就大了。杜玉书公开谴责赵君楠,对于赵君楠团队来说,无疑是雪上加霜。这种传统艺术家,平时没什么存在感,但是当他们出声的时候,从某个角度上讲,就代表着主流的意见。

"现在怎么办?"赵君楠有些慌了,他可以花钱控制网络舆论,却不想得罪这种占据主流地位的艺术家。杜玉书祖上几代都是国家级艺术家,地位斐然。他一开始还不知道杜玉书的地位,查过她相关资料后,腿有些发软。

"先别急，我已经查过了。"经纪人点开托人查到的消息，"杜玉书与她先生大多时候都住在京大分配的教职工楼里，夫妻二人无子无女，大半收入都捐给了某个研究所的项目，生活很朴素。我们去拜访一下这位杜老师，然后以你个人的名义，捐一笔钱给研究所，也算是投人所好。"

"对，赵哥，只要你跟她合照一张放到网上，然后在网友面前塑造痛改前非的形象，事情还能有转机。"助理激动地说，"我现在就托人去联系杜老师。"

经纪人没有阻拦，心里想着，像杜玉书这种心地善良的艺术家，做事应该会给人留余地的。然而他们没有想到的是，平时温和好说话的杜玉书，这次却半点面子都没给他们留，直接拒绝了他们的请求，甚至直接对外表明，她不欣赏赵君楠为人。赵君楠工作团队傻眼了，什么仇什么怨，居然半点退路都不给？

吃完午饭，林绅要去学校开会，林宏去了研究所，剩下杜玉书与孟玲在家里陪两人聊天。

"小晏，过来帮大伯母拿一下东西。"孟玲站在客房门口，对晏庭招手。

晏庭看了眼黎昭，起身朝孟玲走去。推开客房的门，晏庭才发现，这间屋子放满了书跟报纸。书柜是二十世纪的风格，实木架玻璃门，书的主人很爱惜这些书，分门别类摆放得很整齐。

"最上面那个柜子。"孟玲指着书柜角落，"那里有昭昭小时候的照片。"

晏庭手长腿长，轻松地把相册拿了出来。

"昭昭刚出生时就长得好看，医院的护士都说，很少见到这么乖的婴儿。"孟玲翻开相册，里面是黎昭刚出生时的照片。

晏庭静静翻看着，短短三个月里，黎昭的父母给他拍了很多照片，看得出他们对黎昭很宝贝。可爱乖巧的宝宝，如果在爱他的父母身边长大，一定每天都很幸福快乐。心头弥漫起密密麻麻的疼，晏庭不自觉抬头看向客厅,黎昭低头陪杜玉书说话,神情温柔极了。

"过去的事情,就让它过去了。"黎昭听说杜玉书在网上发微博谴责赵君楠,"我以后也是有妈妈保护的孩子,我很满足。"

杜玉书再次红了眼眶。她是一个看似温柔实际坚韧的女人,但是在孩子这件事上,已经掉了无数次眼泪。

"对了。"黎昭忽然想起,找到父母这件事还没告诉霞姐他们。

"妈妈,来,我跟你合拍一张。"黎昭把头靠向杜玉书,两人头挨着头,十分亲昵地拍了一张照片。然后他把照片发到相亲相爱一家人群里,并且把所有人都圈了一遍。

小伙伴们纳闷,昭昭怎么跟其他女人举止这么亲密?这个女人看起来像是比黎昭大了将近十岁的样子,但是长得漂亮,气质也佳,对于从小没有母爱的黎昭而言,或许有别样的吸引力。不然以昭昭的性格,绝对不可能随随便便发照片到群里。但做人不能这样啊!

明天更好:昭昭,你跟晏庭在一起吗?

昭昭有好运:在的,他在屋子里帮着收拾东西。

小伙伴们先是松了一口气,晏庭也在,肯定不是他们想的那种关系。随后又觉得不对劲,晏庭这种有钱有身份的人物,怎么还要帮着收拾屋子?

花开的声音:昭昭,发生什么事了?

昭昭有好运:我找到爸爸妈妈了。

小伙伴们先是震惊,随后狂喜,纷纷问黎昭找到亲生父母的经历。

杜玉书知道黎昭在跟朋友聊天,没有去看他的聊天内容,而是拿了水果喂他,仿佛是想把过去缺失的关爱都给黎昭补上。黎昭沉默地接受了,因为他知道,现在只有让父母为他做些什么,他们心里才会好受一点。

"谢谢妈妈。"他对杜玉书绽放出一个大大的笑容。

"孩子对妈妈，永远不用说谢谢。"杜玉书笑，"是父母该感谢孩子，我们把你带到了这个世界上，你给我们带来快乐。"她想，可是我们却没有陪伴你成长。

黎昭笑，放下手机用叉子叉了一块水果送到杜玉书嘴边："你也吃。"

杜玉书想，她已经很多很多年没有吃过这么香甜的草莓了。

敲门声响起，黎昭拉住准备起身的杜玉书，说："妈妈，我去开门。"家里有客人来，孩子去给客人开门的经历，他也想尝试。

"好。"杜玉书点头。

陈兰兰没想到给自己开门的是摘去帽子口罩的黎昭。屋子里暖气很足，昭昭宝宝穿着白衬衫，浅色针织背心，像是漫画中走出来的男主角。她是谁，她在哪儿，她是幸运的小仙女吗？

"你好？"黎昭看这个女孩子的表情，就知道她已经认出了自己，他朝女孩子笑了笑，"请进。"

"不、不用了。"陈兰兰心跳如擂鼓，"杜阿姨，我妈听说你家里有客人，让我送点新炒的红皮花生过来。"

"兰兰呀，快进来坐。"杜玉书招呼着陈兰兰进屋坐，"昭昭，这是对门陈教授家的姑娘，她跟你同岁，已经出版了几本漫画集，听说很受读者欢迎。他们家跟我们家是几十年的朋友，不用顾忌什么。"

"没有，没有。"陈兰兰不敢让黎昭知道自己还画过昭昭跟神秘大老板的段子，这会让她窒息的，"只是有几个同好而已。"

"会画画很厉害的。"黎昭弯腰给陈兰兰拿了一双拖鞋。

陈兰兰内心发出激昂的鹅叫声，她一定是世上最幸运的黎粉，竟然能让崽崽给她拿拖鞋。啊，要死了，要死了，好想哭。平时大大咧咧的陈兰兰，格外斯文地坐在沙发小角落上，偷偷用眼角余光看黎昭。崽崽的眼睛好看，鼻子好看，嘴巴也无敌好看，就连手指头也像是被上天吻过，完美无瑕。真人比镜头上还要好看！世上最好看！稳住，陈兰兰，今天的你是温柔优雅又知性的，绝对不能让崽崽讨厌你。

"庭庭。"黎昭扭头叫屋子里的晏庭，"草莓没了，你再帮我洗一盘过来。"

晏庭从客房走出来，他语气温柔地说："只有在这个时候，你才能想起我。"

"我要招待客人嘛。"黎昭嘿嘿一笑，"快去快去。"

陈兰兰偷偷看跟黎昭说话的男人，莫名觉得对方看黎昭的眼神满是宠溺。而且……很符合她心目中对神秘总裁的想象。

"怎么能让小晏去做这些，我去就好。"杜玉书可不想麻烦孩子，起身准备去厨房帮忙。

"妈，你就给他一个讨好你的机会嘛。"黎昭拉住杜玉书，"只是洗几颗草莓而已。"

妈？妈？！陈兰兰觉得自己的脑袋好像被一群鸵鸟碾过，半天反应不过来。她家崽崽是孤儿，杜阿姨的孩子早就淹死了，所以……昭昭崽崽怎么会叫杜阿姨妈？是她今天没有睡醒？对，肯定是没睡醒。她家崽崽怎么可能跟自己做邻居，又怎么可能给她开门拿拖鞋，甚至还跟一个美男子在她面前撒糖？假的，一切都是假的。

可是当她吃着美男子洗的草莓，听杜阿姨讲完找到黎昭的经过后，嘴巴张得可以塞下三个草莓——昭昭就是杜阿姨的孩子？她家崽崽，有……妈妈了？陈兰兰先是呆滞，随后是狂喜。她家崽崽有妈妈了！太好了！当初看完崽崽在《归隐山林》里的表现，她差点儿哭得断气，恨不能崽崽马上就能跟自己的父母团聚，做父母掌心的宝。现在好了，她的愿望实现了！陈兰兰高兴地看着这一幕，忍不住开口："太好了！"无论是对杜阿姨一家，还是对昭昭来说，都太好了。

"昭昭崽崽，你放心，我绝对不会把今天的事情说出去。"陈兰兰看了眼坐在黎昭身边的晏庭，"一个字都不会说。"

听到对方叫自己崽崽，黎昭笑开，问："你是我的粉丝？"

陈兰兰脸一红，不好意思地点头。

"谢谢你。"在得知陈兰兰是陈教授的女儿后，他就没有想过要隐瞒，在这种家庭长大的孩子不会拿别人的秘密博眼球。更重要的是，他不想让晏庭受委屈。

"不客气，不客气，应该的。"陈兰兰忍不住问，"晏先生长得很像跟你一起出现在《新闻联播》的人。"

黎昭笑出声来，说："就是他。"

陈兰兰恍然大悟，原来这就是那位一直很照顾昭昭的拆迁土豪，虽然她在网上比较吃"苍黎"，但是见到拆迁土豪真人后，发现昭昭跟他坐在一起很不错。"你们、你们都很好。"陈兰兰想，绝对不能让他们知道，自己画过"苍黎"的条漫。

"谢谢。"晏庭微微颔首，贵气又优雅。

当天晚上，某微博知名漫画家的粉丝发现，他们家可爱的画手太太不萌俊美明星与神秘总裁了，开始萌俊美明星跟拆迁土豪了。拆迁土豪帅气、多金、优雅还温柔，跟俊美明星之间的互动段子萌得一众粉丝嗷嗷直叫。有胆子比较大的粉丝直接圈了黎昭这个正主。

黎昭不小心看到这条漫画，再看漫画博主的名字叫"兰兰蓝"，大概猜到了对方是谁。他把漫画拿给晏庭看，伸手捏晏庭的耳朵，说："喏，家里有两栋楼的拆迁土豪。"

撒谎一时爽，谎言拆穿后时时被戳脊梁。晏庭默默任由黎昭的手在自己耳朵上作乱。撒谎有罪，唯有将功补过才能赎清他的罪孽。

黎昭在美好的现实中醉生梦死，赵君楠却生不如死——在杜玉书公开谴责他的第二天，他的经纪人就收到春晚导演组的电话，说因为节目类型重复，晚会时间有限，所以他的节目被取消了。随后，他正在谈的电影资源也掉了，最恶心赵君楠的是，这个资源被陆昊团队夺走了。

缺德的人倒霉后，不要忧伤，不要气馁，因为他会发现自己后面会更加倒霉。电影资源被陆昊截和，春晚节目被退，代言还没到期，品牌方就直接开始联系新的代言人了，连跟他续约的意思都没有。年底红毯活动多，原本答应借他服装的品牌方现在全都改了口，不再借给他服装。作为一线艺人，如果连大牌当季服装都借不到，他还有什么脸去走红毯？赵君楠的团队愁得头发都要掉光了，公关团队也觉得这事儿无从下手，大概率只能……眼睁睁看着自己凉。果不其然，赵君楠的红毯图被媒体曝光后，就有很多营销号嘲他状态不好，时尚资源差，连一套大牌当季都借不到,曾经给他做替身连姓名都不配拥有的黎昭穿的可是 A 牌超季呢。

这还不算完,赵君楠被嘲得灰头土脸的第二天,有记者拍到黎昭与神秘好友去剧场看杜玉书的表演,坐的还是最佳座位席。表演结束以后,杜玉书还邀请黎昭与神秘好友去了表演后台。赵君楠的心脏被这篇报道扎成了筛子。

"去买黑料通稿!就说黎昭与杜玉书关系不清不楚,是杜玉书在外面养的小白脸。"反正他已经凉了,干脆就一起死!"什么料难听,就编什么料!"娱乐圈被无中生有的黑料影响星途的艺人多的是,多一个黎昭更热闹。

黎昭对戏曲并不了解,但是坐在现场观赏时还是能够感受到别样的魅力。杜玉书出演的场次向来是一票难求,座无虚席。观众区坐满了人,有些人听得如痴如醉,在武生表演出绝活的时候观众们还会激动地鼓掌。表演结束时,表演者们谢幕了好几次,观众们热情地上台献花、合影,跟追星的小年轻并没有太大差别。

"杜老师今天这场演得特别出彩。"

"不愧是杜老师,这唱腔这身段儿,把贵妃演活了。"

"咱妈好厉害。"黎昭看着台上几乎被花束遮住人影的杜玉书,小声对晏庭道,"看来唱歌这方面我没有继承到她的天分。"

晏庭看了看杜玉书,又看了看黎昭道:"也许只是没有发现这方面的天分?"他家昭昭什么都是好的。

杜玉书见两个小孩儿还在观众席嘀嘀咕咕,让助手把他们带去后台等,出入口的大门已经打开,她怕冷风吹进来冷着他们。

"等等。"黎昭拿出藏在后面的花束,对助手说,"我去献一束花。"即使戴着口罩,黎昭在一群戏迷中间也显得过于年轻了。偏偏他脸皮还厚,见自己挤不进去,便扯着嗓子喊:"杜老师,我爱你!"

平时上了年纪的"稳重"戏迷哪见过这种阵仗,纷纷扭头看这位热情告白的年轻戏迷。黎昭趁着这个机会赶紧挤出一条路,来到了杜玉书面前。

众戏迷：年纪轻轻，竟然这么"心机"！为了能挤到杜老师面前，竟然能使出这种手段。

见到黎昭过来，杜玉书把手中所有的花都交给了工作人员，伸手接过黎昭手里的花，道："皮孩子。"

"杜老师，我还要爱的抱抱。"黎昭张开双臂，杜玉书往前走了一步，母子两人拥抱了一下。

众戏迷没想到他竟然还敢抱圣洁高雅的杜老师，这个年轻人胆子很大，操作很高调嘛。其他戏曲演员看到这一幕也很诧异，这个小戏迷是什么来头，杜老师对他这么特别？到了后台，等黎昭摘下口罩，一位年轻戏曲演员忍不住发出喜悦的尖叫声："黎昭？！"一些老艺术家不知道黎昭的来头，但是见杜玉书对他的态度，猜测这年轻可能是杜玉书的子侄外甥，对他的态度十分温和。只有那个年轻戏曲演员忍不住上前跟黎昭合照了一张。

"这是我家孩子，现在在做演员。"杜玉书对大家笑着介绍，"孩子还小，以后请大家多多照顾。"

众人笑着答应了，只是心里更加犯嘀咕：这是杜老师家里哪个晚辈，竟然这么受重视？年轻戏曲演员听到这话，诧异地看向杜玉书与黎昭。老师们不知道，身为黎粉的她却是知道的，昭昭……根本就没有家人。

"本来这事儿我是准备年底请大家吃饭时，再跟大家说的。"杜玉书抿嘴一笑，看起来仿佛比往日年轻了十岁，"但这孩子调皮，当着那么多人的面跑来给我献花。"

大家看着杜玉书捧在怀里，一直没有舍得放下的鲜花，对黎昭的身份更加好奇了。

"大家都知道，二十一年前，我跟老林有个孩子。"

众人沉默下来，孩子这个话题是杜老师心中的痛，他们也从不在杜老师面前主动提起。

"他是我失散多年的亲生孩子。"

这个消息对于大家而言无疑是惊天大雷，直到杜玉书离开剧场，大家都还没反应过来。

黎昭在剧场给杜玉书送花告白的行为，哄得她眉开眼笑，到了楼下，她脸上的笑意都没有散去。"昭昭，小晏，这么晚了，今晚到爸妈这里睡？"她回头看把自己送回家的两个孩子。

"妈，年轻人是需要私密空间的。"黎昭朝杜玉书挥手，"我就不打扰你跟爸爸恩爱了。"

"我看你是怕我打扰你们两个。"杜玉书拢了拢鬓边的头发，"明晚回家吃饭，小晏工作忙费脑子，我让你爸给你们炖鸽子汤。"

"好嘞，妈，明天见。"黎昭乐呵呵地跟杜玉书告别，目送杜玉书上楼以后，往晏庭身上一靠，"庭庭，看到妈妈在网上公开谴责赵君楠，我才找到拥有爸妈的真实感。"

晏庭轻轻拍打着他的后背。

"有时候，一切完美得像是一场梦。"黎昭喃喃道，"上天把你送到了我身边，又把爸爸妈妈补偿给了我。"如果是梦，他愿意一辈子不醒来。

"不是梦。"晏庭按捏着黎昭的后颈，"即使是梦，也是我陪你做。"

"这么看来，跟我做朋友挺不容易的，"黎昭坐起身，笑眯眯地看晏庭，"还要陪我一起做梦。"

"嗯。"晏庭点了点头。

黎昭没想到晏庭会这么回答。只听晏庭又说："但我乐意。"

黎昭感慨，没想到庭庭也学会了套路。车内气氛格外温馨，就在这时，罗荣的电话打了进来。

"昭昭，你跟戏曲名家杜老师认识？"电话一接通，罗荣就迫不及待地开口，"你还去看她表演了？"

"啊？对。"黎昭靠着晏庭，"我跟朋友一起去的。"

罗荣一口气差点儿没上来，带着朋友去看戏曲表演，还拿着花去给角儿示爱，真是清新脱俗。沉默了几秒钟，罗荣冷静地开口："有人爆料说，你跟戏曲名家杜玉书女士关系不清不楚，所以杜玉书才会在网上公开谴责赵君楠，为你撑腰。"有些匿名论坛上甚至有人开始编料，说黎昭私下如何讨好杜玉书、如何没有尊严。但是这些话说出来只会脏了黎昭的耳朵,他干脆就不说了。

"罗哥,有件事我还没来得及告诉你,我跟杜老师确实有关系。"

黎昭没想到八卦营销号为了流量,什么黑料都敢编。他本来就是在各种流量里打转的艺人,被黑就黑了,可是把这种手段用在低调敬业的传统艺术家身上,就太恶心了。如果他们不是母子关系,这种传言就会一直成为别人茶余饭后的笑料,没有几个人会去关心真相。知名艺术家与年轻流量的不清不楚二三事——多刺激多有趣,至于艺术家的名声,谁在乎?没有底线的谣言,是看不见的诛心刀。

"庭庭。"黎昭扭头看晏庭,"听说苍寰有全球闻名的律师团队?"

"需要他们做什么?"晏庭见黎昭非常生气,连原因都不问,直接说,"我马上安排他们配合你的工作。"

"帮你亲爱的朋友出气。"黎昭气,"我现在很生气。"

"好。"晏庭拿过黎昭的手机,"给你出气。"

"你好,我是晏庭。"晏庭跟电话那边的人直接对话。

"您好,晏庭先生,我是黎昭的执行经纪人罗荣。"罗荣没有想到黎昭在外面招惹出花边新闻晏庭还帮着解决。

"我明白了,我马上安排律师团队跟你们接洽。"晏庭戳了戳黎昭还带着怒意的脸蛋,"近两天昭昭一直陪着我休息,有件事一直没有告诉你,杜玉书女士不仅是一位十分了不起的戏曲家,还是昭昭的亲生母亲,我会安排团队搜集网上的那些诋毁言论,让他们担负起法律的责任。"

"哈?!"罗荣以为自己耳朵出了问题。戏曲艺术家杜玉书是昭昭的妈妈?这么离奇的事,电视剧都不敢演。

为了抹黑黎昭的形象,水军在各大娱乐平台编着各种荒诞的谣言,仿佛他们说出来的黑料他们亲眼见过似的。网上永远不缺思想下流的人,他们对无法企及的男性女性抱着最大的恶意,只要听到一点点风声,就像是打开了恶的开关,肆无忌惮地嘲笑着、辱骂着,仿佛只有这样才能带给他们精神上的愉悦感。

赵君楠快意地看着网上有关黎昭与杜玉书黑料越来越多,满足地喝了一口酒。狗屁的艺术家,狗屁的青年演员,还不是逃不开下三路那点事?一部分网友迫不及待地指责杜玉书出轨、黎昭当男小三,也有理智的网友觉得这事儿不对。只是在剧场看了一场表演,送了一束花,怎么就变成包养关系了?黑人也要讲基本法,一点实锤都没有就跳得这么欢,明显是有水军下场了。

但是,让黎粉觉得有些奇怪的是,面对这么明显的谣言,工作室却一直没有反应。有脾气急的粉丝已经开始骂工作室:之前手撕钱娇,工作室气势那么足,今天怎么开始装死?在别家看来,分明就是心虚默认啊!黑子们见工作室不发声,跳得更高了,各大论坛充斥着"他如果不是心虚,为什么要保持沉默"的言论。

凌晨四点,微博程序员们还在睡梦中时,服务器被一个爆炸消息挤瘫痪了。各家媒体记者痛苦地从温暖的被窝里爬出来,跟热度、抢流量。不怪微博服务器会在半夜瘫痪,实在是这个消息太劲爆。

#当红小生与亲生父母团聚#
#原来学霸基因会遗传#
#杜玉书黎昭#
#杜玉书黎昭是我亲生儿子#

娱记们欲哭无泪。大佬们,这么大的新闻你们为什么要半夜爆出来,就不能同情一下"娱记狗"跟"程序猿"?

这还不算完,黎昭工作室异常强硬地发了一份公告,表明会起诉某些造谣毁谤的营销号。这份公告里还写明,相关法律事务交由苍畏律师团队负责。

苍畏律师团?那不是苍寰集团御用的律师团队?苍畏律师团队非常厉害,也非常有名,就连很多普通网友都听说过苍畏律师团的大名。坊间流传着一句话——苍畏出手,片甲不留。之前还有人调侃,苍畏律师团不应该叫苍畏,应该叫敌敌畏,杀伤力太强了。不过现在问题来了。苍寰集团的御用律师团队,为什么会帮黎昭工作室?总不能是做好人好事吧?

每当圈内有热门话题时，各娱乐平台跟娱记既高兴又煎熬，话题有了，但因为熬夜，头也秃了。吃瓜网友更是被这一出出精彩的反转勾得毫无睡意，等着苍畏律师团手撕营销号。一般艺人起诉营销号，总会有黑粉冷嘲热讽，但黎昭工作室这次的做法连黑粉都没好意思开口。把人家亲妈拿来编黑料，就算是泥人都要发火。打人不打脸，骂人不骂娘。这些营销号编料编得还特别有画面感，内容十分不堪入目，被起诉也是活该。

吃瓜网友都在期待黎昭工作室与营销号打起来，曾经关心过黎昭的网友还有黎粉，却都在为黎昭高兴——吃过很多苦、经受过很多磨难的崽崽，终于找到妈妈了。为了庆祝黎昭与家人团聚，黎昭粉丝后援会直接发了一个抽奖微博，各粉丝纷纷到评论区给奖品加码，比过年还要热闹。

黎昭代言的各大品牌方也开始凑热闹，发起了抽奖活动。最大方的莫过于苍行汽车，他们的奖品竟然是一辆经济适用型汽车。别家汽车厂商抽奖，都是送汽车内饰或是汽车模型，苍行竟然如此耿直，送真车。苍寰旗下没有邀请黎昭当代言人的品牌也都贡献出了奖品。

【如果不是黎昭已经找到了亲生父母，我都要怀疑他是苍寰老总的亲生儿子了。】

【楼上的兄弟一定不知道，苍寰老板还很年轻，生不出黎昭这么大个儿子。】

【年轻？实不相瞒，我有十万字的脑洞，想请绿江作者来写。】

【黎昭是不是苍寰旗下待遇最好的代言人？他考上京大的时候，苍寰公开发微博为他庆祝，现在他找到亲人，苍寰旗下各大品牌又送上奖品。粉这样的艺人一定很爽，太有牌面了。】

【黎粉出来说话，实话实说，爽确实挺爽，但更多的是心疼。很多黎粉到现在都不敢看昭昭小时候遭受虐待的新闻，看一次哭一次。他性格好，长得好，成绩也很优秀，如果在正常普通家庭中长大，肯定不会吃这么多苦。】

【黎粉的心态我能理解，我家哥哥遇到不公平的事情时，我也心疼得不行。我算是对黎昭有好感的路人吧，希望黎昭以后生活幸福。】

　　【谢谢楼上朋友的祝福。】

　　【大家快去看！不仅黎粉家开始抽奖，陆昊家、刘芬家、宋喻家，还有好几家艺人粉丝都开始抽奖了。】

　　【黎昭是粉圈和平大使？能让别家粉为他的喜事抽奖，厉害啊。】

　　有句话叫："有侵犯苍寰利益的地方，就有苍畏律师团，虽远必达。"拿钱抹黑黎昭的营销号，还有水军头子看到"苍畏律师团"五个字时，腿都软了，删博删帖，悔得肠子都青了。但即使如此，他们也没有逃过苍畏律师团的追击，被吓破胆的他们把所有事都吐露了出来。接下来两天，时不时出现网络水军团体被查封的消息，一条"某艺人工作室助理王某花钱请水军侵犯他人利益"的消息夹在一大堆新闻里，被万能网友精准地找了出来。很快有人扒出，这个王某是赵君楠的生活助理之一。助理都是背锅侠，大家都懂。没想到赵君楠不仅撒谎，在剧组骚扰女演员，还买黑料恶意抹黑其他艺人！人渣！他因为在《侠君》塑造的敬业正直的正人君子形象吃了不少红利，就因为黎昭给他做替身的消息被曝光，他就去黑黎昭，这是什么逻辑？人家黎昭从未在公开场合提做替身这件事，赵君楠反而先恨上了，什么垃圾人品？赵君楠滚出娱乐圈！

　　春节的脚步越来越近，《苍穹之影》与《七个男友》都进入了宣传期。《苍穹之影》虽然比《七个男友》先拍完好几个月，但是这部电影后期工程量很大，加上导演的高要求，一直磨细节，不久前成片才出来。

　　每年的春节档，都是各大电影的战场。黎昭分别作为两部电影的领衔主演跟主要配角，宣传是躲不掉的。《七个男友》那边扛票房的是刘芬，宣传重点也是她，所以黎昭不用每场都跟。《苍穹之影》是黎昭第一部单扛票房的电影，从片方到他的工作团队都对这部电影很看重。

　　赵君楠买水军黑黎昭这件事爆出来的当天，黎昭正在参加青椒视频的一个直播采访节目。主持人跟黎昭是老熟人，所以交谈中没有给黎昭挖坑，气氛一直很好。进入网友提问环节，主持人抽到的第一个问题就是问黎昭如何看待赵君楠买水军黑他这件事。

"什么？"黎昭对着直播镜头足足愣了好几秒，才插科打诨地绕过这个话题，让主持人抽下一个幸运网友。

正在看直播的网友见黎昭这个反应，心疼得不行。昭昭肯定还不知道这件事，不然不会是这个反应。垃圾赵君楠！

"这位网友说，恭喜你与家人团聚，祝你们全家生活幸福，等你电影上映，他一定会去电影院观看。请问你第一次担任电影男主，会紧张吗？"

"谢谢这位朋友的祝福。"黎昭摇头，"剧组的各位老师都特别有意思，跟他们在一起拍戏很开心，也学到了很多知识。我觉得《苍穹之影》是一部不会让大家失望的电影，因为剧组每位老师都很认真，后期特效也特别棒，希望大家能支持这部电影。"

"名为'菜青虫'的网友问：跟影后在一起拍戏，会不会有压力？"

"恰恰相反，芬芬姐是特别好的女生，跟她在一起拍戏特别有意思。不过压力也是有的，有时候她会问我她的口红色号是什么，我回答不出来，片场的几位女生就会哈哈大笑，显得我特别直男。"

看到这里的黎粉：崽崽，你究竟对自己有什么误解，你就是个直男。

主持人被黎昭逗笑："那你看得出我的口红色号是什么吗？"

黎昭顿时露出生无可恋的表情。网友哈哈大笑。

【让昭昭这种直男分辨口红色号，真是太难了。】

【哈哈哈哈，太难了。】

【只有我注意到黎昭称剧组女演员为女生或是女孩子吗？】

【虽然是个分不清口红色号的直男，但是看得出他对女孩子还是很温柔，难怪刘芬那样的女神提到黎昭时就赞不绝口。】

结束今天的宣传工作，黎昭去苍寰接晏庭下班，跟他一起去爸妈家蹭饭。啃老的生活就是美滋滋。吃完饭，一家四口坐在沙发上看电视，聊着生活中鸡毛蒜皮的小事，偶尔有其他人家的说话声、电视声传进来。

黎昭盘腿坐在沙发上，整个人靠在晏庭身上，用小号刷微博玩。

"直男黎昭？"晏庭看到几个关键字，眼神微妙地看着黎昭。

黎昭假装没有看到晏庭的表情，继续刷微博。

@惊天大八卦：刚刚发现了一件特别有意思的事，十一年前，虐童案刚爆出来的时候，并没有引起太多人的关注，直到一位作者在某权威媒体上发表了与这件事有关的文章，才引起媒体跟进，让这件事闹大。我查了很多资料，发现这位作者的真正身份是京大知名教授林绅。如果大家不知道林绅是谁，可以回家翻翻语文教科书，肯定能找到他的名字。看到这儿，大家肯定会想，我为什么会特意提这件事。因为林绅还有个身份，那就是知名戏曲家杜玉书的丈夫，也就是黎昭的亲生爸爸。十一年前，这篇文章救了一个陌生的孩子，连他自己都没有想到，救下的这个孩子就是他的亲生儿子。

@惊天大八卦：作为一个有节操的八卦博主，我托人查了很多相关消息，发现黎昭的父母在他失踪后，捐助了很多贫困儿童。前几天刚投入使用的基因库，夫妻二人也一直在无偿捐助。查到这些以后，我就在感慨，也许善良是会得到回报的。

看到这个爆料，黎昭愣住了。三年前，他跟着小源哥来京市时，曾向报社打听过这位帮过他的作者，可是报社要保护作者隐私，所以一直没有告诉他当事人的信息。后来他赚到钱，买了一些礼物拜托报社转寄给作者，报社征询过作者意见后也拒绝了。当时报社的一位主编跟他说，作者帮助过的孩子不止他一人，他们好好长大就是对作者最好的回报。黎昭放下手机，怔怔地看着正在给妈妈按摩肩膀的爸爸，好半天都说不出话。原来早在他陷入绝望时，爸爸就像超人一样保护过他，只是爸爸不知道他就是自己的孩子而已。

"爸爸。"黎昭走到林绅与杜玉书面前，伸手搂住了他们，"谢谢你们。"

黎昭默默想，谢谢你们从未放弃过爱我，我是被爱着，被期待着的孩子。重逢后，爸妈从未说过他们这些年的付出，粉饰着一切苦痛，仿佛这场漫长的分离中受委屈的只有他，而他们从未受过伤害，从未难过。

"傻孩子，没头没尾的谢什么？"林绅拍了拍他的后背，"明晚叫上你年少时的朋友，咱们一起吃顿团圆饭。"

"好。"黎昭咧开嘴笑，"吃团圆饭。"

"等到春节，我们带你跟小晏去你的叔伯姨舅家串门。"杜玉书笑，"你们要把爸妈这些年给出去的红包钱赚回来。"

"这个任务有些艰巨。"黎昭扭头看晏庭，"庭庭，到时候咱们嘴要甜一些，争取多赚点，不要让爸妈亏太多。"

身价无数的晏庭大老板沉默地点头。

灯光晦暗的客厅里，女人叫住晚归的姚宇光："宇光，公司的生意好了很多，你知不知道是怎么回事儿？"

姚宇光脚下一顿："妈，这种事你问我？"

"有人说，你跟黎昭那个小明星走得很近。"女人把一沓照片扔到桌上，"这个小明星还跟晏庭有关系？他倒是舍得，为了他，连苍寰旗下的律师团队都用上了。"

姚宇光看着桌上的照片，皱眉说："妈，你提这些干什么？！"

女人沉默下来。她看着渐渐懂事起来的儿子，转头看向窗外，问："难道就这么算了？"

"妈，这段时间我已经想明白了。"姚宇光走到女人面前坐下，"真正该说算了的人应该是徐晏庭，这些年你跟我爸做的那些事我已经知道了。虽说做儿子的应该帮亲不帮理，但是这件事……算了吧。"再说算不算的有什么差别？说得好像他们能玩得过晏庭似的。

女人再次沉默。

"妈，你千万别去找黎昭麻烦。"姚宇光不放心地嘱咐，"徐晏庭跟黎昭之间的关系是真的铁。就算是为了我们以后的生活，你也不要再去找麻烦了。"

女人神情渐渐平静，她从桌上拿起一张黎昭的照片凝视着，说："好。"

## 第17章 团 圆

跑了一天通告的黎昭,在天黑之前赶到了爸妈家。当他用钥匙打开门时,屋子里很热闹,小伙伴们坐在客厅有说有笑,晏庭坐在角落在电脑上敲来敲去。

"昭昭回来了?"林绅从厨房里探出头,"快把手洗了,陪朋友说会儿话,饭快好了。"

"好香,有什么好吃的?"黎昭跟小伙伴们打了招呼,换上拖鞋走到晏庭身边,偷偷点了下他的脸,等晏庭看过来,就嬉笑着躲进了厨房。小伙伴们看到这一幕,露出了促狭的笑容。昭昭有了最好的朋友与亲人,他们终于能够放心了。

"来厨房做什么?"林绅正系着围裙炒菜,见黎昭进了厨房,赶着他出去,"厨房油烟大,做艺人要好好保护自己的脸。"

"偶尔一次也没关系。"黎昭走到杜玉书身边蹲下,跟她一起剥蒜,"妈,我给你的那种面膜,好不好用。"

"好用。"杜玉书笑,"对门的阿姨还想托你帮她买几盒。"

母子两人嘀嘀咕咕小声说着话,厨房里真正忙碌的人只有林绅。

晚饭做好,大家围桌而坐,林绅端起桌上的饮料,道:"来,我们一起干一杯。"

"干杯。"杯子碰在一起,发出轻轻的响声。

"昭昭以前成绩特别好,有年暑假晓军作业没有完成,拉着昭昭帮他一起做,后来老师还夸晓军作业完成得特别好。"

"对。"周明哈哈大笑,"那时候昭昭念初一,晓军已经高中了,为了感谢昭昭的帮忙,晓军还省了几块硬币出来,给昭昭买冰激凌。"

"那冰激凌花了我整整五块,我都没舍得给自己买。"陈晓军有些不好意思,挠着头笑。他还记得,当时买了冰激凌,昭昭高兴得整个人都蹦了起来。怕院里的管理阿姨发现,他们躲在围墙角落,你一口我一口地吃完了才敢回去。到现在想起来,他仍旧觉得那个冰激凌无比美味。

林绅与杜玉书听得很认真,他们不想错过任何与黎昭有关的事。

"明哥,还记得你跟霞姐从大学回来,第一次带我们去店里吃火锅串吗?"陈晓军笑,"当时荤菜两毛一串,素菜一毛,我们为了省钱,都没舍得喝饮料,全喝的店里提供的免费茶水。"那时候是真穷,有些荤菜说是两毛一串,结果鸡翅上扎了两三根竹签,他们没舍得多吃,吃的大多是素菜。

晏庭也听得很认真,他夹起一块黎昭喜欢吃的菜,放到黎昭碗里。

窗外小雪飘飘,屋内灯火明亮,笑声不断。吃完晚饭,大家在一起玩了很久,才提出离开。黎昭穿上衣服,送小伙伴们下楼。晏庭取了一条围巾给黎昭围上,给他们打开了门。走在老旧、干净的楼道上,寒意往脸上扑腾,却无法夺下黎昭脸上的笑意。下了楼,朱霞仰头看了眼楼上亮着灯的窗户,伸手替黎昭理了理围巾,道:"臭小子。"

黎昭伸手捏她头顶的毛线帽,说:"臭霞姐。"

"我们女人都是香香公主。"朱霞瞪他一眼,随后便笑了,她把手揣进外套口袋,"你的爸爸妈妈很爱你,以后多陪陪他们,恭喜你找到了家人。"

"嗯。"

"他们对你跟晏庭的都这么好,真的太好了。你现在幸福吗?"

黎昭点头。

"那就好。"朱霞笑容温柔,"以后我们就多了一个蹭饭的地方了。"

"霞姐,我的家就是你们的家。"黎昭认真地看着朱霞,"我早就有家人了。"

朱霞怔怔看着黎昭。

"你,明哥,晓军哥,都是我的家人。"黎昭张开双臂,抱了抱朱霞,"来我这里不叫蹭饭,叫回家。"

"臭小子,跟谁学了这些花言巧语。"朱霞想笑,没忍住红了眼眶,"你好好的,比什么都好。好啦,我明天还要上班,先回了。你不用送,外面冷,早点回去。"说完,她笑了笑,指着楼上窗户,"有人担心你被冻着呢。"

黎昭抬头望去,看到晏庭站在窗户边看着他们。看着窗户后的晏庭,黎昭忍不住露出了一个大大的笑脸。朱霞看着两两相望的人,挽住周明的胳膊,挥了挥手转身离开。所有人都找到了属于自己的幸福安宁,挺好的。

网上,赵君楠买水军抹黑黎昭的闹剧已经进入尾声,因为有人发现,他不仅买水军黑黎昭,还打压过其他与他同类型的年轻演员。最惨的是某个选秀节目出道的小鲜肉,被他影射不敬业后,又被网友群嘲了一两年。赵君楠做过的事一件件被曝光,接着便是各大电视台取消对他的邀约,品牌方与他解约。业内的人都知道,赵君楠这次彻底凉了,再也没有翻身的机会。事实上,在苍畏律师团帮着出手的那一刻,圈内人就猜到——赵君楠要完。

网友们发现,几个年底盛典的宣传微博里删去了赵君楠的名字,赵君楠代言的产品旗舰店也撤掉了赵君楠的宣传图片。赵君楠虽然在娱乐圈待过,但是从今天开始,他会变得仿佛从未出现过。他的资源被其他同类型男星迅速瓜分,跟他合作过的艺人迫不及待地出来谴责他,彰显自己的存在感。他不是第一个跌下神坛的艺人,也不会是最后一个。

黎昭没有太多时间去关心赵君楠的下场,他忙着拍杂志封面、赶通告、宣传电影,忙着跟晏庭一起过着年前的忙碌生活。

"昭昭,香蕉卫视跟橘子卫视都在邀请你去参加跨年晚会,你有兴趣参加吗?"

卫视的跨年晚会,有些会在大年三十举行,有些为了避开央视的春晚,就挪到大年初一晚上。去年黎昭还只能去网络平台的跨年晚会,近一个月却已经收到好几家卫视的邀约。

"京市卫视邀请了吗?"黎昭困得眼睛都睁不开了。

"有,但他们家的开价比不上这两家。"张小源翻了一下开价资料表,

"如果你想去他们家,我们这边可以继续跟他们沟通。"

"小源哥,我要去春晚现场当观众。"黎昭睁开眼,"大年初一晚上,我要回家陪家人,外地的活动就不参加了。"

"春晚现场观众?"张小源有些羡慕。

"亲人内部票。"黎昭笑,"春晚导演组安排了采访戏剧大师家人的环节,我肯定不能缺席。"

张小源想起,黎昭的亲生母亲是戏曲名家,是在国宴上表演的大师级人物。"我明白了。"张小源应下,"《苍穹之影》跟《七个男友》都会在大年初一零点上映,宣传微博工作室这边会帮你转发。"

"好。"黎昭看了眼还没亮起来的天色,整个人恨不得缩进宽大的羽绒服里。

今天去电视台录制综艺节目,是为了配合《苍穹之影》的宣传。这部电影的宣发方人脉非常广,不仅找到了好的宣传渠道,而且在几部大片的挤压下帮他们撕到了将近百分之二十的排片。当然,跟《七个男友》百分之三十五的排片相比,还是差了很多。不过,外星人题材科幻电影能有这么多排片,剧组众人已经很满意了。

坐飞机到了当地,节目组工作人员请《苍穹之影》的主创吃了午饭,下午开始正式录制。这档节目整体氛围很轻松,全程录制下来也不过花了三四个小时。晚上节目组请大家吃火锅。吃完饭,节目组安排车辆将艺人送到了机场,因为黎昭订的是头等舱,所以便被直接送到了机场的贵宾休息室。

黎昭在休息,忽然一个女人站到了他身边。

"黎昭,我是晏庭的姑妈。"中年女人看了他一眼,"我能不能跟你聊聊?"

听到"姑妈"两个字,黎昭皱眉道:"女士,我家庭庭没有姑妈。"

"呵。"女人冷笑一声,坐到黎昭对面,"我知道你跟晏庭的事。"

黎昭冷眼看着她没有说话。

"你是明星,主演的电影即将上映,不怕我把这件事爆出来?"女人挑剔地看着黎昭,仿佛在看一个上不得台面的小人物。

# 第17章 团圆

"没事，大不了退圈让他养我。"黎昭脸上没有半点紧迫感，"我除了吃得多，没什么大缺点。"

女人脸上的笑容变得更加寒冷，她说："你大概不知道，晏庭跟他妈一样，性格偏执又疯狂。如果你敢离开他，你的下场会像我那个短命哥哥一样，你会死在他手里。"

"我家庭庭那么好，我为什么要离开他？"黎昭挑眉，"大婶儿，你这种挑拨离间的手段一点都不高级。不管你说什么，我都不会听的。"

"你不想离开他，因为他有钱？"

"我家庭庭不仅有钱，还有颜有身材。"黎昭笑眯眯，"这么好的人，傻子才舍得放手。"

女人绷着脸问："即使他是个冷血、无情的怪物？"

"他就是太温柔善良，才没收拾你这个极品亲戚。"黎昭脸色瞬间沉下，"大婶儿，在打脸爽文里，你这样的人活不过三章的。"

温柔善良？哈？女人觉得这是听过的所有笑话中最好笑的。

"我家庭庭多好，温柔体贴善良多金，心胸宽广又讲道理，你不要因为他平时不跟你计较，就跑来跟我说这些。"黎昭垂下眼皮，语气平静，"我心眼小，爱护短。"

女人轻呵一声："那就让我看看，你们能不能做一辈子的好朋友吧。"说完，她起身离开了休息室。

黎昭不解。所以她特意跑来干什么的，挑拨他跟庭庭的关系？什么人啊，闲得发慌？

两个小时后，飞机在京市机场落地，黎昭走了特别通道。在出口处有一个格外英俊有气势的男人，还没等路人多看两眼，这个男人直接走到黎昭身边，伸手接过了黎昭手里的行李箱，黎昭的助理都没机会插上手。

第二天早上，黎昭看着窗外飘扬的雪花，赖在被窝不想起来。

"家里有室内健身房……"

"我不想起床。"黎昭往被子里滚了滚，哼哼唧唧。

见他要赖，晏庭点了点他的额头道："记得起床吃早餐，我去公司。"

"嗯嗯。"黎昭在被窝里，露出头顶的头发。

在乎一个人，即使看着他露出被窝的头发都觉得与众不同。一天才刚刚开始，晏庭已经开始期待下班回家后跟昭昭一起聊天吃饭，又或是穿着厚厚的衣服出门逛街了。

出了门，秦肖已经开着车在外面等他。

"先生，年会流程已经安排好，嘉宾邀请函也已经发了出去，您今年还是老规矩，不去……"

"去。"晏庭理了理领带，"陪昭昭。"

"好的，先生。"秦肖默默感慨，什么不喜吵闹、不爱人多、不愿交际都比不上炫耀重要。

手机震动了一下，邮件箱提醒他有新的邮件。晏庭低头看手机，点开私人邮件箱，里面静静躺着一封未读的电子邮件。他看了眼发件人，直接退出了软件。手机响起，晏庭面无表情地接通了电话。

"想要拨通你的电话真不容易，你把我的号码拉黑了？"

晏庭没有说话，不过他心情好，没有直接把这个电话挂断。

"我知道你跟我之间，早就无话可说。"女人的声音难得平静，脱去了往日的疯狂与愤恨，"昨天晚上，我在机场休息室遇到黎昭，跟他说了一会儿话。"

晏庭的眼神冷了下来。

"难怪你对他那么特别，一张脸长得挺不错，尤其是那对眼珠子，任谁瞧了都会喜欢，你说是不是？"

"我的朋友有多好，不需要你来夸。看来你没什么要说的。"说完，晏庭就准备挂断电话。

"你放心吧，打完这个电话，我以后不会再找你了。"女人似乎知道他会无情挂断自己的电话，加快语速，"晏庭，我不想再跟你斗了。"

"你从未成为我的对手。"晏庭语气平静地开口。

"有了个伶牙俐齿的朋友，你也学会了如何拿话气人。"女人深呼吸几口，把涌到心口的火气压了下去，"看来他对你影响挺大。"

"你究竟想说什么？"晏庭不喜欢有人背着黎昭在他面前对黎昭说

三道四。

"这段时间家里的生意，多谢你高抬贵手。"

晏庭侧首看窗外的车流。若是没有他们偶尔出来晃悠，昭昭又怎么对自己一直抱着怜爱的心态？在昭昭面前，他从来都不要脸面。只要能让昭昭长久地留在他身边，他不在乎手段。

"在咱们姑侄缘尽之前，我送了你一份礼物。"女人语气复杂，"这份礼物，打开邮箱你就知道了。"

"晏庭。"女人叹息一声，"也许你是对的，徐家养出了一群疯子。"

晏庭面色不变。

"再见。"

嘟嘟嘟嘟。手机里传来电话挂断的忙音，晏庭退出通话，打开了那封没有点开的电子邮件。邮件里是女人老公出轨的照片，晏庭没有兴趣看这些，他拉到后面，看到一句"你是不是早就知道？"。手指微顿，晏庭把附件中的音频包下载了下来。

"你不想离开他，因为他有钱？"

"你大概不知道，晏庭跟他妈一样，性格偏执又疯狂。如果你敢离开他，你的下场会像我那个短命哥哥一样，你会死在他手里。"

"即使他是个冷血无情的怪物？"

晏庭没有使用耳机，当音频里出现黎昭的声音时，开车的秦肖忍不住在后视镜里看了眼晏庭的脸色。

"没事，大不了退圈让他养我。"

"我家庭庭多好，温柔体贴善良多金，心胸宽广又讲道理，你不要因为他平时不跟你计较，就跑来跟我说这些。我心眼小，爱护短。"

秦肖在后视镜里看到，先生嘴角露出了笑容。这个笑容很浅，但是很纯粹、纯粹的快乐。

黎昭睡到九点多，爬起来吃了不算早的早饭，然后换上衣服出门，回公司商量新年期间的工作安排。

"崽儿，身为当红艺人你竟然睡到早上九点多才起床，你对得起你的人气吗？"

黎昭趴在沙发上，理直气壮地说："小源哥，我现在是在放寒假的大学生。"

张小源无言以对。

"昭昭，你今年春节的工作安排是这样的。"罗荣把时间安排计划表放到黎昭面前，"前些日子你给时尚杂志拍的图，我们这边已经看过，没有什么问题，成片我已经发到了你的邮箱。接下来的这段时间，你要参加四场电影宣传活动、苍寰年会、央视电视台电影频道的专访、京市电视台的跨年晚会。大年初一到初三暂时没什么安排，微博上的电影宣传，工作室这边会帮你安排好……"

听着罗荣念着自己的工作，黎昭默默算着休息时间有多少。

"还有一些网络平台的邀约，我大部分都帮你推了。"罗荣坐到黎昭面前，"这次是你第一次上一线时尚杂志封面，时尚界跟其他家粉丝都会盯着你的杂志销量，你要有个心理准备。"

"好。"黎昭点头。

"两天后就是苍寰的年会，你注意护肤，不要被其他艺人艳压了。"

也不知道现在是什么风气，不管男艺人还是女艺人都喜欢买艳压通稿。去年苍寰年会黎昭表现得太抢眼，今年如果水平降得太多，时尚博主们肯定会喷毒汁。今年早早就有奢侈品牌为黎昭走红毯提供了超季非卖装，还邀请了黎昭年后去看秀。红与不红，待遇差别太大了，也难怪那么多人拼了命想红。

腊月二十九，苍寰年会还没有开始，各大娱乐论坛还有娱乐八卦博主就关注起了晚上的红地毯直播。苍寰是企业不是娱乐平台，所以参加年会的艺人名单不会对外公布，无数人开始猜测这次的艺人有哪些。

【提名黎昭，苍寰为他这个代言人，抽奖了两次，这就是亲儿子的待遇。】

　　【嘻嘻嘻，说不定是小老板待遇。】

　　【楼上的粉丝快住口！】

　　【还有刘芬应该也会去，据传刘芬跟某个大花撕苍寰旗下的一线彩妆代言，她撕赢了。】

　　【抱走我家芬芬，非官宣不约。】

　　【只有我在期待黎昭这次会佩戴哪些值钱的首饰吗？】

　　【世风日下，人心不古，以前你们单单对女艺人的首饰感兴趣，没想到现在连男人也不放过了。】

　　晚上六点半，苍寰总部及分公司高层开始入场，看直播的网友们对这些大叔大姐不感兴趣，只想看艺人，弹幕也全是"期待×××"。唯有那位在电视节目中公开说欣赏黎昭的高层管理者，得到了黎粉的一些垂青，看在都是"黎粉"的份儿上，他们不怎么走心地夸奖了几句。然后，入场的就是一些给苍寰旗下品牌当过推广大使、品牌挚友的艺人，弹幕区终于热闹起来。

　　【黎昭，黎昭出来了！】

　　【啊啊啊啊啊，我家崽崽今天的状态真好，造型师可以加个鸡腿！】

　　【时尚博主，快扒他身上的衣服与首饰是哪家的。】

时尚博主没有让网友们失望。

　　@时尚博主A：黎昭身上这套西装，是A家超季装，A家刚刚已经在官博认领了，看好黎昭后续的时尚资源。

　　@时尚博主B：黎昭手上佩戴的腕表，是苍时手表另一款镇店之宝，表面由整块宝石打磨而成，至于价格……无法估量价格，这是苍时摆在收藏室的珍贵藏品。看苍时手表对黎昭重视的程度，说明他们已经跟黎昭续约，其他家就不要吃这个代言饼了。

@珠宝专家：不好意思，让大家久等了，经过我严肃比对，再三考证。黎昭戴的胸针，有可能是曾经拍出一亿一千万的天使羽珠宝。当然，这只是我个人猜测，因为拍下这枚胸针的人是苍寰老板的爷爷，我也不敢保证，苍寰老板会不会把这么贵重的珠宝，借给旗下的代言人。不过他的领夹与领针我几乎可以肯定地说，都出自世界知名珠宝设计师之手，也就值个一千来万吧。

网友：是我们太穷，还是这位专家太飘，一千多万的珠宝，都用"也就"来形容了？

珠宝专家：不怪我太飘，只怪黎昭这一身太值钱。

嗑"苍黎"的粉丝暗戳戳吃糖，神秘总裁为艺人提供最昂贵的珠宝，让他成为红地毯上最风光的崽什么的，好甜！

这次没人抢黎昭的座位，甚至他刚一坐下，同桌的艺人们都热情地跟他打招呼，可惜他还没坐够三分钟，秦肖就过来了。

"黎先生，先生邀请您去他那一桌用餐。"秦肖指了指用屏风隔开的那一桌，"公司的同事很久没有见到你，想跟你说说话。"

"好。"黎昭站起身，对同桌众人歉然一笑，"不好意思，失陪。"

"您随意。"大家哪敢拦他，等他走了才有人小声说，"刚才过来的那位，是苍寰大老板的特别助理？"

"今天的红酒不错。"同坐一桌的刘芬轻笑一声，"大家都尝尝。"

听到刘芬的声音，大家想起刘芬跟黎昭私交不错，都有些脸红。

刘芬扭头看向屏风后，笑了笑。传说中从不参加年会的苍寰老板，这一次为了他在乎的人，终于踏进了这个喧闹的地方。

晏庭来参加年会，高层都感到十分意外。不过，当他们看到秦肖带着黎昭过来，晏庭亲自起身把人接到自己身边坐下后，就什么都明白了。台上有几个艺人正在卖力地表演，黎昭所在的这桌气氛却很严肃。跟大老板吃饭的痛苦与拘谨，黎昭很懂。

## 第 17 章 团 圆

"不能吃泡椒的。"晏庭见黎昭准备伸手去夹冷拼盘的泡椒去骨凤爪,按住他的筷子,"你这几天吃饭不规律,先喝小半碗热粥养胃。"

黎昭眼巴巴看晏庭,晏庭冷酷无情地摇头:"不行。"

桌上其他人:真是个无情的男人。

哄着黎昭吃了半碗小米粥,晏庭对众人道:"我们家昭昭年纪还小,以后合作上的事情,请各位多多照拂。"他虽是苍寰老板,但是旗下品牌众多,不可能时时盯着黎昭跟公司的合作。他今天特意参加年会是为了表明自己的立场。在外人看来,他这样的身份很难对昭昭太在乎。世上很多没必要的误会与侮辱,都因为某一方的无为。

一顿饭吃完,苍寰高层看黎昭的眼神变了很多。如果以前他们把黎昭当成一个需要暂时讨好的对象,现在已经把他当成了二老板。老板为了他,不仅亲自出席年会晚宴,还说了很多话。说了很多!一个惜字如金、不爱喧闹场合的男人,为了另一个人出现在以前不会出现的场合,与他说笑牵手,甚至在所有高层面前毫不掩饰两人之间的关系。如果这都不是在乎,还有什么称得上是?

卢仁易今年本来没有收到苍寰的邀请,他的经纪人为了不让外界看他笑话,四处求人托关系,也没有求到一场邀请函,去年换座位牌惹出来的事,已经得罪了苍寰高层。直到十天前,苍寰那边突然就松了口,亲自派人送了一张邀请函到他们工作室。

一开始他们不知道苍寰为什么突然改变了态度,四处打听也没有找到原因。一个工作人员开玩笑说:"该不会是因为卢哥昨天发了恭喜黎昭一家人团聚的微博吧?"

自从座位牌事件后,他们这边就怕了黎昭,只要是与黎昭有冲突的资源,全部自动退让。卢仁易更是主动帮黎昭转发各种宣传博,甚至在赵君楠替身事件闹出来后,明着站队黎昭。一年过去,几乎所有的卢粉都相信,他们家仁易跟黎昭是好朋友。只有工作室的人清楚,两人私下连一句话都没有说过。大家都觉得工作人员的说法太过荒诞,只有卢仁易自己觉得,说不定就是这个原因。

年会结束,卢仁易挤出讨好的笑,主动找到苍寰旗下某品牌的负责人告别。负责人对他的态度不咸不淡，十分公式化，他也不期待对方能有多热情，打完招呼后就准备离开。一转身，卢仁易就看到苍寰高层们准备从另一条通道离开。黎昭走在这些人中间，一个年轻英俊的男人与其并肩前行，手里还拿着黎昭的外套。两人没有多余的动作，但是在黎昭与男人对视时，卢仁易看到了两人眼神中的温情。看到这一幕，卢仁易脚步一顿。

"卢哥，你在看什么？"一个当红流量小生走到他面前，身上带着淡淡酒气，神态略有些飘然。

卢仁易淡淡看他一眼，说："没什么。"

几乎每年都有爆红的男女艺人，但是要在这个圈子里长久地待下去，让自己的身份地位稳固上升却不容易。卢仁易整理了一下领口，转身挤出笑，快步跟上两位影帝的步伐，争取出酒店时，让媒体拍到他与影帝同行并有说有笑。在这个圈子里，每个人都有自己存活下去的手段，不要得罪不该得罪的人，是他去年学到的知识。

一年一度的苍寰年会落幕，艺人们的造型也引发了不少话题。当然，网友们最羡慕的人还是黎昭，因为谁都想拥有一位有钱又大方的拆迁户好哥们儿。

苍寰年会的热度刚消，大年三十的春晚即将来临。

下午六点，央视正式对外公布了春晚节目单，里面囊括了老中青三代喜欢的表演者。大家为了春节的仪式感，不管对节目内容感不感兴趣，都会把电视打开，营造出欢乐的新年氛围。

晚上八点二十多分的春晚节目是一段戏曲表演。以前这种节目只有家中老人感兴趣，但是今年很多年轻人都坐在电视机前，等着表演者登场。你问他们是为了什么？当然是为了黎昭的妈！尤其是对于黎粉来说，自家崽崽没能参加春晚表演，支持崽崽的妈妈也一样。唱腔他们是听不出好坏啦，但是这个身姿曼妙，宛如仙宫女神的漂亮姐姐，真是昭昭的妈妈吗？

看起来好年轻！

戏曲表演结束，主持人走上台说："杜老师第一次登上春晚舞台的时候，只有十五岁，距今将近四十年。您在春晚舞台上奉献了很多精彩的表演，对于您来说，哪一次的表演最为特殊？"

"今年。"杜玉书毫不犹豫地回答。

"为什么？"

"因为今年，我的家人都在台下看着我。"杜玉书笑了，"我们在春晚现场欢聚。"

镜头扫向台下，给穿着红色西装的黎昭来了一个脸部大特写。"好帅的儿子。"早就等在黎昭、林绅身边的主持人把话筒递给黎昭，"现场看妈妈的表演，你有什么感想？"

"妈妈是世界上最漂亮的女孩子。"黎昭笑着把话筒递到林绅面前，"爸爸，你说是不是？"

"是！"

现场响起雷鸣般的掌声。

"这些年来，杜玉书与林绅夫妇，一直默默为走失儿童基因库项目捐款，把大半辈子的积蓄全都拿了出来。"主持人开始了例行的煽情环节，"登台前，我问杜老师，拿这么多钱出来，会不会心疼。她说，只要能让天下更多的家庭团圆，金钱根本不重要。在这里，我想感谢杜老师一家人，感谢你们的付出，感谢你们无私的奉献。"

"是的，大爱无疆。"坐在黎昭身边的主持人再次把话筒递给黎昭，"现在就请杜老师的儿子，代表他们全家，向全国人民送上新年祝福。"

"祝大家新年快乐，大吉大利。"黎昭对着镜头，拱手而笑，在央视台的死亡镜头下，英俊非凡，眉清目秀。

黎粉没想到，他们家崽竟然以表演嘉宾家属的身份，混进了春晚，还单独给全国人民拜年了。这是最硬核的关系户啊。

春晚还没结束，黎昭一家已经蹿上了微博热搜。大家知道黎昭父母这些年为基因库项目捐了不少钱以后，都有些感慨。难怪春晚会特意采访黎昭一家，他们一家的经历与事迹实在太感人了。还有黎粉发现，坐在黎昭身边，镜头一扫而过的年轻帅哥，好像是黎昭的拆迁土豪朋友。巧合？他们隐隐觉得有些奇怪，但是今天日子特殊，黎粉没有把事情爆出来。

杜玉书表演结束,卸完妆后准备提前离开。

"杜老师,您以前都是等到春晚谢幕才走的,今年怎么这么急?"一位跟杜玉书交情很好的央视员工开玩笑,"是打算赶着回去吃年夜饭?"

"是啊。"杜玉书整理身上的衣服,"孩子第一次跟我们过年,大家凑在一起热闹热闹。"

"恭喜您全家团圆,新年快乐。"工作人员的语气真诚了很多。

这时外面传来另一位工作人员的声音:"杜老师,您的家人都在后台出口处等您。"

杜玉书走出后台,看到站在安检口眼巴巴等她的三个男人,她脸上绽放出一个美丽的笑容,加快脚步向他们跑去。

他们今天没有去教职工楼,而是去了晏庭与黎昭的家,家里已经做好了年夜饭。"咔嚓",在四只杯子碰在一起的时候,黎昭拍了一张照片。


@黎昭:团圆夜,祝大家新年快乐,平安顺遂。【图】

【昭昭崽新年快乐。】

【不是一家三口吗,为什么有四只杯子?】

【也许家里有其他长辈?】

【祝崽崽新的一年里,大吉大利,无忧无虑。】


晚上十二点,林绅与杜玉书给了黎昭跟晏庭发了大大的红包。

"愿新的一年,你们两个孩子快乐成长,健健康康。"

"谢谢爸爸,谢谢妈妈。"黎昭把大大的红包收了起来,他看了眼时间,笑嘻嘻地对二老说,"爸妈,我跟庭庭约好了一起去看电影,你们也一起去吧。"

"我们不当你们的电灯泡。"林绅摆了摆手,"去去去,自己玩去。年轻人,请你们离老年人的生活远一点。"

被嫌弃的黎昭牵着晏庭愉快地走了,林绅与杜玉书看着两人的背影,露出了慈爱的笑容。

"有了这两孩子,我们一天天的,可热闹了很多。"林绅牵住杜玉书的手。

"是啊。"杜玉书笑,"热闹好。"在万家灯火的夜晚,拥有这样一场热闹,她早已经期盼了二十一年,如今终于心想事成。

电影院外,有很多等着看深夜场的年轻情侣。《七个男友》预售票房远远高于其他贺岁电影,黎昭拉着晏庭站在小角落里,看了看一张电影宣传海报,再扭头看晏庭,心想:新年快乐,我的庭庭,希望我们来年更加美滋滋。"

"昭昭,遇见了你,我已经有了全世界。"晏庭笑了,"新年快乐,我的昭昭。"

大厅里人来人往,每个人都对身边的恋人含情脉脉,黎昭与晏庭混在无数恋人中,既平凡又不平凡。

他们两人没有去看《七个男友》,而是看了《苍穹之影》。黑暗中,有观众被搞笑的情节逗乐,也有人为感人的画面落泪。黎昭知道,这部电影成功了。大气恢宏的科幻画面,每一帧都是燃烧的金钱。只要是看过这部电影的观众,都能感受到剧组的诚意。

走出电影院,晏庭从外套口袋里拿出了一个小绒盒说:"新年礼物。"

黎昭打开盒子,里面是一条漂亮的男士项链,只是项链的坠子……好像是植物大战僵尸里的豌豆荚射手?晏庭把戴在自己脖子上的项链拿了出来,那是一朵太阳花。

"你做我的太阳花,我做你的豌豆荚射手。"晏庭紧紧抓住黎昭的手,"即使死亡,我也期待与你来生相逢。"

"好。"

新的一年来临,那是新的希望。

冬雪虽冷,但只要心中拥有爱,就会永远炙热温暖。

## 番外一　苍黎的面馆

西郊工业区开了一家面馆，分量足，味道好，收费合理，连牛羊肉都比其他家大块，附近很多工人都喜欢去这家吃饭。不过客人们都知道，看店的人不是这家店真正的老板。不知道是哪个富二代突然头脑发热，在这种地方开面馆。

陈老哥是工地上的一个小包工头。村里人听说他是包工头，以为很风光，实际只有他知道，手底下十几号人如果没活干没钱拿，他连过年都没个清净。工地上换了新的供餐老板，一顿饭收二十五。在这家面馆吃一大碗肉臊子面，搭两个馒头一壶水，才十五块钱，所以他经常来这家店里吃。一来二去，陈老哥就跟看店的熟悉起来，有时候下了工，就来这里要一碟花生米，喝两口小酒，跟店长聊天。

"我们这家店，是老板替他朋友开的。"店长笑呵呵，"据说老板当年跟朋友说，以后要开一家店让朋友做二老板。这不，就开上了。"

陈老哥心想有钱人交朋友的方式真别致。他夹起一颗花生米扔进嘴里，说："嘻，你们家老板还是个说到做到的人。"他突然想到在家里照顾孩子的老婆，前几年自己说给她买个银镯子，到现在镯子都还没买回去。他坐立不安地喝完杯子里的酒，付了账就往外面走。旁边的街口有家金店，现在过去应该还没关门。

刚走到门口，他迎面与两个年轻男人碰上。深秋夜凉，走在左边的男人穿西装打领带，一看就像是电视剧里的精英人士。走在他旁边的男人穿着浅色休闲装，戴着鸭舌帽与口罩，看不清长什么样子。陈老哥忍不住感慨，这家面馆的生意可真好，连精英人士都慕名而来，据说做面的厨子都是高薪聘请的。唉，有钱人的快乐，真是让人想象不到。

店长看到两人进来，高兴地招呼他们坐下，店里已经没有其他客人，他干脆关了店门。

"大老板，二老板，你们来了？"

"来吃面。"黎昭摘下口罩，"光吃面，不给钱的那种。"

"大老板，您最近接了恶霸剧本？"店长笑着端来小菜，"我已经让厨房开始做了。"

店长是个孩子被拐卖的父亲，这些年一直寻找着孩子的踪迹，最后好不容易得到孩子的消息，警察却告诉他，孩子已经没了。得到消息后，他蹲在大桥边号啕大哭，准备跳下去一了百了，然后被一个年轻人劝了下来。后来，他就来这里做了店长，渐渐地，也找到了活下去的滋味。

面做好，店长端到两人面前，到后厨算了一下账，这个月比上个月强，少亏了一千多。面馆的客人大多是附近的建筑工，饭量大，口味偏油、偏重，店里对食材要求严格，收费却低，分明就是在做慈善。就连市监督局的工作人员每次来做食品安全检查都会问他，开这店是不是给人民群众送温暖的。别的大明星，开的都是高级餐厅，再不济也是火锅店什么的；只有他们家大老板与众不同，低调开面馆，还不赚人钱。每隔一段时间，老板跟他的朋友都会来店里吃一次面，然后低调地离开。

今天吃完面，二老板照旧坐在凳子上休息，大老板去厨房检查卫生。店长无意间刷了一下手机，发现大老板上了热搜——"黎昭与神秘男子湖面泛舟，有说有笑"。他心头一慌，赶紧点进评论区看网友们的反应，结果大多网友都在猜测这位神秘男子究竟是拆迁土豪还是苍寰的神秘老板。店长表示，网友们的关注重点他也不是很理解。

今年春节档，黎昭主演的《苍穹之影》大爆，票房闯过了五十八亿大关，是国产科幻题材电影的票房之首，同时也是国内票房总榜第一名。年纪轻轻的黎昭，在电影界的地位拔高了许多。春节档票房榜第二名是《七个男友》，虽然总票房只有二十一亿，但是从成本上来说，这部电影算得上是大赚特赚，尤其是黎昭的角色，受到不少好评。

以前常常有流量粉丝跟黎粉吵架，从那以后，流量艺人家的粉看到黎粉都是绕道走——实力派演员的粉丝，请离流量粉丝的世界远一点。

还有人夸苍寰有眼光,早早就看到了黎昭的潜力,给自己挖到了这么好的代言人。不过大红大火的黎昭并没有四处接代言、接剧本圈钱,而是按部就班地工作学习,日子过得跟以前没太大差别。最大变化就是品牌方开的代言费更加高了。

黎昭检查完厨房,刚跟晏庭离开面馆,就接到了张小源电话。

"昭啊,你又上热搜了,今天跟庭先生去湖上划船了?"张小源心想,这个天儿去划船也不嫌冷。

"周末嘛,就跟庭庭出去玩一玩。"黎昭拉开车门坐进去的时候,发现有人在拍他,他朝偷拍的人挥了挥手,偷拍者反而有些不好意思了,"小源哥,我跟庭庭上车的时候,被偷拍到了。"黎昭关上车门时,还不忘朝偷拍者挥手示意。

今年他跟庭庭外出,也没有刻意隐瞒,但是在媒体跟网友眼里,他们一直是感动全国的好兄弟,唯有两人的粉丝默默吃糖吃到饱。但是,苍黎粉跟拆黎粉之间常常互相吵架,让偷偷围观的黎昭哭笑不得。今天热搜话题里的帖子,也同样如此。

【苍黎粉别不要脸了,昭昭崽在节目提到最多的就是拆迁土豪朋友,至于你们想象中的那位苍寰老板,谁知道他长什么样,跟昭昭崽关系如何?一天天的,霸道总裁故事看多了吧?】

【昭昭崽儿不提苍寰老板,说不定只是为了不让他陷入舆论中。拆黎粉到现在还不知道,去年年底苍寰老板为了昭昭特意出席苍寰年会了吗?据说苍寰老板以前从不参加年会的,但是去年为昭昭破例了。】

【苍黎粉疯了?去年参加苍寰年会的艺人只有昭昭一个人吗?】

All黎粉:别吵了别吵了,说不定拆迁土豪跟苍寰老板是同一个人呢。

苍黎粉:滚!

拆黎粉：滚！

All 黎粉：什么态度，就不能友好一点？

围观全程的黎粉：请关注昭昭即将上映的电影，其他不约！明明是感天动地的兄弟情，这些人脑补了什么奇奇怪怪的东西？

两年一度的电影节即将开幕，《七个男友》跟《苍穹之影》都报选了不少项目，几乎都成功入围。

今年开年，《苍穹之影》打了漂亮的第一枪，后面其他电影也有票房不错的，但是在《苍穹之影》面前都显得黯淡失色。据说，这部电影一开始找不到演员跟投资人，最后导演的诚意打动了黎昭，黎昭以片酬投资的方式答应了导演的邀约。沈导无数次在媒体面前公开表示，如果不是黎昭，这部电影就无法拍摄成功，就连后来的投资人都是听说主演是黎昭后才愿意掏钱出来的。

黎昭答应参演的时候，没有想到这部电影会爆。一些黎昭借着人情才请来的配角演员，也没想到他们会靠着这部电影身价翻几番。尤其是一直不温不火的宋喻，因为在电影里的客串角色，路人缘都好了很多。鱼粉们自己都说，他们家小鱼儿蹭着昭昭的热度，终于火了起来，真不容易啊。

电影火爆成这样，最高兴的应该是投资人跟院线方。不过大家这才发现，这位以个人名义投资的人，非常神秘。有脑洞大开的网友开始怀疑，这位投资人是不是穿越人士，知道《苍穹之影》能赚钱，所以特意投了这部电影。

对于这种猜测，全家破产又被娱乐圈封杀的徐北有句脏话想讲。屁的赚钱，在他的预知梦里，这部电影半路夭折，导演自杀，跟爆红、爆火没有一毛钱的关系。如果主演没有换成黎昭，这就是电影原本的命运。有了黎昭，才有了新的投资人，这部电影才撕到了排片，最后成了国内电影史上值得记录的一部好电影。讽刺，真是太讽刺了。徐北坐在电脑前，看着直播镜头里几乎从头到脚都发着光的黎昭，心情说不出的复杂。似妒，似悔，又似可笑。徐北以为自己预知未来就能够夺走黎昭爆红的机会，谁知道黎昭比梦里还要红，甚至还找到了亲生父母。也许他做梦的意义，只是为了目睹一场不幸之人被上天弥补的好戏。他想强行入戏，结果却成了最好笑的看客。

  黎昭还很年轻，他才二十二岁。但是在电影节红地毯上，他几乎是所有媒体最关注的焦点，甚至连央视主持人，都特意在他签了名以后单独采访他。颁奖典礼正式开始后，镜头也会有意无意扫到黎昭。在某个镜头一扫而过时，徐北看到了晏庭的身影，不自觉坐直了身体。晏庭还活着，不仅活着，还活得越来越好，跟黎昭成了一对。呸！

  最佳男主演角逐结果出来时，看直播的网友既意外，又觉得应该如此。一开始他们觉得，黎昭太年轻，主办方说不定会爆冷门，把奖给老演员。可平心而论，黎昭在《苍穹之影》里的表演非常精彩，这个角色被他演活了；其他几个入围的演员，演技不是不好，只是跟黎昭比起来没那么亮眼。不管黎昭能不能拿影帝奖，这部电影已经为黎昭奠定了演艺圈的地位。黎粉虽然在心里这么劝自己，但是当颁奖嘉宾念出黎昭的名字时，黎粉们还是高兴疯了。他们家崽崽是影帝了！真是一个争气的崽！

  当天晚上又是一个疯狂抽奖之夜。当苍寰为黎昭开启第三次抽奖时，网友们不仅不觉得奇怪，反而有种"果然来了"的宿命感。论所有奢侈品牌代言人中，谁的待遇比得上黎昭？苍黎粉又赢了一分。当天凌晨过后，一位网友把颁奖典礼上的一张截图传到论坛。

  楼主：在颁奖典礼现场，发现了拆迁土豪的身影。【图】
  1L：沙发！
  10L：帅的人都成了朋友。
  87L：没人 get 到重点吗？拆迁土豪坐的第一排，据说坐在这一排的都是大人物。
  231L：两百多楼了，还没人扒出土豪的真实身份，你们太令人失望了。
  537L：猜，大胆地猜，比如说拆迁土豪就是《苍穹之影》的投资人，再比如拆迁土豪就是苍寰老板。

650L：537L 的皮别掉，All 粉不要在本楼舞，要嗑出去嗑。

最后，这个帖子发展成了大混战。第二天，苍寰老板助理发了一条微博。

@秦肖：恭喜老板个人投资的电影《苍穹之影》获得最佳剧本、最佳男主、最佳摄影、最佳美术、最佳导演、最佳剪辑六项大奖。

这条微博的配图是晏庭在电影节现场的照片。

照片上的人，不是拆迁土豪吗？苍寰老板就是拆迁土豪？苍黎粉、拆黎粉、All 黎粉都是满头问号。粉丝们疯了，媒体也疯了。为朋友投资所有人都不看好的电影，结果这部电影大爆，赚得盆满钵满。这是什么感天动地的大团圆故事？

All 黎粉劝其他粉丝：大家都是粉，事情已经到了这一步，大家不如化干戈为玉帛，愉快地嗑糖嘛。

拆黎粉、苍黎粉：滚！

昨晚被无数帖友骂的 537L 网友，被无数网友围观，得到一个"半仙"称号。

这天，有记者采访黎昭，问他如何看待好友为自己参演的电影投资这么多钱的事。

黎昭说："直到电影杀青，我都不知道是他投资的这部电影，他一直都瞒着我。"

记者心想，啊，多么感人的友谊。

黎昭说："知道以后，电影已经准备上映了。没想到会有这么多票房，算是意外之喜吧。"

记者内心默默想，我也想要这种意外之喜。"好友默默支持你的事业，你会不会很感动？"问完这句，记者隐隐觉得有些不对劲。上次她采访一位女艺人时，问的好像是她丈夫默默支持她的事业，她会不会感动。

黎昭点头:"很感动,这几年他帮我良多,我们两个虽然不是血缘上的亲人,但却是精神上最亲密的人,甚至连我爸妈都把他当作自己儿子看待。"

　　记者:好像没什么问题,好像又有那里不对。

　　这段采访视频传出去以后,大多人都被这样真挚的友谊感动了。唯有粉丝内心在咆哮:啊啊啊啊啊啊,正主发糖了,好甜!苍黎一辈子!

# 番外二 梦的小剧场

拼爹拼资源一直红不起来,最后靠着黎昭红起来的宋喻,最近跟同在《苍穹之影》露过脸的邓光撕起来了。

邓光长得不错,因为家里穷,又会营销卖惨,近几个月圈了不少死忠粉。他家的粉丝最讨厌宋喻这个家里有矿的富二代,平时都是称呼宋喻"蹭热度狗"。宋喻是白白被骂的人吗?当然不是,他直接请律师起诉了邓光家的粉丝,官司打赢以后,工作室还出了通告,这让光粉们直接把宋喻当成了头号敌人。

接受采访的时候,有记者问:"宋哥,有网友说你是蹭黎昭热度红起来的,你对这种说法有意见吗?"

"这位网友,该不是某个艺人家的粉丝吧?"宋喻没有被这个问题激怒,他瞥了眼记者的胸牌,"我凭实力蹭的热度,还不能让我红了?"

众人大笑,这个采访视频出来以后,网友们也跟着乐呵。

【凭实力蹭哥们儿热度,还挺骄傲哈。】
【堂堂正正做人,光明正大蹭热度。】
【有一句说一句,宋喻在《霸道女总》里的表演虽然辣眼睛,但后来的进步还是很明显的,比如说在《天歌》跟《苍穹之影》中,他的演技还是在线的。】
【就是信号不稳,偶尔会掉线。】
【不过,人家也没有营销过演技之类的,不像那个谁,哭起来跟笑似的,还好意思吹演技。】
【不就是那个谁吗?一直想捆绑黎昭炒热度,结果黎昭家从工

作室到粉丝都不给眼神。】

这些网友说的正是邓光,《苍穹之影》票房口碑大爆以后,这部电影里的小配角们都跟着红了一把,邓光趁机接了两部偶像剧的主演,终于在圈内有了些许姓名。从此以后,他就开始卖贫穷、勤奋、敬业的人设,时不时出通稿拉踩一下圈内其他流量小生,还想把自己打造成"黎昭第二"。一通操作下来,邓光得罪了不少人。当然,在光粉看来,邓光是世界上最纯洁无瑕的小天使,全世界都在迫害他们家哥哥,哥哥只有他们了,哥哥好可怜。

好几家艺人都被邓光恶心得够呛,光粉们却觉得自己很厉害,有一次甚至把同样的手段用到了黎昭身上。后来,黎粉教会了他们怎样做人。从此光粉看到黎粉就绕道走,只敢暗戳戳抱怨几句。打不了黎昭,还不能打宋喻吗?他们以为宋喻是个软柿子,谁知宋喻是个能正主亲自下场的奇葩,搞得光粉灰头土脸,颜面大失。

邓光丢了这么大的脸,一直不吭声,直到这天他上一档综艺节目,忽然在镜头前哭了起来。一边哭,一边说自己刚进娱乐圈不懂事,得罪了不该得罪的人。

黎粉、鱼粉:感觉被碰瓷了。

营销号趁机带节奏,猜测邓光口中"不该得罪"的人是谁。

邓光正在得意扬扬时,就接到公司的电话,说因为公司觉得给他准备的剧本与他的形象不合适,安排给另外一个新人了,经纪人给他安排的通告也全部取消。这番举动引得他内心十分不安。

忍无可忍的邓光找到经纪人,问:"为什么?"

经纪人冷笑道:"你之前做过什么,你忘了?自己找死,就别怪公司不帮你。"

邓光恍然大悟。难道……是他以前谈恋爱的事情被娱记发现了?公司对他不满,所以放弃了他?更让他愤怒的是,黎昭跟苍寰老板外出游玩经常被媒体或是粉丝拍到,全世界的人都纷纷说那是感天动地的社会主义兄弟情。

正在生气时，一条广告弹窗跳了出来。一排硕大的字，强行挤进邓光的视线——"跟拍艺人日常生活的一天，黎昭将带摄影探访神秘的苍寰公司"。邓光想，黎昭都带记者去晏庭的公司了？

黎昭原本没打算接受节目组的邀请，直到他发现晏庭开小号偷偷关注了苍黎超话……晏庭一颗想要炫耀的心，蠢蠢欲动。身为合格的朋友，当然要满足朋友内心的小期待，于是黎昭跟工作室商量以后，答应了节目组做一期嘉宾。

黎昭能够同意邀请，节目组高兴极了。黎昭很少参加综艺节目。有网友猜测是因为他在《归隐山林》里被主办方折腾得太惨，所以对综艺节目有了心理阴影。这个猜测得到了广大网友的肯定，即使黎昭亲自出来澄清，这个黑锅仍旧死死盖在《归隐山林》的背上，抠都抠不下来。

这档节目是青椒视频独家投资播出，前面几期收视率与讨论度都不错。节目采用现场直播结合后期剪辑的方式来播出。只要是青椒视频高级会员，就可以进入直播平台，全程观看艺人的一天。

一大早跟拍的摄影师就来黎昭家报到了，这次黎昭没有给工作人员准备早餐，而是换上衣服带他们去隔壁蹭饭。

"朋友家的早餐比较丰盛。"黎昭推开花园的门，熟练地用指纹打开人家别墅的大门，"跟我走，你们肯定不后悔。"

摄像师想，对方连大门权限都给黎昭了，这关系是好得穿同一条裤子了啊。

"黎先生。"几人刚进门，就有穿着制服的保镖过来打招呼，他们瞄了眼黎昭身后的两个跟拍摄像，"先生早上有个会议要开，已经出发去公司了，早餐已经准备好了。"

"今天怎么这么早？"黎昭一边往里走，一边跟花圃里的花匠打招呼，任谁都看得出，他跟这些人非常熟悉。

走进主人住宅楼，摄像师们看到了餐桌上丰盛的早餐，拍豪门剧才有的那种大餐。

"怎么做这么多？"黎昭招呼着摄像师们一起坐。

"您有客人来，所以就让厨房多做了些。"管家微微鞠躬，"祝你们用餐愉快。"

摄像师们把摄像机固定好，挑机器拍不到的角落坐了下来。还真别说，有钱人家的早餐真好吃。

"管家伯伯，这小兔包你给我留着，等我下午回来热一热再吃。"吃完早餐，黎昭不忘叮嘱家政把没吃完的包子放进冰箱。

直播平台已经被无数弹幕刷屏。

【节约青年黎小昭，早上没吃完的包子，热一热还可以吃。】

【带客人去隔壁好哥们儿家蹭饭，哈哈哈哈，这不是节约，是抠门。】

【前面说昭昭不要脸的黑子，你没看到昭昭有这家指纹权限？】

蹭完饭，黎昭在花园溜达了几圈，拿上车钥匙，去车库开了一辆车。

摄像师问："昭昭，这辆车是朋友的？"

黎昭说："是我的。"

摄像师默默想，所以你的车，为什么会停在朋友的车库里？

上午，黎昭去工作室溜达了一圈。工作室也知道今天节目组会跟拍黎昭一天，所以没有安排涉及保密内容的工作。

"带你们看一看咱们草莓娱乐的公司内部。"黎昭带着摄像往楼上走，"这边是女神芬芬姐的休息室，不过芬芬姐今天不在，她拍杂志封面去了。"然后，黎昭又带摄像看了练习室，里面有很多新人正在练习舞蹈，累得满头大汗。"台上一分钟，台下十年功，咱们公司的师弟师妹都很努力。"黎昭压低声音，"快走快走，我们不要打扰他们练习。"一路上时不时遇到一些新人，他们都在直播镜头里露了脸。"上面我就不去了，那是大老板的办公室。"黎昭干咳一声，"自家老板我是不敢惹，不过我可以带大家去别人家老板的办公室看看。"

摄像问："谁？"

黎昭嘿嘿一笑："去我挚友的办公室，吓他一跳。"

看直播的网友沸腾了。

【黎昭该不会要带摄像去苍寰吧？】

【真的假的，黎昭跟苍寰老板感情真的有这么好？】

在很多人看来，黎昭跟苍寰老板或许有几分交情，但两人的身份地位差别太大，他们之间的实际相处方式肯定没有媒体说的那么好。可是……黎昭敢把摄像带到苍寰总部去？

事实证明，黎昭真的敢。他在餐厅买好两份营养午餐，然后直接驱车到了苍寰楼下。摄像师有些激动，又怕苍寰门口的保安把他们赶走，走进大门的那一刻，腿有些发抖。但是保安没有拦住他们，还友好地对黎昭笑了笑。前台也没有拦住他们，其中一个前台甚至对黎昭说："昭昭，中午好。"

"中午好。"

黎昭带他们直接进了高管专用电梯，摄像师问："昭昭，你跟前台也很熟？"

"嗯。"黎昭点头。

摄像师：这就是跟有钱人做朋友的快乐吗？

【不知道为什么，我觉得……前台跟保安看昭昭的眼神，好像在看老板。】

【啊啊啊，是的，在这些员工心里，昭昭肯定是他们的二老板。】

【粉丝又疯了。】

电梯门刚打开，摄像就看到已经等在门口的苍寰老板。

"你是不是偷偷看直播了？"黎昭把打包好的餐盒递给晏庭，"所以知道我要来？"

"嗯。"晏庭自然地把餐盒接过，"跟我来。"

走在光可鉴人的地板上，两位摄像师有些拘谨，特别害怕自己拍到不该拍的商业机密。进了办公室隔壁的休息室，里面有准备好的午餐，这是为摄像师准备的。摄像师十分感动，默默捧着餐盒，去角落里吃起来，边吃边拍。

　　【我看到了，昭昭偷偷夹走了好哥们儿碗里的排骨。】
　　【鸡翅也没保住。】
　　【老板真是一点脾气也没有，还给黎昭拿纸巾。】

　　粉丝们已经在线号哭，他们真的、真的被感动疯了！
　　黎粉：嘤嘤嘤，真是感天动地兄弟情！
　　平时连黎昭皱一下眉头都能看出他心情不好的黎粉，真的什么都没看出来吗？黎粉们但笑不言。有时候懂而不语，也是对自家崽崽的一种保护呢。
　　偷偷看直播的宋喻为黎昭与晏庭偷偷抹了好几把汗。这两人也太胆大包天了，这么做作可以吗？
　　当天晚上，宋喻又做了一个梦。他梦到自己站在灵堂前，黎昭的黑白照片挂在正上方，笑得阳光灿烂。哪个节目组搞恶作剧，这种玩笑都要开？！他想冲上去，被助理一把拦了下来。
　　"宋哥，你别闹，这是灵堂上，无数艺人跟媒体都盯着呢。"
　　宋喻愕然望去，才发现四周站满了圈内大腕，这些人个个穿着黑衣，戴着白花，神情悲戚。他脑子嗡嗡作响，半天都回不过神来。黎昭的葬礼？照片上的黎昭明明还很年轻，怎么可能……
　　"他怎么死的？"宋喻发现自己的声音有些哽咽。呸，自己怎么可能为黎昭难过？
　　"据说是过劳死。"助理小声说，"早年拍戏太拼，这些年又一直没有好好休息……唉。"助理叹息，"听说他大部分收入都捐给了慈善机构，平时也没有什么爱好，最多偷偷出去吃点烧烤什么的，一辈子没享受过什么，也不知道图什么。"
　　"怎么可能，他跟苍寰的晏庭老板……不是最好的朋友？"
　　助理惊骇地看着他，仿佛他说了什么可怕的言论，问："宋哥，你怎么了？"

"我说错什么了？"

"那位晏庭先生，在十年前就已经过世了啊……"

晏庭过世了，黎昭死了？胡说八道呢，怎么可能？这两个人今天还一起直播炫耀呢！

宋喻惊得浑身冒冷汗，猛地从床上坐起身，才发现自己在做梦。打开手机，黎昭跟晏庭正在热搜话题上——#有一种兄弟情，叫苍黎#。

"呼"，宋喻听着窗外的雨声，松了口气，幸好是梦。

## 番外三　一直都很好

自从黎昭参加了青椒视频自制综艺的《跟拍艺人一天》后，黎昭与苍寰老板是好兄弟这件事几乎已经成了公认的事实。

然而娱乐圈更新换代的速度太快，艺人们展示在公众面前的人设也五花八门，导致很多吃瓜网友看娱乐圈任何事都像炒作。

所以两三年后，有娱乐公众号提起黎昭与苍寰老板感天动地兄弟情时，很多吃瓜网友内心的想法是：娱乐圈的艺人为了维持热度可真不容易，隔三岔五都要想出新的炒作点子。

【黎昭是苍寰旗下某几个分线品牌代言人，四舍五入就是跟苍寰老板是朋友，没毛病。】

【嘻嘻，某巨星在深山老林拍了几个月戏，怕热度被新人抢，迫不及待出来炒作了？】

【楼上的黑粉，请不要顶着我家秉仔的头像给秉仔抹黑。】

【最近怎么回事，有黎昭的通稿就带郭珂秉出场？黎影帝演技精湛，秉仔还是新人，不敢跟前辈比，请放过。】

郭珂秉是最近刚走红的新人，短短一个月内上了好几次的热搜。不久前，这家的粉丝与一线女艺人撕架，一线女艺人的粉丝竟然输了，粉丝战斗力极强。

不仅如此，短短三个月内，郭珂秉就宣了好几个代言，风光无比。

最近有消息传出，郭珂秉有可能会接苍寰旗下某分线产品的代言，他家粉丝嘴上说着非官宣不约，实际上内心已经开始畅想郭珂秉拿下代言后的风光。

俗话说，当一个新的当红流量艺人诞生，就有一个过去的流量艺人倒下。圈内资源就那么多，谁不想"脚踢同行前辈、拳打竞争对手"，成为娱乐圈最亮的那颗星？

【请不要带我们家秉仔出场，请前辈独美。】
【秉仔只是个刚入圈的后辈，求放过。】
【前辈是大老板朋友，我们家秉仔人年轻，又没背景，不敢与前辈相提并论。】

黎粉看着秉粉的"茶言茶语"，淡定喝茶。做了几年的黎粉，他们已经习惯让黎昭工作室独自反黑，一般的吵啊撕的，他们不想加入。

年纪大了，要养生。

反而是真正的吃瓜网友看不惯秉粉的茶言茶语，忍不住下场说了几句。

【评论区的秉粉们够了啊，一句一个前辈，还说自己家艺人年轻。不如打开两个艺人官方资料看看，究竟谁年龄比较大？】
【人家黎昭22岁的时候，就拿下了主流大奖，你家哥哥今年26，靠着一张装修过的脸，雕像般的演技，在一个拿过影帝大奖，年仅24的实力派演员面前，确实不能相提并论。】

路人的话，激怒了郭珂秉的粉丝，他们把路人大骂了一顿，然后开始阴阳怪气地讽刺黎昭。

【来来来，让我们悉数一下，黎影帝有多少人设？孤儿人设，自强自立灰姑娘人设，影视圈好人缘人设，人设这么多，黎大影帝忙得过来吗？】
【楼上的朋友归纳得还不全，人家还有总裁好友，富二代好友

的人设。】

【嘻嘻，顶级霸总交友底线真低。】

【也许人家大总裁交友底线不低，只是某些影帝脸皮够厚，死皮赖脸抱着大佬炒作。】

【请影帝独立行走，不要碰瓷。】

路人被秉粉的自信惊呆了，黎昭碰瓷郭珂秉？论演技，论电影票房，论国民度，论长相，黎昭哪样不吊打郭珂秉？是谁给了他们说这种话的自信，水得要死的网络数据？究竟谁碰瓷谁啊？心里没点数？

郭珂秉还不知道自家粉丝在网上踩起了黎昭，他跟团队还在努力争取苍寰旗下产品的代言。最近几个月他虽然宣了好几个商业代言，但大多都是季度约，说明品牌方对他未来的发展不够信任，只想吃他的短期红利。

为了向粉丝营造出他正当红的势头，他跟他的团队虽然知道品牌方打的什么主意，也只能闭着眼睛签下代言约。

为了能拿到苍寰旗下的苍时手表代言，他的团队付出了很多努力。三年来，苍时的代言人一直都是黎昭，最近有消息传出，苍时打算换代言人，郭珂秉听说这个消息后，就动了心思。可惜团队费了不少功夫，都没能在苍时手表那边得到一个肯定的答复。

"苍时手表那边看起来对黎昭这个代言人挺满意的。"经纪人走到郭珂秉身边，见他面色难看，安慰他："说不定换代言人这件事是谣言，并不是品牌方看不上你。"

"黎昭近半年，连粉丝话题榜前三都没进，有什么号召力？"郭珂秉不高兴："我现在正当红，粉丝购买力也强，难道不比他强？"

经纪人被郭珂秉的自信惊呆了，半天说不出话来。人家黎昭拿过主流影帝奖，上过央视春晚，主演的电影票房加起来都快过一百亿，拿得到主流资源，身上的代言也是一流。他如果是黎昭的经纪人，晚上睡觉都能笑出声来。

他实在没有想到郭珂秉膨胀得这么厉害，赶紧出言劝阻对方想跟黎昭掰头的冲动。黎粉是不爱参加各种打榜活动的，但人家粉的正主争气啊，还需要打什么榜，做什么数据？业内谁不知道黎昭工作室连热搜都不爱买？

劝了一会，经纪人见郭珂秉表情已经恢复正常，放下心来。想来也是，他家艺人就算再没脑子，也不会因为一个虚无缥缈的代言就跟黎昭过不去。

黎昭刚在剧组杀青，就被苍时手表那边拖去拍新一季的宣传片。拍完宣传片后，他就宅在家不愿动弹了，过上了休闲养老的生活。

罗荣在黎昭家找到他时，他正穿着毛茸茸的睡衣，窝在沙发上玩游戏。看到这一幕，身为执行经纪人的他差点一口气没上来。

"还玩呢？"深吸一口，罗荣走到他面前："最近网上都开始嘲你糊了，你也不急？"苍时手表的新广告片还没出来，刚拍完的电影还要做几个月的后期，中间的空窗期确实有些长。

"现在糊的标准这么低？"黎昭坐起身看了眼罗荣，扭头看向阴沉沉的窗外，又懒洋洋躺了回去："做人呢，不要太在意别人的看法，我又不走流量路线，没关系。"

"呵。"罗荣走到旁边的沙发坐下："这几天都在传你身上的苍时代言掉了，最近有艺人粉丝都已经盯上这个代言了。"

"谁？"黎昭有些意外，他以为他是庭庭大腿挂件这件事已经众所周知，没想到还有人在他代言没到期的时候就上蹿下跳地在网上嘲讽他。

"郭珂秉，最近正当红的艺人。"

"郭珂秉是哪位？"

罗荣沉默片刻："新人。"

"新人？难怪。"黎昭恍然，初生牛犊不怕虎，他理解："年轻人不懂事，我们不跟他计较。"

"比你大两岁的年轻人。"罗荣把一份直播计划书递给他："你这两天挑个时候，开个直播，就当是安慰安慰你的粉丝了。"

近一两年直播路子很受欢迎,有些过气艺人甚至靠着网络直播再次翻红,卖货赚了不少钱。他们家昭昭虽然不用直播卖货,但可以直播一下让粉丝知道他还好好活着。

"罗哥,我在休假。"

"不,你不需要休假。"

黎昭一开始是想拒绝的,可是他看着罗荣一脸"你不答应我就吊死在你家门口"的架势,答应了下来,把直播时间定在第二天下午三点。

等工作室把黎昭要直播的消息公布出来,平时看起来很佛系的黎粉顿时变成了战斗粉,他们终于能看见活的、能动的昭昭了。

然而让他们没有想到的是,有人说黎昭终于也开始带货割粉丝韭菜,以前那些尊重粉丝、爱护粉丝的言行都是装出来的。还有更恶心的言论,说什么黎昭亲生父母都是品行高洁的人物,没想到儿子却这么唯利是图,生长环境影响孩子成长云云。更有人嘲笑他,既然跟苍寰大老板是好兄弟,怎么还要拼命出来圈钱?这些舆论来势汹汹,一看就知道有人在故意带节奏。

业内也很迷惑,最近黎昭的戏又没准备上,也没跟人竞争影视资源,怎么会有人突然开始针对他?闲得想桃子吃?

平时很佛系的黎粉,看到带节奏的人竟然拿昭昭身世说事,当场就怒了,顿时化为炮仗,撕得日月无光,暗无天色。

早已经习惯黎粉佛系风格的其他家粉丝被这个场面惊呆了,不、不是都说,黎粉都很佛吗?难道是斗战胜佛?

工作室知道这是有人故意带节奏,直接表明这只是单纯的直播,不带货。

@黎昭工作室V:孩子不争气,不仅不愿意开购物直播,就连粉丝见面直播,都是经纪人堵在门口,把人逮住的。我们是不是最惨工作室?

看热闹的网友内心腹诽:这是什么茶言茶语?

这还不算，圈内其他几个跟黎昭关系比较好的艺人工作室，也跟着跳出来吐槽自家艺人。吐槽自家艺人偷懒的，贪吃的，赖床的，游戏打得不好还自以为是王者的。

【哈哈哈哈哈哈，我笑得隔壁以为我家偷偷养了猪，这些工作室真的不是自家艺人黑粉？】

【黎昭最近得罪谁了，黑得很明显啊。】

【放过孩子吧，这么懒的孩子，黑起来多么没成就感。】

自从昭昭跟亲生父母团聚后，就变得越来越"懒"了，粉丝们虽然有些舍不得，但也很理解，有了父母疼爱的孩子，就是宝嘛。

郭珂秉怎么都想不明白，自己花钱带节奏，怎么就带成了各工作室争相吐槽自家艺人。就连他自己的工作室也蹭了一把热度，顺势"黑"他一把。这届网友不行，太难带。

呵，一个过气艺人开的直播，能有多少人看？

第二天下午，郭珂秉准时守在直播间，一看观看直播人数，那张花了不少钱的脸皱了起来——是他上次直播总人数的三倍。一定是直播平台数据注水，黎昭的流量怎么可能比得上他。

正想着，他看到黎昭在直播间打了一下招呼，直播间就卡了。呸，破直播间，数据注水就算了，服务器还破。

半小时后，黎昭直播流量过大，导致青椒视频直播平台崩了的消息上了热搜。

郭珂秉无语……呵，都是炒作。

黎昭穿着家居服，给自己倒了一杯养生茶，一边喝茶一边跟热情网友们聊天。

"带货直播？"黎昭凑近屏幕看了看，抬起手腕："大家快看，这块表设计时尚，做工精美，大家都去买。"

【哈哈哈哈，我家崽崽真的有"认真"带货呢。】

聊着聊着，突然有不少人开始刷屏，问他跟苍时手表的代言是不是到期了？

"到期？"黎昭还没来得及回答，网友们就听到他旁边传来脚步声。然后他们看到黎昭极其自然地扭头问来人："今天这么早下班了？"

"嗯。"来人声音低沉，网友们虽然看不清他的脸，但是能看到他身上剪裁合体的西装。

【虽然只露出半截身子，但我直觉告诉我，这是个帅哥。】
【是昭昭助理？】
【昭昭助理没这么高。】

"少玩手机，对眼睛不好。"晏庭拿过黎昭手边的杯子，给他倒了杯热水，顺手揉了一下他的发顶。

【声音也好好听！一分钟之内，我要知道这个男人的所有资料。】
【给昭昭倒水，揉昭昭头发，温柔又体贴，难道是昭昭的爸爸林教授？】

"发型，发型。"黎昭捂住头："庭庭，我直播呢。"

"行。"晏庭看了眼屏幕，上面的弹幕密密麻麻，不少人都在问他是谁。

拿了件外套披在黎昭身上，晏庭声音柔和："那你先播，我去厨房给你端水果。"说完，他弯下腰，对着镜头道："祝大家跟昭昭玩得开心。"

【啊啊啊啊啊啊啊！】
【好帅！】

【是谁,这是谁?!】

【我的天哪!你们能够体会追星看直播,屏幕里突然出现大老板的恐惧吗?!】

【楼上的姐妹,请说出你的故事!】

【这是晏庭啊!苍寰的大老板,传说中昭昭的大腿。】

【端茶倒水还给昭昭拿水果,如果这还不是好朋友,什么才算?】

【现在的粉丝还是太年轻,如果你们看过两年前的一个综艺节目,就知道昭昭跟苍寰老板关系是真的好了。】

【昭昭,你跟苍寰老板真的是好朋友吗?】

"我跟晏庭啊。"黎昭拉长声音,转头看向门口,笑容安宁又满足:"他是我这辈子最重要的朋友,约好一起慢慢变老的那种。"

走到门口的晏庭停下脚步,回头看着黎昭,眼神如春花绽放,温暖无比。

"抱大腿?"黎昭看到这样的刷屏也不生气,反而笑着说:"把我这个挂件焊死在大腿上也不错,这样的大腿,谁不喜欢呢?"

躲在自己家里看直播的郭珂秉已经风中凌乱,苍寰老板居然真的跟黎昭那么要好?所以他这几天努力了个寂寞?他气不过,忍不住也刷了一句弹幕。

【话别说得那么满,等大佬以后不跟你做朋友时,你的脸会不会疼?】

哪有什么天长地久的友谊,只有永远的利益。"不会。"这句话不是黎昭回答的,而是端水果回来的晏庭。

他端着水果,坐到黎昭身边,叉起一块水果喂到黎昭嘴边,对着镜头,态度格外认真。"不会有那么一天。"

嗤。男人的嘴,哄人的鬼,尤其是特别有钱的男人。郭珂秉不相信。

他等啊等，等到他人气不再，等到无数新的流量踩着他往上爬，都没有等到黎昭与苍寰老板闹翻的消息。

一年过去了，五年过去了，十年过去了。被粉丝遗忘的他，没有剧拍，也没有代言，干脆退出娱乐圈，开了家餐馆，日子虽然还算不错，就是有些寂寞。

那天晚上，他看到刚拿国际A类影帝奖不久的黎昭，跟苍寰老板一起来他的店里吃饭。两人从他面前经过，完全就不认识他。恐怕黎昭根本就不知道，站在他面前的人，曾经把他当成过对手。

两人吃完饭出门时，他看到黎昭扑到晏庭的背上，顽皮得像是不懂事的孩子。

堂堂苍寰老板，只是温柔地托着他，仿佛托着稀世宝贝。

路上行人匆匆，谁也不知道这两个用围巾遮住脸的人，就是全球知名的巨星跟顶级大佬。

郭珂秉坐在椅子上，看着两人的背影怅然若失。不是都说越有钱的男人说话越不可信吗？这个苍寰老板，怎么就不按大佬基本法办事呢？

（全文完）